SIŁA PERSWAZJI

Tego autora

Jack Reacher

LEE CHILD

SIŁA PERSWAZJI

Z angielskiego przełożyła
Paulina Braiter

ALBATROS

Tytuł oryginału:
PERSUADER

Polish edition copyright © Wydawnictwo Albatros Sp. z o.o. 2017

Polish translation copyright © Paulina Braiter 2007

Redakcja: Jacek Ring

Zdjęcia na okładce:
Johnny Ring Photography (*postać*), © Alamy/BEW (*wybrzeże, dom*)

Projekt graficzny okładki oryginalnej: Stephen Mulcahey

Opracowanie graficzne okładki polskiej: Wydawnictwo Albatros Sp. z o.o.

Skład: Laguna

ISBN 978-83-8125-830-2

Książka dostępna także jako e-book i audiobook
(czyta Marian Opania)

Wyłączny dystrybutor

Dressler Dublin sp. z o.o.
Poznańska 91, 05-850 Ożarów Mazowiecki
tel. (+ 48 22) 733 50 31/32
e-mail: dystrybucja@dressler.com.pl
dressler.com.pl

Wydawca

Wydawnictwo Albatros Sp. z o.o.
Hlonda 2A/25, 02-972 Warszawa
wydawnictwoalbatros.com
Facebook.com/WydawnictwoAlbatros|Instagram.com/wydawnictwoalbatros

ALBATROS

2020. Wydanie V
Druk: WZDZ – Drukarnia Lega, Opole

Książkę wydrukowano na papierze Ecco Book Cream 70 g, vol. 2.0
z oferty Antalis Poland

antalis (EM)
Just ask Antalis

Dla Jane i morskich ptaków

1

Policjant wysiadł z samochodu cztery minuty przed tym, jak trafiła go kula. Zachowywał się tak, jakby z góry wiedział, co go czeka. Pchnął mocno stawiające opór drzwi, powoli obrócił się na wytartym fotelu z dermy i opuścił obie nogi na asfalt. Następnie chwycił się oburącz drzwi i podciągnął. Przez sekundę stał bez ruchu, potem się odwrócił i zamknął samochód. Znów znieruchomiał i po chwili oparł się o maskę obok reflektora.

Wóz był siedmioletnim chevroletem caprice, czarnym, bez oznakowań. Miał trzy anteny i zwykłe chromowane kołpaki. Większość gliniarzy twierdzi, że to najlepszy wóz policyjny, jaki kiedykolwiek wyprodukowano. Gość wyglądał tak, jakby podzielał tę opinię. Sprawiał wrażenie weterana pracy w cywilu, detektywa, który ma dostęp do pojazdów policyjnych wszelkiego rodzaju, a jeździ starym chevroletem tylko dlatego, że lubi; nie wydawał się zainteresowany nowiutkimi fordami. Bił od niego upór i przywiązanie do tradycji. Był masywny, wysoki i garbił się, szerokie ramiona rozpierały prosty czarny garnitur z grubej wełny. Starszy facet. Odwrócił głowę i powiódł wzrokiem wzdłuż ulicy. Potem wyciągnął grubą szyję, oglądając się przez ramię na bramę uczelni. Dzieliło nas trzydzieści metrów.

Brama służyła wyłącznie do ozdoby: dwa wysokie ceglane filary wyrastały z szerokiego, wypielęgnowanego trawnika tuż przy chodniku. Łączyły je ażurowe skrzydła z frymuśnie powyginanych żelaznych prętów połyskujących czernią, jakby świeżo je odmalowano. Prawdopodobnie czyniono to każdej zimy. Tak naprawdę brama do niczego nie służyła – ktoś, kto chciałby ją ominąć, mógł po prostu przejechać przez trawnik, a zresztą i tak nie była zamknięta. Po obu stronach podjazdu, dwa metry dalej, sterczały niewielkie, sięgające kolan żelazne słupki z metalowymi kółkami. Przymocowano do nich oba skrzydła, teraz szeroko otwarte. Podjazd prowadził do skupiska czerwonych budynków z cegły znajdujących się, jakieś sto metrów dalej. Były zwieńczone stromymi, omszałymi dachami i stały w otoczeniu wysokich drzew. Po obu stronach podjazdu i przy chodniku również rosły drzewa. Były wszędzie. Właśnie wypuszczały pierwsze liście, maleńkie, zwinięte i jasnozielone. Wiedziałem, że za pół roku będą wielkie, czerwono-złote, a fotografowie z całego kraju zjadą się tutaj, by robić zdjęcia do broszur reklamowych.

Dwadzieścia metrów za gliniarzem, jego wozem i bramą, po drugiej stronie drogi, tuż przy krawężniku parkowała furgonetka. Stała przodem do mnie, w odległości pięćdziesięciu metrów. Wydawała się trochę nie na miejscu – brudnoczerwona, z potężnym dodatkowym zderzakiem zamontowanym z przodu – matowoczarnym i wyglądającym tak, jakby kilka razy został wygięty i rozprostowany. W kabinie siedzieli dwaj mężczyźni: młodzi, wysocy, gładko wygoleni, jasnowłosi. Po prostu siedzieli nieruchomo i patrzyli przed siebie, na nic konkretnego. Nie na gliniarza. Ani nie na mnie.

Zająłem miejsce na południe od nich. Moja anonimowa brązowa furgonetka stała przed sklepem muzycznym, takim, jakie zwykle spotyka się w pobliżu uczelni. Na chodniku przed sklepem ustawiono regały z używanymi płytami CD. W oknie wisiały plakaty reklamujące zespoły, o których nikt nigdy nie słyszał. Tylne drzwi furgonetki były otwarte, w środku piętrzyły się stosy kartonów. W ręku trzymałem plik papierów. Miałem na sobie płaszcz, bo kwietniowy poranek był dość chłodny, a także rękawiczki, bo z kartonów sterczały ostre zszywki. Miałem też broń, gdyż rzadko się z nią rozstaję. Tkwiła za paskiem spodni, z tyłu, pod płaszczem. Colt anaconda, wielki stalowy rewolwer przystosowany do pocisków magnum .44. Długi na trzydzieści dwa i pół centymetra, ważył prawie dwa kilogramy. Nie powiem, by stanowił moją ulubioną broń. Był twardy, ciężki i zimny; cały czas czułem jego dotyk.

Zatrzymałem się pośrodku chodnika i uniosłem wzrok znad papierów, słysząc charakterystyczny odgłos uruchamianego silnika. Czerwona furgonetka nadal stała w miejscu, silnik pracował głośno. Wokół tylnych kół zbierał się w zimnym powietrzu biały obłok spalin. Było wcześnie, ulica świeciła pustkami. Cofnąłem się za furgonetkę i zerknąłem w stronę budynków uczelni. Przed jednym z nich parkował czarny lincoln town car. Obok niego stało dwóch facetów. Nawet z odległości stu metrów żaden nie przypominał kierowcy limuzyny. Kierowcy limuzyn nie działają parami, nie są młodzi, dobrze zbudowani i bezustannie czujni. Ci goście zdecydowanie wyglądali na ochroniarzy.

Budynek, przed którym parkował lincoln, przypominał niewielki akademik. Nad drewnianymi drzwiami lśniły greckie litery. Zobaczyłem, że ze środka wychodzi młody, chudy chłopak, na pierwszy rzut oka student. Miał długie, brudne włosy i ciuchy nie lepsze od bezdomnego. W ręku jednak trzymał elegancką torbę z błyszczącej skóry. Jeden z ochroniarzy został na miejscu, drugi otworzył mu drzwi wozu. Chudy chłopak cisnął torbę na tylne siedzenie i wsunął się za nią. Zatrzasnął za sobą drzwi. Usłyszałem ich szczęk, słaby i stłumiony. Ochroniarze rozglądali się przez sekundę, potem usiedli z przodu i kilka sekund później wóz ruszył z miejsca. Trzydzieści metrów za nim pojawił się samochód ochrony uczelni i potoczył wolno w tę samą stronę. Wyglądało to na czysty przypadek, a nie na celowy konwój. W środku siedziało dwóch wynajętych gliniarzy. Usadowieni niedbale w fotelach sprawiali wrażenie rozleniwionych i znudzonych.

Zdjąłem rękawiczki i cisnąłem je na tył furgonetki. Wyszedłem na ulicę, by lepiej widzieć. Ujrzałem lincolna; zbliżał się od strony podjazdu, niezbyt szybko. Był czarny i błyszczący – nieskazitelny lakier, chrom, wszystko starannie nawoskowane. Gliniarze trzymali się daleko z tyłu. Limuzyna przystanęła przy bramie, po czym skręciła w lewo, zbliżając się do czarnego policyjnego chevroleta. I do mnie.

To, co się potem wydarzyło, trwało około ośmiu sekund, lecz wydawało się, że zaledwie mgnienie oka.

Czerwona furgonetka ruszyła spod krawężnika dwadzieścia metrów za mną, przyspieszyła ostro, zrównała się z lincolnem, odbiła w bok i minęła go, niemal ocierając się o chevroleta starego policjanta. Potem znów przyspieszyła, skręciła lekko i wtedy kierowca gwałtownie obrócił kierownicą, tak że koniec masywnego zderzaka rąbnął w przedni błotnik lincolna. Kierowca furgonetki nie puszczał kierownicy, wciąż dociskał pedał gazu, zmuszając lincolna do zjazdu na pobocze. Opony zaryły w trawę, limuzyna zwolniła i uderzyła w drzewo. Rozległ się głuchy łoskot, zgrzyt pękającego, wgniatanego metalu, donośny brzęk tłuczonych reflektorów. W powietrze wzleciał wielki obłok pary. Maleńkie listki zadygotały gwałtownie w nieruchomym porannym powietrzu.

I wtedy dwaj faceci z furgonetki wyskoczyli na ulicę i otworzyli ogień. W dłoniach trzymali czarne pistolety maszynowe i zasypywali lincolna pociskami. Hałas był ogłuszający. Widziałem błyski mosiężnych łusek padających na asfalt niczym deszcz. Mężczyźni szarpnęli za drzwi lincolna, otworzyli je. Jeden z nich pochylił się i zaczął wyciągać dzieciaka, drugi wciąż ostrzeliwał przód wozu. Potem sięgnął do kieszeni lewą ręką i wyciągnął coś, co przypominało granat. Cisnął go do wnętrza lincolna, zatrzasnął drzwi, chwycił za ramiona kumpla i dzieciaka, odwrócił i pociągnął ich w dół. Wnętrze lincolna eksplodowało w nagłym błysku, szyby popękały. Choć stałem ponad dwadzieścia metrów dalej, w pełni odczułem wstrząs wybuchu. Wokół sypały się odłamki szkła, migocząc tęczowo w promieniach słońca. Wtedy facet, który rzucił granat, podniósł się z ziemi i popędził do furgonetki. Tymczasem jego towarzysz wepchnął dzieciaka do kabiny i wsiadł za nim. Trzasnęły drzwi. Ujrzałem przez brudną szybę młodzieńca uwięzionego na środkowym siedzeniu. Na jego białej z przerażenia twarzy malowała się groza, usta były otwarte w niemym okrzyku. Kierowca szarpnął dźwignię biegów, usłyszałem ryk silnika i pisk opon, i furgonetka ruszyła wprost na mnie.

To była toyota; dostrzegłem napis na kratownicy za zderzakiem. Miała wysokie zawieszenie – widziałem z przodu wielki czarny dyferencjał wielkości piłki futbolowej. Napęd na cztery koła, wielkie, grube opony. Wgniecenia i wyblakły lakier, niemyty od czasu, gdy wóz opuścił fabrykę. Samochód jechał wprost na mnie.

Miałem niecałą sekundę na podjęcie decyzji.

Podrzuciłem połę płaszcza i wyciągnąłem colta. Wycelowałem bardzo starannie i wypaliłem jeden raz, prosto w chłodnicę toyoty. Wielki rewolwer huknął i podskoczył w mojej dłoni. Pocisk kalibru czterdzieści cztery strzaskał chłodnicę. Wystrzeliłem ponownie, w lewą przednią oponę. Rozprysnęła się w efektowną fontannę strzępów czarnej gumy. W powietrzu załopotały długie kawałki rozwalonej dętki. Furgonetka skręciła w poślizgu i zatrzymała się tak, że miałem obok siebie kierowcę. Dziesięć metrów. Umknąłem za swój wóz, zatrzasnąłem tylne drzwi, wyskoczyłem na chodnik i strzeliłem w lewą tylną oponę. Ten sam skutek, wszędzie pełno gumy. Furgonetka przechyliła się pod ostrym kątem, wsparta jedynie na obręczach kół. Kierowca otworzył drzwi, wypadł na asfalt i dźwignął się na jedno kolano. Trzymał broń w niewłaściwej ręce, przerzucił ją. Odczekałem, nim zyskałem pewność, że zamierza we mnie wycelować. Podparłem lewą ręką prawe przedramię obciążone dwukilowym coltem, wycelowałem starannie w środek korpusu faceta, tak jak nauczono mnie dawno temu, i nacisnąłem spust. Miałem wrażenie, że jego klatka piersiowa eksplodowała w potężnym obłoku krwi. Chudy chłopak w kabinie zesztywniał ze zgrozy; patrzył przed siebie przerażony. Drugi facet zdążył już jednak wysiąść i właśnie okrążał maskę, zmierzając w moją stronę. Zaczął unosić spluwę. Obróciłem się w lewo, odczekałem ułamek sekundy, podtrzymałem przedramię. Wycelowałem mu w pierś, strzeliłem. Ten sam efekt co poprzednio. Runął na plecy w chmurze czerwonej mgiełki.

Teraz chudy chłopak zaczął się poruszać w kabinie. Pobiegłem ku niemu i wyciągnąłem go przez zwłoki pierwszego porywacza. Razem popędziliśmy do mojej furgonetki. Był oklapły, oszołomiony. Wepchnąłem go na fotel pasażera, zatrzasnąłem drzwi, obróciłem się na pięcie i obszedłem prędko maskę. Kątem oka dostrzegłem trzeciego faceta, szedł wprost na mnie. Sięgał pod marynarkę. Wysoki, dobrze zbudowany gość, ciemne ciuchy. Przytrzymałem rękę, wystrzeliłem, ujrzałem czerwony wybuch pośrodku jego piersi i w tym samym ułamku sekundy uświadomiłem sobie, że to stary gliniarz z chevroleta i że sięgał do kieszeni po odznakę: złotą tarczę w wysłużonym skórzanym portfelu. Teraz wyleciała mu z ręki, obracając się w powietrzu, i wylądowała pod krawężnikiem, tuż przed moją furgonetką.

Czas zatrzymał się w miejscu.

Patrzyłem na gliniarza. Leżał plecami w rynsztoku. Jego pierś zamieniła się w czerwoną miazgę. To koniec – nie dostrzegłem ani śladu pulsowania napływającej krwi, bicia serca. W koszuli ziała wielka, poszarpana dziura. Leżał nieruchomo, głowę miał obróconą, policzek przy asfalcie. Widziałem blade żyłki rozrzuconych szeroko rąk. Widziałem też czerń drogi, jaskrawą zieleń trawy, ostry błękit nieba. Słyszałem szum wiatru w młodych listkach, mimo że w uszach wciąż dźwięczało mi echo wystrzałów. Chudy chłopak wpatrywał się przez szybę w leżącego policjanta. Spojrzał na mnie. Z bramy po lewej wyłaniał się właśnie wóz ochrony uczelni. Jechał zbyt wolno. Nic dziwnego, padły przed chwilą dziesiątki strzałów.

Może obawiali się o swoją jurysdykcję, a może po prostu się bali. Zza szyby spoglądały na mnie jasnoróżowe twarze. Wóz ochrony sunął najwyżej dwadzieścia pięć kilometrów na godzinę. Wprost na mnie. Zerknąłem na złotą odznakę leżącą w rynsztoku. Wytarty metal lśnił. Tyle lat służby. Obejrzałem się na furgonetkę. Wciąż stałem bez ruchu. Już dawno temu nauczyłem się jednej rzeczy: bardzo łatwo zastrzelić człowieka, ale w żaden sposób nie da się tego cofnąć.

Usłyszałem wóz ochrony, jechał powoli w moją stronę, koła zgrzytały na drobnych kamykach pokrywających asfalt. Poza tym wokół panowała cisza. A potem czas znów ruszył naprzód i głos w mojej głowie krzyknął: uciekaj, uciekaj!

Rzuciłem się biegiem do furgonetki, wskoczyłem do kabiny, cisnąłem broń na środkowe siedzenie, włączyłem silnik i zawróciłem tak ostro, że przez moment wóz balansował na dwóch kołach. Chudy chłopak poleciał na bok. Wyprostowałem kierownicę, dodałem gwałtownie gazu i ruszyłem na południe. Niewiele widziałem w lusterku, dostrzegłem jednak, że ochroniarze z uczelni zapalili koguta i ruszyli za mną. Dzieciak milczał, siedział bez ruchu z otwartymi ustami, skupiony wyłącznie na tym, by nie zlecieć z fotela. Ja starałem się przyspieszyć. Na szczęście nie było zbyt wielkiego ruchu. Senne miasteczko w Nowej Anglii, wczesny poranek. Rozpędziłem furgonetkę do jakiejś setki, zaciskając dłonie na kierownicy tak mocno, że zbielały mi kostki. Po prostu patrzyłem na drogę przed sobą, jakbym nie chciał widzieć, co się dzieje za moimi plecami.

– Blisko są? – spytałem dzieciaka.

Nie odpowiedział. Wciąż był w szoku, wcisnął się w kąt fotela jak najdalej ode mnie. Patrzył w sufit, prawą dłoń opierał o drzwi. Blada skóra, długie palce.

– Blisko? – powtórzyłem.

Silnik ryczał wściekle.

– Zabiłeś policjanta – powiedział. – Ten stary gość był policjantem, wiesz?

13

Wiem.

– Zabiłeś go.

– To był przypadek – odparłem. – Daleko są?

– Pokazywał ci odznakę.

– Daleko?!

W końcu się poruszył, odwrócił i pochylił głowę, by móc wyjrzeć przez niewielkie okna z tyłu.

– Trzydzieści metrów – odparł. Jego głos zabrzmiał głucho, dosłyszałem w nim lęk. – Bardzo blisko. Jeden z nich się wychyla, ma broń.

Dokładnie w tym momencie przez ryk silnika i pisk opon przebił się odgłos strzału. Wziąłem z fotela colta i odłożyłem z powrotem. Był pusty, wystrzeliłem już sześć razy. Chłodnica, dwie opony, dwóch facetów. I jeden policjant.

– Schowek na rękawiczki – rzuciłem.

– Powinieneś się zatrzymać – zauważył dzieciak. – Wyjaśnić im. Pomagałeś mi. To był wypadek.

Nie patrzył na mnie, wciąż spoglądał przez okna z tyłu.

– Zabiłem policjanta. – Starałem się mówić spokojnie, bez emocji. – Tylko tyle wiedzą, tylko tyle chcą wiedzieć. Nie będą się przejmować, jak i dlaczego.

Dzieciak nie odpowiedział.

– Schowek na rękawiczki – powtórzyłem.

Znów się odwrócił i otworzył go niezgrabnie. W środku leżała druga, identyczna anaconda. Lśniąca stal, pełny bębenek. Odebrałem ją chłopakowi. Spuściłem szybę i do środka natychmiast wdarło się zimne powietrze. Niosło ze sobą odgłos strzałów z pistoletu rozlegających się tuż za nami – szybkich, miarowych.

– Cholera – mruknąłem.

Dzieciak milczał. Tamci wciąż strzelali z głośnym, rytmicznym łoskotem. Jakim cudem pudłowali?

– Na podłogę – rzuciłem.

Przesunąłem się na bok i oparłem lewe ramię o słupek. Wyciągnąłem przed sobą prawą rękę i zgiąłem tak, by spluwa znalazła się za oknem i wycelowała w tył. Wystrzeliłem. Chłopak spojrzał na mnie ze zgrozą, przesunął się do przodu i przycupnął między krawędzią fotela i deską rozdzielczą, zakrywając rękami głowę. Sekundę później eksplodowało tylne okno trzy metry za miejscem, w którym jeszcze przed chwilą tkwiła jego głowa.

– Cholera – powtórzyłem i skręciłem, by poprawić kąt strzału. Znów wypaliłem. – Potrzebuję cię, musisz patrzeć. Tylko ostrożnie.

Dzieciak nawet nie drgnął.

– Wstawaj! – warknąłem. – Już! Musisz patrzeć.

Podniósł się i przekręcił, aż w końcu jego głowa znalazła się wystarczająco wysoko, by mógł wyglądać przez tył. Nagle dotarło do niego, że jeszcze przed chwilą siedział dokładnie na linii ognia.

– Zaraz trochę zwolnię – oznajmiłem. – Odbiję w bok, żeby spróbowali mnie wyprzedzić.

– Nie rób tego – poprosił chłopak. – Jeszcze możesz wszystko wyjaśnić.

Puściłem jego słowa mimo uszu. Zwolniłem do osiemdziesiątki i skręciłem w prawo. Uczelniany wóz instynktownie ruszył w lewo, próbując mnie wyprzedzić. Wystrzeliłem ostatnie trzy pociski. Przednia szyba samochodu z tyłu zniknęła. Wóz wpadł w poślizg i obrócił się na środku drogi – może trafiłem w kierowcę, może w oponę. Z rozpędu zsunął się w rów, zmiażdżył kołami rząd wypielęgnowanych krzewów i zniknął mi z oczu. Rzuciłem pustą spluwę na siedzenie obok, podniosłem szybę i ostro przyspieszyłem. Dzieciak milczał, cały czas patrzył przez stłuczone tylne okno. Wpadające przez nie powietrze napełniało furgonetkę cichym, osobliwym pojękiwaniem.

– No dobra – powiedziałem zdyszany. – Możemy już jechać.

Chłopak odwrócił się ku mnie.

– Zwariowałeś?

– Wiesz, co się dzieje z ludźmi, którzy zabijają policjantów? – odparłem.

Nie znalazł odpowiedzi. Przez jakieś trzydzieści sekund jechaliśmy w milczeniu, pokonując niemal kilometr – oddychaliśmy ciężko, mrugaliśmy, patrzyliśmy przed siebie jak zahipnotyzowani. Kabina furgonetki cuchnęła spalonym prochem.

– To był wypadek – zacząłem. – Nie mogę ożywić tamtego faceta. Pogódź się z tym.

– Kim jesteś? – spytał.

– A kim ty jesteś? – odpowiedziałem pytaniem.

Umilkł, dyszał głośno. Sprawdziłem w lusterku, droga za nami była pusta, przed nami także, wokół otwarta przestrzeń. Dziesięć minut jazdy dzieliło nas od estakady przy autostradzie.

– Jestem celem uprowadzenia – oznajmił.

Ciekawy dobór słów.

– Próbowali mnie porwać – dodał.

– Tak sądzisz?

Skinął głową.

– Coś takiego już się zdarzyło.

– Dlaczego?

– Dla pieniędzy – odparł dzieciak. – A jest inny powód?

– Jesteś bogaty?

– Mój ojciec, owszem.

– Kto to?

– Zwykły facet.

– Ale bogaty – uzupełniłem.

– Zajmuje się importem dywanów.

– Dywanów? – powtórzyłem. – Takich na podłogę?

– Wschodnich.

– Można się wzbogacić, sprowadzając wschodnie dywany?

– I to bardzo – zapewnił chłopak.

– Nazywasz się jakoś?

– Richard – odparł. – Richard Beck.

Znów sprawdziłem w lusterku. Droga nadal była pusta.

Z przodu podobnie. Odrobinę zwolniłem, zająłem miejsce na środku pasa i próbowałem jechać jak zwykły kierowca.

– A kim byli tamci? – spytałem.

Richard Beck pokręcił głową.

– Nie mam pojęcia.

– Wiedzieli, gdzie będziesz i kiedy.

– Jechałem do domu na urodziny matki. Wypadają jutro.

– Kto o tym wie?

– Trudno powiedzieć. Każdy, kto zna moją rodzinę. Pewnie wszyscy, którzy handlują dywanami. Jesteśmy znani w tych kręgach.

– Istnieją takie kręgi? – spytałem z niedowierzaniem. – Handlarzy dywanami?

– Wszyscy ze sobą konkurujemy, te same źródła zaopatrzenia, ten sam rynek. Wszyscy się znają.

Milczałem, jadąc dalej dziewięćdziesiąt kilometrów na godzinę.

– A ty? Nazywasz się jakoś? – spytał.

– Nie – odparłem.

Skinął głową, jakby rozumiał. Sprytny chłopak.

– Co teraz zrobisz?

– Zamierzam wysadzić cię przy autostradzie – oznajmiłem. – Możesz złapać okazję, wezwać taksówkę. A potem po prostu o mnie zapomnij.

Umilkł.

– Nie mogę cię zawieźć na policję, to wykluczone. Rozumiesz, prawda? Zabiłem jednego z nich, może trzech. Sam widziałeś.

Wciąż milczał. Czas na decyzję. Od autostrady dzieliło nas sześć minut jazdy.

– Zamkną mnie i wywalą klucz – ciągnąłem. – Schrzaniłem sprawę. To był wypadek, ale nie będą słuchać, nigdy nie słuchają. Więc nie proś, żebym się do kogokolwiek zbliżał. Nie jako świadek czy coś w tym stylu. Znikam stąd, jakbym nigdy nie istniał. Rozumiemy się?

Milczał.

– I nie podawaj im mojego rysopisu – dodałem. – Powiedz, że nic nie pamiętasz, bo byłeś w szoku. Inaczej znajdę cię i zabiję.

Nie odpowiedział.

– Wysadzę cię gdzieś – dokończyłem. – I pamiętaj, nigdy mnie nie widziałeś.

Poruszył się, przekręcił na fotelu i spojrzał na mnie.

– Zawieź mnie do domu – poprosił. – Damy ci pieniądze, pomożemy. Jeśli chcesz, ukryjemy. Moi rodzice będą bardzo wdzięczni. Ja już jestem wdzięczny, wierz mi. Ocaliłeś mi tyłek. Ta historia z gliniarzem to był wypadek, prawda? Zwykły wypadek. Miałeś pecha, sytuacja zrobiła się nerwowa, rozumiem to doskonale. Wszystko wyciszymy.

– Nie potrzebuję pomocy – zapewniłem. – Muszę się tylko ciebie pozbyć.

– Ale ja cię potrzebuję, żeby dotrzeć do domu. Pomożemy sobie nawzajem.

Cztery minuty do autostrady.

– Gdzie mieszkasz? – spytałem.

– W Abbot – odparł.

– A gdzie to jest?

– W Maine, na wybrzeżu, między Kennebunk Port i Portlandem.

– Jedziemy w złym kierunku.

– Na autostradzie możesz skręcić na północ.

– To jakieś trzysta kilometrów.

– Dostaniesz pieniądze. To ci się opłaci.

– Mógłbym cię wysadzić pod Bostonem – zastanawiałem się głośno. – Na pewno złapiesz autobus do Portlandu.

Pokręcił gwałtownie głową, jakby wstrząsnął nim jakiś atak.

– Nie ma mowy, nie mogę jechać autobusem. Nie powinienem być sam, nie teraz. Potrzebuję ochrony. Możliwe, że ci ludzie wciąż tam są.

– Ci ludzie nie żyją – przypomniałem. – Tak jak ten cholerny gliniarz.

– Może mieli współpracowników.

Znów dziwne słowo. Chłopak sprawiał wrażenie drobnego, chudego i bardzo wystraszonego. Dostrzegłem pulsującą żyłkę na jego szyi. Odgarnął dłońmi włosy i obrócił głowę, pokazując mi jej bok. Nie miał lewego ucha. Pozostała tylko gruba blizna przypominająca surowy pierożek tortellini, mały surowy pierożek.

– Obcięli je i wysłali pocztą – oznajmił. – Za pierwszym razem.

– Kiedy?

– Miałem piętnaście lat.

– Twój tata nie zapłacił?

– Nie dość szybko.

Milczałem. Richard Beck siedział bez ruchu, pokazując mi bliznę. Wstrząśnięty, przerażony, oddychał jak automat.

– Nic ci nie jest?

– Zabierz mnie do domu. – W jego głosie zabrzmiała błagalna nuta. – W tej chwili nie mogę być sam.

Dwie minuty do autostrady.

– Proszę – dodał. – Pomóż mi.

– Cholera – mruknąłem po raz trzeci.

– Proszę. Pomożemy sobie nawzajem. Potrzebujesz kryjówki.

– Nie możemy zostać w tej furgonetce – oznajmiłem. – Musimy założyć, że w całym stanie podano już jej opis.

Spojrzał na mnie oczami pełnymi nadziei. Minuta do autostrady.

– Musimy znaleźć samochód – dodałem.

– Gdzie?

– Gdziekolwiek. Wszędzie jest pełno wozów.

Po południowo-zachodniej stronie estakady przycupnęło wielkie podmiejskie centrum handlowe. Widziałem je z daleka. Olbrzymie rdzawe budynki bez okien, jaskrawe neony.

A wokół gigantyczne parkingi, do połowy wypełnione samochodami. Skręciłem i okrążyłem to miejsce. Było wielkie jak miasto. Wszędzie roiło się od ludzi. Nie podobało mi się to. Dotarłem do wejścia i wymijając długi szereg kontenerów na śmieci, ruszyłem na tyły wielkiego domu towarowego.

– Dokąd jedziemy? – spytał Richard.

– Na parking dla personelu – wyjaśniłem. – Klienci kręcą się cały czas, są nieprzewidywalni. Ale pracownicy sklepów zostają do wieczora, to bezpieczniejsze.

Spojrzał na mnie, jakby nie rozumiał, o czym mówię. Skręciłem w stronę ośmiu samochodów parkujących w rzędzie pod ścianą bez okien. Obok szaroburego, mniej więcej trzyletniego nissana maximy dostrzegłem wolne miejsce. Bardzo dobrze. Całkowicie anonimowy pojazd. Na parkingu panowała cisza i spokój. Minąłem wolne miejsce, zatrzymałem się i zaparkowałem tyłem, podjeżdżając pod samą ścianę.

– Muszę ukryć wybite okno – wyjaśniłem.

Dzieciak milczał. Wsadziłem do kieszeni płaszcza oba colty z pustymi magazynkami. Sprawdziłem drzwi maximy.

– Znajdź mi kawałek drutu – poleciłem. – Gruby kabel elektryczny albo wieszak.

– Chcesz ukraść ten samochód?

Skinąłem w milczeniu głową.

– To rozsądne?

– Gdybyś przypadkowo zastrzelił gliniarza, z pewnością byś tak myślał.

Chłopak przez moment patrzył na mnie tępo, w końcu obrócił się i pobiegł w bok. Opróżniłem anacondy i wyrzuciłem łuski do kontenera. Dzieciak wrócił z metrowym kawałkiem przewodu elektrycznego, który znalazł w śmietniku. Zdarłem zębami izolację, wygiąłem końcówkę w niewielki haczyk i przepchnąłem przez uszczelkę okna maximy.

– Patrz, czy ktoś nie idzie! – poleciłem.

Chłopak cofnął się, powiódł wzrokiem po parkingu, a ja wepchnąłem do środka drut i zacząłem nim kołysać. Chwyciłem klamkę i pociągnąłem parę razy, aż w końcu ustąpiła. Wyrzuciłem drut, pochyliłem się nad kolumną kierownicy, zdjąłem plastikową osłonę i szybko przejrzałem kable. Kiedy znalazłem dwa właściwe, złączyłem je ze sobą. Silnik zakasłał i zawarczał miarowo. Chłopak patrzył ze stosownym podziwem.

– Burzliwa młodość – wyjaśniłem.

– Czy to rozsądne? – powtórzył.

Skinąłem głową.

– Najrozsądniejsze w tej sytuacji. Nie zorientują się, że zniknął, aż do szóstej wieczór, może nawet ósmej, kiedy zamykają sklep. A wtedy już dawno będziesz w domu.

Zawahał się przez moment z ręką na klamce. Potem otrząsnął się i wślizgnął do środka. Przesunąłem fotel kierowcy, poprawiłem lusterko i wycofałem się powoli z zatoczki. Wolno ruszyłem przez parking. Nagle, jakieś sto metrów dalej, dostrzegłem radiowóz. Najspokojniej w świecie zaparkowałem na pierwszym wolnym miejscu i zaczekałem z włączonym silnikiem, aż intruz zniknie. Wtedy skręciłem pospiesznie w stronę wyjazdu, pokonałem estakadę i dwie minuty później jechaliśmy już na północ szeroką, gładką autostradą, utrzymując konserwatywną prędkość dziewięćdziesięciu kilometrów na godzinę. W wozie unosiła się mocna woń perfum, dostrzegłem też dwie paczki chusteczek. Do tylnej szyby przyczepiono puchatego misia z przezroczystymi ssawkami zamiast łapek. Na tylnym siedzeniu leżała dziecięca rękawica baseballowa. Słyszałem, jak w bagażniku przewala się aluminiowy kij.

– Matka z dziećmi – mruknąłem.

Chłopak nie odpowiedział.

– Nie martw się, pewnie jest ubezpieczona. Przypuszczam, że to porządna obywatelka.

– Nie czujesz się źle? – spytał. – Z powodu tego policjanta?

Zerknąłem na niego. Był blady, chudy i znów kulił się jak najdalej ode mnie, opierając dłoń na drzwiach. Długie palce

21

przywodziły na myśl muzyka. Chyba chciał mnie polubić, ale nie zależało mi na tym.

– Zdarza się – odparłem. – Nie ma sensu się nakręcać.

– Co to, u diabła, za odpowiedź?

– Jedyna możliwa. To była drobna strata uboczna. Nic nie znaczy, chyba że w jakiś sposób odbije się na nas później. A poza tym i tak nie zdołamy tego zmienić, więc musimy z tym żyć.

Milczał.

– Zresztą to wina twojego ojca – dodałem.

– Bo jest bogaty i ma syna?

– Bo zatrudniał kiepskich ochroniarzy.

Bez słowa odwrócił wzrok.

– To byli ochroniarze, prawda?

Skinął głową. Wciąż milczał.

– A ty nie czujesz się źle? – naciskałem. – Z ich powodu?

– Odrobinę – odparł. – Chyba tak. Niezbyt dobrze ich znałem.

– Byli bezużyteczni.

– To wszystko potoczyło się tak szybko.

– Tamci czekali na miejscu – przypomniałem. – Stara, odrapana furgonetka stojąca pod bramą eleganckiej uczelni. Jaki ochroniarz nie dostrzega czegoś takiego? Nigdy nie słyszeli o ocenie zagrożenia?

– Twierdzisz, że ty zauważyłeś?

– Zauważyłem.

– Nieźle jak na kierowcę.

– Byłem w wojsku. W żandarmerii. Znam się na ochronie i ocenie strat ubocznych.

Chłopak skinął niepewnie głową.

– To co, masz jakieś nazwisko?

– To zależy – powiedziałem. – Muszę wiedzieć, na czym stoję. Mogę mieć poważne kłopoty. Co najmniej jeden policjant nie żyje, a przed chwilą ukradłem samochód.

Znów umilkł. Ja też milczałem, kilometr za kilometrem.

Dałem mu dość czasu do namysłu. Zbliżaliśmy się do granicy stanu.

– Moja rodzina docenia lojalność – powiedział w końcu. – Wyświadczyłeś przysługę ich synowi i im także. W najgorszym razie oszczędziłeś im pieniędzy. Okażą ci wdzięczność. Jestem pewien, że za nic w świecie by cię nie wydali.

– Musisz do nich zadzwonić?

Pokręcił głową.

– Oczekują mnie. Skoro mam się zjawić, nie muszę nikogo zawiadamiać.

– Policja do nich zadzwoni. Pewnie myślą, że wpadłeś po uszy.

– Nie mają numeru, nikt go nie ma.

– Na uczelni musiałeś podać adres. Znajdą numer.

Znów pokręcił głową.

– Uczelnia nie zna adresu, nikt go nie zna. Jesteśmy bardzo ostrożni.

Wzruszyłem ramionami i w milczeniu pokonałem kolejny kilometr.

– No a ty? – spytałem. – Sypniesz mnie?

Dostrzegłem, jak dotyka prawego ucha, tego, które wciąż miał. Był to nieświadomy gest.

– Ocaliłeś mi skórę – odparł. – Nie zamierzam cię sypnąć.

– Dobra – powiedziałem. – Nazywam się Reacher.

• • •

Przejechanie malutkiego narożnika stanu Vermont zabrało nam kilka minut. Potem skierowaliśmy się na północny wschód przez New Hampshire. Czekała nas długa jazda. Mój poziom adrenaliny opadł, chłopak otrząsnął się z szoku i obaj zaczęliśmy odczuwać przygnębienie i znużenie. Opuściłem szybę, by wpuścić do środka trochę powietrza. Hałas i przeciąg pokonały senność. Trochę rozmawialiśmy. Richard Beck wyznał, że ma dwadzieścia lat. Był na przedostatnim roku, specjalizował się w jakiejś dziedzinie sztuki nowoczesnej,

23

która przypominała dziecinne bazgroły. Kiepsko sobie radził w kontaktach z ludźmi. Był jedynakiem. Wyczułem w nim mnóstwo sprzecznych uczuć wobec rodziny. Niewątpliwie tworzyli zamknięty klan i w jakimś stopniu chciał się stamtąd wyrwać, a jednocześnie pragnął pozostać w rodzinnym azylu. Niewątpliwie poprzednie porwanie wstrząsnęło nim do głębi. Zastanawiałem się, czy nie spotkało go coś jeszcze poza obcięciem ucha. Może coś znacznie gorszego.

Ja opowiedziałem mu o wojsku. Podkreślałem swoje kwalifikacje ochroniarskie – chciałem, by poczuł się pewnie, by zrozumiał, że jest w dobrych rękach. Przynajmniej chwilowo. Jechałem szybko, ale bezpiecznie. Okazało się, że w maximie jest pełen bak, nie musieliśmy skręcać na stację. Chłopak nie miał ochoty na lunch. Zatrzymałem się raz, by skorzystać z toalety. Zostawiłem włączony silnik, by znów nie grzebać w przewodach. Gdy wróciłem do wozu, dzieciak siedział nieruchomo w środku. Ruszyliśmy dalej, ominęliśmy Concorde w New Hampshire, kierując się w stronę Portlandu w Maine. Czas mijał. W miarę jak zbliżaliśmy się do jego domu, Richard Beck wyraźnie się odprężał. Ale też stawał się mniej rozmowny. Mieszane uczucia.

Przekroczyliśmy granicę stanu. A potem około trzydziestu kilometrów przed Portlandem chłopak obrócił się, spenetrował uważnie okolicę przez tylną szybę i polecił, żebym skręcił przy następnym zjeździe. Znaleźliśmy się na wąskiej drodze zmierzającej na wschód w kierunku Atlantyku. Przebiegała pod autostradą I-95, a potem ciągnęła się ponad dwadzieścia dwa kilometry, przecinając granitowy półwysep, aż do morza. Latem otaczający nas krajobraz wyglądałby wspaniale. Na razie jednak wciąż było zimno i surowo. Widziałem drzewa powykrzywiane od słonego wiatru i nagie skały w miejscach, gdzie sztormy i huragany porwały ze sobą cienką warstewkę gleby. Droga wiła się i skręcała, jakby pragnęła przebić się jak najdalej na wschód. Dostrzegłem przed sobą ocean, szary niczym stal. Droga omijała niewielkie zatoczki z lewej i z prawej. Ujrzałem wąskie kamieniste plaże. A później skręciliśmy w lewo, zaraz potem w prawo i w górę, na przylądek w kształcie dłoni zwężającej się ostro w samotny palec, który wbijał się w morze. To był skalisty cypel, szeroki na jakieś sto metrów, długi na siedemset. Czułem powiewy wiatru uderzające w samochód. Przed sobą zobaczyłem szpaler pokrzywionych, mizernych, wiecznie zielonych drzew, próbujących ukryć wysoki granitowy mur, nie dość jednak wyniosłych i gęstych, by to osiągnąć. Mur wznosił się na jakieś dwa metry. Wieńczyły go pętle drutu kolczastego. W równych odstępach umieszczono na nim reflektory. Biegł w poprzek całego stumetrowego cypla. Na końcach gwałtownie opadał w dół, aż do morza. Masywne fundamenty łączyły się gładko z wielkimi kamiennymi blokami, wilgotnymi od wodorostów. Pośrodku muru osadzono ciężką żelazną bramę. Była zamknięta.

– To tu – oznajmił Richard Beck. – Tu właśnie mieszkam.

Szosa wiodła wprost do bramy. Tuż za nią zmieniała się w długi, prosty podjazd. W głębi wznosił się szary kamienny dom, na samym skraju palca, tuż nad oceanem. Obok bramy stał parterowy domek wzniesiony z tego samego kamienia i podobny do domu, lecz znacznie mniejszy i niższy, połączony fundamentami z murem. Zwolniłem i zatrzymałem się przed bramą.

– Naciśnij klakson – poprosił Richard Beck.

Na pokrywie poduszki powietrznej nissana dostrzegłem niewielki przycisk w kształcie rogu. Przydusiłem go palcem. Klakson zahuczał uprzejmie. Kamera przemysłowa na jednym ze słupów bramy obróciła się w stronę samochodu niczym małe szklane oko patrzące wprost na mnie. Po długiej chwili drzwi domku otworzyły się i ze środka wyszedł mężczyzna w ciemnym garniturze. Garnitur niewątpliwie pochodził ze sklepu dla ludzi wysokich i mocno zbudowanych, zapewne w największym dostępnym rozmiarze, jednak tego człowieka marynarka opinała mocno w ramionach, a jej przykrótkie rękawy odsłaniały przeguby. Właściciel garnituru był znacznie większy ode mnie, co oznaczało, że zalicza się już do kategorii dziwolągów. Istny olbrzym. Podszedł do bramy po swojej stronie i wyjrzał. Przyglądał mi się przez długi czas. Chłopaka zaszczycił tylko jednym spojrzeniem. W końcu otworzył bramę i pociągnął do siebie skrzydła.

– Jedź prosto do domu – powiedział Richard. – Nie zatrzymuj się tutaj. Nie lubię tego faceta.

Przejechałem przez bramę, nie zatrzymując się. Jechałem jednak wolno i obejrzałem się za siebie. W nowym miejscu przede wszystkim należy sprawdzić drogę ucieczki. Mur opadał po obu stronach wprost do wzburzonej wody. Był zbyt wysoki, by go przeskoczyć, a drut kolczasty uniemożliwiał wspinaczkę. Tuż za nim rozciągał się trzydziestometrowy pas oczyszczonego terenu; wyglądał jak ziemia niczyja albo pole minowe. Reflektory ustawiono tak, by dokładnie go oświetlały. Jedyne wyjście stanowiła brama. Olbrzym zamykał ją właśnie za nami, widziałem go w lusterku.

Pod dom prowadził długi podjazd. Z trzech stron widziałem szary ocean. Sam budynek był wielki i stary – być może wzniósł go jeden z kapitanów jeszcze w czasach, gdy zabijanie wielorybów mogło przynieść fortunę. Kamienne ściany zdobiły misterne dekoracje, zwieńczenia i gzymsy. Płaszczyzny od strony północnej pokrywały szare porosty, inne były nakrapiane zielonkawo. Dwupiętrowy dom miał z tuzin kominów. Linia dachu, pełna szczytów, łamała się wielokrotnie. Wszędzie biegły poziome rynny i dziesiątki grubych metalowych rur do odprowadzania deszczówki. Dębowe drzwi frontowe okuto żelazem. Podjazd rozszerzał się przy końcu, tworząc niewielki placyk. Okrążyłem go w kierunku przeciwnym do ruchu wskazówek zegara i zatrzymałem się przed wejściem. Po chwili z domu wyszedł jeszcze jeden mężczyzna w ciemnym garniturze. Choć był zaledwie mojego wzrostu, znacznie niższy od faceta przy bramie, wcale mi się nie spodobał. Miał kamienną twarz i pozbawione wyrazu oczy. Otworzył drzwi maximy od strony pasażera, jakby nas oczekiwał – i pewnie tak było, bo olbrzym z domku na pewno go uprzedził o naszym przyjeździe.

– Zaczekasz tutaj? – poprosił Richard.

Wyślizgnął się z samochodu i zniknął w mrocznym wnętrzu domu. Mężczyzna w garniturze zamknął za nim dębowe drzwi i stanął na zewnątrz, tuż za progiem. Nie patrzył wprost na mnie, wiedziałem jednak, że obserwuje mnie kątem oka. Rozłączyłem przewody pod kolumną kierownicy, zgasiłem silnik i czekałem.

Trwało to dość długo, około czterdziestu minut. Przy wyłączonym silniku w samochodzie zrobiło się zimno. Wóz kołysał się łagodnie w powiewach morskiego wiatru. Patrzyłem przed siebie, na północny wschód. Powietrze było niezwykle przejrzyste, widziałem po lewej stronie brzeg i niewyraźny ślad brązu jakieś trzydzieści kilometrów dalej. Zapewne zanieczyszczenia z Portlandu. Widok na miasto przesłaniał mi przylądek.

Wreszcie dębowe drzwi otworzyły się ponownie, strażnik odstąpił na bok i ze środka wyszła kobieta. To była niewątpliwie matka Richarda Becka, poznałem to od razu: ta sama delikatna budowa ciała, blada cera, długie palce, mniej więcej pięćdziesiąt lat. Była ubrana w dżinsy i gruby rybacki sweter. Miała potargane od wiatru włosy. Sprawiała wrażenie zmęczonej i żyjącej w stałym napięciu. Zatrzymała się jakieś dwa metry od wozu, jakby dawała mi szansę zachowania godnego dżentelmena, czyli wyjścia jej naprzeciw. Otworzyłem więc drzwi i wysiadłem. Po długiej jeździe cały zesztywniałem. Podszedłem do niej, a ona wyciągnęła rękę. Ująłem ją: była lodowata, wyczuwałem drobne kosteczki i ścięgna.

– Syn opowiedział mi, co się stało – oznajmiła. Jej niski głos brzmiał lekko ochryple, jakby dużo paliła albo niedawno płakała. – Nie potrafię nawet wyrazić, jak bardzo jestem wdzięczna za to, że mu pan pomógł.

– Jak się czuje? – spytałem.

Skrzywiła się, jakby nie była pewna.

– Musiał się położyć.

Skinąłem głową, wypuściłem jej rękę, która opadła bezwładnie. Zapadła krótka, niezręczna cisza.

– Jestem Elizabeth Beck – przedstawiła się.

– Jack Reacher.

– Syn wyjaśnił, na czym polega pański problem – oznajmiła.

Ładne, neutralne słowo. Nie odpowiedziałem.

– Mąż wróci dziś wieczorem – dodała. – Będzie wiedział, co zrobić.

Przytaknąłem. Znów niezręczna cisza. Czekałem.

– Zechce pan wejść? – spytała.

Odwróciła się i ruszyła w głąb holu, a ja za nią. Przekroczyłem próg i coś zapiszczało głośno. Spojrzałem; w wewnętrzną część framugi wbudowano wykrywacz metalu.

– Pozwoli pan? – spytała Elizabeth Beck. Z niezręczną, przepraszającą miną skinęła ręką w moją stronę, a potem w kierunku rosłego, paskudnego faceta w garniturze. Podszedł bliżej, gotów mnie przeszukać.

– Dwa rewolwery – oznajmiłem. – Puste. W kieszeniach płaszcza.

Wyciągnął je zręcznie, fachowo, z łatwością, która świadczyła o tym, że przeszukał już w życiu wielu ludzi. Położył broń na bocznym stoliku, przykucnął i przesunął dłońmi po moich nogach od dołu do góry. Potem wstał, sprawdził ręce, pas, pierś, plecy. Był bardzo dokładny i niezbyt delikatny.

– Przepraszam – mruknęła Elizabeth Beck.

Facet w garniturze cofnął się i znów zapadła niezręczna cisza.

– Potrzebuje pan czegoś? – spytała Elizabeth Beck.

Mógłbym wymienić wiele rzeczy, które by mi się przydały, ale pokręciłem tylko głową.

– Jestem trochę zmęczony – powiedziałem. – To był długi dzień. Chciałbym się zdrzemnąć.

Uśmiechnęła się lekko, jakby ucieszyły ją moje słowa, jakby goszczenie zabójcy policjantów nie stanowiło większego kłopotu towarzyskiego.

– Oczywiście – rzekła. – Duke pokaże panu pokój.

Patrzyła na mnie jeszcze przez sekundę. Bladość i napięcie nie mogły ukryć, że była piękną kobietą – delikatne kości, nieskazitelna cera. Trzydzieści lat temu musiała opędzać się od wielbicieli. Odwróciła się i zniknęła w głębi domu, a ja spojrzałem na faceta w garniturze. Założyłem, że to właśnie jest Duke.

– Kiedy dostanę z powrotem broń? – spytałem.

Nie odpowiedział. Pokazał mi jedynie schody i ruszył za mną. Potem kolejne. Znaleźliśmy się na drugim piętrze. Zaprowadził mnie do drzwi, otworzył je pchnięciem. Wszedłem do środka i ujrzałem prosty, kwadratowy pokój wyłożony dębową boazerią. W środku stały ciężkie stare meble: łóżko, szafa, stół, krzesło. Podłogę pokrywał wschodni dywan, cienki i dość wytarty. Może był bezcenny. Duke przecisnął się obok mnie, wszedł do środka, pokazał mi, gdzie jest łazienka. Zachowywał się jak boy hotelowy. Znów przepchnął się obok i ruszył do drzwi.

– Kolację podajemy o ósmej – oznajmił.

Przekroczył próg i zamknął drzwi. Niczego nie usłyszałem, ale kiedy je pchnąłem, okazało się, że są zamknięte na klucz od zewnątrz. Po mojej stronie nie było nawet śladu dziurki. Podszedłem do okna. Wychodziło na tyły domu. Widziałem jedynie ocean. Spoglądałem wprost na wschód. Pomiędzy mną a Europą nie było niczego. Popatrzyłem w dół. Piętnaście metrów niżej spienione fale rozbijały się na skałach. Właśnie zaczynał się przypływ.

Wróciłem do drzwi, przycisnąłem do nich ucho i nasłuchiwałem. Nic. Przebiegłem wzrokiem sufit, gzymsy i meble, bardzo starannie, centymetr po centymetrze. Ani śladu kamer. Mikrofony mnie nie obchodziły, nie zamierzałem hałasować. Usiadłem na łóżku, zdjąłem prawy but. Odwróciłem go i wyciągnąłem gwóźdź z gumowego obcasa, który następnie przekręciłem jak maleńkie drzwiczki, po czym wytrząsnąłem z jego wnętrza na narzutę mały, czarny plastikowy prostokąt. Podskoczył i znieruchomiał. Było to bezprzewodowe urządzenie do poczty elektronicznej. Nic wyrafinowanego, zwykły produkt handlowy, przeprogramowany tak, by wysyłał wiadomości tylko na jeden adres; nie większy od zwykłego pagera, wyposażony w malutką klawiaturę o mikroskopijnych klawiszach. Włączyłem go i wystukałem krótką wiadomość. Następnie nacisnąłem WYŚLIJ.

Wiadomość brzmiała: *Wszedłem.*

2

Tak naprawdę wszedłem w sprawę jedenaście dni wcześniej, w wilgotny, rozświetlony neonami, późny sobotni wieczór w Bostonie, gdy ujrzałem, jak trup przechodzi przez chodnik i wsiada do samochodu. To nie było złudzenie, nie był to też przypadek niesamowitego podobieństwa, bliźniaka, sobowtóra, brata bądź kuzyna. Ujrzałem człowieka, który zginął dziesięć lat wcześniej. Bez dwóch zdań. Nie było mowy o złudzeniu optycznym. Wyglądał odpowiednio starzej i miał blizny po ranach, które go zabiły.

Maszerowałem wówczas po Huntington Avenue do odległego o półtora kilometra baru, o którym kiedyś słyszałem. Właśnie otwarto drzwi filharmonii. Z uporem trzymałem się swojej strony ulicy i zamiast uniknąć tłumu, zacząłem przeciskać się przez ciżbę. Nagle otoczyli mnie dobrze ubrani, pachnący, w większości starsi ludzie. Przy krawężniku czekały prywatne samochody i taksówki. Włączone silniki warczały, wycieraczki wystukiwały indywidualny głośny rytm. Ujrzałem mężczyznę wychodzącego z foyer po lewej. Miał na sobie gruby kaszmirowy płaszcz, w dłoni trzymał szalik i rękawiczki. Nieosłonięta głowa, wiek około pięćdziesiątki. O mało się nie zderzyliśmy. Przystanąłem, on także, spojrzał na mnie. Czasem w tłumie zdarza się, że dwie osoby przystają jednocześnie, wahają się, znów ruszają przed siebie i ponownie się zatrzymują. W pierwszej chwili sądziłem, że mnie nie poznał. Potem po jego twarzy przebiegł jakiś cień, nic jednoznacznego. Cofnąłem się, przeszedł przede mną i wsiadł na tylne siedzenie czarnego cadillaca deville parkującego tuż obok. Stałem i obserwowałem, jak kierowca włącza się do ruchu i odjeżdża. Słyszałem syk opon na mokrym asfalcie.

Zapamiętałem numer rejestracyjny. Nie wpadłem w panikę, niczego nie kwestionowałem, wolałem uwierzyć świadectwu własnych oczu. W ciągu jednej sekundy zniknęło dziesięć lat historii. On żył, co oznaczało poważny problem.

To był dzień pierwszy. Zupełnie zapomniałem o barze. Wróciłem do hotelu i zacząłem wydzwaniać pod numery znane mi z czasów służby w żandarmerii, już niemal zapomniane. Potrzebowałem kogoś, kogo znam i komu ufam, ale minęło sześć lat, była poza tym sobota, późny wieczór, toteż szanse miałem niewielkie. W końcu zdecydowałem się na kogoś, kto twierdził, że o mnie słyszał, co mogło w ostatecznym rozrachunku uczynić jakąś różnicę… bądź nie. To był chorąży Powell.

– Chciałbym, żebyś sprawdził dla mnie cywilną rejestrację – powiedziałem. – To zwykła przysługa.

Wiedział, kim jestem, toteż nie marudził, że nie da rady tego załatwić. Podałem mu szczegóły, poinformowałem, że przypuszczalnie to rejestracja prywatna, nie wynajętego wozu. Zapisał sobie mój numer i obiecał, że oddzwoni jutro rano.

• • •

Nie oddzwonił, natomiast mnie sprzedał. Myślę jednak, że w tych okolicznościach każdy by to zrobił. Drugim dniem była niedziela. Wstałem wcześnie, zamówiłem śniadanie do pokoju i siedziałem, czekając na telefon. Tymczasem tuż po dziesiątej zamiast dzwonka usłyszałem pukanie do drzwi. Spojrzałem przez wizjer i ujrzałem dwoje ludzi stojących blisko siebie, tak aby oboje byli widoczni. Mężczyzna i kobieta, ciemne marynarki, bez płaszczy. Mężczyzna miał w dłoni aktówkę. Oboje pokazywali jakieś legitymacje; trzymali je wysoko, by padało na nie światło z korytarza.

– Agenci federalni! – zawołał mężczyzna dość głośno, żebym usłyszał go przez drzwi.

W takich sytuacjach nie warto udawać, że nas nie ma. Też często bywałem takim facetem na korytarzu. Jeden z nich zwykle zostaje na miejscu, drugi schodzi na dół po kierownika z kluczem uniwersalnym. Otworzyłem zatem i cofnąłem się, wpuszczając ich do środka.

Przez moment zachowywali czujność. Odprężyli się, gdy tylko stwierdzili, że nie jestem uzbrojony i że nie wyglądam na wariata. Wręczyli mi legitymacje i czekali uprzejmie, aż je odszyfruję. Na samej górze widniał napis: „Departament Sprawiedliwości Stanów Zjednoczonych". Na dole drugi: „Agencja Zwalczania Narkotyków"*. Pośrodku ujrzałem najróżniejsze pieczątki, podpisy, znaki wodne, a także zdjęcia i wypisane na maszynie imiona i nazwiska. Mężczyzna nazywał się Steven Eliot, przez jedno i, jak poeta. „Najokrutniejszy miesiąc to kwiecień". Bez dwóch zdań. Zdjęcie było nawet podobne. Steven Eliot wyglądał na gościa między trzydziestką a czterdziestką. Był mocno zbudowany, ciemnowłosy, łysiejący i miał uśmiech, który nawet na zdjęciu wydawał się przyjazny, a na żywo robił jeszcze lepsze wrażenie. Nazwisko kobiety brzmiało Duffy, Susan Duffy. Susan była nieco młodsza od Stevena Eliota, a także odrobinę wyższa. Blada, smukła i atrakcyjna. Od czasu gdy zrobiono zdjęcie, zmieniła uczesanie.

– Proszę – powiedziałem – przeszukajcie pokój. Od bardzo dawna nie mam nic, co warto byłoby ukryć przed waszymi ludźmi.

Oddałem im legitymacje. Oboje schowali je do wewnętrznych kieszeni, starannie odsuwając poły marynarek, żebym mógł zobaczyć broń. Trzymali ją w zgrabnych kaburach pod pachą. Rozpoznałem charakterystyczną kolbę glocka 17 w kaburze Eliota. Duffy miała dziewiętnastkę. Ta sama spluwa,

---

* DEA – Drug Enforcement Administration.

tylko nieco mniejsza. Nosiła ją tuż przy prawej piersi, pewnie była leworęczna.

– Nie chcemy przeszukać pokoju – oznajmiła.

– Chcemy porozmawiać o tablicy rejestracyjnej – dodał Eliot.

– Nie mam samochodu – odparłem.

Staliśmy tuż za drzwiami, tworząc zgrabny trójkąt. Eliot wciąż trzymał w dłoni aktówkę. Próbowałem ustalić, które z nich jest szefem. Może żadne, może byli sobie równi. Na pewno nie należeli do początkujących. Dobrze ubrani, sprawiali jednak wrażenie zmęczonych. Może pracowali przez całą noc i przylecieli skądś, na przykład z Waszyngtonu.

– Możemy usiąść? – spytała Duffy.

– Jasne – odparłem.

Jednak w tanim pokoju hotelowym okazało się to niełatwe. Stało w nim tylko jedno krzesło wepchnięte pod małe biurko, wciśnięte między ścianę i szafkę z telewizorem. Duffy wysunęła je i odwróciła tak, by usiąść naprzeciw łóżka. Ja sam przysiadłem na łóżku koło poduszki. Eliot przycupnął w nogach i położył na materacu aktówkę. Na jego twarzy pojawił się przyjazny uśmiech. Nie dostrzegałem w nim nic sztucznego. Duffy wyglądała świetnie, krzesło miało akurat odpowiednią wysokość. Krótka spódnica odsłaniała ciemne pończochy, nieco jaśniejsze na kolanach, gdzie się bardziej naciągnęły.

– Ty jesteś Reacher, prawda? – spytał Eliot.

Oderwałem wzrok od nóg Duffy i skinąłem głową. Mogłem się spodziewać, że będą to wiedzieć.

– Pokój został wynajęty na nazwisko Calhoun – dodał Eliot. – Opłacony gotówką, na jedną noc.

– Nawyk – mruknąłem.

– Wyprowadzasz się dzisiaj?

– Żyję z dnia na dzień.

– Kto to jest Calhoun?

– Wiceprezydent za czasów Johna Quincy'ego Adamsa – wyjaśniłem. – Uznałem, że to pasuje do miejsca. Prezydentów wykorzystałem już dawno. Teraz jestem na etapie wiceprezydentów. Calhoun był bardzo nietypowy, zrezygnował, by móc wystartować w wyborach do Senatu.

– Dostał się?

– Nie wiem.

– Po co fałszywe nazwisko?

– Nawyk – powtórzyłem.

Susan Duffy patrzyła wprost na mnie – nie jak na wariata, lecz jakby była mną zainteresowana. Zapewne uważała to za niezwykle skuteczną technikę przesłuchania. W czasach gdy sam przesłuchiwałem ludzi, robiłem podobnie. Dziewięćdziesiąt procent przesłuchania polega nie na zadawaniu pytań, lecz słuchaniu odpowiedzi.

– Rozmawialiśmy z gościem z żandarmerii, niejakim Powellem – oznajmiła. – Prosiłeś, żeby sprawdził pewną rejestrację.

Głos miała niski, ciepły i lekko ochrypły. Milczałem.

– Pozakładaliśmy w sieci i w komputerach alarmy dotyczące tej właśnie rejestracji – ciągnęła. – Gdy tylko pytanie Powella trafiło do bazy, dowiedzieliśmy się o tym. Zadzwoniliśmy i spytaliśmy, skąd to zainteresowanie. Wyjaśnił nam.

– Mam nadzieję, że niechętnie – wtrąciłem.

Uśmiechnęła się.

– Dostatecznie szybko doszedł do siebie, by podać nam fałszywy numer telefonu. Zatem nie musisz się martwić o starą wojskową lojalność.

– Ale w końcu podał wam właściwy.

– Zagroziliśmy mu – wyjaśniła.

– Zatem żandarmeria zmieniła się od moich czasów.

– To dla nas bardzo ważne – oznajmił Eliot. – Zrozumiał to.

– Teraz więc ty także jesteś dla nas ważny – dodała Duffy.

Odwróciłem wzrok. Nie jestem niedoświadczonym młodzikiem, lecz brzmienie jej głosu sprawiło, że poczułem ciarki. Podejrzewałem, że to ona jest szefem i że świetnie potrafi przesłuchiwać.

– Zwykły człowiek sprawdza numer rejestracyjny – podjął Eliot. – Po co? Może miał stłuczkę z wozem o takiej rejestracji, może ktoś go potrącił. Ale czemu nie zadzwoni na policję? A ty właśnie nam powiedziałeś, że w ogóle nie masz samochodu.

– Może zatem zobaczyłeś kogoś w tym wozie – uzupełniła Duffy.

Zawiesiła głos. Istny paragraf 22. Jeśli osoba w samochodzie to mój przyjaciel, zapewne byłem ich wrogiem. Jeżeli natomiast ujrzałem wroga, Duffy była gotowa się ze mną zaprzyjaźnić.

– Jedliście już śniadanie? – spytałem.

– Tak – odparła.

– Ja także.

– Wiemy – rzekła. – Obsługa hotelowa. Porcja naleśników z jajkiem sadzonym, lekko ściętym. A także duży dzbanek czarnej kawy, zamówienie na siódmą czterdzieści pięć, dostarczone o siódmej czterdzieści cztery. Zapłaciłeś gotówką i dałeś kelnerowi trzy dolary napiwku.

– Smakowało mi?

– Zjadłeś.

Eliot otworzył z trzaskiem zamki aktówki i podniósł wieko. Wyciągnął plik papierów związanych gumką. Kartki sprawiały wrażenie nowych, pokrywające je pismo było jednak zamazane. Fotokopie faksów, zapewne zrobione tej samej nocy.

– Historia twojej służby – oznajmił.

Dostrzegłem leżące w aktówce zdjęcia, czarno-białe, pewnie operacyjne.

– Przez trzynaście lat służyłeś w żandarmerii wojskowej – ciągnął Eliot. – Szybki awans, od podporucznika do majora. Pochwały i medale. Lubili cię. Byłeś dobry, bardzo dobry.

– Dziękuję.

– Więcej niż bardzo dobry. Wielokrotnie powierzali ci zadania specjalne.

– Chyba tak.

– Ale pozwolili ci odejść.

– To był er-es-zet.

– Er-es-zet? – powtórzyła Duffy.

– RSZ, redukcja sił zbrojnych. Oni uwielbiają skrótowce. Zimna wojna dobiegła końca, obcięto wydatki na wojsko, trzeba było zmniejszyć armię. Nie potrzebowali tak wielu ludzi do zadań specjalnych.

– Armia wciąż istnieje – zauważył Eliot. – Nie wywalili wszystkich.

– Nie.

– To czemu właśnie ciebie?

– Nie zrozumiałbyś.

Nie zareagował.

– Możesz nam pomóc – powiedziała Duffy. – Kogo widziałeś w samochodzie?

Nie odpowiedziałem.

– Czy w wojsku mieliście narkotyki? – spytał Eliot.

Uśmiechnąłem się.

– Wojsko uwielbia narkotyki – odparłem. – Zawsze je uwielbiało. Morfinę, benzedrynę. Armia niemiecka wynalazła extasy, służyła do tłumienia apetytu. CIA wymyśliła LSD, testowała je na żołnierzach. Narkotyki to krwiobieg armii.

– A te zażywane sporadycznie?

– Średnia wieku rekrutów to osiemnaście lat. Jak sądzicie?

– Czy był to problem?

– Dla nas niespecjalnie. Nie obchodziło nas, czy jakiś chłopak wyskoczy na przepustkę i wypali parę jointów w sypialni swojej panienki. Zdecydowanie woleliśmy widzieć u nich skręty niż piwo. Gdy żołnierz znajduje się poza naszą kontrolą, wolimy, żeby był potulny, nie agresywny.

Duffy zerknęła na Eliota. Eliot, posługując się paznokciami, wydłubał z aktówki zdjęcia i podał mi. Cztery, ziarniste, lekko zamazane. Wszystkie przedstawiały tego samego cadillaca deville, którego widziałem poprzedniego wieczoru. Rozpoznałem tablicę rejestracyjną. Samochód parkował w dużym garażu, obok bagażnika stało dwóch mężczyzn. Na dwóch zdjęciach pokrywa bagażnika była spuszczona, na dwóch uniesiona. Mężczyźni zaglądali do środka, patrzyli na coś, ale nie udało mi się stwierdzić na co. Jeden z nich wyglądał jak typowy latynoski alfons. Drugi był starszy, ubrany w garnitur. Nie znałem żadnego z nich.

Duffy musiała obserwować moją twarz.

– To nie ich widziałeś?

– Nie twierdzę, że kogokolwiek widziałem.

– Latynos to ważny dealer – oznajmił Eliot. – Szczerze mówiąc, to najważniejszy dealer okręgu Los Angeles. Oczywiście nie da się tego dowieść, ale doskonale go znamy. Jego zyski sięgają milionów dolarów tygodniowo, żyje jak król. Ale przyjechał do Portlandu w stanie Maine, by spotkać się z tym drugim.

Dotknąłem jednego ze zdjęć.

– To jest Portland w stanie Maine?

Duffy skinęła głową.

– Garaż podziemny w centrum, jakieś dziewięć tygodni temu. Sama zrobiłam te zdjęcia.

– Kim jest drugi facet?

– Nie mamy pewności. Oczywiście sprawdziliśmy numery cadillaca. Jest zarejestrowany na firmę Bizarre Bazaar z siedzibą w Portlandzie w stanie Maine. Z tego, co nam wiadomo, początkowo była to niewielka firma importowo-eksportowa, sprowadzała hipisowskie towary z Bliskiego Wschodu. Teraz specjalizuje się w imporcie wschodnich dywanów. Właściciel to niejaki Zachary Beck. Zakładamy, że zdjęcie przedstawia właśnie jego.

– Co oznacza, że to gruba ryba – dodał Eliot. – Jeśli ten facet z Los Angeles gotów jest przylecieć na Wschodnie Wybrzeże, by się z nim spotkać, to tamten musi stać o parę szczebli wyżej. A wierz mi, każdy stojący o parę szczebli wyżej od faceta z LA tkwi w stratosferze. Zatem Zachary Beck to ważny facet i nabija się z nas. Dywaniki, narkotyki. Niezły żart.

– Przykro mi – odparłem. – Nigdy wcześniej nie widziałem go na oczy.

– Niech ci nie będzie przykro. – Duffy pochyliła się do przodu. – Dla nas lepiej, jeśli to nie jego widziałeś. O nim już wiemy. Wolelibyśmy, byś zobaczył któregoś z jego wspólników. W ten sposób możemy do niego dotrzeć.

– Nie da się załatwić tego bezpośrednio?

Odpowiedziało mi krótkie milczenie. Oboje sprawiali wrażenie zakłopotanych, wręcz zawstydzonych.

– Mamy pewne problemy – przyznał w końcu Eliot.

– Według mnie macie całkiem niezłe poszlaki wskazujące na klienta z Los Angeles, a zdjęcia wiążą go z tym Beckiem.

– Zdjęcia są trefne – oznajmiła Duffy. – Popełniłam błąd.

Znów cisza.

– Parking to własność prywatna – wyjaśniła. – Mieści się pod biurowcem. Nie miałam nakazu. Czwarta poprawka nie pozwala wykorzystać zdjęć jako dowodu.

– Nie mogłabyś skłamać? Powiedzieć, że zrobiłaś je przed budynkiem?

– Za dużo widać na zdjęciu. Adwokat zorientowałby się w jednej chwili i cała sprawa by upadła.

– Musimy wiedzieć, kogo widziałeś – wtrącił Eliot.

Nie odpowiedziałem.

– Naprawdę musimy wiedzieć – dodała cicho Duffy takim tonem, że niejeden facet gotów byłby skoczyć dla niej z dachu wieżowca. Nie wyczułem w nim jednak ani krztyny fałszu czy pretensji. Nie miała pojęcia, jak świetnie brzmi jej głos. Naprawdę musiała wiedzieć.

– Dlaczego? – spytałem.

– Bo muszę naprawić tę sprawę.

– Wszyscy popełniamy błędy.

– Przydzieliliśmy Beckowi naszego człowieka, tajną agentkę. Zniknęła.

Cisza.

– Kiedy? – spytałem.

– Siedem tygodni temu.

– Szukaliście jej?

– Nie wiemy, gdzie szukać. Nie mamy pojęcia, gdzie znika Beck. Nie wiemy nawet, gdzie mieszka, nie ma żadnej zarejestrowanej nieruchomości. Jego dom należy zapewne do lewej firmy. To igła w stogu siana.

– Nie śledziliście go?

– Próbowaliśmy. Ma ochroniarzy i kierowców. Są za dobrzy.

– Dla DEA?

– Dla nas. Działamy sami. Kiedy spieprzyłam sprawę, Departament Sprawiedliwości umył ręce.

– Mimo zniknięcia agentki?

– Nie wiedzieli o jej zniknięciu. Wysłaliśmy ją tam po tym, jak nas odsunęli. Działała nieoficjalnie.

Patrzyłem na nią bez słowa.

– Cała ta sprawa jest nieoficjalna – dodała.

– No to jak ją prowadzisz?

– Jestem szefową grupy, nikt nie zagląda mi cały czas przez ramię. Udaję, że pracuję nad czymś innym, ale wciąż zajmuję się tą historią.

– I nikt nie wie o zniknięciu waszej agentki?

– Tylko moja grupa – odparła. – Siedem osób. I teraz ty.

Milczałem.

– Przyjechaliśmy prosto do ciebie, potrzebujemy jakiegoś punktu zaczepienia. Myślisz, że lecielibyśmy tu w niedzielę?

W pokoju zapadła cisza. Spojrzałem na Eliota, potem znów na nią. Potrzebowali mnie, a ja potrzebowałem ich, poza tym spodobali mi się, nawet bardzo. To byli uczciwi, mili ludzie, podobni do najlepszych, z jakimi pracowałem.

– Proponuję wymianę – oznajmiłem. – Informacje za informacje. Zobaczymy, jak się nam będzie współpracować, i zdecydujemy, co dalej.

– Czego ci potrzeba?

• • •

Powiedziałem jej, że potrzebuję dokumentacji szpitalnej sprzed dziesięciu lat z miasteczka Eureka w Kalifornii. Wyjaśniłem, czego dokładnie szukać. Oznajmiłem, że zostanę w Bostonie, póki się nie odezwie. Dodałem, by niczego nie rejestrowała, żadnych papierów. Potem wyszli i drugiego dnia nie działo się nic więcej. Trzeciego także. I czwartego. Kręciłem się po mieście. Pierwsze dni pobytu w Bostonie były dość ciekawe. To jedno z miast, które określam jako czterdziestkiósemki. Po czterdziestu ośmiu godzinach zaczynają się robić męczące. Oczywiście, jeśli chodzi o mnie, opis ten pasuje do większości miejsc – nie umiem usiedzieć na tyłku i na początku piątego dnia zaczynałem dostawać świra. Byłem już gotów założyć, że o mnie zapomnieli, poddać się i ruszyć w drogę. Myślałem o Miami, z pewnością będzie tam cieplej. Lecz późnym rankiem zadzwonił telefon. Usłyszałem jej głos. Miły.

– Jedziemy do ciebie – oznajmiła. – Spotkajmy się przy pomniku faceta na koniu, przy Szlaku Wolności, o trzeciej.

Nie był to zbyt dokładny opis, wiedziałem jednak, o co jej chodzi. Posąg stał przy North End, nieopodal kościoła. Wiosenny chłód zniechęcał do przebywania na dworze, ale i tak dotarłem tam wcześniej. Usiadłem na ławce obok staruszki karmiącej okruchami chleba wróble i synogarlice. Spojrzała na mnie i przeniosła się na sąsiednią ławkę. Ptaki tłoczyły się wokół jej stóp, zawzięcie dziobiąc asfalt. Wodniste promienie słońca przebijały się przez zasnuwające niebo deszczowe chmury. Posąg przedstawiał siedzącego na koniu Paula Revere'a.

Duffy i Eliot zjawili się punktualnie. Mieli na sobie czarne płaszcze przeciwdeszczowe, pełne sprzączek, pasków i pętelek. Równie dobrze mogli zawiesić sobie na szyjach tabliczki z napisami: Agenci federalni z Waszyngtonu. Oboje usiedli, Duffy po mojej lewej ręce, Eliot po prawej. Oparłem się o ławkę, a oni pochylili się naprzód, opierając łokcie na kolanach.

– Sanitariusze wyłowili z Pacyfiku pewnego mężczyznę – oznajmiła Duffy. – Dziesięć lat temu, na południe od Eureki

41

w Kalifornii. Biały mężczyzna około czterdziestki, dwukrotnie postrzelony w głowę i raz w klatkę piersiową. Mały kaliber, najpewniej dwadzieścia dwa. Uznali, że został zepchnięty do oceanu ze skały.

– Żył, kiedy go wyłowili? – spytałem, choć znałem już odpowiedź.

– Ledwo. Pocisk utkwił koło serca, pęknięta czaszka, prócz tego w wyniku upadku złamana ręka, obie nogi i miednica. Omal nie utonął. Operowali go przez piętnaście godzin, miesiąc leżał na intensywnej terapii, kolejnych sześć w szpitalu.

– Zidentyfikowany?

– Nie miał przy sobie dokumentów. W rejestrach figuruje jako NN.

– Próbowali ustalić jego tożsamość?

– Nie znaleziono odcisków palców, żadnych śladów na listach osób zaginionych. Nikt się po niego nie zgłosił.

Skinąłem głową. Komputery mówią tylko to, co każe im się mówić.

– I co dalej? – spytałem.

– Doszedł do siebie – wyjaśniła. – Minęło sześć miesięcy. Próbowali wykombinować, co z nim zrobić, gdy nagle sam się wypisał. Nigdy więcej go nie ujrzeli.

– Mówił coś o sobie?

– Stwierdzili u niego amnezję. Z pewnością obejmowała traumatyczne przeżycie, to praktycznie nieuniknione. Uznali, że w sumie mogła naprawdę dotyczyć wypadku i poprzedniego dnia czy dwóch. Podejrzewali jednak, że musi coś pamiętać z wcześniejszych czasów, i mieli wrażenie, że udaje. Rejestr jest całkiem pokaźny, rozmowy z psychiatrami i tak dalej. Przeprowadzali regularne wywiady, okazał się jednak niewzruszony. Nigdy niczego o sobie nie powiedział.

– W jakim był stanie, gdy się wypisał?

– Całkiem niezłym. Pozostały mu widoczne blizny postrzałowe, nic więcej.

– Dobra – odchyliłem głowę i spojrzałem w niebo.

– Kto to był?

– Jak sądzicie? – odpowiedziałem pytaniem.

– Pociski z dwudziestkidwójki w głowę i klatkę piersiową? – mruknął Eliot. – Wrzucony do oceanu? Przestępczość zorganizowana, zabójstwo na zlecenie. Załatwił go zawodowiec.

Milczałem, wciąż patrząc w niebo.

– Kto to był? – powtórzyła Duffy.

Nadal patrzyłem w niebo. W myślach cofnąłem się o dziesięć lat, do zupełnie innego świata.

– Wiecie cokolwiek o czołgach? – spytałem.

– Takich wojskowych, z gąsienicami i działami? Niespecjalnie.

– Nie ma w tym nic wielkiego. Chodzi o to, by poruszały się szybko, żeby można było na nich polegać, żeby nie paliły za dużo. Ale jeśli ja mam czołg i ty masz czołg, to co tak naprawdę chcę wiedzieć?

– Co?

– Czy mogę cię załatwić, nim ty załatwisz mnie. To wszystko, co mnie interesuje. Gdy dzieli nas półtora kilometra, to czy mój pocisk do ciebie doleci? A może twój do mnie?

– I co?

– Oczywiście, biorąc pod uwagę prawa fizyki, odpowiedź jest następująca: jeśli ja mogę cię trafić z odległości półtora kilometra, to ty także możesz trafić mnie. Zatem wszystko sprowadza się do amunicji. Jeśli cofnę się jeszcze o dwieście metrów, by twój pocisk odbił się ode mnie, nie czyniąc mi szkody, to czy zdołam zaprojektować taki, który nie odbije się od ciebie? O to właśnie chodzi w czołgach. Facet w oceanie był oficerem wywiadu wojskowego, który szantażował wojskowego specjalistę od uzbrojenia.

– Czemu znalazł się w oceanie?

– Oglądaliście w telewizji relacje z wojny w Zatoce?

– Ja tak – przyznał Eliot.

– Zapomnijcie o inteligentnych bombach – powiedziałem. – Prawdziwą gwiazdą tego przedstawienia był czołg bojowy M jeden A jeden Abrams. Zwyciężył z Irakijczykami około czterystu do zera, mimo że używali najlepszego dostępnego sprzętu. Lecz nadawanie relacji telewizyjnych oznaczało, że odsłoniliśmy przed całym światem karty i następnym razem musimy wymyślić coś nowego. Toteż zabraliśmy się do roboty.

– I? – wtrąciła Duffy.

– Jeśli chcecie, by pocisk doleciał dalej i uderzył mocniej, trzeba wsadzić w niego więcej substancji nośnej. Albo zmniejszyć jego ciężar. Albo jedno i drugie. Oczywiście, jeśli napcha się więcej substancji, trzeba wprowadzić też poważne zmiany gdzie indziej, by zmniejszyć ciężar. To właśnie zrobili. Wyjęli z niego ładunek wybuchowy, co brzmi dziwnie, prawda? Bo niby co mógłby zdziałać taki pocisk? Z brzękiem odbić się od pancerza? Lecz jednocześnie zmieniono jego kształt. Naukowcy wymyślili coś, co wygląda jak olbrzymia strzałka. Zamontowano lotki i tak dalej. Odlewa się to z tungstenu i zubożonego uranu, metali o największej możliwej gęstości. Leci bardzo szybko i bardzo daleko. Nazwali go długim penetratorem.

Duffy zerknęła na mnie, mrużąc oczy, uśmiechnęła się i zarumieniła jednocześnie. Odpowiedziałem uśmiechem.

– Zmienili tę nazwę – dodałem. – Teraz nazywają to APFSDS. Mówiłem, że lubią skróty. Armor Piercing Fin Stabilized Discarding Sabot. Pocisk podkalibrowy stabilizowany brzechwowo z odrzucanym sabotem. Zasila go własny, niewielki silnik rakietowy. Pocisk trafia w czołg wroga z olbrzymią energią kinetyczną, która w chwili uderzenia, tak jak uczono nas w liceum na fizyce, zamienia się w energię cieplną. Pocisk w ułamku sekundy topi w miejscu uderzenia pancerz, wpada do środka i zalewa wnętrze czołgu fontanną stopionego metalu, który zabija załogę i niszczy wszystkie elementy wybuchowe i łatwopalne. Niezła sztuczka. I każde trafienie się liczy, bo nawet jeśli pancerz wroga jest zbyt gruby albo strzeliliśmy ze zbyt wielkiej odległości, pocisk wbija się częściowo, jak strzałka, i rozpryskuje, co oznacza, że uszkadza wewnętrzną część pancerza, zasypując wnętrze odłamkami rozpalonego metalu, zupełnie jak granat. Z załogi wroga zostaje miazga jak z żaby w mikserze. Świetna nowa broń.

– Ale co z tym mężczyzną w oceanie?

– Zdobył plany od gościa, którego szantażował – oznajmiłem. – Kawałek po kawałku, przez długi okres. Obserwowaliśmy go, wiedzieliśmy dokładnie, co robi. Zamierzał sprzedać je wywiadowi irackiemu. Irakijczycy pragnęli wyrównać szanse na następną turę. Armia Stanów Zjednoczonych nie chciała, by do tego doszło.

Eliot spojrzał na mnie.

– I kazali go zabić?

Pokręciłem głową.

– Wysłaliśmy paru żandarmów, by go aresztowali, standardowa procedura. Wszystko legalne, zgodnie z wszelkimi przepisami. Ale coś poszło nie tak, zdołał uciec, zamierzał zniknąć. Armia Stanów Zjednoczonych zdecydowanie nie chciała, by do tego doszło.

– I wtedy kazali go zabić?

Znów spojrzałem w niebo. Nie odpowiedziałem.

– To nie była standardowa procedura – dodał Eliot. – Prawda?

Milczałem.

– Akcja nieoficjalna – dodał. – Prawda?

Nie odpowiedziałem.

– Ale on nie zginął – uzupełniła Duffy. – Jak się nazywał?

– Quinn – odparłem. – Najgorszy facet, jakiego kiedykolwiek spotkałem.

– I jego właśnie zobaczyłeś w sobotę w samochodzie Becka?

Skinąłem głową.

– Szofer zabrał go spod filharmonii.

• • •

45

Przekazałem im wszystkie znane mi szczegóły, ale doskonale wiedzieliśmy, że te informacje nie mają znaczenia. Niemożliwe, by Quinn posługiwał się swoim poprzednim nazwiskiem. Mogłem im zatem dać jedynie opis przeciętnego białego mężczyzny koło pięćdziesiątki z dwiema bliznami po pociskach dwudziestkidwójki na czole. To lepsze niż nic, ale na niewiele mogło im się przydać.

– Czemu nie dopasowano jego odcisków? – spytał Eliot.

– Został wymazany – wyjaśniłem. – Jakby nigdy nie istniał.

– Czemu nie umarł?

– Dwudziestkadwójka z tłumikiem, nasza standardowa broń do tajnych operacji. Niestety, dość słaba.

– Czy wciąż jest niebezpieczny?

– Nie dla wojska. To dawne dzieje, wszystko działo się dziesięć lat temu. APFSDS wkrótce znajdą się w muzeum, podobnie jak czołgi Abrams.

– Czemu więc próbowałeś go odnaleźć?

– Bo w zależności od tego, co dokładnie pamięta, może być bardzo niebezpieczny dla faceta, który próbował go wyeliminować.

Eliot skinął głową w milczeniu.

– Czy w sobotę w samochodzie Becka sprawiał wrażenie kogoś ważnego? – spytała Duffy.

– Wyglądał na bogatego – odparłem. – Drogi kaszmirowy płaszcz, skórzane rękawiczki, jedwabny szalik. Jak ktoś, kto przywykł do tego, że wozi go szofer. Po prostu wsiadł do samochodu, jakby często to robił.

– Przywitał się z kierowcą?

– Nie wiem.

– Musimy go jakoś umiejscowić – oznajmiła. – Potrzebne nam szczegóły. Jak się zachowywał? Korzystał z wozu Becka. Ale czy sprawiał wrażenie kogoś, kto ma do tego prawo, czy raczej kogoś, komu robią przysługę?

– To pierwsze – odparłem. – Zupełnie jakby korzystał z niego na co dzień.

– Zatem dorównuje pozycją Beckowi?

Wzruszyłem ramionami.

– Może być jego szefem.

– Najwyżej wspólnikiem – sprostował Eliot. – Nasz klient z LA nie przyjechałby na spotkanie z podwładnym.

– Nie widzę Quinna w roli czyjegokolwiek wspólnika.

– Jaki on był?

– Normalny – powiedziałem. – Jak na oficera wywiadu. Pod wieloma względami.

– Pomijając szpiegostwo – uzupełnił Eliot.

– Tak, pomijając to.

– I to, przez co miał nieoficjalnie zginąć.

– Owszem.

Duffy umilkła, rozmyślała w skupieniu. Byłem pewien, że zastanawia się, w jaki sposób mnie wykorzystać. I wcale mi to nie przeszkadzało.

– Zostaniesz w Bostonie? – spytała. – Tak, byśmy mogli cię znaleźć?

Odparłem, że zostanę. Odeszli. To był koniec piątego dnia.

• • •

W barze sportowym znalazłem konika i szósty i siódmy dzień spędziłem głównie w Fenway Park, oglądając początki sezonu Red Soksów. Piątkowy mecz przeciągnął się do siedemnastu tur i skończył bardzo późno, toteż przespałem większość ósmego dnia, a wieczorem wróciłem do filharmonii obserwować tłum, na wypadek gdyby Quinn miał bilety sezonowe na serię koncertów. Ale się nie zjawił. Odtworzyłem w pamięci to, jak na mnie spojrzał. Może była to wyłącznie irytacja z powodu zderzenia w tłumie. Ale może coś więcej.

Susan Duffy zadzwoniła ponownie rankiem dziewiątego dnia, w niedzielę. Jej głos brzmiał jakoś inaczej, jak u kogoś, kto bardzo dużo rozmyślał. Jak u kogoś, kto ma plan.

– Hol hotelowy, w południe – oznajmiła.

Zjawiła się samochodem, sama. To był taurus, bardzo prosty, bez żadnych ozdóbek, brudny w środku. Samochód rządowy. Miała na sobie wytarte dżinsy, drogie buty i sfatygowaną skórzaną kurtkę. Świeżo umyte włosy zaczesała do tyłu. Usiadłem w fotelu pasażera, a ona przecięła sześć pasm jezdni, kierując się wprost do tunelu prowadzącego do Mass Pike.

– Zachary Beck ma syna – oznajmiła.

Szybko pokonała podziemny zakręt. Tunel się skończył i znów znaleźliśmy się w świetle słabego kwietniowego słońca, tuż za Fenway.

– Studiuje – ciągnęła. – Na małej, nieznanej uczelni specjalizującej się w humanistyce. Tak się składa, że niedaleko stąd. Rozmawialiśmy z jego kolegą, w zamian zgodziliśmy się przymknąć oko na jego problemy z marychą. Syn nazywa się Richard Beck, niezbyt popularny, trochę dziwny. Wciąż daje o sobie znać szok po wydarzeniach sprzed pięciu lat.

– Jakich wydarzeniach?

– Został porwany.

Nie odpowiedziałem.

– Rozumiesz? – spytała Duffy. – Wiesz, jak często w dzisiejszych czasach porywa się zwykłych ludzi?

– Nie – przyznałem.

– W ogóle – oznajmiła. – To zapomniane przestępstwo. Zatem musiało chodzić o wojny gangów. Co dowodzi, że jego ojciec jest przestępcą.

– Naciągane.

– Może i tak, ale bardzo przekonujące. Do tego nigdy nie zgłoszono porwania, FBI w ogóle o nim nie wie. Wszystko zostało załatwione prywatnie i niezbyt zręcznie. Kolega z roku twierdzi, że Richard Beck nie ma ucha.

– I co z tego?

Nie odpowiedziała, po prostu jechała na zachód. Przeciągnąłem się w fotelu, obserwując ją kątem oka. Wyglądała świetnie. Wysoka, szczupła, ładna, o żywym spojrzeniu, ani śladu makijażu. Należała do kobiet, które nie muszą się malować.

Nie miałbym nic przeciwko temu, by powiozła mnie w dal. Ale nie jechaliśmy bez celu, dokądś zmierzała, widziałem to wyraźnie. Miała plan.

– Sprawdziłam dokładnie historię twojej służby – oznajmiła. – Bardzo szczegółowo. Imponujący z ciebie gość.

– Niespecjalnie – mruknąłem.

– I masz wielkie stopy – dodała. – To dobrze.

– Dlaczego?

– Zobaczysz.

– Powiedz mi – poprosiłem.

– Jesteśmy bardzo podobni, ty i ja. Coś nas łączy. Ja chcę się zbliżyć do Zachary'ego Becka, by odzyskać swoją agentkę. Ty chcesz się do niego zbliżyć, by znaleźć Quinna.

– Twoja agentka nie żyje. Po ośmiu tygodniach to byłby cud. Pogódź się z tym.

Nie odpowiedziała.

– I nie obchodzi mnie Quinn.

Zerknęła w prawo i pokręciła głową.

– Obchodzi, i to bardzo, widać gołym okiem. To cię gryzie. Niedokończona sprawa. Przypuszczam, że należysz do ludzi, którzy nie znoszą niedokończonych spraw. – Na moment zawiesiła głos. – A ja wciąż zakładam, że moja agentka żyje, i nie zmienię zdania, póki nie dostarczysz mi jednoznacznych dowodów świadczących o czymś przeciwnym.

– Ja? – spytałem.

– Nie mogę wykorzystać swoich ludzi – oświadczyła. – Rozumiesz to, prawda? Dla Departamentu Sprawiedliwości cała ta sprawa jest nielegalna. Muszę zatem działać nieoficjalnie, a podejrzewam, że jesteś człowiekiem, który zna się na nieoficjalnych działaniach. I nie ma nic przeciwko nim, wręcz przeciwnie.

– I co z tego?

– Potrzebuję kogoś wewnątrz organizacji Becka i postanowiłam, że będziesz to ty. Zostaniesz moim długim penetratorem.

– Jak?

– Richard Beck to załatwi.

●　　●　　●

Zjechała z rozjazdu jakieś sześćdziesiąt kilometrów na zachód od Bostonu i skręciła na północ. Minęliśmy trzy nowoangielskie miasteczka, idealne, jak z obrazka. Przy drodze krzątali się strażacy, czyszcząc swoje wozy. Śpiewały ptaki, ludzie ustawiali meble na trawnikach i strzygli żywopłoty. W powietrzu unosił się zapach dymu z ognisk.

W końcu dotarliśmy do motelu na pustkowiu, uroczego budynku o ceglanych ścianach i idealnie białych wykończeniach. Na parkingu stało pięć samochodów blokujących dostęp do pięciu ostatnich pokojów. Wszystkie wozy były rządowe. W środkowym pokoju czekał już na nas Steve Eliot w towarzystwie pięciu mężczyzn, którzy przynieśli krzesła ze swoich kwater i zasiedli w półkolu. Duffy wprowadziła mnie do środka i skinieniem głowy powitała Eliota. Przypuszczałem, że gest ten oznacza mniej więcej: „Powiedziałam mu i nie odmówił. Na razie". Podeszła do okna, odwróciła się twarzą do pozostałych. Padające z tyłu światło sprawiało, że ledwie ją widziałem. Odchrząknęła, w pomieszczeniu zapadła cisza.

– No dobrze, słuchajcie – zaczęła Duffy. – Powtarzam jeszcze raz, wszystko to jest całkowicie nieoficjalne, nie mamy żadnego upoważnienia. Działamy w czasie wolnym, na własne ryzyko. Jeśli ktoś chce się wycofać, niech od razu wyjdzie.

Nikt nawet nie drgnął, nikt nie wyszedł. Sprytna taktyka. Duffy dawała do zrozumienia, że dysponuje z Eliotem co najmniej piątką ludzi, którzy pójdą za nimi do piekła i z powrotem.

– Mamy niecałe czterdzieści osiem godzin – powiedziała. – Pojutrze Richard Beck jedzie do domu na urodziny matki. Nasz informator twierdzi, że robi tak co roku. Opuszcza zajęcia i tak dalej. Ojciec przysyła po niego samochód z dwoma zawodowymi ochroniarzami, bo chłopak boi się ponownego porwania. Wykorzystamy ten strach, wyeliminujemy ochroniarzy i porwiemy go.

Zawiesiła głos, nikt się nie odezwał.

– Nasz cel to dotrzeć do domu Zachary'ego Becka – podjęła. – Możemy spokojnie założyć, że raczej nie przyjmą tam porywaczy, Reacher zatem natychmiast wyrwie im chłopaka z rąk. Wszystko musi wydarzyć się bardzo szybko. Porwanie, ratunek, raz-dwa. Chłopak oszaleje z wdzięczności i rodzice powitają Reachera przy domowym ognisku jak bohatera.

Z początku mężczyźni siedzieli cicho, trawiąc jej słowa. Potem się poruszyli. W całym planie roiło się od dziur jak w szwajcarskim serze. Spojrzałem na Duffy. Po chwili wyglądałem przez okno. Istnieją sposoby załatania dziur. Mój mózg wrzucił drugi bieg. Zastanawiałem się, jak wiele z tych dziur Duffy już dostrzegła, iloma odpowiedziami dysponuje. Ciekawiło mnie, skąd wiedziała, że uwielbiam takie sprawy.

– Gramy przed jednoosobową widownią – przypomniała Duffy. – Liczy się tylko to, co pomyśli Richard Beck. Wszystko będzie lipne, od początku do końca. Ale on musi w to uwierzyć.

Eliot spojrzał na mnie.

– Słabe punkty?

– Dwa – odparłem. – Po pierwsze, jak zamierzacie wyeliminować ochroniarzy, nie czyniąc im krzywdy? Zakładam, że nie gracie aż tak nieoficjalnie.

– Szybkość, szok, zaskoczenie – odparł. – Nasi porywacze będą mieli przy sobie pistolety maszynowe ze ślepą amunicją i granat ogłuszający. Gdy tylko wyciągniemy z wozu chłopaka, wrzucimy do środka granat. Dużo świateł, hałasu. Ogłuszy ich, nic więcej. Ale chłopak z pewnością założy, że została z nich miazga.

– Dobra – mruknąłem. – A po drugie, spójrzmy na to oczami aktora analizującego rolę. Jestem zwykłym przechodniem i przypadkiem należę do tego typu ludzi, którzy potrafią uratować chłopaka, co czyni mnie osobą inteligentną i dysponującą niezbędnymi umiejętnościami. Dlaczego więc nie zawlokę go prosto do najbliższego komisariatu? Albo nie zaczekam, aż zjawią się gliny? Dlaczego nie złożę zeznań, nie wystąpię w roli świadka? Po co miałbym pojechać z nim prosto do domu?

Eliot odwrócił się do Duffy.

– Będzie przerażony – powiedziała. – Poprosi, żebyś to zrobił.

– Ale czemu miałbym się zgodzić? Nieważne, czego on chce, ważna jest logika mojego postępowania. Bo nasza widownia nie jest wcale jednoosobowa, jest jeszcze ktoś drugi. Richard Beck i Zachary Beck. Richard Beck na miejscu, Zachary Beck później. Spojrzy na wszystko z innego punktu widzenia, więc jego także musimy przekonać.

– Chłopak może poprosić, żebyś nie jechał na policję.

– Ale czemu miałbym go posłuchać? Gdybym był zwykłym uczciwym obywatelem, od razu pomyślałbym o policji. Chciałbym załatwić wszystko jak należy.

– Protestowałby.

– A ja puściłbym jego protesty mimo uszu. Czemu inteligentny, sprawny facet miałby słuchać oszalałego dzieciaka? To poważna dziura. Wszystko wygląda podejrzanie, nienaturalnie, sztucznie. Zbyt bezpośrednio. Zachary Beck od razu się połapie.

– Może wciągniesz go do samochodu, a tamci ruszą w pościg.

– Pojechałbym wprost do komisariatu.

– Cholera – mruknęła Duffy.

– To niezły plan – powiedziałem. – Ale musimy go uwiarygodnić.

Znów wyjrzałem przez okno. Na zewnątrz było jasno. Zobaczyłem mnóstwo zieleni, drzewa, krzewy, odległe zalesione wzgórza w płaszczu młodych listków. Kątem oka widziałem Eliota i Duffy, którzy siedzieli ze wzrokiem wbitym w podłogę. Piątka mężczyzn czekała bez ruchu. Sprawiali wrażenie sprawnych gości. Dwaj byli nieco młodsi ode mnie, wysocy, przystojni. Dwaj inni mniej więcej w moim wieku, zupełnie przeciętni. Jeden znacznie starszy, przygarbiony, siwy. Zastanawiałem się długo, w skupieniu. Porwanie, ratunek, dom Becka. Muszę dotrzeć do domu Becka. Bo muszę znaleźć Quinna. Liczy się ostateczny wynik. Przyjrzałem się wszystkiemu z punktu widzenia chłopaka. Potem ponownie z punktu widzenia ojca.

– To niezły plan – powtórzyłem. – Trzeba go jednak udoskonalić. Muszę być człowiekiem, który nie pojedzie na policję. – Odczekałem chwilę. – Nie, jeszcze lepiej. Na oczach Richarda Becka muszę stać się człowiekiem, który nie może udać się na policję.

– Jak? – spytała Duffy.

Spojrzałem na nią.

– Muszę kogoś zranić, przypadkiem, w zamieszaniu. Jakiegoś przechodnia, kogoś z boku, w dwuznacznej sytuacji. Może kogoś przejadę, staruszkę wyprowadzającą psa. Może nawet ją zabiję. Wpadnę w panikę i zacznę uciekać.

– Zbyt trudne do zainscenizowania – zaprotestowała. – I nie wystarczy, by zmusić cię do ucieczki. Wypadki się zdarzają, zwłaszcza w takich okolicznościach.

Skinąłem głową, w pokoju zapadła cisza. Zamknąłem oczy, zastanawiając się jeszcze trochę, i powoli ujrzałem coraz wyraźniejsze zarysy sceny.

– Dobra – mruknąłem. – Co powiesz na to? Zabiję policjanta, przypadkiem.

Nikt się nie odezwał. Otworzyłem oczy.

– To strzał w dziesiątkę, rozumiecie? Idealny. Pozbawi Zachary'ego Becka wszelkich wątpliwości co do tego, czemu nie zachowałem się normalnie i nie zaczekałem na policję. Nie czeka się na gliniarzy, jeśli właśnie zabiło się jednego z nich, nawet przypadkiem. Doskonale to zrozumie, a ja będę miał powód, by później zostać w jego domu. A przecież muszę tam zostać. Pomyśli, że się ukrywam. Będzie wdzięczny, że ocaliłem mu syna, a że jest przestępcą, nie poczuje wyrzutów sumienia.

Nikt nie zaoponował. Po chwili w ciszy rozległy się pierwsze szmery aprobaty. Raz jeszcze sprawdziłem swój plan, od początku do końca. Liczy się ostateczny wynik. Uśmiechnąłem się.

– I jeszcze lepiej – dodałem. – Może nawet mnie zatrudni. Sądzę, że będzie czuł taką pokusę, bo tworzymy złudzenie, że ktoś nagle atakuje jego rodzinę. Straci dwóch ochroniarzy i będzie wiedział, że jestem od nich lepszy, bo oni przegrali, a ja nie. I chętnie mnie zatrudni, bo dopóki będzie wierzył, że zabiłem policjanta, a on mnie ukrywa, będzie uważał, że należę do niego.

Duffy także się uśmiechnęła.

– Bierzmy się do roboty – oznajmiła. – Mamy niecałe dwie doby.

• • •

Dwóm najmłodszym mężczyznom przydzieliliśmy role porywaczy. Postanowiliśmy, że przyjadą na miejsce furgonetką Toyoty z parku wozów zabezpieczonych przez DEA. Użyją skonfiskowanych uzi z dziewięciomilimetrowymi ślepakami oraz granatu ogłuszającego podwędzonego z magazynu SWAT-u. Potem zajęliśmy się moją rolą zbawcy. Postanowiliśmy, że jak wszyscy oszuści, będę trzymał się możliwie blisko prawdy. Miałem zatem zostać byłym wojskowym, włóczęgą, który znalazł się we właściwym miejscu o właściwej porze. I uzbrojonym. Co prawda w Massachusetts posiadanie broni było nielegalne, lecz znakomicie pasowało to do mojej postaci.

– Potrzebny mi wielki, staroświecki rewolwer – oznajmiłem. – Muszę mieć coś odpowiedniego dla cywila. Od początku do końca szykujemy wielkie przedstawienie. Toyota się do mnie zbliża, więc muszę ją unieszkodliwić, co oznacza strzały. Potrzebuję do tego trzech prawdziwych pocisków i trzech ślepaków. Dokładnie w takiej kolejności, trzy prawdziwe do strzelania do furgonetki, trzy ślepaki do ludzi.

– Każdą broń da się tak załadować – wtrącił Eliot.

– Ale ja muszę widzieć komory – powiedziałem. – Tuż przedtem, nim wypalę. Nie strzelę mieszanymi pociskami, nie sprawdzając ich wcześniej wzrokowo. Muszę wiedzieć, że zaczynam w odpowiednim miejscu. Potrzebuję zatem rewolweru, i to dużego, nie miniaturki, żebym widział wyraźnie.

Natychmiast zrozumiał, o co mi chodzi; zapisał coś. Potem wybraliśmy najstarszego z zespołu do roli miejscowego gliniarza. Duffy zaproponowała, by po prostu wszedł przypadkiem na linię strzału.

– Nie – zaoponowałem. – To musi wyglądać jak pomyłka, a nie zwykły nieostrożny strzał. Muszę zaimponować Beckowi seniorowi, i to we właściwy sposób. Muszę to zrobić z rozmysłem, ale bez wahania. Jak szaleniec, ale umiejący strzelać.

Duffy się zgodziła. Eliot przebiegł w pamięci listę dostępnych pojazdów i zaproponował mi starą furgonetkę. Dodał, że mógłbym być dostawcą. Tym samym zyskam pretekst, by kręcić się po ulicy. Sporządziliśmy listy, na papierze i w głowach. Mężczyźni w moim wieku siedzieli dalej bez wyznaczonych ról i niespecjalnie im się to podobało.

– Stanowicie wsparcie – oznajmiłem. – Powiedzmy, że dzieciak nie zauważy nawet, jak zastrzeliłem pierwszego policjanta. Może zemdleje, nie wiem. Musicie nas ścigać, a ja wyeliminuję was, gdy będę wiedział, że patrzy.

– Ale skąd policyjne wsparcie? – spytał najstarszy. – Skąd się tam wzięło? Nagle w całej okolicy, i to bez żadnych powodów, roi się od glin?

– Ochrona uczelniana – zaproponowała Duffy. – Wiecie, ci goście do wynajęcia. Po prostu się tam znajdą. Bo gdzie indziej mieliby być?

– Doskonale – mruknąłem. – Mogą ruszyć z głębi kampusu i stamtąd kontrolować całą sytuację przez radio.

– Jak wyłączysz ich z gry? – spytał Eliot, jakby stanowiło to problem.

Skinąłem głową. Rzeczywiście, był to problem. Do tego czasu wystrzelę już sześć pocisków.

– Nie mogę przeładować. Nie podczas jazdy i nie ślepakami. Dzieciak mógłby coś zauważyć.

– Może ich staranujesz? Zepchniesz z drogi?

– Nie starą furgonetką. Potrzebny mi drugi rewolwer, wcześniej załadowany, leżący w kabinie, w schowku na rękawiczki.

– Kręcisz się po kraju z dwoma sześciostrzałowcami? – spytał najstarszy. – To trochę dziwne, zwłaszcza w Massachusetts.

Skinąłem głową.

– Owszem, to słaby punkt. Czasem trzeba zaryzykować.

– W takim razie będę w cywilu, jak detektyw. Strzelanie do gliny w mundurze to coś więcej niż zwykła nieostrożność i kolejny słaby punkt.

– Dobra – mruknąłem. – Zgoda, wspaniale. Jesteś detektywem, sięgasz po odznakę, a ja myślę, że chodzi o broń. Zdarza się.

– Ale jak zginiemy? – dopytywał się. – Po prostu złapiemy się za brzuch i upadniemy na ziemię jak w starych westernach?

– To mało przekonujące – zaprotestował Eliot. – Wszystko musi wyglądać idealnie, by przekonać Richarda Becka.

– Potrzebne nam triki z Hollywood – oświadczyła Duffy. – Kamizelki z kevlaru, prezerwatywy pełne sztucznej krwi wybuchające na sygnał radiowy.

– Możemy je zdobyć?

– W Nowym Jorku albo Bostonie?

– Brakuje nam czasu.

– Co ty powiesz – mruknęła.

• • •

To był koniec dziewiątego dnia. Duffy chciała, bym przeprowadził się do motelu. Zaproponowała, że ktoś odwiezie

56

mnie do Bostonu, żebym mógł zabrać bagaż. Oświadczyłem, że nie mam bagażu, a ona spojrzała na mnie z ukosa, niczego jednak nie powiedziała. Zająłem pokój obok starego agenta. Ktoś wyskoczył po pizzę. Wszyscy kręcili się bez przerwy i wydzwaniali, zostawiając mnie w spokoju. Leżałem na łóżku, raz po raz odtwarzając w myślach całą scenę od początku do końca z mojego punktu widzenia. Sporządziłem w głowie listę wszystkich rzeczy, których nie uwzględniliśmy. Była długa. Ale jedna rzecz szczególnie nie dawała mi spokoju. Nie było jej na liście, raczej obok. Zeskoczyłem z łóżka i zacząłem szukać Duffy. Zastałem ją na parkingu, biegła właśnie od samochodu do swojego pokoju.

– Zachary Beck nie jest tu szefem – oznajmiłem. – To niemożliwe. Jeśli Quinn w tym uczestniczy, to on wszystkim kieruje. Nie grałby drugich skrzypiec, chyba że Beck to facet jeszcze gorszy od niego. A takiej ewentualności wolę nie brać pod uwagę.

– Może Quinn się zmienił – podsunęła. – Dwa razy strzelono mu w głowę. Może wpłynęło to na jego mózg. W jakiś sposób go pomniejszyło.

Nie odpowiedziałem. Odeszła, a ja wróciłem do pokoju.

• • •

Dziesiąty dzień zaczął się od przyjazdu wozów. Stary agent dostał siedmioletniego chevroleta caprice udającego nieoznakowany wóz policyjny. Model z silnikiem corvette'y; rok później General Motors przestał je produkować. Wyglądał idealnie. Furgonetkę porywaczy pokrywał wyblakły czerwony lakier, z przodu miała dodatkowy potężny zderzak. Młodzi agenci już zaczęli się zastanawiać, jak go wykorzystać. Mnie przypadła zwykła brązowa furgonetka, najbardziej anonimowy pojazd, jaki zdarzyło mi się oglądać. Nie miała bocznych okien, jedynie dwa z tyłu. Sprawdziłem, czy w kabinie jest schowek na rękawiczki. Był.

– W porządku? – spytał Eliot.

Klepnąłem karoserię z boku, jak to czynią kierowcy. Odpowiedział mi głuchy odgłos.

– Doskonała – odparłem. – Chcę dostać duże czterdziestkiczwórki magnum, rewolwery, trzy ciężkie pociski z miękkim czubkiem i dziewięć ślepaków, najgłośniejszych, jakie znajdziecie.

– Dobra – rzucił. – Czemu z miękkim czubkiem?

– Martwią mnie rykoszety – wyjaśniłem. – Nie chcę, by komuś przypadkiem stała się krzywda. Miękkie pociski rozpłaszczą się i zostaną tam, gdzie trafią. Strzelę raz w chłodnicę, dwa razy w opony. Napompujcie je jak najmocniej, by eksplodowały po trafieniu. To musi wyglądać widowiskowo.

Eliot odszedł. Po chwili zjawiła się Duffy.

– To ci się przyda. – Trzymała płaszcz i parę rękawiczek. – W ten sposób będziesz wyglądał bardziej realistycznie, a pod płaszczem można schować broń.

Odebrałem jej płaszcz i przymierzyłem, pasował całkiem nieźle. Najwyraźniej umiała dobrze dobrać rozmiar.

– Psychologia to podstawa – zauważyła. – Nie będzie łatwo, musisz zachować elastyczność. Chłopak może popaść w katatonię. Niewykluczone, że będziesz musiał sprowokować jakąś reakcję. Miejmy jednak nadzieję, że zachowa w pełni świadomość i zacznie mówić. Myślę, że w takim wypadku powinieneś okazać niechęć wobec dalszego angażowania się w sprawę. Niech to on cię namówi, byś zawiózł go do domu. Jednocześnie musisz zachować pozycję dominującą. Niech ciąg wydarzeń nie pozwoli mu zastanawiać się zbyt długo nad tym, co właściwie widzi.

– Dobra – mruknąłem. – W takim razie muszę zmienić zamówienie co do amunicji. Drugi pocisk w drugim rewolwerze powinien być prawdziwy. Każę mu się schylić, a potem rozwalę okno z tyłu. Pomyśli, że to gliniarze do nas strzelali. Potem znów każę mu wstać, zwiększę poczucie zagrożenia, by przywykł do wykonywania moich poleceń. Dzięki temu nie będzie też protestował, gdy tamci oberwą. Bo nie chcę, żeby ze mną walczył, próbował mnie powstrzymać. Mógłbym rozbić furgonetkę i zabić nas obu.

– Szczerze mówiąc, powinieneś nawiązać z nim kontakt, żeby potem dobrze o tobie mówił. Bo zgadzam się, zatrudnienie przez Becka to strzał w dziesiątkę, dzięki temu zyskałbyś do niego dostęp. Spróbuj zatem zaimponować dzieciakowi, byle subtelnie. Nie musi cię lubić, wystarczy, by myślał, że jesteś twardzielem, który dokładnie wie, co robi.

Ruszyłem na poszukiwania Eliota, a tymczasem przyszli do mnie dwaj agenci odgrywający ochroniarzy z uczelni. Ustaliliśmy, że najpierw ostrzelają mnie ślepakami, potem ja wystrzelę jednego ślepaka. Potem rozwalę tylne okno furgonetki i znów wypalę ślepakiem. Wreszcie wystrzelę ostatnie trzy ślepaki jednego po drugim. Po ostatnim strzale rozwalą własną przednią szybę prawdziwym pociskiem i zsuną się z drogi, jakby stracili koło albo zostali trafieni.

– Tylko nie pomyl pocisków – uprzedził jeden z nich.

– Wy też – odparłem.

• • •

Na lunch znów zjedliśmy pizzę, potem ruszyliśmy na miejsce akcji. Zaparkowaliśmy półtora kilometra dalej, przejrzeliśmy parę map. Później zaryzykowaliśmy trzy przejazdy dwoma samochodami tuż obok bramy. Wolałbym mieć więcej czasu na zbadanie terenu, nie chcieliśmy jednak rzucać się w oczy. W milczeniu wróciliśmy do motelu i spotkaliśmy się w pokoju Eliota.

– Wygląda nieźle – oznajmiłem. – W którą stronę skręcą?

– Maine leży na północ – oznajmiła Duffy. – Możemy założyć, że Beck mieszka gdzieś w okolicach Portlandu.

Skinąłem głową.

– Myślę jednak, że skierują się na południe. Spójrz na mapy. W ten sposób szybciej dotarliby do autostrady. Standardowe procedury bezpieczeństwa nakazują jak najszybciej znaleźć się na szerokiej, ruchliwej drodze.

– To ryzyko.

– Pojadą na południe – powtórzyłem.

– Coś jeszcze? – spytał Eliot.

– Musiałbym być wariatem, by zatrzymać furgonetkę – powiedziałem. – Stary Beck z pewnością pomyśli, że powinienem się jej pozbyć i ukraść samochód.

– Gdzie? – spytała Duffy.

– Na mapie znalazłem centrum handlowe tuż obok autostrady.

– Dobra, zostawimy ci wóz.

– Zapasowe kluczyki pod zderzakiem? – spytał Eliot.

Duffy pokręciła głową.

– Zbyt naciągane. Wszystko powinno wyglądać absolutnie przekonująco. Będzie musiał naprawdę go ukraść.

– Nie umiem – powiedziałem. – Nigdy w życiu nie ukradłem samochodu.

W pokoju zapadła cisza.

– Znam tylko sztuczki, których nauczyłem się w wojsku – dodałem. – Wojskowych pojazdów nigdy się nie zamyka, nie mają też stacyjek. Uruchamia się je przyciskiem.

– Dobra – rzucił Eliot. – Każdy problem można jakoś rozwiązać. Zostawimy wóz otwarty, ale będziesz się zachowywał tak, jakby był zamknięty. Udasz, że się włamujesz. W pobliżu zostawimy zwój drutu i parę metalowych wieszaków. Może poprosisz dzieciaka, by coś ci znalazł. W ten sposób poczuje, że bierze w tym udział, co pomoże utrzymać złudzenie. Potem chwilę pomajstrujesz i proszę, drzwi się otworzą. Poluzujemy osłonę kolumny kierowniczej, odsłonimy właściwe przewody. Tylko te właściwe. Znajdziesz je, zetkniesz ze sobą i natychmiast zostaniesz kryminalistą.

– Genialne – mruknęła Duffy.

Eliot się uśmiechnął.

– Staram się, jak mogę.

– Zróbmy sobie przerwę! – poleciła Duffy. – Wrócimy do tego po obiedzie.

* * *

Ostatnie elementy układanki trafiły na swoje miejsce po obiedzie. Dwóch agentów wróciło z resztą sprzętu. Przywieźli mi parę coltów anaconda: wielkich, brutalnych rewolwerów. Wyglądały na drogie. Nie pytałem, skąd je wzięli. Do tego pudełko prawdziwych czterdziestekczwórek magnum i drugie, pełne ślepaków pochodzących ze zwykłego sklepu z narzędziami i pierwotnie przeznaczonych do profesjonalnej kołkownicy, z rodzaju tych, które wstrzeliwują kołki wprost w beton. Otworzyłem komory obu rewolwerów i nożyczkami do paznokci wyskrobałem krzyżyk przy jednej z komór. Bębenek w colcie obraca się w kierunku zgodnym z ruchem wskazówek zegara, odwrotnie niż w smisie & wessonie. Krzyżyk oznaczał pierwszą komorę, z której miałem strzelać. Postanowiłem ustawić ją w pozycji godziny dziesiątej, tak bym ją widział; po pierwszym pociągnięciu cyngla obróci się i ustawi wprost pod kurkiem.

Duffy przyniosła mi parę butów. Mój rozmiar. Pod obcasem prawego wycięto skrytkę. Wręczyła mi bezprzewodowe urządzenie do przesyłu poczty elektronicznej, które idealnie do niej pasowało.

– Dlatego właśnie ucieszyłam się, że masz duże stopy – oznajmiła. – Łatwiej było dopasować.

– Można na nim polegać?

– Oby. To nowy sprzęt rządowy. Obecnie wszystkie departamenty nawiązują łączność przez takie cudeńka.

– Super – mruknąłem. W całej mojej karierze najwięcej problemów powodował zawodny sprzęt.

– To najlepsze, czym dysponujemy – dodała. – Coś innego znaleźliby natychmiast, z pewnością cię przeszukają. Teore-

61

tycznie, nawet jeśli będą sprawdzać, czy nie masz nadajnika, usłyszą tylko krótki szum modemu. Pewnie uznają to za zakłócenia własnego sprzętu.

Kostiumolog teatralny z Nowego Jorku dostarczył im trzy zestawy „wypadkowe", wielkie i niewygodne. Każdy składał się z kwadratowego kawałka kevlaru o rozmiarze trzydzieści na trzydzieści centymetrów, przyklejanego do piersi ofiary, a także gumowego zbiorniczka na krew, odbiornika radiowego, niewielkiego ładunku i baterii.

– Włóżcie luźne koszule – poradził Eliot.

Wyzwalacze radiowe miały postać odrębnych przycisków, które musiałem przykleić do prawego przedramienia, podłączonych przewodami do baterii ukrytej w wewnętrznej kieszeni. Były dość duże, bym mógł wyczuć je przez płaszcz, marynarkę i koszulę. Pomyślałem, że będę wyglądać naturalnie, podtrzymując colta lewą dłonią. Przećwiczyliśmy całą sekwencję. Najpierw kierowca. Ten przycisk będzie najbliżej przegubu, nacisnę go palcem wskazującym. Potem pasażer, środkowy palec. I trzeci, starszy agent grający policjanta, przycisk najbliżej łokcia, palec serdeczny.

– Później będziesz się musiał ich pozbyć – oznajmił Eliot.

– Z pewnością w domu Becka dokładnie cię przeszukają. Zatrzymaj się w jakimś kiblu i wywal wszystko.

Ćwiczyliśmy bez końca na parkingu motelowym. Przygotowaliśmy nawet miniaturkę całej drogi. O północy dopracowaliśmy wszystko. Wyszło nam, że będziemy potrzebowali ośmiu sekund, od początku do końca.

– Ostateczna decyzja należy do ciebie – powiedziała Duffy. – Sam wszystko ocenisz. Jeśli w chwili gdy pojawi się toyota, coś będzie nie tak, zrezygnuj, nic nie rób. Jakoś to posprzątamy. Musisz wystrzelić trzy prawdziwe pociski w miejscu publicznym. Nie chcę, by jakiś przechodzień, rowerzysta czy miłośnik joggingu oberwał rykoszetem. Będziesz miał niecałą sekundę na podjęcie decyzji.

– Rozumiem – odparłem, choć w gruncie rzeczy nie wiedziałem, jak mógłbym się wycofać, skoro wszystko zaszło tak daleko.

Potem Eliot przeprowadził parę rozmów telefonicznych i potwierdził, że zdołali wynająć samochód ochrony uniwersyteckiej i że zaparkowali koło głównego sklepu centrum handlowego wiarygodny samochód, starego nissana maximę. Nissan został zarekwirowany drobnemu hodowcy marihuany z Nowego Jorku, stanu, w którym nadal obowiązują surowe prawa antynarkotykowe. Agenci założyli na wozie fałszywe tablice z Massachusetts i wypełnili wóz różnymi śmieciami, które mogłaby wozić ze sobą kobieta.

– Teraz do łóżka! – poleciła Duffy. – Jutro wielki dzień.

To był koniec dziesiątego dnia.

• • •

Jedenastego dnia, wczesnym rankiem, Duffy przyniosła mi do pokoju na śniadanie pączki i kawę. Byliśmy sami, we dwoje. Po raz ostatni powtórzyliśmy dokładnie całą sekwencję wydarzeń. Pokazała mi zdjęcie agentki, którą posłała na akcję pięćdziesiąt dziewięć dni wcześniej. Trzydziestoletnia Teresa Daniel, blondynka, zatrudniła się jako sprzedawczyni Bizarre Bazaar. Była drobna i sprawiała wrażenie pomysłowej. Długą chwilę przyglądałem się zdjęciom, zapamiętując jej rysy. W myślach widziałem jednak zupełnie inną kobiecą twarz.

– Zakładam, że wciąż żyje – oświadczyła Duffy. – Muszę.

Milczałem.

– Postaraj się, żeby cię zatrudnili – dodała. – Sprawdziliśmy twoją przeszłość, tak jak może zrobić to Beck. Wyglądasz trochę dziwnie, brakuje sporo informacji. Mnie by to martwiło, ale wątpię, by zaniepokoiło jego.

Oddałem jej zdjęcia.

– Jestem pewniakiem – odparłem. – Złudzenie wzmacnia samo siebie. Beck dowie się, że stracił ludzi i że ktoś go atakuje. Ale nie będę się napraszał, szczerze mówiąc, zamierzam okazać lekkie wahanie. Inna reakcja mogłaby wydać się sztuczna.

– Dobra – mruknęła. – Masz siedem zadań. Pierwsze, drugie i trzecie: zachować maksymalną ostrożność. Zakładam, że mamy do czynienia z niezwykle niebezpiecznymi ludźmi.

Skinąłem głową.

– To więcej niż założenie. Skoro Quinn w tym uczestniczy, mamy stuprocentową pewność.

– Zachowuj się odpowiednio – uprzedziła. – Od początku zero jakichkolwiek względów.

– Tak.

Sięgnąłem prawą ręką i zacząłem masować lewe ramię. Nagle zastygłem. Psychiatra wojskowy powiedział mi kiedyś, że takie odruchy oznaczają poczucie lęku. To gest defensywny, sygnalizujący chęć ukrycia się, obronę. Po chwili kulisz się na podłodze. Duffy czytała pewnie te same książki, bo zorientowała się natychmiast i spojrzała na mnie.

– Boisz się tego Quinna, prawda? – spytała.

– Nikogo się nie boję – odparłem. – Ale zdecydowanie wolałem, kiedy nie żył.

– Możemy wszystko odwołać.

Pokręciłem głową.

– Wierz mi, bardzo chciałbym go odnaleźć.

– Co poszło nie tak z aresztowaniem?

Ponownie pokręciłem głową.

– Nie będę o tym rozmawiać – uciąłem.

Przez moment milczała, nie naciskała jednak. Odwróciła wzrok, odczekała chwilę, spojrzała na mnie i podjęła przerwaną wcześniej rozmowę. Cichy głos, wyraźna dykcja.

– Zadanie numer cztery: odnajdziesz moją agentkę i przyprowadzisz ją do mnie.

Skinąłem głową.

– Pięć: zdobędziesz konkretne dowody, dzięki którym będę mogła przygwoździć Becka.

– Dobra.

Znów zawiesiła głos na krótką chwilę.

– Sześć: znajdziesz Quinna i zrobisz z nim, co musisz. Wreszcie siedem: wyniesiesz się stamtąd.

Przytaknąłem w milczeniu.

– Nie będziemy cię śledzić – dodała. – Dzieciak mógłby nas zauważyć, będzie przestraszony i bardzo podejrzliwy. Nie umieścimy też urządzenia naprowadzającego w nissanie, bo z pewnością by je znaleźli. Będziesz musiał przysłać nam lokalizację e-mailem, gdy tylko tam trafisz.

– Dobra – powtórzyłem.

– Potencjalne problemy? – spytała.

Zmusiłem się, by nie myśleć o Quinnie.

– Dostrzegam trzy – oznajmiłem. – Dwa drobne i jeden poważny. Pierwszy drobny problem: będę musiał strzelić w tylne okno od środka. Dzieciak będzie miał dziesięć minut na to, by dostrzec, że potłuczone szkło jest w niewłaściwym miejscu, a w przedniej szybie nie ma otworu.

– Więc nie rób tego.

– Uważam, że to konieczne. Musimy utrzymać wysoki poziom paniki.

– Dobrze. W takim razie zapełnimy tył pudłami. I tak zresztą powinieneś wieźć jakiś towar, w końcu jesteś dostawcą. Zasłonią mu widok. Jeśli nie, musimy założyć, że nie zorientuje się w ciągu dziesięciu minut.

Skinąłem głową.

– Drugi: stary Beck skontaktuje się z policją, może sprawdzi też w gazetach. Będzie szukał informacji potwierdzających całą historię.

– Przekażemy policji odpowiedni scenariusz, a oni poinformują prasę. Będą współpracować, jak długo trzeba. No dobra, teraz trzeci problem.

– Ochroniarze – wyjaśniłem. – Na jak długo zdołasz ich zatrzymać? Nie możesz dopuścić ich do telefonu, bo zadzwonią do Becka. Nie możesz też oficjalnie ich aresztować. Muszą

65

pozostać poza systemem, pozbawieni łączności, stuprocentowo nielegalnie. Jak długo uda ci się to ciągnąć?

Wzruszyła ramionami.

– Najwyżej cztery, pięć dni. Dłużej nie zdołamy cię chronić. Musisz działać bardzo szybko.

– Tak też zamierzam – odparłem. – Ile wytrzyma bateria w moim komunikatorze?

– Jakieś pięć dni. Do tego czasu zdążysz się już zwinąć. Nie możemy dać ci ładowarki, wyglądałaby zbyt podejrzanie. W razie potrzeby możesz skorzystać z ładowarki do komórki, jeśli taką znajdziesz.

– Dobra.

Duffy spojrzała na mnie, nie mieliśmy sobie nic więcej do powiedzenia. Potem zbliżyła się i ucałowała mnie w policzek, nagle i niespodziewanie. Usta miała miękkie, pozostawiła na mojej skórze ślady cukru z pączków.

– Powodzenia – szepnęła. – Nie wydaje mi się, abyśmy cokolwiek przeoczyli.

Przeoczyliśmy jednak mnóstwo rzeczy. Nasze rozumowanie zawierało wiele oczywistych błędów; wszystkie miały powrócić jak bumerang, by we mnie uderzyć.

3

Szef ochrony Duke wrócił do mojego pokoju za pięć siódma wieczorem, zbyt wcześnie na kolację. Usłyszałem kroki na zewnątrz i cichy szczęk zamka. Siedziałem na łóżku, komunikator tkwił z powrotem w moim bucie, a but na nodze.

– Zdrzemnąłeś się, dupku? – spytał.

– Czemu mnie zamknąłeś? – odpowiedziałem pytaniem.

– Bo jesteś zabójcą glin.

Odwróciłem wzrok. Może sam pracował jako gliniarz, nim przeszedł do prywatnego biznesu. Mnóstwo ekspolicjantów zajmuje się ochroną, udziela konsultacji, wybiera fach prywatnego detektywa. Z pewnością chciał mnie sprawdzić – to mógł być problem. Jednak bez cienia wątpliwości kupił opowieść Richarda Becka, a to plus. Przez chwilę na mnie patrzył, jego twarz nie wyrażała niczego. Potem wyprowadził mnie z pokoju, pokonaliśmy dwie kondygnacje schodów na parter i przeszliśmy ciemnym korytarzem na północną stronę budynku. Czułem w powietrzu woń soli i wilgotnych dywanów. Leżały wszędzie, w niektórych miejscach nawet po dwa; mieniły się zgaszonymi barwami. Duke przystanął przed drzwiami, otworzył je pchnięciem i cofnął się, wpuszczając mnie do pokoju, dużego, kwadratowego, wyłożonego ciemną dębową boazerią. Podłoga usłana dywanami. Małe okna w głębokich niszach. Na zewnątrz ciemność, skały i szary ocean. W pokoju stał dębowy stół, na którym leżały moje dwa colty, rozładowane, z otwartymi bębenkami. U szczytu stołu ujrzałem mężczyznę, siedział w dębowym fotelu z poręczami i wysokim oparciem. To był człowiek ze zdjęć Susan Duffy.

Na żywo wyglądał wyjątkowo niepozornie – ani niski, ani wysoki, miał z metr osiemdziesiąt, ważył jakieś dziewięćdziesiąt kilo. Siwiejące włosy, ani gęste, ani rzadkie, ani krótkie, ani długie. Wiek około pięćdziesiątki. Miał na sobie szary garnitur z drogiego materiału, bez określonego stylu. Do tego białą koszulę i zupełnie bezbarwny krawat. Blada twarz i dłonie sugerowały, że jego naturalnym środowiskiem są podziemne parkingi nocą, na których demonstruje próbki ukryte w bagażniku cadillaca.

– Usiądź – powiedział.

Głos miał cichy, napięty, jakby lekko zduszony. Zająłem miejsce naprzeciw, po drugiej stronie stołu.

– Jestem Zachary Beck – oznajmił.

– Jack Reacher – odparłem.

Duke cicho zamknął drzwi i oparł się o nie od wewnątrz. W pokoju zapadła cisza. Słyszałem ocean, nie było to rytmiczne falowanie jak na plaży, lecz ciągły, jednostajny szum wody uderzającej o skały. Słyszałem uciekającą pianę, zgrzyt żwiru i głuche uderzenia kolejnych fal. Próbowałem je liczyć. Ludzie twierdzą, że co siódma fala jest większa.

– A więc tak – powiedział Beck.

Na stole przed nim stał drink, bursztynowy napój w ciężkiej, niskiej szklance, oleisty jak szkocka albo burbon. Skinął głową w stronę Duke'a, który wziął drugą szklankę, już czekającą na mnie na bocznym stoliku, z tym samym oleistym, bursztynowym płynem. Przyniósł mi ją niezgrabnie, trzymając tuż przy podstawie między kciukiem i palcem wskazującym. Przeszedł przez pokój, schylił się lekko i postawił przede mną szklankę. Uśmiechnąłem się – wiedziałem, o co chodzi.

– A więc tak – powtórzył Beck. Czekałem. – Mój syn wyjaśnił mi twój problem – rzekł.

Tak samo określiła to jego żona.

– Nieplanowane skutki uboczne – odpowiedziałem.

– To oznacza pewne trudności. Jestem zwyczajnym biznesmenem i staram się ustalić, co powinienem zrobić.

Czekałem.

– Oczywiście jesteśmy wdzięczni, zrozum mnie dobrze.

– Ale?

– Istnieją kwestie prawne. – W jego głosie zabrzmiała lekka irytacja, jakby był ofiarą wydarzeń pozostających poza jego kontrolą.

– To dość oczywiste – zauważyłem. – Chciałbym, by przymknął pan oko, przynajmniej na jakiś czas. Przysługa za przysługę. Dobre uczynki należy wynagradzać. Jeśli pańskie sumienie zdoła to zaakceptować.

W pokoju znów zapadła cisza. Słuchałem oceanu. Z zewnątrz docierała cała gama dźwięków: kruche wodorosty wleczone po granicie, prąd zasysający wodę. Wzrok Zachary'ego Becka wędrował po pomieszczeniu. Mężczyzna popatrzył na stół, potem na podłogę, później zagapił się w przestrzeń. Twarz miał wąską, szczękę słabo zarysowaną, oczy wąsko osadzone, brwi zmarszczone w skupieniu, wargi wąskie, usta ściągnięte. Jego głowa poruszała się lekko. Wszystko to pasowało do wizerunku przeciętnego biznesmena zmagającego się z trudnym problemem.

– Czy to był błąd? – spytał.

– Policjant? Z perspektywy czasu, oczywiście. W tamtym jednak momencie starałem się tylko zrobić, co trzeba.

Zastanawiał się jeszcze chwilę, w końcu skinął głową.

– No dobrze – oznajmił. – W takich okolicznościach może zechcemy ci pomóc, jeśli zdołamy. Niezwykle przysłużyłeś się rodzinie.

– Potrzebuję pieniędzy – oświadczyłem.

– Po co?

– Będę musiał wyjechać.

– Kiedy?

– Natychmiast.

– Czy to rozsądne?

– Niespecjalnie. Wolałbym zaczekać tu parę dni, póki wrzawa nie ucichnie. Ale nie chcę przeciągać struny.

– Ile?

– Pięć tysięcy dolarów powinno wystarczyć.

Nie odpowiedział, jego wzrok znów zaczął wędrować. Tym razem dostrzegłem w jego oczach czujność.

– Mam do ciebie kilka pytań – oświadczył. – Nim nas opuścisz. Jeśli nas opuścisz. Przede wszystkim dwie sprawy. Po pierwsze: kim oni byli?

– Nie wie pan?

– Mam wielu rywali i wrogów.

– Posunęliby się aż tak daleko?

– Jestem importerem dywanów – wyznał. – Miałem inne plany, ale tak się ułożyło. Zapewne sądzisz, że stykam się tylko z właścicielami sklepów i dekoratorami wnętrz. W rzeczywistości jednak mam do czynienia z wszelkiego rodzaju nieciekawymi typami z zagranicy. Działają w krajach, gdzie dzieci zmuszane są do pracy osiemnaście godzin na dobę, tak ciężkiej, że obcierają sobie palce do krwi. Ich właściciele są przekonani, że ich oszukuję i niszczę ich kulturę. Szczerze mówiąc, mają pewnie rację, ale i oni nie są święci. Trudno ich nazwać miłymi kompanami. Żeby działać, muszę postępować bezwzględnie, podobnie jak moi konkurenci. To trudny biznes. Biorąc więc pod uwagę dostawców i konkurentów, mogę wymienić pół tuzina osób, które chętnie porwałyby mego syna, by mi zaszkodzić. Ostatecznie ktoś z nich już to zrobił pięć lat temu. Syn z pewnością ci o tym opowiadał.

Milczałem.

– Muszę wiedzieć, kim oni byli – powtórzył, jakby naprawdę mu na tym zależało.

Odczekałem zatem moment i zrelacjonowałem mu całe zajście sekundę po sekundzie, metr za metrem, kilometr za kilometrem. Opisałem dwóch wysokich, jasnowłosych agentów DEA w toyocie, szczegółowo i bardzo dokładnie.

– To nic dla mnie nie znaczy – oznajmił.

Nie odpowiedziałem.

– Zauważyłeś rejestrację toyoty?

Zastanowiłem się i powiedziałem prawdę.

– Widziałem wóz tylko z przodu. Nie miał rejestracji.

– Dobra – mruknął. – Zatem pochodzili ze stanu, który nie wymaga przedniej tablicy rejestracyjnej. To nieco zawęża pole poszukiwań.

Milczałem. Po długiej chwili pokręcił głową.

– Mam bardzo mało informacji. Mój wspólnik skontaktował się z tamtejszą policją w dość okrężny sposób. Jeden gliniarz z miasta nie żyje, jeden ochroniarz z uczelni nie żyje, dwóch niezidentyfikowanych facetów w lincolnie nie żyje, dwóch niezidentyfikowanych facetów w toyocie nie żyje. Jedyny ocalały świadek, drugi ochroniarz z uczelni, jest wciąż nieprzytomny po wypadku samochodowym siedem kilometrów od miejsca zdarzenia. W tej chwili nikt nie wie, co się stało ani czemu się stało. Nikt nie skojarzył tamtych wydarzeń z próbą porwania. Wiadomo jedynie, że bez wyraźnych powodów doszło do jatki. Policja podejrzewa wojnę gangów.

– Co się stanie, kiedy sprawdzą rejestrację lincolna? – spytałem.

Zawahał się.

– Jest zarejestrowany na firmę – oznajmił. – Trop nie wiedzie wprost tutaj.

Skinąłem głową.

– W porządku, ale chcę się znaleźć na zachodnim wybrzeżu, nim ten drugi ochroniarz się ocknie. Dobrze mi się przyjrzał.

– A ja chcę wiedzieć, kto wystąpił z szeregu.

Zerknąłem na leżące na stole anacondy. Zostały wyczyszczone i lekko naoliwione. Nagle bardzo się ucieszyłem, że wyrzuciłem łuski. Podniosłem szklankę, oplatając ją dokładnie dłonią, i powąchałem zawartość. Nie miałem pojęcia, co to jest. Wolałbym filiżankę kawy. Odstawiłem szklankę na stół.

– Czy Richard dobrze się czuje? – spytałem.

– Przeżyje – odparł Beck. – Chciałbym wiedzieć dokładnie, kto mnie atakuje.

– Powiedziałem panu, co widziałem. Nie pokazali mi dokumentów, nie znałem ich osobiście, byłem tam przypadkiem. Jak brzmi pańskie drugie pytanie?

Kolejna chwila ciszy. Fale szumiały i huczały za oknami.

– Jestem ostrożnym człowiekiem – oświadczył Beck. – I nie chcę cię urazić.

– Ale?

– Ale zastanawiam się, kim właściwie jesteś.

– Jestem gościem, który ocalił drugie ucho pańskiego syna.

Beck zerknął na Duke'a, który szybko wystąpił naprzód i zabrał moją szklankę, ujmując ją w ten sam niezgrabny sposób, między kciuk i palec wskazujący, tuż przy podstawie.

– A teraz ma pan moje odciski palców – dodałem. – Bardzo wyraźne.

Beck ponownie skinął głową, jak ktoś, kto podejmuje poważną decyzję. Wskazał rewolwery leżące na stole.

– Ładna broń – zauważył.

Nie odpowiedziałem. Uniósł dłoń i trącił knykciami jedną z anacond. Potem pchnął ją tak, że przesunęła się ku mnie. Ciężka stal zazgrzytała cicho o dębowy blat.

– Zechcesz mi powiedzieć, czemu obok jednej komory wydrapano znak?

Słuchałem oceanu.

– Nie wiem. Były już takie, kiedy je kupiłem.

– Używane?

– W Arizonie.

– W sklepie z bronią?

– Na pokazie strzeleckim.

– Dlaczego?

– Nie lubię, gdy zadają mi zbędne pytania.

– Nie spytałeś o tę rysę?

– Założyłem, że to oznakowanie, że jakiś świr sprawdził

rewolwery i zaznaczył najcelniejsze komory albo najmniej celne.

– Komory się różnią?

– Wszystko się różni. Na tym polega natura produkcji masowej.

– Nawet w rewolwerach za osiem stów?

– Zależy od dokładności człowieka. Jeśli ktoś chce mierzyć każdą rzecz z dokładnością do tysięcznych milimetra, wszystko na tym świecie się różni.

– Ma to jakieś znaczenie?

– Nie dla mnie – odparłem. – Jeśli w kogoś celuję, nie obchodzi mnie, w którą komórkę krwi trafię.

Przez chwilę Beck siedział w milczeniu. Potem sięgnął do kieszeni, wyciągnął pocisk. Lśniąca mosiężna łuska, matowy ołowiany czubek. Postawił go pionowo przed sobą jak miniaturowy pocisk armatni. Następnie przewrócił i przeturlał palcami po stole. Ustawił ponownie i pstryknął tak, że pocisk potoczył się w moją stronę, zataczając szeroki, zgrabny łuk. Słyszałem cichy brzęk metalu na drewnie. Pozwoliłem, by mosiężny cylinderek stoczył się ze stołu, i wtedy go złapałem. Remington .44 magnum bez płaszcza stalowego, ciężki, na oko trzysta gramów. Śmiercionośny przedmiot. Prawdopodobnie kosztował prawie dolara. Był rozgrzany, świeżo wyjęty z kieszeni.

– Grałeś kiedyś w rosyjską ruletkę? – spytał Beck.

– Muszę pozbyć się samochodu, który ukradłem – przypomniałem.

– Już się go pozbyliśmy.

– Gdzie?

– Gdzieś, gdzie go nie znajdą.

Umilkł. Nie odpowiedziałem, patrzyłem tylko na niego, jakbym się zastanawiał: Czy takie rzeczy robi zwyczajny biznesmen? Czy rejestruje swoje limuzyny na lipną firmę? Przytacza z pamięci cenę colta anacondy? Zbiera ze szklaneczki whisky odciski palców gościa?

– Grałeś kiedyś w rosyjską ruletkę? – powtórzył.

– Nie – odparłem. – Nigdy.

– Ktoś mnie atakuje – rzekł. – I właśnie straciłem dwóch ludzi. W takich chwilach powinienem zatrudniać pracowników, nie ich tracić.

Czekałem, pięć, dziesięć sekund. Chciałem sprawiać wrażenie kogoś, kto zmaga się z czymś w myślach.

– Chce mnie pan zatrudnić? Nie jestem pewien, czy mogę tu zostać.

– Jeszcze nie chcę – powiedział. – Próbuję podjąć decyzję. Wyglądasz mi na człowieka użytecznego. Mógłbyś dostać pięć tysięcy i zostać, nie wyjechać. Może.

Milczałem.

– Na dobrą sprawę, jeśli zechcę, to będę cię miał. W Massachusetts został martwy gliniarz, a ja znam twoje nazwisko i pobrałem twoje odciski palców.

– Ale?

– Ale nie wiem, kim jesteś.

– Powinien pan do tego przywyknąć. W końcu nie wiadomo, kim jest większość ludzi.

– Ale ja się dowiaduję, sprawdzam ich. A gdybym polecił ci zabić innego policjanta w geście dobrej woli?

– Odmówiłbym i powtórzył, że pierwszy był jedynie nieszczęśliwym przypadkiem. Bardzo go żałuję. I zacząłbym się zastanawiać, jaki z pana biznesmen.

– Mój biznes to moja sprawa, ciebie to nie obchodzi.

Nie odpowiedziałem.

– Zagraj ze mną w rosyjską ruletkę.

– Czego by to dowiodło?

– Agent federalny by się nie zgodził.

– Czemu obawia się pan agentów federalnych?

– To też nie powinno cię interesować.

– Nie jestem agentem – oznajmiłem.

– Dowiedź więc tego. Zagraj ze mną w rosyjską ruletkę. Poniekąd już w nią gramy. Wpuściłem cię do domu, nie wiedząc, kim właściwie jesteś.

– Ocaliłem pańskiego syna.

– I jestem ci za to bardzo wdzięczny. Dostatecznie, by wciąż z tobą rozmawiać w cywilizowany sposób. Dostatecznie, by zaofiarować ci schronienie i pracę. Bo lubię ludzi, którzy potrafią zrobić swoje.

– Nie szukam pracy – powiedziałem. – Chcę się ukryć na jakieś czterdzieści osiem godzin, a potem ruszyć w drogę.

– Zaopiekujemy się tobą, nikt nigdy cię nie znajdzie. Będziesz tu całkowicie bezpieczny. Jeśli przejdziesz próbę.

– A ta próba to rosyjska ruletka?

– Niezawodna – przytaknął. – Wiem z doświadczenia.

Nie odpowiedziałem. W pokoju panowała cisza. Beck pochylił się naprzód.

– Albo jesteś ze mną, albo przeciwko mnie – rzucił. – Tak czy inaczej zaraz się przekonamy. Mam głęboką nadzieję, że wybierzesz mądrze.

Duke poruszył się przy drzwiach, podłoga zaskrzypiała pod jego stopami. Słuchałem oceanu – piana wzlatywała w górę, wiatr ją porywał, a ciężkie krople bębniły leniwie o szyby. Siódma fala zahuczała w dole, głośniej niż pozostałe. Podniosłem leżącą przede mną anacondę. Duke wyciągnął spod marynarki pistolet i wycelował we mnie, na wypadek gdyby przyszło mi do głowy coś innego niż ruletka. Miał steyra SPP, skróconą wersję pistoletu maszynowego Steyr TMP, rzadką austriacką broń. Wyglądała ciężko i paskudnie. Odwróciłem wzrok i skupiłem się na colcie. Wsunąłem pocisk do pierwszej z brzegu komory, zamknąłem bębenek i obróciłem nim. Mechanizm zamruczał cicho.

– Graj! – polecił Beck.

Ponownie obróciłem bębenek i uniosłem rewolwer, przytykając wylot lufy do skroni. Stal była bardzo zimna. Spojrzałem Beckowi prosto w oczy, wstrzymałem oddech i lekko nacisnąłem spust. Bębenek obrócił się, szczęknął kurek. Mechanizm działał gładko, niczym jedwab trący o jedwab. Mocno nacisnąłem cyngiel, kurek opadł, rozległ się głośny szczęk.

Poczułem, jak stal przenosi lekkie uderzenie, które odbiło się echem w mojej głowie. Ale nic ponadto. Odetchnąłem, opuściłem rewolwer i oparłem dłoń o stół. Następnie obróciłem ją i wysunąłem palec z osłony spustu.

– Pańska kolej – oznajmiłem.

– Chciałem tylko zobaczyć, jak ty to robisz.

Uśmiechnąłem się.

– Chce pan zobaczyć jeszcze raz?

Beck milczał. Podniosłem broń, obróciłem bębenek, odczekałem, aż zwolni i zatrzyma się. Uniosłem broń do głowy. Lufa była tak długa, że musiałem mocno wygiąć łokieć. Nacisnąłem spust, szybko, zdecydowanie. W ciszy zabrzmiał głośny szczęk, dźwięk wartego osiemset dolarów precyzyjnego mechanizmu, działającego dokładnie tak, jak powinien. Opuściłem rewolwer, znów obróciłem bębenek, podniosłem, nacisnąłem cyngiel. Nic. Czwarty raz, szybko. Nic. Piąty raz, jeszcze szybciej. Nic.

– W porządku – rzekł Beck.

– Proszę mi opowiedzieć o wschodnich dywanach.

– Nie ma o czym – powiedział. – Lądują na podłodze. Ludzie je kupują, czasami płacą mnóstwo kasy.

Uśmiechnąłem się, znów uniosłem dłoń.

– Szanse są jak jeden do sześciu – oznajmiłem. Szósty raz obróciłem bębenek. W pokoju zapadła głucha cisza. Przytknąłem broń do głowy, nacisnąłem spust. Poczułem kurek opadający na pustą komorę, nic więcej.

– Wystarczy – uciął Beck.

Opuściłem colta, otworzyłem bębenek i wyrzuciłem na blat pocisk. Ułożyłem go starannie i pchnąłem ku niemu. Przeturlał się po drewnie. Beck zatrzymał go dłonią. Przez dwie, trzy minuty siedział nieruchomo, w milczeniu. Patrzył na mnie jak na zwierzę w zoo, jakby żałował, że nie oddzielają go ode mnie pręty klatki.

– Richard mówił, że służyłeś w żandarmerii wojskowej.

– Trzynaście lat.

– Byłeś dobry?

– Lepszy niż ci frajerzy, których pan po niego posłał.

– Mówi o tobie z uznaniem.

– I nic dziwnego, ocaliłem mu skórę. Niemałym kosztem.

– Ktoś zauważy twoją nieobecność?

– Nie.

– Rodzina?

– Nie mam rodziny.

– W pracy?

– Nie mogę już do niej wrócić, prawda?

Przez chwilę bawił się pociskiem, turlając go palcem.
W końcu podniósł kulę z blatu.

– Do kogo mogę zadzwonić?

– Po co?

Podrzucił pocisk na dłoni jak kość do gry.

– Po referencje. Miałeś przecież szefa?

Błędy, które powracają, by mnie prześladować.

– Sam dla siebie byłem szefem.

Odłożył pocisk na stół.

– Z licencją i ubezpieczeniem?

Zawahałem się na moment.

– Niezupełnie.

– Dlaczego nie?

– Miałem swoje powody.

– Dowód rejestracyjny furgonetki?

– Chyba gdzieś go zgubiłem.

Przeturlał pocisk w palcach. Patrzył na mnie, widziałem,
jak się zastanawia. Przetwarzał w myślach dane, analizował
informacje, próbując dopasować je do przyjętej z góry tezy.
Zachęcałem go w duchu. Ja, uzbrojony twardziel w starej furgonetce, która do niego nie należy, złodziej samochodu, zabójca policjantów. Uśmiechnął się.

– Używane płyty – oznajmił. – Widziałem ten sklep.

77

Nie odpowiedziałem, patrzyłem mu prosto w oczy.

– Niech zgadnę – dodał. – Handlowałeś kradzionymi płytami.

Swój gość. Pokręciłem głową.

– Pirackimi – wyjaśniłem. – Nie jestem złodziejem, tylko byłym wojskowym, który próbuje jakoś przeżyć. I wierzę w wolność słowa.

– Akurat – prychnął. – Wierzysz w zarobek.

Swój gość.

– To też – przyznałem.

– Dobrze zarabiałeś?

– Dostatecznie dobrze.

Ponownie zabrał pocisk i rzucił go Duke'owi. Ten chwycił go jedną ręką i schował do kieszeni.

– Duke jest moim szefem ochrony – oświadczył Beck. – Od tej pory pracujesz dla niego. Zaczynasz natychmiast.

Zerknąłem na Duke'a, potem z powrotem na Becka.

– A jeśli nie chcę dla niego pracować?

– Nie masz wyboru. W Massachusetts został martwy policjant, a my mamy twoje nazwisko i odciski palców. Póki nie dowiemy się, jaki jesteś, będziemy na ciebie uważać. Coś w rodzaju okresu próbnego. Ale ma to też swoje dobre strony. Pomyśl o pięciu tysiącach dolarów. To mnóstwo pirackich płyt.

• • •

Różnica między gościem honorowym a pracownikiem na okresie próbnym polegała na tym, że zjadłem kolację w kuchni wraz z innymi pracownikami. Olbrzym z wartowni przy bramie się nie zjawił, był tam jednak Duke i jeszcze jeden facet, którego wziąłem za mechanika bądź pomocnika, a także pokojówka i kucharka. Siedzieliśmy w piątkę przy prostym stole, spożywając posiłek równie dobry jak rodzina w jadalni. Albo nawet lepszy, bo być może kucharka naplula im w talerze, a wątpię, by pluła też w nasze. Spędziłem dość czasu w towarzystwie podoficerów i szeregowców, by wiedzieć, jak się zachowują.

Prawie nikt nie rozmawiał. Kucharka była ponurą kobietą około sześćdziesiątki, pokojówka sprawiała wrażenie onieśmielonej, tak jakby pracowała od niedawna i nie wiedziała za bardzo, jak się zachować. Była młoda i nieładna, nosiła bawełnianą sukienkę, rozpinany wełniany sweter i płaskie, ciężkie buty. Mechanik, chudy, szpakowaty mężczyzna w średnim wieku, cały czas milczał. Duke także, bo bez wątpienia rozmyślał. Beck obarczył go pewnym problemem, a Duke nie wiedział, jak go rozwiązać. Czy mógł mnie wykorzystać, czy mógł mi zaufać? Nie był głupi, widziałem to wyraźnie. Dostrzegał wszystkie aspekty sprawy i bez wątpienia poświęci dość czasu dokładnej analizie wszystkich danych. Był mniej więcej w moim wieku, może nieco młodszy, może nieco starszy. Miał jedną z tych paskudnych twarzy drapieżników, które nie zdradzają wieku. Dorównywał mi wzrostem. Ja miałem raczej cięższe kości, on był nieco tęższy. Pewnie ważyliśmy z grubsza tyle samo. Siedziałem obok niego, jedząc i starając się zadawać pytania, które mogłyby paść z ust zwykłego człowieka.

– Opowiedz mi o handlu dywanami – poprosiłem tonem, który dowodził, że wiem doskonale, iż Beck zajmuje się czymś zupełnie innym.

– Nie teraz – odparł, jakby chciał powiedzieć: „Nie przy służbie". A potem spojrzał na mnie w sposób, który musiał znaczyć: „A zresztą nie jestem pewien, czy chcę rozmawiać z facetem stukniętym tak, by sześć razy ryzykować strzał w głowę".

– Pocisk był ślepy, prawda? – spytałem.

– Co?

– Nie było w nim prochu. Pewnie tylko wata.

– Niby czemu?

– Mogłem go zastrzelić.

– Po co miałbyś to robić?

– Nie wiem, ale to ostrożny gość. Nie zaryzykowałby.

– Pilnowałem cię.

– Mogłem załatwić cię pierwszego, a potem jego z twojej broni.

Odrobinę zesztywniał, ale nie odpowiedział. Konkurencja. Nie polubiłem go, i dobrze, bo zakładałem, że wkrótce znajdzie się na liście ofiar.

– Weź to! – polecił. Wyjął z kieszeni pocisk i wręczył mi go. – Zaczekaj – dodał.

Wstał z krzesła i wyszedł z kuchni. Ustawiłem pocisk przed sobą, jak wcześniej Beck. Skończyłem posiłek. Nie było deseru ani kawy. Duke wrócił z jedną z moich anacond; kołysał ją niedbale na palcu niczym zabawkę. Skierował się do tylnych drzwi, przywołując mnie skinięciem głowy. Zebrałem ze stołu pocisk, ścisnąłem w dłoni i ruszyłem za nim. Drzwi zahuczały – kolejny wykrywacz metalu zainstalowany we framudze. Nie dostrzegłem jednak alarmu. Ochrona ograniczała się do morza, muru i drutu kolczastego.

Wyszliśmy na zimną, wilgotną werandę z rozklekotanymi drzwiami; rozciągał się za nimi półokrągły dziedziniec, szeroki na jakieś sto metrów. Był to ni mniej, ni więcej tylko koniuszek skalnego palca. Panował mrok, światła domu podkreślały jeszcze szarość granitu. Wiał wiatr, w dole widziałam białe grzywy fal, które uderzały o brzeg. Na niebie świecił księżyc i szybko sunęły poszarpane chmury. Horyzont był niezmierzony i czarny, powietrze zimne. Obróciłem głowę i zobaczyłem w górze swoje okno.

– Pocisk – rzucił Duke.

Wręczyłem mu go.

– Patrz – rzekł.

Wsunął go do colta i jednym ruchem nadgarstka zatrzasnął bębenek. Mrużąc oczy w półmroku, obrócił bębenek tak, by załadowana komora znalazła się niemal u góry.

– Patrz – powtórzył.

Wyprostował rękę i wycelował tuż poniżej horyzontu, w płaskie granitowe skały, tam gdzie spotykały się z morzem. Nacisnął spust, bębenek się obrócił, kurek opadł, broń szarpnęła z hukiem i błyskiem. Na skałach coś zaiskrzyło, usłyszałem znajomy, metaliczny odgłos rykoszetu, który powoli rozpłynął się w ciszy. Pocisk zapewne odbił się i wylądował sto metrów dalej w wodach Atlantyku. Może po drodze zabił jakąś rybę.

– Nie był ślepy – oznajmił Duke. – I tak byś nic nie zrobił. Jestem dość szybki.

– Dobra – mruknąłem.

Otworzył bębenek i wytrząsnął z niego pustą łuskę. Odbiła się z brzękiem od kamieni u jego stóp.

– Jesteś dupkiem – powiedział. – Dupkiem i zabójcą glin.

– Byłeś kiedyś policjantem?

Skinął głową.

– Dawno temu.

– Duke to twoje imię czy nazwisko?

– Nazwisko.

– Po co importerowi dywanów ochrona?

– Jak sam powiedział, to twardy biznes. Jest w nim dużo forsy.

– Naprawdę chcesz mnie zatrudnić?

Wzruszył ramionami.

– Może. Jeśli ktoś węszy wokół, potrzebne nam mięso armatnie. Lepiej ty niż ja.

– Uratowałem dzieciaka.

– I co z tego? Nie różnisz się od innych. Każdy z nas uratował kiedyś dzieciaka. Albo panią Beck czy samego pana Becka.

– Ilu masz ludzi?

– Za mało – powiedział. – Jeśli ktoś nas atakuje.

– Co to ma być? Wojna?

Nie odpowiedział. Wyminął mnie, kierując się w stronę domu. Odwróciłem się plecami do niespokojnego oceanu i podążyłem za nim.

● ● ●

W kuchni nic się nie działo. Mechanik zniknął, kucharka i pokojówka wkładały naczynia do zmywarki tak wielkiej, że mogłaby z powodzeniem obsługiwać restaurację. Pokojówka się plątała, nie wiedząc, co gdzie wkładać. Rozejrzałem się w poszukiwaniu kawy. Nie znalazłem jej. Duke usiadł przy pustym stole. Panował zastój. Wyraźnie czułem upływ czasu. Nie ufałem ocenie Susan Duffy i nie wierzyłem, że mam pięć dni. Pięć dni to bardzo długo, gdy pilnuje się nieoficjalnie dwóch zdrowych facetów. Wolałbym, żeby powiedziała trzy dni; oznaczałoby to większe poczucie realizmu.

– Idź do łóżka! – polecił Duke. – Od wpół do siódmej rano zaczynasz pracę.

– Co będę robił?

– To, co ci każę.

– Znów zamkniesz mi drzwi?

– Jasne jak słońce – odparł. – Otworzę kwadrans po szóstej. O szóstej trzydzieści masz być na dole.

● ● ●

Zaczekałem na łóżku, aż wejdzie na górę i przekręci klucz w zamku, potem jeszcze chwilę, by upewnić się, że nie wróci. W końcu zdjąłem but i sprawdziłem, czy przyszła wiadomość. Maleńkie urządzenie zabłysło i na niewielkim zielonym ekranie pojawiła się radosna, wypisana kursywą informacja: *Masz wiadomość!* Była tylko jedna, od Susan Duffy. Jedno słowo: *położenie?* Nacisnąłem ODPOWIEDŹ i napisałem: *Abbot, Maine, wybrzeże, 30 km płd. od Portlandu, samotny dom na długim skalistym półwyspie.* To musiało jej wystarczyć, nie znałem adresu ani współrzędnych GPS. Ale jeśli poślęczy trochę nad dokładną mapą okolicy, powinna znaleźć to miejsce. Nacisnąłem WYŚLIJ.

A potem zapatrzyłem się w ekranik. Nie byłem do końca pewien, jak działa e-mail. Czy to komunikacja natychmiastowa, jak telefon? Czy też moja odpowiedź musi gdzieś zaczekać, nim do niej dotrze? Zakładałem, że Duffy czuwa, że na zmianę z Eliotem dyżurują na okrągło.

Dziewięćdziesiąt sekund później na ekranie pojawiło się: *Masz wiadomość!* Uśmiechnąłem się. Może faktycznie się to sprawdzi. Tym razem wiadomość była dłuższa. Zaledwie kilkanaście słów, ale musiałem przewinąć ekran, by je przeczytać. Brzmiała następująco: *Dzięki, sprawdzimy mapy. Odciski dowodzą, że 2 ochroniarzy, których trzymamy, służyło w wojsku. Wszystko pod kontrolą. A co u ciebie? Postępy?*

Nacisnąłem ODPOWIEDŹ i wypisałem: *Zatrudniony. Prawdopodobnie.* Potem zastanowiłem się chwilę, wyobraziłem sobie Quinna i Teresę Daniel i dodałem: *Poza tym żadnych postępów.* Pomyślałem jeszcze chwilę i wpisałem: *Co do 2 ochroniarzy, spytaj MP Powella, cytuję: 10-29, 10-30, 10-24, 10-36, koniec cytatu. Powiedz, że to ode mnie.* Następnie wcisnąłem WYŚLIJ. Patrzyłem, jak urządzenie informuje: *Twoja wiadomość została wysłana*, po czym wyjrzałem w mrok za oknem. Miałem nadzieję, że pokolenie Powella mówi tym samym językiem co moje. 10-29, 10-30, 10-24 i 10-36 stanowiły cztery standardowe kody radiowe żandarmerii. Same w sobie nie oznaczały wiele. 10-29 to „słaby sygnał", typowa skarga na kiepski sprzęt. 10-30 oznaczało „potrzebna pomoc, nie w trybie awaryjnym". 10-24 – „podejrzane osoby". 10-36 zaś „proszę przekaż moje wiadomości". Informacja 10-30 o trybie nieawaryjnym sprawiała, że cała wiadomość nie zwróci niczyjej uwagi. Zostanie zarejestrowana, umieszczona gdzieś w aktach i zapomniana do końca świata. Lecz łącznie cały przekaz stanowił coś w rodzaju podziemnego żargonu. Przynajmniej kiedyś, w moich czasach, gdy nosiłem jeszcze mundur. Fragment o słabym sygnale oznaczał: „działaj dyskretnie, nie zwracaj niczyjej uwagi". Prośba o pomoc w trybie nieawaryjnym podkreślała te słowa. „Trzymaj się z dala od szefostwa". „Podejrzane osoby" były dość oczywiste. „Proszę przekaż moje wiadomości" znaczyło „informuj mnie". Jeśli zatem Powell kumał, o co chodzi, to zrozumiał wiadomość z grubsza tak: sprawdź po cichu tych facetów i przekaż mi szczegóły. A miałem nadzieję, że kuma, bo był mi coś winien, zdecydowanie. Sprzedał mnie. Przypuszczałem, że będzie chciał się jakoś zrehabilitować.

Znów spojrzałem na maleńki ekran. *Masz wiadomość!* To była Duffy, pisała: *Okay, działaj szybko.* Odparłem: *Próbuję.* Wyłączyłem maszynkę i wepchnąłem z powrotem do obcasa. Potem sprawdziłem okno.

Było zwykłe, podnoszone, dwuczęściowe. Część dolna przesuwała się w górę przed górną. Brakowało siatki przeciw owadom. Wewnątrz framugę pokrywała cieniutka, równa warstwa farby. Na zewnątrz była gruba i nierówna, dowód heroicznej walki z klimatem. Mosiężny zatrzask. W sumie staroświecka konstrukcja, brak nowoczesnych zabezpieczeń. Zwolniłem zatrzask i podniosłem okno. Zacięło się trochę na grubej farbie, ale w końcu uniosło. Po dziesięciu centymetrach poczułem na twarzy uderzenie zimnego morskiego powietrza. Pochyliłem się i zacząłem szukać urządzenia alarmowego. Nie znalazłem. Dźwignąłem okno do końca i zbadałem całą framugę. Ani śladu systemów bezpieczeństwa. Zrozumiałe, od skał i oceanu okno dzieliło jakieś piętnaście metrów. A woda i wysoki mur skutecznie broniły dostępu do domu.

Wychyliłem się i spojrzałem w dół. Ujrzałem miejsce, w którym stałem, gdy Duke wystrzelił. Przez pięć minut tkwiłem w oknie wsparty na łokciach, spoglądając na czarny ocean. Wciągnąłem w nozdrza słone powietrze i pomyślałem o pocisku. Nacisnąłem spust sześć razy. Zrobiłbym sobie niezłą dziurę w głowie. Pewnie by eksplodowała, zachlapując przy okazji dywany i dębową boazerię. Ziewnąłem. Rozmyślania i morskie powietrze sprawiły, że poczułem senność. Cofnąłem się szybko, zatrzasnąłem okno i poszedłem do łóżka.

• • •

Zdążyłem już wstać, wziąć prysznic i ubrać się, gdy usłyszałem, jak o szóstej piętnaście Duke otwiera drzwi. Był następny dzień, dwunasty, środa, urodziny Elizabeth Beck. Sprawdziłem już pocztę, żadnych nowych wiadomości. Ani jednej. Nie martwiło mnie to. Przez dziesięć minut siedziałem w oknie. Widziałem przed sobą wschód słońca. Morze było szare, oleiste, spokojne, szczyt odpływu. Ustępująca woda odsłoniła skały, gdzieniegdzie pozostawiając kałuże. Widziałem ptaki na brzegu, nurzyki białoskrzydłe, które właśnie zmieniały czarne upierzenie na szare, wiosenne. Spod piór wyglądały jaskrawoczerwone nóżki. Widziałem kormorany i krążące w dali mewy siodłate. Inne opadały nisko, szukając śniadania.

Odczekałem, aż kroki Duke'a ucichną w dali, zszedłem na dół do kuchni i znalazłem się twarzą w twarz z olbrzymem z wartowni przy bramie. Stał przy zlewie, pijąc wodę ze szklanki; pewnie właśnie połknął swoją porcję sterydów. Był naprawdę wielki. Ja mam metr dziewięćdziesiąt pięć wzrostu, muszę uważać, by przejść bez szwanku przez standardowe drzwi. Ten gość był co najmniej o piętnaście centymetrów wyższy i jakieś dwadzieścia pięć szerszy w barach. Wagą przewyższał mnie o sto kilo, może więcej. Po plecach przebiegł mi dreszcz, który zwykle się pojawia, gdy staję obok mężczyzny dość rosłego, bym poczuł się przy nim mały. Wówczas świat wydaje się odrobinę chwiać w posadach.

— Duke jest na siłowni — oznajmił.

— Jest tu siłownia? — spytałem.

— Na dole — wyjaśnił.

Głos miał wysoki, piskliwy, pewnie od lat wcinał sterydy jak cukierki. Pozbawione blasku oczy wyzierały z pokrytej pryszczami twarzy. Skończył już trzydziestkę, miał tłuste, jasne włosy. Ubrany był w podkoszulek i spodnie od dresu. Obwód jego ramienia był większy niż mojego uda; wyglądał jak karykatura.

– Ćwiczymy tu przed śniadaniem – dodał.

– Świetnie – oznajmiłem. – Ćwiczcie sobie.

– Ty też.

– Ja nigdy nie ćwiczę.

– Duke tego oczekuje. Jeśli tu pracujesz, to ćwiczysz.

Zerknąłem na zegarek. Szósta dwadzieścia pięć rano. Czas uciekał.

– Jak masz na imię? – spytałem.

Nie odpowiedział; patrzył na mnie, jakbym zastawiał na niego pułapkę. Oto kolejny problem ze sterydami – zbyt wielka dawka może nieźle namieszać w głowie. A ten facet wyglądał jak ktoś, kto od początku miał poprzestawiane klepki. Złośliwy i głupi, nie da się tego inaczej określić. To kiepska kombinacja. Coś w jego twarzy mi się nie podobało. Jeśli chodzi o sympatie do nowych współpracowników, na razie osiągnąłem wynik zero na dwa.

– To nietrudne pytanie – dodałem.

– Paulie – odparł.

Skinąłem głową.

– Miło mi cię poznać, Paulie. Jestem Reacher.

– Wiem – powiedział. – Byłeś w wojsku.

– A to jakiś problem?

– Nie lubię oficerów.

Przytaknąłem. Sprawdzili. Wiedzieli, jaki miałem stopień. Mieli dostęp do danych.

– Dlaczego? – zainteresowałem się. – Nie zdałeś egzaminu na zawodowca?

Nie odpowiedział.

– Poszukajmy Duke'a – zaproponowałem.

Odstawił na bok szklankę i poprowadził mnie do holu, w stronę jakichś drzwi i wreszcie drewnianymi schodami do piwnicy. Rozciągała się pod całym domem, pewnie wykuto ją w skale. Ściany miała z kamienia pokrytego cementem. Lekko zatęchłe powietrze pachniało wilgocią. Pod sufitem w metalowych klatkach wisiały nagie żarówki. Piwnicę podzielono na liczne pomieszczenia. Jedno z nich było całkiem spore, pomalowane na biało, z podłogą wyłożoną linoleum, też białym. Utrzymywał się w nim odór zastarzałego potu. Dostrzegłem rower do ćwiczeń, atlas i bieżnię. Z sufitu zwisał ciężki worek treningowy, obok niego drugi, lżejszy. Na półce leżały rękawice bokserskie. W stojakach pod ścianą ustawiono sztangi, na podłodze obok ławeczki ciężarki. Był tam Duke ubrany w ciemny garnitur. Wyglądał na zmęczonego, jakby nie spał całą noc i nie wziął prysznica. Włosy miał brudne i zmierzwione, garnitur wygnieciony, zwłaszcza na wysokości krzyża.

Paulie przystąpił od razu do skomplikowanych ćwiczeń rozciągających. Był tak umięśniony, że jego nogi i ręce nie zginały się do końca; nie zdołałby dotknąć palcami ramion, przeszkadzały w tym za duże bicepsy. Przyjrzałem się atlasowi. Miał mnóstwo uchwytów, rączek, drążków. Mocne czarne kable biegły przez bloczki połączone z wysokimi stosami ołowianych płyt. Żeby je ruszyć, trzeba było dźwignąć dwieście pięćdziesiąt kilo.

– Ćwiczysz? – spytałem Duke'a.

– Nie twoja sprawa – odparł.

– Ja też nie – poinformowałem.

Paulie odwrócił osadzoną na grubej szyi głowę i zerknął na mnie. Potem położył się plecami na ławce i ułożył tak, by ramiona znalazły się pod drążkiem spoczywającym na stojaku. Na oba końce nałożono ciężary. Sapnął, oplótł palcami drążek, oblizał wargi, jakby szykował się do poważnej próby. A potem naparł w górę, wyciskając ciężar. Sztanga zachybotała lekko. Ciężar był tak wielki, że wyginała się w dół z obu stron, jak na starym filmie o rosyjskich ciężarowcach podczas olimpiady. Ponownie sapnął i dźwignął, prostując ręce. Trzymał je tak sekundę, po czym gwałtownie opuścił sztangę na stojak. Przekręcił głowę i spojrzał na mnie, jakby chciał mi zaimponować. W pewnym stopniu mu się udało. To był olbrzymi ciężar, a on miał wielkie mięśnie. Lecz mięśnie sterydowe to mięśnie głupie. Wyglądają świetnie i w starciu z martwym ciężarem spisują się znakomicie. Są jednak powolne, ciężkie i łatwo się męczą.

– Potrafisz wycisnąć w tej pozycji dwieście kilo? – spytał. Był nieco zdyszany.

– Nigdy nie próbowałem – odparłem.

– Chcesz spróbować teraz?

– Nie.

– Taki mięczak jak ty mógłby się trochę wzmocnić.

– Jestem oficerem, nie potrzebuję się wzmacniać. Jeśli będę chciał, żeby ktoś podniósł dwieście kilo, to znajdę wielką durną małpę i każę jej to zrobić.

Posłał mi wściekłe spojrzenie. Zignorowałem go, przyglądając się ciężkiemu workowi treningowemu. Typowy sprzęt z siłowni, nienowy. Pchnąłem go lekko płaską dłonią, zakołysał się na łańcuchu. Duke mnie obserwował, patrzył też na Pauliego. Wyczuł coś, czego ja nie dostrzegłem. Ponownie pchnąłem worek. Często używaliśmy takich podczas ćwiczeń walki wręcz. Wkładaliśmy mundury wyjściowe, naśladujące strój cywilny, i na workach uczyliśmy się kopać. Kiedyś obcasem rozwaliłem taki, piasek wysypał się na podłogę. Przypuszczałem, że to zaimponowałoby Pauliemu, ale nie zamierzałem próbować. W obcasie miałem ukryte urządzenie do przesyłu poczty elektronicznej, nie chciałem go uszkodzić. Na moment pojawiła mi się w głowie absurdalna myśl, by powiedzieć potem Duffy, że powinna była umieścić je w lewym obcasie. Ale przecież była leworęczna; może sądziła, że robi dobrze.

– Nie lubię cię – oznajmił Paulie. Patrzył w moją stronę, zakładałem więc, że do mnie mówi. Oczy miał małe, skórę połyskliwą. Chodząca bomba chemiczna. Z porów ciała wyciekały mu najdziwniejsze związki. – Powinniśmy spróbować się na rękę – dodał.

– Co?

– Spróbować się na rękę – powtórzył. Podniósł się i stanął obok mnie, lekko i cicho. Górował nade mną, praktycznie przesłaniał mi światło. Cuchnął ostrym, kwaśnym potem.

– Nie zamierzam się siłować – odparłem.

Duke obserwował mnie uważnie. Zerknąłem na dłonie Pauliego. Zacisnął je w pięści, nie były jednak wielkie. Sterydy nie wpływają na dłonie człowieka, chyba że się je ćwiczy. A większości ludzi nie przychodzi to nawet do głowy.

– Cipa – rzucił.

Milczałem.

– Cipa – powtórzył.

– Co dostanie zwycięzca? – spytałem.

– Satysfakcję.

– Dobra.

– Dobra co?

– Dobra, zróbmy to – zgodziłem się.

Wyglądał na zaskoczonego, jednak zareagował dostatecznie szybko. Zdjąłem marynarkę, złożyłem i powiesiłem na rowerze. Rozpiąłem prawy mankiet, podwinąłem rękaw do łokcia. W porównaniu z jego ręką moja wyglądała mizernie, lecz dłoń miałem odrobinę większą, palce dłuższe, a mięśnie zawdzięczałem genetyce, nie fiolkom z apteki.

Uklękliśmy naprzeciw siebie po obu stronach ławki, oparliśmy o nią łokcie. Miał nieco dłuższe przedramię, co sprawiało, że musiał wygiąć przegub. Wiedziałem, że mi to pomoże. Nasze dłonie zderzyły się z klaśnięciem, zacisnęliśmy uchwyt. Rękę miał zimną i wilgotną. Duke zajął pozycję u szczytu ławki, niczym sędzia.

– Zaczynajcie – rzucił.

Od początku oszukiwałem. Chodzi o to, by za pomocą siły ramienia obrócić dłoń w dół, pociągając rękę przeciwnika aż do końca. Nie miałem na to najmniejszych szans, nie z tym facetem. Ani cienia szansy. Musiałem użyć całej siły, by utrzymać rękę w miejscu. Zatem nie próbowałem nawet wygrać, po prostu zacząłem ściskać. Milion lat ewolucji obdarzyło nas przeciwstawnym kciukiem, który w zestawieniu z pozostałą czwórką palców może działać niczym szczypce. Chwyciłem jego kostki i ścisnąłem bezlitośnie, a mam bardzo silne dłonie. Koncentrowałem się na tym, by utrzymywać rękę w pozycji pionowej. Patrzyłem mu w oczy i ściskałem dłoń. Wkrótce poczułem, jak jego kostki na siebie napierają, i wtedy nacisnąłem jeszcze mocniej. Nie poddał się, był niewiarygodnie silny, nie zmniejszał nacisku. Zlany potem oddychałem ciężko, starając się nie przegrać. Trwaliśmy tak całą minutę, napięci i drżący, w milczeniu. Ścisnąłem jeszcze mocniej. Pozwoliłem, by w jego dłoni narastał ból. Patrzyłem, jak odbija się na jego twarzy. I wtedy jeszcze wzmocniłem uchwyt. To właśnie trafia do takiego gościa. Sądzi, że gorzej już być nie może, i wtedy robi się gorzej. I jeszcze gorzej, przypomina to lawinę. Coraz gorzej, jakby miał przed sobą nieskończony wszechświat cierpienia, które narasta niepomiernie długo, bez litości. Wówczas zaczyna się skupiać na własnym bólu i w jego oczach błyska decyzja. Wie, że oszukuję, ale uświadamia sobie, że nic nie może na to poradzić. Nie może bezradnie pochylić głowy i powiedzieć: ten facet robi mi krzywdę, to nie fair, bo wówczas to on byłby mięczakiem, nie ja. A tego by nie zniósł. Przełyka więc wszystko. Przełyka i zaczyna się zastanawiać, czy ból będzie jeszcze gorszy. A on staje się gorszy, o tak. Wciąż narasta i narasta, zawsze narasta. Patrzyłem Pauliemu prosto w oczy i ściskałem mocniej. Jego skórę pokrył pot, moja dłoń poruszała się z łatwością po jego ręce, coraz mocniej zaciskając uchwyt. Nie było tarcia, które odwróciłoby jego uwagę, tylko czysty ból kostek.

– Wystarczy! – zawołał Duke. – Remis.

Nie rozluźniłem uchwytu. Paulie nie zmniejszył nacisku, jego ręka tkwiła nieruchomo jak drzewo.

– Powiedziałem dosyć – powtórzył Duke. – Macie od cholery roboty, durnie.

Podniosłem wysoko łokieć, by nie zaskoczył mnie ostatnią desperacką próbą. Paulie odwrócił wzrok i zsunął rękę z ławki. Puściliśmy się. Na jego dłoni pozostał jaskrawoczerwony ślad otoczony bielą. Podstawa kciuka paliła mnie żywym ogniem. Paulie dźwignął się z kolan, wstał i bez słowa wyszedł z pomieszczenia. Słyszałem ciężkie kroki na drewnianych schodach.

– To było cholernie głupie – mruknął Duke. – Właśnie zrobiłeś sobie kolejnego wroga.

Z trudem chwytałem powietrze.

– A co, miałem przegrać?

– Tak byłoby lepiej.

– To nie w moim stylu.

– No to jesteś głupi – zawyrokował.

– Ty jesteś szefem ochrony. Powinieneś mu powiedzieć, by zachowywał się jak dorosły.

– To nie takie łatwe.

– Więc się go pozbądź.

– To też nie takie łatwe.

Powoli wstałem, spuściłem rękaw, zapiąłem mankiet. Zerknąłem na zegarek, prawie siódma rano. Czas uciekał.

– Co dziś będę robić? – spytałem.

– Prowadzić ciężarówkę – odparł Duke. – Potrafisz to chyba, prawda?

Przytaknąłem, bo nie mogłem powiedzieć „nie". W końcu, gdy ratowałem Richarda Becka, prowadziłem furgonetkę.

– Muszę znów wziąć prysznic – oznajmiłem. – I potrzebne mi czyste ubranie.

– Powiedz pokojówce. – Duke był wyraźnie zmęczony. – Za kogo mnie bierzesz, swojego pieprzonego lokaja?

Przez sekundę patrzył na mnie w milczeniu, potem skierował się w stronę schodów, zostałem sam w piwnicy. Przeciągnąłem się parę razy zdyszany i potrząsnąłem ręką, by złagodzić napięcie mięśni. Później zabrałem marynarkę i zacząłem szukać Teresy Daniel. Teoretycznie mogła być gdzieś tu zamknięta, ale jej nie znalazłem. Piwnica okazała się labiryntem pomieszczeń wykutych w skale. Większość z nich pełniła określone funkcje. Znalazłem kotłownię z huczącym piecem i plątaniną rur, a także pralnię, w której na drewnianym stole ustawiono wielką pralkę, podłączoną tak, by woda pod własnym ciężarem spływała do rury niknącej w ścianie na wysokości kolan. Kilka magazynów, dwa zamknięte pomieszczenia o solidnych drzwiach. Nasłuchiwałem, ze środka nie dobiegł jednak żaden odgłos. Zastukałem cicho. Brak odpowiedzi.

Ruszyłem na górę. W holu na parterze spotkałem Richarda Becka i jego matkę. Richard umył włosy i uczesał z przedziałkiem po prawej, tak że zwisały z lewej strony, zasłaniając obcięte ucho. Przypominało to nieco pożyczkę, jaką robią sobie z resztek włosów starsi faceci. Na jego twarzy dostrzegałem wewnętrzny konflikt. Zdawało się, że w ciemnym domu czuje się bezpieczny, ale też uwięziony. Mój widok wyraźnie go ucieszył. Nie tylko dlatego, że ocaliłem mu tyłek. Byłem dla niego kimś z zewnątrz, z innego świata.

— Wszystkiego najlepszego z okazji urodzin, pani Beck — powiedziałem.

Uśmiechnęła się do mnie, jakby pochlebiło jej, że pamiętałem. Wyglądała lepiej niż wczoraj. Była co najmniej dziesięć lat starsza ode mnie, ale gdybyśmy spotkali się gdzieś przypadkiem, na przykład w klubie, barze albo przedziale pociągu, z pewnością zwróciłaby moją uwagę.

— Słyszałam, że jakiś czas zostaniesz z nami — oznajmiła. Potem jednak przypomniała sobie, dlaczego miałem z nimi zostać. Ukrywałem się, bo zabiłem policjanta. Zmieszana odwróciła wzrok i odeszła w głąb korytarza. Richard poszedł za nią, zerkając na mnie przez ramię.

Znalazłem drogę do kuchni, ale Pauliego tam nie było, tylko Zachary Beck.

— Jaką mieli broń ci mężczyźni z toyoty? — spytał.

— Uzi — odparłem. *Trzymaj się prawdy, jak każdy dobry oszust.* — I granat.

— Jakie uzi?

— Micro — wyjaśniłem. — Te małe.

– Magazynki?

– Krótkie, dwadzieścia pocisków.

– Jesteś absolutnie pewien?

Skinąłem głową.

– Znasz się na tym?

– Zaprojektował je porucznik armii izraelskiej – odparłem. – Nazywał się Uziel Gal, lubił majstrować. Dokonał licznych ulepszeń starych czeskich modeli, dwudziestkitrójki oraz dwudziestkipiątki i w końcu stworzył zupełnie nową broń. To było w tysiąc dziewięćset czterdziestym dziewiątym. Oryginalny uzi wszedł do produkcji w tysiąc dziewięćset pięćdziesiątym trzecim. Licencje wykupiły Belgia i Niemcy. Widywałem je czasem.

– Jesteś absolutnie pewien, że to były wersje micro z krótkimi magazynkami?

– Jestem pewien.

– W porządku – powiedział tylko, jakby to miało dla niego jakieś znaczenie. Potem wyszedł z kuchni i zniknął. Stałem tam, myśląc o naglącym tonie tych pytań i o wymiętym garniturze Duke'a. To połączenie mocno mnie niepokoiło.

• • •

Znalazłem pokojówkę i powiedziałem, że potrzebne mi ubranie. Pokazała mi długą listę zakupów i oznajmiła, że właśnie wybiera się do sklepu. Wyjaśniłem, że nie chcę, by kupowała mi ciuchy, po prostu niech je od kogoś pożyczy. Pokojówka zarumieniła się i pokiwała głową bez słowa. W tym momencie pojawiła się kucharka, która ulitowała się nade mną, usmażyła mi kilka jajek na bekonie i zaparzyła kawę, co natychmiast poprawiło mi humor. Zjadłem, wypiłem i poszedłem na górę do pokoju. Pokojówka zostawiła na korytarzu stosik rzeczy starannie ułożonych na podłodze: parę czarnych dżinsów, czarną dżinsową koszulę, czarne skarpetki, białą bieliznę; wszystko wyprane i dokładnie wyprasowane. Domyśliłem się, że należały do Duke'a. Ubrania Becka bądź Richarda byłyby za małe, a w ciuchach Pauliego wyglądałbym jak owinięty w namiot. Zebrałem je i zaniosłem do środka. Zamknąłem się w łazience, zdjąłem but i sprawdziłem pocztę. Jedna wiadomość, od Susan Duffy, brzmiała następująco: *Znaleźliśmy na mapie to miejsce. Przenosimy się 40 km płd.-zach., do motelu przy I-95. Odpowiedź od Powella, cytat: do twojej wiadomości, obaj WS po 5, 10-2, 10-28, koniec cytatu. Postępy?*

Uśmiechnąłem się, Powell znał jednak język. „Obaj WS po 5" oznaczało, że obaj faceci odsłużyli pięć lat, a potem zostali wydaleni ze służby. Pięć lat to zbyt długo na zwolnienie z powodu nieprzystosowania bądź błędów treningowych, takie rzeczy ujawniają się bardzo wcześnie. Jeśli ktoś został wydalony po pięciu latach, to znaczy, że musiał być zły. A 10-2,10-28 nie pozostawiały co do tego wątpliwości. 10-28 to standardowa odpowiedź radiowa oznaczająca „głośno i wyraźnie". 10-2 to standardowy kod: „pilne wezwanie karetki". Lecz połączone w tajnym żargonie żandarmerii wojskowej „pilne wezwanie karetki głośno i wyraźnie" oznacza: tych facetów trzeba załatwić, bez żadnych wątpliwości. Powell zajrzał w ich akta i nie spodobało mu się to, co zobaczył.

Znalazłem ikonkę *odpowiedź* i napisałem: *Na razie brak postępów, czekaj*. Potem nacisnąłem WYŚLIJ i ukryłem urządzenie w bucie. Nie siedziałem długo pod prysznicem, po prostu zmyłem z siebie pot z siłowni. Ubrałem się w pożyczone ciuchy. Do tego własne buty, marynarka i płaszcz od Susan Duffy. Zszedłem na dół. Zachary Beck i Duke stali razem w holu, obaj mieli na sobie płaszcze. Duke trzymał w dłoni kluczyki; nie zdążył wziąć prysznica, nadal sprawiał wrażenie zmęczonego i krzywił się wyraźnie. Może nie spodobało mu się, że mam na sobie jego ubranie. Drzwi frontowe były otwarte, dostrzegłem pokojówkę odjeżdżającą po sprawunki starym, zakurzonym saabem. Może miała też kupić tort urodzinowy.

– Ruszajmy – powiedział Beck, jakbyśmy mieli pilną pracę i bardzo mało czasu.

Wyprowadzili mnie frontowymi drzwiami. Wykrywacz metalu zahuczał dwukrotnie przy każdym z nich, lecz nie przy mnie. Na zewnątrz było zimno i rześko, na jasnym bezchmurnym niebie świeciło słońce. Czarny cadillac Becka czekał na podjeździe. Duke otworzył tylne drzwi, Beck wsiadł do wozu. Duke zajął miejsce za kierownicą, ja obok niego. Wydało mi się to stosowne. Nie rozmawialiśmy.

Duke uruchomił silnik, wrzucił bieg i ruszył ku bramie. Widziałem, jak Paulie otwiera ją pokojówce. Znów miał na sobie garnitur. Stanął bez ruchu, czekając na nas. Minęliśmy go i skierowaliśmy się na zachód, zostawiając za sobą morze. Odwróciłem się i ujrzałem, jak zamyka bramę.

Przejechaliśmy ponad dwadzieścia kilometrów w głąb lądu, po czym skręciliśmy na północ, na autostradę prowadzącą w stronę Portlandu. Cały czas patrzyłem przed siebie, zastanawiając się, dokąd właściwie mnie zabierają. I co zrobią, gdy już tam dotrzemy.

• • •

Zawieźli mnie na sam skraj zabudowań portowych poza miastem. Widziałem stamtąd fragmenty statków i sterczące w niebo żurawie. Na zachwaszczonych podwórkach piętrzyły się puste stare kontenery. Wzdłuż długich, niskich budynków biurowych krążyły ciężarówki. W powietrzu uganiały się stada mew. Duke wjechał przez bramę na niewielkie podwórze wylane spękanym betonem i połatanym asfaltem, całkowicie puste, jeśli nie liczyć stojącej samotnie pośrodku półciężarówki średnich rozmiarów, przerobionej z furgonetki, z zamontowanym masywnym nadwoziem szerszym niż kabina i jakby owiniętym wokół niej. Podobne wozy można znaleźć w wypożyczalniach, nie są ani najmniejsze, ani największe z oferty. Żadnych napisów. Furgonetka była zupełnie przeciętna, pomalowana na niebiesko, z widocznymi tu i ówdzie plamami rdzy. Stara, od lat musiała znosić słone powietrze.

– Klucze są w kieszeni przy drzwiach – oznajmił Duke.

Beck wychylił się ze swego miejsca i wręczył mi niewielką kartkę. Widniały na niej wskazówki i adres jakiegoś miejsca w New London w stanie Connecticut.

— Pojedziesz pod ten adres – oznajmił. – To parking podobny do tego. Będzie tam stała identyczna furgonetka. Klucze w kieszeni przy drzwiach. Zostawisz tę, wrócisz tamtą.

— I nie zaglądaj do żadnej z nich – uprzedził Duke.

— I jedź powoli – dodał Beck. – Zgodnie z przepisami, nie zwracaj na siebie uwagi.

— Czemu? – spytałem. – Co w nich jest?

— Dywany – odparł Beck z tyłu. – Po prostu myślę o tobie. Jesteś poszukiwany, lepiej się nie wychylaj. Jedź powoli, zrób przerwę na kawę, zachowuj się zwyczajnie.

Nie powiedzieli nic więcej. Wysiadłem z cadillaca. W powietrzu unosiła się woń morza, benzyny, paliwa do diesli, spalin i ryb. Wiał wiatr, zewsząd dobiegały niewyraźne, typowe dla okolicy przemysłowej odgłosy przerywane ostrymi krzykami mew. Podszedłem do furgonetki, mijając ją z tyłu, i zauważyłem, że drzwi zabezpieczono niewielką ołowianą plombą. Ruszyłem do kabiny, znalazłem kluczyki w kieszeni. Wsiadłem do środka i włączyłem silnik. Zapiąłem pasy, usadowiłem się wygodnie, wrzuciłem bieg i wyjechałem z parkingu. Beck i Duke siedzący w cadillacu obserwowali mnie, ich twarze niczego nie zdradzały. Zawahałem się przy pierwszym rozjeździe, w końcu skręciłem w lewo na południe.

4

Czas płynął, byłem tego boleśnie świadom. Właśnie przechodziłem jakąś próbę, test. Miał potrwać co najmniej dziesięć bezcennych godzin, dziesięć godzin, na które nie było mnie stać. A w dodatku furgonetką kierowało się fatalnie. Była zwalista, niezgrabna, silnik wciąż zawodził, a przekładnia jęczała jak potępieniec. Miękkie, zużyte zawieszenie sprawiało, że cały pojazd kołysał się i huśtał. Lecz lusterka miał solidne, wielkie, prostokątne, przyśrubowane do drzwi. Widziałem w nich doskonale wszystko powyżej dziesięciu metrów za sobą. Znajdowałem się na autostradzie międzystanowej I-95, jechałem na południe wśród nielicznych pojazdów. Miałem niemal pewność, że nikt mnie nie śledzi. Niemal. Lecz nie do końca.

Zwolniłem maksymalnie, przekręciłem się, położyłem lewą stopę na pedale gazu, schyliłem się i błyskawicznie zsunąłem prawy but. Położyłem go sobie na kolanach i jedną ręką wyciągnąłem urządzenie do przesyłu poczty elektronicznej. Przytrzymałem je przy kierownicy i podczas jazdy wystukałem: *Pilne, spotkanie pierwszy parking przy I-95 na południe od Kennebunk, natychmiast, przywieź lutownicę i cynę z Radio Shack albo sklepu z narzędziami*. Nacisnąłem WYŚLIJ i rzuciłem komunikator na fotel pasażera. Wsunąłem nogę w but, nacisnąłem pedał gazu, wyprostowałem się. Zerknąłem w lusterko. Nic. Zacząłem liczyć w myślach. Kennebunk od New London dzieliło jakieś trzysta kilometrów, może trochę więcej. Niecałe cztery godziny osiemdziesiątką. Dwie godziny pięćdziesiąt minut, gdybym przyspieszył do stu dziesięciu, a furgonetka zapewne i tak nie wyciągnęłaby więcej. Miałem zatem góra godzinę i dziesięć minut, by zrobić, co trzeba.

Jechałem dalej prawym pasem, utrzymując stałą prędkość osiemdziesięciu kilometrów na godzinę. Nikt mnie nie mijał, nikt nie trzymał się za mną, nie śledził mnie. Nie byłem pewien, czy to dobrze, czy źle. Alternatywa mogła okazać się gorsza. Po dwudziestu dziewięciu minutach minąłem zjazd do Kennebunk. Po przejechaniu półtora kilometra ujrzałem znak informujący o parkingu z barem i stacją benzynową dziesięć kilometrów dalej. Przejechanie dziesięciu kilometrów zabrało mi osiem i pół minuty. Niska rampa skręcała w prawo, w stronę zadrzewionego zbocza. Choć liście były małe i bardzo młode, niewiele dostrzegłem. Parking krył się przed moimi oczami. Spokojnie pokonałem wzniesienie i znalazłem się na typowym placu obok stacji, dość szerokim, by wozy mogły parkować ukośnie po obu stronach. Z prawej wznosiła się niewielka grupka niskich ceglanych zabudowań. Za nimi stacja. Obok toalet stało z tuzin samochodów. Jednym z nich był taurus Susan Duffy, ostatni po lewej. Czekała obok wozu wraz z Eliotem.

Minąłem ją wolno, czyniąc ręką gest „Zaczekaj", i zaparkowałem cztery miejsca dalej. Zgasiłem silnik i przez moment siedziałem bez ruchu, z wdzięcznością wsłuchując się w ciszę. Schowałem urządzenie z powrotem do obcasa, zasznurowałem but. A potem starałem się zachowywać jak przeciętny kierowca – wyprostowałem ręce, przeciągnąłem się, otworzyłem drzwi, wyskoczyłem i zacząłem tupać, jakbym chciał rozluźnić skurczone mięśnie. Wciągnąłem w płuca świeże leśne powietrze. Obróciłem się parę razy dookoła, przeczesując wzrokiem okolicę. Potem stanąłem spokojnie, wpatrując się w rampę. Nie dostrzegłem nikogo. Z autostrady dobiegał cichy szum silników. Choć samochody przejeżdżały dość blisko, drzewa nadawały temu miejscu atmosferę prywatności.

Odliczyłem siedemdziesiąt dwie sekundy. Przy jeździe osiemdziesiątką to półtora kilometra. Nikt się nie zjawił, a nikt nie śledzi samochodu z odległości większej niż półtora kilometra. Pobiegłem więc tam, gdzie czekali na mnie Duffy i Eliot. On miał na sobie zwykły codzienny ubiór i wydawało się, że jest mu w nim trochę niewygodnie. Duffy była ubrana w wytarte dżinsy i tę samą znoszoną skórzaną kurtkę, którą widziałem wcześniej. Wyglądała rewelacyjnie. Żadne z nich nie traciło czasu na powitania i nawet mnie to ucieszyło.

– Dokąd jedziesz? – spytał Eliot.

– New London w Connecticut.

– Co jest w ciężarówce?

– Nie wiem.

– Nikt cię nie śledzi – wtrąciła Duffy. To było stwierdzenie, nie pytanie.

– Może elektronicznie – zauważyłem.

– Gdzie?

– Z tyłu, jeśli mają dość rozumu. Przywieźliście lutownicę?

– Jeszcze nie – odparła. – Już tu jedzie. Do czego ci potrzebna?

– Zaplombowali furgonetkę – wyjaśniłem. – Będziemy musieli odtworzyć plombę.

Duffy z niepokojem zerknęła na podjazd.

– Trudno załatwić coś takiego w tak krótkim czasie.

– Sprawdźmy części, do których mamy dostęp – zaproponował Eliot. – I tak musimy czekać.

Podbiegliśmy z powrotem do niebieskiej furgonetki. Położyłem się na ziemi i obejrzałem podwozie. Pokrywała je gruba warstwa zapieczonego szarego błota pochlapanego olejem i benzyną.

– Nie tutaj – powiedziałem. – Potrzebowaliby dłuta, by dostać się do metalu.

Po niecałych piętnastu sekundach Eliot znalazł pluskwę wewnątrz kabiny. Tkwiła w gąbce fotela pasażera przyczepiona niewielkim okrągłym rzepem. Maleńka metalowa puszeczka,

99

nieco większa od ćwierćdolarówki, gruba na jakiś centymetr. Sterczał z niej cieniutki dwunastocentymetrowy drucik, zapewne antena. Eliot ujął wszystko w dłoń, wyskoczył z kabiny i spojrzał w stronę wylotu rampy.

– O co chodzi? – spytała Duffy.

– To dziwne – powiedział. – Takie urządzenia działają zwykle na bateryjce z aparatu słuchowego, mała moc, krótki zasięg. Nie da się odebrać sygnału z odległości większej niż trzy kilometry. Gdzie jest więc ten, kto cię namierza?

Wylot podjazdu był pusty, wjechałem tam jako ostatni. Staliśmy bez ruchu, patrząc w pustkę, a zimny wiatr sprawiał, że łzawiły nam oczy. Za drzewami przejeżdżały samochody, nikt jednak nie skręcił na parking.

– Jak długo tu jesteś? – spytał Eliot.

– Około czterech minut – odparłem. – Może pięć.

– To nie ma sensu, gość musiałby jechać siedem, osiem kilometrów za tobą, a z takiej odległości nic by nie usłyszał.

– Może nie ma nikogo, bo mi ufają – powiedziałem.

– To po co zakładali pluskwę?

– Może tego nie zrobili. Tkwi tam od lat i zupełnie o niej zapomnieli.

– Zbyt wiele przypuszczeń.

Duffy obróciła się, wodząc wzrokiem po drzewach.

– Mogli się zatrzymać na poboczu – zauważyła. – Wiecie, równolegle do tego miejsca.

Razem z Eliotem obróciliśmy się w prawo. To miało sens. Nikt przy zdrowych zmysłach nie zajechałby na parking i nie zaparkował obok celu.

– Rozejrzyjmy się – zaproponowałem.

Tuż za parkingiem rozciągało się wąskie pasmo przystrzyżonej trawy, a za nim równie wąski teren, na którym obsługa próbowała okiełznać skraj lasu, sadząc krzewy i posypując ziemię trocinami. Dalej rosły już tylko drzewa. Podczas budowy autostrady wycięto je od strony wschodniej, lecz między drogą a parkingiem pozostał dwunastometrowy zagajnik, który pewnie rósł tam od zarania dziejów. Ciężko było się przedrzeć wśród pnączy, kolczastych krzewów i niskich gałęzi. Na szczęście był kwiecień. W lipcu albo sierpniu coś takiego w ogóle by się nie udało. Przystanęliśmy tuż przed miejscem, w którym drzewa znikały, ustępując przed niższą roślinnością. Dalej rozciągało się trawiaste pobocze. Ruszyliśmy ostrożnie naprzód, rozglądając się na boki. Nikt tam nie parkował. Widzieliśmy pobocze wyraźnie, w obu kierunkach. Ruch był niewielki, zdarzało się, że przez pięć sekund droga pozostawała pusta. Eliot wzruszył ramionami, jakby nie mógł tego zrozumieć. Zawróciliśmy, przebijając się przez zarośla.

– To nie ma sensu – powtórzył.

– Brakuje im ludzi – przypomniałem.

– Nie, są na drodze numer jeden – wtrąciła Duffy. – Muszą tam być. Droga biegnie równolegle do I-dziewięćdziesiąt pięć od wybrzeża, z Portlandu aż na południe. Zazwyczaj dzielą je niecałe trzy kilometry.

Znów zwróciliśmy się na wschód, jakbyśmy zdołali przebić wzrokiem las i dostrzec samochód czekający na poboczu odległej drogi.

– Ja przynajmniej tak bym zrobiła – dodała Duffy.

Skinąłem głową. Bardzo prawdopodobny scenariusz. Oczywiście istniały techniczne niedogodności. Na dystansie trzech kilometrów z powodu różnicy poziomów i natężenia ruchu sygnał mógł chwilami zanikać. Ale z drugiej strony chcieli tylko wiedzieć, dokąd jadę.

– To możliwe – przyznałem.

– Nie, to prawdopodobne – poprawił mnie Eliot. – Duffy ma rację, tak byłoby najrozsądniej. Chcą trzymać się poza zasięgiem twojego wzroku.

– Tak czy inaczej musimy założyć, że tu są. Jak daleko droga numer jeden biegnie wzdłuż autostrady I-dziewięćdziesiąt pięć?

– Praktycznie bez końca – odparła Duffy. – Znacznie dalej niż New London w stanie Connecticut. Rozchodzą się w okolicach Bostonu, ale potem znów łączą.

– Dobra – mruknąłem, zerkając na zegarek. – Jestem tu już dziewięć minut, dość długo, by skorzystać z kibla i napić się kawy. Czas ponownie wykorzystać elektronikę.

Powiedziałem Eliotowi, by schował nadajnik do kieszeni i odjechał taurusem Duffy, utrzymując stałą prędkość osiemdziesięciu kilometrów na godzinę. Dodałem, że dogonię go furgonetką gdzieś przed New London. Później zamierzałem się martwić, jak z powrotem umieścić pluskwę na swoim miejscu. Eliot odjechał i zostałem sam z Duffy. Patrzyliśmy, jak jej samochód znika na południu, następnie znów obróciliśmy się w stronę rampy. Miałem godzinę i minutę i potrzebowałem lutownicy. Czas płynął.

– Jak tam jest? – spytała Duffy.

– Koszmarnie.

Opowiedziałem jej o dwuipółmetrowym granitowym murze, drucie kolczastym, bramie, wykrywaczach metalu na drzwiach, pokoju bez zamka wewnątrz. Opowiedziałem też o Pauliem.

– Zauważyłeś jakiś ślad mojej agentki? – spytała.

– Dopiero tam trafiłem.

– Jest w tym domu – oznajmiła. – Muszę w to wierzyć.

Nie odpowiedziałem.

– Zacznij się posuwać do przodu. Z każdą godziną będzie coraz gorzej. Dla ciebie i dla niej.

– Wiem o tym.

– Jaki jest Beck? – spytała.

– Nieuczciwy. – Opowiedziałem jej o odciskach na szklance i zniknięciu nissana, a potem o rosyjskiej ruletce.

– Grałeś?

– Sześć razy. – Wciąż patrzyłem na rampę.

Duffy wbiła we mnie wzrok.

– Zwariowałeś. Jeden do sześciu, powinieneś być martwy.

Uśmiechnąłem się.

– Grałaś kiedyś?

– Nigdy. Kiepskie szanse.

– Myślisz jak większość ludzi. Beck myślał podobnie. Sądził, że szanse wynoszą jeden do sześciu. Tak naprawdę wynoszą jeden do sześciuset albo do sześciu tysięcy. Jeśli umieścisz pojedynczy ciężki pocisk w zadbanym rewolwerze dobrej klasy, takim jak anaconda, potrzebny byłby cud, by po zakręceniu bębenkiem komora z kulą zatrzymała się na górze, przy kurku. Zawsze zatrzyma się na dole. Precyzyjny mechanizm, odrobina smaru i grawitacja. Nie jestem idiotą. Rosyjska ruletka to zabawa znacznie bezpieczniejsza, niż się wydaje, i warto było zaryzykować, by mnie zatrudnił.

Przez chwilę Duffy milczała.

– Masz jakieś przeczucie? – spytała.

– Wygląda jak importer dywanów – powiedziałem. – W całym domu jest ich mnóstwo.

– Ale?

– Ale nim nie jest. Założę się o całą emeryturę. Spytałem go o dywany, niewiele mówił, jakby go zupełnie nie interesowały. Większość ludzi lubi gadać o swoich interesach. Większość ludzi robi to bez przerwy.

– Masz emeryturę?

– Nie – mruknąłem.

W tym momencie na rampie pojawił się szary taurus; pomijając kolor, był identyczny z fordem Duffy. Na moment zwolnił, kiedy kierowca się rozglądał, po czym znów przyspieszył, zmierzając w naszą stronę. Za kierownicą siedział starszy facet, ten sam, którego zostawiłem w rynsztoku pod bramą college'u. Zahamował gwałtownie obok mojej furgonetki, otworzył drzwi i wysiadł ciężko, dokładnie tak, jak wysiadał z pożyczonego wozu policyjnego parę dni wcześniej. W dłoni trzymał wielką, czerwono-czarną siatkę pełną pudełek. Uniósł ją, uśmiechnął się i podszedł do mnie, by uścisnąć mi dłoń. Miał na sobie świeżą koszulę, ale ten sam garnitur. Widziałem plamy w miejscach, z których usiłował usunąć ślady sztucznej krwi. Wyobrażałem sobie, jak stoi przy umywalce w motelu i trze materiał ręcznikiem. Nie wyszło mu to za dobrze – wyglądał, jakby podczas obiadu pochlapał się keczupem.

– Już służysz im na posyłki? – spytał.

– Nie wiem, do czego im służę – odparłem. – Mamy problem z plombą.

Skinął głową.

– Domyśliłem się. Nietrudno wywnioskować z tej listy zakupów.

– Robiłeś już coś takiego?

– Należę do starej szkoły – wyjaśnił. – Takie rzeczy robiliśmy po dziesięć razy dziennie. Wszędzie pełno parkingów dla ciężarówek. Załatwialiśmy sprawę, nim kierowca zdążył zamówić zupę.

Kucnął, wysypując na asfalt zawartość torby. Miał w niej lutownicę, zwój cyny do lutowania i przelotkę pozwalającą podłączyć urządzenie do gniazdka zapalniczki w samochodzie. Oznaczało to, że nie może wyłączyć silnika, toteż przekręcił kluczyk w stacyjce i podjechał bliżej, by nie naciągać kabla.

Plomba była w istocie kawałkiem rozciągniętego ołowianego drutu z zamocowanymi do końcówek płytkami. Płytki ściśnięto rozgrzanym urządzeniem, tak że stopiły się, tworząc duży kleks metalu z odciśniętym pośrodku znakiem. Starszy agent nie tknął w ogóle plomby. Widać było, że to fachowiec. Podłączył lutownicę, poczekał, aż się rozgrzeje, potem sprawdził, spluwając na końcówkę. Gdy była gotowa, wytarł ją o rękaw marynarki, a potem przytknął do drutu w najcieńszym miejscu. Drut stopił się natychmiast. Facet powoli rozszerzył szczelinę, jakby otwierał maleńkie kajdanki, i zsunął plombę. Odłożył ją na deskę rozdzielczą swojego samochodu. Ja tymczasem chwyciłem klamkę i nacisnąłem.

– No dobra – mruknęła Duffy. – Co my tu mamy?

Mieliśmy dywany. Drzwi uniosły się z klekotem, wnętrze furgonetki zalała fala światła i ujrzeliśmy jakieś dwieście dywanów – starannie zwiniętych, obwiązanych sznurkami i ustawionych pionowo. Nie były jednakowej wielkości: wyższe upchnięto w głębi przy ściance kabiny, niższe z brzegu. Pochylały się w naszą stronę niczym jakaś wiekowa formacja skalna. Zwinięto je wzorem do wewnątrz i widzieliśmy tylko bezbarwne, szorstkie spody. Sizalowy sznurek, którym je związano, był stary i pożółkły. W powietrzu unosiła się ostra woń surowej wełny i nieco słabszy zapach barwników roślinnych.

– Powinniśmy je sprawdzić – oznajmiła Duffy. W jej głosie dźwięczała nutka zawodu.

– Ile mamy czasu? – spytał agent.

Zerknąłem na zegarek.

– Czterdzieści minut.

– Sprawdźmy je tylko z grubsza – zaproponował.

Wyciągnęliśmy parę z pierwszego rzędu. Okazały się ciasno zwinięte – nieopakowane w karton, po prostu zrolowane i obwiązane sznurkiem. Jeden miał nawet frędzle. Wszystkie pachniały starością i stęchlizną. Supły na sznurku były stare, płaskie, zaciągnięte na amen. Staraliśmy się je rozwiązać paznokciami. Nic z tego.

– Pewnie przecinają sznurek – oznajmiła Duffy. – My nie możemy tego zrobić.

– Nie – przytaknął starszy agent.

Szorstki sznurek wyglądał na zagraniczny, od dawna nie widziałem podobnego. Zrobiono go z naturalnego włókna, juty albo konopi.

– To co robimy? – spytał agent.

Wywlokłem kolejny dywan, zważyłem go w dłoniach. Ważył tyle, ile powinien. Ścisnąłem, ustąpił lekko. Postawiłem go pionowo na drodze i rąbnąłem pięścią w środek. Zgiął się lekko, tak jak zwinięty dywan.

– To zwykłe dywany – powiedziałem.

– Może coś schowali pod spodem – zasugerowała Duffy. – Może te z tyłu wcale nie są takie wysokie, tylko stoją na czymś innym.

Zaczęliśmy kolejno wyciągać dywany i układać je na drodze w tej samej kolejności. Opróżniliśmy nieco zygzakowaty korytarz wiodący w głąb furgonetki. Wysokie dywany okazały się dokładnie tym, na co wyglądały: ciasnymi rulonami obwiązanymi sznurkiem i ustawionymi pionowo. Niczego nie ukrywały. Wyszliśmy z furgonetki i popatrzyliśmy po sobie otoczeni stosami dywanów.

– Fałszywy ładunek – podsumowała Duffy. – Beck domyślił się, że zdołasz zajrzeć do środka.

– Może – potwierdziłem.

– Albo po prostu chciał się ciebie pozbyć.

– Ale po co?

– Sprawdzał cię? Upewniał się co do ciebie?

Zerknąłem na zegarek.

– Czas załadować to z powrotem. I tak będę już musiał jechać jak wariat.

– Pojadę z tobą – oznajmiła. – Póki nie dogonimy Eliota.

Skinąłem głową.

– To dobrze. Musimy pogadać.

Załadowaliśmy dywany z powrotem, popychając je i kopiąc, by trafiły na poprzednie miejsca. Następnie opuściłem drzwi, a agent chwycił w dłoń lutownicę. Nasunął na miejsce zdjętą plombę i przyłożył do siebie końcówki. Rozgrzał lutownicę, koniuszkiem załatał odstęp, przytknął do niego końcówkę lutowia. Dziurę wypełniła duża, srebrzysta kropla, zupełnie innego koloru i rozmiaru. Drut wyglądał teraz jak rysunek przedstawiający węża, który właśnie połknął królika.

– Nie martwcie cię – rzucił agent.

Zaczął manipulować końcówką lutownicy niczym maleńkim pędzlem, wygładzając łączenie. Od czasu do czasu strząsał na bok nadmiar cyny. Był bardzo delikatny, zajęło mu to trzy długie minuty, lecz w końcu drut wyglądał tak jak wcześniej. Agent pozwolił mu nieco ostygnąć, po czym dmuchnął mocno. Srebrzysta powierzchnia powlokła się szarością. Nigdy nie widziałem lepszej roboty. Z pewnością poradziłbym sobie gorzej.

– Dobrze – mruknąłem. – Ale będziesz musiał załatwić jeszcze jedną. Mam wrócić drugą furgonetką, ją także powinniśmy sprawdzić. Spotkamy się na pierwszym parkingu za Portsmouth w New Hampshire.

– Kiedy?

– Bądź tam za pięć godzin.

• • •

Zostawiliśmy go z Duffy na drodze i ruszyliśmy na północ z maksymalną prędkością. Furgonetka nie wyciągała wiele więcej niż setkę. Kanciaste kształty sprawiały, że opór powietrza nie pozwalał rozpędzić jej bardziej. Ale setka wystarczyła. Miałem kilka minut zapasu.

– Widziałeś jego biuro? – spytała Duffy.

– Jeszcze nie – odparłem. – Musimy je sprawdzić. Prawdę mówiąc, powinniśmy sprawdzić cały ten biznes w porcie.

– Pracujemy nad tym. – Duffy musiała podnieść głos; przy stu kilometrach na godzinę ryk silnika i jęki przekładni były dwukrotnie głośniejsze niż wcześniej przy osiemdziesiątce. – Na szczęście w Portlandzie panuje względny spokój. To zaledwie czterdziesty czwarty pod względem wielkości port w Stanach, czternaście milionów ton towarów rocznie, to oznacza trochę ponad ćwierć miliona ton na tydzień. Beck ściąga tygodniowo dwa–trzy kontenery, w sumie jakieś dziesięć ton.

– Czy służby celne sprawdzają jego towar?

– Tak jak inne. Obecnie udaje im się skontrolować około dwóch procent. Jeśli Beck sprowadza sto pięćdziesiąt kontenerów w roku, może sprawdzą ze trzy.

– Więc jak to robi?

– Może zmniejsza ryzyko, ograniczając przemyt do, powiedzmy, jednego kontenera na dziesięć. To oznaczałoby przeszukania na poziomie dwóch promili. W ten sposób przetrwałby lata.

– Już udało mu się przetrwać lata. Pewnie kogoś opłaca.

Duffy skinęła głową, milczała.

– Możesz załatwić dodatkową kontrolę? – spytałem.

– Nie bez podania powodów. Nie zapominaj, że działamy nielegalnie. Potrzebne nam twarde dowody, a możliwość, że kogoś opłaca, dodatkowo utrudnia sprawę. Możemy zwrócić się do niewłaściwej osoby.

Jechaliśmy przed siebie, silnik ryczał, zawieszenie kołysało się ostro. Wyprzedzaliśmy kolejne wozy. Teraz zerkałem w lusterko, szukając wzrokiem policji, nie obstawy. Wiedziałem, że legitymacja Duffy z DEA załatwi każdy problem, ale nie chciałem tracić czasu potrzebnego na wyjaśnienia.

– Jak zareagował Beck? – spytała. – Pierwsze wrażenie?

– Był zaskoczony i jakby oburzony, tak mi się zdawało. Zauważyłaś, że w szkole Richard Beck nie miał ochrony?

– Bezpieczne otoczenie?

– Raczej nie, z łatwością można wyciągnąć dzieciaka z college'u. Brak ochrony oznacza brak zagrożenia. Myślę, że ochrona na czas podróży do domu stanowiła jedynie ukłon w stronę paranoi chłopaka, zwykłe ustępstwo. Wątpię, by stary Beck uważał ją za konieczną. W przeciwnym razie zapewniłby mu ochroniarzy na stałe. Albo w ogóle nie puściłby go do szkoły.

– I co z tego?

– To, że zapewne w przeszłości zawarł jakiś układ, może po poprzednim porwaniu. Coś, co gwarantowało zachowanie status quo. Stąd brak ochrony w szkole. Stąd oburzenie Becka, jakby ktoś nagle złamał umowę.

– Tak sądzisz?

Skinąłem głową.

– Był zaskoczony, zdumiony i poirytowany. Jego najważniejsze pytanie brzmiało: kto się odważył?

– To oczywiste.

– Ale wypowiedziane w tonie: jak oni śmieli. Ze złością, jakby ktoś wysunął się samowolnie przed szereg. To nie było zwykłe pytanie, lecz wyraz irytacji.

- Co mu powiedziałeś?

- Opisałem furgonetkę i twoich ludzi.

Uśmiechnęła się.

- Bezpiecznie.

Pokręciłem głową.

- Ma człowieka o nazwisku Duke, nie znam imienia. To były gliniarz, szef ochrony Becka. Widziałem go dziś rano, nie spał całą noc, wyglądał na zmęczonego, nie wziął prysznica. Marynarkę miał wymiętą, zwłaszcza na plecach.

- Co to znaczy?

- Że całą noc prowadził. Myślę, że tam pojechał, żeby przyjrzeć się toyocie, sprawdzić rejestrację. Gdzie ją umieściliście?

- Policja stanowa ją zabrała. Chcieliśmy, by wszystko wyglądało wiarygodnie. Nie mogliśmy odprowadzić jej do garażu DEA. Jest pewnie gdzieś pod strażą.

- Dokąd prowadzi rejestracja?

- Do Hartfordu w Connecticut. Rozwaliliśmy tam niewielki gang producentów extasy.

- Kiedy?

- Tydzień temu.

Jechałem dalej, ruch na autostradzie gęstniał.

- Nasz pierwszy błąd – oznajmiłem. – Beck to sprawdzi i zacznie się zastanawiać, czemu drobni handlarze extasy z Connecticut próbują porwać mu syna. A potem pomyśli, jakim cudem drobni handlarze z Connecticut usiłowali się do tego zabrać tydzień po aresztowaniu.

- Cholera – mruknęła Duffy.

- Jest jeszcze gorzej – dodałem. – Myślę, że Duke obejrzał sobie lincolna. Wóz miał wgnieciony przód i wytłuczone okna, ale żadnych dziur po pociskach. I wcale nie wygląda, jakby eksplodował w nim prawdziwy granat. Lincoln stanowi żywy dowód, że cała akcja była lipna.

- Nie – odparła Duffy. – Lincolna ukryliśmy, nie zabrali go razem z toyotą.

– Jesteś pewna? Bo dziś Beck od razu spytał mnie o uzi. Jakby chciał, żebym sam się pogrążył. Dwa uzi micro, magazynki z dwudziestoma nabojami, czterdzieści strzałów i ani śladu na samochodzie.

– Nie – powtórzyła. – Nie ma mowy. Lincolna ukryliśmy.

– Gdzie?

– W Bostonie, w naszym garażu. Ale według dokumentów w miejskiej kostnicy. Ten wóz to w końcu miejsce przestępstwa. Teoretycznie jest w środku oblepiony resztkami ochroniarzy. Chodziło nam o wiarygodność. Przemyśleliśmy to dokładnie.

– Poza rejestracją toyoty.

Duffy wyglądała na przybitą.

– Ale o lincolna się nie martw, jest sto pięćdziesiąt kilometrów od toyoty. Ten facet, Duke, musiałby jechać całą noc.

– Myślę, że to właśnie zrobił. I czemu Beck tak się dopytywał o uzi?

Umilkła.

– Musimy przerwać akcję – oświadczyła. – Z powodu toyoty, nie z powodu lincolna. O niego się nie martwię.

Popatrzyłem na zegarek i rozejrzałem się. Furgonetka pędziła naprzód, wkrótce mieliśmy dogonić Eliota. Przeliczałem czas i odległość.

– Musimy przerwać – powtórzyła.

– A co z twoją agentką?

– Twoja śmierć jej nie pomoże.

Pomyślałem o Quinnie.

– Pomówimy o tym później – zaproponowałem. – Na razie działamy dalej.

• • •

Po ośmiu kolejnych minutach minęliśmy Eliota. Jego taurus toczył się po wewnętrznym pasie, jadąc ze stałą prędkością osiemdziesięciu kilometrów na godzinę. Wyprzedziłem go, wyrównałem szybkość. Okrążyliśmy Boston i zjechaliśmy na pierwszy parking na południe od miasta. Tu ruch był znacznie większy. Odczekałem z Duffy, obserwując przez siedemdziesiąt dwie sekundy rampę. W tym czasie na parking wjechały cztery samochody. Żaden z kierowców nie zwrócił na mnie uwagi, paru wiozło pasażerów. Wszyscy zachowywali się normalnie: stali, ziewali, przeciągali się, a potem ruszali do łazienki bądź baru.

– Gdzie czeka następna furgonetka? – spytała Duffy.

– Na parkingu w New London.

– Klucze?

– W środku.

– Więc będą tam też ludzie. Nikt nie zostawia furgonetki z kluczykami w środku. Będą na ciebie czekali, nie wiemy, jakie mają rozkazy. Powinniśmy rozważyć zakończenie akcji.

– Nie wpadnę w pułapkę – powiedziałem. – To nie w moim stylu. A może w następnej ciężarówce znajdziemy coś ciekawszego.

– Zgoda – mruknęła. – Sprawdzimy ją w New Hampshire, jeśli dotrzesz tak daleko.

– Mogłabyś pożyczyć mi glocka.

Odruchowo dotknęła kabury pod pachą.

– Na jak długo?

– Dopóki będzie potrzebny.

– Co się stało z coltami?

– Zabrali je.

– Nie mogę – powiedziała. – Nie mogę oddać służbowej broni.

– Już i tak mocno się wychyliłaś.

Zastanowiła się.

– Do diabła – mruknęła, wyjęła glocka z kabury i podała mi. Był ciepły, rozgrzany od jej ciała. Przytrzymałem go w dłoni, napawając się jego dotykiem. Duffy sięgnęła do torebki i wygrzebała dwa zapasowe magazynki. Wsadziłem je do jednej kieszeni, pistolet do drugiej.

– Dzięki – rzuciłem.

– Do zobaczenia w New Hampshire. Sprawdzimy furgonetkę, a potem podejmiemy decyzję.

– Dobra – odparłem, choć już zdecydowałem.

Eliot podszedł do nas, wyjął z kieszeni nadajnik. Duffy odsunęła się, a on wepchnął go z powrotem pod jej siedzenie. Potem odjechali razem służbowym taurusem, a ja odczekałem parę minut i ruszyłem dalej.

• • •

Bez problemów znalazłem New London, brzydką, starą miejscowość. Nigdy wcześniej tam nie byłem, nie miałem powodów. To miasto marynarki wojennej, chyba budują tam okręty podwodne albo może gdzieś w pobliżu. Może w Groton. Wskazówki Becka kazały mi wcześniej zjechać z autostrady i przeciąć podupadające tereny przemysłowe. Mnóstwo starej cegły, wilgotnej, osmalonej, skruszałej. Jakieś półtora kilometra przed celem zjechałem na bok. Potem skręciłem w prawo i w lewo, próbując go okrążyć. Zaparkowałem przy rozwalonym parkometrze, sprawdziłem broń Duffy – glock 19, na oko najwyżej roczny, załadowany. Magazynki także były pełne. Wysiadłem z furgonetki i natychmiast usłyszałem od strony cieśniny syreny przeciwmgielne. Do nabrzeża zbliżał się prom. Wiatr pędził śmieci po ulicach. Z drzwi jakiegoś domu wychynęła prostytutka i uśmiechnęła się do mnie. Miasto marynarki. Nie potrafiła od razu wyczuć żandarma, tak jak umieją to jej koleżanki po fachu w innych miastach.

Skręciłem za róg i ujrzałem znaczną część parceli, w której stronę zmierzałem. Ląd opadał ku morzu, a ja stałem na wzniesieniu. Furgonetka już czekała. Była bliźniaczo podobna do tej, którą przyjechałem, ten sam wiek, ten sam typ. Ten sam kolor.

Stała dokładnie pośrodku parkingu, zwykłego pustego placu wysypanego odłamkami cegły, spomiędzy których wyrastały chwasty. Parędziesiąt lat temu zburzono tu stary budynek i nie wzniesiono niczego na jego miejscu.

Nie dostrzegłem, by ktokolwiek na mnie czekał, choć wokół było z tysiąc brudnych okien i teoretycznie za każdym z nich mogli kryć się obserwatorzy. Ale niczego nie wyniuchałem. Przeczucie to nie to samo co wiedza, czasem jednak musi wystarczyć. Stałem bez ruchu, aż w końcu zmarzłem. Wróciłem do furgonetki, wjechałem na plac, zaparkowałem obok tamtej. Wyciągnąłem kluczyk ze stacyjki i wrzuciłem do schowka w drzwiach. Po raz ostatni rozejrzałem się i wysiadłem. Wsunąłem dłoń do kieszeni i zacisnąłem palce wokół pistoletu Duffy. Wytężyłem słuch – nic, jedynie chrzęst żwiru i odległe odgłosy umierającego miasta. Nic mi nie groziło, chyba że ktoś zamierzał załatwić mnie z karabinu snajperskiego. Ściskanie w kieszeni glocka nic by tu nie pomogło.

Nowa furgonetka była zimna i cicha. Drzwi miała otwarte, a kluczyk do stacyjki schowano w kieszeni na drzwiach. Cofnąłem fotel, poprawiłem lusterka. Niby przypadkiem upuściłem kluczyk na podłogę i sprawdziłem pod siedzeniami. Ani śladu nadajnika, tylko kilka papierków po gumie i kłębków kurzu. Włączyłem silnik, oddaliłem się od wozu, z którego właśnie wysiadłem. Okrążyłem plac i skierowałem się w stronę autostrady. Nikogo nie widziałem, nikt mnie nie zaatakował.

• • •

Nową furgonetkę prowadziło się nieco lepiej niż poprzednią. Była odrobinę cichsza i nieco szybsza. Może po prostu miała mniejszy przebieg. Połykała kilometry, wioząc mnie na północ. Patrzyłem przed siebie i miałem wrażenie, jakbym widział wyrastający z przodu samotny dom na skalnym półwyspie. Przyciągał mnie i jednocześnie odpychał z taką samą siłą. Siedziałem bez ruchu z dłonią na kierownicy i szeroko otwartymi oczami. W Rhode Island panował spokój, nikt mnie nie śledził. W Massachusetts zatoczyłem długą pętlę wokół Bostonu, a potem przeciąłem północno-wschodni kawałek stanu. Po lewej mijałem zapadłe dziury, takie jak Lowell, po prawej śliczne wychuchane miasteczka jak Newburyport,

Cape Ann i Gloucester. Ani śladu asysty. W końcu dotarłem do New Hampshire. I-95 biegnie w tym stanie jakieś trzydzieści kilometrów, Portsmouth stanowi ostatni przystanek. Minąłem miasto i zacząłem szukać wzrokiem znaków informujących o parkingu. W końcu tuż przed granicą Maine dostrzegłem go. Oznaczał, że Duffy, Eliot i stary agent w poplamionym garniturze czekają dwanaście kilometrów dalej.

• • •

Gdy tam dotarłem, nie byli jednak sami. Towarzyszyła im grupa agentów z psami. Jeśli da się agentom rządowym dość czasu do namysłu, z pewnością wykombinują coś zaskakującego. Zjechałem na parking praktycznie identyczny z tym w Kennebunk i ujrzałem dwa taurusy zaparkowane na końcu, obok zwykłej furgonetki z wmontowanym w dach wentylatorem. Zatrzymałem się cztery miejsca dalej i znów powtórzyłem całą sekwencję obserwacji. Nikt jednak za mną nie przyjechał. Nie przejmowałem się poboczem autostrady, drzewa zasłaniały mnie całkowicie. Rosły wszędzie. Nic dziwnego, Maine nazywają lesistym stanem.

Wysiadłem z furgonetki. Starszy agent podjechał tuż obok i natychmiast zabrał się do roboty. Duffy chwyciła mnie za łokieć i odciągnęła na bok.

– Wykonałam parę telefonów – oznajmiła, demonstrując mi swoją nokię. – Mam dobre i złe wieści.

– Najpierw te dobre – powiedziałem. – Pociesz mnie.

– Myślę, że z toyotą nie będzie problemu.

– Myślisz?

– To skomplikowane. Dostaliśmy od celników rozpiskę dostaw Becka. Wszystkie przychodzą z Odessy. To na Ukrainie, nad Morzem Czarnym.

– Wiem, gdzie to jest.

– Całkiem wiarygodne miejsce pochodzenia dywanów. Przywożą je przez Turcję z całego wschodu. Ale z naszego punktu widzenia Odessa to punkt przerzutowy heroiny.

Wszystko, co nie dociera tu wprost z Kolumbii, przechodzi przez Afganistan, Turkmenistan, Morze Kaspijskie i Kaukaz. Jeśli więc Beck ma kontakty w Odessie, to oznacza, że zajmuje się heroiną. A skoro zajmuje się heroiną, nie zna żadnych handlarzy extasy, ani w Connecticut, ani gdziekolwiek indziej. Nic ich nie łączy, bo niby co? To zupełnie inna działka. Więc jeśli chodzi o sprawdzanie rejestracji, zaczyna od zera. Oczywiście łatwo uzyska nazwisko i adres, ale te informacje nic nie będą dla niego znaczyły. Minie kilka dni, nim ustali, kim byli, i podejmie ślad.

– To mają być dobre wieści?

– Dostatecznie dobre, zaufaj mi. Ci od heroiny i ci od extasy to dwa różne światy. A my i tak mamy tylko kilka dni, nie możemy dłużej trzymać ochroniarzy.

– A złe wieści?

Zawahała się sekundę.

– Nie można wykluczyć, że ktoś obejrzał sobie lincolna.

– Co się stało?

– Nic konkretnego. Tyle że ochrona garażu była nieco słabsza, niż sądziłam.

– Co to znaczy?

– To znaczy, że nie możemy z całą pewnością stwierdzić, czy stało się coś złego.

Usłyszeliśmy klekot podnoszonych drzwi furgonetki. Uderzyły o metalową listwę i sekundę później zawołał nas zniecierpliwiony Eliot. Podeszliśmy, sądząc, że znaleźli coś ciekawego. Zamiast tego ujrzeliśmy drugi nadajnik, identyczną małą metalową puszkę z identyczną dwunastocentymetrową antenką. Przyklejono ją do metalowej ścianki obok drzwi, na wysokości głowy.

– Super – mruknęła Duffy.

Cały tył był wypełniony dywanami, tak samo jak w poprzednim transporcie. Równie dobrze mogła to być ta sama furgonetka. Ciasno zwinięte rulony okręcone szorstkim sznurkiem ustawiono pionowo od najwyższych do najniższych.

– Sprawdzamy je? – spytał starszy agent.

– Nie ma czasu – odparłem. – Jeśli ktoś monitoruje nadajnik, uzna, że powinienem tu zostać najwyżej dziesięć minut.

– Wpuśćcie psa – poleciła Duffy.

Nieznany mi mężczyzna otworzył tył furgonetki DEA i wyszedł z beagle'em na smyczy – niskim, tłustym psiakiem w skórzanych szelkach. Pies miał długie uszy i radosną mordkę. Lubię te zwierzęta; czasami mam ochotę wziąć sobie jakiegoś. Dotrzymywałby mi towarzystwa. Ten jednak całkowicie mnie zignorował. Pozwolił, by treser zaprowadził go do niebieskiej furgonetki, a potem czekał na polecenie. Facet podsadził go wprost na piramidę dywanów. Pstryknął palcami, rzucił krótki rozkaz i odpiął smycz. Pies zaczął biegać w górę i w dół, w prawo, w lewo. Miał krótkie nóżki, z trudem pokonywał kolejne „stopnie". Sprawdził jednak wszystko, po czym wrócił na miejsce i stanął, machając ogonem. Oczy mu błyszczały, pysk otworzył się w absurdalnym, wilgotnym uśmiechu, jakby pytał: „I co teraz?".

– Nic – oznajmił treser.

– Legalny ładunek – dodał Eliot.

Duffy skinęła głową.

– Ale czemu wraca na północ? Nikt nie eksportuje dywanów do Odessy. Bo i po co?

– To była próba – powiedziałem. – Dla mnie. Uznali, że albo sprawdzę, albo nie.

– Załóżcie z powrotem plombę – poleciła Duffy.

Agent zabrał swojego beagle'a, Eliot przeciągnął się i zamknął furgonetkę. Starszy mężczyzna chwycił lutownicę. Duffy odciągnęła mnie na bok.

– Decyzja? – spytała.

– Co ty byś zrobiła?

– Przerwała akcję. Lincoln to niewiadoma. Może cię zabić.

Spojrzałem ponad jej ramieniem na starszego agenta. Pracował w skupieniu, dopieszczał już łatę.

– Kupili moją historię – mruknąłem. – Musieli, była świetna.

– Mogli obejrzeć lincolna.

– Nie widzę powodu, by mieli to robić.

Stary agent już kończył. Pochylił się, gotów dmuchnąć na drut, by zmienił barwę. Duffy położyła mi dłoń na ramieniu.

– Więc czemu Beck dopytywał się o uzi?

– Nie wiem.

– Gotowe! – zawołał tamten.

– Decyzja? – powtórzyła Duffy.

Pomyślałem o Quinnie, o tym, jak jego spojrzenie wędrowało po mojej twarzy, ani szybko, ani wolno, o bliznach, śladach po kulach przypominających dwoje dodatkowych oczu po lewej stronie czoła.

– Wracam – oświadczyłem. – Myślę, że to bezpieczne. Gdyby mieli wątpliwości, załatwiliby mnie rano.

Duffy nie odpowiedziała, nie sprzeczała się. Po prostu cofnęła dłoń i pozwoliła mi odejść.

5

Pozwoliła mi odejść, ale nie poprosiła o zwrot glocka. Może zadziałała podświadomość, może Duffy chciała, bym miał broń. Wsadziłem pistolet za pasek z tyłu. Pasował znacznie lepiej niż wielki colt. Zapasowe magazynki wcisnąłem w skarpetki. A potem ruszyłem w drogę i dotarłem na parking przy dokach w Portlandzie dokładnie dziesięć godzin od chwili, gdy go opuściłem. Nikt tam na mnie nie czekał, ani śladu czarnego cadillaca. Zaparkowałem na środku, zostawiłem kluczyki w kieszeni na drzwiach i wysiadłem. Czułem się zmęczony i lekko ogłuszony po ośmiuset kilometrach na autostradzie.

Była szósta wieczór, słońce chyliło się ku zachodowi poza miastem, po mojej lewej ręce. Zimne powietrze przesycała wilgoć morza. Zapiąłem płaszcz i przez minutę stałem nieruchomo, na wypadek gdyby ktoś mnie obserwował. Potem odszedłem. Starałem się sprawiać wrażenie kogoś, kto wędruje bez celu, cały czas jednak kierowałem się na północ, by przyjrzeć się stojącym tam budynkom. Działkę otaczały niskie biura przypominające pozbawione kół przyczepy, tanie i kiepsko utrzymane, z małymi zaśmieconymi parkingami pełnymi samochodów średniej klasy. Całe to miejsce wyglądało solidnie i uczciwie. Bez wątpienia prowadzono tu legalne interesy, to było jasne. Żadnych bajeranckich gabinetów, marmurów, rzeźb. Za brudnymi oknami przesłoniętymi połamanymi żaluzjami kryli się zwykli ludzie ciężko zarabiający na życie.

Niektóre biura dobudowano do bocznych ścian niewielkich magazynów, które wzniesiono z nowoczesnych prefabrykowanych elemęntów metalowych. Do każdego z nich prowadziła betonowa rampa wyładunkowa, wysoka na ponad metr. Granice niewielkich działek wyznaczały solidne betonowe słupki. Dostrzegłem na nich ślady lakieru samochodowego we wszystkich możliwych odcieniach.

Po jakichś pięciu minutach znalazłem czarnego cadillaca Becka. Parkował na prostokącie popękanego asfaltu pod kątem do ściany magazynu, obok wejścia do biura. Drzwi wyglądały jak wyjęte z domu na przedmieściach – kolonialne, z drogiego niemalowanego drewna, które pod wpływem soli w powietrzu poszarzało i popękało. Przykręcono do nich tabliczkę z wyblakłym napisem „Bizarre Bazaar". Samo odręczne pismo przypominało czasy hipisów; z łatwością mogłoby znaleźć się na plakacie reklamującym koncert w Fillmore West, a Bizarre Bazaar mógł być zespołem jednego przeboju otwierającym występ Jefferson Airplane czy Grateful Dead.

Usłyszałem nadjeżdżający samochód i ukryłem się za sąsiednim budynkiem. To był duży wóz, zbliżał się wolno. Usłyszałem mlaskający dźwięk grubych opon zapadających się w dziury w asfalcie. Lincoln town car, lśniąco czarny, taki jak ten, który rozwaliliśmy przed bramą college'u. Zapewne razem zeszły z taśmy produkcyjnej. Przejechał wolno obok cadillaca Becka, skręcił za róg i zaparkował na tyłach magazynu. Zza kierownicy wysiadł mężczyzna, którego wcześniej nie widziałem. Przeciągnął się i ziewnął, jakby i on przejechał osiemset kilometrów. Był średniego wzrostu, mocno zbudowany. Miał krótko przystrzyżone czarne włosy, wąską twarz, kiepską cerę. Krzywił się wyraźnie poirytowany. Sprawiał wrażenie niebezpiecznego, ale niezbyt ważnego, jakby zajmował jeden z najniższych szczebli w hierarchii i z tego powodu był jeszcze groźniejszy. Sięgnął do samochodu i wyciągnął

119

przenośny skaner radiowy z długą lśniącą anteną i głośnikiem, z którego po połączeniu z odpowiednim nadajnikiem zaczęły dochodzić głośne piski.

Okrążył budynek i zniknął za niemalowanymi drzwiami. Ja zostałem na miejscu. Przeanalizowałem ostatnie dziesięć godzin. Obserwacja radiowa wskazywała, że zatrzymałem się trzy razy. Każdy postój był dość krótki, toteż nie powinien wzbudzić podejrzeń. Obserwacja wzrokowa świadczyłaby o czymś innym, byłem jednak praktycznie pewien, że przez całą drogę ani razu nie dostrzegłem czarnego lincolna. Zgadzałem się z oceną Duffy, facet ze skanerem musiał jechać drogą numer jeden.

Przez minutę stałem bez ruchu, potem wyszedłem z ukrycia, zbliżyłem się do drzwi, otworzyłem je i ujrzałem korytarz skręcający pod kątem prostym w lewo. Prowadził do niewielkiego pomieszczenia pełnego biurek i szafek. W środku było pusto, za biurkami nikt nie siedział. Lecz jeszcze niedawno ktoś tu musiał przebywać. Pomieszczenie stanowiło część większego biura. Na trzech biurkach ujrzałem rzeczy, które ludzie zostawiają pod koniec dnia: niedokończoną dokumentację, wypłukane kubki po kawie, notatki, pamiątkowe kubeczki z ołówkami, paczki chusteczek. Na ścianach wisiały grzejniki elektryczne, rozgrzane powietrze pachniało lekko perfumami.

Z tyłu pomieszczenia dostrzegłem zamknięte drzwi, zza których dobiegały ściszone głosy. Rozpoznałem Becka i Duke'a, rozmawiali z trzecim mężczyzną, zapewne tym ze skanerem. Nie słyszałem jednak słów ani ich tonu, tylko dźwięczące w głosach napięcie. Jakaś dyskusja. Nikt nie krzyczał, ale nie omawiali firmowego pikniku.

Przyjrzałem się papierom na biurkach i ścianach. Do desek przypięto dwie mapy. Jedna przedstawiała cały świat. Mniej więcej pośrodku widniało Morze Czarne z Odessą przycupniętą po lewej stronie Półwyspu Krymskiego. Niczego na niej nie zaznaczono, sprawdziłem jednak szlak, który musiałby pokonać niewielki statek – przez Bosfor, Morze Egejskie, Morze Śródziemne, Gibraltar, a potem pełną parą przez Atlantyk do Portlandu w stanie Maine. Taka podróż zabrałaby zapewne dwa tygodnie, może trzy. Większość statków porusza się dość wolno.

Druga mapa przedstawiała Stany Zjednoczone. Portland zniknął pod wytartą tłustą plamą. Podejrzewałem, że ludzie opierali o nie palce, by mierzyć czas i odległość. Odcinek wielkości drobnej dłoni oznaczał jakiś dzień jazdy. W takim wypadku Portland nie był najlepszym miejscem na centrum dystrybucji, leżał daleko na uboczu.

Papiery na biurkach nic mi nie mówiły, rozszyfrowałem tylko daty i informacje o ładunkach, a także ceny, niektóre wysokie, inne niskie. Obok cen widniały kody – może opisywały dywany, może coś innego. Na pierwszy rzut oka wszystko wyglądało jak niewinne biuro armatora. Zastanawiałem się, czy pracowała tu Teresa Daniel.

Jeszcze chwilę nasłuchiwałem; teraz w głosach pojawił się gniew i niepokój. Wycofałem się na korytarz, wyjąłem zza paska glocka i wsunąłem go do kieszeni z palcem na spuście. Glock nie ma bezpiecznika, zamiast tego wyposażony jest w coś w rodzaju spustu na spuście, niewielką blokadę, która ustępuje pod naciskiem. Nacisnąłem ją lekko, odskoczyła. Chciałem być gotów. Postanowiłem, że najpierw zastrzelę Duke'a, potem faceta z radiem, i wreszcie Becka.

Beck był zapewne najwolniejszy z nich, a najwolniejszego zawsze zostawia się na koniec.

Drugą rękę także wsadziłem do kieszeni. Mężczyzna z jedną ręką w kieszeni wygląda na uzbrojonego i niebezpiecznego, z dwiema na odprężonego i rozleniwionego, nie jest groźny. Odetchnąłem i głośno tupiąc, wróciłem do pomieszczenia.

– Halo?! – zawołałem.

Drzwi po drugiej stronie otworzyły się szybko, cała trójka wyjrzała jednocześnie, Beck, Duke, nowy facet. Ani śladu broni.

– Jak się tu dostałeś? – spytał Duke. Wyglądał na zmęczonego.

– Drzwi były otwarte – wyjaśniłem.

– Skąd wiedziałeś które drzwi? – zainteresował się Beck.

Nie wyciągałem rąk z kieszeni. Nie mogłem powiedzieć, że poznałem po tabliczce, bo to Duffy podała mi nazwę jego przedsiębiorstwa, nie on.

– Na zewnątrz parkuje pański wóz.

Skinął głową.

– Jasne – mruknął.

Nie pytał, jak mi upłynął dzień, bo nowy facet ze skanerem musiał mu już to opisać. Teraz po prostu stał tam, patrząc na mnie. Był młodszy od Becka, młodszy od Duke'a, młodszy ode mnie, miał jakieś trzydzieści pięć lat. Wciąż sprawiał wrażenie niebezpiecznego. Płaskie kości policzkowe, pozbawione wyrazu oczy. Przypominał setkę niebezpiecznych drani, których zgarnąłem w wojsku.

– Jak tam wycieczka? – spytałem.

Nie odpowiedział.

– Widziałem, jak wnosisz skaner – dodałem. – Znalazłem pierwszy nadajnik, pod fotelem.

– Czemu szukałeś? – spytał.

– Nawyk. Gdzie był drugi?

– Z tyłu – odparł. – Nie zatrzymałeś się na lunch.

– Nie miałem kasy – odparłem. – Nikt jeszcze mi nie dał.

Facet się nie uśmiechnął.

– Witamy w Maine – powiedział. – Tu nikt nie daje ci pieniędzy. Zarabiasz je.

– Dobra – mruknąłem.

– Jestem Angel Doll – oznajmił, jakby nazwisko to miało mi zaimponować, ale nie zaimponowało.

– A ja Jack Reacher.

– Zabójca glin – skomentował.

W jego głosie zabrzmiała dziwna nuta.

Długą chwilę mi się przyglądał, po czym odwrócił wzrok.

Nie miałem pojęcia, jaką rolę odgrywa w tym wszystkim. Beck był szefem, Duke dowodził ochroną, ale ten młodszy gość odzywał się bez wahania niepytany.

– Właśnie mamy spotkanie – oznajmił Beck. – Możesz zaczekać przy wozie.

Pociągnął tamtych do środka i zamknął mi drzwi przed nosem. Już samo to świadczyło najlepiej, że w pomieszczeniu nie znajdę nic ciekawego. Wyszedłem więc na zewnątrz, po drodze sprawdzając zabezpieczenia. Były dość niewymyślne, ale skuteczne. Na drzwiach i wszystkich oknach zamontowano niewielkie prostokątne czujniki kontaktowe, a także przewody grubości i koloru spaghetti, pociągnięte wzdłuż listew. Przewody zbiegały się w metalowej skrzynce zawieszonej na ścianie obok tablicy korkowej pełnej pożółkłych notatek dotyczących ubezpieczeń pracowniczych, gaśnic, dróg ewakuacyjnych. Skrzynkę alarmu wyposażono w klawiaturę i dwie niewielkie lampki, czerwoną z napisem „uzbrojony" i zieloną z napisem „nieuzbrojony". Żadnego podziału na strefy ani czujników ruchu. Alarm chronił wyłącznie wejścia i wyjścia.

Nie czekałem obok samochodu; spacerowałem po okolicy, póki nie zacząłem się w niej orientować. Stanowiła labirynt podobnych budynków połączonych krętymi drogami dostawczymi. Wyglądało to na system jednokierunkowy. Kontenery przybywały z przystani na północy i trafiały do magazynów. Stąd ciężarówki dostawcze zabierały je na południe. Magazyn Becka nie był wcale odosobniony, stał pośrodku rzędu pięciu budynków. Nie miał jednak zewnętrznych drzwi towarowych ani rampy. Zamiast tego wyposażono go w duże żaluzjowe wrota. Chwilowo blokował je lincoln Angela Dolla, były jednak dość duże, by mogła przez nie wjechać ciężarówka. To zapewniało niezbędną osłonę.

Nie zauważyłem żadnej zewnętrznej ochrony. Zupełnie nie przypominało to bazy marynarki, ani śladu ogrodzeń z drutem kolczastym, bram, barier, strażników w budkach. Zwykłe cztery hektary biur i magazynów, kałuż i mrocznych zakątków. Podejrzewałem, że życie toczyło się tu na okrągło. Nie wiedziałem, jak intensywne, zapewne jednak wystarczająco, by zamaskować nielegalne dostawy.

• • •

Wróciłem do cadillaca. Opierałem się leniwie o zderzak, gdy cała trójka stanęła w drzwiach. Beck i Duke podeszli do mnie, Doll został w wejściu. Wciąż trzymałem ręce w kieszeniach, nadal byłem gotów najpierw załatwić Duke'a. Lecz w ich ruchach nie dostrzegłem agresji ani czujności. Beck i Duke po prostu podeszli do samochodu. Sprawiali wrażenie zmęczonych i zajętych innymi sprawami. Doll pozostał na progu, jakby magazyn należał do niego.

– Jedziemy – polecił Beck.

– Nie, chwileczkę – zawołał Doll. – Najpierw muszę pomówić z Reacherem.

Beck umilkł, nie odwrócił się.

– Pięć minut – dodał Doll. – To wszystko. Potem sam wszystko pozamykam.

Beck nie odpowiedział, podobnie Duke. Wyglądali na lekko wkurzonych, ale nie zamierzali protestować. Nie wyciągając rąk z kieszeni, ruszyłem do budynku. Doll odwrócił się i poprowadził mnie przez pomieszczenie sekretarek do biura i dalej kolejnymi drzwiami do szklanego boksu wewnątrz magazynu. Za szybą ujrzałem wózek widłowy i stalowe stojaki pełne dywanów, wysokie na co najmniej sześć metrów. Wszystkie dywany były ciasno zwinięte i obwiązane sznurkiem. Drugie drzwi z boksu prowadziły na zewnątrz, w środku stało metalowe biurko z komputerem oraz mocno sfatygowane krzesło; ze wszystkich szwów wyłaziła żółta gąbka. Doll usiadł, spojrzał na mnie i wykrzywił wargi w grymasie, który miał oznaczać uśmiech. Stanąłem z boku przy biurku, patrząc na niego.

– O co chodzi? – spytałem.

– Widzisz ten komputer? Jest podłączony do wszystkich wydziałów komunikacji w tym kraju.

– I co?

– I dzięki temu mogę sprawdzać rejestracje.

Nie odpowiedziałem. Doll wyjął z kieszeni pistolet. Zrobił to szybko, zgrabnie i płynnie. Nic dziwnego, broń była poręczna. PSM z czasów Związku Radzieckiego, niewielki pistolet automatyczny, gładki i wąski, tak by nie zaczepiał się o ubranie, strzelający nietypową rosyjską amunicją, którą bardzo trudno zdobyć. Na końcu zamka ma bezpiecznik; ten u Dolla był przesunięty do przodu. Nie pamiętałem, czy oznacza to odbezpieczenie, czy nie.

– Czego chcesz? – spytałem.

– Chcę coś z twoją pomocą potwierdzić – odparł. – Nim to ujawnię i awansuję o szczebel lub dwa.

Cisza.

– Jak? – spytałem.

– Mówiąc im coś, o czym jeszcze nie wiedzą. Może nawet zasłużę na sporą premię, na przykład pięć tysięcy, które przeznaczyli dla ciebie.

Nacisnąłem blokadę spustu glocka, zerknąłem w lewo. Nic nie zasłaniało lewego okna. Beck i Duke stali przy cadillacu zwróceni do mnie plecami, dwanaście metrów dalej. Za blisko.

– Pozbyłem się twojej maximy – oznajmił Doll.

– Gdzie?

– Nieważne. – Znów się uśmiechnął.

– O co chodzi? – powtórzyłem.

– Ukradłeś ją, prawda? Wybraną losowo, z centrum handlowego.

– I co?

– Miała rejestrację z Massachusetts – ciągnął. – Fałszywą. Nigdy nie wydano takich numerów.

Błędy, które powracają, by mnie prześladować. Nie odpowiedziałem.

– Sprawdziłem zatem numer identyfikacyjny pojazdu, mają je wszystkie samochody na małej metalowej tabliczce u góry deski rozdzielczej.

– Wiem – powiedziałem.

– Należał do maximy. Jak dotąd wszystko w porządku. Tyle że tę maximę zarejestrowano w Nowym Jorku. Zrobił to facet, który został aresztowany pięć tygodni temu przez federalnych.

Milczałem.

– Chciałbyś to wyjaśnić? – spytał.

Nie odpowiedziałem.

– Może nawet pozwolą mi cię zabić – wyznał. – To by mi się podobało.

– Tak sądzisz?

– Załatwiałem już ludzi – oświadczył, jakby chciał czegoś dowieść.

– Ilu?

– Wystarczająco wielu.

Znów wyjrzałem przez okno, puściłem glocka i wyjąłem ręce z kieszeni. Puste.

– Nowojorski rejestr pojazdów musi być nieaktualny – powiedziałem. – To stary samochód, mógł zostać sprzedany rok temu. Sprawdziłeś kod identyfikacyjny?

– Gdzie?

– U góry ekranu po prawej. Jeśli jest aktualny, musi w nim być odpowiednia rejestracja. Byłem żandarmem, sprawdzałem nowojorski system częściej niż ty.

– Nie znoszę żandarmów – mruknął.

Obserwowałem jego pistolet.

– Nie obchodzi mnie, kogo nie znosisz – powiedziałem. – Mówię tylko, jak działa ten system. Ja też popełniłem ten błąd, kilka razy.

Przez sekundę milczał.

– Pieprzysz – rzekł w końcu.

Teraz to ja się uśmiechnąłem.

– W takim razie proszę bardzo, zrób z siebie durnia. Mnie to nie rusza.

Długą chwilę siedział bez ruchu, w końcu przełożył broń

z prawej do lewej dłoni i ujął myszkę od komputera. Klikając i przeciągając kursor, starał się obserwować mnie kątem oka. Przesunąłem się lekko, jakby interesował mnie obraz na ekranie. Pojawiła się na nim strona wyszukiwarki nowojorskiego wydziału komunikacji. Znów poruszyłem się za jego plecami. Wprowadził z pamięci oryginalny numer rejestracyjny maximy. Nacisnął szukaj. Ekran pociemniał. Znów się poruszyłem, jakbym chciał udowodnić mu, że się myli.

– Gdzie? – spytał.

– O, tutaj. – Wskazałem monitor, ale robiłem to oburącz, wszystkimi dziesięcioma palcami, które nie zdążyły dotknąć ekranu. Prawą rękę zatrzymałem przy jego szyi, lewą wyrwałem mu broń. Pistolet upadł na podłogę i wydał dźwięk, jakiego się spodziewałem: pół kilograma stali uderzającej w drewno pokryte linoleum. Ani na moment nie spuściłem wzroku z okna. Beck i Duke wciąż byli zwróceni do mnie plecami. Objąłem dłońmi szyję Dolla i nacisnąłem. Zaczął się szarpać, walczyć. Naparłem z góry, krzesło pod nim runęło na ziemię. Ścisnąłem mocniej. Cały czas pilnowałem okna. Beck i Duke stali bez ruchu, plecami do nas. Ich oddechy parowały w powietrzu. Doll zaczął rozpaczliwie drapać moje przeguby. Nacisnąłem jeszcze mocniej, język wysunął mu się z ust. Potem facet zmądrzał, odpuścił sobie przeguby i sięgnął w tył, próbując wbić mi palce w oczy. Odchyliłem głowę, jedną ręką objąłem go pod brodą, drugą przycisnąłem płasko do boku głowy. Szarpnąłem szczękę w prawo, naparłem na głowę, nacisnąłem ze wszystkich sił i skręciłem mu kark.

• • •

Podniosłem krzesło i ustawiłem je starannie za biurkiem. Potem zabrałem pistolet i wyjąłem magazynek. Był pełny, osiem zwężających się rosyjskich pocisków kalibru 5,45 milimetra, mniej więcej tej samej wielkości co nasze dwudziestkidwójki. Dość wolne, ale zadają rozległe obrażenia. Radzieckie służby bezpieczeństwa chętnie ich używały. Sprawdziłem komorę, tkwił w niej nabój, obejrzałem pistolet, był odbezpieczony. Włożyłem magazynek i zabezpieczyłem broń. Schowałem ją do lewej kieszeni. Potem przeszukałem mu ubranie. Miał wszystko, co powinien – portfel, komórkę, niewielką sumę pieniędzy, duży pęk kluczy. Zostawiłem wszystko. Otworzyłem tylne drzwi prowadzące na zewnątrz, sprawdziłem. Beck i Duke zniknęli mi z oczu zasłonięci przez narożnik budynku. Ja ich nie widziałem, oni nie widzieli mnie. W pobliżu nie było nikogo więcej. Podszedłem do lincolna Dolla, otworzyłem drzwi od strony kierowcy, znalazłem dźwignię bagażnika. Zatrzask szczęknął cicho i pokrywa uniosła się odrobinę. Wróciłem do środka, wywlokłem za kołnierz zwłoki. Otworzyłem szeroko bagażnik i wrzuciłem je do środka. Zatrzasnąłem go delikatnie, zamknąłem drzwi. Zerknąłem na zegarek. Minęło pięć minut. Postanowiłem, że później zajmę się usunięciem śmieci. Wróciłem przez szklany boks, biuro, pomieszczenie sekretarek i drzwi frontowe. Beck i Duke usłyszeli mnie i odwrócili głowy. Beck wyglądał na zmarzniętego i wyraźnie wkurzonego czekaniem. Czemu więc godzi się na coś takiego? – pomyślałem. Duke drżał lekko, oczy mu łzawiły, ziewał jak gość, który nie spał od trzydziestu sześciu godzin. Dostrzegłem w tym trzy spore plusy.

– Poprowadzę – zaproponowałem. – Jeśli chcesz.

Zawahał się; milczał.

– Wiesz, że potrafię – dodałem. – Sam kazałeś mi prowadzić cały dzień. Zrobiłem, co chciałeś, Doll świadkiem.

Milczał.

To była kolejna próba.

– Znalazłeś nadajnik – zauważył.

– Myślałeś, że nie znajdę?

– Gdyby tak było, mógłbyś zachowywać się inaczej.

– Niby po co? Chciałem po prostu tu wrócić, szybko i bezpiecznie. Przez dziesięć godzin byłem kompletnie odsłonięty i wcale mnie to nie bawiło. Nieważne, czym się zajmujesz, ja mam do stracenia więcej niż ty.

Nie odpowiedział.

– Twój wybór – dodałem, jakby zupełnie mnie to nie obchodziło.

Wahał się jeszcze chwilę, po czym odetchnął głośno i wręczył mi klucze.

Oto pierwszy plus – w przekazaniu kluczy jest coś symbolicznego. Wiązało się to z zaufaniem, poczuciem przynależności, zbliżało mnie do środka ich kręgu, czyniło kimś swoim. W dodatku był to naprawdę duży pęk kluczy. Klucze od domu, biura, samochodu, w sumie ponad dziesięć, sporo metalu. Znaczący symbol. Beck w milczeniu obserwował nas z boku. Potem odwrócił się i usadowił wygodnie na tylnym siedzeniu. Duke zajął fotel pasażera, ja usiadłem za kierownicą, włączyłem silnik. Tak ułożyłem poły płaszcza, by oba pistolety spoczywały mi na kolanach. Gdyby zadzwoniła komórka, byłem gotów wyciągnąć je i posłużyć się nimi. Prawdopodobieństwo, że następny telefon będzie od kogoś, kto znalazł zwłoki Dolla, wynosiło pół na pół. A w takim wypadku byłby to ostatni telefon, jaki by w życiu usłyszeli. Szanse jeden do sześciuset bądź do sześciu tysięcy w zupełności mi odpowiadały. Pół na pół to już jednak przesada.

Przez całą drogę telefon jednak nie zadzwonił ani razu. Jechałem gładko, spokojnie, bez problemu wyszukując właściwą drogę. Skręciłem na wschód, w stronę Atlantyku. Na zewnątrz było już ciemno. Dotarłem do przylądka w kształcie dłoni i jechałem dalej wzdłuż skalnego palca, kierując się na dom. Na szczycie muru płonęły reflektory, drut kolczasty lśnił. Paulie czekał przy bramie. Otworzył ją i gdy przejeżdżałem obok, posłał mi gniewne spojrzenie. Nie zwracając na niego uwagi, pokonałem podjazd i zatrzymałem się tuż przy drzwiach. Beck wysiadł natychmiast, Duke obudził się z drzemki i ruszył za nim.

– Gdzie mam odstawić wóz? – spytałem.

– Do garażu, durniu – odparł. – Z boku.

Oto drugi plus – zyskałem pięć minut samotności. Zatoczyłem koło na podjeździe i objechałem dom od strony południowej. Garaż stał na niewielkim otoczonym ogrodzeniem dziedzińcu. Pewnie wcześniej mieściły się tu stajnie. Placyk przed garażem wybrukowano granitową kostką, na dachu dostrzegłem kopułkę z otworami wentylacyjnymi. Wewnętrzne boksy zlikwidowano, tworząc cztery garaże. Strych na siano przerobiono na mieszkanie; zapewne dla tego milczącego mechanika.

Garaż po lewej stronie był otwarty i pusty. Wprowadziłem do środka cadillaca i zgasiłem silnik. Wewnątrz panował półmrok, wzdłuż ścian ustawiono regały pełne rupieci, jakie zwykle gromadzi się w garażu. Dostrzegłem puszki oleju, wiadra, stare butelki z pastą do polerowania, elektryczny kompresor do pompowania kół, stos zużytych szmat. Wsadziłem klucze do kieszeni i wysiadłem. Wytężyłem słuch, chcąc sprawdzić, czy w domu nie dzwoni telefon. Cisza. Podszedłem do stosu szmat, podniosłem jedną z nich, wielkości ręczniczka do rąk. Była czarna od smaru, brudu i oleju. Wytarłem nią nieistniejącą plamę na przednim zderzaku cadillaca. Rozejrzałem się. Nikogo. Owinąłem w szmatę PSM Dolla, glocka Duffy i dwa zapasowe magazynki, wsadziłem wszystko pod płaszcz. Niewykluczone, że zdołałbym wnieść broń do domu. Może. Mógłbym wejść tylnymi drzwiami, a gdyby wykrywacz metalu zahuczał, zdziwiłbym się demonstracyjnie, a potem wyciągnął z kieszeni wielki pęk kluczy i uniósł je wysoko. Klasyczna zmyłka, niewykluczone, że by się udało. W zależności od tego, jak bardzo byli podejrzliwi. Ale tak czy inaczej trudno byłoby wynieść z powrotem pistolety. Przypuszczałem, że wkrótce znów wyjdę z Beckiem, Dukiem bądź obydwoma, i nie ma żadnej gwarancji, że dostanę klucze. Przy założeniu, oczywiście, że telefon będzie milczał. Musiałem zatem zdecydować. Zaryzykować czy rozegrać wszystko bezpiecznie? Postawiłem na bezpieczeństwo i uznałem, że ukryję broń na zewnątrz.

Wyszedłem z garażu i ruszyłem na tyły domu. Zatrzymałem się przy murze, przez sekundę stałem bez ruchu, potem skręciłem pod kątem prostym i poszedłem w stronę skał, jakbym chciał popatrzeć na ocean. Morze wciąż było spokojne, z południa napływała właśnie niska oleista fala. Czarna woda wydawała się nieskończenie głęboka. Przez moment się w nią wpatrywałem, potem przykucnąłem i wepchnąłem owinięte szmatą pistolety w niewielkie zagłębienie tuż przy murze. Wokół rosły niskie badyle. Ktoś musiałby się o nie potknąć, by dostrzec broń.

Zawróciłem spacerkiem, mocniej owijając się płaszczem. Starałem się robić wrażenie kogoś pogrążonego w myślach, kto chce odetchnąć przez parę minut. Wokół panował spokój. Ptaki zniknęły, było już dla nich za ciemno, siedziały bezpiecznie w gniazdach. Znów skręciłem i skierowałem się w stronę tylnych drzwi. Przeszedłem przez werandę do kuchni, wykrywacz metalu zahuczał. Duke, mechanik i kucharka spojrzeli na mnie. Zawahałem się, wyciągnąłem klucze, pokazałem im. Odwrócili wzrok. Wszedłem do środka, rzuciłem klucze na stół przed Dukiem. Zostawił je tam.

●　●　●

Podczas kolacji ujawnił się trzeci plus – zmęczenie Duke'a. Gość padał z nóg, praktycznie zasypiał. Nie odezwał się ani słowem. W kuchni było ciepło, wilgotno, a sam posiłek mógł uśpić każdego. Dostaliśmy gęstą zupę, stek i ziemniaki, całe mnóstwo. Na talerzach piętrzyły się stosy żarcia. Kucharka pracowała niezmordowanie jak maszyna. Z boku, na blacie, pozostawiono talerz z solidną porcją. Może ktoś zwykle jadał dwie kolacje.

Posiliłem się szybko, cały czas nasłuchując telefonu. Uznałem, że nim umilknie pierwszy dzwonek, zdążę złapać kluczyki i wypaść na zewnątrz. Nim umilknie drugi, będę już w cadillacu. Nim umilknie trzeci, zdążę pokonać połowę

131

podjazdu. Staranowałbym bramę, przejechał Pauliego. Jednak telefon milczał. W całym domu panowała cisza, słychać było tylko jedzących ludzi. Nie dostaliśmy kawy. Powoli zaczynało mnie to irytować. Lubię kawę. Zamiast tego napiłem się wody z kranu przy zlewie. Smakowała chlorem. Nim opróżniłem drugą szklankę, z jadalni przydreptała pokojówka. Podeszła do mnie, poruszając się niezgrabnie w niemodnych butach. Była wyraźnie nieśmiała, wyglądała na Irlandkę, która świeżo przybyła z Connemary do Bostonu, gdzie nie znalazła pracy.

– Pan Beck chce z tobą mówić – oznajmiła.

Dopiero drugi raz odezwała się w mojej obecności. Miała nieznaczny irlandzki akcent. Ciasno opatuliła się swetrem.

– Teraz? – spytałem.

– Chyba tak – rzekła.

Beck czekał na mnie w kwadratowym pokoju z dębowym stołem, przy którym grałem dla niego w rosyjską ruletkę.

– Toyota pochodziła z Hartfordu w stanie Connecticut. Dziś rano Angel Doll sprawdził rejestrację.

– W Connecticut nie wymagają przednich tablic – odparłem, bo musiałem coś powiedzieć.

– Znamy właścicieli – powiedział.

Zapadła cisza. Patrzyłem wprost na niego. Dopiero po ułamku sekundy zrozumiałem, co mówi.

– Skąd pan ich zna?

– Łączą nas kontakty służbowe.

– Handel dywanami?

– Natura naszych kontaktów nie powinna cię obchodzić.

– Kim oni są?

– To też nie powinno cię obchodzić.

Nie odpowiedziałem.

– Istnieje jednak problem – dodał. – Ludzie, których opisałeś, nie są właścicielami furgonetki.

– Na pewno?

Skinął głową.

– Mówiłeś o wysokich, jasnowłosych mężczyznach. Właściciele furgonetki to Latynosi, niscy i ciemni.

– Kim zatem byli tamci? – spytałem, bo musiałem spytać.

– Istnieją dwie możliwości. Pierwsza, że ktoś ukradł furgonetkę.

– A druga?

– Może powiększyli personel.

– Nie można wykluczyć ani jednego, ani drugiego.

Beck pokręcił głową.

– Pierwsze można. Zadzwoniłem do nich, nikt nie odpowiedział. Zacząłem się dowiadywać. Zniknęli. Nie ma powodu, by znikali tylko dlatego, że ktoś ukradł im furgonetkę.

– Więc to drugie. Zatrudnili nowych pracowników.

Przytaknął.

– I postanowili ugryźć rękę, która ich karmi.

Milczałem.

– Jesteś pewien, że strzelali z uzi? – zapytał nagle.

– To właśnie widziałem.

– Nie MP pięć K?

– Nie.

Odwróciłem wzrok. To dwa różne rodzaje broni, nie są nawet do siebie podobne. MP5K to kompaktowy pistolet maszynowy Hecklera & Kocha zaprojektowany na początku lat siedemdziesiątych. Ma dwa solidne uchwyty z drogiego plastiku, wygląda bardzo futurystycznie, jak rekwizyt filmowy. Przy nim uzi przypomina produkt wykonany przez ślepego staruszka w piwnicy.

– Nie ma mowy – dodałem.

– I porwanie na pewno nie było przypadkowe?

– Nie – zapewniłem. – Stawiam milion do jednego.

Znów przytaknął.

– Zatem wypowiedzieli mi wojnę – oznajmił. – I zeszli do podziemia. Gdzieś się ukrywają.

– Po co mieliby to robić?

– Nie mam pojęcia.

Znów cisza, nie słyszałem szumu morza. Fale nadpływały i opadały bezgłośnie.

– Będzie ich pan szukał? – spytałem.

– Możesz być tego pewien – odparł Beck.

• • •

Duke czekał na mnie w kuchni, zły, zniecierpliwiony. Chciał mnie zabrać na górę i zamknąć na noc. Nie protestowałem. Zamknięte drzwi bez wewnętrznego zamka to świetne alibi.

– Wracasz do pracy jutro o wpół do siódmej – oznajmił.

Wytężyłem słuch, usłyszałem szczęk zamka i odczekałem, aż kroki Duke'a znikną w oddali. Potem zająłem się butem. Czekała na mnie wiadomość, przysłała ją Duffy: *Wszystko okay?* Nacisnąłem ODPOWIEDŹ i wystukałem: *Podstaw samochód półtora kilometra od domu, z kluczykiem na siedzeniu. Cicho, bez świateł.* Wcisnąłem WYŚLIJ. Minęło parę chwil.

Domyślałem się, że Duffy korzysta z laptopa. Czeka pewnie w pokoju motelowym z podłączonym komputerem i nagle słyszy, *Bing! Masz wiadomość.* Odpowiedziała krótko: *Po co? Kiedy?*

Nie pytaj, o północy.

Długa chwila przerwy. Potem: *Okay.*

Odbierz o szóstej rano, dyskretnie.

Okay, odpowiedziała.

Beck zna właścicieli toyoty, napisałem.

Po dziewięćdziesięciu bolesnych sekundach otrzymałem odpowiedź.

Skąd?

Cytuję: kontakty służbowe, koniec cytatu.

Szczegóły? – spytała.

Nie podał, odparłem.

Odpowiedziała jednym krótkim słowem: *Kurwa.*

Czekałem, ale nie pojawiło się nic więcej. Pewnie naradzała się z Eliotem. Wyobraziłem sobie, jak rozmawiają szybko, nie patrząc na siebie, próbując podjąć decyzję.

Wysłałem pytanie: *Ilu z nich aresztowaliście w Hartfordzie?*
Odpowiedziała: *Wszystkich, to znaczy trzech.* Upłynęła chwila.

Mówią cokolwiek? – spytałem.

Nic nie mówią, odpisała.

Prawnicy? – posłałem szybko.

Nie mają, odparła.

Był to dość mozolny sposób prowadzenia rozmowy, ale przynajmniej dawał mnóstwo czasu do namysłu. Prawnicy byliby śmiertelnie groźni, Beck z łatwością by do nich dotarł. Wcześniej czy później przyjdzie mu do głowy sprawdzić, czy jego kumple zostali aresztowani.

Możesz nie dopuścić do nich nikogo? – wysłałem.

Tak, dwa-trzy dni, odparła.

Zrób to, poleciłem.

Długa przerwa, a potem: *Co myśli Beck?*

Że wypowiedzieli mu wojnę i zeszli do podziemia, wyjaśniłem.

Co zamierzasz zrobić? – spytała.

Nie jestem pewien.

Zostawię samochód. Radzę, byś nim uciekł.

Może, odpisałem.

Kolejna długa przerwa, wreszcie wiadomość. *Wyłącz urządzenie, oszczędzaj baterię.* Uśmiechnąłem się do siebie. Duffy była bardzo praktyczna.

• • •

Trzy godziny leżałem w ubraniu na łóżku, nasłuchując telefonu. Nic. W końcu wstałem tuż przed północą, zwinąłem wschodni dywan i położyłem się na podłodze, przyciskając głowę do dębowych desek. W ten sposób najłatwiej wychwytuje się ciche dźwięki w budynku. Słyszałem szum ogrzewania i ciche zawodzenie wiatru wokół domu. Ocean milczał. Dom trwał w bezruchu. Była to solidna kamienna konstrukcja, żadnych trzasków, nic. Ani śladu ludzkiej działalności, rozmów, ruchu. Domyślałem się, że Duke śpi jak zabity. Oto trzeci plus jego wyczerpania. Tylko jego się obawiałem, był tu jedynym zawodowcem. Mocno zasznurowałem buty, zdjąłem marynarkę. Wciąż miałem na sobie czarne dżinsy i koszulę dostarczone przez pokojówkę. Podniosłem okno do końca, usiadłem na parapecie twarzą do pokoju. Przez chwilę patrzyłem na drzwi, potem obróciłem się, wyjrzałem. Na niebie świecił wąski sierp księżyca w otoczeniu garstki gwiazd. Lekki wiatr unosił poszarpane srebrne chmury. Powietrze było zimne i słone, ocean falował miarowo.

Wystawiłem nogi na dwór i przekręciłem się na bok, potem dalej, na brzuch. Zacząłem macać palcami u stóp, aż w końcu natrafiłem na poziome zagłębienie w rzeźbionej fasadzie. Oparłem na nim stopy i przytrzymując się oburącz parapetu, odchyliłem się na zewnątrz. Jedną ręką zasunąłem okno prawie do samego końca. Powoli ruszyłem w bok, macając ręką w poszukiwaniu rynny zbiegającej z dachu. Znalazłem jedną metr dalej. Była gruba, odlana z żelaza, miała około piętnastu centymetrów średnicy. Oparłem o nią prawą dłoń, była solidna. Ale trochę za daleko. Nie należę do przesadnie zręcznych ludzi. Na olimpiadzie mógłbym startować w boksie czy podnoszeniu ciężarów, lecz nie w gimnastyce.

Cofnąłem prawą rękę i zacząłem przesuwać się w bok, aż w końcu zrozumiałem, że dalej się nie da. Przestawiłem lewą rękę tak, że ściskała sam kąt framugi. Wyciągnąłem prawą i objąłem rynnę. Żelazo pokrywała warstwa farby, zimnej i śliskiej, pod cieniutką mgiełką rosy. Oplotłem rynnę palcami, sprawdziłem uchwyt. Odchyliłem się jeszcze bardziej. Wisiałem rozpięty na ścianie. Wyrównałem uchwyt obu dłoni i pociągnąłem. Odbiłem się stopami od półki i skoczyłem w bok, tak że rynna znalazła się między nimi. Znów pociągnąłem, puściłem parapet, lewą rękę dosunąłem do prawej. Teraz trzymałem rynnę oburącz, mocno. Stopy opierałem o ścianę, mój tyłek sterczał pod kątem prostym, piętnaście metrów nad skałami. Wiatr wzburzył mi włosy. Było zimno.

Bokser, nie gimnastyk. Mogłem tak wisieć całą noc, żaden problem, ale nie byłem pewien, jak zleźć na dół. Napiąłem ramiona i przywarłem do ściany. Jednocześnie zsunąłem dłonie o jakieś piętnaście centymetrów. Podobnie stopy. Pozwoliłem, by ciężar pociągnął mnie w tył. Działało. Powtórzyłem całą sekwencję i zacząłem się zsuwać, po piętnaście centymetrów. Co chwila wycierałem dłonie, by nie ślizgały się na mokrej farbie. Mimo zimna byłem zlany potem. Po zapasach z Pauliem bolała mnie prawa ręka. Wciąż wisiałem dwanaście metrów nad ziemią, zsuwałem się dalej. Wkrótce dotarłem na poziom pierwszego piętra. Szło wolno, ale bezpiecznie, pomijając fakt, że co kilka minut moje sto dwadzieścia kilo szarpało starą żelazną rynną. Miała pewnie ze sto lat, a żelazo rdzewieje i kruszy się.

Poruszyła się lekko, poczułem, jak drży. Była też śliska, musiałem zaciskać palce, by utrzymać uchwyt. Kostkami szorowałem o kamień. Zsuwałem się dalej po piętnaście centymetrów; powoli przyzwyczajałem się do tego rytmu. Przyciskałem się do ściany i odpychałem, zsuwałem dłonie i łagodziłem wstrząs, prostując ręce, tak by ramiona przyjęły cały nacisk. Potem zginałem się w pasie pod ciaśniejszym kątem, zsuwałem stopy o piętnaście centymetrów i zaczynałem wszystko od początku. Dotarłem do okien parteru. Teraz rynna wydawała się mocniejsza, może zakotwiczono ją w betonie. Zjeżdżałem szybciej i w końcu poczułem pod stopami twardą skałę. Odetchnąłem z ulgą i cofnąłem się od ściany. Wytarłem dłonie o dżinsy. Przez chwilę stałem bez ruchu, nasłuchując. Dobrze było wydostać się z domu. Powietrze przypominało miękkością aksamit. Nic nie słyszałem, w oknach nie płonęły żadne światła. Poczułem ukłucie zimna na zębach i uświadomiłem sobie, że się uśmiecham. Uniosłem wzrok ku księżycowi. Otrząsnąłem się i ruszyłem cicho po broń.

Pistolety wciąż leżały w zagłębieniu wśród chwastów, zawinięte w ścierkę. Zostawiłem PSM Dolla, wolałem glocka. Odwinąłem go, sprawdziłem ostrożnie, z nawyku. Siedemnaście pocisków w pistolecie, siedemnaście w każdym z zapasowych magazynków. W sumie pięćdziesiąt jeden dziewięciomilimetrowych, typu parabellum. Gdybym wystrzelił jeden, prawdopodobnie musiałbym wystrzelić wszystkie. Do tej pory ktoś już by wygrał, a ktoś przegrał. Wsunąłem magazynki do kieszeni, broń wsadziłem za pasek, po czym powoli okrążyłem garaż, by przyjrzeć się z daleka murowi. Wciąż świecił się jak choinka, reflektory płonęły ostrym, błękitnym, gniewnym blaskiem jak na stadionie. Wartownia była skąpana w świetle, drut kolczasty lśnił. W sumie miałem przed sobą trzydziestometrowe pasmo jasnego jak w dzień światła, otoczone absolutną ciemnością. Brama była zamknięta i zabezpieczona łańcuchem. Wszystko to przypominało ogrodzenie dziewiętnastowiecznego więzienia albo ośrodka dla umysłowo chorych.

Wpatrywałem się w nie, póki nie wymyśliłem, jak się wydostać, a potem wróciłem na wybrukowane podwórko. W mieszkaniu nad garażem było ciemno i cicho. Drzwi garażowe co prawda zamknięto, ale żadne z nich nie miały zamka. Wielkie drewniane wrota zamontowano w czasach, gdy nikomu nie śniło się o kradzieżach samochodów. Czworo drzwi, cztery garaże. W pierwszym po lewej stał cadillac, już tam byłem. Sprawdziłem zatem pozostałe – powoli, ostrożnie. W drugim ujrzałem kolejnego lincolna town car. Był czarny, tak jak wóz Angela Dolla i ten, z którego korzystali ochroniarze. Nawoskowana karoseria lśniła, drzwi zablokowano.

Trzeci garaż był pusty, nie dostrzegłem w nim nic – czysty, zamieciony, w zakurzonych plamach oleju na podłodze widniały ślady po szczotce. Tu i tam dostrzegłem też włókna z dywanów. Ktokolwiek zamiatał, przeoczył je. Były krótkie i sztywne, w ciemności nie potrafiłem określić koloru; sprawiały wrażenie szarych, wyciągniętych ze spodniej strony dywanu. Nic dla mnie nie znaczyły. Ruszyłem dalej.

W czwartym garażu znalazłem to, czego szukałem. Otworzyłem szeroko drzwi, by zobaczyć cokolwiek w świetle księżyca. Stał tam stary zakurzony saab, którym pokojówka jeździła na zakupy. Parkował tuż obok warsztatu, nad którym otwierało się brudne okno. Widać było za nim szare promienie księżyca odbite od powierzchni oceanu. Do blatu przymocowano z boku imadło, obok leżało mnóstwo narzędzi – starych narzędzi o drewnianych rączkach, pociemniałych ze starości i zużycia. Znalazłem szydło, tępy stalowy szpikulec z pękatą dębową rączką, długi na jakieś pięć centymetrów. Wsadziłem w imadło centymetrową końcówkę, zakręciłem je mocno, pociągnąłem uchwyt i zgiąłem szpikulec pod kątem prostym. Wyciągnąłem z imadła swe dzieło, obejrzałem i wetknąłem do kieszeni.

Potem znalazłem dłuto do drewna. Miało centymetrowe ostrze i wygodny uchwyt z jesionu, na oko liczyło sobie około siedemdziesięciu lat. Po chwili poszukiwań znalazłem karborundową osełkę i zardzewiałą puszkę płynu do ostrzenia. Wylałem trochę na kamień i rozsmarowałem czubkiem dłuta. Zacząłem przesuwać po nim stalą, aż zalśniła jasno. W jednym z licznych liceów, do których uczęszczałem, w staroświeckiej szkole w Guam, mieliśmy zajęcia praktyczne. Oceniano nas na podstawie tego, jak dobrze radziliśmy sobie z rutynową dłubaniną, na przykład ostrzeniem narzędzi. Wszyscy dostaliśmy wysokie oceny. To było coś, co naprawdę nas interesowało. Wszyscy uczniowie tamtej klasy mieli najlepsze noże, jakie zdarzyło mi się oglądać. Odwróciłem dłuto i naostrzyłem drugą stronę. Naprawdę się przyłożyłem. Wyglądało jak skalpel. Wytarłem je o spodnie. Nie sprawdzałem ostrości na kciuku, nie miałem ochoty krwawić. Na oko oceniałem, że jest ostre jak brzytwa.

Wyszedłem na podwórze, przykucnąłem przy ścianie i napełniłem kieszenie. Gdybym musiał działać cicho, miałem dłuto. W innym wypadku użyłbym glocka. Zastanowiłem się nad kolejnością. Najpierw dom, postanowiłem. Istniało duże prawdopodobieństwo, że więcej już go nie zobaczę.

• • •

Zewnętrzne drzwi werandy kuchennej były zamknięte, lecz mechanizm nie należał do skomplikowanych – zwykły trzyzapadkowy złom. Wsunąłem do środka wygięte szydło niczym klucz i zacząłem szukać zapadek. Były duże, więc odnalazłem je bez trudu. Po niecałej minucie dostałem się do środka. Zatrzymałem się, nasłuchując uważnie. Nie chciałem wleźć prosto na kucharkę; może została do późna, żeby upiec coś specjalnego. A może Irlandka się przy czymś krzątała. W środku jednak panowała cisza. Przeszedłem przez werandę i ukląkłem przed drzwiami wewnętrznymi. Identyczny, prymitywny zamek, poszło mi równie szybko. Cofnąłem się ćwierć metra, otworzyłem drzwi. Poczułem zapach kuchni. Znów nasłuchiwałem. Pomieszczenie było zimne i puste. Położyłem szydło przed sobą na podłodze, obok niego dłuto, glocka i zapasowe magazynki. Nie chciałem uruchomić wykrywacza metalu. W nocnej ciszy zabrzmiałby jak syrena alarmowa. Przesunąłem szydło po podłodze tuż przy deskach, przez drzwi i do kuchni. To samo zrobiłem z dłutem. Po prostu wturlałem je do środka. Niemal wszystkie dostępne w handlu wykrywacze metalu mają martwą strefę tuż przy ziemi. To dlatego, że podeszwy eleganckich męskich butów wyposażone są w metalową sprężynę, która wzmacnia i uelastycznia obuwie. Czujniki metalu zaprojektowano tak, by to uwzględniały. Logiczne, w przeciwnym razie piszczałyby za każdym razem, gdy przechodziłby przez nie porządnie ubrany facet.

Przesunąłem glocka przez martwą strefę, za nim kolejno magazynki. Popchnąłem wszystko możliwie najdalej. Potem wstałem, przeszedłem przez drzwi i zamknąłem je cicho za sobą. Zebrałem swoje rzeczy i ukryłem w kieszeniach. Zastanawiałem się, czy nie zdjąć butów. Łatwiej skradać się w skarpetkach. Ale w razie kłopotów buty stanowią świetną broń. Kiedy kopnie się kogoś, mając buty na nogach, można go okaleczyć. Bez butów łamiemy sobie palec. A ich ponowne włożenie wymaga czasu. Gdybym musiał szybko uciekać, nie chciałem biegać po skałach czy wdrapywać się na mur na bosaka. Postanowiłem ich nie zdejmować i po prostu stąpać ostrożnie. Dom był solidnie zbudowany, uznałem więc, że warto zaryzykować. Zabrałem się do pracy.

Najpierw przeszukałem kuchnię, próbując znaleźć latarkę. Bez powodzenia. Większość domów na końcu długiej linii energetycznej od czasu do czasu miewa przerwy w dostawie prądu, toteż ich mieszkańcy trzymają coś pod ręką. Ale nie Beckowie. Znalazłem jedynie pudełko kuchennych zapałek. Wyjąłem trzy, wsadziłem do kieszeni, czwartą potarłem o draskę. W migotliwym świetle rozejrzałem się w poszukiwaniu pęku kluczy, które zostawiłem na stole. Bardzo by mi się przydały, ale ich tam nie było. Ani na stole, ani na haczyku przy drzwiach. Nigdzie. Nie zdziwiło mnie to. To byłoby zbyt piękne.

Zdmuchnąłem zapałkę i w ciemności dotarłem ostrożnie do szczytu schodów do piwnicy. Cicho zszedłem na dół i zapaliłem o paznokieć kolejną zapałkę. Ruszyłem śladem przewodów do skrzynki z bezpiecznikami. Na półce obok leżała latarka. Klasyczne, kretyńskie miejsce na latarkę. Jeśli wyskoczy korek, skrzynka z bezpiecznikami jest przecież celem, nie punktem wyjścia.

Latarka, wielki czarny model, przypominała rozmiarami policyjną pałkę. W środku mieściło się sześć baterii. Podobnych latarek używaliśmy w wojsku. Producent gwarantował, że są nietłukące, odkryliśmy jednak, iż zależy to od tego, w co i jak mocno się uderzy. Zapaliłem ją i zdmuchnąłem zapałkę. Splunąłem na zwęglony koniec, schowałem do kieszeni i przyświecając sobie latarką, sprawdziłem skrzynkę z bezpiecznikami. Miała szare metalowe drzwiczki, w środku zamontowano dwadzieścia bezpieczników. Żaden z nich nie nosił podpisu „brama”. Zapewne zasilano ją oddzielnie, co miało sens. Nie opłaca się ciągnąć przewodów do domu, a potem z powrotem do wartowni. Lepiej podłączyć ją osobno do głównej linii. Nie zdziwiło mnie to, ale poczułem lekki zawód. Dobrze byłoby wyłączyć reflektory na murze. Wzruszyłem ramionami, zatrzasnąłem skrzynkę, odwróciłem się i poszedłem sprawdzić dwoje zamkniętych drzwi, które znalazłem tego ranka.

Nie były już zamknięte. Nim zaatakuje się zamek, najpierw należy sprawdzić, czy nie jest już otwarty. Nie ma nic głupszego niż grzebanie w otwartym zamku. Drzwi otworzyły się bez problemów po naciśnięciu klamki.

Pierwsze pomieszczenie okazało się puste. Stanowiło niemal idealny sześcian o boku liczącym jakieś dwa i pół metra. Obejrzałem je dokładnie w świetle latarki: kamienne ściany, cementowa podłoga, brak okien. Wyglądało jak magazyn, było idealnie wysprzątane i puste, absolutnie puste. Żadnych włókien z dywanów czy nawet śmieci lub brudu. Najwyraźniej pokój został wymieciony i odkurzony wcześniej tego samego dnia. Panowała w nim lekka wilgoć, dokładnie taka, jakiej można się spodziewać w kamiennej piwnicy. Czułem wyraźnie woń kurzu wypełniającego worek odkurzacza. I ślad czegoś jeszcze. Delikatną, irytującą woń, ledwie uchwytną. Była znajoma, ciężka, papierowa. Coś, co powinienem rozpoznać. Stanąłem na środku pomieszczenia, zgasiłem latarkę, zamknąłem oczy i przez chwilę stałem w absolutnej ciemności, koncentrując się. Zapach zniknął. Tak jakby moje pojawienie się poruszyło cząsteczki powietrza i ta jedna, najbardziej interesująca z miliarda pozostałych, rozpłynęła się pośród wilgoci podziemnych skał. Bardzo się starałem, ale nic z tego. Poddałem się. Przypominało to ulotne wspomnienie, jedno z tych, które im bardziej staramy się przywołać, tym bardziej umykają. A ja nie miałem czasu.

Ponownie zapaliłem latarkę, wyszedłem na korytarz i cicho zamknąłem za sobą drzwi. Stanąłem bez ruchu, nasłuchując. Szum pieca, nic poza tym. Sprawdziłem sąsiednie pomieszczenie – stały w nim różne przedmioty i sprzęty. To była sypialnia.

Nieco większa od magazynu, miała jakieś trzy i pół na trzy metry. W świetle latarki ujrzałem kamienne ściany bez okien, cementową podłogę, na niej gruby materac pokryty zmiętą pościelą i starym kocem, bez poduszek. W pomieszczeniu było zimno, czułem woń nieświeżego jedzenia, starych perfum, snu, potu i strachu.

Przeszukałem dokładnie cały pokój. Był brudny, ale nie znalazłem nic interesującego, póki nie odciągnąłem na bok materaca. Pod nim wydrapane w cemencie podłogi widniało jedno słowo: JUSTICE. Wypisano je wąskimi, drukowanymi literami. Choć nierówne i rozmazane, pozostawały jednak wyraźne. I znaczące. A pod literami widniały liczby, sześć w trzech grupach po dwie. Miesiąc, dzień, rok. Wczorajsza data. Litery i liczby wydrapano głębiej i mocniej, niż można by to zrobić igłą, gwoździem albo końcówką nożyczek. Przypuszczałem, że posłużył do tego widelec. Przeciągnąłem materac z powrotem na miejsce, obejrzałem drzwi. Zrobione z mocnego dębu, ciężkie i grube, bez wewnętrznej dziurki od klucza. Nie sypialnia. Cela.

Wyszedłem na zewnątrz, zamknąłem drzwi i znów stanąłem nieruchomo, nasłuchując. Nic. Przez piętnaście minut zwiedzałem resztę piwnicy, niczego jednak nie znalazłem. I nie liczyłem na to – gdyby mieli coś do ukrycia, nie pozwoliliby mi rano swobodnie po niej wędrować. Zgasiłem latarkę i po ciemku wdrapałem się ostrożnie na górę. Wróciłem do kuchni i zacząłem szukać. W końcu znalazłem wielki czarny worek na śmieci. Potrzebowałem jeszcze ręcznika, musiałem się jednak zadowolić sfatygowaną lnianą ściereczką do wycierania talerzy. Złożyłem starannie oba łupy i ukryłem w kieszeniach. Potem wyszedłem do holu i zacząłem oglądać części domu, których wcześniej nie widziałem.

Do wyboru miałem ich mnóstwo. Całe to miejsce przypominało labirynt pokojów. Zacząłem od frontu; tu właśnie po raz pierwszy przekroczyłem próg domu, zaledwie dzień wcześniej. Wielkie dębowe drzwi były starannie zamknięte. Obszedłem je szerokim łukiem, bo nie wiedziałem, jak wrażliwy jest wykrywacz metalu – niektóre potrafią buczeć, gdy stoi się ćwierć metra od nich. Wyłożoną grubymi dębowymi deskami podłogę pokrywały dywany. Stąpałem ostrożnie, nie obawiałem się jednak hałasu: dywany, ciężkie zasłony i boazerie znakomicie tłumią każdy dźwięk.

Zwiedziłem cały parter. Tylko jedno miejsce przyciągnęło moją uwagę. W północnym skrzydle obok pokoju, w którym spędziłem nieco czasu z Beckiem, natknąłem się na kolejne zamknięte drzwi, naprzeciw jadalni, po drugiej stronie szerokiego wewnętrznego korytarza. Były to jedyne zamknięte drzwi na parterze, a tym samym jedyne, które mnie zainteresowały. Drzwi wyposażono w wielki mosiężny zamek pochodzący z czasów, gdy podobne przedmioty tworzono z dumą i pasją. Powierzchnie i krawędzie zdobiły misterne zawijasy. Śruby, którymi przykręcono zamek, po stu pięćdziesięciu latach polerowania starły się na gładko. Zapewne stanowił część oryginalnego wyposażenia domu. Jakiś dawny rzemieślnik z dziewiętnastowiecznego Portlandu zrobił go ręcznie w przerwie między pracą nad żeglarskim osprzętem. Otwarcie go zabrało mi jakieś półtorej sekundy.

Znalazłem się na progu pokoju; nie pełnił funkcji gabinetu czy salonu, był to po prostu niewielki, przytulny pokój. Obejrzałem go dokładnie w świetle latarki. Ani śladu telewizora, nie było też biurka ani komputera. Pokój umeblowany prosto i w starym stylu. W oknach wisiały ciężkie aksamitne zasłony, niemal pośrodku stał wielki fotel obity czerwoną skórą, przy ścianie wysoka gablota. No i dywany. Na podłodze leżały trzy, jeden na drugim. Spojrzałem na zegarek, dochodziła pierwsza. Od ponad godziny byłem poza sypialnią. Przekroczyłem próg i zamknąłem za sobą drzwi. Gablota miała niemal metr osiemdziesiąt wysokości, dwie szuflady na dole, nad nimi zamknięte szklane drzwi. Za szybą ujrzałem pięć pistoletów maszynowych Thompsona, klasyczne modele z magazynkiem bębenkowym, jak u gangsterów z lat trzydziestych. Podobne można obejrzeć na starych, ziarnistych, czarno-białych zdjęciach żołnierzy Ala Capone. Umieszczono je w szafce, lufami na przemian w prawo i w lewo, na specjalnych kołkach pozwalających utrzymać broń idealnie poziomo. Były identyczne i wszystkie wyglądały na fabrycznie nowe, jakby nigdy z nich nie strzelano, jakby nikt ich nigdy nie dotknął. Fotel stał dokładnie naprzeciw gabloty. Poza tym w pokoju nie było nic ciekawego. Usiadłem w fotelu i zacząłem się zastanawiać, czemu ktoś miałby marnować czas, wpatrując się w pięć starych, naoliwionych pistoletów maszynowych.

I wtedy usłyszałem kroki, lekkie tupanie na górze, dokładnie nad moją głową. Trzy, cztery, pięć, szybkie, ciche kroki. Nie chodziło o poszanowanie ciszy nocnej – ktoś się skradał. Wstałem z fotela, zamarłem. Zgasiłem latarkę i przełożyłem do lewej dłoni, w prawą ująłem dłuto. Usłyszałem cichy szczęk zamykanych drzwi. A potem ciszę. Wytężałem słuch, skupiając się na każdym, nawet najlżejszym odgłosie. Cichy szum systemu grzewczego zamienił się w moich uszach w łoskot. Każdy oddech brzmiał ogłuszająco, ale z góry nie dobiegał żaden odgłos. I nagle znów rozległy się kroki.

Kierowały się w stronę schodów. Zamknąłem się wewnątrz pokoju, ukląkłem za drzwiami i przesunąłem na miejsce zapadki, raz, dwa, słuchając trzeszczenia schodów. To nie Richard, tych kroków nie stawiał dwudziestolatek. Były ostrożne i sztywne. W miarę zbliżania się do końca schodów ten ktoś coraz bardziej zwalniał. W holu dźwięk zamarł całkowicie. Wyobraziłem sobie kogoś stojącego na grubych dywanach w otoczeniu zasłon i boazerii. Rozglądał się, nasłuchiwał, może zmierzał w moją stronę. Znów ścisnąłem mocniej latarkę i dłuto, glock tkwił za paskiem spodni. Nie wątpiłem, że zdołam wywalczyć sobie drogę na zewnątrz, bez dwóch zdań. Lecz pozostawał jeszcze Paulie. Podejście do niego przez sto metrów otwartej przestrzeni, w blasku stadionowych reflektorów, byłoby trudne. Poza tym strzelanina pogrążyłaby misję na zawsze. Quinn znów by zniknął.

Z holu nie dochodził żaden dźwięk, absolutnie żaden, panowała ciężka cisza. I wtedy usłyszałem dźwięk otwieranych drzwi frontowych. Zabrzęczał łańcuch, szczęknął zamek, miedziana listwa izolacyjna puściła z lekkim cmoknięciem. Sekundę później drzwi znów się zamknęły. Poczułem cień wstrząsu w samej strukturze domu, gdy ciężkie dębowe drzwi zderzyły się z framugą. Wykrywacz metalu nie zabuczał. Ktokolwiek wyszedł, nie miał przy sobie broni ani nawet kluczyków do samochodu.

Czekałem. Duke z pewnością spał jak zabity. Nie należał do ufnych ludzi, z pewnością nie wyszedłby na dwór bez broni. Podobnie Beck. Ale obaj mieli dość sprytu, by stanąć w holu, otworzyć i zamknąć drzwi, tak bym pomyślał, że wyszli, choć w istocie nie zrobili nic podobnego i wciąż tam stali z wyciągniętą bronią, próbując przeniknąć wzrokiem ciemność. Czekali, aż się pojawię.

Usiadłem bokiem w czerwonym skórzanym fotelu. Wyjąłem zza paska glocka i lewą ręką wycelowałem w drzwi. Zdecydowałem, że gdy tylko uchylą się szerzej niż na dziewięć milimetrów, wystrzelę. Na razie jednak postanowiłem czekać. Świetnie to umiałem. Jeśli sądzili, że wygrają ze mną w tej grze, to wybrali nie tego faceta.

• • •

Minęła godzina i w holu nadal panowała absolutna cisza. Nie słyszałem nawet najlżejszych dźwięków, żadnych wibracji; nikogo tam nie było. Z pewnością nie był to Duke – do tej pory zdążyłby już zasnąć i runąć na podłogę. Beck też nie – był amatorem, a zachowanie absolutnej ciszy i spokoju przez całą godzinę wymaga specyficznych umiejętności i niezwykłej siły woli. Zatem nikt nie próbował mnie nabrać. Ktoś wyszedł w noc bez broni.

Ukląkłem, znów podważyłem szydłem zapadki. Położyłem się na podłodze, wyciągnąłem rękę i otworzyłem drzwi. Zwykły środek ostrożności. Jeśli ktoś czeka w holu, aż drzwi się otworzą, będzie patrzył na poziomie swej głowy. Ujrzę go, nim on ujrzy mnie. Lecz na zewnątrz nikt nie czekał, hol był pusty. Wstałem, zamknąłem za sobą drzwi. Zszedłem cicho schodami do piwnicy i odłożyłem latarkę na miejsce. Macając po omacku, wróciłem na górę. Zakradłem się do kuchni, przesunąłem swój sprzęt po podłodze i dalej, na werandę. Przykucnąłem, pozbierałem wszystkie rzeczy i rzuciłem okiem na tyły. Dostrzegłem jedynie szary pusty świat, gdzie oświetlone blaskiem księżyca skały spotykały się z oceanem.

Zamknąłem za sobą drzwi werandy i ruszyłem przed siebie, trzymając się ściany domu. Przemykałem od jednego cienia do drugiego, aż w końcu dotarłem do muru podwórza. Odszukałem zagłębienie w skale, owinąłem w szmatę dłuto i szydło i zostawiłem tam. Nie mogłem zabrać ich ze sobą, rozdarłyby foliowy worek. Podążyłem wzdłuż muru w stronę oceanu. Zamierzałem wejść na skały tuż za garażami, od strony południowej, tak by nikt z domu nie mógł mnie zobaczyć.

W połowie drogi zamarłem.

Na skałach siedziała Elizabeth Beck. Na białą koszulę nocną narzuciła biały szlafrok. Wyglądała jak duch albo anioł. Oparła łokcie na kolanach i wpatrywała się w ciemność na wschodzie nieruchoma jak posąg.

Zastygłem niczym głaz. Dzieliło nas niecałe dziesięć metrów. Byłem ubrany na czarno, gdyby jednak zerknęła w lewo, ujrzałaby moją sylwetkę na tle nieba. A nagły ruch z pewnością by mnie zdradził. Po prostu stałem i czekałem. Ocean wznosił się i opadał spokojnie, cicho. Kojący dźwięk, usypiające falowanie. Elizabeth Beck wpatrywała się w wodę. Musiało jej być zimno. Wiał lekki wiatr; widziałem, jak porusza jej włosy.

Powolutku zacząłem się pochylać, jakbym chciał się stopić z kamieniami. Zgiąłem kolana, rozłożyłem palce i stopniowo przykucnąłem. Wtedy się poruszyła, odwracając szybko głowę, jakby coś przyszło jej niespodziewanie na myśl. Spojrzała wprost na mnie. Nie okazała zaskoczenia; wpatrywała się we mnie całymi minutami. Długie splecione palce spoczywały na kolanach, białą twarz oświetlały promienie księżyca odbijające się od falującej wody. Oczy miała otwarte, lecz wyraźnie niczego nie dostrzegała. Albo może zdołałem przykucnąć dość nisko, by wzięła mnie za kamień bądź cień.

Siedziała tak jeszcze dziesięć minut, patrząc w moją stronę. W końcu zaczęła dygotać z zimna. Znów poruszyła głową, zdecydowanie, i odwróciła wzrok ku morzu po prawej stronie. Rozplotła palce, uniosła dłoń i przygładziła włosy. Podniosła twarz ku niebu, powoli wstała. Była boso. Zadrżała z zimna czy może smutku, wyciągnęła ramiona w bok jak akrobata wędrujący po linie i ruszyła w moją stronę. Ostre kamienie raniły jej stopy, balansowała, unosząc ręce i uważnie stawiając każdy krok. Minęła mnie o metr i skierowała się w stronę domu. Odprowadziłem ją wzrokiem. Wiatr uniósł jej szlafrok, koszula nocna przywarła do ciała. W końcu Elizabeth Beck zniknęła za murem. Długą chwilę później usłyszałem dźwięk otwieranych drzwi i po chwili cichy trzask zamka. Osunąłem się na ziemię i przekręciłem na plecy. Spojrzałem w gwiazdy.

• • •

Leżałem tak przez jakiś czas. Potem wstałem i pokonałem ostatnich piętnaście metrów dzielących mnie od brzegu. Wyciągnąłem foliowy worek, zdjąłem ubranie i spakowałem je. Owinąłem glocka w koszulę wraz z zapasowymi magazynkami. Skarpetki wepchnąłem do butów, ułożyłem na wierzchu, na nich niewielki lniany ręczniczek. Potem zawiązałem ciasno worek i chwyciłem za węzeł. Wszedłem do wody, ciągnąc go za sobą.

Ocean był zimny. Spodziewałem się tego – byłem przecież w Maine, i to w kwietniu – ale woda okazała się naprawdę zimna. Lodowata. Mrożąca ciało. Pozbawiła mnie tchu. W ciągu sekundy przemarzłem do szpiku kości. Po pięciu metrach dzwoniły mi zęby, czułem się zagubiony, oczy piekły od soli.

Odepchnąłem się nogami i pokonałem wpław kolejnych pięć metrów. Widziałem mur płonący jasnym blaskiem. Nie zdołałbym go pokonać ani przeskoczyć, musiałem zatem go wyminąć. Jedyne wyjście, powtarzałem sobie w duchu. Musiałem przepłynąć niecałe czterysta metrów. Byłem silny, lecz niezbyt szybki, poza tym ciągnąłem za sobą worek. Wiedziałem, że zajmie mi to jakieś dziesięć minut, góra piętnaście. To wszystko. Nikt nie umiera z wyziębienia w ciągu piętnastu minut. Nikt. A już na pewno nie ja, nie dziś.

Walcząc z zimnem i prądem, powoli wypracowałem rytm. Ciągnąłem worek lewą ręką, wykonując jednocześnie dziesięć ruchów nogami, potem przekładałem worek do prawej, i tak na zmianę. Czułem lekki prąd – nadchodził przypływ. Pomagał mi, ale też mnie mroził. Woda napływała z dalekiej północy, z Arktyki. Ciało mi zdrętwiało, z trudem chwytałem oddech, serce waliło mi w piersi. Zacząłem się obawiać szoku termicznego. Powróciłem pamięcią do przeczytanych niegdyś książek na temat „Titanica". Ludzie, dla których zabrakło miejsca w szalupach ratunkowych, pomarli w ciągu godziny.

Ale ja nie zamierzałem siedzieć w wodzie całą godzinę, a w pobliżu nie było przecież gór lodowych. W dodatku mój rytm się sprawdzał. Znajdowałem się już równolegle do muru. Plama światła przybliżała się coraz bardziej. Byłem nagi i blady po zimie, lecz czułem się niewidzialny. Minąłem mur, połowa drogi. Parłem naprzód, machając zawzięcie nogami. Wyciągnąłem z wody rękę i sprawdziłem czas. Płynąłem już sześć minut.

Minęło kolejnych sześć. Zacząłem pływać w miejscu, chwytając powietrze. Uniosłem worek przed sobą i obejrzałem się. Mur został daleko w tyle. Skręciłem w stronę brzegu i dotarłem do śliskich, pokrytych glonami skał, za którymi ciągnęła się żwirowa plaża. Najpierw rzuciłem worek, a potem na czworakach wypełzłem z wody. Pozostałem w tej pozycji całą minutę, dysząc i dygocąc. Zęby szczękały mi wściekle. Rozwiązałem worek, znalazłem ręczniczek i zacząłem wycierać się z furią. Ręce miałem sine, ubranie lepiło mi się do mokrej skóry. Włożyłem buty, wsadziłem glocka za pasek. Zwinąłem worek i ręczniczek, wilgotne wetknąłem do kieszeni. Potem puściłem się biegiem – musiałem się rozgrzać.

Biegłem niemal dziesięć minut, nim znalazłem samochód. To był taurus starszego agenta, szary i skąpany w świetle księżyca. Parkował odwrócony od domu, gotów do jazdy bez chwili zwłoki. Duffy bez wątpienia była praktyczna. Uśmiechnąłem się. Kluczyk leżał na fotelu. Uruchomiłem silnik i odjechałem powoli. Nie zapalałem świateł i nie dotykałem hamulca, póki nie zjechałem ze skalnego przylądka i nie pokonałem pierwszego zakrętu w głębi lądu. Wówczas zapaliłem reflektory, włączyłem ogrzewanie i ostro dodałem gazu.

• • •

Piętnaście minut później byłem już przed dokami w Portlandzie. Zostawiłem taurusa w cichej uliczce, półtora kilometra od magazynu Becka. Resztę drogi pokonałem pieszo. Zbliżała się chwila prawdy. Jeśli ktoś znalazł zwłoki Dolla, z daleka dostrzegę zamieszanie. Wówczas zniknę i nigdy mnie już nie zobaczą. W przeciwnym razie powalczę jeszcze kolejny dzień.

Spacer zabrał mi niemal dwadzieścia minut. Na miejscu nikogo nie zauważyłem, ani śladu glin, karetki, taśmy policyjnej, koronera. Żadnych obcych ludzi w lincolnach. Okrążyłem z daleka magazyn Becka, zerkając w tamtą stronę przez szczeliny między budynkami. W oknach biura paliły się światła, ale sam ich nie zgasiłem. Samochód Dolla wciąż stał przy drzwiach magazynu, dokładnie tam, gdzie przedtem.

Oddaliłem się od budynku i zbliżyłem się doń pod innym kątem, od strony ślepej ściany. Wyjąłem glocka; trzymałem go nisko przy udzie. Samochód Dolla stał zwrócony do mnie przodem. Za nim, po lewej, dostrzegłem drzwi służbowe prowadzące do oszklonego boksu. Dalej mieściło się biuro. Minąłem samochód i drzwi, przykucnąłem i przekradłem się pod oknem. Uniosłem głowę, zajrzałem do środka. Nikogo. Sekretariat też był pusty, cisza i spokój. Odetchnąłem, schowałem broń, cofnąłem się do samochodu Dolla. Otworzyłem drzwi od strony kierowcy i zwolniłem blokadę bagażnika. Martwy facet wciąż tam był, nigdzie nie zniknął. Wyjąłem mu z kieszeni klucze. Zatrzasnąłem bagażnik i podszedłem do drzwi służbowych. Znalazłem właściwy klucz i otworzyłem drzwi. Byłem gotów zaryzykować piętnaście minut. Pięć spędziłem w boksie, pięć w biurze i pięć w sekretariacie. Lnianą ściereczką wytarłem wszystko, czego dotykałem, by nie zostawić odcisków palców. Nie znalazłem śladów Teresy Daniel. Ani Quinna. Ale też nigdzie nie wymieniono żadnych nazwisk, wszystko było zakodowane, ludzie i towary. Udało mi się z całą pewnością ustalić jedno: Bizarre Bazaar sprzedawał co roku dziesiątki tysięcy sztuk towaru kilkuset klientom indywidualnym w transakcjach sięgających dziesiątków milionów dolarów. Nic nie wskazywało na charakter towaru ani tożsamość nabywców. Ceny były trojakie, około pięćdziesięciu dolarów, około tysiąca dolarów i znacznie, znacznie wyższe. Nie znalazłem żadnych rejestrów transportowych. Brak umów z Fedeksem, UPS-em czy pocztą. Najwyraźniej dystrybucję załatwiali prywatnie. Lecz znaleziona wśród papierów umowa ubezpieczeniowa świadczyła o tym, że firma miała tylko dwie ciężarówki dostawcze.

Wróciłem do oszklonego boksu, wyłączyłem komputer. Wycofałem się do głównego wyjścia, gasząc po drodze światła i pozostawiając idealny porządek. Sprawdziłem klucze Dolla w drzwiach, znalazłem pasujący i ścisnąłem go w dłoni. Potem cofnąłem się do skrzynki alarmu.

Beck niewątpliwie ufał Dollowi, pozwalając mu zamykać magazyn, co oznaczało, że tamten umiał włączyć alarm. Z pewnością Duke też to robił od czasu do czasu. I bez wątpienia Beck. Pewnie jeszcze paru innych pracowników, mnóstwo ludzi. Jeden z nich musiał mieć kiepską pamięć. Przyjrzałem się tablicy obok skrzynki. Uniosłem trzy warstwy notatek i znalazłem czterocyfrowy kod zapisany na spodniej stronie listu władz miejskich sprzed dwóch lat informującego o nowych przepisach parkingowych. Wystukałem go na klawiaturze. Czerwone światełko zamigotało, skrzynka zaczęła popiskiwać. Uśmiechnąłem się, to nigdy nie zawodzi. Hasła komputerowe, zastrzeżone numery telefonów, kody alarmowe – ktoś zawsze je zapisze.

Wyszedłem drzwiami frontowymi i zamknąłem je za sobą. Popiskiwanie ucichło. Przekręciłem klucz w zamku, okrążyłem budynek i wsiadłem do lincolna Dolla. Uruchomiłem silnik, odjechałem. Zostawiłem go na podziemnym parkingu w centrum, może nawet na tym samym, który sfotografowała Susan Duffy. Wytarłem dokładnie wszystko, czego dotykałem, zamknąłem wóz, schowałem klucze do kieszeni. Zastanawiałem się, czy go nie podpalić, w baku było dość benzyny, a ja wciąż miałem przy sobie dwie suche zapałki. Palenie samochodów to świetna zabawa i niewątpliwie zwiększyłoby nacisk wywierany na Becka. W końcu jednak odszedłem. Zapewne była to słuszna decyzja. Upłynie dzień, nim ktokolwiek się zorientuje, że w garażu parkuje jakiś obcy wóz, minie jeszcze jeden, zanim podejmą decyzję, co zrobić, i jeszcze jeden, nim zareaguje policja. Sprawdzą rejestrację, dotrą do jednej z firm podległych Beckowi. Wówczas odholują lincolna, odkładając dalsze dochodzenie na później. Oczywiście otworzą bagażnik w obawie przed bombami terrorystów albo z powodu zapachu, ale do tego czasu już zniknę.

• • •

Wróciłem do taurusa i dojechałem półtora kilometra od domu. Odwdzięczyłem się Duffy, zawracając i zostawiając go ustawionego we właściwą stronę. Potem powtórzyłem wszystkie czynności: rozebrałem się na żwirowej plaży, spakowałem rzeczy do worka. Wszedłem do morza. Nie miałem na to ochoty, było równie zimne jak wcześniej. Ale przypływ zmienił kierunek, prąd unosił mnie we właściwą stronę. Nawet ocean był mi przychylny. Znów płynąłem około dwunastu minut. Okrążyłem mur i dotarłem do brzegu za garażami. Dygotałem z zimna, szczękałem zębami. Ale czułem się dobrze. Wytarłem się jak najdokładniej wilgotną ścierką i ubrałem szybko, by nie zamarznąć. Zostawiłem glocka, zapasowe magazynki i klucze Dolla wraz z PSM, dłutem i szydłem, zwinąłem worek i ścierkę i wepchnąłem pod kamień metr dalej. Potem ruszyłem w stronę rynny. Wciąż dygotałem.

Wspinaczka okazała się łatwiejsza niż wcześniejsze schodzenie. Dźwigałem się na rękach, podpierając nogami o ścianę. Po dotarciu do okna chwyciłem lewą dłonią parapet, przeskoczyłem na kamienną półkę i prawą uniosłem okno. Wczołgałem się do środka, starając się zrobić to jak najciszej.

W pokoju panował lodowaty chłód – nic dziwnego, okno było otwarte przez całą noc. Zamknąłem je, znów się rozebrałem. Wilgotne ubranie położyłem na kaloryferze i powędrowałem do łazienki. Wziąłem długi, gorący prysznic. Potem zamknąłem się tam z butami. Była dokładnie szósta rano. Godzina, o której mieli odebrać taurusa. Pewnie załatwili to Eliot i starszy agent, a Duffy została w bazie. Wyjąłem urządzenie do poczty elektronicznej i wysłałem: *Duffy?* Dziewięćdziesiąt sekund później odpowiedziała: *Jestem. Wszystko w porządku?* Odpowiedziałem: *Tak. Sprawdź tych ludzi, gdzie tylko możesz, także u Powella – Angel Doll, możliwy znajomy Paulie, obaj być może ekswojskowi.*

Załatwione, odpisała.

I wtedy wysłałem jej pytanie, które dręczyło mnie od pięciu i pół godziny: *Jak naprawdę ma na nazwisko Teresa Daniel?*

Po zwyczajowej półtoraminutowej przerwie na ekranie pojawiła się odpowiedź: *Teresa Justice.*

6

Nie było sensu się kłaść, toteż stałem w oknie i oglądałem świt. Wkrótce niebo na wschodzie pojaśniało i z morza wynurzyło się słońce. Powietrze było rześkie i czyste; widziałem wszystko w promieniu osiemdziesięciu kilometrów. Przez chwilę obserwowałem arktyczną rybołówkę nadlatującą nisko z północy. Nad skałami zniżyła się jeszcze bardziej, pewnie szukała miejsca na gniazdo. Słońce w tle sprawiało, że rzucała cień wielki jak sęp. W końcu poddała się, zawróciła, zatoczyła pętlę, wzleciała nad wodą, po czym gwałtownie opadła, znikając w oceanie. Po długiej chwili pojawiła się znowu i zostawiając za sobą szlak srebrzystych kropel, wzleciała w niebo. W dziobie nie miała zdobyczy, lecz leciała dalej wyraźnie szczęśliwa, lepiej przystosowana niż ja.

Potem nie miałem już co oglądać. W oddali krążyło parę mew. Zmrużyłem oczy oślepione blaskiem słońca i zacząłem szukać w wodzie śladu wielorybów i delfinów. Nic. Zbłąkane prądy unosiły masę splątanych wodorostów. Kwadrans po szóstej usłyszałem kroki Duke'a na korytarzu i szczęk zamka. Nie wszedł, po prostu odmaszerował ciężko. Odwróciłem się, stanąłem przed drzwiami i odetchnąłem głęboko. Trzynasty dzień, czwartek. Przynajmniej nie przypadał w piątek. Nie byłem jednak pewien, czy to lepiej. Nieważne; co ma być, będzie. Raz jeszcze odetchnąłem i wyszedłem na zewnątrz, zmierzając w stronę schodów.

Nic nie było takie jak poprzedniego ranka. Duke tryskał energią, ja czułem zmęczenie. Paulie się nie zjawił. Zszedłem do siłowni w piwnicy i nikogo tam nie zastałem. Duke nie zjadł śniadania, gdzieś zniknął. Za to w kuchni pojawił się Richard Beck. Siedzieliśmy sami przy stole, mechanika nie było, kucharka krzątała się przy piecyku. Irlandka pojawiała się co chwila i znikała w jadalni. Poruszała się szybko, w powietrzu wyczuwałem napięcie. Coś się działo.

– Mamy dziś wielką dostawę – oznajmił Richard Beck. – Lubię to, wszyscy są podekscytowani, myślą o forsie, jaką zarobią.

– Wracasz na uczelnię? – spytałem.

– W niedzielę – odparł. W przeciwieństwie do mnie nie wydawał się zdenerwowany. Od niedzieli dzieliły nas trzy dni. Mój piąty dzień tutaj, ostateczny termin; do tego czasu stanie się to, co ma się stać. A dzieciak będzie w samym środku.

– Nie denerwujesz się? – spytałem.

– Czym? Tym, że wracam na uczelnię?

Przytaknąłem i dodałem:

– Po tym, co się stało…

– Teraz wiem już, kto to zrobił. Kilku durniów z Connecticut. To się nie powtórzy.

– Jesteś pewien?

Spojrzał na mnie jak na wariata.

– Ojciec cały czas załatwia podobne sprawy. Jeśli nie uda się do niedzieli, po prostu zostanę w domu dłużej.

– Czy twój ojciec sam kieruje całym interesem? A może ma wspólnika?

– Sam nim kieruje – powiedział Richard. Jego wcześniejsze rozdarcie zniknęło. Wydawał się zadowolony z tego, że wrócił do domu, bezpieczny, pewny siebie, dumny z ojca. Jego świat skurczył się do półakrowej granitowej działki na samotnym cyplu w objęciach niespokojnego morza i wysokiego kamiennego muru zwieńczonego drutem kolczastym.

– Nie sądzę, byś naprawdę zabił tego policjanta – powiedział.

W kuchni zapadła cisza. Spojrzałem na niego.

– Myślę, że po prostu go zraniłeś – dodał. – Taką przynajmniej mam nadzieję. No wiesz, może w tej chwili wraca do zdrowia w jakimś szpitalu. Tak właśnie myślę. Spróbuj zrobić to samo, myśl pozytywnie, tak jest lepiej. W ten sposób widzisz tylko dobre strony sytuacji.

– No nie wiem – mruknąłem.

– Po prostu udawaj – podsunął. – Użyj mocy pozytywnego myślenia. Powtarzaj sobie: zrobiłem coś dobrego bez żadnych skutków ubocznych.

– Twój ojciec dzwonił do miejscowej policji – przypomniałem. – Nie ma wątpliwości.

– No to udawaj – powtórzył. – Ja tak robię. Złe rzeczy się nie zdarzają, jeśli sam nie zechcesz o nich pamiętać.

Przestał jeść i uniósł lewą rękę do głowy. Uśmiechał się promiennie, lecz podświadomie przypominał sobie złe rzeczy, widziałem to wyraźnie. Pamięć nie poddaje się manipulacji.

– W porządku – zgodziłem się. – To była zwykła powierzchowna rana.

– Pocisk wleciał i wyleciał – dodał Richard. – Czyściusieńko.

Nie odpowiedziałem.

– Wyminął serce o włos – dodał. – Prawdziwy cud.

Skinąłem głową. Coś takiego wymagałoby prawdziwego cudu, bez dwóch zdań. Jeśli trafiasz kogoś w pierś czterdziestkączwórką magnum, i to z miękkim czubkiem, wywalasz w nim dziurę wielkości Rhode Island. Śmierć zwykle przychodzi natychmiast, serce zatrzymuje się od razu, po prostu dlatego, że już go nie ma. Zapewne dzieciak nigdy nie widział nikogo postrzelonego. A może widział i nie spodobał mu się ten widok.

– Pozytywne myślenie – powtórzył. – To podstawa. Zakładaj, że ten policjant leży sobie w ciepłym wygodnym miejscu i wraca do zdrowia.

– Co to za dostawa? – spytałem.

– Pewnie podróbki z Pakistanu. Imitacja dwustuletnich dywanów perskich. Ludzie to naprawdę frajerzy.

– Naprawdę?

Spojrzał na mnie i przytaknął.

– Widzą to, co chcą widzieć.

– Tak?

– Cały czas.

Odwróciłem wzrok. Nie dostałem kawy. Po jakimś czasie organizm przypomina, że kofeina uzależnia. Byłem poirytowany i zmęczony.

– Co dziś robisz? – spytał Richard.

– Nie wiem – odparłem.

– Ja zamierzam poczytać. Może przejdę się trochę, pospaceruję nad morzem, zobaczę, co nocą wyrzuciło na brzeg.

– Morze coś wyrzuca?

– Czasami. No wiesz, rzeczy, które wypadają z łodzi.

Spojrzałem na niego. Czy próbował mi coś powiedzieć? Słyszałem o przemytnikach spuszczających w odludnych miejscach na brzeg pakunki z marihuaną. Ten sam system sprawdziłby się w przypadku heroiny. Czy chciał mi coś przekazać? A może mnie ostrzegał? Może wiedział o ukrytym zawiniątku? I czemu zaczął rozmowę o postrzelonym policjancie? Amatorska psychologia czy może próba zagrywki?

– Ale zwykle dzieje się to latem – dodał. – W tej chwili jest za zimno, by ludzie wypływali na łodziach. Pewnie więc zostanę w domu. Może trochę pomaluję.

– Malujesz?

– Studiuję sztukę – przypomniał. – Mówiłem ci.

Skinąłem głową. Wbiłem wzrok w tył głowy kucharki, jakbym chciał telepatycznie zmusić ją do zaparzenia kawy. W tym momencie zjawił się Duke. Podszedł do mnie, położył jedną dłoń na oparciu mojego krzesła, drugą płasko na stole. Pochylił się, jakby chciał pomówić dyskretnie.

– To twój szczęśliwy dzień, dupku – oznajmił.

Milczałem.

– Będziesz kierowcą pani Beck – dodał. – Wybiera się na zakupy.

– Dokąd?

– Dokądkolwiek.

– Cały dzień?

– Oby.

Skinąłem głową. *Nie ufaj obcym w dniu dostawy.*

– Zabierz cadillaca – dodał, rzucając na stół kluczyki. – Dopilnuj, by nie spieszyła się z powrotem.

Albo: *nie ufaj pani Beck w dniu dostawy.*

– Dobra – mruknąłem.

– To będzie bardzo ciekawe doświadczenie. Szczególnie na początku. Mnie w każdym razie ogromnie bawi.

Nie miałem pojęcia, co chciał przez to powiedzieć, i nie marnowałem czasu na zastanawianie się. Cały czas wbijałem wzrok w pusty dzbanek do kawy. Duke wyszedł, chwilę później usłyszałem odgłos otwieranych i zamykanych drzwi. Wykrywacz metalu zahuczał dwukrotnie. Duke i Beck, broń i klucze. Richard wstał od stołu i odszedł. Zostałem sam z kucharką.

– Masz może kawę? – spytałem.

– Nie – odparła.

Siedziałem jeszcze chwilę, aż w końcu dotarło do mnie, że usłużny szofer powinien czekać przy wozie, toteż wyszedłem tylnymi drzwiami. Wykrywacz metalu zahuczał, wyczuwając klucze. Przypływ osiągnął najwyższy poziom, powietrze było zimne, rześkie. Czułem woń soli i wodorostów. Zerwał się wiatr, fale rozbijały się o brzeg. Podszedłem do garażu, odpaliłem cadillaca i wycofałem. Zatrzymałem się na podjeździe z włączonym silnikiem i ogrzewaniem. Na horyzoncie widziałem maleńkie stateczki płynące do Portlandu i z powrotem. Poruszały się wolno tuż przy linii styku nieba z wodą, na wpół ukryte, nieskończenie powolne. Zastanawiałem się, czy jeden z nich należy do Becka, czy też może tamten dobił już do portu gotów do rozładunku. Ciekawe, czy celnik zdążył go już wyminąć, zmierzając do następnego statku z plikiem nowiutkich banknotów w kieszeni.

Elizabeth Beck wyszła z domu dziesięć minut później. Miała na sobie kraciastą spódnicę do kolan, cienki biały sweterek i wełniany płaszcz. Gołe nogi, bez rajstop. Włosy związała z tyłu gumką. Była wyraźnie zmarznięta. A także dumna, zrezygnowana i pełna lęku, niczym arystokratka idąca na szafot. Pewnie przywykła do jazdy z Dukiem i miała opory przed zostaniem sam na sam z zabójcą policjanta. Wysiadłem, szykując się do otwarcia tylnych drzwi, minęła je jednak.

– Usiądę z przodu – oznajmiła.

Wsunęła się na fotel pasażera, a ja usiadłem za kierownicą.

– Dokąd? – spytałem uprzejmie.

Wyjrzała przez okno.

– Pomówimy o tym, gdy znajdziemy się za bramą.

Brama była zamknięta. Pośrodku drogi stał Paulie. Bary i ręce miał tak wielkie, jakby wypchał sobie marynarkę piłkami od koszykówki, skóra na twarzy poczerwieniała mu z zimna. Czekał na nas. Zatrzymałem samochód dwa metry przed nim; nie poruszył się. Spojrzałem wprost na niego, on jednak zignorował mnie i powoli podszedł do okna Elizabeth Beck. Uśmiechnął się do niej i zapukał kostkami w szybę, wykonał ruch ręką. Pani Beck patrzyła przed siebie, starając się go nie dostrzegać. Zastukał ponownie. Odwróciła głowę, Paulie uniósł brwi, znów wykonał ten gest. Zadrżała. Był to wyraźny dreszcz, spazm tak mocny, że zakołysał samochodem. Przez moment wbijała wzrok w paznokieć, w końcu położyła go na przycisku okna. Szyba opuściła się z cichym szumem. Paulie przykucnął oparty przedramieniem o drzwi.

– Dzień dobry – powiedział.

Pochylił się i dotknął palcem jej policzka. Elizabeth Beck nawet nie drgnęła, cały czas patrzyła przed siebie. Założył jej za ucho jakieś niesforne pasemko włosów.

– Świetnie się bawiłem podczas twojej wczorajszej wizyty – oznajmił.

Znów zadrżała, jakby przeniknął ją śmiertelny chłód. Paulie uniósł dłoń, położył ją na jej piersi, objął. Ścisnął.

Cały czas siedziała bez ruchu. Sięgnąłem do przycisku po mojej stronie. Szyba przy drzwiach pasażera uniosła się, ale olbrzymia łapa Pauliego ją zablokowała; mechanizm zareagował i szyba znów zjechała w dół. Otworzyłem drzwi, wysiadłem, okrążyłem maskę. Paulie wciąż kucał, nadal trzymał dłoń wewnątrz wozu, przesunął ją nieco niżej.

– Odczep się – rzucił. Patrzył na nią, ale mówił do mnie.

Czułem się jak drwal bez piły i siekiery w obliczu olbrzymiej sekwoi. Od czego zacząć? Kopnąłem go w nerkę z siłą, która posłałaby piłkę poza stadion, aż na parking. Taki kopniak mógłby złamać drewniany słup, wystarczyłby, by posłać większość facetów do szpitala, słabszych nawet zabić. Na Pauliem wywarł mniej więcej takie wrażenie, jak uprzejme klepnięcie w ramię. Nawet nie zareagował, jedynie oparł się o drzwi i wyprostował powoli. Odwrócił się ku mnie.

– Spokojnie, majorze – powiedział. – Chciałem się tylko przywitać z panią.

Potem ruszył naprzód, wyminął mnie łukiem i otworzył bramę. Obserwowałem go – był bardzo spokojny, ani śladu zdenerwowania, jakbym go w ogóle nie dotknął. Stałem przez chwilę, czekając, aż opadnie poziom adrenaliny. Potem spojrzałem na samochód. Bagażnik czy maska? Przejście wokół bagażnika oznaczałoby: boję się ciebie. Obszedłem więc maskę, pilnowałem się jednak, by pozostać poza jego zasięgiem. Nie miałem ochoty zapewnić półrocznej pracy chirurgowi, który musiałby naprawiać mi twarz. Nie zbliżyłem się na więcej niż półtora metra. Paulie nawet nie próbował atakować. Otworzył bramę na oścież i czekał cierpliwie, by znów ją zamknąć.

– O tym kopniaku porozmawiamy później! – zawołał.

Nie odpowiedziałem.

– I nie daj się nabrać, majorze – dodał. – Ona to lubi.

Wsiadłem do samochodu, Elizabeth Beck zamknęła okno. Patrzyła prosto przed siebie, blada, milcząca, poniżona. Wyjechałem za bramę, kierując się na zachód. Obserwowałem Pauliego w lusterku. Zamknął wrota i wszedł do swojego domku. Zniknął z pola widzenia.

– Przykro mi, że musiałeś na to patrzeć – powiedziała cicho Elizabeth.

Milczałem.

– I dziękuję za interwencję – dodała. – Nic jednak nie da. Lękam się, że narobi ci jedynie kłopotów. On już cię nienawidzi i nie myśli racjonalnie.

Milczałem.

– To oczywiście kwestia władzy – ciągnęła, jakby wyjaśniała to samej sobie, jakby nie mówiła do mnie. – Pokaz siły, nic więcej. Nie dochodzi do zbliżenia. Nie daje rady, pewnie przesadził ze sterydami. Po prostu mnie obmacuje.

Milczałem.

– Każe mi się rozebrać, paradować przed nim, dotyka mnie. Nie dochodzi do stosunku, jest impotentem.

Nic nie mówiłem, jechałem wolno, pokonując kolejne zakręty.

– Zwykle trwa to jakąś godzinę – dodała.

– Mówiłaś mężowi? – spytałem.

– Co mógłby zrobić?

– Zwolnić go.

– To niemożliwe – oznajmiła.

– Czemu nie?

– Bo Paulie nie pracuje dla mojego męża.

Zerknąłem na nią, przypomniałem sobie rozmowę z Dukiem. „Pozbądź się go". Duke odpowiedział: „To nie takie proste".

– Dla kogo zatem pracuje?

– Dla kogoś innego.

– To znaczy?

Pokręciła głową, jakby nie mogła wymówić nazwiska.

– To kwestia władzy – powtórzyła. – Nie mogę protestować przeciw temu, co ze mną robią, tak jak mój mąż nie może protestować. Nikt nie może protestować przeciw niczemu, w tym właśnie rzecz. Ty też nie będziesz mógł tego zrobić. Oczywiście Duke'owi nawet nie przyszłoby to na myśl, jest jak zwierzę.

Milczałem.

– Dziękuję tylko Bogu, że mam syna – szepnęła. – Nie córkę.

Milczałem.

– Zeszłej nocy było bardzo źle. Miałam nadzieję, że w końcu da mi spokój, przecież się starzeję.

Zerknąłem na nią; nie wiedziałem, co powiedzieć.

– Wczoraj miałam urodziny. To był prezent Pauliego dla mnie.

Milczałem.

– Skończyłam pięćdziesiąt lat. Pewnie nie chcesz myśleć o nagiej pięćdziesięciolatce maszerującej po pokoju.

Nie wiedziałem, co powiedzieć.

– Ale utrzymuję formę – zapewniła. – Korzystam z siłowni, gdy nie ma tam nikogo.

Milczałem.

– Wzywa mnie pagerem, muszę go stale przy sobie nosić. Wczoraj zadzwonił w środku nocy. Musiałam pójść natychmiast. Kiedy długo czeka, jest znacznie gorzej.

Milczałem.

– Wracałam właśnie, gdy mnie zobaczyłeś – powiedziała. – Na skałach.

• • •

Zjechałem na pobocze, zahamowałem delikatnie i zatrzymałem wóz. Dźwignię biegów ustawiłem na parkowanie.

– Myślę, że pracujesz dla rządu – oznajmiła.

Pokręciłem głową.

– Mylisz się, jestem zwykłym facetem.

– Jestem zawiedziona.

– Zwykłym facetem – powtórzyłem.

Milczała.

– Nie powinnaś mówić takich rzeczy – dodałem. – I tak mam już dość kłopotów.

– Tak – mruknęła. – Oni cię zabiją.

– Pewnie spróbują. – Zawiesiłem głos. – Mówiłaś im o swoich podejrzeniach?

– Nie.

– Więc nie rób tego. A zresztą i tak się mylisz.

Nie odpowiedziała.

– Doszłoby do walki – ciągnąłem. – Gdyby mnie zaatakowali, nie poddałbym się łatwo. Ktoś mógłby zostać ranny. Na przykład Richard.

Spojrzała na mnie.

– Chcesz zawrzeć ze mną układ?

Ponownie pokręciłem głową.

– Tylko ostrzegam – wyjaśniłem. – Zawsze staram się przeżyć.

Uśmiechnęła się gorzko.

– O niczym nie masz pojęcia. Kimkolwiek jesteś, tkwisz po uszy w czymś, co cię przerasta. Powinieneś odejść, i to natychmiast.

– Jestem zwykłym facetem, nie mam przed nimi nic do ukrycia.

Wiatr zakołysał samochodem. Widziałem jedynie granit i drzewa. Znajdowaliśmy się wiele kilometrów od najbliższej ludzkiej istoty.

– Mój mąż to przestępca – powiedziała Elizabeth Beck.

– Domyśliłem się.

– I twardy człowiek. Czasem bywa gwałtowny, a zawsze bezwzględny.

163

– Ale nie jest własnym szefem – dodałem.

– Nie – przyznała. – Nie jest. To twardziel, ale dosłownie drży w obliczu człowieka pełniącego tę funkcję.

Milczałem.

– Jest takie powiedzenie – ciągnęła. – „Dlaczego złe rzeczy spotykają dobrych ludzi". Ale w przypadku mojego męża złe rzeczy spotykają złego człowieka. Co za ironia. Tyle że to naprawdę złe rzeczy.

– Do kogo należy Duke?

– Do mojego męża. Lecz Duke na swój sposób jest równie okropny jak Paulie. Nie chciałabym między nimi wybierać. Był skorumpowanym gliną, skorumpowanym agentem federalnym i zabójcą. Siedział w więzieniu.

– Jest ktoś jeszcze?

– Chodzi ci o ludzi męża? Miał dwóch ochroniarzy, należeli do niego, a przynajmniej mu ich przekazano. Ale oczywiście zostali zabici przed college'em Richarda przez ludzi z Connecticut. Więc jest tylko Duke, oczywiście prócz mechanika. Ale to tylko pracownik.

– Ilu ludzi ma tamten?

– Nie jestem pewna. Pojawiają się i znikają.

– Co właściwie importują?

Odwróciła wzrok.

– Jeśli nie jesteś agentem rządowym, raczej cię to nie zainteresuje.

Podążyłem w ślad za jej wzrokiem ku odległym drzewom. Myśl, Reacher. To może być skomplikowany podstęp, chodzi o to, by mnie sprawdzić. Wszyscy mogą w tym siedzieć. Dłoń strażnika na piersi żony to niewygórowana cena; Beck z pewnością skłonny byłby ją zapłacić za ważne informacje. A ja wierzyłem w skomplikowane podstępy; musiałem. Sam przecież w takim uczestniczyłem.

– Nie jestem agentem rządowym – oznajmiłem.

– Jestem zawiedziona – powtórzyła.

Wrzuciłem bieg, przytrzymałem stopę na hamulcu.

– Dokąd? – spytałem.

– Sądzisz, że obchodzi mnie, dokąd pojedziemy?

– Napijesz się kawy?

– Kawy? Jasne. Jedź na południe. Zatrzymajmy się dziś z daleka od Portlandu.

• • •

Skręciłem na południe i znalazłem się na drodze numer jeden, około półtora kilometra od I-95. Była to przyjemna droga, staroświecka. Przejechaliśmy przez miejscowość Old Orchard Beach – wyłożone kostką chodniki, wiktoriańskie latarnie. Tabliczki wskazywały plażę po lewej stronie. Kilka wyblakłych francuskich flag. Domyśliłem się, że Kanadyjczycy z Quebecu spędzali tu wakacje, nim tanie loty na Florydę i Karaiby zmieniły ich preferencje.

– Czemu wyszedłeś wczoraj w nocy? – spytała mnie Elizabeth Beck.

Nie odpowiedziałem.

– Nie możesz zaprzeczyć – dodała. – Sądziłeś, że cię nie widziałam?

– Nie zareagowałaś – przypomniałem.

– Byłam świeżo po spotkaniu z Pauliem. Nauczyłam się nie reagować.

Milczałem.

– Twój pokój był zamknięty.

– Wyszedłem przez okno – wyjaśniłem. – Nie lubię siedzieć w zamknięciu.

– I co wtedy zrobiłeś?

– Przespacerowałem się. Sądziłem, że ty także.

– A potem wdrapałeś się z powrotem?

Skinąłem głową bez słowa.

– Twoim największym problemem jest mur – oznajmiła. – Oczywiście wiesz o reflektorach i drucie kolczastym, ale nie o czujnikach w ziemi. Paulie usłyszałby cię z odległości trzydziestu metrów.

– Chciałem tylko odetchnąć świeżym powietrzem.

– Przy podjeździe nie ma czujników – ciągnęła. – Nie działałyby pod asfaltem. Ale w domku zamontowano kamerę i czujnik ruchu na bramie. Wiesz, co to jest NSW?

– Radziecki karabin maszynowy z wieżyczki czołgowej.

– Paulie ma taki. Trzyma go obok bocznych drzwi. Ma go użyć, jeśli usłyszy alarm.

Zaczerpnąłem w płuca powietrze i odetchnąłem powoli. NSW ma ponad półtora metra długości i waży jakieś dwadzieścia pięć kilo. Strzela pociskami długimi na ponad dziesięć centymetrów i szerokimi na ponad centymetr. Dwanaście w ciągu sekundy. I nie ma bezpiecznika. Wizja połączenia Pauliego i NSW zmroziłaby każdego.

– Myślę jednak, że popłynąłeś – dodała Elizabeth Beck. – Twoja koszula pachnie morzem, bardzo słabo. Nie wysuszyłeś się dokładnie po powrocie.

Minęliśmy tabliczkę z napisem „Saco". Znów zjechałem na pobocze i zatrzymałem się. Samochody i ciężarówki pędziły obok nas, znikając w dali.

– Miałeś niewiarygodne szczęście. Na końcu półwyspu są zdradzieckie wiry i prądy wsteczne. Podejrzewam jednak, że zszedłeś do wody za garażami. W takim wypadku wyminąłeś je o trzy metry.

– Nie pracuję dla rządu – powiedziałem.

– Nie?

– Nie sądzisz, że podejmujesz ogromne ryzyko? Załóżmy, czysto hipotetycznie, że nie jestem tym, na kogo wyglądam. Powiedzmy, że na przykład należę do konkurencyjnej organizacji. Nie dostrzegasz ryzyka? Myślisz, że wróciłabyś żywa do domu, powiedziawszy coś takiego?

Odwróciła wzrok.

– Zatem to będzie próba – mruknęła. – Jeśli pracujesz dla rządu, nie zabijesz mnie. W przeciwnym razie zabijesz.

– Jestem zwykłym facetem – oznajmiłem. – Możesz napytać mi biedy.

– Chodźmy na kawę – zaproponowała. – Saco to miłe miasto, w dawnych czasach mieszkali tu wszyscy właściciele miejscowych fabryk.

• • •

W końcu wylądowaliśmy na wysepce pośrodku rzeki Saco. Stał tam olbrzymi ceglany budynek, w którym niegdyś mieściła się fabryka. Obecnie przebudowano go na setki biur i sklepów. Znaleźliśmy knajpkę o nazwie Café Café, tylko szkło i chrom. Café Café. Francuska gra słów. Lecz aromat wart był długiej jazdy. Dałem sobie spokój z latte i cappuccino, zamówiłem zwykłą kawę, gorącą, czarną, dużą. Potem odwróciłem się do Elizabeth Beck. Pokręciła głową.

– Zostań tu! – poleciła. – Postanowiłam pójść na zakupy, sama. Spotkamy się tu za cztery godziny.

Nie odpowiedziałem.

– Nie potrzebuję twojego pozwolenia – dodała. – Jesteś tylko kierowcą.

– Nie mam pieniędzy – przypomniałem.

Wyjęła z torebki dwadzieścia dolarów i wręczyła mi. Zapłaciłem za kawę, zaniosłem ją do stolika. Elizabeth podeszła do mnie; patrzyła, jak siadam.

– Cztery godziny – powtórzyła. – Może nieco więcej, ale nie mniej. Na wypadek gdybyś musiał coś zrobić.

– Nie mam nic do roboty. Jestem tylko kierowcą.

Spojrzała na mnie, zasunęła zamek torebki. Stoliki stały ciasno obok siebie. Elizabeth Beck przekręciła się lekko, by założyć pasek na ramię, pochyliła się do przodu, unikając zderzenia ze stołem i rozlania kawy. Nagle rozległ się cichy łoskot plastiku uderzającego o podłogę. Spojrzałem w dół: coś wypadło jej spod spódnicy. Podążyła za moim wzrokiem i jej policzki powoli poczerwieniały. Schyliła się, podniosła przedmiot i ukryła go w dłoni. Osunęła się niezdarnie na krzesło po drugiej stronie stolika, jakby opuściły ją nagle siły, jakby doznała ostatecznego poniżenia. W dłoni trzymała pager, czarny plastikowy prostokąt, nieco mniejszy od mojego urządzenia do poczty elektronicznej. Patrzyła teraz na niego. Szyję też miała czerwoną, rumieniec znikał pod swetrem. Po chwili przemówiła cichym, żałosnym szeptem.

– Każe mi go nosić w majtkach. Twierdzi, że wywiera odpowiedni efekt, gdy zaczyna brzęczeć. Za każdym razem, kiedy przejeżdżam przez bramę, sprawdza, czy jest na miejscu. Potem zwykle go wyciągam i wkładam do torebki, ale nie chciałam tego robić tym razem, na twoich oczach.

Nie odpowiedziałem. Wstała, zamrugała, dwukrotnie odetchnęła, przełknęła ślinę.

– Cztery godziny – oznajmiła. – Na wypadek gdybyś musiał coś zrobić.

Potem odeszła. Odprowadziłem ją wzrokiem. Za drzwiami skręciła w lewo i zniknęła. Wyrafinowany podstęp? Możliwe, że próbowali mnie w ten sposób oszukać. Wymyślili historyjkę. Możliwe, że włożyła w majtki pager, by dodać sobie wiarygodności. Możliwe nawet, że zdołała wyrzucić go na podłogę w odpowiedniej chwili. Wszystko to było możliwe. Absolutnie niemożliwe było jednak, by ktoś na zawołanie potrafił się tak mocno zarumienić. Nikt nie był do tego zdolny, nawet najlepsze aktorki świata u szczytu swych możliwości. Elizabeth Beck mówiła prawdę.

• • •

Nie do końca zrezygnowałem z rozsądnych środków ostrożności. Zbyt mocno tkwiły we mnie odpowiednie nawyki. Skończyłem kawę jak zupełnie niewinny obywatel, który nigdzie się nie spieszy. Potem zacząłem przechadzać się korytarzami centrum handlowego, skręcając przypadkowo w prawo i w lewo, póki nie zyskałem pewności, że nikt mnie nie śledzi. Wtedy wróciłem do kawiarni, kupiłem drugą kawę. Pożyczyłem klucz do toalety i zamknąłem się w środku. Usiadłem na pokrywie sedesu, zdjąłem but. Czekała na mnie wiadomość od Duffy. *Skąd zainteresowanie prawdziwym na-*

zwiskiem Teresy Daniel? Zignorowałem ją i wysłałem szybko: *Gdzie jest twój motel?* Dziewięćdziesiąt sekund później odpowiedziała: *Co zamówiłeś na śniadanie pierwszego dnia w Bostonie?* Uśmiechnąłem się. Duffy była praktyczną kobietą, martwiła się, że ktoś przejął urządzenie i że rozmawia z tym kimś. Zachowywała środki ostrożności. *Jajka, kawę, naleśniki, trzy dolary napiwku. Zjadłem wszystko.* Jakakolwiek inna odpowiedź, i puściłaby się pędem do samochodu. Dziewięćdziesiąt sekund później odpisała: *Zachodnia strona drogi nr 1, sto metrów na południe od rzeki Kennebunk.* Oszacowałem, że dzieli mnie od niej piętnaście kilometrów. *Do zobaczenia za dziesięć minut,* napisałem.

• • •

W sumie powrót do samochodu i przebicie się przez korki w miejscu, gdzie droga numer jeden przebiega przez Saco, zabrały mi prawie kwadrans. Cały czas zerkałem w lusterko. Nie dostrzegłem niczego niepokojącego. Przejechałem na drugi brzeg rzeki, znalazłem motel po prawej: pogodny, szary kompleks udający szereg klasycznych nowoangielskich domków. W kwietniu panował tam niewielki ruch. Natychmiast zauważyłem taurusa, którym wywiozła mnie z Bostonu. Stał obok drzwi na końcu – jedyny zwykły sedan na parkingu. Postawiłem cadillaca trzydzieści metrów dalej, za drewnianą szopą ukrywającą zbiornik z propanem. Nie było sensu zostawiać go na widoku wszystkich przejeżdżających ruchliwą drogą. Zawróciłem i zapukałem raz jeden do drzwi. Susan Duffy otworzyła błyskawicznie. Objęliśmy się, tak po prostu. Zupełnie mnie to zaskoczyło, myślę, że ją także. Pewnie gdybyśmy się nad tym zastanowili, nie zrobilibyśmy nic podobnego. Ale ją dręczył niepokój, ja byłem zdenerwowany, i po prostu się stało. Nie powiem, żeby mi się to nie podobało. Duffy była wysoka, ale szczupła. Obejmowałem dłonią niemal całą szerokość jej pleców. Poczułem pod palcami żebra. Pachniała świeżo, czysto, ani śladu perfum, tylko skóra po niedawnym pryszcznicu.

169

– Co wiesz o Teresie? – spytała.

– Jesteś sama?

Skinęła głową.

– Pozostali są w Portlandzie. Celnicy mówią, że Beck ma dziś dostawę.

Odsunęliśmy się od siebie i weszliśmy do środka.

– Co zamierzają zrobić?

– Tylko obserwować. Nie martw się, to fachowcy, nikt ich nie zauważy.

Pokój był absolutnie typowy: jedno duże łóżko, krzesło, stół, telewizor, okno, wbudowany w ścianę klimatyzator. Jedyną cechę wyróżniającą go spomiędzy setek tysięcy innych pokojów hotelowych stanowiła szaro-niebieska kolorystyka i wiszące na ścianach oleodruki o tematyce marynistycznej nadające pomieszczeniu typowo nowoangielską, nadmorską atmosferę.

– Co wiesz o Teresie? – powtórzyła Duffy.

Opowiedziałem jej o nazwisku wyrytym w podłodze piwnicy i dacie. Przez chwilę patrzyła na mnie, w końcu zamknęła oczy.

– Ona żyje – mruknęła. – Dziękuję ci.

– No, przynajmniej żyła wczoraj – sprostowałem.

Uniosła powieki.

– Myślisz, że dziś też żyje?

– Uważam, że są na to spore szanse. Jest im do czegoś potrzebna. Po co mieliby utrzymywać ją przy życiu dziewięć tygodni i teraz zabić?

Duffy nie odpowiedziała.

– Sądzę, że po prostu gdzieś ją przenieśli, to wszystko. Tak przypuszczam. Rano drzwi były zamknięte, wieczorem zniknęła.

– Sądzisz, że dobrze ją traktowali?

Nie powiedziałem jej, co Paulie lubi robić z Elizabeth Beck. I tak miała już dość zmartwień na głowie.

– Myślę, że wydrapała nazwisko widelcem – oznajmiłem. – A wieczorem w kuchni zauważyłem dodatkowy talerz ze stekiem i ziemniakami, jakby zabrali ją w pośpiechu i zapomnieli uprzedzić kucharkę. Sądzę więc, że dobrze ją karmili. Była po prostu więźniem, i tyle.

– Dokąd mogli ją zabrać?

– Myślę, że do Quinna.

– Dlaczego?

– Bo mam wrażenie, że to, co widzimy, to jedna organizacja podlegająca drugiej. Beck z pewnością jest draniem, ale został przejęty przez jeszcze gorszego drania.

– Coś w rodzaju korporacji?

– Właśnie – przytaknąłem. – Przejęcie firmy. Quinn wprowadził tam swoich ludzi, kieruje wszystkim jak pasożyt.

– Ale czemu przenieśli Teresę?

– Z ostrożności.

– Z twojego powodu? Jak bardzo się niepokoją?

– Odrobinę – odparłem. – Myślę, że ukrywają i przenoszą pewne rzeczy.

– Jednak do tej pory nic ci nie zarzucili?

Skinąłem głową.

– Nie mają co do mnie pewności.

– Po co więc w ogóle ryzykują?

– Bo uratowałem chłopaka.

Przytaknęła i zamilkła. Sprawiała wrażenie nieco zmęczonej, być może w ogóle nie spała tej nocy, odkąd o północy poprosiłem ją o wóz. Miała na sobie dżinsy i klasyczną męską koszulę starannie wsuniętą za pasek. Idealnie biały materiał, dwa górne guziki rozpięte. Płócienne tenisówki na bosych stopach. Ogrzewanie w pokoju działało na pełen regulator. Na stole stał laptop, obok telefon hotelowy pełen dodatkowych przycisków. Sprawdziłem numer i zapamiętałem go. Laptop podłączono poprzez rozgałęziacz do gniazdka z tyłu telefonu. Na ekranie migotał wygaszacz przedstawiający tarczę Departamentu Sprawiedliwości, która za każdym razem, gdy docierała do krawędzi monitora, odbijała się i sunęła w inną stronę jak w stareńkiej grze w ping-ponga. Nie towarzyszył temu żaden dźwięk.

– Widziałeś już Quinna? – spytała Duffy.

Pokręciłem przecząco głową.

– Wiesz, skąd działa?

Znów pokręciłem głową.

– Na razie w ogóle niczego nie widziałem. Tyle że księgi mają zaszyfrowane i brak im ciężarówek do przewozu tego, co rzekomo sprowadzają. Może ich klienci odbierają towar sami.

– To byłoby szaleństwo – zauważyła. – Musielibyśmy pokazać klientom swoją bazę. Zresztą wiemy już, że tak nie robią. Beck spotkał się z handlarzem z Los Angeles w podziemnym garażu. Pamiętasz?

– Może spotykają się w miejscach neutralnych, by dokonać sprzedaży, gdzieś w pobliżu, na północnym wschodzie.

Skinęła głową.

– Jak udało ci się obejrzeć księgi?

– Wczoraj byłem w ich biurze. Dlatego potrzebowałem samochodu.

Podeszła do stołu, usiadła, stuknęła w panel dotykowy i wygaszacz zniknął. Na ekranie pojawił się mój ostatni e-mail: *Do zobaczenia za dziesięć minut*. Weszła do katalogu skasowanych plików, kliknęła na wiadomość od Powella, żandarma, który mnie sprzedał.

– Sprawdziliśmy dla ciebie obu mężczyzn – oznajmiła. – Angel Doll odsiedział osiem lat w Leavenworth za przestępstwo seksualne. Powinien dostać dożywocie za gwałt i morderstwo, ale prokuratura schrzaniła sprawę. Był technikiem łączności, zgwałcił kobietę w stopniu podpułkownika i zostawił ją. Wykrwawiła się na śmierć. Nieprzyjemny gość.

– Martwy gość.

Spojrzała na mnie.

– Sprawdził rejestrację maximy – wyjaśniłem. – Oskarżył mnie. Poważny błąd. Stał się pierwszą ofiarą.

– Zabiłeś go?

Przytaknąłem.

– Skręciłem mu kark.

Nie odpowiedziała.

– To był jego wybór – dodałem. – Mógł narazić całą misję.

Duffy była bardzo blada.

– Dobrze się czujesz? – spytałem.

Odwróciła wzrok.

– Nie spodziewałam się ofiar.

– Może ich być więcej. Przywyknij do tej myśli.

Znów na mnie popatrzyła, odetchnęła, skinęła głową.

– Dobra. – Na moment się zawahała. – Przykro mi z powodu rejestracji, to był błąd.

– A co z Pauliem?

Zjechała wskaźnikiem myszy w dół ekranu.

– Doll miał kumpla w Leavenworth. Paul Masserella, kulturysta, osiem lat za napaść na oficera. Obrońca powoływał się na szał sterydowy, próbował obwiniać wojsko o to, że nie monitorowało dawek zażywanych przez Masserellę.

– Teraz te dawki uderzyły mu do głowy.

– Sądzisz, że to ten sam Paulie?

– To musi być on. Mówił, że nie lubi oficerów. Kopnąłem go w nerkę. Ciebie czy Eliota taki kopniak by zabił, on nawet tego nie poczuł.

– Co z tobą zrobi?

– Wolę nie myśleć.

– Zamierzasz wracać?

– Żona Becka wie, że nie jestem tym, za kogo się podaję.

Duffy na mnie spojrzała.

– Skąd?

Wzruszyłem ramionami.

– Może nie wie. Może tylko chce, żebym był kimś innym, i próbuje to sobie wmówić.

– Powiedziała coś komuś?

– Jak dotąd nie. Wczoraj w nocy widziała mnie poza domem.

– Nie możesz wrócić.

– Nie rezygnuję tak łatwo.

– Ale też nie jesteś idiotą. Wszystko wymknęło się spod kontroli.

Skinąłem głową.

– Decyzja należy jednak do mnie.

Duffy pokręciła przecząco głową.

– Do nas obojga. Polegasz na naszym wsparciu.

– Musimy wyciągnąć stamtąd Teresę, naprawdę musimy, Duffy. To dla niej śmiertelnie niebezpieczne.

– Mogłabym wysłać po nią SWAT, skoro już potwierdziłeś, że żyje.

– Nie wiemy, gdzie ją przetrzymują.

– Ja za nią odpowiadam.

– A ja za Quinna.

Milczała.

– Nie możesz posłać SWAT-u, działasz nieoficjalnie. To tak jakbyś poprosiła, żeby cię wylali.

– Jestem gotowa wylecieć z pracy, jeśli trzeba.

– Nie chodzi tylko o ciebie – przypomniałem. – Razem z tobą wyleciałoby sześciu innych agentów.

Milczała.

– A ja i tak wrócę – dodałem. – Bo chcę dorwać Quinna, z tobą czy bez ciebie. Równie dobrze możesz więc mnie wykorzystać.

– Co ci zrobił Quinn?

Nie odpowiedziałem. Długą chwilę milczała.

– Czy pani Beck zechce z nami rozmawiać?

– Wolałbym jej nie pytać – odparłem. – Stanowiłoby to potwierdzenie wszystkich podejrzeń. Nie wiem dokładnie, do czego by to doprowadziło.

– Co zrobisz, jeśli tam wrócisz?

– Awansuję – oświadczyłem. – To podstawa. Muszę zająć pozycję Duke'a. Wówczas będę stał najwyżej w hierarchii po stronie Becka. Nawiążę oficjalny kontakt ze stroną Quinna, a o to mi właśnie chodzi. Na razie działam po omacku.

– Musimy zrobić postępy – przypomniała. – Potrzebujemy dowodów.

– Wiem.

– Jak zamierzasz awansować?

– Tak jak każdy.

Nie odpowiedziała. Przełączyła program pocztowy na skrzynkę odbiorczą, wstała i spojrzała przez okno. Ja popatrzyłem na nią. Padające z tyłu światło przenikało przez jej koszulę. Włosy miała odgarnięte do tyłu, przycięte na wysokości ramion. Wyglądało to jak fryzura za pięćset dolców, lecz przypuszczam, że przy pensji federalnej sama je sobie strzygła. Albo prosiła przyjaciółkę. Wyobraziłem sobie, jak siedzi na krześle pośrodku czyjejś kuchni ze starym ręcznikiem na szyi. Owszem, obchodził ją własny wygląd, ale nie aż tak, by wydawać kasę na dobrego fryzjera.

Jej tyłek w dżinsach wyglądał rewelacyjnie. Widziałem metkę: talia 24, nogawka 32. Oznaczało to, że miała nogi 12 centymetrów krótsze od moich. W porządku, nie ma sprawy. Lecz talia węższa o 30 centymetrów? To śmieszne. Praktycznie nie mam na sobie tłuszczu, mój brzuch kryje wyłącznie niezbędne narządy, ciasno upakowane. Najwyraźniej Duffy miała wersje miniaturowe. Kiedy widzę taką talię, mam ochotę objąć ją dłońmi i podziwiać. Może też wtulić głowę nieco wyżej. Od tej strony nie widziałem, czy byłoby w co, ale podejrzewałem, że owszem.

– Jak oceniasz teraz niebezpieczeństwo? – spytała. – Realistycznie rzecz biorąc?

– Nie umiem powiedzieć – odparłem. – Zbyt wiele niewiadomych. Pani Beck kieruje się wyłącznie intuicją, może jeszcze trochę pobożnymi życzeniami. Nie dysponuje żadnym dowodem. Jak dotąd nikt nie zdobył żadnych dowodów. Więc nawet jeśli zechce z kimś porozmawiać, wszystko będzie zależało od tego, czy potraktują poważnie kobiecą intuicję.

– Widziała cię poza domem. To już dowód.

– Ale czego? Że nie umiem usiedzieć na tyłku?

– Ten gość, Doll, zginął, gdy nie byłeś zamknięty.

– Założą, że nie zdołałem przedostać się przez mur. I nie znajdą Dolla, nie ma mowy. Nie tak szybko.

– Czemu przenieśli Teresę?

– Z ostrożności.

– Wszystko wymyka się spod kontroli – powtórzyła.

Wzruszyłem ramionami, choć nie widziała tego gestu.

– W takich sprawach zawsze wszystko wymyka się spod kontroli, to nic nowego. Nic nie przebiega tak, jak zakładamy. Wszystkie plany się sypią, gdy padnie pierwszy strzał.

Duffy umilkła, odwróciła się.

– Co teraz zrobisz? – spytała.

Zawahałem się chwilę. Światło wciąż padało zza jej pleców. O tak, bardzo ładnie.

– Zamierzam się zdrzemnąć – oznajmiłem.

– Ile masz czasu?

Zerknąłem na zegarek.

– Jakieś trzy godziny.

– Zmęczony?

Skinąłem głową.

– Przez całą noc nie spałem, pływałem i tak dalej.

– Przepłynąłeś wokół muru? Może faktycznie jesteś idiotą.

– A ty? Też jesteś zmęczona?

– Bardzo. Od tygodni ciężko pracuję.

– Zatem zdrzemnij się ze mną – zaproponowałem.

– Nie, nie powinniśmy. Teresie grozi niebezpieczeństwo.

– I tak nie mogę wrócić. Muszę zaczekać na panią Beck.

Przez moment milczała.

– Jest tylko jedno łóżko.

– Żaden problem. Jesteś szczupła, nie zajmiesz dużo miejsca.

– Nie powinniśmy.

– Nie musimy wchodzić pod kołdrę, możemy się po prostu położyć.

– Obok siebie?

– W ubraniu – dodałem. – Nie zdejmę nawet butów.

Milczała.

– To nie jest wbrew prawu – przypomniałem.

– A może jednak? – odparła. – W niektórych stanach obowiązują osobliwe przepisy. Może stan Maine do nich należy.

– Na razie martwią mnie inne przepisy stanu Maine.

– Nie w tej chwili.

Uśmiechnąłem się, potem ziewnąłem, usiadłem na łóżku i położyłem się na plecach. Przekręciłem się na bok, odsunąłem, wsunąłem ręce pod głowę. Zamknąłem oczy. Duffy stała bez słowa. Mijały minuty. W końcu położyła się obok, chwilę powierciła i znieruchomiała. Była jednak spięta, czułem to. Cały materac wibrował od skrywanych dreszczy niepokoju.

– Bez paniki – rzuciłem. – Jestem zbyt zmęczony.

• • •

Ale tak naprawdę nie byłem. Problemy zaczęły się, gdy Duffy poruszyła się lekko i dotknęła pośladkami mojego tyłka. To był bardzo delikatny kontakt, ale równie dobrze mogła podłączyć mnie do prądu. Otworzyłem oczy i wlepiłem wzrok w ścianę. Zastanawiałem się, czy śpi i czy poruszyła się przypadkiem, czy też zrobiła to celowo. Przez parę minut rozmyślałem gorączkowo, przypuszczam jednak, że śmiertelne zagrożenie to niezły afrodyzjak, bo w końcu zacząłem grzeszyć nadmiarem optymizmu. Nie byłem jednak pewien, jak powinienem zareagować. Czego wymagałaby etykieta? W końcu sam przesunąłem się parę centymetrów, wzmacniając kontakt. Teraz piłka znów była po jej stronie. Niech ona się męczy z interpretacją.

Przez całą minutę nic się nie działo. Już prawie poczułem zawód, gdy znów się poruszyła. Teraz już wręcz napieraliśmy na siebie. Gdybym nie ważył sto dwadzieścia kilo, zepchnęłaby mnie z łóżka. Niemal wyczuwałem nity na jej dżinsach. Moja kolej. Wydałem z siebie cichy, senny pomruk i przekręciłem się tak, że leżeliśmy wtuleni niczym łyżeczki, a moja ręka przypadkiem dotykała jej ramienia. Na twarzy czułem jej włosy, miękkie, pachnące latem. Sztywna bawełna koszuli opadała do pasa, gdzie zaczynały się opinające biodra dżinsy. Mrużąc oczy, spojrzałem w dół i zobaczyłem, że zdjęła buty. Widziałem podeszwy jej stóp, dziesięć małych palców w równym rządku.

Duffy także mruknęła sennie; byłem niemal pewien, że udawała. Przesunęła się tak, że niemal przywarła do mnie całym ciałem. Położyłem dłoń na jej ręce i zjechałem z łokcia wprost na talię. Czubek małego palca wylądował pod paskiem dżinsów. Znów mruknęła; niemal na pewno udawała. Wstrzymałem oddech. Jej pośladki napierały na moje krocze, serce waliło mi w piersi, kręciło mi się w głowie. Nie dałem rady się opierać. W żaden sposób. Była to jedna z owych chwil, gdy szaleństwo hormonów sprawia, że dla spełnienia gotów jestem zaryzykować ośmioletnią odsiadkę w Leavenworth. Przesunąłem rękę w górę i w przód i objąłem palcami jej pierś. A potem wszystko wymknęło się spod kontroli.

• • •

Była jedną z tych kobiet, które znacznie lepiej wyglądają nagie niż ubrane. Nie u wszystkich tak bywa, u niej owszem. Miała niesamowite ciało, nie opalone, ale też nie blade. Skórę miękką jak jedwab, lecz nie przejrzystą. Była bardzo szczupła, ale nie dostrzegałem kości. Długa, smukła budowa, stworzona do jednego z tych mocno wyciętych po bokach kostiumów kąpielowych. Miała małe, jędrne piersi o idealnym kształcie, długą, zgrabną szyję, świetne uszy, kostki, kolana i ramiona. I lekko wilgotne zagłębienie u podstawy szyi.

Była też silna. Choć lżejsza ode mnie o sześćdziesiąt kilo, kompletnie mnie wykończyła. To pewnie kwestia młodości, różniło nas jakieś dziesięć lat. Uśmiechnęła się, widząc, jak leżę bez sił. Miała wspaniały uśmiech.

– Pamiętasz mój pokój hotelowy w Bostonie? – spytałem. – Sposób, w jaki usiadłaś w fotelu? Już wtedy cię pragnąłem.

– Po prostu siedziałam, w żaden szczególny sposób.

– Nie oszukuj się.

– Pamiętasz Szlak Wolności? – odparła. – Gdy opowiadałeś mi o długim penetratorze? Już wtedy cię pragnęłam.

Uśmiechnąłem się.

– To część kontraktu wojskowego wartego miliardy dolarów – zauważyłem. – Cieszę się zatem, że choć jeden obywatel na tym skorzystał.

– Gdyby nie Eliot, zrobiłabym to wtedy, w parku.

– Jakaś kobieta karmiła obok ptaki.

– Mogliśmy schować się w krzakach.

– Paul Revere by nas widział.

– On cwałował całą noc – przypomniała.

– Nie jestem Paulem Revere'em – mruknąłem. Znów się uśmiechnęła, poczułem ją na ramieniu.

– Masz już dość, staruszku? – spytała.

– Tego nie powiedziałem.

– Niebezpieczeństwo to niezły afrodyzjak, prawda?

– Chyba tak.

– Przyznajesz zatem, że coś ci grozi?

– W tej chwili atak serca.

– Naprawdę nie powinieneś wracać.

– Grozi mi to, że nie będę w stanie.

Usiadła na łóżku. Grawitacja w żaden sposób nie zakłóciła jej doskonałości.

– Mówię poważnie, Reacher – rzuciła.

Uśmiechnąłem się.

– Nic mi nie będzie. Jeszcze dwa, trzy dni. Znajdę Teresę, Quinna i znikam stamtąd.

– Tylko jeśli ci pozwolę.

Skinąłem głową.

– Dwaj ochroniarze.

Teraz to ona przytaknęła.

– Dlatego właśnie mnie potrzebujesz. Możesz zapomnieć o bohaterskich pomysłach. „Z tobą czy bez ciebie", akurat. Jeśli zwolnimy tych facetów, już nie żyjesz. Wystarczy jeden telefon.

– Gdzie są teraz?

– W pierwszym motelu w Massachusetts. Tam, gdzie się naradzaliśmy. Pilnują ich agenci z toyoty i wozu uczelnianego.

– Mam nadzieję, że trzymają ich krótko.

– Bardzo.

– To kilka godzin stąd – zauważyłem.

– Drogą – odparła. – Nie przez telefon.

– Chcesz odzyskać Teresę?

– Tak, ale ja tu dowodzę.

– Pragniesz wszystko kontrolować – mruknąłem.

– Po prostu nie chcę, by stało ci się coś złego.

– Mnie nigdy nie staje się nic złego.

Pochyliła się i przesunęła delikatnie palcami po bliznach pokrywających moje ciało – pierś, brzuch, ramiona, ręce, czoło.

– Sporo obrażeń jak na kogoś, komu nigdy nie przytrafia się nic złego.

– Jestem niezgrabny – odparłem. – Często się wywracam.

Duffy wstała i ruszyła do łazienki – naga, zgrabna, zupełnie nieskrępowana.

– Pospiesz się! – zawołałem za nią.

• • •

Ale się nie pospieszyła. Bardzo długo siedziała w łazience, a kiedy wyszła, miała na sobie szlafrok. Jej twarz się zmieniła, dostrzegłem na niej wstyd zabarwiony smutkiem.

– Nie powinniśmy byli tego robić – powiedziała.

– Czemu nie?

– To nieprofesjonalne.

Spojrzała na mnie, skinąłem głową. Faktycznie, było to odrobinę nieprofesjonalne.

– Ale bardzo miłe – odparłem.

– Nie powinniśmy.

– Jesteśmy dorośli, żyjemy w wolnym kraju.

– Po prostu potrzebowaliśmy otuchy. Oboje jesteśmy spięci i zdenerwowani.

– Nie ma w tym nic złego.

– To sporo skomplikuje.

Pokręciłem głową.

– Nie, jeśli na to nie pozwolimy. Nie musimy od razu brać ślubu. Nie jesteśmy sobie nic winni.

– Mimo wszystko żałuję.

– A ja się cieszę. Uważam, że jeśli coś jest przyjemne, należy to robić.

– To twoja filozofia?

Odwróciłem wzrok.

– To głos rozsądku – odparłem. – Kiedyś powiedziałem „nie", choć chciałem powiedzieć „tak", i do dziś żałuję.

Owinęła się ciaśniej szlafrokiem.

– Owszem, było przyjemnie – szepnęła.

– Też tak uważam.

– Ale teraz musimy o tym zapomnieć. Było, minęło, i tyle. Zgoda?

– Zgoda.

– I musisz się zastanowić, czy chcesz tam wracać.

– Zgoda – powtórzyłem.

Leżałem na łóżku i myślałem, jak to jest, gdy bardzo chce się powiedzieć „tak", ale mówi się „nie". Zgoda była zdecydowanie lepsza i osobiście niczego nie żałowałem. Duffy milczała. Tak jakbyśmy oboje na coś czekali. Wziąłem długi gorący prysznic, ubrałem się w łazience. Nie mieliśmy już o czym rozmawiać, oboje wiedzieliśmy, że wrócę, i podobało mi się, że nie próbowała mnie zatrzymać. Oboje byliśmy rozsądnymi, praktycznymi ludźmi. Sznurowałem buty, gdy jej laptop zapiszczał niczym stłumiony dzwonek elektryczny albo mikrofalówka, kiedy skończy odgrzewać posiłek. Nie towarzyszył temu sztuczny mechaniczny głosik: masz wiadomość. Wyszedłem z łazienki. Duffy siedziała już przed komputerem i klikała.

– Wiadomość z biura – oznajmiła. – W kartotekach figuruje jedenastu byłych gliniarzy o nazwisku Duke. Wczoraj posłałam zapytanie. Ile on ma lat?

– Około czterdziestu – odparłem.

Przejrzała listę.

– Z Południa, z Północy?

– Nie z Południa.

– Zostało trzech – oświadczyła.

– Pani Beck mówiła, że był też agentem federalnym.

Przebiegła wzrokiem listę.

– John Chapman Duke – przeczytała. – Tylko on przeszedł potem do federalnych. Zaczynał w Minneapolis na ulicy, później był detektywem. Trzykrotny obiekt śledztwa wydziału spraw wewnętrznych. Żadnych konkretów. Potem wstąpił do nas.

– DEA? – spytałem. – Naprawdę?

– Nie, miałam na myśli rząd federalny. Pracował w Departamencie Stanu.

– Co robił?

– Nie piszą. Ale po trzech latach został oskarżony. Korupcja i podejrzenie wielokrotnych zabójstw. Brak dowodów. Mimo wszystko na cztery lata trafił do więzienia.

– Opis?

– Biały, mniej więcej twojego wzrostu. Na zdjęciu wygląda paskudnie.

– To on – rzuciłem.

Duffy zjechała niżej, odczytała resztę raportu.

– Uważaj na niego – rzekła. – Wygląda groźnie.

– Nie martw się.

Miałem ochotę pocałować ją w drzwiach na pożegnanie. Ale nie zrobiłem tego, uznałem, że nie chciałaby. Biegiem wróciłem do cadillaca.

• • •

Siedziałem z powrotem w kafejce, sącząc resztkę drugiej kawy, gdy w drzwiach stanęła Elizabeth Beck. Nie miała ze sobą żadnych zakupów, paczek, kolorowych toreb. Zapewne w ogóle nie wchodziła do sklepów. Kręciła się tylko po centrum cztery godziny, by agent rządowy zdążył załatwić to, co trzeba. Podniosłem rękę. Nie zwracając na mnie uwagi, ruszyła wprost do baru. Kupiła sobie dużą kawę z mlekiem, przyniosła do stolika. Wiedziałem już, co jej powiem.

– Nie pracuję dla rządu – oznajmiłem.

– Jestem zawiedziona – odparła po raz trzeci.

– A jak mógłbym pracować? – dodałem. – Zabiłem przecież policjanta. Pamiętasz?

– Tak.

– Agenci rządowi nie robią takich rzeczy.

– Może czasem robią – odparła. – Przypadkiem.

– Ale potem nie uciekają. Zostają na miejscu, by wypić piwo, którego nawarzyli.

Przez długi czas Elizabeth milczała, powoli sącząc kawę.

– Byłam tam jakieś osiem, dziesięć razy – rzekła w końcu. – Tam, czyli w college'u. Od czasu do czasu organizują spotkania dla rodzin studentów. Staram się także przyjeżdżać na początek i koniec każdego semestru. Któregoś lata wynajęłam nawet małą ciężarówkę i pomogłam mu przewieźć rzeczy do domu.

– I co?

– To mała szkoła, ale pierwszego dnia semestru jest tam dość tłoczno. Mnóstwo rodziców, studentów, terenówek, samochodów, furgonetek. A imprezy rodzinne są jeszcze gorsze. I wiesz co?

– Co?

– Ani razu nie widziałam tam policjanta. Ani razu. A już na pewno nie detektywa w cywilu.

Wyjrzałem przez okno na wewnętrzny pasaż centrum handlowego.

– Pewnie to zwykły zbieg okoliczności – ciągnęła. – Zwykły wtorek w kwietniu, wczesny ranek, nic się nie dzieje, a jednak przy bramie czeka detektyw.

– O co ci chodzi? – spytałem.

– Miałeś okropnego pecha – odparła. – Ile wynosiło prawdopodobieństwo, że trafisz akurat na policjanta po cywilnemu?

– Nie pracuję dla rządu – powtórzyłem.

– Wziąłeś prysznic – zauważyła. – Umyłeś włosy.

– Naprawdę?

– Widzę i czuję. Tanie mydło, tani szampon.

– Poszedłem do sauny.

– Nie miałeś pieniędzy. Dałam ci dwadzieścia dolarów, kupiłeś co najmniej dwie kawy. Pozostaje czternaście dolarów.

– To była tania sauna.

– Najwyraźniej – mruknęła.

– Jestem zwykłym facetem.

– A ja jestem zawiedziona.

– Mówisz tak, jakbyś chciała, by ktoś rozpracował twojego męża.

– Bo chcę.

– Trafiłby do więzienia.

– On już żyje w więzieniu i zasługuje na to. Ale w prawdziwym więzieniu miałby większą swobodę niż teraz i nie tkwiłby tam do końca życia.

– Mogłabyś kogoś wezwać – zauważyłem. – Nie musisz czekać, aż sami się zjawią.

Pokręciła głową.

– To byłoby samobójstwo dla mnie i Richarda.

– Dokładnie tak samo, jak gdybyś rozmawiała z kimś w ten

sposób o mnie. Pamiętaj, nie poddam się bez walki. Ktoś może zostać ranny. Może ty i Richard.

Uśmiechnęła się.

– Znów próbujesz się targować?

– Nie, tylko cię ostrzegam – odparłem. – Niczego nie ukrywam.

Skinęła głową.

– Umiem trzymać język za zębami – oświadczyła i dowiodła tego, nie odzywając się więcej.

W milczeniu skończyliśmy kawę i wróciliśmy do samochodu; nie rozmawialiśmy. Zawiozłem ją do domu na północny wschód, nie bardzo wiedząc, czy mam ze sobą tykającą bombę zegarową, czy też może odwracam się plecami do jedynej osoby gotowej mi pomóc.

• • •

Paulie czekał przy bramie – musiał czuwać przy oknie i zająć pozycję, gdy tylko dostrzegł zbliżający się samochód. Zwolniłem, zatrzymałem się. Spojrzał na mnie bez słowa, potem odwrócił się do Elizabeth Beck.

– Daj mi pager – poleciłem.

– Nie mogę – mruknęła.

– Po prostu go daj.

Paulie odczepił łańcuch i pchnął bramę. Elizabeth otworzyła torebkę i wręczyła mi pager. Podjechałem powoli naprzód, opuszczając szybę. Zatrzymałem się obok Pauliego, który czekał, by za nami zamknąć.

– Spójrz! – zawołałem.

Wystawiłem rękę za okno i cisnąłem pager. Nie był to zbyt dobry rzut – słaby, brakowało mu finezji – ale spełnił swe zadanie. Maleńki, czarny prostokąt z plastiku wzleciał w powietrze i wylądował na środku podjazdu, sześć metrów dalej. Paulie spojrzał za nim i nagle zamarł, uświadamiając sobie, co widzi.

– Hej! – zaprotestował.

Pobiegł w stronę pagera.

Ruszyłem gwałtownie za nim. Wcisnąłem gaz, opony zapiszczały, samochód skoczył do przodu. Celowałem prawym kątem zderzaka w lewe kolano Pauliego. Prawie się udało. Był jednak niewiarygodnie szybki. Podniósł pager i odskoczył. Chybiłem o dwadzieścia centymetrów. Samochód minął go w rozpędzie, nie zwolniłem. Przyspieszyłem jeszcze, obserwując go w lusterku. Stał z tyłu, odprowadzając mnie wzrokiem, otoczony błękitnym obłokiem pyłu. Czułem głęboki zawód. Gdybym miał kiedykolwiek walczyć z facetem cięższym ode mnie o sto kilo, wolałbym najpierw go okaleczyć. I wolałbym stanowczo, by nie był tak piekielnie szybki.

• • •

Zatrzymałem się na podjeździe przed domem i wypuściłem Elizabeth Beck. Potem odstawiłem samochód. Szedłem właśnie do kuchni, gdy w drzwiach stanęli Zachary Beck i John Chapman Duke. Wyraźnie mnie szukali, bo na mój widok ruszyli szybko naprzód, podenerwowani i spięci. Przypuszczałem, że ochrzanią mnie za starcie z Pauliem. Ale nie.

– Angel Doll zniknął – oznajmił Beck.

Zatrzymałem się. Czułem na twarzy wiatr znad oceanu.

Leniwe zmarszczki zniknęły, fale rozbijały się o brzeg równie głośno jak pierwszego wieczoru. W powietrzu unosił się wodny pył.

– Rozmawiałeś z nim ostatni – dodał Beck. – Potem zamknął biuro, odjechał i od tej pory go nie widziano.

– Czego od ciebie chciał? – spytał Duke.

– Nie wiem – odparłem.

– Nie wiesz? Byłeś tam pięć minut.

Skinąłem głową.

– Zabrał mnie z powrotem do biura.

– I…?

– I nic. Już miał coś powiedzieć, gdy zadzwoniła jego komórka.

– Kto to był?

Wzruszyłem ramionami.

– Skąd mam wiedzieć? Coś pilnego. Rozmawiał przez całe pięć minut. Marnował czas, mój i wasz. W końcu dałem sobie spokój i wyszedłem.

– O czym rozmawiał przez telefon?

– Nie słuchałem, uznałem, że to niegrzeczne.

– Słyszałeś jakieś nazwiska? – spytał Beck.

Odwróciłem się ku niemu, pokręciłem głową.

– Żadnych nazwisk, ale znali się, to było oczywiste. Doll głównie słuchał, mam wrażenie, że otrzymywał jakieś instrukcje.

– Dotyczące czego?

– Nie mam pojęcia.

– Czegoś pilnego?

– Chyba tak. Zupełnie o mnie zapomniał, nie próbował mnie zatrzymywać, gdy wychodziłem.

– To wszystko, co wiesz?

– Zakładałem, że to jakiś plan – odparłem. – Może instrukcje na następny dzień.

– Dzisiejszy dzień?

Znów wzruszyłem ramionami.

– Tylko zgaduję. To była bardzo jednostronna rozmowa.

– Super – mruknął Duke. – Naprawdę nam pomogłeś, wiesz?

Beck spojrzał na ocean.

– Zatem odebrał pilny telefon, potem zamknął biuro i wyszedł. To wszystko, co możesz nam powiedzieć?

– Nie widziałem, jak zamykał drzwi – poprawiłem. – I nie widziałem, jak wychodził. Gdy go zostawiłem, wciąż rozmawiał.

– Oczywiście, że musiał zamknąć – upierał się Beck. – I oczywiście wyszedł. Dziś rano wszystko wyglądało zupełnie normalnie.

Nie odpowiedziałem. Beck obrócił się o dziewięćdziesiąt stopni i spojrzał na wschód. Wiatr wiejący od morza szarpał mu ubranie, nogawki spodni łopotały niczym flagi. Poruszył stopami, szurając po żwirze, jakby starał się rozgrzać.

– Tylko tego nam jeszcze brakowało – mruknął. – Jakbyśmy nie mieli innych problemów. Czeka nas ważny weekend.

Milczałem. Beck i Duke zawrócili jednocześnie i pomaszerowali do domu, zostawiając mnie samego.

* * *

Byłem zmęczony, ale widziałem wyraźnie, że na razie nie odpocznę. W powietrzu wyczuwało się napięcie. Rutyna, która obowiązywała przez poprzednie dwa wieczory, zniknęła. W kuchni nie czekał posiłek, nie było kucharki. Słyszałem ludzi krążących po korytarzach. Duke zjawił się w kuchni, minął mnie bez słowa i wyszedł tylnymi drzwiami. W ręku niósł niebieską torbę sportową Nike'a. Poszedłem za nim, zatrzymałem się przy domu i ujrzałem, jak wchodzi do drugiego garażu. Pięć minut później wyjechał czarnym lincolnem i zniknął. Zmienił tablice rejestracyjne. W nocy widziałem sześciocyfrowe numery z Maine, teraz wóz miał siedmiocyfrową rejestrację nowojorską. Wróciłem do środka i zacząłem szukać kawy. Znalazłem ekspres, ale nigdzie nie widziałem filtrów. Musiałem się zadowolić szklanką wody. Właśnie ją piłem, gdy pojawił się Beck. On także miał w ręku sportową torbę. Sposób, w jaki była obciążona, i odgłos, jaki usłyszałem, gdy uderzyła o nogę, świadczyły dobitnie, że jest pełna ciężkiego metalu. Zapewne były w niej pistolety, co najmniej dwa.

– Przyprowadź cadillaca! – polecił. – Natychmiast. Będę czekał od frontu.

Wyjął z kieszeni klucze i cisnął je na stół. Potem przykucnął, otworzył torbę i wyciągnął dwie nowojorskie tablice rejestracyjne oraz śrubokręt. Wręczył mi je.

– Najpierw je załóż – dodał.

W torbie była też broń, dwa MP5K Hecklera & Kocha, krótkie, przysadziste, czarne, z wielkimi sterczącymi uchwytami. Futurystyczne jak rekwizyty filmowe.

– Dokąd jedziemy? – spytałem.

– Za Dukiem do Hartfordu w Connecticut. Mamy tam coś do załatwienia, pamiętasz?

Zapiął torbę, wstał i zabrał ją do holu. Przez sekundę tkwiłem bez ruchu, potem uniosłem szklankę z wodą i pozdrowiłem ścianę przed sobą.

– Wypijmy za krwawe wojny i śmiertelne choroby – powiedziałem cicho.

7

Zostawiłem w kuchni szklankę z resztą wody i ruszyłem w stronę garaży. Sto pięćdziesiąt kilometrów dalej na wschodzie niebo nad oceanem zaczynało już ciemnieć. Wiał ostry wiatr, fale z hukiem rozbijały się o brzeg. Zatrzymałem się i obróciłem od niechcenia. Nikogo. Podbiegłem szybko do muru, znalazłem zawiniątko, położyłem na kamieniach fałszywe tablice i śrubokręt i wyjąłem oba pistolety. Glock Duffy trafił do prawej kieszeni płaszcza, PSM Dolla do lewej. Zapasowe magazynki wsunąłem w skarpetki. Resztę rzeczy wepchnąłem na miejsce, zabrałem tablice i śrubokręt i wróciłem na ścieżkę. W trzecim garażu, tym pustym, krzątał się mechanik. Otworzył szeroko drzwi i oliwił zawiasy. Wnętrze w głębi było jeszcze staranniej wysprzątane niż wtedy, w nocy, wręcz nieskazitelnie czyste. Betonową podłogę starannie wymyto; widziałem jasne schnące plamy. Pozdrowiłem go skinieniem głowy, odpowiedział tym samym. Otworzyłem garaż po lewej. Przykucnąłem, odkręciłem z cadillaca tablicę rejestracyjną z Maine i zastąpiłem ją nowojorską. To samo zrobiłem z przodu. Stare tablice i śrubokręt zostawiłem na podłodze. Wsiadłem do wozu, uruchomiłem silnik, wycofałem i skierowałem się na podjazd. Mechanik odprowadził mnie wzrokiem.

Beck już czekał. Sam otworzył sobie tylne drzwi, rzucił na siedzenie sportową torbę. Usłyszałem brzęk metalu. Potem zamknął drzwi i szybko usiadł obok mnie.

– Ruszaj – polecił. – Jedź I-dziewięćdziesiąt pięć na południe do Bostonu.

– Musimy zatankować – przypomniałem.

– Dobra, skręć na pierwszą stację.

Paulie czekał już przy bramie, twarz miał wykrzywioną ze złości. Oto problem, który będę musiał wkrótce rozwiązać. Spojrzał na mnie wściekle, obrócił głowę w prawo, w lewo, po czym zaczął otwierać bramę, ani na moment nie spuszczając ze mnie wzroku. Kompletnie go zignorowałem i wyjechałem na drogę. Nie obejrzałem się. Co z oczu, to z serca, tak właśnie chciałem to rozegrać. W każdym razie, jeśli chodziło o niego.

Nadbrzeżna droga była zupełnie pusta. Po dwunastu minutach znaleźliśmy się na autostradzie. Powoli przywykałem już do cadillaca. Fajny wóz, cichy, szybki, ale mnóstwo palił. Wskaźnik poziomu paliwa niebezpiecznie opadał, niemal dostrzegałem, jak się przesuwa. Z tego, co pamiętałem, pierwsza stacja znajdowała się na południe od Kennebunk, w tym samym miejscu, gdzie spotkałem się z Duffy i Eliotem w drodze do New London. Dotarliśmy tam po piętnastu minutach. Wszystko wyglądało znajomo. Minąłem parking, na którym włamaliśmy się do furgonetki, i podjechałem do dystrybutorów. Beck milczał. Wysiadłem, napełniłem bak – trwało to dość długo, bo mieścił siedemdziesiąt litrów. Zakręciłem go starannie, Beck opuścił szybę i wręczył mi plik banknotów.

– Na stacjach zawsze płać gotówką! – polecił. – Tak jest bezpieczniej.

Zatrzymałem resztę wynoszącą trochę ponad piętnaście dolarów. Uznałem, że zasłużyłem, a jak dotąd jeszcze mi nie zapłacił. Wróciłem na drogę i nastawiłem się na długą jazdę. Byłem zmęczony. Kiedy człowiek jest zmęczony, nie ma nic gorszego niż kolejne kilometry pustej autostrady. Beck siedział obok w milczeniu. Z początku sądziłem, że o czymś rozmyśla albo może jest nieśmiały, skrępowany. W końcu jednak zrozumiałem, że się denerwuje. Chyba nie czuł się dobrze z myślą o nadchodzącej walce. Ja owszem. Zwłaszcza że wiedziałem z całą pewnością, iż nie czeka na nas żaden przeciwnik.

– Jak się czuje Richard? – spytałem.

– Nieźle – odparł. – Ma w sobie wielką siłę. To dobry syn.

– Naprawdę? – spytałem, bo musiałem coś powiedzieć. Musiałem rozmawiać, by nie zasnąć.

– Jest bardzo lojalny. Ojciec nie może pragnąć niczego więcej.

Po tych słowach znów umilkł, a ja z trudem walczyłem z sennością. Pięć kilometrów, dziesięć.

– Miałeś kiedyś do czynienia z drobnymi dealerami?

– Nie.

– Jest w nich coś wyjątkowego – zauważył.

Przez kolejnych trzydzieści kilometrów milczał. Potem podjął wątek, jakby przez cały ten czas zmagał się z jakąś ulotną myślą.

– To niewolnicy mody – oznajmił.

– Naprawdę? – spytałem, udając zainteresowanie. W rzeczywistości wcale mnie to nie ciekawiło, ale chciałem, by mówił.

– Oczywiście, syntetyczne narkotyki same w sobie zależą od mody. Klienci są równie okropni jak dealerzy. Nie potrafię nawet wymienić nazw wszystkich środków, które sprzedają ci drudzy. Co tydzień pojawia się nowa, dziwaczna nazwa.

– Co to jest narkotyk syntetyczny? – spytałem.

– Wyprodukowany w laboratorium – wyjaśnił. – No wiesz, związek chemiczny, nie coś, co rośnie naturalnie w ziemi.

– Jak marihuana?

– Albo heroina czy kokaina. To produkty naturalne, organiczne. Są oczyszczane, wiadomo, ale nie powstają w probówce.

Nie odpowiedziałem; powieki opadały mi coraz bardziej. W aucie było stanowczo za ciepło, zmęczony człowiek potrzebuje zimnego powietrza. Przygryzłem dolną wargę, by nie zasnąć.

– Moda dyktuje wszystko, co robią – ciągnął. – Absolutnie wszystko. Na przykład ich buty. Faceci, których dziś szukamy, przy każdym naszym spotkaniu mieli inne buty.

– Na przykład adidasy?

– Tak, jakby zawodowo grali w kosza. Za pierwszym razem mieli reeboki za dwie stówy, nowiutkie, prosto z pudełka. Następnym razem reeboki były już nie do przyjęcia i musieli włożyć buty Nike'a czy coś takiego. Air-to, air-tamto. Albo nagle caterpillary czy timberlandy. Skóra, potem goreteks i znów skóra. Czarne, potem żółte jak obuwie robocze. I zawsze rozwiązane sznurowadła. Potem znów buty do biegania, tylko że tym razem adidasy z paskami, dwie, trzy stówy za parę. Bez żadnych powodów. To obłęd.

Milczałem, jechałem przed siebie, z trudem otwierając oczy, które piekły mnie coraz mocniej.

– A wiesz czemu? – spytał. – Z powodu pieniędzy. Mają tak dużo pieniędzy, że nie wiedzą, co z nimi robić. Weźmy na przykład kurtki. Widziałeś ich kurtki? W jednym tygodniu to musi być North Face, błyszcząca, wypchana gęsim puchem, nieważne, lato czy zima, bo ci goście i tak wychodzą tylko nocą. W następnym tygodniu to już przeszłość. Może North Face wciąż jeszcze jest w modzie, ale teraz głównie mikrofibra. Potem pojawiają się kurtki łączone, wełniane ze skórzanymi rękawami, dwie, trzy setki za sztukę. Za każdym razem styl utrzymuje się jakiś tydzień.

– Wariactwo – mruknąłem, bo musiałem coś powiedzieć.

– To wszystko pieniądze – powtórzył. – Nie wiedzą, co z nimi robić, dlatego cały czas szukają nowości, ciągłych zmian. To dotyczy wszystkiego, broni oczywiście także. Na przykład ci faceci lubili hecklery and kochy, MP pięć K. Teraz, zgodnie z tym, co mówisz, mają uzi. Rozumiesz, o co mi chodzi? U tych facetów nawet broń to element mody, tak samo jak adidasy czy kurtki. I ich produkty. W ten sposób krąg się zamyka. Cały czas domagają się zmian, we wszystkim, nawet jeśli chodzi o samochody. Zwykle są wierni japońskim, to moda z zachodniego wybrzeża. Ale w jednym tygodniu mają toyoty, w następnym hondy, potem nissany. Dwa, trzy lata temu nissan maxima był prawdziwym przebojem. Jak ten, którego ukradłeś. Potem lexusy. Istna mania. To samo dotyczy zegarków – najpierw jest swatch, potem rolex. Nie widzą żadnej różnicy. Kompletny obłęd. Oczywiście jako dostawca nie mogę narzekać, zawsze szukamy nowych rynków zbytu. Czasem jednak zmiany są przesadnie szybkie i trudno dotrzymać im kroku.

– Więc działa pan na rynku?

– A jak ci się wydaje? Myślałeś, że jestem księgowym?

– Myślałem, że sprowadza pan dywany.

– Owszem – przytaknął. – Sprowadzam mnóstwo dywanów.

– Jasne.

– Ale to tylko przykrywka – dodał. Nagle się roześmiał. – Myślisz, że w dzisiejszych czasach, gdy sprzedaje się sportowe obuwie takim ludziom, nie trzeba podejmować środków ostrożności?

Wciąż się śmiał, w jego głosie wyczuwałem nerwowe napięcie. Po chwili się uspokoił, wyjrzał przez boczną szybę, potem popatrzył przed siebie. Znów zaczął mówić, jakby pomagało to nie tylko mnie, ale i jemu.

– Nosisz czasem adidasy? – spytał.

– Nie – odparłem.

– Bo chciałbym, żeby ktoś mi to wytłumaczył. Nie istnieje żadna racjonalna różnica między reebokami a nike'ami, prawda?

– Nie mam pojęcia.

– Pewnie powstają nawet w tej samej fabryce, gdzieś w Wietnamie. To ten sam but, póki nie naszyją na niego logo.

– Możliwe – mruknąłem. – Naprawdę nie wiem. Nigdy nie uprawiałem sportu, nie nosiłem takiego obuwia.

– Czy istnieje różnica między toyotą a hondą?

– Nie mam pojęcia.

– Czemu nie?

– Bo nigdy nie miałem PP.

– Co to jest PP?

– Pojazd prywatny – wyjaśniłem. – W wojsku nazywa się tak toyotę czy hondę. Albo nissana czy lexusa.

– No to o czym masz pojęcie?

– Wiem, jaka jest różnica między swatchem i roleksem.

– W porządku. Jaka jest różnica?

– Żadna – wyjaśniłem. – Oba wskazują czas.

– To nie odpowiedź.

– Potrafię podać różnicę pomiędzy uzi i hecklerem and kochem.

Odwrócił się w fotelu.

– Świetnie, super. Wyjaśnij mi, czemu ci faceci wywalili hecklery and kochy i zastąpili je uzi?

Cadillac płynął naprzód, silnik pomrukiwał. Wzruszyłem ramionami, nie wypuszczając z dłoni kierownicy. Z trudem zwalczyłem ziewnięcie. Oczywiście było to bzdurne pytanie. Faceci z Hartfordu nie wywalili swoich MP5K i nie zastąpili ich uzi. To zwykłe pozory. Eliot i Duffy nie mieli pojęcia, jaka jest broń *du jour* w Hartfordzie. Nie orientowali się też, że Beck wie cokolwiek o Hartfordzie, więc uzbroili swoich ludzi w uzi. Pewnie dlatego, że mieli je gdzieś pod ręką.

Teoretycznie jednak było to świetne pytanie. Uzi to znakomita broń, może trochę ciężka. Nie najwyższa na świecie szybkostrzelność, co dla niektórych może mieć znaczenie. Niewiele zwojów gwintu w lufie, co odrobinę zmniejsza celność. Z drugiej strony są bardzo solidne, proste, wielokrotnie sprawdzone w boju i można do nich dostać magazynki z czterdziestoma pociskami. Świetna broń. Lecz wszystkie pochodne MP5 Hecklera & Kocha są lepsze. Strzelają tą samą amunicją, tyle że szybciej i mocniej. Są bardzo, bardzo celne, w niektórych rękach równie celne jak dobry karabin, doskonale sprawdzone. Po prostu lepsze. Znakomity projekt z lat siedemdziesiątych kontra znakomity projekt z lat pięćdziesiątych. We wszystkich dziedzinach to się nie sprawdza, lecz w wojsku nowoczesne zawsze jest lepsze.

– Nie istnieje żaden powód – powiedziałem. – To dla mnie bez sensu.

– Właśnie – przytaknął Beck. – Wszystko sprowadza się do mody. Zwykły, arbitralny kaprys, przymus. Dzięki temu wszyscy zarabiamy, ale też wszyscy dostajemy świra.

W tym momencie zadzwoniła jego komórka. Wyłowił ją z kieszeni i odpowiedział, podając nazwisko – krótko, ostro. I odrobinę nerwowo. Beck. Tak jakby kaszlnął. Długą chwilę słuchał, kazał swemu rozmówcy powtórzyć adres i wskazówki, po czym rozłączył się i z powrotem wsunął telefon do kieszeni.

– To był Duke – oznajmił. – Zadzwonił w kilka miejsc. Nasi chłopcy nie siedzą w Hartfordzie, ale mają kryjówkę na wsi, na południowym wschodzie. Duke uznał, że pewnie tam się zaszyli. I tam właśnie jedziemy.

– Co zrobimy, gdy dotrzemy na miejsce?

– Nic spektakularnego – rzekł Beck. – Nie potrzebujemy popisówek, żadnych fajerwerków. W takich sytuacjach chcę ich po prostu wyeliminować, pokazać, że to nieuniknione, rozumiesz? Ale od niechcenia. W stylu: jeśli ze mną zadrzesz, kara będzie szybka i pewna. Ale nie zamierzam się szczególnie wysilać.

– Straci pan przez to klientów.

– Znajdą się nowi. Ludzie ustawiają się do mnie w kolejce. To jest najlepsze w tej branży. Popyt znacząco przewyższa podaż.

– Sam pan to załatwi?

Pokręcił głową.

– Po to mam ciebie i Duke'a.

– Mnie? Sądziłem, że tylko prowadzę.

– Załatwiłeś już dwóch, jeszcze paru nie powinno ci sprawiać różnicy.

Przykręciłem ogrzewanie i znów podjąłem walkę z opadającymi powiekami. Krwawe wojny, powiedziałem w duchu.

• • •

196

Zaczęliśmy objeżdżać Boston. W połowie drogi Beck polecił mi skręcić na południowy zachód w I-84. Przejechaliśmy kolejnych dziewięćdziesiąt kilometrów, co trwało jakąś godzinę. Nie życzył sobie, bym jechał zbyt szybko, nie chciał rzucać się w oczy. Fałszywa rejestracja, torba pełna broni automatycznej na siedzeniu. Lepiej, by nie zainteresował się nami żaden patrol. Słusznie. Jechałem jak automat. Nie spałem od czterdziestu godzin, lecz nie żałowałem straconej okazji do drzemki w motelu Duffy. Bardzo mi się podobało, jak spędziłem tam czas, choć ona mogła mieć inne zdanie.

– Następny zjazd – rzucił Beck.

I-84 przecinała właśnie Hartford. Nisko na niebie wisiały chmury, miejskie światła sprawiały, że wydawały się pomarańczowe. Zjazd prowadził na szeroką drogę, która zwężała się półtora kilometra dalej i zmierzała na południowy wschód przez pola. Z przodu widziałem ciemność. Minęliśmy kilka pozamykanych wiejskich sklepików ze sprzętem wędkarskim, z piwem, częściami do motocykli. A potem nic, tylko czarne sylwetki drzew.

– Następny skręt w prawo – oznajmił osiem minut później.

Skręciłem w boczną drogę, o wyraźnie gorszej nawierzchni. Od czasu do czasu szosa biegła zakolami pozornie bezcelowo. Otaczała nas ciemność, musiałem się skupić. Z niechęcią pomyślałem o jeździe powrotnej.

– Dalej – mruknął.

Przejechaliśmy jeszcze dwanaście kilometrów. Nie miałem pojęcia, gdzie jesteśmy.

– Dobra – rzucił. – Niedługo powinniśmy zobaczyć Duke'a, czeka na nas.

Półtora kilometra później światła reflektorów padły na tylną tablicę rejestracyjną zaparkowanego na poboczu wozu Duke'a.

– Stań za nim.

Zaparkowałem szybko obok lincolna. Marzyłem o tym, by się przespać, nawet pięć minut by mi pomogło. Lecz Duke, gdy tylko nas poznał, wyskoczył z samochodu i podbiegł do Becka, który spuścił szybę. Duke przykucnął, wsunął do środka głowę.

– Mają kryjówkę trzy kilometry stąd – oznajmił. – Długi podjazd skręcający w lewo, zwykła żwirowa ścieżka, samochodami dojedziemy do połowy. Ale musimy zgasić światła. Dalej pójdziemy pieszo.

Beck nie odpowiedział, po prostu podniósł szybę. Duke wrócił do swego wozu, zjechał z pobocza i ruszył naprzód. Podążyłem za nim. Sto metrów przed podjazdem zgasiliśmy reflektory i skręciliśmy powoli. Księżyc świecił słabo. Jadący przede mną lincoln kołysał się i podskakiwał na wybojach. Cadillac podobnie, w innym rytmie: podskakiwał, gdy lincoln opadał, skręcał w prawo, gdy lincoln zbaczał w lewo. Zwolniliśmy, praktycznie pełzaliśmy na biegu jałowym. Nagle ujrzałem przed sobą błysk świateł stopu, Duke się zatrzymał. Stanąłem za nim. Beck się odwrócił, sięgnął swoją torbę z tylnego siedzenia, otworzył ją na kolanach. Wręczył mi jednego z MP5K plus dwa magazynki na trzydzieści naboi.

– Załatw sprawę! – polecił.

– Zaczeka pan tutaj?

Skinął głową. Szybko rozłożyłem pistolet, sprawdziłem, złożyłem z powrotem, załadowałem pocisk do komory i zabezpieczyłem. Ostrożnie schowałem do kieszeni magazynki, tak by nie zaczęły grzechotać, zderzając się z glockiem i PSM. Wysiadłem z wozu, odetchnąłem zimnym nocnym powietrzem. Co za ulga. Szybko się rozbudziłem. Czułem woń pobliskiego jeziora i drzew, a także gnijących na ziemi liści. Słyszałem szum niewielkiego wodospadu i mechaniczne trzaski stygnących silników. Lekki wietrzyk poruszał gałęziami drzew. Poza tym wokół panowała cisza, absolutna cisza.

Duke na mnie czekał. W jego postawie wyczuwałem napięcie i zniecierpliwienie. Robił już wcześniej takie rzeczy, widziałem to wyraźnie. Wyglądał jak doświadczony policjant przed ważną akcją. Połączenie rutyny i świadomości, że żadne dwie sytuacje nie są identyczne. W dłoni trzymał steyra z magazynkiem na trzydzieści pocisków sterczącym poza kolbę. Magazynek sprawiał, że broń wydawała się jeszcze większa i brzydsza niż zwykle.

– Ruszajmy, dupku – szepnął.

Trzymałem się półtora metra za nim, maszerując drugą stroną podjazdu niczym żołnierz piechoty. Musiałem zachowywać się przekonująco, jakbym nie chciał, by ktoś wziął nas na muszkę jednocześnie. Wiedziałem, że nikt na nas nie czeka. On jednak nie miał o tym pojęcia.

Wynurzyliśmy się zza zakrętu i ujrzeliśmy przed sobą dom. W oknie paliło się światło – pewnie włączył je automat. Duke zwolnił kroku, zatrzymał się.

– Widzisz drzwi? – spytał cicho.

Wbiłem wzrok w ciemność. Dostrzegłem niewielką werandę, wskazałem ją ręką.

– Zaczekaj przy wejściu – odparłem szeptem. – Ja sprawdzę okno.

Zgodził się chętnie i gdy dotarliśmy na werandę, Duke przystanął, a ja odłączyłem się od niego i podkradłem do okna. Ostatnie trzy metry przeczołgałem się w kurzu. Uniosłem lekko głowę, dźwignąłem się z ziemi i zajrzałem do środka. Ujrzałem słabą żarówkę stołowej lampy pod żółtym plastikowym abażurem, sfatygowane sofy i fotele. Zimny popiół w palenisku, sosnową boazerię na ścianach. I ani śladu ludzi.

Poczołgałem się z powrotem, a gdy znalazłem się w plamie światła i Duke mnie zobaczył, uniosłem dwa palce pod oczy – standardowy gest snajperski oznaczający: widzę. Potem uniosłem rękę, dłonią na zewnątrz, rozsuwając palce: widzę pięć osób. Następnie zacząłem kiwać rękami, wykonując serię skomplikowanych gestów, być może wskazującą rozmieszczenie broni. Wiedziałem, że Duke ich nie zrozumie, sam nic z tego nie pojmowałem. O ile się orientowałem, były kompletnie pozbawione sensu. Nigdy nie służyłem w zwiadzie, ale wszystko wyglądało świetnie, nagląco i bardzo profesjonalnie.

Przeczołgałem się jeszcze trzy metry dalej, potem wstałem i dołączyłem do niego przy drzwiach.

– Są kompletnie nieprzytomni, naćpani albo pijani. Jeśli będziemy działać szybko, w ogóle się nie zorientują.

– Broń?

– Mnóstwo, ale żadnej w zasięgu. – Wskazałem ręką werandę. – Wygląda na to, że jest tam niewielki przedpokój. Drzwi zewnętrzne, drzwi wewnętrzne, potem przedpokój. Ty weźmiesz lewą stronę, ja prawą. Zaczekamy na nich. Załatwimy ich, kiedy wyjdą sprawdzić, co to za hałas.

– Wydajesz mi rozkazy?

– To ja byłem na zwiadzie.

– Tylko nie schrzań sprawy, dupku.

– Ty też nie.

– Ja nigdy nie nawalam – odparł.

– Dobra – rzuciłem.

– Mówię serio – dodał. – Jeśli wejdziesz mi w drogę, chętnie załatwię cię razem z nimi, bez wahania.

– Gramy w tej samej drużynie.

– Czyżby? – zdziwił się. – Myślę, że zaraz się przekonamy.

– Spokojnie – mruknąłem.

Odczekał chwilę, spiął się, skinął głową w ciemności.

– Ja wywalę drzwi zewnętrzne, ty wewnętrzne, na zmianę.

– Dobra – powtórzyłem.

Odwróciłem się i uśmiechnąłem. Typowy doświadczony glina. Skoro ja mam wywalić drzwi wewnętrzne, on wbiegnie przez nie pierwszy, a ja drugi. A drugi facet zwykle obrywa kulkę. To kwestia czasu reakcji przeciwnika.

– Odbezpieczamy – szepnąłem.

Zwolniłem bezpiecznik H&K, przełączając go na strzały pojedyncze. Duke odbezpieczył steyra. Skinąłem głową, on także. Kopniakiem wywalił drzwi zewnętrzne. Stałem tuż za nim, wyprzedziłem go i bez chwili zawahania kopnąłem drugie drzwi. Prześlizgnął się obok mnie, skoczył w lewo, a ja w prawo. Był dobry, tworzyliśmy niezły zespół. Przykucnęliśmy, zajmując idealne pozycje, nim jeszcze strzaskane drzwi przestały się kołysać na zawiasach. Duke wpatrywał się w drzwi pokoju przed nami. Uniósł steyra, trzymając go oburącz w wyprostowanych rękach. Szeroko otwierał oczy, oddychał ciężko, niemal dyszał. W ten sposób radził sobie z napięciem. Wyciągnąłem z kieszeni PSM Angela Dolla i trzymając go w lewej ręce, odbezpieczyłem, skoczyłem w lewo i wbiłem Duke'owi lufę w ucho.

– Bądź bardzo cicho – nakazałem. – Musisz dokonać wyboru. Zadam ci jedno pytanie, tylko jedno. Jeśli skłamiesz albo odmówisz odpowiedzi, strzelę ci w łeb. Zrozumiałeś?

Duke nawet nie drgnął. Trwał bez ruchu, pięć sekund, sześć, osiem, dziesięć, wpatrując się rozpaczliwie w drzwi przed sobą.

– Nie martw się, dupku – pocieszyłem go, akcentując ostatnie słowo. – Nikogo tam nie ma, wszyscy zostali aresztowani tydzień temu przez federalnych.

Wciąż stał bez ruchu.

– Zrozumiałeś, co powiedziałem przed chwilą? W kwestii pytania, które ci zadam?

Z wahaniem skinął głową, niezręcznie, bo broń ciągle tkwiła mu w uchu.

– Odpowiesz albo strzelę ci w łeb. Jasne?

Przytaknął.

– Dobra, oto pytanie – rzuciłem. – Gotów?

Znów przytaknął.

– Gdzie jest Teresa Daniel?

Długą chwilę milczał, w końcu odwrócił się lekko, patrząc na mnie. Przesunąłem dłoń tak, by PSM pozostał w miejscu. Powoli w jego oczach pojawił się błysk zrozumienia.

– W twoich snach – odparł.

Strzeliłem mu w głowę. Po prostu cofnąłem rękę i wypaliłem mu raz jeden w prawą skroń. W ciszy huk strzału zabrzmiał ogłuszająco. Krew, mózg i odłamki kości rozbryznęły się na ścianie. Ogień wystrzału przypalił mu włosy. Potem wypaliłem dwukrotnie z trzymanego w prawej dłoni H&K, celując w sufit, i znów z PSM lewą ręką w podłogę. Przełączyłem H&K na ogień ciągły, wstałem i opróżniłem magazynek prosto w ciało Duke'a. Podniosłem steyra i zacząłem walić w sufit, piętnaście szybkich strzałów, pół magazynka. Przedpokój wypełnił ostry, gryzący dym. Wokół fruwały odłamki drewna i kawałki tynku. Zmieniłem magazynki w hecklerze & kochu i zasypałem ściany gradem kul. Hałas był ogłuszający. Łuski sypały się na boki i bębniły o podłogę. W końcu broń szczęknęła, magazynek był pusty. Wystrzeliłem resztę pocisków z PSM w ścianę, kopniakiem wywaliłem drzwi oświetlonego pokoju, ze steyra rozwaliłem lampę. Chwyciłem mały stolik, wyrzuciłem przez okno. Z drugiego, zapasowego magazynka H&K ostrzelałem drzewa w dali, jednocześnie lewą ręką strzelając ze steyra w podłogę. W końcu zgarnąłem wszystkie trzy spluwy i wypadłem z domu. W uszach dzwoniło mi okropnie. W ciągu około piętnastu sekund wystrzeliłem sto dwadzieścia osiem pocisków i hałas kompletnie mnie ogłuszył. Beck musiał uznać, że w domku wybuchła trzecia wojna światowa.

Biegłem podjazdem, kaszląc. Za sobą ciągnąłem chmurę dymu prochowego. Skierowałem się ku samochodom. Beck zdążył już usiąść za kierownicą cadillaca. Dostrzegł mnie i uchylił drzwi szybciej niż okno.

– Pułapka – wydyszałem. Głośno chwytałem powietrze, własny głos odbijał mi się echem wewnątrz czaszki. – Było ich co najmniej ośmiu.

– Gdzie jest Duke?

– Nie żyje. Musimy jechać. Natychmiast, Beck!

Na moment zamarł, potem drgnął.

– Weź jego wóz! – polecił.

Zdążył już uruchomić silnik cadillaca. Teraz nacisnął pedał, trzasnął drzwiami, cofnął się szybko. Wskoczyłem do lincolna, odpaliłem, wrzuciłem wsteczny bieg i podpierając się ręką, nacisnąłem pedał gazu. Jeden za drugim wypadliśmy tyłem na drogę. Obróciliśmy się i wystartowaliśmy na północ, obok siebie, jak kierowcy wyścigowi. Z piskiem opon pokonywaliśmy zakręty i wyboje. Utrzymywaliśmy prędkość koło setki, nie zwalniając, póki nie dotarliśmy do zakrętu prowadzącego do Hartfordu. Beck mnie wyprzedził, trzymałem się tuż za nim. Pokonał szybko osiem kilometrów, potem skręcił, podjechał pod zamknięty sklep i zaparkował z tyłu. Stanąłem trzy metry dalej. Opadłem na siedzenie i czekałem, aż do mnie podejdzie. Byłem zbyt zmęczony, by wysiąść. Biegiem okrążył maskę cadillaca i otworzył drzwi po mojej stronie.

– To była zasadzka? – spytał.

Przytaknąłem.

– Czekali na nas, było ich z ośmiu, może nawet więcej. Prawdziwa masakra.

Nie odpowiedział, nie miał nic do powiedzenia. Podniosłem z fotela steyra Duke'a i wręczyłem pistolet Beckowi.

– Zabrałem go – oznajmiłem.

– Po co?

– Pomyślałem, że chciałby pan tego. Żeby pana nie namierzyli dzięki tej broni.

Skinął głową.

– Nie daliby rady, ale dobrze myślałeś.

Oddałem mu także H&K. Cofnął się do cadillaca, widziałem, jak chowa broń do torby. Potem obrócił się, zacisnął obie pięści, uniósł głowę ku ciemnemu niebu. Spojrzał na mnie.

– Widziałeś jakieś twarze? – spytał.

Pokręciłem głową.

– Było za ciemno, ale jednego trafiliśmy. Upuścił to.

Wręczyłem mu PSM. Zupełnie jakbym rąbnął go pięścią w brzuch. Beck zbladł, wyciągnął rękę i oparł się ciężko o dach lincolna.

– Co się stało? – spytałem.

Odwrócił wzrok.

– Nie mogę uwierzyć.

– W co?

– Trafiłeś w kogoś i ten ktoś to upuścił?

– Chyba Duke go trafił.

– Widziałeś, jak to się stało?

– Tylko sylwetki. Było ciemno, mnóstwo błysków z luf. Duke strzelał, trafił w jednego i kiedy wychodziłem, ta broń leżała na podłodze.

– To pistolet Angela Dolla.

– Na pewno?

– Stawiam milion do jednego. Wiesz co to?

– Nigdy takiego nie widziałem.

– To specjalny pistolet KGB – oznajmił. – Z dawnego Związku Radzieckiego, bardzo rzadki w tym kraju.

Odszedł parę kroków w ciemność, zamknąłem oczy. Tak bardzo chciało mi się spać. Nawet pięć sekund by pomogło.

– Reacher! – zawołał Beck. – Jakie dowody zostawiłeś?

Uniosłem powieki.

– Zwłoki Duke'a – oznajmiłem.

– Nikogo do nas nie doprowadzą. Balistyka?

Uśmiechnąłem się w ciemności, wyobrażając sobie, jak kryminalistycy z Hartfordu próbują znaleźć jakiś sens w trajektoriach. Ściany, podłogi, sufity. Uznają, że w przedpokoju grasowała grupa uzbrojonych po zęby tancerzy disco.

– Mnóstwo pocisków i łusek – odparłem.

– Są czyste.

Odszedł dalej w ciemność. Znów zamknąłem oczy. Nie zostawiłem odcisków palców, żadna część mego ciała nie dotknęła żadnej części domu, pomijając podeszwy butów. I nie wystrzeliłem z glocka Duffy. Słyszałem coś o rejestrze centralnym zawierającym dane balistyczne. Może jej glock także w nim figurował, ale ja z niego nie skorzystałem.

– Reacher! – zawołał Beck. – Zawieź mnie do domu.

Otworzyłem oczy.

– A co z tym wozem? – odkrzyknąłem.

– Zostaw go tutaj.

Ziewnąłem, zmusiłem się, by wstać. Rąbkiem płaszcza wytarłem dokładnie kierownicę i wszystko, czego dotknąłem.

Przy okazji glock o mało nie wypadł mi z kieszeni. Beck niczego nie zauważył – był tak pogrążony w myślach, że mógłbym wyjąć pistolet i obrócić na palcu jak Sundance Kid, a on niczego by nie dostrzegł. Wytarłem klamkę drzwi, potem nachyliłem się do środka, wyciągnąłem kluczyki, wyczyściłem je i cisnąłem w krzaki na skraju parkingu.

– Ruszajmy – polecił Beck.

• • •

Jechaliśmy w milczeniu, póki nie znaleźliśmy się czterdzieści pięć kilometrów na północny wschód od Hartfordu.

Wówczas Beck zaczął mówić. Wcześniej układał sobie wszystko w głowie.

– Ten wczorajszy telefon – zaczął. – Dogrywali swój plan. Doll cały czas dla nich pracował.

– Od kiedy?

– Od początku.

– To nie ma sensu – mruknąłem. – Duke pojechał na południe i zdobył numer rejestracyjny toyoty. Potem pan przekazał go Dollowi i kazał sprawdzić. Po co jednak Doll miałby mówić prawdę? Gdyby byli w zmowie, z pewnością by nic nie powiedział. Żeby was do nich nie doprowadzić, pozostawić w ślepym zaułku.

Beck uśmiechnął się z wyższością.

– Nie, szykowali zasadzkę, stąd właśnie ów telefon. To była z ich strony niezła improwizacja. Gambit z porwaniem się nie powiódł, zmienili zatem taktykę. Pozwolili, by Doll wskazał nam właściwy kierunek, aby stało się to, co dziś.

Powoli skinąłem głową, jakbym przyjmował jego argumenty. Najprostsza droga do awansu to pozwolić, aby myśleli, że jesteś odrobinę głupszy niż oni. Metoda ta sprawdziła się już w wojsku. Trzykrotnie.

– Czy Doll wiedział, co na dziś planujecie? – spytałem.

– Tak – odparł Beck. – Omawialiśmy to wspólnie wczoraj, ze szczegółami. Wtedy kiedy widziałeś nas w biurze.

205

– Zatem wystawił was.

– Tak – powtórzył. – Wczoraj zamknął wszystko, potem wyjechał z Portlandu i dotarł tutaj. Powiedział im, kto przyjedzie, kiedy i dlaczego.

Nie odpowiedziałem. Myślałem o samochodzie Dolla. Stał półtora kilometra od biura Becka. Zacząłem żałować, że nie ukryłem go lepiej.

– Pozostaje jedno istotne pytanie – ciągnął Beck. – Czy zdradził tylko Doll?

– Czy także…?

Na moment umilkł, w końcu wzruszył ramionami.

– Czy także ktoś z ludzi, którzy z nim pracują?

Tych, których nie kontrolujesz, pomyślałem. Ludzi Quinna.

– Albo wszyscy razem – dokończył.

Znów zaczął rozmyślać, kolejnych czterdzieści pięć, pięćdziesiąt kilometrów. Nie odezwał się ani słowem do chwili, gdy znaleźliśmy się z powrotem na I-95, okrążając Boston w drodze na północ.

– Duke nie żyje – powiedział.

– Przykro mi – odparłem.

Teraz, pomyślałem.

– Długo go znałem.

Nie odpowiedziałem.

– Będziesz musiał przejąć jego robotę. Potrzebuję kogoś, natychmiast. Kogoś, komu mogę ufać. A ty jak dotąd świetnie się spisywałeś.

– Awans? – spytałem.

– Masz kwalifikacje.

– Szef ochrony?

– Przynajmniej tymczasowo – wyjaśnił. – Jeśli ci się spodoba, na stałe.

– No, nie wiem.

– Pamiętaj po prostu, co ja wiem – przypomniał. – Należysz do mnie.

Odczekałem chwilę i odezwałem się półtora kilometra dalej.

– Zamierza mi pan zapłacić w najbliższym czasie?

– Dostaniesz swoje pięć tysięcy plus działkę Duke'a.

– Będę potrzebował informacji – oznajmiłem. – Bez nich nie zdołam panu pomóc.

Pokiwał głową.

– Jutro – obiecał. – Porozmawiamy jutro.

A potem znów umilkł. Gdy zerknąłem na niego, spał twardo. Pewnie była to reakcja na szok. Zdawało mu się, że jego świat wali się w gruzy. Znów podjąłem walkę z nieubłaganą sennością, usilnie starając się nie zjechać z drogi. Przypomniałem sobie przeczytane niegdyś książki o armii brytyjskiej w Indiach, w czasie panowania radżów, u szczytu potęgi imperium brytyjskiego. Młodzi oficerowie mieli własne kantyny, zasiadali razem do posiłków odziani we wspaniałe mundury galowe i rozmawiali o szansach awansu. Nie mieli żadnych, chyba że któryś z przełożonych umarł. Zasadą było dziedziczenie stopni. Wznosili zatem kryształowe kielichy pełne świetnego francuskiego wina w toaście za krwawe wojny i śmiertelne choroby, bo zgony na wyższych poziomach hierarchii stanowiły ich jedyną nadzieję na awans. Brutalne, ale też takie właśnie jest życie w wojsku.

• • •

Na wybrzeże Maine dotarłem na autopilocie. Nie potrafiłem przypomnieć sobie nawet jednego kilometra jazdy. Odrętwiałem z wyczerpania, wszystko mnie bolało. Paulie powoli otwierał bramę, pewnie wyciągnęliśmy go z łóżka. Wpatrywał się we mnie demonstracyjnie. Wysadziłem Becka przy drzwiach frontowych i odstawiłem wóz do garażu. Dla bezpieczeństwa ukryłem glocka i zapasowe magazynki i wróciłem do domu tylnymi drzwiami. Wykrywacz metalu zahuczał, wyczuwając kluczyki; zostawiłem je na stole kuchennym.

Byłem głodny, ale zbyt zmęczony, by jeść. Wdrapałem się na górę, padłem na łóżko i natychmiast zasnąłem w ubraniu, nie zdejmując nawet płaszcza i butów.

. . .

Sześć godzin później obudziła mnie aura. Poziome strugi deszczu waliły w okno, jakby ktoś obsypywał szybę garściami żwiru. Zsunąłem się z łóżka, wyjrzałem na zewnątrz. Na stalowoszarym niebie wisiały ciężkie chmury, morze burzyło się gniewnie, przepływały po nim długie pasma piany, fale zalewały skały. Nie dostrzegłem żadnych ptaków. Była dziewiąta rano, czternasty dzień, piątek. Położyłem się z powrotem, patrząc w sufit i wspominając poranek jedenastego dnia, siedemdziesiąt dwie godziny wcześniej. Duffy przedstawiła mi wówczas swój siedmiopunktowy plan. Jeden, dwa i trzy: bądź ostrożny. Szło mi całkiem nieźle, w każdym razie wciąż żyłem. Cztery: znajdź Teresę Daniel. Praktycznie brak postępów. Pięć: zdobądź konkretne dowody przeciw Beckowi. Nie miałem żadnych, ani odrobiny. Nie widziałem, by robił cokolwiek niezgodnego z prawem, poza jazdą samochodem z fałszywymi tablicami rejestracyjnymi i wożeniem przy sobie torby z pistoletami maszynowymi, zapewne nielegalnymi we wszystkich czterech odwiedzonych przez nas stanach. Sześć: znajdź Quinna. Tu też brak postępów. Siedem: wynoś się stamtąd. Ten punkt musiał jeszcze zaczekać. A potem Duffy ucałowała mnie w policzek, pozostawiając na nim ślad cukru z pączków.

Znów wstałem i zamknąłem się w łazience, by sprawdzić e-mail. Drzwi sypialni nie były już zamknięte. Przypuszczałem, że Richard Beck nie wszedłby bez pukania, podobnie jego matka. Ale ojciec owszem, byłem jego własnością. Miałem zapewniony awans, wciąż jednak stąpałem po kruchym lodzie. Usiadłem na podłodze, zdjąłem but, otworzyłem obcas i włączyłem urządzenie. *Masz wiadomość*. Pochodziła od Duffy. *Kontenery Becka wyładowane i przewiezione do magazy-*

nu. Niesprawdzone przez celników. W sumie pięć, największa dostawa od dłuższego czasu.

Nacisnąłem ODPOWIEDŹ i wystukałem: *Obserwujecie je?* Dziewięćdziesiąt sekund później nadeszła odpowiedź: *Tak.*

Awansowałem, poinformowałem Duffy.

Wykorzystaj to, odpisała.

Podobało mi się wczoraj.

Oszczędzaj baterie, poleciła krótko.

Uśmiechnąłem się, wyłączyłem urządzenie i umieściłem je z powrotem w obcasie. Potrzebowałem prysznica, najpierw jednak musiałem zjeść śniadanie i znaleźć czyste ciuchy. Otworzyłem drzwi łazienki, wyszedłem z pokoju i udałem się na dół, do kuchni. Kucharka wróciła na posterunek, podawała właśnie tosty i herbatę irlandzkiej pokojówce i dyktowała długą listę zakupów. Na stole leżały kluczyki do saaba. Kluczyki do cadillaca zniknęły. Rozejrzałem się i zjadłem wszystko, co zdołałem znaleźć. Potem poszedłem szukać Becka, nie było go w domu. Podobnie jak Elizabeth i Richarda. Wróciłem do kuchni.

– Gdzie jest rodzina? – spytałem.

Pokojówka uniosła wzrok, nie odpowiedziała. Włożyła płaszcz przeciwdeszczowy gotowa do zakupów.

– Gdzie jest pan Duke? – spytała kucharka.

– Niedysponowany, zastępuję go – oznajmiłem. – A gdzie Beckowie?

– Wyjechali.

– Dokąd?

– Nie wiem.

Wyjrzałem na zewnątrz.

– Kto prowadził?

Kucharka spuściła wzrok.

– Paulie – odparła.

– Kiedy?

– Godzinę temu.

– W porządku.

Wciąż miałem na sobie płaszcz – włożyłem go, wychodząc z motelu Duffy, i od tej pory nie zdjąłem. Wyszedłem prosto tylnymi drzwiami. Natychmiast zaatakowała mnie wichura. Deszcz zacinał ostro, smakował solą, krople mieszały się z morską pianą. Fale uderzały o brzeg niczym bomby, biały pył pryskał na dziesięć metrów w górę. Osłoniłem twarz kołnierzem i pobiegłem do garażu. Pod murem było spokojniej. Pierwszy garaż okazał się pusty, drzwi stały otworem, cadillac zniknął. W trzecim krzątał się mechanik. Pokojówka wybiegła na dziedziniec. Patrzyłem, jak otwiera drzwi czwartego garażu. Deszcz przemoczył ją od stóp do głów. Zniknęła w środku i po chwili odjechała starym saabem. Mocny podmuch zakołysał samochodem. Pod wpływem deszczu pokrywająca karoserię warstewka kurzu zamieniła się w błoto spływające po bokach niczym strumyki. Pokojówka odjechała na targ. Stałem bez ruchu, słuchając fal; zacząłem zastanawiać się, jak wysoko mogą dotrzeć. Przysunąłem się do muru i okrążyłem go ostrożnie. Znalazłem zagłębienie wśród kamieni, deszcz przygiął do ziemi otaczające je chaszcze. W zagłębieniu stała woda – nie morska, tylko deszczówka. Miejsce to znajdowało się daleko ponad poziomem przypływów, fale tam nie docierały. Poza deszczówką jednak nie było w nim nic. Ani śladu zawiniątka, ścierki, glocka. Zapasowe magazynki zniknęły, klucze Dolla zniknęły, szydło zniknęło, dłuto także.

8

Obszedłem dom i stanąłem od frontu w strugach deszczu, twarzą na wschód, wpatrując się w wysoki kamienny mur. W tym momencie po raz pierwszy o mało nie zdecydowałem się na ucieczkę. Byłaby taka łatwa. Brama stała otworem – zapewne pokojówka tak właśnie ją zostawiła; wysiadła w deszczu, by otworzyć bramę, i nie miała ochoty moknąć ponownie. Paulie nie mógł jej wyręczyć, wyjechał cadillakiem, toteż brama była otwarta. I niestrzeżona. Po raz pierwszy, odkąd się tam znalazłem, mógłbym wymknąć się na zewnątrz. Ale tego nie zrobiłem. Zostałem.

Jedną z przyczyn był czas. Od najbliższego rozjazdu dzieliło mnie co najmniej szesnaście kilometrów pustej drogi. Szesnaście kilometrów, a nie miałem pod ręką samochodu. Beckowie wyjechali cadillakiem, pokojówka zabrała saaba, lincolna porzuciliśmy w Connecticut. Musiałbym więc iść pieszo. Trzy godziny szybkiego marszu. Nie miałem trzech godzin. Wiedziałem, że w tym czasie niemal na pewno wróci cadillac, a przy drodze nie mogłem się ukryć. Pobocza były puste, skaliste. Całkowicie odsłonięte. Beck miałby mnie jak na widelcu. Szedłbym pieszo, a on jechał samochodem. No i miał broń. Oraz Pauliego. Ja nie miałem nic.

Zatem częściowo w grę wchodziła także strategia. Gdyby Beck przyłapał mnie na próbie ucieczki, potwierdziłoby to jego podejrzenia, zakładając, że to właśnie on odkrył moje rzeczy. Gdybym jednak postanowił zostać, wciąż miałem szansę. Pozostanie na miejscu sugeruje niewinność. Mógłbym obciążyć Duke'a, powiedzieć, że to on ukrył sobie broń. Może Beck by uwierzył; może Duke chodził, gdzie mu się podobało, dniami i nocami. Ja cały czas byłem pod kluczem, w zamknięciu. A Duke już niczemu by nie zaprzeczył. Ja natomiast stałbym przed Beckiem i patrząc mu prosto w oczy, przedstawiałbym głośno przekonujące argumenty. Może to kupi.

Częściowo w grę wchodziła też nadzieja, że to nie Beck znalazł kryjówkę, że natknął się na nią spacerujący po brzegu Richard. Nie potrafiłem przewidzieć jego reakcji. Obliczałem, że mam pięćdziesiąt procent szans na to, iż zwróci się najpierw do mnie, nie do ojca. A może to Elizabeth znalazła schowek? Znała skały za domem i ich sekrety. Podejrzewałem, że z różnych powodów spędza tam mnóstwo czasu. A ona by mnie nie wsypała. Prawdopodobnie.

Deszcz także stanowił istotny czynnik. Zimne strugi lały się bezlitośnie z nieba. Byłem zbyt zmęczony, by maszerować trzy godziny w deszczu. Wiedziałem, że to słabość, ale z trudem poruszałem nogami. Chciałem schować się w domu, łaknąłem ciepła, jedzenia i odpoczynku.

Jednym z powodów był także strach przed porażką. Gdybym teraz odszedł, nigdy bym już nie wrócił, wiedziałem to doskonale. A zainwestowałem już w to wszystko dwa tygodnie, poczyniłem spore postępy, ludzie na mnie polegali. Wiele razy zostałem pokonany, ale nigdy po prostu nie odszedłem, ani razu. Gdybym teraz zrezygnował, myśl ta do końca życia nie dawałaby mi spokoju. Przegrany Jack Reacher. Gdy zrobiło się ciężko, odszedł.

Stałem tam, czując na plecach uderzenia fal deszczu. Czas, strategia, nadzieja, pogoda, lęk przed porażką. Wszystko przemawiało za tym, bym został. Stanowiło część listy.

Jednak na pierwszym miejscu owej listy figurowała kobieta.

Nie Susan Duffy, nie Teresa Daniel. Kobieta sprzed wielu lat, z innego życia. Nazywała się Dominique Kohl. Gdy ją poznałem, byłem kapitanem, rok dzielił mnie od ostatniego awansu na majora. Pewnego ranka przyszedłem do biura wcześnie rano i zastałem na biurku zwykły stos papierów. Większość z nich trafiła do śmieci, lecz między dokumentami znalazła się kopia rozkazu przydzielającego do mojej jednostki nowego człowieka. E-7, starszy sierżant, Kohl, D.E. W owych czasach wszystkie pisemne odnośniki do personelu musiały być neutralne, jeśli chodzi o płeć. Nazwisko Kohl brzmiało z niemiecka. Wyobraziłem sobie natychmiast paskudnego wielkoluda z Teksasu bądź Minnesoty – wielkie czerwone łapy, wielka czerwona twarz, starszy ode mnie, jakieś trzydzieści pięć lat, ostrzyżony na jeża. Nieco później tego samego ranka oficer dyżurny odezwał się w interkomie z informacją, że nowy nabytek zgłosił się na służbę. Kazałem mu czekać dziesięć minut, ot tak, dla zabawy, a potem wezwałem – ale on okazał się nią, a ona nie była wcale wielka i paskudna. Miała na sobie spódnicę. Jakieś dwadzieścia dziewięć lat, niezbyt wysoka, ale wystarczająco wysportowana, by móc nazwać ją drobną, i dostatecznie ładna, by móc nazwać ją wysportowaną. Zupełnie jakby wyrzeźbiono ją starannie z materiału, którym wypycha się piłki tenisowe. Miała w sobie niezwykłą elastyczność, twardość i miękkość jednocześnie. Wyciosana, lecz bez ostrych krawędzi. Stanęła sztywno na baczność przed moim biurkiem i zasalutowała zgrabnie. Nie odpowiedziałem tym samym, niezbyt uprzejmie. Przez pięć długich sekund wpatrywałem się w nią bez słowa.

– Spocznijcie, sierżancie – powiedziałem w końcu.

Wręczyła mi swój egzemplarz rozkazu i teczkę z danymi osobowymi. W wojsku nazywamy je rejestrami służby, zawierają wszystko, co trzeba wiedzieć o danej osobie. Czekała, stojąc przede mną, podczas gdy ja przeglądałem jej teczkę. To także nie było uprzejme, ale nie miałem innego wyjścia – nie

213

dysponowałem krzesłem dla gości. W owych czasach w wojsku dostawało się je dopiero od pułkownika wzwyż. Kohl stała nieruchomo z rękami założonymi za plecy, patrząc w powietrze dokładnie ćwierć metra nad moją głową.

Jej rejestr służby okazał się imponujący. Zajmowała się po trosze wszystkim i za każdym razem odnosiła spektakularne sukcesy. Znakomite umiejętności strzeleckie, specjalistka w kilku dziedzinach. Doskonałe statystyki aresztowań i zakończonych śledztw. Była dobrym dowódcą, szybko awansowała. Zabiła dwóch ludzi, jednego z pistoletu, jednego gołymi rękami. Późniejsze śledztwa dowiodły, że działała zgodnie z prawem. Wschodząca gwiazda, widziałem to wyraźnie. Zrozumiałem, że jej przeniesienie służbowe stanowiło w oczach przełożonych poważny komplement pod moim adresem.

– Cieszę się, że jesteś z nami – oznajmiłem.

– Dziękuję, panie kapitanie – odparła, nadal patrząc w przestrzeń.

– Nie lubię formalności – powiedziałem. – Nie boję się, że zniknę w obłoczku pary, jeśli na mnie spojrzysz, i nie lubię zwrotu „pan", jeśli mogę tego uniknąć. Jasne?

– Jasne – odparła.

Szybko się uczyła. Przez resztę swego życia ani razu nie zwróciła się do mnie per pan.

– Chcesz skoczyć od razu na głęboką wodę?

Skinęła głową.

– Pewnie.

Ze szczękiem wysunąłem szufladę, wyciągnąłem z niej cienką teczkę i wręczyłem jej. Nie spojrzała na dokumenty; trzymała je w dłoni, patrząc na mnie.

– Aberdeen w Marylandzie – oświadczyłem. – Tajna baza. Pewien projektant broni zachowuje się dziwnie. Dostałem cynk od kumpla, który obawia się szpiegostwa. Osobiście jednak sądzę, że w grę wchodzi raczej szantaż. To może być długie, skomplikowane śledztwo.

– Żaden problem – odparła.

214

To właśnie z jej powodu nie wyszedłem przez otwartą, nie-strzeżoną bramę.

• • •

Zamiast tego wróciłem do środka i wziąłem długi, gorący prysznic. Zwykle ludzie nie lubią ryzykować konfrontacji, gdy są mokrzy i nadzy, ale przestało mnie to obchodzić. Chyba popadłem w fatalizm. Cokolwiek się stanie, nie ma sprawy, dawajcie to. Potem owinąłem się ręcznikiem, zszedłem piętro niżej i znalazłem pokój Duke'a. Podprowadziłem kolejny komplet ubrań. Włożyłem je, do tego własne buty, marynarkę i płaszcz. Wróciłem do kuchni. Wewnątrz panowało przyjemne ciepło, a huk morza i bębnienie deszczu o szyby sprawiły, że pomieszczenie stało się jeszcze przytulniejsze, zupełnie jak sanktuarium. Kucharka krzątała się przy blacie, przyrządzając kurczaka.

– Masz może kawę? – spytałem.

Pokręciła głową.

– Dlaczego nie?

– Kofeina – odparła krótko.

Wbiłem wzrok w tył jej głowy.

– Kofeina to powód, dla którego wymyślono kawę – oznajmiłem. – A zresztą w herbacie też jest kofeina, a widziałem, jak ją parzysz.

– W herbacie jest tanina – oznajmiła.

– I kofeina – dodałem.

– To napij się herbaty – ucięła.

Rozejrzałem się wokół. Na blacie stał drewniany blok, z którego sterczały pod różnymi kątami czarne rękojeści noży. Dostrzegłem też butelki i szklanki. Pod zlewem znajdowały się pewnie płyny nabłyszczające, może też wybielacz z chlorem. Świetna zaimprowizowana broń w walce wręcz. Jeśli Beck ma choćby lekkie opory przed strzałem w zatłoczonym pomieszczeniu, mogę wygrać, załatwić go, nim on załatwi mnie. Wystarczy mi pół sekundy.

– Chcesz kawy? – spytała kucharka. – O to ci właśnie chodzi?

– Tak – odparłem. – Owszem.

– Wystarczy poprosić.

– Poprosiłem.

– Nie, spytałeś, czy mam kawę. To nie to samo.

– Zechcesz zrobić mi kawę? Proszę.

– Co się stało z panem Dukiem?

Zawahałem się. Może zamierzała wyjść za niego za mąż, jak w starych filmach, gdzie kucharka poślubia lokaja, przechodzą na emeryturę i żyją razem długo i szczęśliwie.

– Został zabity – oznajmiłem.

– Zeszłej nocy?

Skinąłem głową.

– W zasadzce.

– Gdzie?

– W Connecticut.

– W porządku – powiedziała. – Zaparzę ci kawę.

Włączyła ekspres. Patrzyłem, skąd bierze wszystkie potrzebne rzeczy. Papierowe filtry przechowywała w kredensie obok serwetek, kawa stała w zamrażarce. Ekspres był stary i wolny, wydawał z siebie długie, przeciągłe bulgotanie i owe dźwięki w połączeniu z łoskotem deszczu walącego w szyby i hukiem fal na skałach sprawiły, że nie usłyszałem cadillaca. Nagle tylne drzwi otworzyły się szeroko i do środka wpadła Elizabeth Beck. Tuż za nią dreptał Richard, sam Beck zamykał stawkę. Stali zdyszani i nakręceni, jak ludzie po krótkiej, szybkiej przebieżce w ostrym deszczu.

– Witaj – pozdrowiła mnie Elizabeth.

Skinąłem głową, milczałem.

– Kawa! – zawołał Richard. – Super.

– Pojechaliśmy na śniadanie – oznajmiła Elizabeth. – Do Old Orchard Beach. Jest tam mała knajpka, którą lubimy.

– Paulie uznał, że nie powinniśmy cię budzić – dodał Beck. – Twierdził, że wczoraj wyglądałeś na bardzo zmęczonego, zaproponował więc, że sam nas zawiezie.

– Jasne – odparłem i pomyślałem: czy to Paulie znalazł moją skrytkę? Czy już im powiedział?

– Chcesz kawy? – spytał Richard. Stał przy ekspresie, trzymając w dłoniach filiżanki.

– Czarną – powiedziałem. – Dzięki.

Przyniósł mi filiżankę. Beck tymczasem ściągał płaszcz i strząsał wodę na podłogę.

– Weź ją ze sobą – polecił. – Musimy porozmawiać.

Wyszedł do holu i obejrzał się, jakby oczekiwał, że pójdę za nim. Zabrałem kawę – była gorąca, parowała, w razie potrzeby mógłbym chlusnąć mu nią w twarz. Zaprowadził mnie do kwadratowego pokoju z boazerią, w którym rozmawialiśmy poprzednio. Niosłem filiżankę, przez co poruszałem się nieco wolniej. Pierwszy dotarł na miejsce. Gdy wszedłem, stał już przy jednym z okien, zwrócony do mnie plecami, patrząc w deszcz. Kiedy się odwrócił, miał w dłoni pistolet. Znieruchomiałem. Był za daleko, bym mógł użyć kawy, jakieś trzy metry ode mnie. Gorący płyn rozprysnąłby się w powietrzu i zapewne opadł na dywan, nie docierając do celu.

Skupiłem wzrok na pistolecie. Beretta M9 special edition, cywilna beretta 92FS wyposażona tak, by przypominać dokładnie standardowe wojskowe M9. Strzelała dziewięciomilimetrową amunicją parabellum, miała magazynek mieszczący piętnaście nabojów i wojskowy celownik. Z zaskakującą dokładnością przypomniałem sobie, że jej cena detaliczna wynosi 861 dolarów. Przez trzynaście lat nosiłem u boku M9. Wystrzeliłem z niej wiele tysięcy pocisków na ćwiczeniach i niemało w walce. Większość trafiła w cel, bo to precyzyjna broń. I większość celów została zniszczona, bo to mocna broń, dobrze mi służyła. Pamiętałem nawet, jakimi słowami reklamowali ją ludzie z kwatermistrzostwa: ma znośny odrzut i łatwo rozebrać ją w polu. Powtarzali to niczym mantrę, raz po raz, zapewne chodziło im o kontrakty. Ale słyszałem też inne opinie. Navy Seals jej nie znosili, twierdzili, że kilka sztuk wybuchło im w twarz. Mieli nawet specjalną piosenkę: „Nie wiesz, czy nowy seal nie nawali, póki nie zeżre trochę włoskiej stali". Lecz mnie M9 służyła dobrze, uważam, że to świetna broń. Ta w ręku Becka wyglądała na zupełnie nową, idealnie wykończoną, pokrytą cieniutką warstewką oleju. Farba luminescencyjna na celowniku połyskiwała lekko w półmroku. Czekałem.

Beck stał nieruchomo, trzymając pistolet. W końcu drgnął, przełożył broń do lewej ręki, opuścił prawą. Pochylił się nad dębowym stołem i wyciągnął ją ku mnie rękojeścią do przodu, lewą ręką, uprzejmie, niczym sprzedawca w sklepie.

– Mam nadzieję, że ci się spodoba – oznajmił. – Pomyślałem, że będzie ci pasowała. Duke lubił dziwactwa, takie jak steyr, uznałem jednak, że ty będziesz wolał berettę. No wiesz, zważywszy na twoją przeszłość.

Ruszyłem naprzód, odstawiłem kawę na stół, wziąłem od niego broń. Wyjąłem magazynek, sprawdziłem komorę, mechanizm, zajrzałem do lufy. Nie była spiłowana, to nie był podstęp. Broń działała jak należy. Pociski były prawdziwe, spluwa nowiusieńka, nigdy z niej nie strzelano. Złożyłem ją z powrotem i przez chwilę trzymałem w ręku. Tak jakbym uścisnął dłoń staremu druhowi. Potem zabezpieczyłem berettę, zablokowałem i schowałem do kieszeni.

– Dzięki – powiedziałem.

Beck także sięgnął do kieszeni i wyciągnął dwa zapasowe magazynki.

– Weź je – polecił.

Podał mi je, wziąłem.

– Później dam ci więcej.

– Jasne – mruknąłem.

– Korzystałeś kiedyś z celownika laserowego?

Pokręciłem głową.

– Jest taka firma, Laser Devices – oznajmił. – Produkują uniwersalny celownik do broni krótkiej, zakładany pod lufą, i małą latarkę, podczepianą pod nim. Świetny sprzęt.

– Mały czerwony punkcik?

Skinął głową, uśmiechnął się.

– Wierz mi, nikt nie lubi, gdy ów mały czerwony punkcik pada właśnie na niego.

– Drogi?

– Niespecjalnie, parę stów.

– Ile dodaje wagi?

– Sto dwadzieścia siedem gramów.

– I wszystko z przodu?

– W gruncie rzeczy to pomaga – oświadczył Beck. – Lufa po strzale się nie unosi. Zwiększa ciężar broni o blisko trzynaście procent, oczywiście nie licząc latarki. W sumie tysiąc dwieście, tysiąc trzysta gramów. Nadal znacznie mniej niż twoje anacondy. Ile ważyły? Półtora kilo?

– Rozładowane – odparłem. – Z sześcioma pociskami więcej. Dostanę je z powrotem?

– Gdzieś je schowałem – wyjaśnił. – Później znajdę.

– Dzięki – powtórzyłem.

– Chcesz wypróbować laser?

– Lepiej się czuję bez niego.

Ponownie skinął głową.

– Twój wybór, ale chcę mieć najlepszą możliwą ochronę.

– Dostanie pan.

– Teraz muszę wyjść – dodał. – Mam spotkanie.

– Chce pan, żebym pana zawiózł?

– Muszę tam jeździć sam. Zostań tutaj, później pogadamy. Przenieś się do pokoju Duke'a, dobrze? Podczas snu wolę mieć ochronę pod ręką.

Wsadziłem magazynki do drugiej kieszeni.

– Jasne – rzuciłem.

Minął mnie i wyszedł na korytarz, kierując się do kuchni.

• • •

Taki nagły przeskok umysłowy daje niezłego kopa. Olbrzymie napięcie, a potem równie wielkie zdumienie. Przeszedłem na front domu i wyjrzałem przez okno w holu. Ujrzałem cadillaca zataczającego krąg na podjeździe w deszczu i zmierzającego ku bramie. Zatrzymał się na moment, Paulie wyszedł z wartowni – pewnie zostawili go tam, gdy wracali ze śniadania. Ostatni kawałek Beck musiał przejechać sam. A może prowadził Richard albo Elizabeth. Paulie otworzył bramę, cadillac ruszył naprzód i zniknął w deszczu i mgle. Paulie zamknął za nim wrota. Miał na sobie sztormiak wielkości namiotu cyrkowego.

Otrząsnąłem się, odwróciłem i ruszyłem na poszukiwania Richarda. Chłopak miał szczere oczy, nie potrafił niczego ukryć. Wciąż siedział w kuchni i pił kawę.

– Spacerowałeś dziś rano nad morzem? – spytałem.

Starałem się, by zabrzmiało to niewinnie i przyjaźnie, jak zwykła rozmowa. Jeśli miał cokolwiek do ukrycia, z pewnością bym się zorientował. Chłopak by poczerwieniał, odwrócił wzrok, zaczął się jąkać, szurać nogami. Nie zrobił jednak niczego w tym stylu, nadal był całkowicie odprężony. Spojrzał na mnie.

– Żartujesz? Przy takiej pogodzie?

Skinąłem głową.

– Paskudna, co? – mruknąłem.

– Rzucam college – oznajmił.

– Czemu?

– Z powodu wczorajszej nocy i zasadzki. Ci faceci z Connecticut nadal są na wolności. Powrót byłby niebezpieczny. Na razie zostanę tutaj.

– Nie żałujesz studiów?

Pokręcił głową.

– To i tak była strata czasu.

Odwróciłem wzrok. Prawo nieprzewidzianych skutków ubocznych. Właśnie pozbawiłem chłopaka wykształcenia, może zrujnowałem mu życie. Ale też zamierzałem posłać jego ojca do więzienia albo w ogóle załatwić. Przypuszczam więc, że w porównaniu z tym licencjat w dziedzinie nauk humanistycznych to drobnostka.

• • •

Udałem się na poszukiwania Elizabeth Beck. Wiedziałem, że jej nie przejrzę tak łatwo. Zastanawiałem się, jak ją podejść, nie potrafiłem jednak wymyślić niczego, co gwarantowałoby powodzenie. Zastałem ją w saloniku po północno-zachodniej stronie domu. Siedziała w fotelu, na kolanach położyła otwartą książkę, *Doktora Żywago* Borysa Pasternaka, w miękkiej okładce. Widziałem film, pamiętałem Julie Christie i muzykę, „temat Lary", jazdę pociągiem i mnóstwo śniegu. Jakaś dziewczyna zaciągnęła mnie wtedy do kina.

– To nie ty – oznajmiła Elizabeth Beck.

– Co nie ja?

– Nie ty jesteś szpiegiem rządowym.

Odetchnąłem. Nie powiedziałaby tego, gdyby znalazła moją skrytkę.

– Właśnie – odparłem. – Twój mąż dopiero co dał mi broń.

– Nie jesteś dość bystry, by być szpiegiem.

– Naprawdę?

Pokręciła głową.

– Przed chwilą, gdy tylko weszliśmy, Richard strasznie chciał się napić kawy.

– I co z tego?

– Sądzisz, że tak by się zachował, gdybyśmy faktycznie pojechali na śniadanie? Dostałby tam całe morze kawy.

– No to dokąd pojechaliście?

– Wezwano nas na spotkanie.

– Z kim?

W odpowiedzi pokręciła tylko głową, jakby nie mogła wymienić nazwiska.

– Paulie nie zaproponował, że nas zawiezie – dodała. – On nas wezwał. Richard musiał zaczekać w wozie.

– Ale ty weszłaś.

Skinęła głową.

– Mają tam faceta, niejakiego Troya.

– Głupie imię – mruknąłem.

– Ale to bardzo mądry człowiek. Jest młody i świetnie zna

się na komputerach. To chyba jeden z tych, których nazywają hakerami.

– I...?

– Właśnie zdobył częściowy dostęp do jednego z rządowych systemów w Waszyngtonie. Odkrył, że umieścili tu agenta federalnego działającego pod przykrywką. Z początku sądzili, że to ty. Potem jednak sprawdzili nieco głębiej i dowiedzieli się, że to kobieta i że przebywa tu od kilku tygodni.

Patrzyłem na nią, nic nie rozumiejąc. Teresa Daniel działała nieoficjalnie, rządowe komputery nic o niej nie wiedziały. Potem jednak przypomniałem sobie laptopa Duffy i wygaszacz ekranu z logo Departamentu Sprawiedliwości. Przypomniałem sobie przewód modemu biegnący przez biurko i poprzez rozgałęziacz do gniazdka w ścianie łączącego go ze wszystkimi innymi komputerami na świecie. Czy Duffy pisała raporty do prywatnego użytku, by po wszystkim usprawiedliwić swoje działania?

– Wolę nie myśleć, co teraz zrobią tej kobiecie – dodała Elizabeth.

Zadrżała mocno i odwróciła wzrok. Udało mi się spokojnie wyjść na korytarz, tam zamarłem. W domu nie został żaden samochód. Szesnaście kilometrów drogi, nim zdołałbym gdziekolwiek dotrzeć, trzy godziny szybkiego marszu, dwie godziny biegiem.

– Zapomnij o tym! – zawołała Elizabeth. – To nie ma nic wspólnego z tobą.

Odwróciłem się i spojrzałem na nią.

– Zapomnij – powtórzyła. – Robią to właśnie w tej chwili. Wkrótce załatwią sprawę.

• • •

Po raz drugi ujrzałem starszą sierżant Dominique Kohl trzeciego dnia jej służby u mnie. Miała na sobie zielone spodnie od wojskowego dresu i podkoszulek khaki. Było bardzo gorąco; doskonale pamiętam, że właśnie nadciągnęła fala potężnych upałów. Sierżant Kohl miała opalone ręce i ten rodzaj skóry, który w upale wydaje się zakurzony. Nie pociła się, podkoszulek leżał na niej znakomicie. Naszyła na niego taśmy, KOHL po prawej, US ARMY po lewej, obie nieco uniesione na wzgórkach piersi. W ręku trzymała teczkę, którą jej dałem, trochę grubszą, wypełnioną notatkami.

– Będę potrzebowała partnera – oznajmiła.

Poczułem lekkie wyrzuty sumienia. Minęły trzy dni, a ja jeszcze nikogo jej nie dokooptowałem. Zastanawiałem się, czy w ogóle przydzieliłem jej biurko oraz szafkę i pokój do spania.

– Poznałaś już Frasconiego? – spytałem.

– Tony'ego? Owszem, wczoraj. Ale to porucznik.

Wzruszyłem ramionami.

– Nie przeszkadza mi współpraca podoficerów z oficerami. Nie jest to wbrew przepisom, a nawet gdyby było, i tak bym się nie przejął. Masz z tym problem?

Pokręciła głową.

– Ale może on ma.

– Frasconi? Ależ skąd.

– Uprzedzisz go?

– Jasne. – Na kartce czystego papieru zanotowałem: Frasconi, Kohl, partnerzy. Podkreśliłem dwukrotnie, żeby zapamiętać. Wskazałem ręką jej teczkę. – Co tam masz?

– Dobre i złe wieści – oznajmiła. – Złe wieści są takie, że ich system wydawania tajnych dokumentów jest diabła warty. Możliwe, że to błędy niezamierzone, najpewniej jednak został skopany, tak by ukryć rzeczy, które nie powinny się dziać.

– O kogo nam chodzi?

– To jajogłowy, niejaki Gorowski. Wuj Sam ściągnął go z MIT. Wygląda na miłego faceta. To podobno bardzo mądry gość.

– Rosjanin?

Pokręciła głową.

– Polak, milion lat temu. Żadnych wzmianek o ideologii.

– Czy na uczelni był fanem Red Soksów?

– Czemu?

– To sami dziwacy – wyjaśniłem. – Sprawdź to.

– Pewnie chodzi o szantaż – oświadczyła.

– A jakie są dobre wieści?

Otworzyła teczkę.

– Projekt, nad którym pracują, to w gruncie rzeczy niewielki pocisk.

– Z kim nad nim pracują?

– Honeywell i General Defense Corporation.

– I...?

– Ich pocisk musi być smukły, a zatem podkalibrowy. Czołgi są wyposażone w działa studwudziestomilimetrowe, ale ten pocisk ma być mniejszy.

– O ile mniejszy?

– Na razie nikt nie wie. W tej chwili pracują nad projektem sabotu. Sabot to coś w rodzaju płaszcza otaczającego pocisk, dzięki któremu osiąga wymaganą średnicę.

– Wiem, co to jest sabot – wtrąciłem.

Zignorowała mnie.

– Ten ma być odrzucany, co oznacza, że tuż po wystrzeleniu ma się rozpaść. Obecnie zastanawiają się, czy musi być z metalu, czy można go zrobić ze specjalnego plastiku. Słowo „sabot" oznacza but. To z francuskiego. Chodzi o to, że pocisk, wylatując z lufy, jest ubrany w taki but.

– Wiem – odparłem. – Znam francuski. Moja matka była Francuzką.

– Stąd słowo „sabotaż" – dodała Kohl. – Wywodzi się z dawnych protestów we francuskich fabrykach. Pierwotnie oznaczało niszczenie nowych maszyn kopniakami.

– W butach – dodałem.

Skinęła głową.

– Zgadza się.

– Jakie są więc te dobre wieści?

– Projekt samego sabotu nic nikomu nie powie, w każdym razie nic ważnego. Mamy mnóstwo czasu.

– Dobra – odparłem. – Ale niech to będzie priorytet. Pracujesz z Frasconim. Polubisz go.

– Chciałbyś później wyskoczyć na piwo?

– Ja?

Spojrzała na mnie.

– Skoro możemy pracować z oficerami, możemy też chyba napić się piwa?

– Dobra – odparłem.

* * *

Dominique Kohl zupełnie nie przypominała Teresy Daniel ze zdjęć, lecz nagle ujrzałem w głowie połączenie ich twarzy. Zostawiłem Elizabeth Beck z książką i wróciłem do swego pierwszego pokoju. Tam czułem się bardziej odizolowany, bezpieczniejszy. Zamknąłem się w łazience, zdjąłem but, otworzyłem obcas i uruchomiłem urządzenie do poczty elektronicznej. Czekała na mnie wiadomość od Duffy: *Żadnych śladów aktywności w magazynie. Co oni robią?* Zignorowałem ją, nacisnąłem NOWĄ WIADOMOŚĆ i wystukałem: *Straciliśmy Teresę Daniel.*

Trzy słowa, dwadzieścia trzy litery, dwie spacje. Wpatrywałem się w nie długą chwilę. Sięgnąłem palcem do przycisku WYŚLIJ, ale nie nacisnąłem. Zamiast tego skasowałem wiadomość. Kursor połykał kolejne literki, wkrótce zniknęła. Postanowiłem, że wyślę ją dopiero wtedy, gdy będę musiał, gdy zyskam pewność.

Zamiast tego napisałem: *Możliwe, że przeniknięto do twojego komputera.*

Nastąpiła długa przerwa, znacznie dłuższa niż zwyczajowe dziewięćdziesiąt sekund. Pomyślałem już, że Duffy nie odpowie. Wyobraziłem sobie, jak wyrywa ze ściany przewody. Ale może po prostu brała prysznic albo coś w tym stylu, bo po czterech minutach na ekranie pojawiło się krótkie: *Czemu?*

Mówią o hakerze z częściowym dostępem do systemów rządowych, odpisałem.

Mainframe czy LAN?, zapytała.

Nie miałem pojęcia, o co jej chodzi, wysłałem więc: *Nie wiem.*

Szczegóły?

Odpowiedziałem: *Tylko gadanina. Zapisujesz coś na swoim laptopie?*

Odpisała: *Nie, do diabła!*

Gdzieś indziej?

Nie, do diabła!

Eliot?, napisałem krótko.

Po kolejnej czterominutowej przerwie Duffy odpowiedziała: *Nie sądzę.*

Sądzisz czy wiesz?

Odpowiedziała: *Sądzę.*

Zapatrzyłem się w kafelki na ścianie, odetchnąłem głęboko. Eliot zabił Teresę Daniel, to jedyne możliwe wytłumaczenie. Potem znów odetchnąłem. Może jednak nie, może to nie on. Wystukałem szybko pytanie: *Czy naszą pocztę można przechwycić?*

Wymienialiśmy liczne wiadomości przez ponad sześćdziesiąt godzin, pytała o wieści o swojej agentce. Ja zapytałem o jej prawdziwe nazwisko, i to w sposób nieneutralny, jeśli chodzi o płeć. Może to ja zabiłem Teresę Daniel.

Wstrzymywałem oddech, póki Duffy nie odpisała: *Nasza poczta jest szyfrowana. Technicznie może być widoczna jako kod, ale nie da się jej odczytać.*

Wypuściłem powietrze z płuc: *Na pewno?*

Absolutnie, odpisała.

Jak zaszyfrowana? – spytałem.

Projekt NSA za miliard dolarów, odpowiedziała Duffy.

To mnie pocieszyło, choć tylko trochę. Niektóre projekty NSA warte miliard dolarów trafiają na łamy „Washington Post", zanim jeszcze zostaną ukończone. A problemy komunikacyjne schrzaniły więcej operacji niż cokolwiek innego.

Natychmiast sprawdź u Eliota, co z komputerem, poprosiłem.

226

Zrobię to. Postępy? – odpisała.

Brak, wystukałem.

Potem jednak skasowałem to i wysłałem: *Wkrótce*. Pomyślałem, że może dzięki temu poczuje się lepiej.

• • •

Zszedłem na dół do holu. Drzwi salonu Elizabeth stały otworem. Wciąż siedziała w fotelu, *Doktor Żywago* leżał na jej kolanach. Patrzyła przez okno na deszcz. Otworzyłem drzwi frontowe, wyszedłem. Wykrywacz metalu zahuczał, reagując na berettę w mojej kieszeni. Zamknąłem za sobą drzwi i pomaszerowałem wprost na podjazd i dalej. Deszcz walił mi w plecy, spływał po karku. Ale wiatr pomagał, pchał mnie na zachód, prosto w stronę wartowni. Czułem się lekko, jakbym płynął. Powrót z pewnością będzie trudniejszy, trzeba by iść wprost pod wiatr. Zakładając, że w ogóle będę w stanie chodzić.

Paulie zobaczył mnie z daleka. Musiał spędzać całe dnie zamknięty w maleńkim budynku, krążąc od okna do okna, obserwując wszystko czujnie, jak niespokojne zwierzę w klatce. Wyszedł mi na spotkanie ubrany w sztormiak. Żeby zmieścić się w drzwiach, musiał pochylić głowę i obrócić się bokiem. Stanął oparty plecami o ścianę domu pod dachem, to mu jednak w niczym nie pomogło – wiatr niósł ze sobą strugi deszczu, które leciały niemal poziomo. Słyszałem, jak krople bębnią o ortalion, głośno, ostro, atakowały mu twarz i spływały po niej niczym strumienie potu. Nie miał czapki, mokre, ciemne włosy lepiły się do czoła.

Trzymałem ręce w kieszeniach, lekko przygarbiony, mając twarz osłoniętą kołnierzem. W prawej dłoni ściskałem odbezpieczoną berettę, nie chciałem jednak jej użyć. Gdybym to zrobił, musiałbym się gęsto tłumaczyć, a Pauliego natychmiast zastąpiłby ktoś inny. Wolałem, by nikt go nie zastępował, póki nie będę na to gotowy, toteż nie chciałem korzystać z beretty. Ale nie oznaczało to, że w razie czego się zawaham.

Przystanąłem półtora metra od niego, poza zasięgiem jego rąk.

– Musimy pogadać – oznajmiłem.

– Nie chcę gadać – odparł.

– Wolisz siłować się na rękę?

Oczy miał jasnobłękitne, źrenice maleńkie jak główki szpilki. Zapewne całe jego śniadanie składało się z kapsułek i proszków.

– Pogadać o czym?

– O nowej sytuacji.

Nie odpowiedział.

– Jaka jest twoja SO? – spytałem.

SO to skrót wojskowy. Wojsko uwielbia skrótowce, ten zaś oznacza specjalizację ogólnowojskową. Użyłem też czasu teraźniejszego, „jaka jest", nie „jaka była". Chciałem, by cofnął się w tamte czasy. Bycie ekswojskowym przypomina trochę bycie ekskatolikiem. Choć nawyki tkwią gdzieś w głębi umysłu, nadal zachowują siłę. Nawyki takie jak posłuszeństwo wobec oficera.

– Jedenaście bum bum – odparł z uśmiechem.

Niezbyt pocieszająca odpowiedź. „Jedenaście bum bum" w slangu szeregowców oznaczało jedenaście B, 11-Bravo. Piechota, walka kontaktowa. Gdybym następnym razem musiał stawić czoło dwustukilowemu olbrzymowi napompowanemu amfetaminą i sterydami, wolałbym, by jego SO stanowiła konserwacja pojazdów albo maszynopisanie, nie walka kontaktowa. Zwłaszcza gdy ów dwustukilowy olbrzym nie lubi oficerów i odsiedział osiem lat w Leavenworth za pobicie jednego z nich.

– Wejdźmy do środka – rzuciłem. – Tu jest mokro.

Powiedziałem to tonem, który człowiek wyrabia sobie, gdy awansuje powyżej kapitana. To ton rozsądny, niemal swobodny, nie taki, jakiego się używa jako porucznik. Propozycja, lecz jednocześnie rozkaz. Kryje się w tym sugestia porozumienia, coś w stylu: hej, jesteśmy parą zwykłych facetów, nie przejmujmy się więc takimi drobnostkami jak stopnie.

Paulie przyglądał mi się długą chwilę, w końcu obrócił się na pięcie i bokiem przecisnął przez drzwi. Mocno pochylił głowę, przywierając brodą do piersi, by się zmieścić. Wewnątrz pomieszczenie miało jakieś dwa metry dziesięć. Wydało mi się niskie, Paulie niemal dotykał głową sufitu. Wciąż trzymałem ręce w kieszeniach. Woda z jego sztormiaka ściekała na podłogę.

W domku cuchnęło – ostra, zwierzęca woń, jak na fermie norek. Było też brudno. Niewielki salonik łączył się z aneksem kuchennym. Za nim biegł krótki korytarz, z którego na końcu wchodziło się do łazienki i sypialni. To wszystko. Pomieszczenie było mniejsze od typowego mieszkania, udawało jednak miniaturowy, samodzielny dom. Wszędzie panował okropny bałagan, w zlewie piętrzyły się brudne naczynia, salon był zawalony talerzami, kubkami i ubraniami. Naprzeciwko nowego telewizora stała stara, zapadnięta kanapa. I wszędzie, na półkach i stolikach, stały dziesiątki fiolek z pastylkami. Część z nich zawierała witaminy. Bardzo niewielka część.

W pokoju był też karabin maszynowy, stary radziecki NSW, niegdyś montowany na wieżyczkach czołgów. Paulie zawiesił go na łańcuchu pośrodku salonu. Tkwił tam niczym upiorna rzeźba, jak dzieła Alexandra Caldera ustawiane na wszystkich nowych terminalach lotniczych. Paulie mógł za nim stanąć i obrócić go dookoła, strzelając przez okno frontowe bądź tylne, jak w twierdzy. Ograniczone pole rażenia obejmowało jednak czterdzieści metrów drogi od strony zachodniej i czterdzieści metrów podjazdu od wschodniej. Pociski dostarczała taśma wyciągnięta z otwartej skrzynki stojącej na podłodze. Pod ścianą ustawiono dwadzieścia podobnych skrzynek, matowooliwkowych, pokrytych napisami w cyrylicy i czerwonymi gwiazdami.

Karabin był tak wielki, że musiałem przecisnąć się pod ścianą, by go wyminąć. Ujrzałem też dwa telefony, jeden zapewne podłączony do linii zewnętrznej, drugi wewnętrzny, służący do rozmów z domem. Na ścianie wisiały dwie skrzynki alarmów, jedna połączona z czujnikami w pasie ziemi niczyjej pod murem, druga z detektorem ruchu w bramie. Do tego monitor wideo ukazujący mleczny czarno-biały obraz z kamery.

– Kopnąłeś mnie – oznajmił Paulie.

Nie odpowiedziałem.

– Potem próbowałeś mnie przejechać – dodał.

– Strzały ostrzegawcze.

– Niby przed czym?

– Duke'a już nie ma – oznajmiłem.

Skinął głową.

– Słyszałem.

– Teraz jestem ja – wyjaśniłem. – Ty się zajmujesz bramą, ja domem.

Znów przytaknął, milczał.

– Teraz to ja opiekuję się Beckami, odpowiadam za ich bezpieczeństwo. Pan Beck mi ufa, i to tak bardzo, że dał mi broń.

Ani na moment nie spuszczałem z niego wzroku. Spojrzenia, które jest niczym ciężar napierający na oczy. Nadszedł moment, w którym zaczną działać chemikalia i sterydy, a on uśmiechnie się jak idiota i oznajmi: „Ale Beck przestanie ci ufać, kiedy mu opowiem, co znalazłem na skałach, no nie? Gdy powiem, że już miałeś broń". Zaszurałby nogami, uśmiechnął się szeroko, niemal wyśpiewując te słowa. Jednak Paulie nic nie powiedział, nic nie zrobił, w ogóle nie zareagował. Jego oczy zamgliły się tylko lekko, jakby miał problem ze zrozumieniem znaczenia moich słów.

– Zrozumiałeś? – naciskałem.

– Wcześniej był Duke, teraz jesteś ty – odparł neutralnym tonem.

To nie on znalazł moją skrytkę.

– Jestem za nich odpowiedzialny – ciągnąłem. – Także za panią Beck. Ta gra musi się skończyć, i to natychmiast. Zrozumiałeś?

Milczał. Powoli zaczynała mnie boleć szyja, musiałem

unosić głowę, by patrzeć mu w oczy. Moje kręgi przywykły do tego, że patrzę na ludzi z góry.

– Zrozumiałeś? – powtórzyłem.

– Albo co?

– Albo będziemy musieli załatwić to między sobą.

– To mi się podoba.

Pokręciłem głową.

– Nie spodoba ci się – odparłem. – Ani trochę. Zjadłbym cię żywcem.

– Tak myślisz?

– Uderzyłeś kiedyś żandarma? – spytałem. – W wojsku?

Nie odpowiedział. Odwrócił wzrok, milczał. Zapewne wspominał swoje aresztowanie. Pewnie stawił opór i trzeba go było poskromić. W rezultacie się potknął i spadł ze schodów, odnosząc poważne obrażenia. Doszło do tego gdzieś między miejscem przestępstwa i aresztem. Czysty przypadek. Takie przypadki zdarzają się w pewnych okolicznościach. Ale też oficer wydający nakaz aresztowania wysłał pewnie sześciu ludzi. Ja wysłałbym ośmiu.

– A potem cię wywalę – dodałem.

Znów na mnie spojrzał, powoli, leniwie.

– Nie możesz mnie wywalić – oznajmił. – Nie pracuję dla ciebie ani dla Becka.

– To dla kogo pracujesz?

– Dla kogoś.

– Ten ktoś ma jakieś nazwisko?

Pokręcił głową.

– Pudło – odparł.

Wciąż trzymając ręce w kieszeniach, przecisnąłem się obok karabinu i ruszyłem w stronę drzwi.

– Rozumiemy się? – spytałem.

Spojrzał na mnie. Nie odpowiedział, był jednak spokojny. Najwyraźniej zażył właściwą dawkę poranną.

– Pani Beck jest odtąd nietykalna. Jasne?

– Dopóki tu jesteś – odparł. – A nie będziesz tu wiecznie.

Mam nadzieję, pomyślałem. W tym momencie zadzwonił telefon, pewnie linia zewnętrzna. Wątpię, by Elizabeth czy Richard dzwonili do niego z domu. Dzwonek zadźwięczał głośno w ciszy. Paulie podniósł słuchawkę, wymienił swoje imię, a potem jedynie słuchał. Usłyszałem niewyraźnie głos – odległy, stłumiony, szumy zagłuszały słowa. Mówił niecałą minutę, a potem rozmowa dobiegła końca. Paulie odłożył słuchawkę, uniósł ostrożnie dłoń i klepnął nią karabin, który zakołysał się lekko na łańcuchu. Zrozumiałem, że świadomie naśladuje to, co zrobiłem z workiem treningowym tamtego ranka w siłowni. Uśmiechnął się szeroko.

– Obserwuję cię – dodał. – Zawsze będę cię obserwował.

Puściłem te słowa mimo uszu, otworzyłem drzwi i wyszedłem na zewnątrz. Deszcz rąbnął mnie niczym strumień z armatki wodnej. Pochyliłem się i ruszyłem naprzód, wstrzymując oddech. Cały czas byłem spięty, póki nie pokonałem czterdziestu metrów widocznych przez tylne okna. Wówczas wypuściłem powietrze z płuc.

Nie Beck, nie Elizabeth, nie Richard. Nie Paulie.

Pudło.

• • •

Dominique Kohl powiedziała do mnie „pudło", gdy razem poszliśmy na piwo. Zdarzyło się coś pilnego i musiałem odwołać pierwsze spotkanie. Potem ona przesunęła kolejne, toteż minął tydzień, nim w końcu się zeszliśmy. Może nawet osiem dni. W tamtych czasach sierżant nie mógł napić się z kapitanem na terenie bazy, bo nie miał wstępu do klubu oficerskiego, toteż wybraliśmy się do baru w mieście. Zwykła knajpa, długa i niska, osiem stołów bilardowych, mnóstwo ludzi, neonowe reklamy, dźwięki z szafy grającej i dym. Wciąż było bardzo gorąco, klimatyzatory pracowały pełną parą, nic to jednak nie dawało. Włożyłem wojskowe spodnie i stary podkoszulek, bo nie miałem żadnych cywilnych ubrań. Kohl zjawiła się w sukience, prostej, rozszerzanej u dołu, bez rękawów, do kolan, czarnej w maleńkie białe kropki, bardzo małe, nie jakieś duże groszki, nic w tym stylu; bardzo subtelny wzór.

– Jak ci się pracuje z Frasconim? – spytałem.

– Z Tonym? To miły gość.

Nie powiedziała nic więcej. Oboje zamówiliśmy rolling rocki. To mi pasowało, bo owego lata był to mój ulubiony drink. Musiała nachylać się bardzo blisko z powodu hałasu. Podobało mi się, ale wolałem się nie oszukiwać: zbliżyła się wyłącznie z powodu poziomu decybeli, a ja nie zamierzałem niczego z nią próbować. Nie było żadnych oficjalnych przeciwwskazań. Owszem, istniały pewne zasady, ale nie przepisy. Wojsko nie przejmowało się jeszcze kwestią molestowania seksualnego. Byłem już jednak świadom istnienia potencjalnej niesprawiedliwości. Co nie znaczy, bym w jakikolwiek sposób mógł pomóc czy zaszkodzić jej karierze. Z dokumentów wynikało jasno, że szybko awansuje. Było to pewne jak to, że po nocy następuje dzień, i stanowiło wyłącznie kwestię czasu. Dostanie sierżanta sztabowego i starszego sierżanta sztabowego, i na tym się skończy. Awans na oficera wymaga już ukończenia szkoły. Zatem awansuje i zatrzyma się, cokolwiek bym zrobił.

– Mamy problem taktyczny – oznajmiła. – Czy może strategiczny.

– Dlaczego?

– Pamiętasz tego jajogłowego, Gorowskiego? Nie sądzimy, by był to szantaż w klasycznym sensie, że ma jakieś straszne tajemnice czy coś w tym stylu. Bardziej groźby pod adresem rodziny. Nie szantaż, raczej przymus.

– Skąd wiesz?

– Akta ma idealnie czyste, został sprawdzony na wszystkie strony. Robią tak, bo starają się uniknąć możliwości szantażu.

– Był fanem Red Soksów?

Pokręciła głową.

– Jankesów. Pochodzi z Bronksu, ukończył tamtejszą politechnikę.

– Jasne – odparłem. – Już go lubię.

– Ale przepisy każą nam go aresztować, tu i teraz.

– Co zrobił?

– Widzieliśmy, jak wynosi papiery z laboratorium.

– Wciąż pracują nad sabotem?

Przytaknęła.

– Ale mogliby opublikować swój projekt w dowolnym piśmie wojskowym i nikt by nic z tego nie miał. Na razie sytuacja nie jest jeszcze krytyczna.

– Co robi z papierami?

– Zostawia je w umówionym miejscu w Baltimore.

– Widzieliście, kto je zgarnia?

Pokręciła głową.

– Pudło – odparła.

– Co myślisz o tym jajogłowym?

– Nie chcę go zgarnąć. Myślę, że powinniśmy dopaść tego, kto na niego naciska, a jego zostawić w spokoju. Ma dwie małe córeczki.

– Co myśli Frasconi?

– Zgadza się.

– Naprawdę?

Uśmiechnęła się.

– No, zgodzi się – poprawiła. – Ale przepisy nakazują inaczej.

– Zapomnij o przepisach – powiedziałem.

– Naprawdę?

– To mój rozkaz. Jeśli chcesz, dam ci go na piśmie. Kieruj się instynktem. Prześledź wszystkie ogniwa łańcucha aż do końca. Jeśli się da, zostawimy Gorowskiego w spokoju. Tak zwykle postępuję z fanami Jankesów. Ale nie pozwól, by sytuacja wymknęła się spod kontroli.

– Nie pozwolę – odparła.

– Zamknij sprawę, nim skończą pracę nad sabotem, albo będziemy musieli wymyślić coś innego.

– Zgoda – rzuciła.

A potem zaczęliśmy rozmawiać o innych rzeczach, wypiliśmy jeszcze parę piw. Po jakiejś godzinie z szafy grającej zaczęło dobiegać coś fajnego i poprosiłem ją do tańca. Po raz drugi tego wieczoru powiedziała: pudło. Później zastanawiałem się nad znaczeniem tego słowa: niewątpliwie pochodziło z jakiegoś żargonu, ze slangu sportowego. Pierwotnie oznaczało zapewne złe zagranie, niecelny strzał, brak punktów. Potem stało się po prostu kolejnym zaprzeczeniem, takim jak „nie ma mowy", „nic z tego", „nawet o tym nie myśl". Ale w jakim sensie go użyła? Czy chciała po prostu powiedzieć „nie", czy też dawała mi szansę? Nie byłem pewien.

• • •

Do domu dotarłem przemoknięty do suchej nitki, toteż od razu poszedłem na górę, zająłem pokój Duke'a, wytarłem się i włożyłem świeże ciuchy. Pokój mieścił się od frontu, mniej więcej pośrodku. Z okna widziałem cały podjazd, a dzięki wysokości sięgałem wzrokiem za mur. W oddali ujrzałem czarnego lincolna, jechał w stronę domu. Z powodu pogody miał włączone światła. Paulie wynurzył się z wartowni w swym sztormiaku i z dużym wyprzedzeniem otworzył bramę, by wóz nie musiał zwalniać. Samochód minął go szybko. Wycieraczki pracowały gorączkowo, przednia szyba ociekała wodą. Paulie spodziewał się jego przybycia, uprzedzono go telefonicznie. Patrzyłem, jak się zbliża, aż w końcu zniknął w dole. Odwróciłem się od okna.

Pokój Duke'a był kwadratowy, podobnie jak większość pomieszczeń w tym domu. Ciemna boazeria, gruby wschodni dywan. Z boku ustawiono telewizor i dwa telefony, zapewne zewnętrzny i wewnętrzny. Czysta pościel na łóżku, ani śladu osobistych drobiazgów poza ubraniami w szafie. Przypuszczałem, że wczesnym rankiem Beck poinformował pokojówkę o zmianie personelu i kazał zostawić ubrania, bym mógł z nich skorzystać.

Znów podszedłem do okna. Pięć minut później ujrzałem Becka wracającego cadillakiem. Paulie na niego czekał, wielki wóz prawie nie musiał zwalniać. Gdy przejechał, Paulie zamknął bramę, obwiązał ją łańcuchem i przekręcił klucz w zamku. Mimo stumetrowej odległości widziałem dokładnie, co robi. Cadillac zniknął mi z oczu, kierując się w stronę garaży. Ruszyłem na dół. Pomyślałem, że skoro Beck wrócił, może podadzą lunch. Może Paulie zamknął bramę, bo zamierzał do nas dołączyć.

Myliłem się jednak.

W holu natknąłem się na Becka. Wychodził właśnie z kuchni, płaszcz miał mokry od deszczu. Szukał mnie; w ręku trzymał sportową torbę, tę samą, w której zawiózł do Connecticut broń.

– Masz robotę – oznajmił. – W tej chwili, musisz złapać przypływ.

– Gdzie?

Ruszył przed siebie, po chwili odwrócił głowę i zawołał przez ramię:

– Facet w lincolnie ci powie.

Wyszedłem z kuchni na zewnątrz; wykrywacz metalu zahuczał. Znalazłem się na deszczu i skierowałem w stronę garaży, lecz lincoln parkował przy narożniku domu, bagażnikiem w stronę morza. Za kierownicą siedział mężczyzna – krył się przed deszczem, ze zniecierpliwieniem bębnił palcami o deskę rozdzielczą. Ujrzawszy mnie w lusterku, otworzył bagażnik i szybko wyskoczył z wozu.

Wyglądał jak ktoś wyciągnięty siłą ze slumsów i zmuszony do włożenia garnituru. Miał długą siwiejącą bródkę. Tłuste włosy zaczesał w kucyk i obwiązał różową gumką pokrytą drobinkami brokatu. Podobne widzi się na wieszakach w sklepach, są umieszczane nisko, specjalnie dla małych dziewczynek. Dostrzegłem stare blizny po trądziku na twarzy i więzienne tatuaże na szyi. Był wysoki i bardzo chudy, jakby ktoś wziął zwykłego człowieka i rozszczepił go na dwoje.

– Ty jesteś nowy Duke? – spytał.

– Tak – odparłem. – Jestem nowy Duke.

– Ja jestem Harley – przedstawił się.

Nie podałem mu swojego nazwiska.

– No to do roboty – rzucił.

– A co mamy robić?

Ruszył naprzód i podniósł wysoko klapę bagażnika.

– Pozbyć się śmieci – oznajmił.

W bagażniku tkwił wojskowy worek na zwłoki, gruba czarna guma zamknięta na suwak. Ze sposobu, w jaki się układał, wywnioskowałem, że tkwiąca w nim osoba jest dość drobna, zapewne kobieta.

– Kto to? – spytałem, choć znałem już odpowiedź.

– Ta federalna suka – odparł. – Długo to trwało, ale w końcu ją dopadliśmy.

Pochylił się i chwycił jeden koniec worka. Ścisnął w dłoniach oba narożniki, czekał na mnie. Stałem bez ruchu, czułem, jak deszcz spływa mi po karku, słuchałem, jak krople bębnią o gumę.

– Musimy złapać przypływ – oznajmił. – Wkrótce się zmieni.

Schyliłem się, złapałem drugi koniec. Patrzyliśmy na siebie, by zgrać nasze ruchy, i jednocześnie dźwignęliśmy worek. Nie był ciężki, ale niewygodny do niesienia, a Harleyowi wyraźnie brakowało sił. Zrobiliśmy parę kroków w stronę brzegu.

– Połóż go! – poleciłem.

– Po co?

– Chcę zobaczyć.

Harley się zatrzymał.

– Wierz mi, lepiej tego nie oglądaj – rzekł.

– Połóż go! – powtórzyłem.

Wahał się jeszcze sekundę, potem przykucnęliśmy razem i złożyliśmy worek na skałach. Ciało wewnątrz wygięło się, głowa opadła w tył. Wciąż przykucnięty, przesunąłem się na drugą stronę, znalazłem uchwyt zamka i pociągnąłem.

– Wystarczy twarz – uprzedził Harley. – Nie wygląda tak źle.

Spojrzałem; wyglądała okropnie. Widać było, że zmarła w potwornych męczarniach, dostrzegłem to wyraźnie. Jej rysy wykrzywiał ból, usta wciąż otwierały się w ostatnim upiornym krzyku. Ale to nie była Teresa Daniel.

To była pokojówka Becka.

9

Odsunąłem zamek nieco niżej i ujrzałem te same okale-
czenia, jakie oglądałem dziesięć lat wcześniej. Poprzestałem
na tym; odwróciłem głowę tak, że deszcz padał mi prosto
w twarz, i zamknąłem oczy. Woda spływająca po policzkach
przypominała łzy.

– Bierzmy się do roboty – rzucił Harley.

Uniosłem powieki i wlepiłem wzrok w fale. Nie patrząc,
z powrotem zaciągnąłem zamek. Wyprostowałem się powoli
i obszedłem worek. Harley już na mnie czekał. Jednocześnie
dźwignęliśmy nasze brzemię i zanieśliśmy na skały. Poprowadził mnie na południe i wschód, w miejsce, gdzie spotykały się
dwie granitowe półki. Między nimi pozostała ostra szczelina
w kształcie litery V do połowy wypełniona wodą.

– Zaczekaj do następnej fali – polecił Harley.

Wkrótce zjawiła się z hukiem. Obaj pochyliliśmy głowy,
chroniąc oczy przed pianą. Szczelina wypełniła się aż po
szczyt, woda popłynęła po skałach, niemal docierając do naszych butów. Potem znów się cofnęła, opróżniając szczelinę.
Żwir na dnie zagrzechotał, powierzchnię morza pokrywała
brudnoszara piana i ślady deszczu.

– No dobra, kładziemy – wydyszał Harley. – Trzymaj swój
koniec.

Położyliśmy worek tak, by głowa zwisała z granitowej półki w głąb szczeliny. Zamek się napiął, trup leżał na plecach.

Mocno trzymałem narożniki po stronie stóp. Mokre od deszczu włosy lepiły mi się do głowy, krople spływały do oczu, piekły. Harley przykucnął, rozsuwając szeroko nogi, i przesunął worek w stronę morza. Poruszałem się wraz z nim, centymetr za centymetrem, stawiając niewielkie kroki na śliskich kamieniach. Następna fala wypełniła szczelinę, podmywając worek. Harley to wykorzystał, przesuwając go nieco dalej. Znów się poruszyłem, fala się cofnęła i woda znikła. Worek opadł. Deszcz bębnił o sztywną gumę i atakował nasze plecy. Było koszmarnie zimno.

Wykorzystując kolejne fale, Harley jeszcze bardziej przesunął worek, tak że w końcu wisiał już nad szczeliną. W dłoniach trzymałem tylko pustą gumę, siła ciążenia ściągnęła trupa na drugi koniec. Harley czekał chwilę, wpatrując się w morze. Potem pochylił się i gwałtownym ruchem rozpiął zamek. Odskoczył, chwytając jeden z narożników, przytrzymał go mocno. Kolejna fala z hukiem wypełniła szczelinę, zalewając nas pianą. Woda wlała się do worka i cofając się, pociągnęła za sobą zwłoki. Przez ułamek sekundy unosiły się na powierzchni morza, potem porwał je prąd; poleciały w dół, w głębinę. Ujrzałem pasmo długich włosów, zielonkawoszary błysk bladej skóry. A potem zwłoki zniknęły. Piana w szczelinie poczerwieniała i opadła.

– Cholernie silny prąd – zauważył Harley.

Milczałem.

– Porywa ich ze sobą – ciągnął. – Nigdy żaden nie wrócił. Prąd unosi trupy jakieś dwa, trzy kilometry, a dalej krążą rekiny, patrolują wybrzeże. Są też inne stworzenia, no wiesz, kraby, drapieżne ryby i tak dalej.

Milczałem.

– Żaden nigdy nie wrócił – powtórzył.

Zerknąłem na niego, a on się do mnie uśmiechnął. Jego usta nad bródką przypominały zapadniętą dziurę, wypełniały je gnijące, żółte pieńki zębów. Napłynęła następna niewielka fala. Gdy jednak się cofnęła, zmyła resztki krwi ze szczeliny. Jakby nic się tu nie wydarzyło, jakby niczego tam nie było. Harley wstał niezręcznie, zasunął pusty worek. Różowa woda wyciekła z niego na skały. Zaczął zwijać gumę. Obejrzałem się w stronę domu. Beck stał samotnie w drzwiach kuchennych, obserwując nas w milczeniu.

• • •

Wróciliśmy razem przemoczeni do suchej nitki. Beck cofnął się do kuchni, ruszyliśmy za nim. Harley zatrzymał się pod ścianą, jakby czuł, że nie powinien się tu znaleźć.

– Była agentką federalną? – spytałem.

– Bez dwóch zdań – odparł Beck.

Na środku stołu spoczywała sportowa torba, niczym dowód oskarżenia w sądzie. Otworzył ją i zaczął grzebać w środku.

– Sam zobacz – polecił.

Wyciągnął z niej zawiniątko i rzucił na stół. Coś okręconego w wilgotną, brudną, poplamioną olejem szmatę wielkości ręczniczka do rąk. Rozwinął szybko materiał i wyciągnął glocka 19 należącego do Duffy.

– Schowała to w samochodzie, z którego pozwoliliśmy jej korzystać – oznajmił.

– W saabie? – spytałem, bo musiałem coś powiedzieć.

Skinął głową.

– W miejscu, gdzie przechowuje się koło zapasowe, pod podłogą bagażnika.

Położył glocka na stole, wyłowił ze ścierki dwa zapasowe magazynki i ułożył obok. Potem zgięte szydło i naostrzone dłuto. I wreszcie klucze Angela Dolla.

Nie mogłem oddychać.

– Szydło pewnie służyło jej za wytrych – dodał.

– Czy to od razu znaczy, że była federalna? – spytałem.

Ponownie podniósł glocka, obrócił go i wskazał prawą stronę broni.

– Numer seryjny – powiedział. – Sprawdziliśmy w firmie Glock w Austrii. Przez komputer, mamy dostęp do takich informacji. Ten pistolet jakiś rok temu został sprzedany rządowi Stanów Zjednoczonych. Stanowił część wielkiego zamówienia agencji federalnych. Siedemnastki dla mężczyzn, dziewiętnastki dla kobiet. Stąd wiemy, że była agentką.

Przez chwilę wpatrywałem się w numer seryjny.

– Zaprzeczała?

Skinął głową.

– Oczywiście. Twierdziła, że po prostu to znalazła. Wymyśliła całą historyjkę. Prawdę mówiąc, oskarżyła ciebie, twierdziła, że to twoje rzeczy. Ale oni zawsze zaprzeczają, prawda? Tak ich szkolą.

Odwróciłem wzrok, patrząc przez okno na morze. Po co w ogóle zabrała te rzeczy, czemu nie zostawiła ich w kryjówce? Czy kierowało nią poczucie porządku, nie chciała, by zmokły?

– Wyglądasz, jakby cię to ruszyło – zauważył Beck.

Jak w ogóle to znalazła? I czemu właściwie szukała?

– Wyglądasz, jakby cię to ruszyło – powtórzył.

Ruszyło to mało powiedziane. Zginęła w męczarniach, i to przeze mnie. Pewnie sądziła, że mi się przysłuży, chroniąc moje rzeczy przed wilgocią, przed rdzą. Zwykła, głupia dziewczyna z Irlandii, próbująca mi pomóc. A ja ją zabiłem. Równie dobrze sam mógłbym ją zarżnąć.

– Odpowiadam za ochronę domu – oznajmiłem. – Powinienem był ją podejrzewać.

– Odpowiadasz dopiero od zeszłej nocy – przypomniał Beck. – Więc nie zadręczaj się, jeszcze nie wiesz nawet dobrze, na czym stoisz. To Duke powinien był ją wykryć.

– Ale nigdy bym jej nie podejrzewał. Myślałem, że to zwykła pokojówka.

– Hej, ja także – odparł. – I Duke.

Znów odwróciłem wzrok. Patrzyłem w morze, szare, rozkołysane. Nie mogłem tego zrozumieć. Znalazła moje rzeczy. Ale po co tak dobrze je ukryła?

– A teraz najciekawsze – dodał Beck.

Spojrzałem na niego w chwili, gdy wyciągał z torby buty. Solidne buty o kwadratowych noskach, czarne. Te same, które miała na sobie za każdym razem, gdy ją widziałem.

– Sam zobacz – powiedział.

Odwrócił prawy but do góry podeszwami, paznokciami wyciągnął ćwiek. Potem przesunął gumowy flek niczym małe drzwiczki, znów odwrócił but i potrząsnął. Na stole z cichym grzechotem wylądował mały, czarny plastikowy prostokąt. Leżał na blacie, odwrócony. Beck ujął go w palce.

To było urządzenie do bezprzewodowego przesyłania poczty elektronicznej. Dokładnie takie samo jak moje.

• • •

Podał mi but, wziąłem go, patrząc tępym wzrokiem. Damski, numer cztery i pół, na małą stopę. Miał jednak szeroki, kanciasty nosek i równie szerokie, solidne obcasy. Niezbyt udana próba dotrzymania kroku modzie. W obcasie wyżłobiono prostokątne zagłębienie. Zrobiono to starannie i cierpliwie, lecz nie maszynowo. Dostrzegłem te same lekkie ślady narzędzia co w moim bucie. Wyobraziłem sobie gościa w laboratorium, stojący przed nim rządek butów, woń nowej skóry w powietrzu, ułożone w półkole narzędzia do cięcia drewna, zakrzywione strużyny gumy na podłodze u jego stóp. Większość tajnych urządzeń wywiadu jest zaskakująco zacofana technicznie. Nie ma mowy o wybuchających długopisach i kamerach wbudowanych w zegarki. Szczyt techniki to wyprawa do sklepu po dostępne na rynku urządzenie do przysłania poczty elektronicznej i zwykłe, solidne buty.

– I co myślisz? – spytał Beck.

Myślałem o tym, co czuję. Zastanawiałem się gorączkowo. Pokojówka nie żyła, lecz to nie ja ją zabiłem. Zrobiły to komputery rządowe. Czułem zatem ulgę, ale też wzbierał we mnie gniew. Co, do diabła, wyprawiała Duffy? W co właściwie grała? Istniała absolutna, niepodważalna zasada: nigdy nie umieszcza się w jednym miejscu dwóch osób, nie informując ich o tym. To przecież podstawa. Uprzedziła mnie o Teresie Daniel. Czemu, do cholery, nie wspomniała o tej drugiej?

– Niewiarygodne – mruknąłem.

– Bateria padła – wyjaśnił Beck, trzymając urządzenie w obu dłoniach. Kciuki położył na wierzchu jak w grze wideo. – Zresztą i tak nie działa.

Podał mi pudełko. Odłożyłem but i wziąłem niewielki plastikowy gadżet. Nacisnąłem znajomy przycisk zasilania. Ekranik pozostał martwy.

– Od jak dawna tu pracowała? – spytałem.

– Osiem tygodni – odparł Beck. – Trudno utrzymać służbę dłużej. To odludne miejsce, no i jest jeszcze Paulie. Zresztą Duke także nie słynął z gościnności.

– Przypuszczam, że osiem tygodni wystarczy, by rozładować baterię.

– Co nakazuje im teraz procedura? – spytał.

– Nie wiem – odparłem. – Nigdy nie pracowałem w służbach federalnych.

– Mówimy w sensie ogólnym. Musiałeś się spotykać z czymś takim.

Wzruszyłem ramionami.

– Przypuszczam, że się tego spodziewali. Łączność to pierwsza rzecz, która zawodzi. Jeśli nawet urwał się kontakt, z początku się tym nie przejmą. Nie mają wyboru, muszą zostawić ją w polu. Nie mogą przecież nawiązać łączności i kazać jej wracać do domu. Domyślam się, że będą czekali, by jak najszybciej doładowała to coś. – Obróciłem urządzenie pionowo i wskazałem niewielkie gniazdko w dolnej części. – Wygląda, jakby potrzebowało zasilacza do komórki czy czegoś w tym rodzaju.

– Czy wyślą po nią ludzi?

– Kiedyś to zrobią – odparłem. – Tak sądzę.

– Kiedy?

– Nie wiem. W każdym razie jeszcze nie teraz.

– Zaprzeczymy, że kiedykolwiek tu była. Że ją w ogóle widzieliśmy. Nie ma na to żadnych dowodów.

– Lepiej wysprzątajcie jej pokój. Z pewnością są tam odciski palców, włosy, ślady DNA.

– Polecono ją nam – oznajmił Beck. – Nie ogłaszamy się w gazetach ani nic w tym rodzaju. Skontaktowaliśmy się z nią przez znajomych z Bostonu.

Zerknął na mnie. Znajomi z Bostonu, którzy próbowali dogadać się z władzami, pomagając im cię przyskrzynić, pomyślałem. Skinąłem głową.

– Trudna sprawa – zauważyłem. – Bo jak to o nich świadczy?

Przytaknął z kwaśną miną. Zgadzał się ze mną, wiedział, co chcę powiedzieć. Wyciągnął rękę i podniósł leżący obok dłuta pęk kluczy.

– Myślę, że to klucze Angela Dolla – oznajmił.

Nie odpowiedziałem.

– Więc to problem trójstronny – dodał. – Możemy powiązać Dolla z ekipą z Hartfordu i naszych bostońskich znajomych z federalnymi. Teraz mamy coś, co kojarzy z federalnymi również Dolla, bo dał swoje klucze tej suce. Co oznacza, że ekipa z Hartfordu również daje dupy federalnym. Doll nie żyje dzięki Duke'owi, ale wciąż mam na głowie Hartford, Boston i do tego władze. Potrzebuję cię, Reacher.

Zerknąłem na Harleya; obserwował przez okno deszcz.

– Czy Doll działał sam? – spytałem.

Beck skinął głową.

– Zastanawiałem się nad tym i doszedłem do wniosku, że tak. Tylko on zdradził. Reszta jest w porządku, wciąż są ze mną. Bardzo przepraszali za Dolla.

– Dobra – mruknąłem.

Przez długą chwilę w kuchni panowała cisza. Potem Beck zawinął moje rzeczy z powrotem w ścierkę i wrzucił do torby. Zabrał też urządzenie do przesyłu poczty. Na wierzchu położył buty pokojówki. Wyglądały żałośnie, samotnie i smutno.

– Jednego się nauczyłem – oznajmił. – Na sto procent zacznę sprawdzać ludziom buty. To dla mnie priorytet, sprawa życia lub śmierci.

. . .

Dla mnie też była to sprawa życia lub śmierci, zdołałem się jednak opanować. Wróciłem do pokoju Duke'a i zajrzałem do szafy. W środku stały cztery pary butów. Nie wybrałbym dla siebie takich w sklepie, ale wyglądały całkiem rozsądnie i miały właściwy rozmiar. Zostawiłem je jednak w spokoju. Gdybym zaraz po tej rozmowie pojawił się w innych butach, podziałałoby to jak czerwona płachta na byka. Poza tym jeśli miałem się pozbyć moich, musiałem zrobić to porządnie. Nie było sensu zostawiać ich w pokoju. Musiałem wynieść buty z domu, a na razie nie dało się tego łatwo zrobić. Nie po scenie w kuchni. Nie mogłem zejść na dół z butami w ręku. Co niby miałbym powiedzieć? „To tylko buty, które miałem na nogach, gdy tu przyjechałem. Zamierzam właśnie wrzucić je do oceanu". Twierdzić, że nagle mi się znudziły? Nie zdjąłem ich więc.

Zresztą nadal ich potrzebowałem. Mimo pokusy, nie byłem jeszcze gotów zerwać łączności z Duffy. Na razie. Zamknąłem się w łazience Duke'a, wyjąłem urządzenie z obcasa. Dziwne uczucie. Włączyłem i na ekraniku pojawiła się wiadomość: *Musimy się spotkać.* Po wciśnięciu ODPOWIEDŹ wysłałem: *Masz to jak w banku.* Potem wyłączyłem gadżet, wsadziłem na miejsce i zszedłem do kuchni.

– Idź z Harleyem – polecił Beck. – Musisz przyprowadzić tu saaba.

Nie dostrzegłem ani śladu kucharki. Blaty były starannie wyszorowane, nieskazitelnie czyste, piecyk zimny. Tak jakby na drzwiach powieszono tabliczkę z napisem: „Zamknięte".

– A co z lunchem? – spytałem.

– Jesteś głodny?

Powróciłem myślami do chwili, gdy morze wypełniło worek i porwało ciało. Ujrzałem włosy pod wodą, falujące, nieskończenie delikatne. Ujrzałem odpływającą krew, rozcieńczoną, różową. Nie byłem głodny.

– Konam z głodu – odparłem.

Beck uśmiechnął się nieśmiało.

– Zimny z ciebie gość, Reacher.

– Widywałem już nieboszczyków i spodziewam się, że jeszcze paru zobaczę.

Skinął głową.

– Kucharka ma wolne. Zjedz coś na mieście, dobrze?

– Nie mam gotówki.

Beck wsadził rękę do kieszeni spodni i wyciągnął zwitek banknotów. Zaczął je liczyć, potem jednak dał sobie spokój i wręczył mi całą sumę. Obliczyłem, że jest tam około tysiąca dolarów.

– Na bieżące wydatki – oznajmił. – Później załatwimy kwestię wypłaty.

Wsunąłem banknoty do kieszeni.

– Harley czeka w wozie – dodał.

Wyszedłem na zewnątrz, stawiając kołnierz płaszcza. Wiatr zaczynał słabnąć, deszcz przestawał zacinać. Lincoln wciąż stał przy narożniku domu, bagażnik miał zamknięty. Harley bębnił kciukami o kierownicę. Zająłem miejsce pasażera i cofnąłem fotel, by rozprostować nogi. Bez słowa włączył silnik oraz wycieraczki i ruszył. Musieliśmy zaczekać, aż Paulie otworzy bramę. Harley pomajstrował przy ogrzewaniu, ustawiając je na maksimum. Ubrania mieliśmy mokre i okna natychmiast zaszły parą. Paulie się nie spieszył, Harley znów zaczął bębnić nerwowo palcami.

– Pracujecie dla tego samego faceta? – spytałem.

– Ja i Paulie? – odparł. – Jasne.

– Kto to?

– Beck ci nie powiedział?

– Nie.

– Więc ja też ci nie powiem.

– Trudno mi wykonywać pracę bez informacji – mruknąłem.

– To twój problem – rzucił. – Nie mój.

Znów obdarzył mnie paskudnym uśmiechem żółtych zębów. Przypuszczałem, że gdybym uderzył go dostatecznie mocno, moja pięść wybiłaby wszystkie pieńki i wylądowała gdzieś w głębi chudego gardła. Ale nie zrobiłem tego. Paulie odczepił łańcuch i rozsunął skrzydła bramy. Harley natychmiast dodał gazu; wóz skoczył naprzód, niemal ocierając się o metal. Rozsiadłem się wygodnie. Mój towarzysz włączył reflektory, znów przyspieszył; spod kół trysnęły pióropusze wodnego pyłu. Jechaliśmy na zachód, przez pierwszych szesnaście kilometrów nie mieliśmy zresztą wyboru. Potem na drodze numer jeden skręciliśmy na północ, w przeciwną stronę do tej, w którą skierowała mnie Elizabeth Beck. Old Orchard Beach i Saco zostały z tyłu, my zaś zbliżaliśmy się do Portlandu. Z powodu aury niemal nic nie widziałem, ledwie dostrzegałem światła samochodów z przodu. Harley milczał, kołysał się tylko w fotelu, bębnił kciukami o kierownicę i prowadził. Nie szło mu – nieustannie naciskał albo gaz, albo hamulec. Przyspieszaliśmy, zwalnialiśmy, przyspieszaliśmy, zwalnialiśmy. To było długie trzydzieści kilometrów.

A potem droga skręciła ostro na zachód i po lewej stronie ujrzałem autostradę I-295. Za nią rozciągał się wąski jęzor szarej morskiej wody, a dalej lotnisko w Portlandzie. Jakiś samolot startował właśnie w wielkim obłoku wodnego pyłu. Z hukiem przeleciał nam nisko nad głowami i zawrócił nad Atlantykiem na południe. Potem po lewej ręce ujrzałem centrum handlowe z długim wąskim parkingiem. Sklepy, jakich można się spodziewać w takim miejscu, między dwiema drogami nieopodal lotniska. Na parkingu stało około dwudziestu samochodów w jednym rzędzie, tuż przy krawężniku. Stary saab był piąty od lewej. Harley zahamował ostro i zatrzymał się dokładnie za nim. Zabębnił palcami o kierownicę.

– Jest twój – oznajmił. – Kluczyki znajdziesz w kieszeni przy drzwiach.

Wysiadłem na deszcz, a on odjechał, gdy tylko zatrzasną-łem drzwi. Nie wrócił jednak na drogę numer jeden – na końcu parkingu skręcił w lewo, potem natychmiast w prawo. Widzia-łem, jak przejeżdża wielkim wozem przez zaimprowizowany zjazd prowadzący na sąsiednią parcelę. Znów podniosłem kołnierz, obserwując wolno jadącego lincolna, który w końcu zniknął za rzędem nowiutkich budynków – długich, niskich baraków z jasnej blachy falistej. Jakieś centrum biznesowo-przemysłowe. Budynki łączyła sieć wąskich asfaltowych dróg połyskujących wilgocią, okolonych wysokimi betonowy-mi krawężnikami, gładkimi i nowymi. Przez moment między budynkami widziałem lincolna. Jechał wolno, leniwie, jakby szukał miejsca do parkowania. A potem zniknął za kolejnym barakiem i już go więcej nie zobaczyłem.

Odwróciłem się. Saab stał tuż obok sklepu monopolowego, który przycupnął między punktem sprzedaży samochodowego sprzętu grającego a sklepikiem, którego wystawa mieniła się blaskiem żyrandoli ze sztucznego kryształu. Nie bardzo wie-rzyłem, że pokojówkę wysłano po nowe oświetlenie albo nowy odtwarzacz CD do saaba. Pozostawał więc sklep alkoholowy, tam zaś z pewnością czekała na nią grupka ludzi, czterech, może pięciu. Co najmniej. Po pierwszej chwili zaskoczenia oszołomiona pokojówka zamieniłaby się w wyszkoloną agent-kę walczącą o życie. Z pewnością to przewidzieli i zjawili się na miejscu przygotowani. Powiodłem wzrokiem po chodniku, potem spojrzałem na sklep. Wystawę wypełniały stosy skrzy-nek i pudeł. Nie widziałem wnętrza. Ale i tak tam wszedłem.

W środku było pełno kartonów, nie dostrzegłem natomiast klientów i najwyraźniej sprzedawca już dawno przywykł do takiego stanu. Za ladą ujrzałem szarego mężczyznę koło pięć-dziesiątki. Szare włosy, szara koszula, szara skóra. Jakby od dziesięciu lat nie wychodził na dwór. Nie miał niczego, co mógłbym kupić, by przełamać lody. Podszedłem więc do nie-go i zadałem mu proste pytanie:

– Widzi pan tego saaba?

Uniósł ostentacyjnie głowę i mrużąc oczy, wyjrzał przez szybę wystawową.

– Widzę – odparł.

– A widział pan, co się stało z kierowcą?

– Nie.

Ludzie, którzy od razu mówią „nie", zwykle kłamią. Człowiek prawdomówny potrafi powiedzieć „nie", najpierw jednak zastanawia się przez moment i dodaje: „Przykro mi" albo coś w tym rodzaju. Czasem też sam zadaje pytanie, bo taka jest natura ludzka. Mówi: „Przykro mi, nie. A o co chodzi? Co się stało?". Wsunąłem dłoń do kieszeni i na oślep wyciągnąłem banknot ze zwitku Becka. Stówa. Złożyłem ją na pół i uniosłem między kciukiem a palcem wskazującym.

– A teraz? Widział pan? – spytałem.

Sprzedawca zerknął w lewo, potem w prawo. W stronę centrum biznesowego za ścianami jego sklepu. Tylko szybkie spojrzenie, ukradkowe, zalęknione.

– Nie – powtórzył.

– Czarny lincoln town car? – naciskałem. – Odjechał w tamtą stronę?

– Nie widziałem – zapewnił. – Byłem zajęty.

Skinąłem głową.

– Widzę, że ma pan tu urwanie głowy. Cud, że jeden człowiek może poradzić sobie z tym wszystkim.

– Byłem na zapleczu, rozmawiałem przez telefon.

Jeszcze chwilę trzymałem przed nim setkę. Szacowałem, że sto dolarów wolnych od podatku to spora część jego tygodniowych zarobków. On jednak odwrócił wzrok. To o czymś świadczyło.

– W porządku – mruknąłem. Schowałem pieniądze do kieszeni i wyszedłem.

• • •

Odjechałem saabem dwieście metrów na południe drogą numer jeden i zatrzymałem się przy pierwszej stacji benzynowej. Kupiłem w sklepie butelkę wody mineralnej i dwa batony. Za wodę w przeliczniku na litr zapłaciłem cztery razy więcej niż za benzynę. Potem wyszedłem, stanąłem przy drzwiach, rozdarłem opakowanie batona i zacząłem jeść. Przy okazji rozejrzałem się wokół; nikt mnie nie śledził. Podszedłem do telefonu, sięgnąłem po drobne i zadzwoniłem do Duffy – numer jej motelu znałem na pamięć. Skuliłem się pod plastikową osłoną, próbując uniknąć deszczu. Odpowiedziała po drugim dzwonku.

– Jedź na północ, do Saco – poleciłem. – Natychmiast. Spotkamy się w ceglanym centrum handlowym na wyspie, w kafejce o nazwie Café Café. Spóźnialski płaci.

Dokończyłem batonik, jadąc na południe. W porównaniu z cadillakiem Becka i lincolnem Harleya saab prowadził się ciężko i był znacznie głośniejszy. Miał zużyte, wytarte wykładziny i sześć cyferek na liczniku, ale sprawował się nieźle. Opony były porządne, wycieraczki działały. Mimo deszczu jechało mi się dobrze. Wóz miał też duże, solidne lusterka. Przez całą drogę nie spuszczałem z nich wzroku. Nikt za mną nie jechał. Pierwszy dotarłem do kawiarenki. Zamówiłem podwójne espresso, by pozbyć się z ust smaku czekolady.

Duffy zjawiła się sześć minut później. Przystanęła w drzwiach, powiodła wokół wzrokiem, po czym z uśmiechem ruszyła w moją stronę. Miała na sobie świeże dżinsy i bawełnianą koszulę, tym razem błękitną, nie białą. Na to narzuciła skórzaną kurtkę i sfatygowany stary płaszcz przeciwdeszczowy, zdecydowanie na nią za duży. Może należał do starego agenta, może pożyczyła go od niego. Z pewnością nie od Eliota, był od niej niższy. Musiała wybrać się na północ, nie oczekując zmiany pogody.

– To miejsce jest bezpieczne? – spytała.

Nie odpowiedziałem.

– Co się stało?

– Ty płacisz – oznajmiłem. – Przyjechałaś druga. Zamówię jeszcze jedno espresso, a ty jesteś mi winna za pierwsze.

Przez moment patrzyła na mnie, nic nie rozumiejąc, potem podeszła do lady i wróciła z filiżanką espresso dla mnie i cappuccino dla siebie. Włosy miała wilgotne, przeczesała je palcami. Pewnie zaparkowała na ulicy i resztę drogi pokonała pieszo, przeglądając się w wystawach. W milczeniu przeliczyła resztę, wręczyła mi banknoty i monety, dokładnie tyle, ile zapłaciłem za pierwszą filiżankę. Tu, w Maine, kawa także była droższa od benzyny. Przypuszczam zresztą, że tak jest wszędzie.

– Co się dzieje? – powtórzyła.

Nie odpowiedziałem.

– Reacher, co się stało?

– Umieściłaś tam jeszcze kogoś, osiem tygodni temu – oznajmiłem. – Czemu mi nie powiedziałaś?

– Co takiego?

– To, co powiedziałem.

– Ale kogo?

– Agentkę. Zginęła dziś rano. Przeszła brutalną, obustronną mastektomię bez znieczulenia.

Duffy spojrzała na mnie wstrząśnięta.

– Teresa?

Pokręciłem głową.

– Nie Teresa, ta druga.

– Jaka druga?

– Nie nabieraj mnie.

– Jaka druga?!

Spojrzałem na nią ostro. Potem łagodniej. Światło w kawiarence miało w sobie coś szczególnego. Może był to efekt odbicia od matowego metalu, szkła i chromu. Przypominało promienie rentgena albo serum prawdy. Pokazało mi wcześniej szczery rumieniec Elizabeth Beck. Teraz oczekiwałem dokładnie tego samego od Duffy, spodziewałem się ujrzeć głęboki, czerwony rumieniec wstydu i zakłopotania, bo odkryłem jej kłamstwo. Ale dostrzegłem tylko absolutne zaskoczenie, pojawiło się wyraźnie na jej twarzy. Zbladła mocno, wręcz zbielała, jakby odpłynęła z niej cała krew. Nikt nie potrafi zrobić tego na zawołanie, podobnie jak się zaczerwienić.

– Jaka druga? – powtórzyła raz jeszcze. – Była tylko Teresa. Co ty mówisz? Chcesz powiedzieć, że ona nie żyje?

– Nie Teresa – poprawiłem. – Była jeszcze jedna, inna kobieta, zatrudniona jako pokojówka i pomoc kuchenna.

– Nie – powtórzyła stanowczo Duffy. – Jest tylko Teresa.

Pokręciłem głową.

– Widziałem ciało. To nie była Teresa.

– Pokojówka?

– W bucie miała urządzenie do przesyłu poczty elektronicznej, takie samo jak moje. Obcas wydrążył ten sam człowiek, rozpoznałem jego rękę.

– To niemożliwe.

Spojrzałem jej w oczy.

– Powiedziałabym ci – dodała. – Oczywiście, że bym ci powiedziała. A zresztą gdybym miała tam agentkę, nie potrzebowałabym ciebie. Nie rozumiesz?

Odwróciłem wzrok. Potem znów na nią spojrzałem. Teraz to ja byłem zakłopotany.

– No to, kim, do diabła, była? – spytałem.

Duffy nie odpowiedziała. Zaczęła przesuwać filiżankę na spodeczku, trącając uszko palcem wskazującym, obracając ją za każdym razem o jakieś dziesięć stopni, ale gruba warstwa posypanej czekoladą piany trwała bez ruchu. Widziałem, że Duffy zastanawia się gorączkowo.

– Osiem tygodni temu? – spytała.

Przytaknąłem.

– Co ich zaalarmowało?

– Dostali się do twojego komputera – wyjaśniłem. – Dziś rano albo może zeszłej nocy.

Uniosła wzrok.

– O to właśnie mnie pytałeś?

Skinąłem głową bez słowa.

– Teresy nie ma w komputerze – oznajmiła. – Działała nieoficjalnie.

– Spytałaś Eliota?

– Zrobiłam coś lepszego, przeszukałam cały jego twardy dysk i wszystkie pliki na głównym serwerze w Waszyngtonie. Mam dostęp wszędzie. Szukałam słów Teresa, Daniel, Justice, Beck, Maine i tajny agent. Nigdzie ich nie zapisał.

Nie odpowiedziałem.

– Jak do tego doszło? – spytała.

– Nie jestem pewien – odparłem. – Zgaduję, że najpierw dowiedzieli się z komputera, że tam kogoś macie. Potem doszli do tego, że to kobieta, nie znali jednak nazwiska ani szczegółów. Więc zaczęli jej szukać. I ją znaleźli, po trosze z mojej winy.

– Jak?

– Miałem schowek – wyjaśniłem. – A w nim twojego glocka, amunicję i parę innych rzeczy. Znalazła je i ukryła w samochodzie, z którego korzystała.

Duffy milczała przez sekundę.

– Dobra – mruknęła. – Zatem sądzisz, że przeszukali samochód i twoje rzeczy wzbudziły w nich podejrzenia?

– Chyba tak.

– Ale może przeszukali najpierw ją i znaleźli but?

Spojrzałem w bok.

– Mam taką głęboką nadzieję.

– Nie rób sobie wyrzutów, to nie twoja wina. Skoro dostali się do komputera, to była tylko kwestia czasu. Dla jednej z nich. Obie pasowały do informacji. Nie mieli przecież do wyboru zbyt wielu kobiet, pewnie tylko ją i Teresę. Nie mogli chybić.

Przytaknąłem. Była też Elizabeth i oczywiście kucharka, lecz żadna z nich nie figurowała na liście osób podejrzanych. Elizabeth była żoną szefa, a kucharka pracowała tam zapewne od dwudziestu lat.

– Ale kim ona była? – spytałem.

Duffy nadal bawiła się filiżanką, aż w końcu obróciła ją całkowicie. Nieszlifowane denko zazgrzytało na spodku.

– Obawiam się, że to oczywiste. Sprawdźmy, jak to wszystko przebiegało w czasie, i cofnijmy się, licząc od dzisiaj. Jedenaście tygodni temu schrzaniłam sprawę ze zdjęciami. Dziesięć tygodni temu odebrali mi śledztwo, ale ponieważ Beck jest taki ważny, nie mogłam zrezygnować, więc dziewięć tygodni temu bez ich wiedzy wysłałam tam Teresę. Ale Beck jest naprawdę grubą rybą, więc szefowie bez mojej wiedzy przydzielili sprawę komu innemu i osiem tygodni temu ten ktoś umieścił tu pokojówkę, nie wiedząc o Teresie. Teresa nie miała pojęcia o tamtej, a tamta nie wiedziała o Teresie.

– To po co zabrała moje rzeczy?

– Pewnie chciała zapanować nad sytuacją, standardowa procedura. Według niej stanowiłeś znak zapytania: niebezpieczny facet, zabójca policjantów, ukrywający broń. Może sądziła, że należysz do innej, konkurencyjnej organizacji. Pewnie zamierzała sprzedać cię Beckowi, to wzmocniłoby jej pozycję. No i musiała się ciebie pozbyć, bo nie chciała dodatkowych komplikacji. Gdyby cię nie sprzedała, pewnie wydałaby cię nam jako zabójcę policjanta. Dziwię się, że jeszcze tego nie zrobiła.

– Wyczerpała jej się bateria.

Duffy skinęła głową.

– Osiem tygodni. Pewnie pokojówki nie mają dostępu do ładowarek od komórek.

– Beck mówił, że pochodziła z Bostonu.

– To ma sens. Zapewne przekazali sprawę do biura w Bostonie. Logiczne, to normalna procedura, poza tym wyjaśniałoby, dlaczego w Waszyngtonie nie mieliśmy o niczym pojęcia.

– Twierdził, że polecili mu ją znajomi.

– Z pewnością ktoś poszedł na współpracę, stale z tego korzystamy. Tacy ludzie z radością wrabiają się nawzajem. W tych sferach nie obowiązuje zmowa milczenia.

Nagle przypomniałem sobie coś jeszcze, co powiedział Beck.

– Jak porozumiewałaś się z Teresą? – spytałem.

– Miała urządzenie do przesyłu poczty, takie samo jak twoje.

– W bucie?

Duffy skinęła głową, nie odpowiedziała. W głowie usłyszałem głośno słowa Becka: *Na sto procent zacznę sprawdzać ludziom buty. To dla mnie priorytet, sprawa życia lub śmierci.*

– Kiedy ostatnio się odezwała?

– Zniknęła z anteny drugiego dnia.

Duffy umilkła.

– Gdzie mieszkała? – spytałem.

– W Portlandzie. Była urzędniczką, nie pokojówką.

– Byłaś w jej mieszkaniu?

Skinęła głową.

– Od drugiego dnia nikt jej nie widział.

– Sprawdziłaś szafę?

– Dlaczego pytasz?

– Musimy wiedzieć, jakie miała na sobie buty, gdy ją schwytano.

Duffy znów pobladła.

– Cholera – mruknęła.

– No właśnie – odparłem. – Jakie buty zostały w szafie?

– Nie te, co trzeba.

– Czy wpadłaby na pomysł, by pozbyć się tego gadżetu?

– W niczym by to nie pomogło, musiałaby pozbyć się też butów. Otwór w obcasie stanowiłby dostateczny dowód.

– Musimy ją znaleźć – oznajmiłem.

– Jasne. – Duffy zawahała się na moment. – Miała cholerne szczęście. Szukali kobiety i tak się złożyło, że najpierw sprawdzili pokojówkę. Nie możemy liczyć na to, że Teresa wciąż będzie miała fart.

Nie odpowiedziałem. Wielkie szczęście dla Teresy, wielki pech dla pokojówki. Każdy dar losu ma swoją cenę. Duffy pociągnęła łyk kawy, skrzywiła się lekko, jakby nie odpowiadał jej smak, i odstawiła filiżankę.

– Ale co ją zdradziło na początku? – spytała. – To właśnie chcę wiedzieć. Przetrwała tylko dwa dni, a do komputera dostali się dziewięć tygodni później.

– Jaką przygotowaliście jej historię?

– Standardową przy tego typu operacjach. Niezamężna, z nikim niezwiązana, brak rodziny i korzeni. Zupełnie jak ty, tyle że nie musiałeś udawać.

Przytaknąłem powoli. Przystojna trzydziestoletnia kobieta, której zniknięcia nikt nie zauważy. Ogromna pokusa dla facetów pokroju Pauliego czy Angela Dolla, może zbyt wielka. Wspaniała zabawka. A reszta ekipy mogła okazać się jeszcze gorsza. Na przykład Harley nie wyglądał mi na typowego przedstawiciela wyższej cywilizacji.

– Może nic jej nie zdradziło – powiedziałem. – Może po prostu zniknęła, no wiesz, tak jak się to dzieje z kobietami. Wiele ginie bez śladu, zwłaszcza młodych, samotnych, niezamężnych. Coś takiego ciągle się zdarza, każdego roku.

– Ale znalazłeś przecież miejsce, w którym ją trzymali.

– Wszystkie te zaginione kobiety muszą gdzieś być, znikają tylko z oczu reszcie świata. One wiedzą, gdzie są, podobnie ludzie, którzy je porywają.

Spojrzała na mnie.

– Myślisz, że to coś takiego?

– Możliwe.

– Nic jej się nie stanie?

– Nie wiem – odparłem. – Mam nadzieję.

– Zachowają ją przy życiu?

– Chyba tak, bo nie wiedzą, że to agentka federalna. Biorą ją za zwykłą kobietę.

Wspaniałą zabawkę.

– Znajdziesz ją, zanim sprawdzą jej buty?

– Możliwe, że nigdy ich nie sprawdzą. Bo wiesz, jeśli wyrobili sobie o niej zdanie, bardzo trudno będzie im dostrzec w niej nagle coś innego.

Duffy odwróciła wzrok, umilkła.

– Wyrobili zdanie – powtórzyła. – Czemu nie powiemy głośno, o czym myślimy?

– Bo nie chcemy – odparłem.

Znów milczała, minutę. Dwie. Potem popatrzyła na mnie, jakby przyszła jej do głowy zupełnie nowa myśl.

– A co z twoimi butami? – spytała.

Pokręciłem głową.

– To samo. Już do mnie przywykli. Nie spojrzą na mnie inaczej ot tak, bez powodu.

– Wciąż cholernie ryzykujesz.

Wzruszyłem ramionami.

– Beck dał mi berettę M dziewięć, zaczekam więc i sam zobaczę. Jeśli się pochyli, żeby sprawdzić mi buty, strzelę mu w sam środek czoła.

– Ale to przecież tylko biznesmen, prawda? W gruncie rzeczy biznesmen. Czy naprawdę skrzywdziłby Teresę, nie wiedząc, że zagraża jego interesom?

– Nie wiem – odparłem.

– To on zabił pokojówkę?

Pokręciłem głową.

– Zrobił to Quinn.

– Byłeś świadkiem?

– Nie.

– To skąd wiesz?

Spojrzałem w bok.

– Rozpoznałem tę rękę – wyjaśniłem.

• • •

Po raz czwarty ujrzałem sierżant Dominique Kohl tydzień po wieczorze spędzonym w barze. Wciąż panował upał, mówiono, że znad Bermudów nadciąga tropikalna burza. Na biurku miałem miliony teczek – gwałty, zabójstwa, samobójstwa, napady z użyciem broni, pobicia, a poprzedniego dnia doszło do niewielkich zamieszek, bo w kuchniach szeregowców nawaliły lodówki i roztopiły się wszystkie lody. Właśnie skończyłem rozmawiać z kumplem w Fort Irwin w Kalifornii, który powiedział, że u nich dzieje się podobnie za każdym razem, gdy wieje wiatr znad pustyni.

Kohl zjawiła się w szortach i koszulce bez rękawów. Nadal się nie pociła, skórę wciąż miała lekko przykurzoną. Pod pachą trzymała teczkę, jakieś osiem razy grubszą niż wówczas, gdy ją dostała.

– Sabot musi być z metalu – oznajmiła. – To ich ostateczny wniosek.

– Naprawdę? – spytałem.

– Woleliby plastik, ale uważam, że tylko marudzą.

– Jasne.

– Próbuję ci powiedzieć, że skończyli już projekty. Teraz zajmą się ważniejszymi sprawami.

– Wciąż żywisz ciepłe uczucia wobec Gorowskiego?

Skinęła głową.

– To byłaby tragedia, gdybyśmy musieli go aresztować. Naprawdę miły facet, niewinna ofiara. A poza tym jest świetny w tym, co robi, i bardzo przydaje się wojsku.

– Co więc planujesz?

– Sytuacja jest dość niezręczna – oznajmiła. – Tak naprawdę chciałabym wciągnąć go do współpracy i namówić, by przekazał temu komuś fałszywe dane. W ten sposób moglibyśmy kontynuować śledztwo, nie ryzykując ujawnienia prawdziwych tajemnic.

– Ale?

– Ale prawdziwy projekt i tak już wygląda podejrzanie. Strasznie dziwaczny pocisk, przypomina strzałkę do rzucania. I nie ma w nim środków wybuchowych.

– To jak działa?

– Energia kinetyczna, metale ciężkie, zubożony uran, temperatura i tak dalej. Studiowałeś fizykę?

– Nie.

– No to nie zrozumiesz. Ale mam przeczucie, że jeśli na-

259

mieszamy w planach, przeciwnik się połapie. Narazilibyśmy Gorowskiego albo jego córeczki.

– Chcesz więc wypuścić prawdziwe plany?

– Uważam, że musimy.

– To duże ryzyko – zauważyłem.

– Ty decydujesz. Dlatego właśnie tak dużo ci płacą.

– Jestem kapitanem – przypomniałem. – Gdybym w ogóle miał czas jeść, płaciłbym bonami.

– Decyzja?

– Masz już coś na temat przeciwnika?

– Nie.

– Jesteś pewna, że nie stracisz planów?

– Całkowicie.

Uśmiechnąłem się. W tym momencie wyglądała jak najbardziej pewna siebie istota ludzka na świecie. Błyszczące oczy, poważny wyraz twarzy, włosy odgarnięte za uszy, krótkie szorty khaki, skąpa koszulka khaki, skarpety, skórzane buty i ciemna skóra.

– No to do dzieła.

– Ja nigdy nie tańczę – powiedziała nagle.

– Słucham?

– Nie chodziło o ciebie. Prawdę mówiąc, chętnie bym się zgodziła, doceniłam zaproszenie. Ale nigdy z nikim nie tańczę.

– Dlaczego?

– To osobisty problem. Czuję się zakłopotana. Nie mam skoordynowanych ruchów.

– Ja też nie.

– Może moglibyśmy poćwiczyć na osobności?

– Oddzielnie?

– Dwuosobowa nauka jest skuteczniejsza. Coś jak grupa wsparcia.

Potem mruknęła i wyszła, pozostawiając po sobie słabiutką woń perfum w ciężkim, rozgrzanym powietrzu.

• • •

Duffy i ja w milczeniu dokończyliśmy kawę. Moja była gorzka, słaba i zimna, nie smakowała mi. Prawy but uwierał mnie lekko, nie pasował idealnie i zaczynał przypominać metalową kulę u nogi. Z początku czułem się w nim jak sprytny facet, pomysłowy i profesjonalny. Pamiętam, jak pierwszy raz otworzyłem obcas trzy dni wcześniej, wkrótce po przybyciu do domu i po tym, jak Duke zamknął drzwi mojego pokoju. *Wszedłem.* Czułem się jak bohater filmu. Potem przypomniałem sobie, kiedy otworzyłem go po raz ostatni. W łazience Duke'a, półtorej godziny temu, wyłączyłem urządzenie i ujrzałem na ekranie wiadomość od Duffy: *Musimy się spotkać.*

– Czemu chciałaś się spotkać? – spytałem.

Pokręciła głową.

– Teraz to nie ma znaczenia, zmieniam program misji. Skreślam wszystko prócz odzyskania Teresy. Po prostu ją znajdź i znikaj stamtąd, dobrze?

– A co z Beckiem?

– Nie dopadniemy go. Znowu spieprzyłam sprawę. Ta pokojówka była tam legalnie, Teresa nie. Podobnie ty. A pokojówka zginęła, toteż wywalą mnie za nieoficjalną akcję z Teresą i tobą i zrezygnują z dochodzenia przeciw Beckowi, bo zbyt poważnie naruszyłam procedury. Sędzia nigdy nie przyjąłby takiej sprawy. Ratuj więc Teresę, zjeżdżaj stamtąd i wszyscy wrócimy do domu.

– Dobra – odparłem.

– Będziesz musiał zapomnieć o Quinnie – dodała. – Po prostu odpuść.

Nie odpowiedziałem.

– I tak ponieśliśmy klęskę – dodała. – Nie znalazłeś nic użytecznego, absolutnie nic, żadnych dowodów. Od początku była to strata czasu.

Milczałem.

– Moją karierę szlag trafi – dodała.

– Kiedy chcesz powiadomić Departament Sprawiedliwości?

– O pokojówce?

Skinąłem głową.

– Natychmiast – odparła. – Niezwłocznie. Muszę, nie mam wyboru. Ale najpierw sprawdzę w dokumentach, kto ją tam umieścił. Bo wolałabym przekazać tę informację osobiście, na własnym poziomie. Wówczas będę mogła przynajmniej przeprosić. Inaczej, nim zdołam to zrobić, rozpęta się piekło. Stracę wszystkie kody dostępu, dostanę kartonowe pudełko i w ciągu pół godziny każą mi opróżnić biurko.

– Ile lat tam pracowałaś?

– Bardzo długo. Sądziłam, że będę pierwszą kobietą, która zostanie dyrektorem.

Milczałem.

– Powiedziałabym ci – dodała. – Daję słowo, gdybym miała tam jeszcze kogoś, powiedziałabym.

– Wiem – odparłem. – Przykro mi, że wyciągnąłem pochopne wnioski.

– To napięcie – zauważyła. – Tajne akcje są bardzo stresujące.

Przytaknąłem.

– Czuję się jak w gabinecie luster. Wszędzie tylko odbicia i złudzenia, i wszystko wydaje się nierzeczywiste.

Zostawiliśmy na stole filiżanki z niedokończoną kawą i wyszliśmy na zewnątrz – najpierw ruszyliśmy przez centrum handlowe, potem znaleźliśmy się na deszczu. Nasze wozy parkowały obok siebie. Pocałowała mnie w policzek, potem wsiadła do taurusa, skręciła na południe, a ja wróciłem do saaba i skierowałem się na północ.

• • •

Paulie nie spieszył się z otwieraniem bramy. Kazał mi czekać parę minut, nim wynurzył się z domku. Wciąż miał na sobie sztormiak. Potem przez minutę stał bez ruchu, patrząc na mnie. W końcu skierował się ku bramie. Ja jednak wcale się tym nie przejąłem – byłem zajęty rozmyślaniem. Słyszałem w głowie głos Duffy: zmieniam cel misji. Przez większość służby w wojsku moim przełożonym, pośrednio bądź bezpośrednio, był Leon Garber. Garber uwielbiał wszystko wyjaśniać, posługując się powiedzonkami, na każdą okazję miał jakieś. Mówił: *Zmiana celów to mądre posunięcie, dzięki temu przestajesz marnować kasę i środki*. Nie chodziło mu o pieniądze w dosłownym sensie, lecz o zasoby ludzkie, czas, chęci, wysiłki, energię. Czasem też sobie zaprzeczał i równie często powtarzał: *Nigdy nie pozwól, by coś odciągnęło cię od raz rozpoczętego zadania*. Oczywiście, tak to jest z przysłowiami. Od przybytku głowa nie boli, ale co za dużo to niezdrowo. Jak cię widzą, tak cię piszą i nie szata zdobi człowieka. W sumie jednak Leon był zwolennikiem zmian, zdecydowanym zwolennikiem. Głównie dlatego, że zmiany wymagały myślenia, a on uważał, że myślenie nigdy nikomu nie zaszkodziło. Toteż rozmyślałem teraz bardzo intensywnie, bo wyczuwałem, że coś się do mnie zbliża, bardzo wolno, niemal niedostrzegalnie, tuż poza zasięgiem mojej świadomości. Wiązało się to z tym, co powiedziała Duffy. *Nie znalazłeś nic użytecznego, absolutnie nic, żadnych dowodów.*

Usłyszałem skrzypnięcie bramy. Podniosłem wzrok i zobaczyłem Pauliego, który czekał, aż przejadę. Deszcz bębnił mu o sztormiak, wciąż nie miał na głowie czapki. Zemściłem się po szczeniacku, każąc mu z kolei czekać minutę. Zmiany Duffy doskonale mi odpowiadały. Beck zupełnie mnie nie obchodził, ani trochę. Ale chciałem uratować Teresę. Chciałem też Quinna i wiedziałem, że go dopadnę bez względu na to, co powiedziała Duffy. Zmiany mają swoje granice.

Zerknąłem na Pauliego. Wciąż czekał. Idiota. On stał na deszczu, ja siedziałem wygodnie w wozie. Zdjąłem stopę z hamulca i przejechałem powoli przez bramę. Potem ostro przyspieszyłem, zmierzając do domu.

Zostawiłem saaba w garażu i wyszedłem na zewnątrz. Mechanik wciąż krzątał się w trzecim pomieszczeniu, tym pustym. Nie widziałem, co robi; może po prostu ukrył się przed deszczem. Biegiem wróciłem do domu. Beck usłyszał buczenie wykrywacza metalu i wyszedł mi na spotkanie do kuchni. Wskazał ręką sportową torbę, która nadal leżała na samym środku stołu.

– Pozbądź się tego syfu! – polecił. – Wrzuć go do morza, dobrze?

– Dobra – odparłem.

Beck cofnął się do przedpokoju, a ja zabrałem torbę i zawróciłem. Znów wyszedłem na zewnątrz i szybko dotarłem na drugą stronę garaży. Umieściłem swoje zawiniątko z powrotem w kryjówce. Kto nie marnuje, temu nie brakuje, jak to powiadają. Poza tym chciałem zwrócić Duffy jej glocka. I tak miała już dość kłopotów, nie musiała jeszcze dołączać do listy strat broni służbowej. Większość agencji rządowych traktuje takie sprawy bardzo poważnie.

Potem zbliżyłem się do krawędzi granitowych skał, rozhuśtałem torbę i cisnąłem ją daleko w morze. Obróciła się w powietrzu, zobaczyłem, jak wypadają z niej buty i urządzenie do przesyłu poczty elektronicznej. Mały kawałek plastiku uderzył o fale. Natychmiast zatonął. Lewy but wylądował noskiem do przodu i też zniknął. Torba wydęła się w powietrzu i opadła łagodnie otworem w dół. Szybko wypełniła się wodą, obróciła i zniknęła. Prawy but przez moment unosił się na falach, niczym mała czarna łódeczka. Kołysał się i podskakiwał, jakby chciał umknąć na wschód. Pokonał grzbiet jednej fali i zsunął się niżej. A potem zaczął się obracać, utrzymując się na powierzchni jeszcze dziesięć sekund, w końcu jednak napełnił się wodą i zatonął bez śladu.

• • •

W domu nic się nie działo. Kucharki wciąż nie było, Richard siedział w jadalni, wyglądając przez okno, z kanapką, którą zapewne sam sobie zrobił. Elizabeth wciąż tkwiła w saloniku pogrążona w lekturze *Doktora Żywago*. Szybki proces eliminacji sugerował, że Beck siedzi zapewne w swoim pokoju, może w czerwonym skórzanym fotelu, i przygląda się kolekcji pistoletów maszynowych. Wszędzie panował spokój. Zupełnie tego nie rozumiałem. Duffy twierdziła, że odebrali pięć kontenerów, a Beck mówił, że czeka go ważny weekend. Lecz nikt nic nie robił.

Poszedłem na górę do pokoju Duke'a. Nie myślałem o nim jak o własnym lokum. Miałem nadzieję, że nigdy tak nie pomyślę. Położyłem się na łóżku i znów pogrążyłem się w rozważaniach, próbując uchwycić to, co kryło się tuż poza granicą percepcji. To łatwe, powiedziałby Leon Garber. Zajmij się wskazówkami, przeanalizuj wszystko, co widziałeś, wszystko, co słyszałeś. Toteż zacząłem to robić, ale cały czas powracałem myślami do Dominique Kohl. Gdy widziałem ją po raz piąty, zawiozła mnie oliwkowym chevroletem do Aberdeen w Marylandzie. Zaczynałem mieć wątpliwości co do wypuszczania z rąk prawdziwych planów, to było duże ryzyko. Zwykle nie przejmuję się takimi sprawami, ale robiliśmy za małe postępy. Kohl zidentyfikowała miejsce kontaktu i technikę przekazywania dokumentów, a także to, kiedy, gdzie i jak Gorowski zawiadamia o ich dostarczeniu. Wciąż jednak nie udało jej się ustalić momentu odbioru dokumentów. Nadal nie wiedziała, kim jest ów człowiek.

Aberdeen było niewielkim miasteczkiem leżącym trzydzieści parę kilometrów na północny wschód od Baltimore. Gorowski jeździł do miasta w niedzielę i zostawiał papiery na nabrzeżu. W tamtych czasach odnawiano tam liczne budynki i choć okolica była zaciszna i przyjemna, nie cieszyła się jeszcze popularnością, toteż zwykle panowały pustki. Gorowski miał własny PP, dwuletnią jaskrawoczerwoną mazdę miata. Nawet do niego pasowała. Nie nowa, ale też nie tania: w owych czasach był to popularny model i nawet używany sporo kosztował. Dwumiejscowy, co oznaczało, że nie można wziąć do niego dzieci, czyli Gorowski musiał mieć jeszcze jeden samochód. Wiedzieliśmy, że jego żona nie jest z bogatego domu. U kogoś innego wzbudziłoby to moją czujność, ale mieliśmy do czynienia z inżynierem. Bardzo typowy wybór. Nie palił, nie pił – całkiem prawdopodobne, że wydał oszczędności na wóz z ręczną skrzynią biegów i napędem na tylne koła.

W ową niedzielę, gdy go obserwowaliśmy, zaparkował w pobliżu eleganckiej przystani jachtów i usiadł na ławce. Był przysadzistym, owłosionym facetem, krępym, mocno zbudowanym. W rękach trzymał niedzielną gazetę. Jakiś czas obserwował jachty, potem przymknął oczy i uniósł twarz ku niebu. Pogoda była cudowna. Przez pięć minut wygrzewał się na słońcu niczym jaszczurka. W końcu otworzył oczy, rozłożył gazetę i pogrążył się w lekturze.

– To już piąty raz – szepnęła Kohl. – Trzeci od czasu ukończenia prac nad sabotem.

– Jak dotąd postępuje standardowo? – upewniłem się.

– Identycznie.

Przez dwadzieścia minut Gorowski skupiał się na gazecie. Widziałem, że naprawdę ją czyta. Przejrzał wszystkie działy z wyjątkiem sportowego. Trochę dziwne jak na fana Jankesów, ale też być może fanowi Jankesów nie spodobałyby się natrętne wzmianki o Oriolach.

– Zaczyna się – wyszeptała Kohl.

Gorowski uniósł wzrok, wysunął z gazety grubą wojskową kopertę. Uniósł lewą rękę, by wygładzić czytaną właśnie stronę i odwrócić uwagę obserwujących, bo dokładnie w tej samej chwili jego prawa dłoń wrzuciła kopertę do stojącego przy ławce kosza na śmieci.

– Zręcznie – mruknąłem.

– Zgadza się – przytaknęła Kohl. – Gość nie jest głupi.

Skinąłem głową. Był całkiem dobry. Nie wstał od razu, siedział tam jeszcze dziesięć minut i czytał. Potem złożył gazetę, powoli i starannie, wstał, przeszedł nad wodę i jeszcze chwilę przyglądał się jachtom. W końcu odwrócił się i ruszył z powrotem w stronę samochodu z gazetą pod lewą pachą.

– Patrz teraz – rzuciła Kohl.

Ujrzałem, jak facet prawą ręką wyławia z kieszeni kawałek kredy. Oparł się o żelazną latarnię, pozostawiając na niej kreskę, piątą w tym miejscu. Pięć tygodni, pięć znaków. Pierwsze cztery zaczynały już znikać. Przyglądałem się im przez lornetkę, gdy tymczasem Gorowski wyszedł na parking, wsiadł do sportowego wozu i odjechał wolno. Odwróciłem głowę i skupiłem wzrok na koszu.

– I co teraz? – spytałem.

– Absolutnie nic – odparła Kohl. – Obserwowałam go już dwukrotnie, przez dwie niedziele. Nikt nie przyjdzie, ani w dzień, ani w nocy.

– Kiedy opróżniają kubły?

– Jutro wczesnym rankiem.

– Może śmieciarz to pośrednik?

Pokręciła głową.

– Sprawdziłam. Ciężarówka zgniata wszystko w jeden blok przed załadunkiem. Potem cała ta masa trafia do spalarni.

– Więc nasze tajne plany idą z dymem w miejskiej spalarni śmieci?

– To przynajmniej bezpieczne.

– Może jeden z właścicieli jachtów zakrada się tu w środku nocy?

– Nie, chyba że któryś z jachtów należy do niewidzialnego człowieka.

– Może więc nie ma nikogo – powiedziałem. – Może cały plan przygotowano z góry, a potem gość został aresztowany. Albo stchórzył i wyjechał. Albo rozchorował się i umarł. Może to wszystko to tylko martwe ruchy.

– Myślisz?

– Raczej nie – przyznałem.

– Zamykasz śledztwo?

– Muszę. Może jestem idiotą, ale nie kompletnym durniem. Sprawy wymknęły się spod kontroli.

– Mogę przejść do planu B?

– Ściągnij do nas Gorowskiego, zagroź mu plutonem egzekucyjnym. Potem powiedz, że jeśli pójdzie na współpracę i dostarczy fałszywe plany, potraktujemy go ulgowo.

– Niełatwo sprawić, by wyglądały przekonująco.

– Powiedz mu, żeby sam je przygotował. Chodzi o jego tyłek.

– Albo o jego dzieci.

– To pomoże mu się skupić.

Przez chwilę milczała, w końcu uniosła wzrok.

– Chcesz iść potańczyć?

– Tutaj?

– Jesteśmy daleko od domu, nikt nas nie zna.

– Jasne – odparłem.

Potem jednak doszliśmy do wniosku, że jest za wcześnie na tańce, wypiliśmy więc parę piw, czekając na wieczór. Bar, do którego trafiliśmy, był niewielki i ciemny, drewno i cegły. Miłe miejsce. Oczywiście stała tam też szafa grająca. Przez długi czas pochylaliśmy się nad nią razem i próbowaliśmy wybrać pierwszy numer. Dyskutowaliśmy zaciekle, jakby sprawa ta miała ogromne znaczenie. Starałem się interpretować jej sugestie, analizując tempo kolejnych utworów. Czy będziemy się obejmować? Tego typu taniec? Czy też zwykłe ruchy obok siebie? W końcu osiągnęliśmy poziom komplikacji, którego rozstrzygnięcie wymagałoby rezolucji ONZ, toteż po prostu wrzuciliśmy do maszyny ćwierćdolarówkę, zamknęliśmy oczy i nacisnęliśmy guzik na chybił trafił. Trafiliśmy na *Brown Sugar* Rolling Stonesów, świetny numer, zawsze mi się podobał. Kohl okazała się dobrą tancerką. To ja byłem okropny.

Potem zdyszani usiedliśmy i zamówiliśmy następną kolejkę. I nagle odgadłem, co robi Gorowski.

– To nie koperta – powiedziałem. – Koperta jest pusta. Chodzi o gazetę. Plany ukryte są w gazecie, w dziale sportowym. Powinien był sprawdzić wyniki ligowe. Koperta to zmyłka na wypadek, gdyby go śledzono. Został dobrze przeszkolony. Później wyrzuca gazetę do innego kosza, już po zrobieniu znaku. Pewnie wychodząc z parkingu.

– Cholera – mruknęła Kohl. – Zmarnowałam pięć tygodni.

– A ktoś dostał trzy prawdziwe plany.

– Ktoś z naszych – oznajmiła. – Z wojska, CIA albo FBI.
Tylko zawodowiec mógł wpaść na taki pomysł.

• • •

Gazeta, nie koperta. Dziesięć lat później leżałem na łóżku
w Maine, rozmyślając o tańczącej Dominique Kohl i o Gorowskim, który starannie i powoli składał gazetę, spoglądając
na setki masztów. Gazeta, nie koperta. W jakiś sposób wciąż
miało to znaczenie. Potem pomyślałem o pokojówce ukrywa-
jącej moje rzeczy pod podłogą bagażnika w saabie. Nie mogła
schować tam niczego innego, w przeciwnym razie Beck by
to znalazł i dodał do zestawu dowodów oskarżenia na stole.
Ale wykładziny saaba były stare, luźne. Gdybym zaliczał się
do ludzi, którzy ukrywają broń w łożysku koła zapasowego,
mógłbym też ukryć papiery pod wykładziną. A wcześniej spo-
rządzić własne notatki.

Zsunąłem się z łóżka i podszedłem do okna. Nadeszło już
popołudnie, zbliżał się zmierzch. Dzień czternasty, piątek, dobiegał końca. Zszedłem na dół, rozmyślając o saabie. Beck
przechodził właśnie przez przedpokój, spieszył się, był czymś
wyraźnie zaprzątnięty. Wszedł do kuchni, podniósł telefon,
słuchał przez sekundę i podał mi go.

– Telefony wysiadły – oznajmił.

Przytknąłem słuchawkę do ucha, wytężyłem słuch. Nic, ani
śladu sygnału czy szumów. Tylko głucha martwa cisza i szmer
krwi w mojej głowie, jak w muszli.

– Sprawdź swój – polecił.

Wróciłem na górę do pokoju Duke'a. Telefon wewnętrzny
działał bez zarzutu – Paulie odpowiedział po trzecim dzwonku, rozłączyłem się bez słowa – lecz linia zewnętrzna była
martwa. Długą chwilę trzymałem przy uchu słuchawkę, jakby
czyniło to jakąkolwiek różnicę. Beck stanął w drzwiach.

– Mogę połączyć się z bramą – oznajmiłem.

Skinął głową.

– To inna linia – rzekł. – Sami ją założyliśmy. Co z linią zewnętrzną?

– Nieczynna – oznajmiłem.

– Dziwne – mruknął.

Odłożyłem słuchawkę, zerknąłem za okno.

– Może to pogoda.

– Nie. – Wyjął komórkę i pokazał mi ją, maleńką srebrną nokię. – Też nie działa.

Podał mi telefon. Komórka miała z przodu niewielki ekranik. Wykres po prawej pokazywał stopień naładowania baterii. Była w porządku, lecz wskaźnik sygnału opadł do zera. Na ekranie widniały wyraźne czarne litery: Brak zasięgu. Oddałem mu komórkę.

– Muszę skorzystać z toalety – oznajmiłem. – Zaraz wrócę.

Zamknąłem się, ściągnąłem but, otworzyłem obcas, nacisnąłem włącznik. Na ekraniku wyświetlił się napis: Brak zasięgu. Wyłączyłem urządzenie i schowałem na miejsce. Dla zachowania pozorów spuściłem wodę i przez moment siedziałem na pokrywie deski. Nie byłem fachowcem od łączności. Wiedziałem, że od czasu do czasu linie telefoniczne się psują, że technologia komórkowa też bywa zawodna. Ale jakie jest prawdopodobieństwo, że linie naziemne nawalą dokładnie w tej chwili co najbliższa stacja przekaźnikowa? Pewnie niewielkie, bliskie zera. Zatem uszkodzenie musiało być rozmyślne. Ale kto za tym stoi? Nie firma telefoniczna – nie dokonywaliby takiej konserwacji w piątkowym szczycie, może wczesnym poniedziałkowym rankiem. No i nie wyłączyliby jednocześnie linii naziemnych i komórkowych, robiliby to osobno.

Kto więc spowodował awarię? Może jakaś agencja rządowa, choćby DEA. Może DEA wkrótce zjawi się po pokojówkę. Może oddział SWAT-u zaatakował najpierw biura w porcie i nie chciał, by Beck dowiedział się o czymkolwiek.

Ale było to mało prawdopodobne. DEA z pewnością dysponowała więcej niż jednym oddziałem SWAT-u. Operacja odbyłaby się jednocześnie. A nawet gdyby nie, i tak najłatwiej byłoby zablokować drogę między domem i pierwszym rozjazdem. Mogliby utrzymywać blokadę całe wieki, szesnaście kilometrów nieograniczonych możliwości. Mieliby Becka na widelcu bez względu na telefony.

Więc kto?

Może Duffy załatwiła to nieoficjalnie. Jej status zapewniał usługę w firmie telekomunikacyjnej, zwłaszcza na ograniczonym obszarze. Zamknięcie tylko jednej linii i jednej stacji, pewnie w pobliżu autostrady. Czterdziestopięciokilometrowa martwa strefa, ale może zdołała to załatwić. Może. Zwłaszcza jeśli nie miało to potrwać długo, nie bez końca, najwyżej cztery, pięć godzin.

Czemu jednak Duffy nagle zaczęłaby się obawiać telefonów akurat przez te cztery, pięć godzin? Istniała tylko jedna sensowna odpowiedź: bała się o mnie.

Ochroniarze uciekli.

10

Czas. Odległość podzielona przez prędkość, z poprawką na kierunek, równa się czas. Albo miałem go dostatecznie dużo, albo w ogóle. Nie wiedziałem. Ochroniarzy przetrzymywano w motelu w Massachusetts, tym samym, w którym planowaliśmy pierwszą akcję, niecałe trzysta kilometrów na południe stąd. To wiedziałem na pewno, to były fakty. Resztę stanowiły wyłącznie domysły. Mogłem jednak ułożyć prawdopodobny scenariusz. Wydostali się z motelu i ukradli taurusa. Potem jechali jak wariaci może przez godzinę, gnani paniką. Chcieli oddalić się jak najprędzej, nim cokolwiek zrobią. Może nawet zgubili się po drodze na pustkowiach. W końcu się uspokoili, dotarli do autostrady. Przyspieszyli, zmierzając na północ. Sprawdzili, że nikt za nimi nie jedzie, zwolnili, utrzymując spokojną prędkość, i zaczęli szukać telefonu. Lecz do tego czasu Duffy zerwała łączność, działała szybko. Zatem pierwszy postój okazał się stratą czasu, w sumie dziesięć minut: musieli zwolnić, zatrzymać się, zaparkować, zadzwonić na telefon stacjonarny, komórkę, zjechać z parkingu i włączyć się do ruchu. Na następnym postoju zapewne powtórzyli wszystko, przypisując pierwszą awarię problemom technicznym. Kolejne dziesięć minut. Potem się zorientowali, że coś jest nie tak, albo uznali, że są dość blisko, by nie przerywać jazdy. Albo jedno i drugie.

W sumie dawało to jakieś cztery godziny. Ale od jakiego momentu? Nie miałem pojęcia. Niewątpliwie gdzieś w ciągu czterech ostatnich godzin, nie później niż trzydzieści minut temu. Zatem albo miałem dość czasu, albo w ogóle.

Szybko wyszedłem z łazienki i sprawdziłem okno. Deszcz przestał padać, zapadła już noc. Reflektory na murze płonęły jasnym blaskiem, otaczała je delikatna mgiełka. Za nimi roztaczała się nieprzenikniona ciemność, ani śladu świateł w dali. Ruszyłem na dół, znalazłem Becka w przedpokoju. Wciąż majstrował przy nokii, próbując ją uruchomić.

– Wychodzę – oznajmiłem. – Sprawdzę drogę.

– Po co?

– Nie podoba mi się ta awaria. Może to nic, a może nie.

– Co na przykład?

– Nie wiem. Może ktoś się zbliża. Mówił pan niedawno, ilu ma wrogów.

– Jest jeszcze mur i brama.

– Macie tu łódź?

– Nie – odparł. – A po co?

– Jeśli dotrą do bramy, będziecie potrzebowali łodzi. Mogliby tkwić tu bez końca i zagłodzić was na śmierć.

Nie odpowiedział.

– Wezmę saaba – oświadczyłem.

– Dlaczego?

Bo jest lżejszy niż cadillac.

– Bo cadillaca chcę zostawić wam – odparłem. – Jest większy.

– Co zamierzasz?

– Cokolwiek będzie trzeba. Jestem teraz szefem ochrony. Może nic się nie stanie. Ale jeśli do czegoś dojdzie, spróbuję sobie z tym poradzić.

– Co mam robić?

– Proszę zostawić otwarte okno i nasłuchiwać. W nocy, w pobliżu morza, strzały będzie słychać nawet z odległości kilku kilometrów. W takim wypadku proszę wsadzić wszystkich do cadillaca i uciekać stąd jak najszybciej, bez postojów. Zatrzymam ich dość długo, byście zdołali się przedostać. Ma pan jakąś bezpieczną kryjówkę?

Skinął głową. Nie powiedział mi gdzie.

– Proszę tam pojechać – poleciłem. – Jeśli przeżyję, wrócę do biura. Zaczekam tam w samochodzie, sprawdzicie później.

– Zgoda – rzucił.

– Teraz proszę uprzedzić Pauliego przez telefon wewnętrzny, że ma otworzyć bramę.

– Zgoda – powtórzył.

Zostawiłem go w holu, wyszedłem w mrok. Okrążyłem mur przy garażach i wydobyłem ze skrytki swoje rzeczy. Zaniosłem je do saaba i rzuciłem na tylne siedzenie. Potem wsiadłem, uruchomiłem silnik i wycofałem wóz. Powoli pokonałem podjazd i przyspieszyłem. Reflektory na murze świeciły oślepiająco, widziałem Pauliego przy bramie. Zwolniłem lekko, żeby się nie zatrzymywać, zostawiłem za sobą mur i skierowałem się na zachód, wypatrując świateł samochodowych.

• • •

Przejechałem sześć kilometrów i ujrzałem znajomego taurusa. Parkował na poboczu, przodem do mnie. Bez świateł. Za kierownicą siedział stary agent. Zgasiłem reflektory, zwolniłem i zatrzymałem się okno w okno. Opuściłem szybę, on zrobił to samo. Wycelował w moją twarz latarkę i broń, póki nie sprawdził, kim jestem. Potem natychmiast je odłożył.

– Ochroniarze uciekli – oznajmił.

Skinąłem głową.

– Już się domyśliłem. Kiedy?

– Niecałe cztery godziny temu.

Odruchowo spojrzałem przed siebie. Nie miałem już czasu.

– Straciliśmy dwóch ludzi – dodał.

– Zabici?

Przytaknął bez słowa.

– Duffy to zgłosiła?

– Nie może – wyjaśnił. – Jeszcze nie. Działamy nielegalnie. Oficjalnie nic się nie dzieje.

– Będzie musiała to zgłosić – przypomniałem. – Chodzi o dwóch ludzi.

– I zgłosi – zapewnił. – Później, kiedy wypełnisz zadanie, bo dawne cele znów obowiązują. Teraz bardziej niż kiedykolwiek potrzebuje Becka, by usprawiedliwić całą akcję.

– Jak do tego doszło?

Wzruszył ramionami.

– Wyczekiwali sprzyjającej chwili. Ich dwóch, nas czterech, wydawało się nam, że powinno być łatwo. Ale nasi chłopcy zrobili się nieuważni. Trudno jest więzić ludzi w motelu.

– Którzy zginęli?

– Chłopcy z toyoty.

Milczałem. Minęły osiemdziesiąt cztery godziny, trzy i pół dnia. Nieco lepiej, niż liczyłem z początku.

– Gdzie jest teraz Duffy? – spytałem.

– Wszyscy się rozproszyliśmy. Jest w Portlandzie, z Eliotem.

– Świetnie się spisała z telefonami.

Skinął głową.

– Faktycznie. Martwi się o ciebie.

– Jak długo telefony nie będą działać?

– Cztery godziny, tyle zdołała załatwić. Wkrótce je włączą.

– Myślę, że przyjadą prosto tutaj.

– Ja też – odparł. – Dlatego tu jestem.

– Niecałe cztery godziny. Więc zjechali już z autostrady. Czyli telefony nie mają znaczenia.

– Też tak uważam.

– Masz jakiś plan? – spytałem.

– Czekałem na ciebie. Uznaliśmy, że się zorientujesz.

– Mają broń?

– Dwa glocki, pełne magazynki.

Umilkł na moment, odwrócił wzrok.

– Minus cztery kule wystrzelone na miejscu – dodał. – Tak nam to opisano. Cztery strzały, dwóch ludzi, wszystkie w głowę.

– Nie będzie łatwo.

– Nigdy nie jest – mruknął.

– Musimy znaleźć jakieś miejsce.

Kazałem mu zostawić wóz i przesiąść się do mnie. Zajął szybko fotel pasażera. Miał na sobie ten sam płaszcz przeciwdeszczowy co Duffy w kawiarence, widocznie mu go oddała. Przejechaliśmy półtora kilometra i zacząłem szukać odpowiedniego punktu. Znalazłem go w miejscu, gdzie droga zwężała się mocno i skręcała łagodnie, a asfalt unosił się lekko pośrodku niczym grobla. Pobocza miały jakieś ćwierć metra szerokości, a potem opadały ku kamieniom. Zatrzymałem wóz, po czym skręciłem ostro, cofnąłem, podjechałem naprzód, tak by znaleźć się dokładnie w poprzek szosy. Wysiedliśmy i sprawdziliśmy. Całkiem niezła blokada, nie dało się jej objechać. Ale wyglądała dokładnie nie tak, jak trzeba, bardzo podejrzanie. Gdy ci dwaj wyłonią się zza zakrętu, natychmiast zahamują i zaczną się cofać, strzelając jak wariaci.

– Musimy go przewrócić – oznajmiłem. – Jakby doszło do wypadku.

Zebrałem z tylnego siedzenia swoje rzeczy i na wszelki wypadek położyłem na poboczu. Potem poleciłem agentowi, by zostawił na drodze swój płaszcz. Opróżniłem kieszenie, też zdjąłem płaszcz i ułożyłem obok. Chciałem przewrócić saaba na płaszcze, tak aby nie uszkodzić poważnie karoserii. A potem stanęliśmy ramię w ramię, plecami zwróceni do samochodu i zaczęliśmy nim kołysać. Łatwo jest przewrócić samochód, widywałem to na całym świecie. Opony i zawieszenie załatwiają większość roboty. Wystarczy rozkołysać wóz, przycisnąć, a gdy wyskoczy w górę, odpowiednio chwycić i obrócić. Stary gość był silny, zrobił, co trzeba. Przez chwilę odbijaliśmy saaba, a gdy uniósł się o czterdzieści pięć stopni, obróciliśmy się błyskawicznie, wsunęliśmy dłonie pod karoserię i dźwignęliśmy z całych sił, by siła bezwładu przewróciła go na dach.

Płaszcze sprawiły, że przesunął się łatwo, bez zadrapań. Ustawiliśmy go dokładnie. Następnie otworzyłem drzwi od strony kierowcy i poprosiłem agenta, aby wsiadł do środka i po raz drugi w ciągu trzech dni udawał nieboszczyka. Z trudem wcisnął się na miejsce i położył na brzuchu, do połowy w wozie, do połowy na zewnątrz, z rękami nad głową. W ciemności wyglądał bardzo przekonująco, w świetle jasnych reflektorów prezentowałby się jeszcze lepiej. Płaszcze nie były widoczne, chyba że ktoś wypatrywałby ich celowo. Cofnąłem się, zebrałem swoje rzeczy i ukryłem się wśród kamieni za poboczem.

A potem zaczęliśmy czekać.

Czas dłużył się niemiłosiernie – pięć minut, sześć, siedem. Zacząłem zbierać kamienie, trzy, nieco większe od mojej dłoni. Obserwowałem horyzont na zachodzie: na niebie wciąż wisiały ciężkie chmury i pomyślałem, że promienie reflektorów się od nich odbiją. Jednak horyzont wciąż był czarny i cichy, nie słyszałem nic prócz odległego szumu fal i oddechu agenta.

– Muszą się zjawić! – zawołał.

– Zjawią się – odparłem.

Czekaliśmy w ciszy i ciemności.

– Jak się nazywasz? – spytałem.

– Dlaczego pytasz? – odkrzyknął.

– Po prostu chcę wiedzieć. W końcu już dwa razy cię zabiłem, a nawet nie znam twojego nazwiska.

– Terry Villanueva.

– Hiszpańskie?

– Jasne.

– Nie wyglądasz na Hiszpana.

– Wiem – przyznał. – Moja matka była Irlandką, ojciec Hiszpanem, ale brat i ja wrodziliśmy się w matkę. Brat zmienił nazwisko na Newton, wiesz, to ten uczony albo nazwa przedmieść, bo to właśnie znaczy *villanueva*. Nowe miasto, *new town*. Ja jednak zostałem przy hiszpańskim, z szacunku dla staruszka.

– Gdzie to było?

– W południowym Bostonie. Nie było im wtedy łatwo, mieszane małżeństwo i tak dalej.

Znów umilkliśmy. Patrzyłem, wytężając słuch. Nic. Villanueva poruszył się lekko; nie było mu wygodnie.

– Masz jaja, Terry! – zawołałem.

– Stara szkoła – odparł.

I wtedy usłyszałem samochód.

A komórka Villanuevy zadzwoniła.

Samochód był jakieś półtora kilometra od nas, słyszałem słaby pomruk silnika V6. Reflektory uwięzione pomiędzy drogą a chmurami lśniły w oddali. Dzwonek w komórce Villanuevy miał brzmienie szaleńczo przyspieszonej wersji *Toccaty i Fugi d-mol* Bacha. Villaneuva przestał udawać trupa i dźwignął się na kolanach, wyciągając z kieszeni telefon. Odebrał, muzyka ucichła. Komórka była malutka, całkowicie zniknęła mu w dłoni. Uniósł ją do ucha, przez sekundę milczał, potem usłyszałem, jak mówi: „Dobra". Następnie: „Właśnie to robimy". Potem: „W porządku". Potem znów: „W porządku". Rozłączył się i ułożył z powrotem na jezdni, policzkiem na asfalcie. Telefon nadal tkwił mu w dłoni.

– Właśnie przywrócili łączność! – zawołał.

I zaczęło się nowe odliczanie. Zerknąłem w prawo, na wschód. Beck będzie próbował dzwonić. Gdy tylko usłyszy sygnał, wyskoczy z domu, by mnie zawiadomić, że nie ma co panikować. Spojrzałem w lewo, na zachód. Dźwięk silnika słyszałem teraz wyraźnie, światła reflektorów podskakiwały i kołysały się, rozdzierając mrok.

– Trzydzieści sekund! – zawołałem.

Warkot samochodu stawał się coraz donośniejszy. Słyszałem pisk opon i szczęk automatycznej skrzyni biegów. Pochyliłem się niżej. Dziesięć sekund, osiem, pięć. Wóz wynurzył się zza zakrętu, jego światła smagnęły mnie po plecach. Potem usłyszałem szum hydrauliki, pisk hamulców i skowyt opon na asfalcie. Wóz zatrzymał się pod nieznacznym kątem sześć metrów od saaba.

Uniosłem wzrok. To był taurus; w promieniach księżyca błękitna karoseria wydawała się szara. Rzucał przed siebie snop białego światła. Z tyłu płonęły czerwone światła stopu, w środku dostrzegłem dwóch mężczyzn, na ich twarze padał blask odbijający się od naszego wozu. Przez sekundę trwali bez ruchu, patrząc przed siebie. Rozpoznali saaba, z pewnością widzieli go setki razy. Pierwszy poruszył się kierowca. Wrzucił luz. Światła stopu zgasły. Silnik pracował na wolnych obrotach. Czułem smród spalin i ciepło bijące spod maski.

Dwaj mężczyźni otworzyli jednocześnie drzwi, wysiedli i przystanęli za nimi. W rękach trzymali glocki. Czekali. Powoli ruszyli naprzód, trzymając broń nisko. Reflektory oświetlały ich od pasa w dół, tułowia i głowy kryły się w mroku. Widziałem jednak ich kształty, zarysy. To byli ochroniarze, bez dwóch zdań. Młodzi, mocno zbudowani, spięci i czujni. Ubrani w czarne garnitury, wymięte i poplamione, bez krawatów. Niegdyś białe koszule wyraźnie poszarzały.

Przykucnęli obok Villanuevy, leżał w ich cieniu. Poruszyli się lekko i obrócili jego głowę do światła. Wiedziałem, że widzieli go już wcześniej przez moment, przed bramą college'u, osiemdziesiąt cztery godziny wcześniej. Nie sądziłem, że sobie przypomną. Raz jednak dali się już nabrać i nie chcieli powtórzyć błędu. Byli bardzo ostrożni. Nie podjęli akcji ratowniczej, po prostu kucali bezczynnie. Wreszcie ten bliższy mnie wstał.

Do tego czasu znalazłem się półtora metra od niego. W prawej dłoni ściskałem kamień, nieco większy od małej piłki. Wziąłem szeroko zamach, z boku, jakbym chciał wymierzyć mu policzek. Gdybym chybił, siła rozpędu wybiłaby mi bark. Ale nie chybiłem. Kamień trafił go prosto w skroń i facet runął na ziemię, jakby z nieba spadł mu na głowę kilkutonowy ciężar. Jego towarzysz okazał się szybszy – zdążył odskoczyć i obrócić się. Villanueva sięgnął do jego nóg, ale nie zdołał go złapać. Facet uskoczył, unosząc glocka. Chciałem jedynie powstrzymać go przed strzałem, więc cisnąłem mu kamieniem prosto w głowę. Obrócił się ponownie, a pocisk trafił go dokładnie w kark, w miejscu, gdzie czaszka łączy się z kręgosłupem. Zupełnie jakbym rąbnął go pięścią. Mężczyzna upadł na twarz, upuścił glocka i znieruchomiał jak kłoda.

Stałem tam, wbijając wzrok w ciemność na wschodzie. Nic, żadnych świateł. Słyszałem tylko szum odległego morza. Villanueva wyczołgał się na czworakach z przewróconego samochodu i przykucnął nad pierwszym ochroniarzem.

– Ten nie żyje – oznajmił.

Sprawdziłem, rzeczywiście. Trudno przeżyć cios pięciokilowym kamieniem w skroń. Miał wgniecione kości czaszki, oczy szeroko otwarte, pozbawione wyrazu. Sprawdziłem mu puls na szyi i przegubie, potem podszedłem do drugiego ochroniarza. Schyliłem się. On także był martwy, miał złamany kark. Nie zdziwiło mnie to – kamień ważył pięć kilo, a ja rzuciłem go jak rasowy baseballista.

– Dwa ptaszki za jednym strzałem – mruknął Villanueva.

Nie odpowiedziałem.

– O co chodzi? – Spojrzał na mnie. – Chciałeś, żebyśmy z powrotem ich zamknęli po tym wszystkim, co nam zrobili? To było odroczone samobójstwo, nic więcej.

Milczałem.

– Jakiś problem? – dodał Villanueva.

Nie byłem jednym z nich, nie pracowałem dla DEA ani dla policji. Przypomniałem sobie jednak prywatny sygnał, jaki przekazał mi Powell: *tych facetów trzeba załatwić, bez żadnych wątpliwości.* Byłem gotów uwierzyć mu na słowo. Na tym polega lojalność munduru. Villanueva miał swoją, a ja swoją.

– Żadnych problemów – odparłem.

Znalazłem kamień i odturlałem na pobocze. Potem wstałem, sięgnąłem do taurusa i zgasiłem światła. Gestem wezwałem Villanuevę.

– Teraz musimy działać bardzo szybko – oznajmiłem. – Łap za telefon, niech Duffy przyjedzie tu z Eliotem. Musi zabrać ten wóz.

Villanueva skorzystał z szybkiego wybierania, zaczął mówić. Ja tymczasem odszukałem dwa glocki i wsadziłem je do kieszeni nieboszczyków. Potem wróciłem do saaba. Postawienie go z powrotem było dużo trudniejsze niż przewrócenie. Przez sekundę obawiałem się, że w ogóle się nie uda. Płaszcze niwelowały tarcie. Gdybyśmy go pchnęli, po prostu przesunąłby się na dachu. Zamknąłem drzwi od strony kierowcy i czekałem.

– Już jadą – zawołał Villanueva.

– Pomóż mi z tym! – odkrzyknąłem.

Przepchnęliśmy saaba na płaszczach jak najdalej w stronę domu. W końcu zsunął się najpierw z okrycia Villanuevy, potem z mojego i zastygł. Usłyszeliśmy zgrzyt metalu.

– Karoseria się zadrapie – zauważył Villanueva.

Skinąłem głową.

– Musimy zaryzykować – odparłem. – Weź ich taurusa i trąć go.

Podjechał taurusem tak, by przedni zderzak dotknął saaba. Stuknął prosto w słupek między oknami. Gestem poleciłem mu, by dodał gazu. Saab obrócił się na bok, dach zazgrzytał na asfalcie. Wskoczyłem na maskę taurusa i pchnąłem mocno. Villanueva wciąż dodawał gazu, powoli, miarowo. Saab przechylał się coraz bardziej, czterdzieści stopni, pięćdziesiąt, sześćdziesiąt. Oparłem się mocno stopami o podstawę przedniej szyby taurusa, powoli zsunąłem dłonie po bocznej ścianie saaba, kładąc je na dachu. Villanueva dodał gazu. Zgiąłem mocno kręgosłup, a saab obrócił się i z hukiem wylądował na kołach, raz jeden podskoczył i znieruchomiał. Villanueva zahamował ostro. Poleciałem w przód i rąbnąłem głową w drzwi saaba. Wylądowałem płasko na drodze pod przednim zderzakiem taurusa. Villaneuva cofnął go, zatrzymał i wysiadł.

– Nic ci nie jest? – spytał.

Nadal leżałem nieruchomo. Bolała mnie głowa, mocno się uderzyłem.

– Jak wóz? – spytałem.

– Dobre wieści czy złe?

– Najpierw dobre.

– Lusterka są nietknięte, wystarczy ustawić.

– Ale?

– Wyraźne rysy na lakierze, niewielkie zagłębienie w drzwiach, to chyba ślad od twojej głowy. Dach też jest lekko wgnieciony.

– Powiem, że wpadłem na jelenia.

– Tu chyba nie ma jeleni.

– W takim razie niedźwiedzia – powiedziałem. – Albo coś innego. Wyrzuconego na brzeg wieloryba, potwora morskiego, olbrzymią ośmiornicę, wielkiego włochatego mamuta, który właśnie wydostał się ze stopionego lodowca.

– Nic ci nie jest? – powtórzył.

– Przeżyję – odparłem.

Przekręciłem się i dźwignąłem na czworakach. Powoli podniosłem się z ziemi.

– Możesz zabrać ciała? – spytał. – Bo my nie.

– W takim razie muszę – odparłem.

Z trudem otworzyliśmy bagażnik saaba. Klapa zacinała się z powodu lekkiego odkształcenia dachu. Kolejno podnieśliśmy nieboszczyków i wcisnęliśmy do bagażnika; wypełnili go niemal całkowicie. Wróciłem na pobocze, zabrałem swoje rzeczy i położyłem na wierzchu. Tylna półka zasłaniała wszystko dokładnie. By zamknąć klapę, musieliśmy docisnąć ją z całej siły. Potem zabraliśmy z drogi płaszcze, wytrzepaliśmy i narzuciliśmy na siebie. Były wilgotne, pogniecione i lekko podarte.

– Nic ci nie jest? – powtórzył znów Villanueva.

– Wsiadaj do samochodu – poleciłem.

Ustawiliśmy z powrotem lusterka i wsiedliśmy jednocześnie do wozu. Obróciłem kluczyk w stacyjce, nic. Spróbowałem ponownie. Nic z tego. Słyszałem tylko zawodzenie pompy paliwowej.

– Zostaw dłużej zapłon – poradził Villanueva. – Benzyna wypłynęła z silnika, gdy wóz dachował. Odczekaj chwilę, niech napłynie z powrotem.

Odczekałem i przy trzeciej próbie wóz zastartował. Wrzuciłem bieg i szybko pokonałem półtora kilometra dzielące nas od miejsca, gdzie zostawiliśmy drugiego taurusa, tego, którym przyjechał Villanueva. Czekał na nas na poboczu, szary i upiorny w blasku księżyca.

– Teraz wróć tam i zaczekaj na Duffy i Eliota – poleciłem. – A potem radzę, byście się stąd wynosili. Zobaczymy się później.

Uścisnął mi dłoń.

– Stara szkoła – mruknął.

– Dziesięć-osiemnaście – odparłem. To był radiowy kod żandarmerii oznaczający „zadanie wykonane". Pewnie jednak tego nie wiedział, bo spojrzał na mnie pytająco. – Uważaj na siebie – dodałem.

Pokręcił głową.

– Poczta głosowa – powiedział.

– Co z nią?

– Gdy komórka wysiada, zwykle przełączają rozmówcę na pocztę głosową.

– Cała stacja nie działała.

– Ale sieć komórkowa o tym nie wiedziała. Beck po prostu wyłączył swój telefon, uruchomili więc pocztę głosową gdzieś na centralnym serwerze. Może ochroniarze zostawili mu wiadomość.

– Ale po co?

Villanueva wzruszył ramionami.

– Mogli go powiadomić, że wracają. No wiesz, może spodziewali się, że co chwila sprawdza wiadomości. Może nawet powtórzyli całą historię albo nie myśleli jasno, uznali, że to zwykła automatyczna sekretarka i powiedzieli: „Panie Beck, dzień dobry, niech pan odbierze".

Milczałem.

– Mogli się tam nagrać – podsumował. – Dzisiaj. W tym sęk.

– Jasne – mruknąłem.

– Co zamierzasz zrobić?

– Zacznę strzelać. Buty, poczta głosowa, jest o krok od prawdy.

Villanueva pokręcił głową.

– Nie możesz – powiedział. – Duffy musi go zgarnąć. Tylko w ten sposób zdoła ocalić tyłek.

Odwróciłem wzrok.

– Powiedz jej, że się postaram. Ale w sytuacji „on albo ja" Beck zginie.

Villanueva milczał.

– O co chodzi? – dodałem. – Mam dać się zabić?

– Po prostu się postaraj – rzekł. – Duffy to dobry dzieciak.

– Wiem.

Wysiadł z saaba, jedną ręką trzymając się drzwi, drugą opierając o fotel. Przesiadł się do swojego samochodu i odjechał, powoli, cicho, bez świateł. Zobaczyłem, jak mi macha, odprowadziłem go wzrokiem. Potem cofnąłem się, zawróciłem i ustawiłem saaba pośrodku drogi, maską na zachód. Uznałem, że kiedy Beck się zjawi, pomyśli, że zająłem dobrą pozycję strategiczną.

• • •

Albo Beck niezbyt często sprawdzał, czy telefony działają, albo też na razie o mnie nie myślał, bo tkwiłem tam dziesięć minut, a on się nie zjawił. Przez ten czas sprawdziłem swoją wcześniejszą hipotezę, że osoba, która ukrywa broń pod kołem zapasowym, może także schować notatki pod wykładziną. Sama wykładzina już wcześniej zdążyła się poluzować, a dachowanie samochodu wyraźnie ten stan pogorszyło. Jednak pod spodem nie znalazłem niczego prócz plam rdzy i wilgotnej wyściółki wyglądającej, jakby zrobiono ją ze starych, czerwono-szarych swetrów. Ani śladu zapisków. Błędna hipoteza. Ułożyłem wykładzinę z powrotem i docisnąłem nogami, by leżała płasko.

Potem wysiadłem, by sprawdzić uszkodzenia. Nic nie mogłem poradzić na rysy w lakierze, wyraźne, ale nie tragiczne. Wgniecenia drzwi też nie zdołałbym naprawić, chyba że rozebrałbym je i wypchnął od środka. Dach był lekko wgięty. Pamiętałem wcześniejszą wyraźną krzywiznę, teraz wyglądał niemal płasko. Uznałem, że może uda mi się coś na to poradzić. Usiadłem z tyłu, położyłem dłoń płasko na podsufitce i pchnąłem mocno. Odpowiedziały mi dwa dźwięki. Jednym był zgrzyt blachy powracającej do poprzedniego kształtu, drugim szelest papieru.

Samochód nie zaliczał się do najnowszych, toteż podsufitki nie zrobiono z jednego kawałka tworzywa przypominającego sztuczne mysie futro, powszechnie dziś używanego, lecz ze staroświeckiego kremowego winylu zamontowanego na drucianych żebrach dzielących go na trzy karbowane części. Krawędzie winylu tkwiły pod listwą z czarnej gumy okalającą cały dach. W przednim rogu nad fotelem kierowcy winyl lekko się wybrzuszył, guma sprawiała wrażenie rozciągniętej. Podejrzewałem, że da się naciągnąć winyl, popychając go w górę, a potem wysunąć spod gumowej listwy i pociągnąć tak, by wyszedł na całej długości. To dawałoby dostęp z boku do wszystkich trzech części. Potem wystarczyłaby jedynie chwila i mocne paznokcie, by upchnąć podsufitkę z powrotem pod listwą. Nieco starań i trudno byłoby zauważyć ingerencję, zwłaszcza w tak starym aucie.

Pochyliłem się do przodu i sprawdziłem część biegnącą nad przednimi fotelami. Zacząłem naciskać na winyl, aż wyczułem spód dachu na całej szerokości wozu. Nic. W drugiej części także nic się nie kryło. Jednak pod fragmentem nad tylnymi fotelami wyczułem papier. Zdołałem nawet określić jego rozmiar i wagę. Duże kartki, osiem do dziesięciu.

Przesiadłem się za kierownicę i uważnie przyjrzałem gumie. Naparłem na winylową podsufitkę i zacząłem majstrować przy krawędzi. Udało mi się wsunąć paznokieć pod listwę i pociągnąć ją tak, że powstała niewielka szpara, długa na centymetr. Drugą rękę przesunąłem po dachu i winyl posłusznie wysunął się spod gumy, tak że zdołałem wepchnąć pod niego kciuk.

Zacząłem przesuwać kciuk w tył, udało mi się odczepić ponad dwadzieścia centymetrów, gdy nagle oświetlił mnie padający z tyłu blask. Jasne światło, ostre cienie. Dom stał po prawej, toteż zerknąłem w lusterko od strony pasażera. Było pęknięte, wypełniały je wielokrotne odbicia jasnych reflektorów. Dostrzegłem wytrawione w szkle ostrzeżenie: PRZEDMIOTY W LUSTERKU SĄ BLIŻSZE, NIŻ SIĘ WYDAJĄ. Obróciłem się w fotelu i ujrzałem parę reflektorów; kołysały się szybko w prawo i w lewo na kolejnych zakrętach. Niecałe pół kilometra dalej zbliżały się szybko. Opuściłem o centymetr szybę i usłyszałem odległy syk opon na asfalcie i szum cichego silnika V8 na drugim biegu. Cadillac; kierowca wyraźnie się spieszył. Szybko pchnąłem podsufitkę w górę. Nie miałem czasu wsadzać jej pod listwę, po prostu podniosłem ją z nadzieją, że nie spadnie.

Cadillac podjechał bardzo blisko i zahamował gwałtownie; kierowca nie zgasił świateł. Zobaczyłem w lusterku, jak otwierają się drzwi i z samochodu wychodzi Beck. Sięgnąłem do kieszeni i odbezpieczyłem berettę. Duffy czy nie Duffy, nie interesowała mnie długa rozmowa na temat poczty głosowej. Lecz Beck podchodził z pustymi rękami, nie trzymał w nich broni ani nokii. Wysiadłem i spotkałem się z nim na wysokości tylnego zderzaka saaba. Wolałem, by nie zbliżał się do wgnieceń i zadrapań. W ten sposób znalazł się niecałe pół metra od facetów, których posłał po swojego syna.

— Telefony znów działają – oznajmił.

— Komórka też? – spytałem.

Skinął głową.

— Ale spójrz na to – dodał.

Wyciągnął z kieszeni mały srebrny telefonik. Cały czas trzymałem w dłoni berettę. Pocisk przedziurawiłby mi płaszcz, ale w jego okryciu wybiłby większą dziurę. Beck podał mi telefon, wziąłem go lewą ręką i trzymając nisko w promieniu reflektorów cadillaca, zerknąłem na ekranik. Nie wiedziałem, czego szukam. Niektóre komórki informują o wiadomości na poczcie głosowej małym rysunkiem koperty, inne posługują się symbolem dwóch kółek połączonych na dole kreseczką, jak w magnetofonie szpulowym. Dziwne, bo przypuszczałem, że większość użytkowników komórek nigdy w życiu nie widziała magnetofonu szpulowego, a firmy telekomunikacyjne na pewno nie nagrywają na nie wiadomości. Zapewne robią to cyfrowo, instalując dodatkowe obwody. Z drugiej strony znaki na skrzyżowaniach kolejowych wciąż przedstawiają lokomotywy z czasów Dzikiego Zachodu.

– Widzisz? – spytał Beck.

Nie widziałem niczego, ani śladu koperty, rysuneczku taśmy. Tylko wskaźnik sygnału i baterii oraz napisy *Menu* i *Nazwiska*.

– Co? – spytałem.

– Moc sygnału – wyjaśnił. – Tylko trzy kreski z pięciu. Normalnie mam tu cztery.

– Może zepsuła się podstacja – podsunąłem – i teraz powoli ją uruchamiają. Może to jakaś awaria zasilania?

– Tak sądzisz?

– To się wiąże z mikrofalami, pewnie jest strasznie skomplikowane. Powinien pan sprawdzić później, może wszystko się wyrówna.

Oddałem mu telefon lewą ręką. Wziął go i schował do kieszeni wciąż podenerwowany.

– A jak u ciebie? Cisza?

– Jak w grobie – odparłem.

– Zatem to nic nie było, zupełnie nic.

– Chyba tak – przyznałem. – Przepraszam.

– Nie, nie, doceniam twoją ostrożność, naprawdę.

– Robię, co do mnie należy.

– Wracajmy na kolację – zaproponował.

Wsiadł z powrotem do cadillaca. Ja tymczasem zabezpieczyłem berettę i wróciłem do saaba. Beck wycofał wóz, zawrócił i zaczekał na mnie. Pewnie chciał, abyśmy razem przejechali przez bramę, żeby Paulie tylko raz otworzył ją i zamknął. Niczym minikonwój pokonaliśmy sześć kilometrów. Saab prowadził się ciężko, światła celowały pod kątem w górę, wyraźnie ściągał do tyłu. Nic dziwnego – w bagażniku tkwiło dwieście kilogramów. Na pierwszym wyboju narożnik podsufitki wypadł i przez resztę drogi telepał mi się tuż przy twarzy.

• • •

Odstawiliśmy samochody do garażu. Beck zaczekał na mnie na zewnątrz. Zaczął się przypływ, słyszałem fale za murami, masy wody uderzającej o kamień. Pod stopami czułem wstrząsy, nie tylko dźwięk, ale i drgania. Dołączyłem do Becka, razem przeszliśmy przez drzwi frontowe. Wykrywacz metalu zahuczał dwukrotnie, przy każdym z nas. Beck wręczył mi klucze do domu. Przyjąłem je jak oznakę mojego urzędu. Potem oświadczył, że kolacja zostanie podana za pół godziny, i zaprosił mnie do stołu. Poszedłem do pokoju Duke'a i stanąłem przy wysokim oknie. Wydało mi się, że osiem kilometrów na zachód dostrzegam oddalające się szybko czerwone tylne światła. Trzy pary: Villanueva, Eliot i Duffy w służbowych taurusach. Taką przynajmniej miałem nadzieję. 10-18, zadanie wykonane. Jednak blask reflektorów na murze sprawiał, że trudno było określić, czy widzę je w rzeczywistości. Może było to tylko złudzenie, jasne punkciki przed oczami, wynik zmęczenia bądź uderzenia w głowę.

Wziąłem szybki prysznic i przywłaszczyłem sobie kolejny zestaw ciuchów Duke'a. Zatrzymałem swoje buty i marynarkę, zniszczony płaszcz zostawiłem w szafie. Nie sprawdziłem poczty – Duffy była zbyt zajęta, by pisać, a zresztą w tym momencie nie mieliśmy już sobie nic do powiedzenia. Nie mogła przekazać mi nic nowego. Wiedziałem, że wkrótce sam jej coś powiem, gdy tylko zdołam dostać się pod podsufitkę saaba.

Resztę czasu spędziłem bezczynnie. Potem zszedłem na dół i znalazłem jadalnię. Okazała się wielka, stał w niej długi prostokątny stół dębowy, ciężki, solidny, pozbawiony stylu; mieściło się przy nim dwadzieścia osób. Beck siedział u szczytu, Elizabeth naprzeciwko, na drugim końcu. Richard zajął samotne miejsce z jednego boku. Dla mnie przygotowano talerze dokładnie naprzeciwko. Przez moment miałem ochotę poprosić go, by się zamienił. Nie lubię siedzieć plecami do drzwi. Zrezygnowałem jednak i usiadłem.

Pauliego nie było, widocznie nie został zaproszony. Oczywiście pokojówki także zabrakło, kucharka musiała zająć się wszystkim i nie sprawiała wrażenia uszczęśliwionej. Ale w kuchni spisała się dobrze. Zaczęliśmy od francuskiej zupy cebulowej. Sprawiała wrażenie autentycznej. Moja matka, rzecz jasna, by narzekała, ale na świecie żyje dwadzieścia milionów Francuzek, z których każda uważa, że dysponuje jedynym, najlepszym przepisem.

– Opowiedz nam o swojej służbie – poprosił Beck, jakby miał ochotę na lekką rozmowę. Nie zamierzał gadać o interesach, widziałem to wyraźnie. Nie przy rodzinie. Podejrzewałem, że Elizabeth wie więcej, niż powinna, ale Richard wydawał się kompletnie nieświadom tego, czym zajmuje się ojciec. A może po prostu nie dopuszczał do siebie tej myśli. Jak to się wyraził? Złe rzeczy się nie zdarzają, jeśli sam nie zechcesz o nich pamiętać?

– Niewiele mam do opowiadania – odparłem. Nie chciałem o tym mówić. Zdarzyło się wiele złych rzeczy i wolałem ich nie wspominać.

– Musiałeś przeżyć coś ciekawego – wtrąciła Elizabeth.

Wszyscy troje patrzyli na mnie wyczekująco, toteż wzruszyłem ramionami i powtórzyłem im historyjkę o tym, jak sprawdzałem budżet Pentagonu i znalazłem w nim rachunek na sprzęt konserwacyjny warty osiem tysięcy dolarów, nazwany NOSUD. Powiedziałem, że byłem dostatecznie znudzony, by poczuć ciekawość, wykonałem parę telefonów i dowiedziałem się, iż skrót ów oznacza Narzędzie Obrotowo-Siłowe, Uniwersalne, Dynamometryczne. Dodałem, że znalazłem jedno z takich urządzeń – śrubokręt za trzy dolary. To doprowadziło mnie do młotków za trzy tysiące, desek klozetowych za tysiąc i tak dalej. Niezła historia, tego typu anegdoty podobają się wszystkim słuchaczom. Większość ludzi prawidłowo reaguje na tak wielką bezczelność, a ci nastawieni antyrządowo popadają w święte oburzenie. Historyjka jest jednak nieprawdziwa. Może faktycznie coś takiego się zdarzyło, ale nie mnie – pracowałem w zupełnie innym departamencie.

– Zabijałeś ludzi? – spytał Richard.

Czterech w ciągu ostatnich trzech dni, pomyślałem.

– Nie zadawaj takich pytań – upomniała go Elizabeth.

– Zupa jest świetna – zauważył Beck. – Może przydałoby się trochę więcej sera.

– Tato! – wtrącił Richard.

– O co chodzi?

– Musisz myśleć o swoim krążeniu. Cholesterol zablokuje ci tętnice.

– To moje tętnice.

– A ty jesteś moim tatą.

Spojrzeli na siebie i obaj uśmiechnęli się nieśmiało. Ojciec i syn, najlepsi kumple. Zapowiadał się długi posiłek. Elizabeth zmieniła temat. Zeszła z cholesterolu na muzeum sztuki w Portlandzie. Oznajmiła, że mieści się w budynku projektu I.M. Pei i ma świetny zbiór malarstwa amerykańskiego i impresjonistów. Nie wiedziałem, czy próbuje mnie wyedukować, czy też zachęcić Richarda, by wyrwał się z domu i czymś zajął. Wyłączyłem się; chciałem wrócić do saaba, ale nie mogłem, nie w tej chwili. Starałem się zatem przewidzieć dokładnie, co tam znajdę. To coś w rodzaju gry. Usłyszałem w głowie słowa Leona Garbera: *Przeanalizuj wszystko, co widziałeś, wszystko, co słyszałeś, przeanalizuj wskazówki.* Niewiele słyszałem, ale widziałem bardzo dużo. Zapewne wszystko można było uznać za takie czy inne wskazówki. Weźmy na przykład stół w jadalni, cały dom, wyposażenie, samochody. Saab praktycznie nadawał się na złom, cadillac i lincolny były niezłe, ale daleko im do rolls-royce'ów i bentleyów. Otaczały mnie stare, solidne, nieciekawe meble – nie tanie, ale też nie najnowsze. Zapłacono za nie dawno, dawno temu. Co powiedział Eliot w Bostonie o kliencie z Los Angeles? Jego zyski sięgają milionów dolarów tygodniowo, żyje jak król. Beck miał stać o parę szczebli wyżej. Ale Beck nie żył jak król. Czemu nie? Bo był ostrożnym jankesem, niedbającym o bajery i luksusy?

– Spójrz – polecił.

Otrząsnąłem się i skupiłem wzrok na podsuniętej mi komórce. Wziąłem ją, spojrzałem na ekran. Siła sygnału osiągnęła cztery kreski.

– Mikrofale – powiedziałem. – Może sygnał wzrasta powoli.

Potem spojrzałem raz jeszcze. Ani śladu koperty czy ikonki taśmy, żadnych wiadomości. Był to jednak maleńki telefon, a ja mam wielkie kciuki. Przypadkiem dotknąłem strzałki „góra–dół" pod ekranem. Na wyświetlaczu natychmiast pojawiła się lista nazwisk, wirtualna książka telefoniczna. Ekran był taki mały, że mieścił tylko trzy nazwiska. Na samej górze widniał Dom, potem Brama, trzeci był Xavier. Wpatrywałem się w to słowo z takim napięciem, że wszystko wokół mnie ucichło, a krew zatętniła mi w uszach.

– Zupa była bardzo smaczna – zauważył Richard.

Oddałem telefon Beckowi. Kucharka sięgnęła ponad stołem i zabrała mi talerz.

• • •

Pierwszy raz usłyszałem nazwisko Xavier podczas szóstego spotkania z Dominique Kohl. Minęło siedemnaście dni, odkąd tańczyliśmy w barze w Baltimore. Pogoda się zmieniła, temperatura spadła, niebo było szare, zachmurzone. Kohl miała na sobie pełny mundur galowy. Przez moment się obawiałem, że wyznaczyłem oficjalną ocenę jej służby i kompletnie o tym zapomniałem. Ale też miałem w sztabie faceta od takich spraw, a on mi o niczym nie wspominał.

– Nie będziesz zachwycony – oznajmiła Kohl.

– Czym? Dostałaś awans i cię przenoszą?

Słysząc to, uśmiechnęła się. Uświadomiłem sobie, że zabrzmiało to jak osobisty komplement, bardziej miło, niż zamierzałem i niż powinienem ryzykować.

– Znalazłam naszego człowieka – oznajmiła.

– Jak?

– Znakomite zastosowanie odpowiednich umiejętności – odparła.

Spojrzałem na nią.

– Czy wyznaczyliśmy ocenę służbową?

– Nie, ale może powinniśmy.

– Dlaczego?

– Bo znalazłam sprawcę i uważam, że oceny zawsze wypadają lepiej tuż po poważnym przełomie w sprawie.

– Wciąż pracujesz z Frasconim, zgadza się?

– Jesteśmy partnerami – odparła, co nie do końca stanowiło odpowiedź na moje pytanie.

– Pomaga ci?

Skrzywiła się.

– Mogę mówić otwarcie?

Skinąłem głową.

– Do niczego się nie nadaje.

Ponownie skinąłem głową, sam także odnosiłem podobne wrażenie. Porucznik Anthony Frasconi był porządnym człowiekiem, ale nie należał do najbystrzejszych.

– To dobry gość – oznajmiła. – Nie chcę, byś mnie źle zrozumiał.

– Ale sama odwalasz całą robotę – uzupełniłem.

Przytaknęła. W ręku trzymała pierwszą teczkę, tę, którą jej wręczyłem, gdy odkryłem, że nie jest wielkim, paskudnym facetem z Teksasu bądź Minnesoty. Teczka pękała w szwach od notatek.

– Ty natomiast pomogłeś – dodała. – Miałeś rację. Dokument, o który chodzi, jest w gazecie. Gorowski wyrzucał ją do kubła na parkingu. Tego samego, dwie niedziele z rzędu.

– I…?

– I przez dwie niedziele z rzędu ten sam facet ją wyciągał.

Zastanowiłem się. Plan wyglądał sprytnie, miał jednak pewną słabą stronę: grzebanie w koszu na śmieci. Nie wyglądało to wiarygodnie. Trudno jest grzebać w śmieciach, o ile nie zdecydujemy się przy tym udawać bezdomnego, a to niełatwe zadanie, jeśli chce się wyglądać przekonująco. Bezdomni pokonują dziennie pieszo wiele kilometrów, mają stałe trasy, sprawdzają na nich wszystkie kubły. Wiarygodne naśladowanie ich zachowania wymaga czasu i nieskończonej cierpliwości.

– Co to za facet? Jak wygląda? – spytałem.

– Wiem, o czym myślisz – odparła. – Kto poza bezdomnymi grzebie w kubłach na śmieci? Zgadza się?

– Więc?

– Wyobraź sobie typową niedzielę – rzekła. – Leniwy, pogodny dzień, spacerujesz sobie. Może ktoś, z kim się umówiłeś, trochę się spóźnia, może sam pomysł spaceru zaczął cię nudzić. Ale świeci słońce, widzisz ławeczkę, która aż kusi, by usiąść, i wiesz, że niedzielne gazety są zawsze grube i ciekawe. Tyle że akurat nie masz takiej przy sobie.

– Dobra – mruknąłem. – Wyobrażam sobie.

– Zauważyłeś, że używana gazeta staje się czymś w rodzaju własności wspólnej? Widywałeś takie w pociągu albo w metrze? Jakiś gość czyta gazetę, zostawia ją na fotelu, a inny natychmiast ją podnosi. Prędzej by umarł, niż zabrał niedojedzonego batona, ale gazeta mu nie przeszkadza.

– Jasne.

– Nasz facet ma około czterdziestki – oznajmiła. – Jest wysoki, ponad metr osiemdziesiąt, szczupły, dziewięćdziesiąt kilo. Ma krótkie, siwiejące czarne włosy, dobrze ostrzyżone. Nosi porządne ciuchy, sportowe buty, golfy i niespiesznie, nonszalancko wędruje przez parking.

– Nonszalancko?

– Nie znasz takiego słowa? Jakby szedł gdzieś bez celu, pogrążony w myślach, nie przejmując się niczym. Może wraca z niedzielnego obiadu. Nagle zauważa gazetę na wierzchu kubła, podnosi ją, przez moment przebiega wzrokiem nagłówki, lekko przechyla głowę i wsuwa ją pod pachę, jakby zamierzał przeczytać później. Następnie odchodzi.

– Nonszalancko – dodałem.

– Wygląda to nieprawdopodobnie naturalnie – dodała. – Widziałam na własne oczy i niemal to zlekceważyłam.

Zastanowiłem się. Miała rację, dobrze znała się na ludzkim zachowaniu, co czyniło z niej znakomitego gliniarza. Gdybym istotnie dokonywał oceny, uzyskałaby maksymalną liczbę punktów.

– Jest coś jeszcze, czego się domyślałeś – dodała. – Wędruje dalej nonszalanckim krokiem na przystań i wchodzi na pokład łodzi.

– Mieszka na niej?

– Nie sądzę. Są tam koje i tak dalej, myślę jednak, że to łódź rekreacyjna.

– Skąd wiesz, że są tam koje?

– Byłam na pokładzie – wyjaśniła.

– Kiedy?

– W drugą niedzielę. Nie zapominaj, że jak dotąd widziałam tylko gazetę, wciąż nie zidentyfikowałam dokumentu. Ale facet udał się na inną łódź ze znajomymi, więc sprawdziłam.

– Jak?

– Znakomite zastosowanie odpowiednich umiejętności – oznajmiła. – Miałam na sobie bikini.

– Noszenie bikini to umiejętność? – spytałem i szybko odwróciłem wzrok. W jej przypadku bardziej przypominało to występ światowej klasy.

– Wciąż było gorąco. Wtopiłam się w tłum innych kociaków, spacerowałam, weszłam na pomost. Nikt nie zauważył. Włamałam się do środka i w ciągu godziny przeszukałam jacht.

Musiałem zadać to pytanie.

– Jak ukryłaś wytrychy w bikini?

– Miałam na sobie buty – przypomniała.

– Znalazłaś jakieś projekty?

– Wszystkie.

– Czy ta łódź ma jakąś nazwę?

Skinęła głową.

– Sprawdziłam ją, figuruje w rejestrze jachtów.

– Kim więc jest właściciel?

– To właśnie ci się nie spodoba – oświadczyła. – To starszy oficer wywiadu wojskowego, podpułkownik, specjalista od Bliskiego Wschodu. Niedawno odznaczono go medalem za wojnę w Zatoce Perskiej.

– Cholera – mruknąłem. – Może jednak istnieje jakieś wytłumaczenie?

– Może – rzuciła. – Ale wątpię. Godzinę temu rozmawiałam z Gorowskim.

– Dobra. – To wyjaśniało mundur galowy, znacznie bardziej imponujący niż bikini. – I co?

– Kazałam mu wyjaśnić, o co chodzi. Wiesz, że ma dwie córeczki, jedna liczy sobie rok, druga dwa lata. Dwa miesiące temu dwulatka zniknęła na cały dzień. Nie chce mówić o tym, co ją spotkało, tylko płacze. Tydzień później pojawił się nasz przyjaciel z wywiadu wojskowego. Zasugerował, że nieobecność dziecka może potrwać dłużej niż dzień, jeśli tatuś nie zgodzi się na współpracę. Nie widzę tu żadnego niewinnego wytłumaczenia.

– Nie – odparłem. – Ja też nie. Co to za facet?

– Nazywa się Francis Xavier Quinn – oznajmiła.

• • •

Kucharka przyniosła następne danie, jakąś pieczeń, nie zauważyłem dokładnie, bo nadal myślałem o Francisie Xavierze Quinnie. Najwyraźniej wychodząc ze szpitala w Kalifornii, porzucił ostatnią część swego nazwiska wraz ze szpitalną koszulą, opatrunkami i opaską z napisem NN. Po prostu wyszedł i natychmiast przyjął nową tożsamość, która na niego czekała. Tożsamość, z którą czuł się dobrze, którą zawsze pamiętał gdzieś na pierwotnym poziomie swego umysłu. Nie był już podpułkownikiem wywiadu Stanów Zjednoczonych, Quinnem, F.X. Od tej pory stał się zwykłym Frankiem Xavierem, anonimowym obywatelem.

– Krwiste czy wypieczone? – spytał Beck. Kroił właśnie pieczeń jednym z kuchennych noży o czarnych rączkach ustawionych w drewnianym bloku. Jeszcze niedawno zastanawiałem się, czy nie zabić go którymś? Ten w jego dłoni nieźle by się do tego nadawał. Miał dwadzieścia pięć centymetrów długości i sądząc po łatwości, z jaką kroił mięso, był ostry jak brzytwa. Chyba że pieczeń była wyjątkowo miękka.

– Krwiste – odparłem. – Dziękuję.

Ukroił mi dwa plastry i natychmiast pożałowałem. Przed oczami stanął mi obraz sprzed siedmiu godzin. Worek ze zwłokami. Odsunąłem zamek i ujrzałem ślady innego noża. Obraz był tak wyraźny, że poczułem pod palcami dotyk metalu. A potem cofnąłem się o dziesięć lat do początków z Quinnem, zamykając krąg.

– Sałatkę z rzepy? – zaproponowała Elizabeth.

Zawahałem się i wziąłem łyżkę. Stara wojskowa zasada brzmiała: jedz, kiedy możesz, śpij, kiedy możesz, bo nigdy nie wiesz, kiedy nadarzy się następna okazja. Odsunąłem zatem od siebie myśli o Quinnie, nałożyłem sałatkę i zacząłem jeść. Zacząłem myśleć. Wszystko, co słyszałem, wszystko, co widziałem. Wciąż powracałem pamięcią do skąpanej w jasnym słońcu przystani w Baltimore, koperty i gazety. Co powiedziała Duffy? *Nie znalazłeś nic użytecznego, absolutnie nic, żadnych dowodów.*

296

– Czytałeś Pasternaka? – spytała Elizabeth.

– Co myślisz o Edwardzie Hopperze? – zagadnął jednocześnie Richard.

– Sądzisz, że powinni w wojsku wymienić M szesnaście na inną broń? – zapytał Beck.

Znów otrząsnąłem się z zamyślenia. Wszyscy patrzyli na mnie, jakby rozpaczliwie łaknęli zwykłej rozmowy, jakby byli samotni. Słyszałem fale uderzające o skały wokół domu i rozumiałem, dlaczego tak się czują. Byli odizolowani, ale z własnego wyboru. Osobiście lubię izolację, potrafię przeżyć trzy tygodnie, nie odzywając się nawet słowem.

– Widziałem *Doktora Żywago* w kinie – oznajmiłem. – Bardzo lubię obraz Hoppera przedstawiający ludzi w barze nocą.

– *Nighthawks* – podpowiedział Richard.

Skinąłem głową.

– Podoba mi się mężczyzna po lewej, zupełnie sam.

– Pamiętasz nazwę tego baru?

– Phillies – rzekłem. – I uważam, że M szesnaście to świetny karabinek szturmowy.

– Naprawdę? – spytał Beck.

– Robi to, co powinien – wyjaśniłem. – Nie można oczekiwać niczego więcej.

– Hopper był geniuszem – oznajmił Richard.

– Pasternak był geniuszem – oświadczyła Elizabeth. – Niestety, film bardzo strywializował książkę, nie została też dobrze przetłumaczona. W porównaniu z Pasternakiem Sołżenicyn jest przereklamowany.

– Chyba faktycznie M szesnaście to niezła broń – mruknął Beck.

– Edward Hopper jest jak Raymond Chandler – powiedział Richard. – Zdołał uchwycić charakter określonego czasu i miejsca. Oczywiście Chandler także był geniuszem, znacznie większym niż Hammett.

– Tak jak Pasternak jest lepszy od Sołżenicyna? – spytała jego matka.

Gadali tak dalej przez długi czas. Czternasty dzień, piątek, dobiegał końca, a ja posilałem się pieczenią w towarzystwie trojga skazańców, rozmawiając o książkach, obrazach i karabinach. Jak nie o tym, to o tamtym. Ponownie się wyłączyłem i cofnąłem pamięcią o dziesięć lat, słuchając głosu sierżant Dominique Kohl.

• • •

– To częsty bywalec Pentagonu – oznajmiła podczas naszego siódmego spotkania. – Mieszka niedaleko, w Wirginii. Pewnie dlatego trzyma jacht w Baltimore.

– Ile ma lat? – spytałem.

– Czterdzieści.

– Widziałaś jego pełne akta?

Pokręciła głową.

– Większość jest utajniona.

Przytaknąłem, próbując poskładać chronologię. Czterdziestolatek załapałby się na ostatnie dwa lata poboru do Wietnamu, miał wtedy osiemnaście, dziewiętnaście lat. Ale gość, który przed czterdziestką osiągnął stopień pułkownika wywiadu, z pewnością ukończył studia, może nawet zrobił doktorat, co oznaczało przesunięcie służby wojskowej. Zapewne zatem nie trafił do Indochin, co opóźniłoby mu karierę. Żadnych krwawych wojen i śmiertelnych chorób. On jednak awansował szybko. Przed czterdziestką został podpułkownikiem.

– Wiem, o czym myślisz – powiedziała Kohl. – Jakim cudem jest o dwa stopnie wyżej od ciebie?

– Prawdę mówiąc, myślałem o tobie w bikini.

Pokręciła głową.

– Nieprawda.

– Jest ode mnie starszy.

– Szedł w górę jak rakieta.

– Może jest bystrzejszy niż ja – podsunąłem.

– Przypuszczalnie – odrzekła. – Mimo wszystko jednak to poszło bardzo, bardzo szybko.

Przytaknąłem.

– Super – mruknąłem. – Czyli nasz przeciwnik to gwiazda wywiadu.

– Ma liczne kontakty z cudzoziemcami – oznajmiła Kohl. – Widziałam go z różnymi ludźmi, Izraelczykami, Libańczykami, Irakijczykami, Syryjczykami.

– To jego praca – przypomniałem. – Specjalizuje się w Bliskim Wschodzie.

– Pochodzi z Kalifornii – ciągnęła. – Jego ojciec pracował na kolei, matka prowadziła dom. Mieszkali w małym domku na północy stanu. Odziedziczył go, to jego jedyny majątek. Możemy założyć, że od czasu studiów żył z wojskowej pensji.

– Jasne.

– To biedak, Reacher. Jakim cudem wynajmuje wielki dom w MacLean w Wirginii? Jakim cudem kupił sobie jacht?

– To jacht?

– Duża łódź z sypialniami. To oznacza jacht, prawda?

– PP?

– Nowiutki lexus.

Milczałem.

– Czemu jego koledzy nie zadają sobie takich pytań?

– Nigdy ich nie zadają – odparłem. – Nie zauważyłaś? Coś może być jasne jak słońce, a oni i tak to przeoczą.

– Naprawdę nie rozumiem, jak to możliwe.

Wzruszyłem ramionami.

– To tylko ludzie, trzeba być wyrozumiałym. Przeszkadzają im z góry przyjęte założenia. Pytają sami siebie: jak dobry jest, a nie: jak zły jest.

Skinęła głową.

– Tak samo jak ja przez dwa dni obserwowałam kopertę, a nie gazetę. Z góry przyjęte założenia.

– Ale oni powinni wiedzieć lepiej.

– Pewnie tak.

– Słynna mądrość facetów z wywiadu.

– Największy oksymoron świata – odparła Kohl, powtarzając stary rytuał. – Jak bezpieczne zagrożenie.

– Albo sucha woda – dodałem.

. . .

– Smakowało? – spytała Elizabeth Beck dziesięć lat później. Nie odpowiedziałem. *Z góry przyjęte założenia.*

– Smakowało? – powtórzyła.

Spojrzałem wprost na nią. *Założenia.*

– Słucham? – rzuciłem. *Wszystko, co słyszałem.*

– Obiad – wyjaśniła. – Smakował?

Spuściłem wzrok, mój talerz był pusty.

– Przepyszny – odparłem. *Wszystko, co widziałem.*

– Naprawdę?

– Bez dwóch zdań. – *Nie znalazłeś nic użytecznego.*

– Cieszę się – mruknęła.

– Zapomnijcie o Hopperze i Pasternaku, i Raymondzie Chandlerze. To wasza kucharka jest geniuszem.

– Dobrze się czujesz? – spytał Beck. Zostawił na talerzu połowę swojej porcji.

– Świetnie – odparłem. *Absolutnie nic.*

– Na pewno?

Zawahałem się. *Żadnych dowodów.*

– Tak, na pewno – zapewniłem.

I nie kłamałem, bo wiedziałem, co znajdę w saabie, wiedziałem z całą pewnością, bez cienia wątpliwości. Czułem się zatem świetnie. Ale też nieco się wstydziłem, bo kojarzyłem bardzo, bardzo powoli. Boleśnie powoli, zawstydzająco powoli. Zabrało mi to osiemdziesiąt sześć godzin, ponad trzy i pół dnia. Byłem równie głupi jak dawni koledzy Quinna. Coś może być jasne jak słońce, a oni i tak to przeoczą. Odwróciłem głowę i spojrzałem wprost na Becka, jakbym widział go po raz pierwszy w życiu.

11

Wiedziałem, ale podczas deseru i kawy szybko się uspokoiłem. Przestałem też czuć się świetnie i zapomniałem o wstydzie. Takie emocje zanadto mącą umysł. Poczułem za to lekką troskę, bo zaczynałem widzieć dokładnie ogrom problemu taktycznego. A był to problem przytłaczający, nadający nową definicję samotnemu działaniu.

Obiad dobiegł końca, wszyscy odsunęli krzesła i wstali. Zostałem w jadalni. Nie zawracałem sobie głowy podsufitką saaba. Nie spieszyło mi się, mogłem zająć się nią później. Nie było sensu ryzykować tylko po to, by potwierdzić coś, co już wiedziałem. Pomogłem za to kucharce sprzątnąć naczynia. Uznałem, że tak będzie uprzejmie. Może nawet tego ode mnie oczekiwano. Beckowie gdzieś zniknęli, a ja zaniosłem do kuchni talerze. Przy stole siedział mechanik, pałaszując większą porcję wołowiny niż ta, którą ja dostałem. Spojrzałem na niego i znów ogarnął mnie wstyd. Wcześniej w ogóle nie zwracałem na niego uwagi, nie zastanawiałem się nad jego obecnością. Nigdy nie zapytałem, po co tu jest. Teraz jednak wiedziałem.

Wsadziłem naczynia do zmywarki. Kucharka dla oszczędności pochowała resztki z posiłku, wytarła blaty i w dwadzieścia minut wszystko uporządkowaliśmy. Potem oznajmiła, że idzie do łóżka. Życzyłem jej dobrej nocy, wyszedłem tylnymi drzwiami i przespacerowałem się po skałach. Chciałem spojrzeć na morze, ocenić poziom przypływu. Nie miałem żadnych morskich doświadczeń. Wiedziałem, że istnieją przypływy i odpływy powtarzające się dwa razy na dobę, ale nie orientowałem się kiedy i dlaczego. Miało to chyba coś wspólnego z przyciąganiem księżyca. Być może zamieniało ono Atlantyk w olbrzymią wannę, w której woda chlupie na wschód i zachód między Europą i Ameryką. Może, gdy w Portugalii mają odpływ, w Maine przypada szczyt przypływu i na odwrót. Nie miałem pojęcia. W tym momencie wyglądało na to, że woda zaczyna opadać, odsłaniać kamienie. Przez pięć minut obserwowałem fale, a potem wróciłem do kuchni. Mechanik już wyszedł. Zamknąłem kluczami od Becka drzwi wewnętrzne, zewnętrzne pozostawiłem otwarte. Potem przeszedłem przez przedpokój, sprawdziłem frontowe. Uznałem, że od tej pory powinienem to robić. Były zamknięte na zasuwę i łańcuch. W domu panowała cisza. Ruszyłem na górę do pokoju Duke'a i zacząłem planować ostateczną rozgrywkę.

• • •

W bucie czekała na mnie wiadomość od Duffy. *Wszystko okay?* Odpowiedziałem: *Wielkie dzięki za telefony. Ocaliłaś mi skórę.*

Sobie też, odparła szybko. *Ten sam zakres korzyści osobistej.*

Nie odpowiedziałem, nic nie przychodziło mi do głowy. Długą chwilę siedziałem w ciszy. Duffy zyskała niewielkie odroczenie, to wszystko. Cokolwiek się stanie, obedrą ją ze skóry, nic nie mogłem na to poradzić.

Na ekranie pojawiła się nowa wiadomość. *Sprawdziłam wszystkie pliki. Nie mogę, powtarzam, nie mogę znaleźć autoryzacji dla drugiej agentki.*

Wiem, odpowiedziałem.

Po chwili ujrzałem tylko dwa znaki.

??

Musimy się spotkać, poinformowałem. *Zadzwonię albo po prostu się zjawię, czekaj.*

Następnie wyłączyłem urządzenie i schowałem z powrotem w obcasie, zastanawiając się, czy kiedykolwiek je jeszcze wyjmę. Zerknąłem na zegarek, dochodziła północ. Czternasty dzień, piątek dobiegał końca. Wkrótce zacznie się piętnasty dzień, sobota. Dokładnie dwa tygodnie od dnia, gdy zacząłem się przebijać przez tłum przed filharmonią bostońską, zmierzając do baru, do którego nigdy nie dotarłem.

● ● ●

Położyłem się na łóżku w ubraniu. Oceniałem, że najważniejsza będzie następna doba bądź dwie, i chciałem poświęcić co najmniej pięć, sześć pierwszych godzin na sen. Doświadczenie podpowiadało, że zmęczenie powoduje więcej błędów niż nieostrożność i głupota razem wzięte, pewnie dlatego, że gdy człowiek jest zmęczony, robi się otumaniony i nieostrożny. Ułożyłem się wygodnie i zamknąłem oczy, ustawiając budzik w głowie na drugą w nocy. Nie zawiódł mnie, działał jak zawsze. Ocknąłem się po dwugodzinnej drzemce, odświeżony. Wstałem szybko i zszedłem cicho na dół. Przekradłem się przez przedpokój i kuchnię, otworzyłem tylne drzwi. Wszystkie metalowe przedmioty zostawiłem na stole. Nie chciałem, by wykrywacz się odezwał. Wyszedłem na zewnątrz. Noc była bardzo ciemna, nie widać było księżyca ani gwiazd. Morze głośno huczało, w powietrzu czaił się chłód, wiał też lekki wiatr, który niósł woń wilgoci. Pomaszerowałem do czwartego garażu, otworzyłem drzwi, saab wciąż tam stał, nietknięty. Otworzyłem bagażnik, wyciągnąłem swoje zawiniątko, zaniosłem z powrotem do kryjówki. Potem wróciłem po pierwszego ochroniarza. Nie żył od kilku godzin, a niska temperatura sprawiła, że stężenie pośmiertne wystąpiło szybciej, niż powinno. Był już dość sztywny. Wywlokłem go i zarzuciłem sobie na ramię. Jakbym taszczył stukilowy pień drzewa.

Ręce sterczały mu jak gałęzie. Zaniosłem go do szczeliny między skałami, którą pokazał mi Harley, położyłem obok i zacząłem liczyć fale, czekając na siódmą. Wypełniła szczelinę. Gdy fala była blisko, zepchnąłem zwłoki ze skały. Woda je porwała i uniosła z powrotem, wyglądało to tak, jakby facet próbował złapać mnie sztywnymi rękami i porwać ze sobą albo może pocałować na dobranoc. Przez sekundę unosił się leniwie, a potem fala się cofnęła i zniknął.

Tak samo było z drugim trupem. Ocean pochłonął go tak jak wcześniej jego kumpla i pokojówkę. Przez moment siedziałem w kucki, na twarzy czułem wiatr i nasłuchiwałem szumu niestrudzonych fal. Potem wróciłem, zamknąłem bagażnik saaba, usiadłem na miejscu kierowcy. Obluzowałem do końca podsufitkę, wepchnąłem pod nią rękę i wyciągnąłem notatki pokojówki. Zajmowały osiem dużych kartek. Przeczytałem je przy słabym świetle samochodowej lampki. Było w nich pełno najdrobniejszych szczegółów, ale w ogólnym zarysie nie powiedziały mi niczego nowego. Przejrzałem je dwukrotnie. Gdy skończyłem, ułożyłem kartki w zgrabny stosik i zaniosłem na szczyt skał. Usiadłem na kamieniu i zająłem się produkcją papierowych łódeczek. Gdy byłem mały, ktoś mi pokazał, jak się je robi, może ojciec, może brat, nie pamiętam. Puściłem osiem łódeczek na cofającą się falę i patrzyłem, jak kołyszą się i podskakują, znikając w ciemności na wschodzie.

Potem wróciłem do wozu. Trochę czasu poświęciłem wbijaniu podsufitki na miejsce, wyglądała całkiem nieźle. Zamknąłem garaż. Szacowałem, że nim ktokolwiek go otworzy i zauważy uszkodzenia wozu, zdążę już zniknąć. Wróciłem do domu, zabrałem ze stołu swoje rzeczy, zamknąłem drzwi na klucz i przekradłem się na górę. Rozebrany do szortów wślizgnąłem się do łóżka. Chciałem odpocząć jeszcze trzy godziny. Ustawiłem ponownie wewnętrzny budzik, otuliłem się kołdrą i kocem, ułożyłem głowę na poduszce i zamknąłem oczy. Próbowałem zasnąć, ale nie mogłem, sen nie przychodził. Zamiast tego zjawiła się Dominique Kohl. Przybyła do mnie z ciemności. Wiedziałem, że tak będzie.

Podczas ósmego spotkania mieliśmy do omówienia problemy taktyczne. Aresztowanie oficera wywiadu przypominało otwarcie puszki Pandory. Oczywiście żandarmeria ma do czynienia wyłącznie z wojskowymi, toteż występowanie przeciwko własnym ludziom nie było dla nas niczym nowym. Jednak wywiad to bardzo specyficzny przypadek. Ci goście działali osobno, mieli swoje tajemnice i bardzo się starali nie odpowiadać przed nikim. Trudno było ich dopaść – zwykle zwierali szeregi szybciej niż najlepsza kompania reprezentacyjna. Mieliśmy zatem z Kohl wiele spraw do omówienia. Nie chciałem spotykać się w moim biurze: nie miałem krzesła dla gości, a nie życzyłem sobie, by cały czas stała. Wróciliśmy więc do baru w mieście, który uznaliśmy za stosowne miejsce. Cała sprawa tak cuchnęła, że zaczynaliśmy odczuwać lekką paranoję, i wyjście z bazy wydało nam się najwłaściwsze. Poza tym podobał mi się pomysł dyskusji o kwestiach wywiadowczych w scenerii idealnej dla szpiegów: ciemnej, ciasnej kabinie na tyłach knajpy. Kohl także się to podobało. Zjawiła się w stroju cywilnym – nie sukience, lecz dżinsach, białym podkoszulku i skórzanej kurtce na ramionach. Ja włożyłem wojskowy dres; nie miałem cywilnych ciuchów. Do tego czasu zrobiło się zimno. Zamówiłem kawę, ona herbatę. Musieliśmy myśleć jasno.

– Teraz cieszę się, że użyliśmy prawdziwych planów – oznajmiła.

Skinąłem głową.

– Dobre przeczucie – odparłem.

Musieliśmy dysponować niepodważalnymi dowodami. Fakt posiadania przez Quinna prawdziwych planów mógł się okazać kluczowy. Przy kopiach mógłby zacząć snuć najróżniejsze bajeczki dotyczące procedur próbnych, gier wojennych, ćwiczeń, prób wychwycenia zdrajców.

– To Syryjczycy – oznajmiła Kohl. – I płacą z góry, w ratach.

– Jak?

– Wymiana neseserów. Spotyka się z attaché ambasady syryjskiej, idą razem do kawiarni w Georgetown. Obaj mają w dłoniach bajeranckie aluminiowe nesesery, identyczne.

– Halliburton – podsunąłem.

Skinęła głową.

– Stawiają je obok siebie pod stołem. Potem on zabiera aktówkę Syryjczyka.

– Powie z pewnością, że Syryjczyk to zwykły kontakt. Będzie twierdził, że to tamten coś mu przekazuje.

– No to powiemy: W porządku, niech pokaże.

– Odpowie, że nie może, bo to tajne.

Kohl milczała. Uśmiechnąłem się.

– Wciśnie nam kit – dodałem. – Położy dłoń na ramieniu, spojrzy w oczy i powie: Hej, możecie mi zaufać, tu chodzi o bezpieczeństwo narodowe.

– Miałeś już do czynienia z tymi gośćmi?

– Raz.

– Wygrałeś?

Skinąłem głową.

– Przeważnie to nadęte dupki. Mój brat jakiś czas służył w wywiadzie, teraz pracuje dla Departamentu Skarbu. Ale opowiadał mi o nich. Uważają się za najmądrzejszych, podczas gdy w gruncie rzeczy są tacy sami jak wszyscy.

– No to co robimy?

– Będziemy musieli nakłonić Syryjczyka do współpracy.

– Wtedy nie zdołamy go zapuszkować.

– Dwóch za jednym zamachem? Nie uda się. Syryjczyk robi tylko to, co do niego należy, nie można mieć do niego pretensji. To Quinn jest tu draniem.

Przez chwilę milczała nieco zawiedziona, w końcu wzruszyła ramionami.

– No dobra – mruknęła. – Ale jak to załatwimy? Syryjczyk po prostu sobie pójdzie. To attaché ambasady, ma immunitet dyplomatyczny.

Uśmiechnąłem się ponownie.

– Immunitet dyplomatyczny to tylko kartka papieru z Departamentu Stanu. Poprzednio załatwiłem to tak, że zgarnąłem gościa, kazałem mu unieść przed brzuchem kartkę papieru. Potem wyciągnąłem pistolet i spytałem, czy uważa, że papier zatrzyma kulę. Odparł, że napytam sobie biedy. Wyjaśniłem, że moje kłopoty, choćby największe, w żaden sposób nie zmienią tego, że powoli wykrwawi się na śmierć.

– I dał się przekonać?

– Współpracował śpiewająco.

Kohl znów umilkła, a potem zadała mi pierwsze z dwóch pytań; później żałowałem, że nie odpowiedziałem inaczej.

– Możemy się widywać na gruncie towarzyskim?

Siedzieliśmy w osobnym boksie ciemnego baru. Była diablo pociągająca i siedziała tuż obok. Ja sam w tamtych czasach byłem jeszcze młody i sądziłem, że wszystko przede mną.

– Chcesz się umówić na randkę?

– Tak – odparła.

Milczałem.

– Czasy się zmieniają – powiedziała, po czym dodała szybko, na wypadek gdybym nie zrozumiał: – To znaczy, jeśli chodzi o zwyczaje.

Milczałem.

– Wiem, czego chcę.

Pokiwałem głową. Ufałem jej i całym sercem wierzyłem w równość. Całkiem niedawno spotkałem kobietę, pułkownika lotnictwa, dowodzącą bombowcem B-52, który krążył po nocnym niebie z większą ilością niszczących środków na pokładzie niż wszystkie bomby, jakie zrzucono na ziemię w dziejach ludzkości. Uznałem, że skoro jej mogliśmy zaufać i powierzyć broń zdolną wysadzić planetę, mogę też zaufać sierżant Dominique Kohl w kwestii tego, z kim chciałaby się umówić.

– I co?

Pytania, na które chciałbym odpowiedzieć inaczej.

– Nie – odparłem.

– Dlaczego?

– To nieprofesjonalne. Nie powinnaś tego robić.

– Dlaczego?

– Bo postawiłabyś krechę przy swojej karierze – wyjaśniłem. – Bo masz talent i niedługo, aby móc dalej awansować, będziesz musiała ukończyć szkołę oficerską. I wierzę, że z pewnością zrobisz to śpiewająco, a potem w ciągu dziesięciu lat dojdziesz do stopnia podpułkownika. Ale wszyscy mówiliby, że ci się udało, bo kiedyś, na początku, umawiałaś się ze swoim kapitanem.

Nie odpowiedziała. Wezwała tylko kelnerkę i zamówiła dwa piwa. W barze robiło się tłoczno i coraz goręcej. Zdjąłem kurtkę, Kohl także. Miałem na sobie oliwkowy podkoszulek, nieco skurczony i wyblakły od wielokrotnego prania. Podkoszulek Kohl pochodził z butiku, miał nieco większy dekolt niż zwykle, rękawki przycięto skośnie, tak że odsłaniały umięśnione ramiona. W zestawieniu ze śnieżnobiałym materiałem jej skóra wydawała się ciemna. Podkoszulek był lekko przezroczysty. Widziałem, że Kohl nie włożyła pod spód bielizny.

– Życie wojskowe jest pełne poświęceń – dodałem bardziej do siebie niż do niej.

– Jakoś się z tym pogodzę – odparła.

A potem zadała mi drugie pytanie, na które bardzo chciałbym odpowiedzieć inaczej.

– Pozwolisz mi dokonać aresztowania?

• • •

Dziesięć lat później ocknąłem się sam w łóżku Duke'a. Była szósta rano. Jego pokój mieścił się od frontu, toteż nie widziałem morza. Spoglądałem na zachód, na Amerykę. Nie zobaczyłem porannego słońca ani długich cieni o świcie, jedynie brudnoszare światło na podjeździe oraz murze i granitowy krajobraz aż po horyzont. Wiał wiatr od morza, widziałem poruszające się drzewa. Wyobraziłem sobie czarne, burzowe chmury za plecami, daleko nad Atlantykiem, płynące szybko w stronę brzegu, i morskie ptaki zmagające się z prądami powietrznymi, ich pióra rozwiewane przez wiatr. Piętnasty dzień zaczynał się szaro, zimno i nieprzyjaźnie. Przypuszczałem, że później będzie jeszcze gorzej.

Wziąłem prysznic, ale się nie ogoliłem. Włożyłem kolejne czarne dżinsy Duke'a, zasznurowałem buty i narzuciłem na ramię marynarkę i płaszcz. Zszedłem cicho do kuchni. Kucharka zaparzyła już kawę, wręczyła mi filiżankę. Wziąłem ją i usiadłem przy stole. Z zamrażarki wyjęła bochenek chleba i wsadziła do mikrofalówki. Wiedziałem, że muszę ją ewakuować, nim zrobi się nieprzyjemnie. A także Elizabeth i Richarda. Mechanik i Beck mogli zostać i stawić czoło wydarzeniom.

W kuchni słychać było morze, głośno i wyraźnie. Fale waliły niestrudzenie o brzeg i opadały z głośnym sykiem. Woda wzbierała i cofała się, żwir grzechotał na skałach. Wiatr zawodził cicho w szczelinie pod drzwiami werandy. Słyszałem nerwowe okrzyki mew. Sączyłem kawę, nasłuchując. Czekałem. Dziesięć minut później w kuchni zjawił się Richard. Włosy miał rozczochrane, widziałem kikut w miejscu ucha. Wziął sobie kawę, usiadł naprzeciwko. Znów wyczuwałem, że jest rozdarty. Dotarło do niego, że skończył ze szkołą i że resztę życia spędzi w ukryciu z rodzicami. Uznałem, że jeśli jego matce uda się uniknąć oskarżenia, będą mogli zacząć gdzieś od początku. W zależności od tego, jak okaże się odporny, mógłby wrócić do szkoły, tracąc zaledwie tydzień z semestru. Jeśli zechce. Chyba że to droga szkoła. Będą mieli problemy finansowe. Odejdą wyłącznie w tym, co mają na sobie. Jeśli w ogóle zdołają odejść.

Kucharka wyszła przygotować jadalnię do śniadania. Richard odprowadził ją wzrokiem, ja obserwowałem jego. Znów spojrzałem na chłopaka, zobaczyłem ucho i jeden z kawałków układanki wskoczył na swoje miejsce.

– Pięć lat temu – powiedziałem. – Porwanie.

Nie stracił panowania nad sobą. Spuścił tylko wzrok, a potem spojrzał na mnie i palcami zgarnął włosy, by zasłonić bliznę.

– Wiesz, czym naprawdę zajmuje się twój ojciec?

Skinął bez słowa głową.

– Nie tylko handluje dywanami, prawda?

– Nie – przyznał. – Nie tylko.

– Co o tym myślisz?

– Istnieją gorsze rzeczy.

– Opowiesz mi, co się stało pięć lat temu? – naciskałem.

Pokręcił głową, odwrócił wzrok.

– Nie – odparł. – Nie opowiem.

– Znałem pewnego mężczyznę, nazywał się Gorowski – oznajmiłem. – Porwano mu dwuletnią córeczkę, tylko na jeden dzień. Ile czasu ciebie nie było?

– Osiem dni – odrzekł.

– Gorowski się poddał. Wystarczył mu jeden dzień.

Richard milczał.

– Twój ojciec nie jest tu szefem – powiedziałem. To nie było pytanie.

Milczał.

– Pięć lat temu się poddał – ciągnąłem. – Po tym, jak nie było cię osiem dni. Tak uważam.

Richard milczał. Pomyślałem o córeczce Gorowskiego. Skończyła już dwanaście lat, miała pewnie łącze internetowe, plakaty na ścianach, odtwarzacz kompaktowy i telefon w swoim pokoju. I gdzieś w głębi umysłu wciąż pozostał jej ból, wspomnienie tego, co zdarzyło się kiedyś, niczym swędzenie nogi, która zrosła się dawno temu.

– Nie potrzebuję szczegółów – powiedziałem. – Chcę tylko, byś podał mi jego nazwisko.

– Czyje nazwisko?

– Człowieka, który przetrzymywał cię przez osiem dni.

Richard pokręcił głową.

– Słyszałem jedno nazwisko. Xavier. Ktoś je wspomniał.

Chłopak spojrzał w bok, jego lewa ręka powędrowała wprost do głowy. Nie potrzebowałem innego potwierdzenia.

– Zgwałcił mnie – powiedział.

Słuchałem morza tłukącego o skały.

– Xavier?

Znów pokręcił głową.

– Paulie – wyjaśnił. – Dopiero co wyszedł z więzienia i wciąż jeszcze lubił takie numery.

Długą chwilę milczałem.

– Twój ojciec wie?

– Nie.

– Matka?

– Nie.

Nie wiedziałem, co odpowiedzieć. Richard nie odezwał się więcej, siedzieliśmy w milczeniu. A potem wróciła kucharka i włączyła piecyk. Zaczęła rozgrzewać tłuszcz na patelni. Woń sprawiła, że poczułem mdłości.

– Chodźmy na spacer – zaproponowałem.

Richard wyszedł ze mną na zewnątrz, ruszyliśmy w stronę skał. Powietrze było słone, świeże i bardzo zimne. Szare światło, silny wiatr wiejący nam prosto w twarz. Włosy Richarda unosiły się niemal poziomo. Piana bryzgała na dziesięć metrów w górę, drobne krople śmigały niczym pociski.

– Każdy dar losu ma swoją cenę – oznajmiłem. Musiałem mówić głośno, by przekrzyczeć wiatr i huk fal. – Może któregoś dnia Xavier i Paulie dostaną to, na co zasłużyli, lecz twój ojciec trafi wówczas do więzienia.

Richard skinął głową. W oczach miał łzy. Może z powodu zimnego wiatru, a może nie.

– Zasłużył na to – oświadczył.

Bardzo lojalny, powiedział jego ojciec. Najlepsi kumple.

– Nie było mnie osiem dni – dodał Richard. – Jeden by wystarczył. Tak jak u tamtego gościa, o którym mówiłeś.

– Gorowskiego?

311

– Nieważne, tego z dwuletnią córeczką. Myślisz, że ją zgwałcili?

– Mam szczerą nadzieję, że nie.

– Ja też.

– Umiesz prowadzić? – spytałem.

– Tak – odparł.

– Być może będziesz musiał stąd zniknąć, i to wkrótce. Ty, matka i kucharka. Bądź gotów, powiem ci jak i kiedy.

– Kim jesteś?

– Facetem, któremu płacą za to, by chronił twojego ojca nie tylko przed wrogami, ale i przed jego tak zwanymi przyjaciółmi.

– Paulie nie wypuści nas za bramę.

– On też wkrótce zniknie.

Pokręcił głową.

– Paulie cię zabije. Nie masz o nim pojęcia. Nie poradzisz sobie z nim, kimkolwiek jesteś. Nikt nie da rady.

– Poradziłem sobie z ludźmi przed college'em.

Znów pokręcił głową, wiatr szarpał mu włosy. Przypomniałem sobie włosy pokojówki w wodzie.

– To nie było prawdziwe, rozmawialiśmy o tym z mamą. To była gra.

Przez sekundę milczałem. *Czy już mu ufam?*

– Nie, wszystko działo się naprawdę – odparłem. *Nie, nie ufam mu.*

– To bardzo mała miejscowość. Mają tam pięciu gliniarzy na krzyż. Nigdy wcześniej nie widziałem tego faceta.

Milczałem.

– Ani uczelnianych ochroniarzy – dodał. – A studiowałem tam prawie trzy lata.

Milczałem. Błędy, które powracają, by mnie prześladować.

– Czemu więc rzuciłeś szkołę, skoro to nie była prawda?

Nie odpowiedział.

– I kto wciągnął nas z Dukiem w pułapkę?

Milczał.

– I co powiesz? Próba porwania czy gierka?

Wzruszył ramionami.

– Nie wiem.

– Widziałeś, jak ich zastrzeliłem – przypomniałem.

Milczał. Spojrzałem w bok, nadeszła siódma fala. Czterdzieści metrów od brzegu spieniony grzbiet uniósł się i uderzył o skały szybciej niż biegnie człowiek. Ziemia zadrżała nam pod stopami, piana wystrzeliła w powietrze jak po wybuchu.

– Czy któreś z was rozmawiało o tym z ojcem? – spytałem.

– Ja nie – odparł. – I nie zamierzam. Nie wiem jak mama.

A ja nie wiem, co z tobą, pomyślałem. Rozdarcie działa w obie strony. Najpierw dmuchasz na gorące, potem na zimne. Myśl o ojcu w celi więziennej mogła w tej chwili wydawać mu się kusząca. Być może później zmieni zdanie. Gdyby przyszło co do czego, chłopak mógł różnie zareagować.

– Ocaliłem ci skórę – oznajmiłem. – Nie podoba mi się to twoje udawanie, że było inaczej.

– Nieważne – mruknął. – I tak nic nie zdołasz zrobić. To będzie bardzo pracowity weekend, musisz zająć się dostawą, a potem staniesz się jednym z nich.

– To mi pomóż – zaproponowałem.

– Nie zdradzę taty.

Bardzo lojalny. Najlepsi kumple.

– Nie musisz.

– Jak więc ci pomóc?

– Powiedz mu, że chcesz, bym tu został. Powiedz, że w tej chwili nie powinieneś być sam. Posłucha cię, w takich sprawach zawsze cię słucha.

Nie odpowiedział, po prostu odwrócił się na pięcie i pomaszerował w stronę kuchni. Nie zatrzymując się, wyszedł na korytarz. Domyślałem się, że zje śniadanie w jadalni. Ja zostałem w kuchni. Kucharka przygotowała mi nakrycie na stole. Nie byłem głodny, ale zmusiłem się do jedzenia. Zmęczenie i głód to najgorsi wrogowie. Przespałem się i teraz zamierzałem coś zjeść. Nie chciałem, by w niewłaściwym momencie zrobiło mi się słabo. Zjadłem grzankę, popijając kolejną kawą. Potem zabrałem się do jajek na bekonie. Opróżniałem trzecią filiżankę, gdy w drzwiach stanął Beck. Miał na sobie sobotnie ciuchy: dżinsy i czerwoną flanelową koszulę.

— Jedziemy do Portlandu — oznajmił. — Do magazynu. Natychmiast.

Wyszedł. Przypuszczałem, że zaczeka przed domem. Uznałem, że Richard z nim nie rozmawiał. Albo nie miał okazji, albo po prostu nie chciał. Wierzchem dłoni otarłem usta, sprawdziłem kieszenie, by się upewnić, że beretta tkwi tam bezpiecznie obok kluczyków, a potem poszedłem po samochód. Podjechałem pod dom, Beck na mnie czekał, na koszulę narzucił brezentową kurtkę. Wyglądał jak zwykły obywatel Maine wybierający się do lasu ściąć parę drzew albo spuścić z klonu syrop. Ale nim nie był.

Paulie stał już przy bramie, musiałem zatem zwolnić, ale nie zatrzymałem się. Zerknąłem na niego przelotnie, szacowałem, że dziś zginie. Albo jutro. Albo też ja umrę. Zostawiłem go i dodając gazu, wyjechałem na znajomą drogę. Półtora kilometra dalej minąłem miejsce, gdzie poprzedniego dnia parkował Villanueva. Po sześciu kilometrach ostry zakręt, przy którym załatwiłem ochroniarzy. Beck milczał, siedział z rozsuniętymi nogami, dłonie wsunął między kolana. Pochylał się do przodu, głowę miał spuszczoną, ale nie wzrok. Cały czas patrzył przez przednią szybę, widać było, że się denerwuje.

— Nie zdążyliśmy porozmawiać — przypomniałem. — O niezbędnych informacjach.

— Później — odparł.

Minąłem drogę numer jeden i skręciłem w autostradę I-95, kierując się na północ, w stronę miasta. Niebo nad naszymi głowami wciąż było szare, wiatr wiał tak mocno, że spychał samochód na bok. Skręciłem w I-295 i minąłem lotnisko, leżało po lewej stronie za wąskim przesmykiem wodnym. Po prawej widziałem tyły kompleksu handlowego, w którym schwytano pokojówkę, i nowe centrum biznesowo-handlowe, w którym najprawdopodobniej zginęła. Cały czas patrzyłem przed siebie, kierując się na nabrzeże. Minąłem parking, na którym Beck zostawiał furgonetki. Minutę później dotarliśmy do magazynu.

Otaczały go liczne pojazdy, w sumie pięć; parkowały pod ścianami niczym samoloty przy terminalu, świnie w chlewie czy mięsożerne ryby wokół trupa. Dwa czarne lincolny town car, dwa niebieskie chevrolety suburban i szary mercury grand marquis. Poznałem jeden z lincolnów – Harley zawiózł mnie tym wozem po saaba, kiedy już wrzuciliśmy zwłoki pokojówki do morza. Zacząłem się rozglądać, szukając miejsca do zaparkowania.

– Po prostu mnie wysadź – powiedział Beck.

Zatrzymałem się powoli.

– I...?

– Wracaj do domu. Zajmij się moją rodziną.

Skinąłem głową. Może więc jednak Richard z nim rozmawiał, może, przynajmniej na razie, pomimo swej niepewności, brał moją stronę.

– W porządku – odparłem. – Jak pan sobie życzy. Mam po pana przyjechać?

Pokręcił głową.

– Z pewnością ktoś mnie podrzuci – odrzekł.

Wysiadł i ruszył w stronę szarych drzwi.

Zdjąłem nogę z hamulca, okrążyłem magazyn i mój wóz potoczył się na południe.

• • •

Zamiast wracać na I-95, zjechałem na drogę numer jeden, kierując się wprost do nowego centrum biznesowego. Skręciłem i zacząłem krążyć po labiryncie nowiutkich dróg. W sumie naliczyłem jakieś trzy tuziny identycznych metalowych budynków, bardzo prostych i brzydkich. Najwyraźniej tutejsi biznesmeni nie zamierzali przyciągać przypadkowych gości.

Nie interesowali ich zwykli klienci, nie dostrzegłem żadnych sklepów detalicznych, barwnych szyldów, tablic reklamowych. Tylko dyskretne numery budynków, a obok wypisane nazwy firm. Ślusarstwo, glazura, parę drukarni. Hurtownia produktów kosmetycznych. W budynku dwudziestym szóstym miał siedzibę dystrybutor elektrycznych wózków inwalidzkich, obok mieścił się budynek dwudziesty siódmy: Xavier eXport Company. Oba X były znacznie większe niż pozostałe litery. Na szyldzie umieszczono też adres głównego biura, inny niż adres centrum biznesowego. Zapewne firma miała siedzibę w centrum Portlandu. Skręciłem zatem na północ, ponownie przekroczyłem rzekę i wjechałem do miasta.

Znalazłem się na drodze numer jeden, centrum biznesowe miałem po lewej stronie. Skręciłem w prawo, w ulicę pełną biurowców. Nie były to jednak te biurowce ani ta ulica. Przez pięć długich minut krążyłem niestrudzenie po okolicy, aż w końcu dostrzegłem tabliczkę z właściwą nazwą. Obserwując numery, zajechałem pod hydrant przed wieżowcem, na którego fasadzie widniały stalowe litery układające się w nazwę Missionary House. Pod budynkiem mieścił się podziemny garaż, spojrzałem na wjazd. Niemal na pewno Susan Duffy przeszła tędy jedenaście tygodni wcześniej, trzymając w ręku aparat fotograficzny. Nagle przypomniałem sobie lekcję historii w liceum. Ćwierć wieku wcześniej stary nauczyciel opowiadał nam o hiszpańskim jezuicie Francisco Javierze. Pamiętałem nawet daty, 1506–1552. Francisco Javier, hiszpański misjonarz. Francis Xavier, Missionary House. W Bostonie, jeszcze na początku sprawy, Eliot oznajmił, że Beck lubi żarciki. Mylił się, to był Quinn i jego osobliwe poczucie humoru.

• • •

Odjechałem spod hydrantu, ponownie znalazłem drogę numer jeden i ruszyłem na południe. Jechałem szybko, minęło jednak trzydzieści minut, nim dotarłem do rzeki Kennebunk. Przed motelem parkowały trzy taurusy, wszystkie przeciętne i identyczne, poza kolorem, ale nawet pod tym względem nie różniły się zbytnio. Szary, szaroniebieski i niebieski. Postawiłem cadillaca tam gdzie wcześniej, za sklepem. Wysiadłem i zastukałem do drzwi Duffy. Na moment wizjer pociemniał, po sekundzie otworzyła drzwi. Nie uścisnęliśmy się, dostrzegłem czekających w pokoju Eliota i Villanuevę.

– Dlaczego nie mogę znaleźć drugiej agentki? – spytała.

– Gdzie szukałaś?

Wszędzie.

Miała na sobie dżinsy i białą koszulę. Inne dżinsy, inną koszulę; zapewne miała sporo różnej garderoby. Na bose stopy wsunęła płócienne tenisówki. Wyglądała świetnie, lecz w jej oczach dostrzegłem troskę.

– Mogę wejść? – spytałem.

Przez sekundę się wahała pogrążona w myślach. Potem się odsunęła. Wszedłem za nią do środka. Villanueva siedział przy biurku, obrócił krzesło i huśtał się na nim. Miałem nadzieję, że nogi wytrzymają, nie należał do chudzielców. Eliot przysiadł na samym końcu łóżka, jak wtedy, w moim pokoju w Bostonie. Duffy siedziała przy wezgłowiu, widziałem to wyraźnie – poduszki ułożono w stos, na którym odcisnął się ślad jej pleców.

– Gdzie szukałaś? – powtórzyłem.

– W całym systemie – oznajmiła. – W całym Departamencie Sprawiedliwości, od góry do dołu, od deski do deski. Co oznacza nie tylko DEA, ale i FBI. Nie ma jej tam.

– Wnioski?

– Ona także działała nieoficjalnie.

– W związku z tym nasuwa się pytanie – wtrącił Eliot. – O co tu, do diabła, chodzi?

Duffy usiadła na swoim miejscu, ja obok niej. Pokój nie oferował innych możliwości. Wyciągnęła zza pleców poduszkę i wepchnęła ją za mnie. Była ciepła od jej ciała.

– Nie dzieje się nic specjalnego – odparłem. – Po prostu dwa tygodnie temu postąpiliśmy jak najgorsze fajtłapy.

– Co masz na myśli? – spytał Eliot.

Skrzywiłem się.

– Ja miałem obsesję na punkcie Quinna, wy mieliście obsesję na punkcie Teresy Daniel. I przez te nasze obsesje zbudowaliśmy sobie domek z kart.

– Co masz na myśli? – powtórzył.

– Głównie to moja wina – przyznałem. – Przeanalizujcie wszystko dokładnie, od samego początku. Cofnijcie się jedenaście tygodni.

– Jedenaście tygodni temu w ogóle cię tu nie było. Nie uczestniczyłeś w sprawie.

– Powiedz mi dokładnie, co się stało.

Wzruszył ramionami, zastanawiając się nad każdym słowem.

– Dostaliśmy wiadomość z LA, że jeden z największych graczy kupił właśnie bilet pierwszej klasy do Portlandu w stanie Maine.

Skinąłem głową.

– Zatem śledziliście go i obserwowaliście spotkanie z Beckiem. Sfotografowaliście go. Co robił?

– Sprawdzał próbki – wtrąciła Duffy. – Dobijał targu.

– W prywatnym podziemnym garażu – uzupełniłem. – A przy okazji, skoro był tak prywatny, że pojawił się problem z czwartą poprawką, trzeba było pomyśleć, jak Beck się tam dostał.

Nie odpowiedziała.

– Co potem? – spytałem.

– Przyjrzeliśmy się Beckowi – oznajmił Eliot. – Doszliśmy do wniosku, że to poważny importer i dystrybutor.

– To się zgadza. I wysłaliście Teresę, by go wam wystawiła.

– Nieoficjalnie – dodał Eliot.

– To drobny szczegół.

– Co więc poszło nie tak?

– To był domek z kart – oświadczyłem. – Na samym wstępie popełniliście jeden drobny błąd, który całkowicie unieważnił wszystko, co nastąpiło potem.

– Czyli?

– Coś, co powinienem był dostrzec już dawno temu.

– Czyli?

– Zadajcie sobie pytanie, czemu nie możecie znaleźć w komputerze śladów pokojówki.

– Działała nieoficjalnie, to jedyne wytłumaczenie.

Pokręciłem głową.

– Była tam najlegalniej pod słońcem, absolutnie oficjalnie. Znalazłem jej notatki, nie ma cienia wątpliwości.

Duffy na mnie spojrzała.

– Reacher, co się tu dzieje?

– Beck ma mechanika – powiedziałem. – Technik, coś w tym rodzaju. Po co?

– Nie wiem – odparła.

– Nigdy nie zadałem sobie tego pytania, a powinienem. Choć właściwie nie, bo powinienem był się zorientować, nim go w ogóle spotkałem. Miałem jednak klapki na oczach, tak jak wy.

– Klapki?

– Beck znał cenę detaliczną colta anacondy, wiedział, ile waży. Duke miał steyra SPP, rzadki austriacki pistolet. Angel Doll używał PSM, rzadkiego pistoletu rosyjskiego. Paulie ma NSW, prawdopodobnie jedyny w Stanach Zjednoczonych. Beck obsesyjnie powracał do tego, że nasi napastnicy uzbrojeni byli w uzi, nie w H and K. Wiedział dość, by zamówić berettę dziewięćdziesiąt dwa FS wyposażoną tak, by przypominała zwykłą wojskową M dziewięć.

– I co z tego?

– Nie jest tym, za kogo go braliśmy.

– Kim w takim razie jest? Przed chwilą sam przyznałeś, że to niewątpliwie ważny importer i dystrybutor.

– Owszem.

– No i…?

– Sprawdzałaś w niewłaściwym komputerze. Pokojówka nie pracowała dla Departamentu Sprawiedliwości, tylko dla Departamentu Skarbu.

– Secret Service?

Pokręciłem głową.

– ATF – oznajmiłem. – Biuro do spraw Alkoholu, Tytoniu i Broni Palnej.

W pokoju zapadła cisza.

– Beck nie handluje narkotykami. Tylko bronią – oświadczyłem.

● ● ●

Przez długą chwilę wszyscy milczeli. Duffy spojrzała na Eliota, Eliot na nią. Potem oboje obejrzeli się na Villanuevę. Villanueva popatrzył na mnie i wyjrzał przez okno. Czekałem, aż dotrze do nich problem taktyczny. Tak się jednak nie stało, nie od razu.

– Co więc tu robił gość z Los Angeles? – spytała Duffy.

– Oglądał próbki – wyjaśniłem. – W bagażniku cadillaca, dokładnie tak, jak sądziłaś. Tyle że chodziło o broń. W zasadzie sam Beck mi powiedział. Oznajmił, że handlarze prochów niewolniczo trzymają się mody. Lubią nowe bajeranckie rzeczy, cały czas zmieniają broń, nieustannie szukają nowości.

– Powiedział ci?

– Tak naprawdę nie słuchałem. Byłem zmęczony. Poza tym wspominał też o sportowych butach, samochodach, ciuchach i zegarkach.

– Duke przeszedł do Departamentu Skarbu – przypomniała. – Po pracy w policji.

Skinąłem głową.

– Pewnie tam Beck go spotkał. I zapewne podkupił.

– A gdzie w tym wszystkim miejsce Quinna?

– Przypuszczam, że kierował konkurencyjną operacją – oznajmiłem. – Prawdopodobnie robił to od zawsze, odkąd wyszedł ze szpitala w Kalifornii. Miał sześć miesięcy na przygotowanie planów, a broń znacznie bardziej niż narkotyki pasuje do kogoś takiego jak Quinn. Myślę, że w pewnym momencie wybrał sobie organizację Becka za cel przejęcia. Może podobało mu się to, jak Beck naśladuje działanie handlarzy narkotyków. A może po prostu zainteresowały go dywany? To świetna przykrywka. No i włączył się do gry. Pięć lat temu porwał Richarda, by zmusić Becka do współpracy.

– Beck powiedział ci, że faceci z Hartfordu byli jego klientami – wtrącił Eliot.

– Bo byli – odparłem. – Tyle że kupowali broń, nie prochy. To dlatego tak bardzo dziwiły go uzi. Pewnie dopiero co sprzedał im cały transport H and K, więc czemu używali uzi? Nie mógł tego zrozumieć. Zapewne uznał, że zmienili dostawców.

– Byliśmy okropnie głupi – mruknął Villanueva.

– A ja jeszcze głupszy, niewiarygodnie głupi. Dowody są wszędzie. Beck nie jest dość bogaty na handlarza narkotyków. Owszem, zarabia sporo, ale nie miliony tygodniowo. Zauważył znaki wydrapane na bębenkach coltów, znał cenę i wagę celownika laserowego pasującego do mojej beretty. Gdy chciał załatwić sprawę w Connecticut, wsadził do torby dwa nowiusieńkie H and K. Pewnie pochodziły z magazynu. Ma prywatny zbiór pistoletów maszynowych Thompsona.

– Po co mu mechanik?

– Przygotowuje broń do sprzedaży – wyjaśniłem. – Tak przypuszczam. Ustawia ją, kalibruje, sprawdza. Niektórzy klienci Becka nie zareagowaliby zbyt dobrze na kiepski sprzęt.

– Nie ci, których znamy – mruknęła Duffy.

– Beck rozmawiał przy kolacji o M szesnaście. Na miłość boską, prowadził rozmowę o karabinku szturmowym! Chciał też poznać moją opinię na temat tego, co jest lepsze, uzi czy H and K, jakby naprawdę go to fascynowało. Sądziłem, że po prostu ma świra na punkcie broni. Ale w istocie było to zainteresowanie czysto zawodowe. Ma dostęp do komputera fabryki Glocka w Deutsch-Wagram w Austrii.

Nikt się nie odezwał. Zamknąłem oczy, po chwili je otworzyłem.

– W piwnicy poczułem zapach, powinienem był go poznać. To woń smaru na tekturze. Zapach pudeł z nową bronią trzymanych kilka dni w jednym miejscu.

Wszyscy milczeli.

– I te ceny w księgach Bizarre Bazaar, niskie, średnie, wysokie. Niskie to amunicja, średnie – pistolety, wysokie – karabiny i zamówienia specjalne.

Duffy wpatrywała się w ścianę, myślała gorączkowo.

– Dobra – rzucił Villanueva. – Chyba wszyscy okazaliśmy się głupi.

– To wykracza poza nasze kompetencje – zauważyła nagle Duffy.

Nikt nie odpowiedział.

– To sprawa ATF, nie DEA.

– Po prostu się pomyliliśmy – zaprotestował Eliot.

Pokręciła głową.

– Nie chodzi mi o to, co było wtedy, tylko o to, co jest teraz. Nie możemy tam zostać. Musimy się wycofać, w tej chwili, natychmiast.

– Ja się nie wycofam – oznajmiłem.

– Musisz, bo my musimy. Trzeba zwinąć namioty i zniknąć, a ty nie możesz zostać tam sam, bez wsparcia.

Całkiem nowa definicja samotnego działania.

– Zostaję – oświadczyłem.

• • •

Później przez cały rok nad tym rozmyślałem i analizowałem wszystko. I doszedłem do wniosku, że nie odpowiedziałbym inaczej, nawet gdyby nie siedziała w barze obok mnie, pachnąca i naga pod cienkim podkoszulkiem, gdy zadała mi brzemienne w skutki pytanie.

– Czy pozwolisz mi dokonać aresztowania?

Odpowiedziałbym twierdząco, niezależnie od okoliczności. Na bank. Nawet gdyby była wielkim paskudnym facetem z Teksasu czy Minnesoty stojącym na baczność w moim biurze. Odwaliła całą robotę, zasłużyła na to. W owym czasie zależało mi jeszcze na awansie – choć nie tak bardzo jak większości ludzi, lecz każda struktura oparta na hierarchii kusi, by wspinać się wyżej. Owszem, interesowało mnie to, ale nie byłem facetem, który przypisuje sobie zasługi podwładnych po to, by wypaść lepiej. Nigdy tego nie robiłem. Jeśli ktoś dobrze się spisał, odwalił dobrą robotę, chętnie się godziłem, by zgarnął nagrodę. Przez cały okres służby trzymałem się tej zasady. Zawsze mogłem się ogrzać w blasku ich sukcesu. Ostatecznie to była moja kompania. Chwała spływała na nas wszystkich. Czasami.

Poza tym jednak bardzo podobała mi się wizja zwykłego podoficera żandarmerii aresztującego podpułkownika wywiadu. Bo wiedziałem, że ktoś taki jak Quinn potraktuje to jako ostateczną zniewagę. Facet, który kupuje lexusy i jachty i nosi eleganckie golfy, aresztowany przez zwykłego sierżanta.

– Pozwolisz mi dokonać aresztowania? – powtórzyła.

– Chcę, żebyś to zrobiła – odparłem.

• • •

– To kwestia czysto prawna – oświadczyła Duffy.

– Nie dla mnie.

– Nie mamy żadnej władzy.

– Nie pracuję dla was.

– To samobójstwo – wtrącił Eliot.

– Jak dotąd przeżyłem.

– Tylko dlatego, że odcięła telefony.

– Telefony to już historia – powiedziałem. – Problem ochroniarzy sam się rozwiązał. Nie potrzebuję już wsparcia.

– Każdy potrzebuje wsparcia. Bez niego nie da się działać pod przykrywką.

– Wsparcie z ATF bardzo przydało się pokojówce.

– Pożyczyliśmy ci samochód, pomagaliśmy na każdym kroku.

– Nie potrzebuję już samochodu, Beck sam dał mi klucze, broń i amunicję. Jestem jego prawą ręką. Ufa mi, chce, bym chronił rodzinę.

Nie odpowiedzieli.

– Jestem o włos od przyskrzynienia Quinna. Nie wycofam się teraz.

Milczeli.

– I mogę wyciągnąć stamtąd Teresę Daniel – dodałem.

– ATF może wyciągnąć Teresę Daniel – odparł Eliot. – Jeśli teraz pójdziemy do ATF, wykręcimy się u naszych. Pokojówka była ich, nie nasza. U nas nic się nie stało.

– ATF nie jest na bieżąco. Teresa może zginąć.

Zapadła długa cisza.

– W poniedziałek – oznajmił Villanueva. – Zaczekamy do poniedziałku. Najpóźniej w poniedziałek musimy zawiadomić ATF.

– Powinniśmy to zrobić natychmiast – mruknął Eliot.

Villanueva przytaknął.

– Ale tego nie zrobimy. Jeśli trzeba, osobiście tego dopilnuję. Głosuję za tym, by dać Reacherowi czas do poniedziałku.

Eliot już się nie odezwał, po prostu odwrócił wzrok. Duffy oparła głowę na poduszce i wlepiła wzrok w sufit.

– Cholera – rzuciła.

– Do poniedziałku wszystko się skończy – obiecałem. – Odwiozę ci Teresę, będziesz mogła wrócić do domu i załatwić wszystko jak należy.

Przez minutę milczała, w końcu odezwała się cicho:

– Dobra, możesz tam wracać. I chyba powinieneś to zrobić jak najszybciej. Długo cię nie było, to samo w sobie jest już podejrzane.

– Jasne.

– Ale najpierw się zastanów. Jesteś absolutnie pewien?

– Nie odpowiadasz za mnie – przypomniałem.

– To mnie nie obchodzi, po prostu odpowiedz na pytanie. Jesteś pewien?

– Tak.

– Zastanów się jeszcze raz. Wciąż jesteś pewien?

– Tak – powtórzyłem.

– Zostaniemy tu – powiedziała. – Jeśli będziesz nas potrzebował, zadzwoń.

– Jasne.

– Wciąż jesteś pewien?

– Tak.

– Jedź.

Nie wstała, żadne z nich nie wstało. Podniosłem się z łóżka i wyszedłem z cichego pokoju. Byłem w połowie drogi do cadillaca, gdy z domku wyłonił się Terry Villanueva. Dał mi znak ręką, żebym zaczekał, i podszedł do mnie. Poruszał się sztywno i ociężale; nie był młodzikiem.

– Ściągnij mnie – rzekł. – Jeśli będziesz miał szansę, zrób to. Chcę tam być.

Nie odpowiedziałem.

– Mógłbym ci pomóc.

– Już to zrobiłeś.

– Muszę zrobić więcej, dla tej małej.

– Duffy?

Pokręcił głową.

– Nie, Teresy.

– Coś cię z nią łączy?

– Odpowiadam za nią.

– Jak?

– Byłem jej mentorem – wyjaśnił. – Wiesz, jak to jest.

Skinąłem głową. Wiedziałem dokładnie.

– Teresa jakiś czas pracowała dla mnie, szkoliłem ją, oswoiłem z tym wszystkim. Potem się przeniosła. Ale dziesięć tygodni temu wróciła do mnie i spytała, czy powinna przyjąć tę misję. Miała wątpliwości.

– A ty powiedziałeś „tak".

Skinął głową.

– Jak ostatni dureń.

– Mogłeś ją powstrzymać?

– Pewnie tak. Posłuchałaby, gdybym przedstawił przekonujące argumenty. Sama podjęłaby decyzję, ale posłuchałaby.

– Rozumiem.

I rozumiałem, doskonale. Zostawiłem go tam, na motelowym parkingu, wsiadłem do samochodu i patrzyłem, jak odprowadza mnie wzrokiem.

• • •

Pozostałem na drodze numer jeden, przecinając Biddeford, Saco i Old Orchard Beach, a potem skręciłem na wschód w długą, pustą drogę, która prowadziła do domu. Kiedy dotarłem dostatecznie blisko, spojrzałem na zegarek. Nie było mnie dwie godziny, mogłem wytłumaczyć się tylko z czterdziestu minut: dwadzieścia do magazynu, dwadzieścia z powrotem. Nie spodziewałem się jednak, bym musiał się tłumaczyć. Beck nie będzie wiedział, że nie wróciłem wprost do domu, a pozostali nie zorientują się, że miałem to zrobić. Uznałem, że przybywam na ostateczną rozgrywkę, zmierzając ku zwycięstwu. Myliłem się jednak.

Zorientowałem się, nim jeszcze Paulie zdążył otworzyć bramę. Wyszedł z domku i sięgnął do skobla. Miał na sobie garnitur, był bez płaszcza. Wyjął skobel, tłukąc go od dołu zaciśniętą pięścią. Wszystko wciąż wyglądało normalnie. Wcześniej widziałem z dziesięć razy, jak otwierał bramę. Na razie nie robił nic niezwykłego. Zacisnął palce na prętach, pociągnął oba skrzydła. Nim jednak je otworzył, zamarł. Uchyliły się akurat na tyle, by zdołał przecisnąć przez nie swe olbrzymie cielsko. Potem ruszył mi na spotkanie. Zbliżył się do szyby po mojej stronie, a gdy znalazł się niecałe dwa metry ode mnie, zatrzymał się, uśmiechnął i wyciągnął z kieszeni dwie spluwy. Wszystko to trwało niecałą sekundę. Dwie kieszenie, dwie

326

ręce, dwie spluwy. To były moje colty anaconda, stal połyskiwała matowo w szarym świetle. Wiedziałem, że oba są naładowane. Ze wszystkich komór mrugały na mnie radośnie jasne pociski w miedzianych łuskach. Remington .44 magnum, bez dwóch zdań. Metalowa osłona, osiemnaście dolarów za dwadzieścia sztuk plus podatek. Dziewięćdziesiąt pięć centów za sztukę. W sumie dwanaście. Precyzyjna amunicja warta jedenaście dolarów i czterdzieści centów, gotowa do użytku. Pięć dolarów siedemdziesiąt centów w każdej dłoni, a dłonie miał nieruchome niczym skała. Lewa celowała odrobinę przed przednią oponę cadillaca, prawa wprost w moją głowę. Palce spoczywały na spustach, lufy w ogóle się nie poruszały, nawet odrobinę. Przypominał posąg.

Zrobiłem wszystko jak zwykle. Przeanalizowałem w myślach możliwości. Cadillac był wielkim wozem o długich drzwiach, ale Paulie przystanął tak daleko, że nie zdołałbym gwałtownie ich otworzyć i go walnąć. W dodatku samochód stał. Gdybym dodał gazu, Paulie natychmiast by wystrzelił. Pocisk z prawej ręki być może przeleciałby mi obok głowy, lecz przednie koło wozu znalazłoby się dokładnie na linii strzału z lewej. A potem mocno rąbnąłbym w bramę, stracił rozpęd i z rozwaloną przednią oponą, nie mówiąc o innych uszkodzeniach, stanowiłbym idealny cel. Wystrzeliłby jeszcze dziesięć razy i nawet gdyby nie zabił mnie na miejscu, zostałbym ciężko ranny, a samochód nie nadawałby się do użytku. Potem mógłby podejść i spokojnie załadować ponownie, patrząc przy tym, jak wykrwawiam się na śmierć.

Mogłem wrzucić bieg wsteczny i ruszyć z kopyta. Jednak w większości samochodów ten bieg jest dość niemrawy, czyli poruszałbym się powoli i oddalał od niego po idealnie prostej linii. Żadnego odstępstwa od toru jazdy. Korzyści, jakie daje w tym wypadku ruch. A remington .44 magnum opuszcza lufę z prędkością ponad tysiąca dwustu kilometrów na godzinę. Trudno go przegonić.

Mógłbym spróbować strzału z beretty. To musiałby być

bardzo szybki strzał przez okno. Jednak szyby w cadillacu są dość grube, w założeniu mają tłumić hałas. Nawet gdybym dał radę wyciągnąć broń i wypalić pierwszy, udałoby mi się trafić tylko przypadkiem. Szkło oczywiście by pękło, potrzebowałbym jednak czasu, by sprawdzić, czy trajektoria pocisku jest dokładnie prostopadła do okna. W przeciwnym razie odchyliłby się, może nawet mocno, i chybiłby celu. A nawet gdyby trafił, nie było pewne, że zaszkodziłby Pauliemu. Pamiętałem, jak go kopnąłem w nerkę. Gdybym nie trafił go w oko albo prosto w serce, pomyślałby pewnie, że użądliła go pszczoła.

Mógłbym spuścić szybę. Ale przesuwała się bardzo wolno i wiedziałem dokładnie, co by się stało. Paulie wyprostowałby rękę i przesunął colta niecały metr od mojej głowy. Nawet gdybym błyskawicznie wyciągnął berettę, wciąż zdołałby mnie wyprzedzić. Moje szanse były niewielkie, i to zdecydowanie. *Zostań przy życiu*, mawiał Leon Garber. *Zostań przy życiu i zobacz, co przyniesie następna minuta.*

Następną minutą zajął się Paulie.

– Zaparkuj! – krzyknął.

Usłyszałem go wyraźnie przez grube szyby. Przerzuciłem bieg na parkowanie.

– Podnieś prawą rękę tak, żebym ją widział.

Przyłożyłem prawą dłoń do okna, rozsuwając palce, tak samo jak wówczas, gdy dawałem sygnał Duke'owi. *Widzę pięć osób.*

– Lewą otwórz drzwi! – wrzasnął.

Zacząłem macać na oślep lewą ręką, w końcu natrafiłem na klamkę. Prawą pchnąłem szybę. Drzwi otworzyły się szeroko, do środka wpadł prąd zimnego powietrza, poczułem je wokół kolan.

– Obie ręce przed siebie – rzucił.

Teraz gdy nie oddzielały nas drzwi, zniżył głos. Jego lewa ręka dołączyła do prawej. Spojrzałem wprost w dwie bliźniacze lufy, jakbym siedział na przednim pokładzie krążownika i widział przed sobą parę dział. Uniosłem ręce, by mógł je zobaczyć.

– Stopy z wozu! – rozkazał.

Powoli obróciłem się na skórzanym fotelu. Wystawiłem stopy na zewnątrz. Czułem się jak Terry Villanueva pod bramą college'u wczesnym rankiem jedenastego dnia.

– Wstań! – polecił. – Odejdź od samochodu.

Dźwignąłem się, odszedłem od wozu. Paulie celował oburącz wprost w moją pierś. Dzielił nas niecały metr.

– Stań nieruchomo.

Stanąłem nieruchomo.

– Richard! – zawołał.

W drzwiach wartowni pojawił się Richard Beck, był bardzo blady. Za nim, w cieniu, ujrzałem Elizabeth Beck. Bluzkę miała rozpiętą, ściskała ją mocno. Paulie uśmiechnął się nagle, złowieszczo jak wariat. Jednak rewolwery nawet nie drgnęły, pozostały całkowicie nieruchome.

– Wróciłeś trochę za szybko – oznajmił. – Właśnie miałem kazać mu pieprzyć się z matką.

– Odbiło ci? – odparłem. – Co się tu dzieje, do diabła?

– Miałem telefon – wyjaśnił. – Oto, co się dzieje.

Powinienem wrócić godzinę i dwadzieścia minut temu.

– Beck dzwonił?

– Nie Beck – rzekł. – Mój szef.

– Xavier? – spytałem.

– Pan Xavier – poprawił.

Patrzył na mnie, jakby rzucał mi wyzwanie. Broń nawet nie drgnęła.

– Byłem na zakupach – wyjaśniłem. Zostań przy życiu i zobacz, co przyniesie następna minuta.

– Nie obchodzi mnie, gdzie byłeś.

– Nie mogłem znaleźć tego, czego chciałem. Dlatego się spóźniłem.

– Spodziewaliśmy się, że się spóźnisz.

– Dlaczego?

– Zdobyliśmy nowe informacje.

Nie odpowiedziałem.

– Idź tyłem! – polecił. – Przez bramę.

Cały czas trzymał oba rewolwery metr od mojej piersi, podczas gdy ja cofałem się krok po kroku za bramę. Poruszaliśmy się w jednakowym rytmie, zatrzymałem się sześć metrów dalej, pośrodku podjazdu. Paulie zszedł na bok i obrócił się częściowo, by mieć mnie po lewej stronie, a Richarda i Elizabeth po prawej.

– Richard! – zawołał. – Zamknij bramę.

Cały czas celował do mnie z rewolweru trzymanego w lewej ręce, colta w prawej przesunął w stronę Richarda. Richard spojrzał na niego, poruszył się szybko, chwycił oba skrzydła i zatrzasnął. Zderzyły się z głośnym, metalicznym dźwiękiem.

– Łańcuch.

Chłopak zaczął majstrować przy łańcuchu, podzwaniając nim i uderzając o pręty. Słyszałem szum silnika w cadillacu, który stał siedem metrów dalej, po drugiej stronie bramy. Odległe fale rozbijały się o brzeg, miarowo i regularnie. Elizabeth Beck stała w progu wartowni. Od wielkiego karabinu na łańcuchu dzieliły ją niecałe cztery metry. Karabin nie był zabezpieczony, lecz Paulie stał poza zasięgiem, nie obejmował go widok z tylnego okna.

– Zamknij – polecił Paulie.

Richard zatrzasnął kłódkę.

– A teraz stań z matką za Reacherem.

Spotkali się przy drzwiach wartowni, ruszyli w moją stronę i minęli mnie. Oboje byli bladzi, dygotali ze strachu. Wiatr rozwiewał włosy Richarda, ujrzałem jego bliznę. Elizabeth skrzyżowała mocno ręce na piersi. Usłyszałem, jak zatrzymują się za moimi plecami. Słyszałem szuranie butów na asfalcie, gdy się obrócili. Paulie przeszedł na środek podjazdu, stał trzy metry ode mnie, obie lufy celowały w moją pierś, jedna z lewej, druga z prawej. Czterdziestkiczwórki magnum w płaszczu stalowym przeleciałyby przeze mnie na wylot i pewnie także przez Richarda i Elizabeth. Może doleciałyby nawet do domu i wytłukły parę okien na parterze.

– Teraz Reacher odchyli ręce na boki! – zawołał Paulie.

Odchyliłem je, sztywne, wyprostowane.

– Teraz Richard zdejmie Reacherowi płaszcz – polecił Paulie. – Ściągnie go w dół, za kołnierz.

Poczułem dłonie Richarda na moim karku, były zimne. Chwyciły mój kołnierz i ściągnęły płaszcz, który zsunął mi się z ramion i z rąk, przez jeden przegub, potem drugi.

– Zwiń go! – zawołał Paulie.

Usłyszałem, jak Richard zwija płaszcz.

– Przynieś tutaj! – polecił Paulie.

Richard wynurzył się zza moich pleców, niosąc w dłoniach kłąb materiału. Półtora metra od Pauliego zatrzymał się nagle.

– Wyrzuć za bramę – warknął Paulie. – Jak najdalej.

Richard cisnął kłąb nad bramą, daleko. Rękawy załopotały w powietrzu, gdy zwinięty płaszcz wyleciał w górę, a potem opadł. Usłyszałem głuchy, stłumiony łoskot tkwiącej w kieszeni beretty, gdy wylądowała na masce cadillaca.

– To samo z marynarką – polecił Paulie.

Moja marynarka opadła obok płaszcza na samochodzie. Osunęła się po lśniącym lakierze i znieruchomiała na drodze. Zaczynałem marznąć, wiał wiatr, koszulę miałem cienką. Za plecami słyszałem szybki, płytki oddech Elizabeth. Richard stał nieruchomo półtora metra od Pauliego, czekając na dalsze instrukcje.

– Teraz odejdźcie z matką o pięćdziesiąt kroków – polecił Paulie. – Z powrotem w stronę domu.

Richard zawrócił i znów mnie minął. Usłyszałem, jak dołącza do niego Elizabeth, odeszli razem. Odwróciłem głowę i ujrzałem, jak zatrzymują się około czterdziestu metrów dalej i ponownie patrzą w naszą stronę. Paulie cofnął się tyłem do bramy, krok, dwa, trzy. Zatrzymał się półtora metra od niej. Ja stałem pięć metrów przed nim. Ponad moim ramieniem widział też zapewne Richarda i Elizabeth czterdzieści metrów dalej. Wszyscy staliśmy w idealnie prostej linii na podjeździe. Paulie pod bramą, twarzą do domu, Richard i Elizabeth w połowie drogi do drzwi wejściowych, twarzami do niego, ja sam pośrodku, twarzą do Pauliego, wciąż próbując pozostać przy życiu i zobaczyć, co przyniesie następna minuta. Patrzyłem mu prosto w oczy. Uśmiechnął się.

– Dobra – rzucił. – A teraz patrz uważnie.

Ani na moment nie spuszczał ze mnie wzroku. Przykucnął powoli, położył oba rewolwery na asfalcie u swych stóp, a potem wsunął pod nie dłonie i podrzucił w tył. Usłyszałem, jak lądują z łoskotem na nierównym asfalcie. Przesunęły się i znieruchomiały metr od Pauliego. Wstał powoli i uniósł puste dłonie.

– Bez broni – oznajmił. – Zatłukę cię na śmierć.

12

Wciąż słyszałem cadillaca: cichy szum olbrzymiego silnika i słabe, wilgotne bulgotanie z tyłu. Paski klinowe przesuwały się powoli pod maską. Tłumik reagujący na zmianę temperatury potrzaskiwał cicho.

– Zasady! – zawołał Paulie. – Jeśli zdołasz mnie wyminąć, będziesz mógł zabrać broń.

Milczałem.

– Jeśli do niej dojdziesz, będziesz mógł jej użyć – dodał.

Milczałem, a on wciąż się uśmiechał.

– Rozumiesz?

Skinąłem głową, wciąż patrząc mu w oczy.

– Dobra – rzucił. – Co do mnie, nie dotknę spluw, chyba że zaczniesz uciekać. Jeśli to zrobisz, podniosę je i strzelę ci w plecy. To chyba uczciwe. Możesz zostać i walczyć.

Milczałem.

– Jak mężczyzna – dodał.

Wciąż nie odpowiadałem, było mi zimno, nie miałem płaszcza ani kurtki.

– Jak oficer i dżentelmen.

Patrzyłem mu w oczy.

– Zrozumiałeś zasady? – spytał.

Milczałem. Wiatr wiał mi w plecy.

– Zrozumiałeś zasady? – powtórzył.

– Całkowicie.

– Zamierzasz uciec?

Nie odpowiedziałem.

– Myślę, że uciekniesz, bo jesteś mięczakiem, cipą.

Nie zareagowałem.

– Oficerską cipą, dziwką z zaplecza, tchórzem.

Stałem bez ruchu. Słowa to nie kamienie, nie zrobią mi krzywdy. Wątpiłem też, by znał jakiekolwiek słowa, których nie słyszałem już wcześniej tysiące razy. Żandarmi nie cieszą się popularnością. Wyłączyłem się, przestałem słuchać. Obserwowałem jego oczy, dłonie i stopy, zastanawiając się gorączkowo. Dużo o nim wiedziałem i sytuacja wyglądało kiepsko. Był wielki, nienormalny i szybki.

– Pieprzony agent ATF! – zawołał.

Nie do końca, pomyślałem.

– Idę! – rzucił.

Nie poruszył się, ja też nie, utrzymywałem pozycję. Był napompowany amfetaminą i sterydami, oczy błyszczały mu szaleńczo.

– Idę po ciebie – zaśpiewał.

Nie poruszył się. Był ciężki, ciężki i silny, bardzo silny. Jeśli mnie trafi, polecę na ziemię. A jeśli polecę na ziemię, nigdy już nie wstanę. Obserwowałem go; uniósł się na piętach i poruszył szybko, zamarkował w lewo, zatrzymał się. Stałem i czekałem, obserwowałem go, zastanawiając się gorączkowo. Był cięższy ode mnie o jakieś sto kilo. A więc owszem, jest szybki, ale nie będzie szybki wiecznie.

Odetchnąłem.

– Elizabeth mówiła, że ci nie staje – powiedziałem.

Spojrzał na mnie. Wciąż słyszałem silnik cadillaca. Fale uderzały o brzeg daleko za domem.

– Wielki facet – ciągnąłem. – Ale nie wszędzie wielki.

Brak reakcji.

– Założę się, że mój mały palec jest większy.

Wyciągnąłem zgięty mały palec.

– I twardszy – dodałem.

Jego twarz pociemniała, zdawało się, że Paulie jeszcze rośnie. Nagle jakby eksplodował – skoczył ku mnie, biorąc zamach prawą ręką. Zszedłem mu z drogi, zanurkowałem pod pachą, wyprostowałem się i obróciłem. Zatrzymał się na sztywnych nogach i zawrócił ku mnie. Zamieniliśmy się miejscami – teraz ja byłem bliżej broni niż on. W panice znów na mnie skoczył, ten sam ruch, zamach prawej ręki. Wyminąłem go, uskoczyłem i wróciliśmy do punktu wyjścia. Ale oddychał nieco ciężej niż ja.

– Słabizna! – zawołałem.

Nauczyłem się tego wyzwiska gdzieś w Anglii; świetnie działa na pewien typ facetów. Podziałało też na Pauliego: znów ku mnie skoczył, bez cienia wahania, dokładnie ten sam ruch. Tym razem, obracając się, rąbnąłem go łokciem. Odskoczył na usztywnionych kolanach i znów rzucił się na mnie bez chwili wahania. Ponownie zrobiłem unik i poczułem na twarzy powiew, gdy jego olbrzymia pięść minęła moją głowę o parę centymetrów.

Zatrzymał się zdyszany. Nieźle się rozgrzewałem, zaczynałem wierzyć, że mam cień szansy. Paulie walczył bardzo kiepsko, podobnie jak większość wielgachnych facetów. Zwykle albo sama ich masa działa dostatecznie odstraszająco, by powstrzymać chętnych do bójki, albo też pozwala im zwyciężyć pierwszym ciosem. Tak czy inaczej nie mają okazji, by poćwiczyć, brak im finezji i wychodzą z formy. Atlasy i siłownie to bardzo kiepski substytut prawdziwej, naglącej, nerwowej, podnoszącej poziom adrenaliny sprawności, która jest potrzebna na ulicach. Uznałem, że Paulie to doskonały przykład kogoś, kto sam siebie osłabił ćwiczeniami.

Posłałem mu całusa; śmignął ku mnie, atakując jak maszyna. Uskoczyłem w lewo i walnąłem go łokciem w twarz. On trafił lewą, odpychając mnie na bok, jakbym w ogóle nic nie ważył. Upadłem na kolano i zerwałem się w ostatniej chwili, dzięki czemu uniknąłem następnego szaleńczego ataku. Jego pięść celująca w mój brzuch chybiła o pół centymetra, a wariacki rozpęd sprawił, że poleciał obok mnie i w dół, idealnie podstawiając głowę pod lewy sierpowy. Rąbnąłem go z całej siły, całym swoim ciężarem. Moja pięść trafiła go w ucho, zachwiał się na nogach, a ja przywaliłem mu po raz drugi z prawej, w szczękę. Potem odskoczyłem w tył i odetchnąłem, starając się ocenić, jakie wyrządziłem mu szkody.

Absolutnie żadnych.

Uderzyłem go cztery razy, ale on jakby niczego nie poczuł. Dwa ciosy łokcia były naprawdę solidne, a oba pięścią należały do najsilniejszych w moim życiu. Na górnej wardze miał krew, efekt drugiego trafienia łokciem, poza tym jednak nic mu nie było. Teoretycznie powinien stracić przytomność. Albo zapaść w śpiączkę. Minęło jakieś trzydzieści lat od czasów, gdy musiałem uderzyć przeciwnika więcej niż cztery razy. Ale Paulie nie okazywał żadnego bólu ani zdenerwowania, nie był nieprzytomny, nie zapadł w śpiączkę. Podskakiwał lekko, na jego twarz powrócił uśmiech. Był odprężony, poruszał się z łatwością, olbrzymi, niepokonany. W żaden sposób nie mogłem go zranić. Spojrzałem na niego i zrozumiałem z całą pewnością, że nie mam żadnych szans. A on popatrzył na mnie i doskonale wiedział, co myślę. Uśmiechnął się jeszcze szerzej, zahuśtał się na piętach, zgarbił ramiona, wysuwając przed siebie ręce niczym szpony. Zaczął tupać – lewą stopą, prawą, lewą, prawą, jakby nabierał rozpędu, jakby szykował się do ataku, który rozedrze mnie na strzępy. Uśmiech na jego twarzy zamienił się w upiorny grymas radości.

Skoczył prosto na mnie, a ja umknąłem w lewo. Był jednak przygotowany na ten manewr i zdołał trafić mnie prawym sierpowym w sam środek piersi. Poczułem się jak ktoś uderzony przez dwustukilowego kulturystę poruszającego się z prędkością dziesięciu kilometrów na godzinę. Miałem wrażenie, że pęka mi mostek, a serce zatrzymuje się od wstrząsu. Nogi ugięły się pode mną i runąłem na plecy. A potem wszystko sprowadziło się do wyboru: żyć czy umrzeć. Postanowiłem żyć. Przeturlałem się na bok, podparłem rękami i dźwignąłem z ziemi. Odskoczyłem w tył i w bok, unikając prostego ciosu, który by mnie zabił.

Później znów myślałem już tylko o tym, by pozostać przy życiu i sprawdzić, co przyniesie następne pół sekundy. Klatka piersiowa bolała mnie mocno, moja mobilność spadła poniżej stu procent, jednak przez jakąś minutę unikałem kolejnych ataków. Był szybki, ale brakowało mu talentu. Jeszcze raz zdołałem uderzyć go łokciem w twarz i złamać mu nos. Dziwne, że nie wtłoczyłem go do jego mózgu, ale przynajmniej zaczął krwawić. Otworzył usta, by złapać oddech. Uskoczyłem, zatańczyłem w miejscu, zaczekałem. Potężny boczny cios trafił mnie w lewe ramię i niemal sparaliżował mi rękę. A potem Paulie chybił o włos prawą i przez ułamek sekundy był pozbawiony jakiejkolwiek osłony. Usta miał otwarte z powodu krwi w nosie. Zebrałem siły, szykując się do ciosu papierosowego. To sztuczka barowa, której nauczyłem się dawno, dawno temu. Częstuje się gościa papierosem, a kiedy go bierze, unosi do ust i otwiera je na dwa centymetry, wymierza mu się jak najmocniejszy cios z dołu w podbródek. Uderzenie zatrzaskuje i łamie szczękę, wybija zęby; czasem gość przy okazji odgryza też sobie język. Dziękuję i dobranoc. Nie musiałem częstować Pauliego papierosem, bo usta już miał otwarte. Toteż walnąłem go od dołu. Włożyłem w to uderzenie wszystkie siły. Było idealne. Wciąż myślałem jasno i trzymałem się na nogach. A choć w porównaniu z nim byłem drobny, tak naprawdę jestem wielkim facetem, który ma za sobą bogate szkolenie i dysponuje dużym doświadczeniem. Trafiłem pięścią dokładnie w miejsce, gdzie szczęka zwęża się pod podbródkiem, prosto w kość. Uniosłem się na palcach, wkładając w uderzenie cały swój ciężar. Powinno było złamać mu nie tylko szczękę, ale i kręgosłup. Głowa powinna odlecieć i odturlać się w błocie. Ale cios nie wyrządził żadnej szkody, absolutnie żadnej. Jedynie zakołysał go lekko. Paulie potrząsnął tylko głową i rąbnął mnie w twarz. Spodziewałem się tego i zareagowałem jak należy. Odwróciłem głowę w bok, otwierając szeroko usta, tak by nie stracić zębów z górnej i dolnej szczęki. Ponieważ moja głowa przesuwała się w tył, odebrała nieco rozpędu uderzeniu. I tak okazało się potężne, zupełnie jakbym zderzył się z pociągiem czy uczestniczył w wypadku samochodowym. Światła zgasły; runąłem ciężko na ziemię, tracąc kontakt z rzeczywistością, toteż uderzyłem w asfalt całą siłą. Powietrze ze świstem uleciało mi z płuc, ujrzałem w powietrzu rozbryzg krwi z moich ust. Tyłem czaszki walnąłem o ziemię, niebo w górze pociemniało.

Próbowałem się poruszyć, przypominało to jednak samochód, który nie chce zastartować po pierwszym przekręceniu kluczyka w stacyjce. Klik... nic. Straciłem pół sekundy. Lewą rękę miałem osłabioną, toteż użyłem prawej. Zdołałem na wpół podnieść się z ziemi, ugiąłem nogi i dźwignąłem się. Kręciło mi się w głowie, nie do końca kojarzyłem. Lecz Paulie jedynie stał bez ruchu, obserwując mnie. Uśmiechał się.

Zrozumiałem, że nie zamierza się spieszyć, że ma zamiar naprawdę dobrze się bawić.

Poszukałem wzrokiem rewolwerów. Wciąż leżały za nim, nie mogłem się do nich dostać. Trafiłem go sześć razy, a on się ze mnie śmiał. On trafił mnie trzy razy i o mało nie zabił. Byłem wstrząśnięty, wiedziałem, że umrę. Zrozumiałem to nagle i bardzo jasno. Umrę w Abbot w stanie Maine, w pochmurny sobotni ranek pod koniec kwietnia. Jedna połowa mojej istoty mówiła: hej, wszyscy kiedyś umrzemy, co za różnica kiedy i gdzie. Jednak druga kipiała wściekłością i arogancją, która napędzała mnie przez większość życia. Zamierzasz pozwolić, by akurat ten facet cię załatwił? W skupieniu wysłuchałem tego wewnętrznego sporu i podjąłem decyzję. Splunąłem krwią, odetchnąłem i po raz ostatni zebrałem siły. Bolały mnie usta. Bolała mnie głowa. Bolało mnie ramię. Bolała mnie pierś. Miałem mdłości i zawroty głowy. Znów splunąłem. Obmacałem językiem zęby, wargi wygięły mi się, jakbym się uśmiechał. Pomyślałem: spójrz na to z drugiej strony. Nie odniosłem śmiertelnych obrażeń. Jak dotąd. Nie zostałem postrzelony. Toteż uśmiechnąłem się naprawdę, splunąłem po raz trzeci i powiedziałem sobie: no dobra, przynajmniej umrę w walce.

Paulie też się uśmiechał. Na twarzy miał krew, poza tym jednak wyglądał zupełnie normalnie. Nawet nie przekrzywił mu się krawat, marynarka wciąż okrywała ramiona, które wyglądały, jakby wypchał je piłkami do koszykówki. Patrzył przez chwilę, jak zbieram siły, i uśmiechnął się jeszcze szerzej. Ponownie ugiął kolana, uniósł przed sobą ręce jak szpony i zaczął przebierać nogami. Oszacowałem, że zdołam zrobić jeszcze jeden unik, może dwa, może nawet trzy, jeśli naprawdę mi się poszczęści. A potem wszystko się skończy. Śmierć w Maine, w kwietniową sobotę. Przywołałem w myślach obraz Dominique Kohl i powiedziałem sobie: próbowałem, Dominique, naprawdę próbowałem. Uniosłem wzrok i ujrzałem, jak Paulie nabiera powietrza w płuca. A potem się poruszył. Odwrócił się. Przeszedł trzy metry. Odwrócił się z powrotem. I nagle rzucił się na mnie, bardzo szybko. Uskoczyłem. Gdy mijał mnie w pędzie, jego marynarka chlasnęła mnie w nogę. Kątem oka dostrzegłem Richarda i Elizabeth – obserwowali wszystko z daleka, usta mieli otwarte, jakby mówili: pozdrawiają cię idący na śmierć. Paulie błyskawicznie zmienił kierunek i rzucił się ku mnie sprintem.

Potem jednak postanowił się popisać, a ja zrozumiałem, że wygram.

Próbował kopnąć mnie w stylu karate, a to bodaj najgłupsza rzecz, jaką można zrobić w bójce ulicznej. Gdy tylko walczący oderwie stopę od podłoża, traci równowagę i odsłania się. Błaga, by go załatwić. Zaatakował szybko, obrócony bokiem, jak jakiś idiota od kung-fu z telewizji. Stopę uniósł wysoko w powietrze i wyprowadził kopniaka obcasem do przodu, trzymając olbrzymi but równolegle do ziemi. Gdyby trafił, zabiłby mnie, bez dwóch zdań. Ale nie trafił. Odgiąłem się w tył, oburącz chwyciłem jego stopę i pchnąłem w górę. Pomyślałem: czy zdołam wycisnąć dwieście kilo?

Zaraz się przekonamy, dupku. Włożyłem w to pchnięcie całą siłę. Praktycznie uniosło go w powietrze i przekręciło tak, że wylądował na głowie. Przez moment leżał na ziemi oszołomiony, patrząc na mnie. Pierwsza zasada ulicznych walk brzmi: kiedy zdołasz powalić przeciwnika, wykończ go, bez wahania, bez chwili namysłu, bez żadnych zahamowań, bez dżentelmeńskich reguł. Po prostu skończ z nim. Paulie zignorował tę zasadę, ja nie. Z całych sił kopnąłem go w twarz, trysnęła krew. Odtoczył się na bok, a ja nadepnąłem obcasem na jego prawą dłoń i strzaskałem mu wszystkie paliczki, kosteczki i kości śródręcza, jakie tam miał. A potem zrobiłem to jeszcze raz, sto dwadzieścia kilo atakujące połamane kości. Później uniosłem się ponownie i zmiażdżyłem mu przegub. Następnie przedramię.

Był nadczłowiekiem. Odturlał się i podniósł, opierając na lewej ręce. Zdołał wstać i odsunąć się. Zbliżyłem się w podskokach, a on wziął zamach, chcąc mi wymierzyć lewy sierpowy. Odtrąciłem jego rękę i wymierzyłem krótki cios z lewej w jego złamany nos. Paulie się zakołysał, a wtedy wpakowałem mu kolano w krocze. Gwałtownie wysunął głowę, więc powtórzyłem z prawej cios papierosowy. Jego głowa poleciała w tył, a ja dźgnąłem go lewym łokciem w gardło. Z całej siły nadepnąłem mu na łuk stopy, raz, dwa razy, a potem wbiłem mu kciuki w oczy. Odwrócił się gwałtownie, a wtedy kopnąłem go z tyłu w prawe kolano. Jego noga złożyła się wpół i znów runął na ziemię. Przycisnąłem lewą stopą lewy przegub Pauliego. Jego prawa ręka nie nadawała się do niczego, drżała tylko bezradnie. Został przygwożdżony, chyba że zdołałby lewą ręką podnieść i odrzucić sto dwadzieścia kilo. A tego nie potrafił. Sterydy to jednak nie wszystko. Zacząłem więc deptać jego lewą dłoń prawą stopą, póki nie ujrzałem przebijających skórę odłamków strzaskanych kości. Potem się obróciłem, skoczyłem i wylądowałem dokładnie na splocie słonecznym Pauliego. Zeskoczyłem, kopnąłem go mocno w czubek głowy, jeden raz, drugi, trzeci. I czwarty, tak silnie, że mój but się rozpadł i urządzenie do przesyłu poczty elektronicznej poleciało po asfalcie, lądując dokładnie w miejscu, w którym wcześniej znalazł się pager Elizabeth Beck, gdy wyrzuciłem go z cadillaca. Paulie podążył za nim oszołomionym wzrokiem. Znów kopnąłem go w głowę.

Usiadł. Po prostu dźwignął się z ziemi samą siłą potężnych mięśni brzucha. Obie ręce zwisały bezwładnie po bokach. Chwyciłem go za lewy przegub i zacząłem odwracać łokieć do wewnątrz, najpierw wyłamując, potem miażdżąc mu staw. Machnął na mnie połamaną prawą ręką i uderzył słabo. Chwyciłem ją lewą i ścisnąłem połamane kostki. Patrzyłem mu w oczy, zgniatając potrzaskane kości. Nie wydał z siebie żadnego dźwięku. Nie wypuszczając z uchwytu śliskiej od krwi dłoni, wygiąłem mu prawy łokieć i uderzyłem nim o kolano. Staw pękł z trzaskiem. Potem wytarłem dłonie o jego włosy i odszedłem. Dotarłem do bramy i podniosłem colty.

Paulie wstał. Nie poszło mu to zbyt zgrabnie, nie mógł podeprzeć się rękami. Podkulił stopy, przeniósł ciężar ciała do przodu i podniósł się powoli. Ze zmiażdżonego nosa lała się krew, oczy miał przekrwione i wściekłe.

– Idź – poleciłem; dyszałem głośno. – Na skały.

Stał tam jak ogłuszony wół. W ustach czułem smak krwi. Pomacałem językiem obruszony ząb. Nie czułem satysfakcji. Ani trochę. Nie ja go pokonałem, pokonał się sam. Tymi bzdurami karate. Gdyby zaatakował mnie normalnie, po minucie już bym nie żył, i obaj o tym wiedzieliśmy.

– Idź – powtórzyłem. – Bo cię zastrzelę.

Jego podbródek uniósł się pytająco.

– Czeka cię kąpiel – wyjaśniłem.

Nadal stał bez ruchu. Nie chciałem go zabijać, nie miałem ochoty wlec dwustukilowego trupa sto metrów do morza. Stał tam, a mój umysł wystartował, zmagając się z problemem. Może mógłbym owinąć mu wokół nóg łańcuch od bramy. Czy cadillaki mają haki holownicze? Nie byłem pewien.

– Idź – powtórzyłem.

Zobaczyłem, że Richard i Elizabeth ruszają w moją stronę; okrążyli Pauliego szerokim łukiem. Chcieli stanąć za mną, nie zbliżając się do niego, jakby był dla nich mityczną postacią. Zdolną do wszystkiego. Dobrze wiedziałem, co czują. Miał połamane ręce, lecz ja nadal go obserwowałem, jakby zależało od tego moje życie. Bo zależało. Gdyby rzucił się ku mnie biegiem i zbił z nóg, mógłby mnie zmiażdżyć na śmierć kolanami. Zacząłem wątpić, czy colty cokolwiek mu zrobią. Wyobraziłem sobie, jak na mnie pędzi, ja wywalam w niego dwanaście pocisków, a on nawet nie zwalnia.

– Idź – rzuciłem.

Wykonał polecenie. Odwrócił się i ruszył po podjeździe. Podążyłem za nim, utrzymując dystans dziesięciu kroków. Richard i Elizabeth cofnęli się w głąb trawnika. Gdy ich minęliśmy, dołączyli do mnie, trzymając się z tyłu. Z początku chciałem im kazać, by pozostali, potem jednak uznałem, że zasłużyli sobie na to, by obejrzeć wszystko do końca – każde na swój sposób.

Paulie podążał wzdłuż kolistego podjazdu. Wiedział, dokąd chcę go zaprowadzić. I zupełnie go to nie obchodziło. Minął garaże i skręcił za dom, na skały. Maszerowałem za nim, dziesięć kroków z tyłu. Kuśtykałem, bo straciłem obcas w prawym bucie. Wiatr wiał mi w twarz, wokół nas huczało morze, wzburzone i gniewne. Paulie dotarł do szczeliny Harleya. Zatrzymał się tam, znieruchomiał, a potem obrócił twarzą do mnie.

– Nie umiem pływać – oznajmił.

Mówił niewyraźnie, bełkotliwie – złamałem mu kilka zębów i mocno uderzyłem w gardło. Wiatr skowyczał wokół niego, unosił mu włosy, dodając parę centymetrów wzrostu. Morska piana bryzgała w powietrze, docierając aż do mnie.

– Nie musisz pływać – odparłem.

Strzeliłem mu dwanaście razy w pierś. Wszystkie pociski przeleciały na wylot, wyrywając wielkie kawały ciała i mięśni. Jeden rewolwer, potem drugi, dwanaście głośnych strzałów, amunicja za jedenaście dolarów i czterdzieści centów. Poleciał do tyłu, do wody i uderzył o nią z donośnym pluskiem. Morze było wzburzone, ale nie zaczął się jeszcze odpływ i nie pociągnął go za sobą. Trup unosił się na falach, woda wokół niego się zaróżowiła. Przez chwilę Paulie spoczywał nieruchomo, potem zaczął się przesuwać. Odpływał bardzo wolno, unosząc się i opadając. Trwało to minutę, dwie. Pokonał dwa metry, trzy, pięć. Przekręcił się i obrócił z prądem, potem jeszcze raz, szybciej. Był uwięziony tuż pod powierzchnią wody, mokra marynarka wydymała się wokół niego. Z dwunastu dziur po pociskach wypływało powietrze. Ocean podrzucał go jak piórko. Odłożyłem puste rewolwery na skały, przykucnąłem i zwymiotowałem do morza. Przez chwilę nie wstawałem, oddychałem ciężko, patrząc na trupa. Widziałem, jak się obraca, odpływa coraz dalej. Richard i Elizabeth trzymali się dziesięć kroków z tyłu. Złączyłem dłonie i przepłukałem twarz zimną, słoną wodą. Zamknąłem oczy; nie otwierałem ich bardzo długo. Gdy w końcu uniosłem powieki i spojrzałem na wzburzoną powierzchnię morza, już go nie było. W końcu zatonął.

Nadal nie wstawałem i oddychałem głęboko. Zerknąłem na zegarek. Była dopiero jedenasta. Jakiś czas wpatrywałem się w ocean, który unosił się i opadał. Fale ochlapywały mnie wodą. Znów zobaczyłem rybołówkę, która wróciła w poszukiwaniu miejsca na gniazdo. Umysł miałem zupełnie pusty. A potem znów zacząłem myśleć. Zacząłem analizować dane, oceniać zmienione okoliczności. Rozmyślałem przez pięć długich minut i w końcu ogarnął mnie optymizm. Doszedłem do wniosku, że skoro pozbyłem się Pauliego, ostateczna rozgrywka nabierze tempa i stanie się łatwiejsza.

Co do tego także się myliłem.

* * *

Pierwsza trudność pojawiła się niemal od razu. Elizabeth Beck nie chciała wyjechać. Kazałem jej zabrać Richarda i cadillaca i wynosić się z domu. Ale odmówiła. Stała na skałach, wiatr rozwiewał jej włosy, ubranie łopotało wokół ciała.

– To mój dom – oznajmiła.

– Wkrótce zamieni się w pole walki – ostrzegłem.

– Zostaję.

– Nie mogę na to pozwolić.

– Nie wyjadę – oznajmiła z uporem. – Nie wyjadę bez męża.

Nie wiedziałem, co powiedzieć. Stałem tam i marzłem coraz bardziej. Richard podszedł do mnie z tyłu, okrążył, spojrzał w morze i obrócił się z powrotem.

– To było super – rzekł. – Załatwiłeś go!

– Nie, sam się załatwił.

Po niebie krążyły rozkrzyczane mewy. Walczyły w powietrzu wokół miejsca na oceanie, jakieś czterdzieści metrów dalej. Nurkowały gwałtownie, dziobiąc grzywy fal. Wyławiały unoszące się w wodzie kawałki ciała Pauliego. Richard obserwował je beznamiętnie.

– Porozmawiaj z matką – nakazałem. – Musisz ją przekonać, by wyjechała.

– Nie wyjadę – powtórzyła Elizabeth.

– Ja też nie – dodał Richard. – Mieszkamy tutaj, jesteśmy rodziną.

Najwyraźniej byli w szoku; nie mogłem się z nimi spierać. Spróbowałem zatem zagonić ich do pracy. Powoli, w milczeniu ruszyliśmy do bramy, wiatr szarpał nam ubrania. Kuśtykałem z powodu buta. Zatrzymałem się w miejscu, gdzie na asfalcie pojawiły się pierwsze plamy krwi, i podniosłem urządzenie do przesyłu poczty elektronicznej. Było zniszczone: plastikowy ekranik pękł na pół, nie dawało się włączyć. Schowałem je do kieszeni. Potem znalazłem obcas, usiadłem na ziemi ze skrzyżowanymi nogami i wetknąłem go na miejsce. Teraz szło mi się łatwiej. Dotarliśmy do bramy, rozpletliśmy łańcuch, otworzyliśmy skrzydła; mogłem już włożyć marynarkę i płaszcz. Zapiąłem starannie guziki, podniosłem kołnierz. Potem wjechałem cadillakiem do środka, parkując obok drzwi wartowni. Richard ponownie zamknął bramę.

Wszedłem do środka, otworzyłem zamek wielkiego rosyjskiego karabinu maszynowego i wyciągnąłem taśmę amunicyjną. Zdjąłem karabin z łańcucha, wyniosłem na zewnątrz i położyłem na tylnym siedzeniu cadillaca. Wróciłem, zwinąłem taśmę do skrzynki, zsunąłem łańcuch z haka na suficie, odkręciłem go. Zabrałem skrzynkę, łańcuch oraz hak i schowałem je do bagażnika.

– Mogę w czymś pomóc? – spytała Elizabeth.

– Jest tam jeszcze dwadzieścia skrzynek z amunicją – odparłem. – Chcę zabrać wszystkie.

– Nie wrócę tam – oznajmiła. – Już nigdy.

– Zatem nie możesz pomóc.

Przenosiłem dwie skrzynki naraz, toteż w sumie obróciłem dziesięć razy. Wciąż było mi zimno, bolało mnie całe ciało, w ustach nadal czułem smak krwi. Upchnąłem skrzynki w bagażniku, na podłodze z tyłu i pod przednim fotelem pasażera. Potem usiadłem za kierownicą i przestawiłem lusterko. Wargi miałem popękane, dziąsła przekrwione, przednie górne zęby chwiały się lekko. Zmartwiło mnie to. Zawsze były nieco krzywe i od lat lekko ukruszone, ale miałem je, odkąd skończyłem osiem lat, przywykłem do nich i nie dysponowałem innymi.

– Dobrze się czujesz? – spytała Elizabeth.

Obmacałem palcami tył głowy. W miejscu gdzie uderzyłem o podjazd, wyczułem opuchliznę. Na lewym ramieniu miałem potężny siniak, bolała mnie klatka piersiowa, ból towarzyszył każdemu oddechowi. W sumie jednak nic mi się nie stało. W każdym razie byłem w lepszym stanie niż Paulie. Kciukiem docisnąłem zęby do dziąsła i przytrzymałem.

– Nigdy nie czułem się lepiej.

– Masz spuchniętą wargę.

– Przeżyję.

– Powinniśmy to uczcić.

Wysiadłem z wozu.

– Powinniśmy przygotować wasz wyjazd.

Nie odpowiedziała. W tym momencie odezwał się telefon w wartowni. Miał staroświecki dzwonek, niski, spokojny, odprężający. Szum morza i wiatru tłumił dźwięk, sprawiał, że wydawał się odległy. Jeden dzwonek, drugi. Okrążyłem maskę cadillaca, wszedłem do środka i podniosłem słuchawkę.

Przedstawiłem się jako Paulie, odczekałem chwilę i usłyszałem głos.

Nie słyszałem go od dziesięciu lat.

– Zjawił się już?

Zawahałem się.

– Dziesięć minut temu – odparłem. Ręką częściowo przysłaniałem mikrofon, mówiłem wysokim, lekkim głosem.

– Załatwiłeś go?

– Pięć minut temu.

– W porządku, bądź gotów. Zapowiada się długi dzień.

Tu masz rację, pomyślałem, a potem usłyszałem szczęk, odłożyłem słuchawkę i wróciłem na dwór.

– Kto to był? – spytała Elizabeth.

– Quinn – odparłem.

• • •

Pierwszy raz usłyszałem głos Quinna dziesięć lat wcześniej z taśmy. Kohl załatwiła podsłuch telefoniczny, nieautoryzowany, lecz w tamtych czasach prawo wojskowe nie było tak restrykcyjne jak procedury cywilne. Wewnątrz przezroczystej plastikowej obudowy kasety wyraźnie widziałem obie rolki taśmy. Kohl miała przy sobie magnetofon wielkości pudełka na buty. Wsunęła ze szczękiem kasetę i nacisnęła guzik. W moim biurze zabrzmiał głos Quinna. Rozmawiał z zagranicznym bankiem, załatwiał sprawy finansowe. Mówił wyraźnie, powoli, spokojnie, z neutralnym, nierozpoznawalnym akcentem, jakiego nabiera się po długiej służbie wojskowej. Odczytywał numery kont, podawał hasła, przekazywał instrukcje dotyczące w sumie pół miliona dolarów. Chciał, by większość przerzucić na Bahamy.

– Wysyła gotówkę pocztą – oznajmiła Kohl. – Na Wielki Kajman.

– To bezpieczne? – spytałem.

Skinęła głową.

– Dość bezpieczne. Ryzykuje tylko to, że pracownicy pocztowi ukradną przesyłkę. Jednak adres docelowy to skrzynka pocztowa, wysyła wszystko w paczkach na książki, a nikt na poczcie nie kradnie książek. Jak widać, udaje mu się.

– Pół miliona dolarów to mnóstwo pieniędzy.

– To cenna broń.

– Naprawdę aż tak cenna?

– Wątpisz w to?

Wzruszyłem ramionami.

– Mnie się wydaje, że to dużo kasy. Za zwykłą strzałkę?

Wskazała palcem magnetofon, jakby chciała pokazać głos Quinna dźwięczący w powietrzu.

– Najwyraźniej tyle mu płacą. Inaczej skąd wziąłby pół miliona dolarów? Nie oszczędził ich z pensji, to pewne.

– Kiedy zamierzasz wkroczyć?

– Jutro – odparła. – Muszę, dostał już ostatnią część planów. Gorowski twierdzi, że to klucz do całego projektu.

– Jak to załatwisz?

– Frasconi rozmawia z Syryjczykiem. Zamierzam oznakować gotówkę w obecności prokuratora wojskowego. Potem wszyscy będziemy świadkami wymiany. Otworzymy neseser, który Quinn wręczy Syryjczykowi, natychmiast, na oczach tego samego prokuratora, spiszemy dokładnie zawartość, wśród której znajdzie się ostatnia część planów, a potem zgarniemy Quinna. Aresztujemy go, skonfiskujemy neseser, który dostanie od Syryjczyka. Prokurator może być świadkiem jego otwarcia. Wewnątrz znajdziemy oznakowane banknoty i będziemy dysponowali w pełni udokumentowaną transakcją. Quinn się nie wywinie.

– Bezbłędny plan – pochwaliłem. – Dobra robota.

– Dziękuję – odparła.

– Frasconi sobie poradzi?

– Będzie musiał. Nie mogę sama rozmawiać z Syryjczykiem. Ci goście mają dziwne poglądy na temat kobiet. Nie wolno im nas dotykać, nie mogą na nas patrzeć, czasami nawet z nami rozmawiać. To musi być Frasconi.

– Chcesz, bym potrzymał go za rękę?

– Zostanie poza sceną – odparła. – Nie uda mu się nic schrzanić.

– Chyba jednak potrzymam go za rękę.

– Dziękuję – powtórzyła.

– I niech razem z tobą dokona aresztowania. Nie mogę wysłać cię samej, wiesz o tym.

Skinęła głową.

– Ale powiem mu, że to twoje śledztwo, twoja sprawa. Dopilnuję, by to zrozumiał.

– Dobrze – mruknęła.

Nacisnęła przycisk stop. Głos Quinna ucichł w połowie słowa, chciał właśnie powiedzieć „dolarów", chodziło pewnie o „dwieście tysięcy dolarów". Usłyszeliśmy jednak tylko „dola". Jego głos brzmiał czujnie i radośnie, jak u kogoś, kto prowadzi skomplikowaną rozgrywkę i wie doskonale, że jest górą. Kohl wyciągnęła kasetę, wsadziła ją do kieszeni. Potem mrugnęła do mnie i wyszła z biura.

• • •

– Kto to jest Quinn? – spytała Elizabeth Beck dziesięć lat później.

– Frank Xavier – odparłem. – Kiedyś nazywał się Quinn. Jego pełne nazwisko brzmi Francis Xavier Quinn.

– Znasz go?

– A skąd się niby tu wziąłem?

– Kim ty jesteś?

– Facetem, który znał Franka Xaviera w czasach, kiedy nazywał się Francis Xavier Quinn.

– Pracujesz dla rządu.

Pokręciłem głową.

– To sprawa czysto osobista.

– Co się stanie z moim mężem?

– Nie mam pojęcia – odparłem. – I prawdę mówiąc, zupełnie mnie to nie obchodzi.

Wróciłem do domku Pauliego i zamknąłem drzwi frontowe. Przekroczyłem próg i zamknąłem także tylne. Sprawdziłem łańcuch na bramie, był ciasno spięty. Liczyłem, że zatrzymamy intruzów co najmniej przez minutę, może półtorej. Powinno wystarczyć. Wsadziłem klucz od kłódki do kieszeni spodni.

– Wracamy do domu – oznajmiłem. – Niestety, musicie pójść pieszo.

Poprowadziłem wyładowanego amunicją cadillaca. W lusterku widziałem Elizabeth i Richarda spieszących razem do domu. Nie chcieli wyjechać, ale nie mieli też ochoty zostać sami. Zatrzymałem wóz przy drzwiach frontowych i zawróciłem tak, by móc go łatwo wyładować. Otworzyłem bagażnik, wyciągnąłem hak i łańcuch i pobiegłem na górę, do pokoju Duke'a. Jego okno wychodziło na podjazd, w sam raz. Z kieszeni płaszcza wyciągnąłem berettę, odbezpieczyłem i wystrzeliłem raz, w sufit. Pięćdziesiąt metrów dalej Elizabeth i Richard zamarli i rzucili się biegiem w stronę domu. Może pomyśleli, że zastrzeliłem kucharkę albo popełniłem samobójstwo. Stanąłem na krześle, wbiłem palec w dziurę po kuli i zacząłem odrywać tynk, póki nie natrafiłem na drewnianą belkę. Wycelowałem starannie, wystrzeliłem po raz drugi, wybijając w drewnie dziewięciomilimetrowy otwór. Wkręciłem w niego hak, zaczepiłem łańcuch i zawisłem na nim. Wytrzymał.

Wróciłem na dół, otworzyłem tył cadillaca. Elizabeth i Richard dotarli właśnie do drzwi. Kazałem im zabrać skrzynki z amunicją, sam zaniosłem na górę wielki karabin. Wykrywacz metalu zapiszczał głośno, nagląco. Na górze zaczepiłem NSW o łańcuch, wsunąłem do zamka koniec taśmy. Obróciłem lufę do ściany, podniosłem dolną część okna. Przekręciłem karabin z powrotem i zacząłem przesuwać z boku na bok, z góry na dół. Pole rażenia obejmowało całą szerokość odległego muru i podjazd aż pod sam dom. Richard obserwował mnie w milczeniu.

— Przynieś pozostałe skrzynki — poleciłem.

Potem podszedłem do stolika i podniosłem słuchawkę telefonu zewnętrznego. Wybrałem numer motelu Duffy.

— Wciąż chcesz pomóc? — spytałem.

— Tak — odparła.

— Więc przyjedźcie tutaj, wszyscy troje, jak najszybciej.

Potem nie miałem już nic więcej do roboty. Czekałem przy oknie, kciukiem wpychając na miejsce zęby. Obserwowałem drogę. Patrzyłem, jak Richard i Elizabeth zmagają się z ciężkimi skrzyniami. Spojrzałem w górę — było południe, lecz niebo już ciemniało, pogoda jeszcze się pogorszyła, wiał coraz silniejszy wiatr. Wybrzeże północnoatlantyckie, koniec kwietnia, zupełnie nieprzewidywalne. Elizabeth Beck zjawiła się ze skrzynką. Oddychała ciężko, stanęła w progu.

— Co się stanie? — spytała.

— Nie umiem powiedzieć.

— Po co ten karabin?

— Środek ostrożności.

— Przeciw komu?

— Ludziom Quinna — wyjaśniłem. — Za plecami mamy tylko ocean. Być może będziemy musieli zatrzymać ich na podjeździe.

— Chcesz do nich strzelać?

— Jeśli będzie trzeba.

— A co z moim mężem?

— Obchodzi cię to?

Skinęła głową.

— Owszem, obchodzi.

— Do niego też mam zamiar strzelać.

Nie odpowiedziała.

— To przestępca — dodałem. — Wie, czym to grozi.

– Prawa, które czynią z niego przestępcę, są niezgodne z konstytucją.

– Tak myślisz?

Ponownie przytaknęła.

– Druga poprawka określa to całkiem jasno.

– Zwróć się do Sądu Najwyższego – powiedziałem. – Mnie nie zawracaj tym głowy.

– Ludzie mają prawo nosić broń.

– Nie handlarze narkotyków. Nigdzie nie widziałem poprawki mówiącej o tym, że wolno strzelać z broni automatycznej w gęsto zamieszkanej okolicy, pociskami, które przebijają ceglane mury jak papier. A także niewinnych przechodniów. Niemowlęta, dzieci.

Nie odpowiedziała.

– Widziałaś kiedyś, jak pocisk trafia niemowlę? Nie przeszywa go niczym igła strzykawki, czysto, chirurgicznie. Przebija go z siłą tarana, rozdzierając i miażdżąc wszystko na swej drodze.

Milczała.

– Nigdy nie mów żołnierzowi, że broń to fajna sprawa.

– Prawo jest jasne – odparła.

– To zapisz się do Krajowego Stowarzyszenia Strzeleckiego. Mnie odpowiada świat taki, jaki jest.

– To mój mąż.

– Mówiłaś, że zasłużył na więzienie.

– Owszem, ale nie zasłużył na śmierć.

– Tak sądzisz?

– To mój mąż – powtórzyła.

– Jak dokonuje sprzedaży? – spytałem.

– Korzysta z I-dziewięćdziesiąt pięć. Wycina środki tanich dywanów, zawija w nie broń jak w tuby. Przewozi do Bostonu lub New Haven. Tam spotyka się z odbiorcami.

Skinąłem głową, przypominając sobie włókienka dywanów na podłodze.

– To mój mąż – powtórzyła Elizabeth.

Ponownie skinąłem głową.

– Jeśli będzie miał dość rozumu, by nie stać obok Quinna, może nic mu się nie stanie.

– Obiecaj, że nic mu się nie stanie. Wtedy wyjedziemy, ja i Richard.

– Nie mogę obiecać.

– Zatem zostaniemy.

Nie odpowiedziałem.

– Od początku nie współpracował z Xavierem z własnej woli. Musisz to zrozumieć.

Podeszła do okna i spojrzała na Richarda. Wynosił z cadillaca ostatnią skrzynkę amunicji.

– Zmuszono go – dodała.

– Owszem, domyśliłem się.

– Xavier porwał mojego syna.

– Wiem.

A potem się odwróciła i spojrzała na mnie.

– A co zrobił tobie? – spytała.

• • •

Owego dnia, gdy Kohl szykowała się do zakończenia misji, widziałem ją jeszcze dwa razy. Robiła wszystko jak należy, przypominała w tym szachistę. Nigdy nie wykonywała ruchu, nie zastanawiając się nad możliwymi konsekwencjami. Wiedziała, że prokurator wojskowy, którego wybierze na świadka transakcji, nie będzie mógł oskarżać na rozprawie, toteż wybrała takiego, którego nie znosili obrońcy wojskowi. Oznaczało to o jedną przeszkodę mniej. Wezwała fotografa, który czekał, by wszystko udokumentować. Sprawdziła czas dojazdu do domu Quinna w Wirginii. Zawartość teczki, którą wręczyłem jej pierwszego dnia, teraz wypełniała dwa kartonowe pudła. Gdy widziałem ją po raz drugi, niosła je właśnie. Mięśnie Kohl napinały się pod ich ciężarem.

– Jak się trzyma Gorowski? – spytałem.

– Niezbyt dobrze, ale jutro się od wszystkiego uwolni.

– Będziesz sławna.

– Mam nadzieję, że nie. Nigdy nie powinni tego odtajnić.

– Sławna w tajnym świecie. Sporo ludzi ogląda te dokumenty.

– Może powinnam poprosić o ocenę skuteczności zawodowej, na przykład pojutrze.

– Dziś wieczór powinniśmy zjeść razem kolację, wyskoczyć do miasta, uczcić to w najlepszej restauracji. Ja stawiam.

– Sądziłam, że żyjesz z gołego żołdu.

– Oszczędzałem.

– Miałeś wiele okazji. To była długa sprawa.

– Wolna jak ślimak. To twój jedyny problem, Kohl. Jesteś dokładna, ale powolna.

Uśmiechnęła się znowu, podnosząc wyżej pudła.

– Trzeba się było ze mną umówić. Pokazałabym ci wtedy, że wolne bywa lepsze niż szybkie.

Zabrała swoje pudełka i dwie godziny później spotkaliśmy się w restauracji. Był to elegancki lokal, wziąłem więc prysznic i włożyłem czysty mundur. Kohl pojawiła się w czarnej sukience, nie tej samej co wcześniej, bez żadnych groszków, po prostu czarnej. Sukienka podkreślała jeszcze jej kształty, które i tak nie wymagały żadnego podkreślenia. Wyglądała na jakieś osiemnaście lat.

– Super – mruknąłem. – Pomyślą, że jesz kolację z ojcem.

– Może stryjem – poprawiła. – Młodszym bratem ojca.

Był to jeden z owych posiłków, podczas których jedzenie zupełnie się nie liczy. Pamiętam wszystko dotyczące tego wieczoru, poza swoim zamówieniem. Może był to stek. Albo ravioli. Coś w tym stylu. Wiem, że zjedliśmy. Dużo gadaliśmy o rzeczach, o których zwykle nie rozmawia się z byle kim. O mało się nie złamałem i nie spytałem, czy chce poszukać motelu. Nie zrobiłem tego jednak. Wypiliśmy po kieliszku wina, potem przerzuciliśmy się na wodę. Nie musieliśmy nic mówić – wiedzieliśmy, że trzeba zachować siły na następny dzień. Uregulowałem rachunek i wyszliśmy o północy, osobno. Mimo późnej pory wciąż kipiała energią, była pełna życia, skupiona, niecierpliwa, oczy jej lśniły. Stałem na ulicy, odprowadzając ją wzrokiem.

• • •

– Ktoś jedzie – oznajmiła Elizabeth Beck dziesięć lat później.

Wyjrzałem przez okno i zobaczyłem w oddali szarego taurusa. Kolor karoserii sprawiał, że wóz zlewał się ze skałami i aurą, trudno go było dojrzeć. Wyłaniał się właśnie zza zakrętu trzy kilometry dalej; jechał szybko. Wóz Villanuevy. Kazałem Elizabeth zachować czujność i mieć oko na Richarda, po czym pobiegłem na dół i wyszedłem tylnymi drzwiami na zewnątrz. Wyciągnąłem z kryjówki klucze Angela Dolla i wsadziłem je do kieszeni. Zabrałem też glocka Duffy i zapasowe magazynki. Chciałem, by odzyskała je nietknięte. Było to dla mnie bardzo ważne – i tak miała już dość kłopotów. Wepchnąłem je do kieszeni płaszcza obok beretty, przeszedłem przed dom i wsiadłem do cadillaca. Podjechałem do bramy i schowałem się z boku. Taurus zatrzymał się na zewnątrz. Villanueva siedział za kierownicą, obok niego Duffy, Eliot z tyłu. Wyszedłem z kryjówki, zdjąłem łańcuch i otworzyłem bramę. Villanueva powoli ruszył naprzód; zatrzymał się obok cadillaca. Troje drzwi otworzyło się jednocześnie i wszyscy wysiedli, patrząc na mnie.

– Co ci się, do diabła, stało? – spytał Villanueva.

Dotknąłem wargi; była spuchnięta i bardzo wrażliwa.

– Zderzyłem się z drzwiami.

Villanueva zerknął na wartownię.

– Albo odźwiernym – dodał. – Mam rację?

– Nic ci nie jest? – spytała Duffy.

– Jestem w lepszym stanie niż odźwierny.

– Po co przyjechaliśmy?

– Plan B – oznajmiłem. – Pojedziemy do Portlandu. Jeśli jednak nie znajdziemy tam tego, o co nam chodzi, będziemy musieli tu wrócić i zaczekać. Dwoje z was pojedzie ze mną, trzecie zostanie, pilnując domu. – Odwróciłem się i wyciągnąłem rękę. – W środkowym oknie na piętrze wisi wielki karabin maszynowy, zamontowany tak, by ostrzeliwać cały podjazd. Jedno z was musi go obsługiwać.

Nikt nie zgłosił się na ochotnika. Spojrzałem na Villanuevę. Był dość stary, by odsłużyć swoje w wojsku. Może miał do czynienia z karabinami maszynowymi.

– Ty to zrób, Terry.

– Nie – odparł. – Jadę z tobą, żeby znaleźć Teresę.

Powiedział to tonem niedopuszczającym jakiegokolwiek sprzeciwu.

– Dobra, ja zostanę – wtrącił Eliot.

– Dzięki – mruknąłem. – Oglądałeś kiedyś filmy z Wietnamu? Pamiętasz strzelców w drzwiach helikopterów? To właśnie ty. Jeśli przyjadą, nie będą próbowali przejechać przez bramę. Wejdą frontowym oknem wartowni i tylnymi drzwiami bądź oknem. Bądź gotów ich skosić, gdy tylko się pojawią.

– A jeśli będzie ciemno?

– Wrócimy przed zmrokiem.

– Dobra. Kto jest w domu?

– Rodzina Becka. I kucharka. To osoby postronne, ale nie chcą wyjechać.

– Co z samym Beckiem?

– Wróci z pozostałymi. Jeżeli w zamieszaniu uda mu się uciec, nie pęknie mi z żalu serce. Ale jeśli dostanie kulkę w łeb, nie zapłaczę po nim.

– Jasne.

– Pewnie się nie zjawią – dodałem. – Są zajęci. To tylko dodatkowe zabezpieczenie.

– Jasne – powtórzył.

– Zostawimy ci cadillaca. Pojedziemy taurusem.

Villanueva wsiadł do forda i wycofał go za bramę. Wyszliśmy z Duffy w ślad za nim. Zamknąłem bramę od zewnątrz, spiąłem łańcuchem, zatrzasnąłem kłódkę i rzuciłem klucz Eliotowi.

355

– Do zobaczenia – zawołałem.

Eliot zawrócił cadillaca; patrzyłem, jak podjeżdża pod dom. Potem wsiadłem do taurusa z Duffy i Villanuevą. Duffy zajęła miejsce z przodu, ja z tyłu. Wyciągnąłem z kieszeni glocka i zapasowe magazynki i wręczyłem jej uroczyście.

– Dzięki za pożyczkę.

Wsadziła glocka do kabury pod pachą, a magazynki do torebki.

– Bardzo proszę – odparła.

– Najpierw Teresa – oznajmił Villanueva. – Potem Quinn. W porządku?

– Zgoda – mruknąłem.

Z piskiem opon wyjechał na drogę i ruszył na zachód.

– Gdzie będziemy szukać? – spytał.

– Mamy trzy miejsca do wyboru – powiedziałem. – Magazyn, biura w centrum miasta i centrum biznesowo-przemysłowe przy lotnisku. W biurowcu podczas weekendu nie można trzymać więźnia, a w magazynie panuje za duży ruch, właśnie przybyła duża dostawa, obstawiam więc centrum biznesowo-przemysłowe.

– I-dziewięćdziesiąt pięć czy droga numer jeden?

– Droga numer jeden – odparłem.

W ciszy pokonaliśmy dwadzieścia kilometrów w głąb lądu i skręciliśmy na północ, na drogę numer jeden, kierując się do Portlandu.

13

Było wczesne sobotnie popołudnie, w centrum biznesowym panował spokój. Deszcz spłukał wszystkie brudy, budynki wyglądały świeżo i czysto. W szarym świetle metalowe ściany połyskiwały niczym niepolerowana cyna. Zagłębiliśmy się w sieć uliczek, jadąc z prędkością trzydziestu kilometrów na godzinę. Nikogo nie spotkaliśmy. Budynek Quinna sprawiał wrażenie pustego i zamkniętego. Gdy go mijaliśmy, obróciłem głowę i jeszcze raz przyjrzałem się uważnie szyldowi. Xavier eXport Company. Litery wygrawerowano fachowo na grubej stalowej płycie, lecz powiększone X sprawiały wrażenie jakiegoś amatorskiego projektu graficznego.

– Skąd ten eksport? – spytała Duffy. – Przecież zajmuje się importem.

– Jak się tam dostaniemy? – zainteresował się Villanueva.

– Włamiemy się – wyjaśniłem. – Najpewniej od tyłu.

Budynki stały tyłem do siebie, przed każdym mieścił się schludny parking. Resztę terenu wypełniały uliczki i świeżo przystrzyżone trawniki otoczone krawężnikami z lanego betonu. Żadnych ogrodzeń. Budynek tuż za siedzibą Quinna nosił tabliczkę z napisem „Paul Keast & Chris Maden: profesjonalna firma cateringowa", tu też było zamknięte. Widziałem tylne drzwi budynku Quinna, zwykły metalowy prostokąt pokryty matowoczerwoną farbą.

– Nikogo nie ma – rzuciła Duffy.

Obok drzwi znajdowało się okno z bąbelkowego szkła, pewnie od łazienki, z zamontowaną kratą.

– System alarmowy? – spytał Villanueva.

– W nowym budynku? – odparłem. – Niemal na pewno.

– Podłączony bezpośrednio do posterunku policji?

– Wątpię. Dla kogoś takiego jak Quinn to nie najmądrzejsze rozwiązanie. Nie chciałby, by gliny zaczynały tu węszyć za każdym razem, gdy jakiś dzieciak rzuci kamieniem w okno.

– Prywatna firma ochroniarska?

– Tak przypuszczam. Albo jego ludzie.

– Więc jak to zrobimy?

– Szybko. Wejdziemy i wyjdziemy, nim ktokolwiek zdąży zareagować. Możemy chyba zaryzykować pięć do dziesięciu minut.

– Jedno z przodu, dwoje z tyłu?

– Zgadza się – odparłem. – Ty bierzesz przód.

Kazałem mu otworzyć bagażnik, a potem wysiedliśmy z Duffy. Powietrze było zimne, wilgotne, wiał wiatr. Spod zapasowego koła wyjąłem łyżkę do opon. Samochód odjechał. Przeszliśmy z Duffy wzdłuż bocznej ściany firmy cateringowej i przez trawnik dzielący budynki wprost do okna łazienki. Przycisnąłem ucho do zimnego, metalowego sidingu. Nic nie usłyszałem. Potem przyjrzałem się kracie w oknie. Była jednoczęściowa, zamocowana na ośmiu grubych śrubach, po dwie z każdego boku. Śruby przechodziły przez przyspawane podkładki wielkości ćwierćdolarówek. Miały główki rozmiarów monet dziesięciocentowych. Duffy wyciągnęła z kabury pod pachą glocka, usłyszałem szuranie metalu o skórę. Sprawdziłem tkwiącą w kieszeni berettę. Ująłem oburącz łyżkę, znów przytknąłem ucho do ściany i usłyszałem wóz Villanuevy zajeżdżający od frontu. Metal wibrował w rytm obrotów silnika. Trzasnęły drzwi wozu. Villanueva nie zgasił silnika. Rozległy się kroki na chodniku.

– Uwaga! – rzuciłem.

Poczułem, jak Duffy się za mną porusza. Villanueva zapukał głośno do drzwi. W tym samym momencie wbiłem koniec łyżki w siding obok jednej ze śrub. Metal wgniótł się lekko. Wepchnąłem łyżkę pod śrubę kraty i podważyłem. Śruba wytrzymała – najwyraźniej przechodziła przez siding aż do stalowego szkieletu budynku. Ułożyłem łyżkę pod innym kątem i szarpnąłem mocniej, raz, drugi. Główka śruby odpadła, krata poruszyła się lekko.

W sumie musiałem złamać sześć śrub, zabrało mi to niemal pół minuty. Villanueva wciąż pukał, nikt nie odpowiadał. Gdy szósta śruba pękła, chwyciłem kratę i odchyliłem ją o dziewięćdziesiąt stopni, niczym drzwi. Dwie pozostałe śruby zazgrzytały w głośnym proteście. Ponownie chwyciłem łyżkę i rąbnąłem w szybę. Sięgnąłem do środka, znalazłem klamkę, otworzyłem okno. Wyciągnąłem z kieszeni berettę i głową naprzód wsunąłem się do łazienki.

Było to niewielkie pomieszczenie, jakieś dwa na półtora metra. Mieściła się w nim toaleta, umywalka i niewielkie lustro bez ramy, a także kosz na śmieci, półka z zapasowymi rolkami papieru toaletowego i papierowymi ręcznikami. W kącie ustawiono wiadro z mopem. Czyste linoleum na podłodze, silna woń środków odkażających. Obróciłem się, sprawdziłem okno. Do parapetu przykręcono niewielki czujnik alarmowy. Jednak w budynku wciąż panowała cisza, żadnych syren. Alarm milczał. Gdzieś właśnie zadzwonił telefon albo na ekranie komputera zaświeciło się ostrzeżenie.

Wyszedłem z łazienki na korytarz. Nikogo. Było ciemno, cofnąłem się do drzwi, pomacałem za sobą na ślepo i cofnąłem zasuwę. Pociągnąłem klamkę. Usłyszałem, jak Duffy wchodzi do środka.

Zapewne podczas szkolenia w Quantico przeszła sześciotygodniowy kurs i wciąż pamiętała, jak się zachować. Trzymając oburącz glocka, prześlizgnęła się obok mnie i zajęła pozycję przy drzwiach, które z pewnością prowadziły z korytarza do pozostałej części budynku. Oparła ramię o futrynę i zgięła

359

rękę w łokciu, odsuwając broń na bok. Postąpiłem krok naprzód, kopnięciem wywaliłem drzwi i natychmiast obróciłem się w lewo. Duffy skoczyła za mną, patrząc w prawo. Byliśmy w kolejnym korytarzu, wąskim, biegnącym przez całą długość budynku aż do wejścia frontowego. Po obu stronach korytarza znajdowały się pomieszczenia, w sumie sześć, trzy z każdej strony. Sześcioro drzwi, wszystkie zamknięte.

– Front – szepnąłem. – Villanueva.

Zaczęliśmy przekradać się naprzód, krok po kroku, pilnując każdych kolejnych drzwi. Żadne się nie otworzyły. W końcu dotarliśmy do frontowych. Szybko odsunąłem zasuwę. Villanueva wszedł do środka, zamykając je za sobą. W sękatej dłoni trzymał glocka 17. Broń do niej pasowała.

– Alarm? – szepnął.

– Milczy – odparłem cicho.

– Załatwmy to szybko.

– Pokój za pokojem, po kolei – powiedziałem.

Perspektywa ta niezbyt mnie zachwycała. Narobiliśmy tyle hałasu, że jeśli ktoś był w budynku, z pewnością dowiedział się o naszej obecności. Fakt, że nie wypadł na korytarz, by stawić nam czoło, oznaczał tylko jedno: ma dość rozsądku, by siedzieć cicho z odbezpieczoną bronią wycelowaną w drzwi na wysokości piersi. Środkowy korytarz miał zaledwie metr szerokości i nie dawał nam wielkiego pola manewru. Marna perspektywa. Wszystkie drzwi miały zawiasy po lewej, toteż kazałem Duffy stanąć po mojej lewej stronie, by pilnowała wejść naprzeciwko. Nie chciałem, żebyśmy wszyscy patrzyli w tym samym kierunku. Wolałem, aby nikt nie strzelił nam w plecy. Villanuevę ustawiłem po prawej, miał za zadanie wykopywać kolejne drzwi. Ja czekałem pośrodku – żeby wchodzić wszędzie pierwszy.

Zaczęliśmy od frontowego pokoju po lewej. Villanueva mocno kopnął drzwi, zamek ustąpił, z framugi posypały się drzazgi i drzwi otworzyły się gwałtownie. Wpadłem do środka. Pusto. Ujrzałem kwadratowe pomieszczenie, trzy na trzy, z oknem, biurkiem i ścianą zastawioną szafkami na akta. Natychmiast wyszedłem, obróciliśmy się wszyscy i bez zwłoki zaatakowaliśmy pokój naprzeciwko. Duffy pilnowała naszych pleców. Villanueva kopnął drzwi, ja wszedłem do środka. Tu także było pusto, ale dostaliśmy premię – ścianka działowa oddzielająca pokój od sąsiedniego została wyburzona. Trzy na sześć i pół metra, dwoje drzwi wychodzących na korytarz. W pomieszczeniu stały trzy biurka z komputerami i telefonami. Na wieszaku w kącie wisiał kobiecy płaszcz przeciwdeszczowy.

Przeszliśmy pod czwarte drzwi, trzeci pokój. Villanueva wykopał je, a ja wskoczyłem za próg. Pusto. Kolejny kwadrat trzy na trzy, żadnych okien, biurko, za nim wielka tablica korkowa, przypięte do niej notatki. Niemal całe linoleum przykrywał wschodni dywan.

Cztery z głowy, jeszcze dwa. Wybraliśmy pokój na tyłach po prawej. Villanueva wyważył drzwi. Wszedłem, był pusty.

Trzy na trzy, biała farba, szare linoleum. Pozbawiony jakichkolwiek sprzętów. Nic. Prócz plam krwi. Zmyto je, ale niestarannie. Na podłodze pozostały brązowe smugi w miejscach, gdzie zostawił je nasiąknięty mop. Do tego plamy na ścianach – część starto, część wyraźnie przeoczono. Koronkowe wzory sięgały na wysokość pasa. Szczeliny przy styku linoleum ze ścianą były ciemnobrązowe, miejscami czarne.

– Pokojówka – oznajmiłem cicho.

Nikt nie odpowiedział. Przez długą chwilę staliśmy w milczeniu. Potem wycofaliśmy się, odwróciliśmy i wywaliliśmy gwałtownie ostatnie drzwi. Wpadłem do środka z bronią w ręku i zamarłem. To była cela. Pusta. Trzy na trzy metry, białe ściany, niski sufit, brak okien, szare linoleum. Na podłodze materac, na nim pognieciona pościel. Wszędzie wokół dziesiątki pustych opakowań po chińskim jedzeniu, puste plastikowe butelki, niegdyś z wodą mineralną.

– Była tu – oznajmiła Duffy.

Skinąłem głową.

– Tak jak w piwnicy domu.

Ruszyłem w głąb pomieszczenia i podniosłem materac. Na podłodze widniało słowo „Justice", wielkie, wyraźne, wypisane palcem. Pod nim dzisiejsza data, sześć cyfr – miesiąc, dzień, rok – ciemniejszych w miejscach, gdzie ponownie zanurzała palec w czymś czarnobrązowym.

– Ma nadzieję, że idziemy jej śladem – powiedział Villanueva. – Dzień po dniu, miejsce za miejscem. Mądra dziewczyna.

– Napisała to krwią? – spytała Duffy.

W całym pokoju unosiła się woń nieświeżego jedzenia i równie nieświeżego oddechu. Czułem strach i rozpacz.

Słyszała, jak umiera pokojówka. Dwoje cienkich drzwi nie wygłuszyłoby hałasu.

– To chyba sos hoi sin – odparłem. – Mam nadzieję.

– Jak dawno ją zabrali?

Zajrzałem do najbliższych pojemników.

– Jakieś dwie godziny temu.

– Cholera.

– Ruszajmy – rzucił Villanueva. – Musimy ją znaleźć.

– Pięć minut – poprosiła Duffy. – Muszę zdobyć coś, co mogę przekazać ATF, żeby wszystko wyprostować.

– Nie mamy pięciu minut – przypomniał Villanueva.

– Dwie minuty – oznajmiłem. – Bierz, co znajdziesz, sprawdzisz to później.

Wyszliśmy z celi. Nikt z nas nie zajrzał do rzeźni naprzeciwko. Duffy poprowadziła nas do pokoju ze wschodnim dywanem. Mądry wybór, pomyślałem. To pewnie biuro Quinna. Był typem faceta, który sprawiłby sobie dywan. Z szuflady biurka zabrała grubą teczkę z napisem: „Sprawy bieżące". Zdjęła też wszystkie listy i spisy z tablicy.

– Ruszajmy – powtórzył Villanueva.

Wyszliśmy frontowymi drzwiami dokładnie cztery minuty od chwili, gdy wybiłem okno w łazience. Miałem wrażenie, że minęły cztery godziny. Wsiedliśmy pospiesznie do szarego taurusa i minutę później byliśmy już z powrotem na drodze numer jeden.

– Jedź na północ – poleciłem. – W kierunku centrum.

• • •

Z początku milczeliśmy. Nikt na nikogo nie patrzył, nikt się nie odzywał. Wszyscy myśleliśmy o pokojówce. Siedziałem z tyłu, Duffy z przodu, na kolanach rozłożyła papiery Quinna. Samochody na moście poruszały się bardzo wolno, mieszkańcy jechali do centrum na zakupy. Nawierzchnia drogi, mokra od deszczu i słonego pyłu wodnego, lśniła. Duffy grzebała w papierach, przebiegając je kolejno wzrokiem. W końcu odezwała się pierwsza. Przyjąłem to z ulgą.

– Wszystko to wygląda dość tajemniczo – oznajmiła. – Mamy tu XX i BB.

– Xavier eXport Company i Bizarre Bazaar – podsunąłem.

– BB zajmuje się importem – ciągnęła. – XX eksportem. Jednak niewątpliwie coś je łączy. Są jak dwie połówki tej samej operacji.

– Nie obchodzi mnie to – powiedziałem. – Chcę tylko dostać Quinna.

– I Teresę – wtrącił Villanueva.

– Rozliczenie za pierwszy kwartał – ciągnęła Duffy. – Według prognoz spodziewają się w tym roku obrotów na poziomie dwudziestu dwóch milionów dolarów. To mnóstwo broni.

– Ćwierć miliona tanich pistoletów – powiedziałem. – Albo cztery czołgi Abramsa.

– Mossberg – przeczytała Duffy. – Mówi ci coś ta nazwa?

– Dlaczego pytasz?

– XX otrzymał właśnie od nich dostawę.

– O.F. Mossberg i Synowie z New Haven w Connecticut. Producent strzelb.

– Co to jest persuader?

– Strzelba. Mossberg M pięćset Persuader, broń paramilitarna.

– XX wysyła gdzieś persuadery, dwieście sztuk, o wartości sześćdziesięciu tysięcy dolarów. To wymiana za coś, co otrzymuje BB.

– Import–eksport, tak to działa.

– Ale ceny się nie zgadzają – oznajmiła Duffy. – Dostawa BB jest warta siedemdziesiąt tysięcy. XX zarabia na tym dziesięć tysięcy dolarów.

– Uroki kapitalizmu – mruknąłem.

– Nie, zaczekaj, jest jeszcze coś. Teraz wszystko pasuje. Dwieście mossbergów persuader plus towar premiowy za dziesięć tysięcy.

– Co to za towar premiowy?

– Nie piszą. Co mogłoby być warte dziesięć tysięcy?

– Nie obchodzi mnie to – powtórzyłem.

Zaszeleściła papierami.

– Keast i Maden. Gdzie ja widziałam te nazwiska?

– Na budynku obok Quinna. To firma cateringowa.

– Wynajął ich – oznajmiła. – Coś dziś dostarczają.

– Dokąd?

– Nie jest napisane.

– Co?

– Też nie wiem. Osiemnaście sztuk po pięćdziesiąt pięć dolarów, w sumie za prawie tysiąc.

– Dokąd teraz? – spytał Villanueva.

Zjechaliśmy z mostu i znaleźliśmy się na trasie skręcającej na północny zachód. Po lewej mieliśmy centrum biznesowo--przemysłowe.

– Drugi skręt w prawo – odparłem.

• • •

Wjechaliśmy wprost do podziemnego garażu Missionary House. Przy wjeździe czuwał wynajęty ochroniarz w bajeranckim mundurze. Wpisał nas do rejestru, nie poświęcając nam szczególnej uwagi. Potem Villanueva pokazał mu odznakę DEA i kazał siedzieć cicho i spokojnie, polecił też, by do nikogo nie dzwonił. W garażu panował spokój. W sumie było tam jakieś osiemdziesiąt miejsc, z czego dziesięć zajętych, lecz na jednym stał szary grand marquis, którego widziałem tego ranka przed magazynem Becka.

– Tu właśnie zrobiłam zdjęcia – mruknęła Duffy.

Wjechaliśmy na koniec garażu i postawiliśmy wóz w kącie. Wysiedliśmy, wjechaliśmy windą piętro wyżej do holu. Poza nudnymi, klasycznymi marmurami ujrzeliśmy spis najemców. Xavier eXport Company dzieliła trzecie piętro z kancelarią adwokacką Lewis, Strange & Greville. Ucieszyła nas ta wiadomość. Oznaczała, że na piętrze jest hol i że nie wyjdziemy z windy wprost do biur Quinna.

Wróciliśmy do windy, nacisnęliśmy trójkę. Odwróciliśmy się. Drzwi zasunęły się cicho, zaszumiał silnik. Zatrzymaliśmy się na trzecim piętrze i usłyszeliśmy jakieś głosy. Zadzwonił dzwonek windy, drzwi się otworzyły. W holu tłoczyli się prawnicy. Na mahoniowych drzwiach po lewej widniała mosiężna tabliczka z napisem: „Lewis, Strange & Greville", kancelaria adwokacka. Drzwi były otwarte. Wyszły z nich trzy osoby. Przystanęły, czekając, aż któreś z nich je zamknie. Dwóch mężczyzn, jedna kobieta, w swobodnych sportowych strojach. Każde miało w dłoni teczkę, wszyscy sprawiali wrażenie uradowanych. Odwrócili się i spojrzeli na nas. Wysiedliśmy z windy, a oni uśmiechnęli się i pozdrowili nas jak zwykłych nieznajomych w niewielkim holu. Może zresztą sądzili, że przychodzimy na konsultację prawniczą. Villanueva odpowiedział uśmiechem i skinieniem głowy wskazał drzwi Xaviera. *Nie o was nam chodzi, tylko o nich.* Prawniczka odwróciła wzrok i przecisnęła się obok nas do windy. Jej wspólnicy zamknęli biuro i poszli w jej ślady. Drzwi windy zasunęły się cicho, usłyszeliśmy jęk silnika.

– Świadkowie – szepnęła Duffy. – Cholera.

Villanueva wskazał drzwi Xavier eXport.

– A w środku na pewno ktoś jest. Ci prawnicy nie zdziwili się, że przyszliśmy o tej porze w sobotę. Muszą zatem wiedzieć, że ktoś jest w środku. Może uważali, że byliśmy umówieni.

Przytaknąłem.

– Jeden z samochodów na parkingu był dziś rano w magazynie Becka.

– Quinn? – spytała Duffy.

– Mam szczerą nadzieję.

– Zgodziliśmy się, że Teresa ma być pierwsza – przypomniał Villanueva. – Potem Quinn.

– Zmieniam plan – oznajmiłem. – Nie zamierzam odejść. Nie, jeśli tu jest. Nie, jeśli nadarza się szansa.

– Ale przecież i tak nie możemy tam wejść. Widziano nas.

– Wy nie możecie – odparłem. – Ja mogę.

– Co, sam?

– Tak to chcę rozegrać. On i ja.

– Zostawiliśmy ślad.

– To go wymażcie. Wracajcie na parking i wyjedźcie. Strażnik zarejestruje wasz wyjazd. Pięć minut później zadzwońcie do tego biura. Rejestr z parkingu i billingi udowodnią, że podczas waszej obecności do niczego nie doszło.

– Ale co z tobą? Udowodnią też, że cię tu zostawiliśmy.

– Wątpię. Nie sądzę, by parkingowy zwrócił na mnie uwagę. Raczej nie liczył ludzi, po prostu zapisał numery rejestracyjne.

Milczała.

– A zresztą i tak mnie to nie obchodzi – dodałem. – Trudno mnie znaleźć i zamierzam jeszcze to utrudnić.

Duffy spojrzała na drzwi kancelarii adwokackiej, potem na drzwi Xaviera. Na windę. I w końcu na mnie.

– Dobra – mruknęła. – Zostawimy to w twoich rękach. Nie chcę tego robić, ale naprawdę muszę. Rozumiesz?

– Całkowicie – odparłem.

– W środku może być też Teresa – szepnął Villanueva.

Przytaknąłem.

- Jeśli tam jest, przyprowadzę ją wam. Spotkamy się na końcu ulicy, dziesięć minut po telefonie.

Oboje się zawahali, potem Duffy położyła palec na przycisku windy. Usłyszeliśmy zgrzyt przekładni, zaszumiał motor.

- Uważaj na siebie – mruknęła.

Zadzwonił dzwonek, drzwi się otworzyły, wsiedli do środka. Villanueva obejrzał się na mnie, nacisnął przycisk holu i drzwi zamknęły się niczym kurtyna. Zniknęli. Przeszedłem parę kroków i oparłem się o ścianę po drugiej stronie drzwi Quinna. Cieszyłem się, że jestem sam. Chwyciłem kolbę tkwiącej w kieszeni beretty. Czekałem. Wyobrażałem sobie Duffy i Villanuevę, jak wysiadają z windy, podchodzą do samochodu, wyjeżdżają z parkingu. Zwracają na siebie uwagę strażnika, parkują za rogiem i dzwonią na informację. Dostają numer Quinna. Odwróciłem się i wbiłem wzrok w drzwi. Wyobraziłem sobie Quinna po drugiej stronie, przy biurku z telefonem. Wpatrywałem się w drewno, jakbym mógł przeniknąć je wzrokiem.

• • •

Pierwszy raz ujrzałem go w dniu akcji. Frasconi dobrze się spisał z Syryjczykiem, gość poszedł na współpracę. Frasconi świetnie się nadawał do takich misji. Jeśli miał czas i jasno sprecyzowane zadanie, potrafił załatwić sprawę. Syryjczyk przyniósł z ambasady gotówkę. Usiedliśmy razem przed prokuratorem wojskowym i przeliczyliśmy ją. Pięćdziesiąt tysięcy dolarów. Uznaliśmy, że to ostatnia rata. Oznakowaliśmy każdy banknot z osobna, a nawet neseser. Przezroczystym lakierem do paznokci namalowaliśmy na nim obok jednego z zawiasów inicjały prokuratora wojskowego. On sam napisał oświadczenie, które dołączyliśmy do akt. Frasconi został z Syryjczykiem, a my z Kohl zajęliśmy pozycje obserwacyjne. Jej fotograf czekał już w oknie na pierwszym piętrze budynku po drugiej stronie ulicy, naprzeciwko kawiarni, dwadzieścia metrów na południe. Prokurator dołączył do nas dziesięć

367

minut później. Do obserwacji użyliśmy furgonetki zaparkowanej przy krawężniku. Miała półprzezroczyste szyby, Kohl wypożyczyła ją z FBI. Zatrudniła też trzech szeregowców, by wszystko wyglądało prawdziwie. Mieli na sobie kombinezony elektrowni i rozkopywali ulicę.

Czekaliśmy. Nikt się nie odzywał; w furgonetce nie było zbyt wiele powietrza. Było też gorąco, pogoda znów się poprawiła.

Po blisko czterdziestu minutach Frasconi wypuścił Syryjczyka. Ujrzeliśmy, że nadchodzi od północnej strony. Uprzedziliśmy go, co się stanie, jeśli nas zdradzi. Kohl napisała cały scenariusz, a Frasconi bezbłędnie go odegrał. Widniały w nim groźby, których najprawdopodobniej byśmy nie spełnili, ale on o tym nie wiedział. Przypuszczam, że zważywszy na to, co dzieje się z ludźmi w Syrii, uznał je raczej za wiarygodne. Usiadł przy stoliku na zewnątrz, trzy metry od nas. Neseser postawił równolegle do blatu. Zjawił się kelner, przyjął zamówienie. Wrócił po minucie z kawą. Syryjczyk zapalił papierosa, wypalił go do połowy i zgniótł w popielniczce.

– Syryjczyk czeka – oznajmiła cicho Kohl, włączyła już magnetofon. Wpadła na pomysł, by na wszelki wypadek zarejestrować wszystko na taśmie. Ubrana w mundur galowy, gotowa do dokonania aresztowania. Wyglądała świetnie.

– Potwierdzam – dodał prokurator. – Syryjczyk czeka.

Syryjczyk dokończył kawę, skinął na kelnera i zamówił drugą. Zapalił kolejnego papierosa.

– Zawsze tyle pali? – spytałem.

– Dlaczego pytasz? – chciała wiedzieć Kohl.

– Może ostrzega Quinna?

– Nie, zawsze tyle pali.

– Dobra – mruknąłem. – Ale muszą mieć jakiś sygnał alarmowy.

– Nie użyje go, Frasconi naprawdę go nastraszył.

Czekaliśmy. Syryjczyk dokończył drugiego papierosa, położył dłonie płasko na stole. Zaczął bębnić palcami. Wyglądał normalnie, jak facet, który czeka na kogoś i irytuje się, że tamten się spóźnia. Zapalił następnego papierosa.

– Nie podoba mi się to palenie – mruknąłem.

– Spokojnie, zawsze się tak zachowuje – odparła Kohl.

– Wygląda na zdenerwowanego. Quinn może coś wyczuć.

– To normalne. Facet pochodzi z Bliskiego Wschodu.

Czekaliśmy. Stopniowo stoliki się zapełniały, zbliżała się pora lunchu.

– Teraz podchodzi Quinn – oznajmiła Kohl.

– Potwierdzam – odparł prokurator. – Quinn podchodzi.

Spojrzałem na południe i ujrzałem eleganckiego mężczyznę, szczupłego, zadbanego. Jakieś metr osiemdziesiąt dwa, niecałe sto kilogramów wagi. Na oko dobiegał czterdziestki, miał czarne włosy, które zaczynały lekko siwieć na skroniach. Ubrany w niebieski garnitur, białą koszulę i ciemnoczerwony krawat przypominał typowego mieszkańca Waszyngtonu. Poruszał się szybko, ale sprawiał wrażenie powolnego. Idealnie skoordynowane ruchy, sprawny, wysportowany, niemal na pewno uprawiał jogging. W dłoni trzymał neseser od Halliburtona, bliźniaczo podobny do neseseru Syryjczyka. W promieniach słońca połyskiwał ciemnym złotem.

Syryjczyk odłożył papierosa do popielniczki i pozdrowił go skinieniem dłoni. Sprawiał wrażenie trochę niespokojnego, ale trudno się było dziwić. Poważna akcja szpiegowska w sercu stolicy wroga to nie przelewki. Quinn dostrzegł go i ruszył w jego stronę. Syryjczyk wstał, uścisnęli sobie dłonie nad stolikiem. Uśmiechnąłem się. Sprytne. Scena ta była tak typowa dla Georgetown, że praktycznie niewidzialna. Amerykanin w garniturze ściskający rękę cudzoziemca nad stolikiem pełnym filiżanek kawy i popielniczek. Obaj usiedli. Quinn przesunął krzesło, usadowił się wygodnie i ustawił swój neseser obok neseseru Syryjczyka. Na pierwszy rzut oka zlewały się w jedno.

– Nesesery stoją obok siebie – oznajmiła Kohl do mikrofonu.

– Potwierdzam – dodał prokurator. – Nesesery stoją obok siebie.

Kelner wrócił z drugą kawą Syryjczyka. Quinn powiedział coś do niego i tamten znów zniknął. Syryjczyk odezwał się do Quinna. Quinn się uśmiechnął. Był to uśmiech człowieka, który doskonale panuje nad sytuacją. Czysta satysfakcja. Syryjczyk dodał coś jeszcze, odgrywał swoją rolę. Sądził, że w ten sposób ratuje życie. Quinn wyciągnął szyję i rozejrzał się w poszukiwaniu kelnera. Syryjczyk uniósł papierosa, odwrócił się w drugą stronę i wydmuchnął dym wprost na nas. Potem zgasił go w popielniczce. Kelner wrócił, niosąc zamówienie Quinna. Większa filiżanka, zapewne kawa ze śmietanką. Syryjczyk sączył espresso. Quinn zaczął pić kawę, nie rozmawiali.

– Denerwują się – szepnęła Kohl.

– Raczej są podekscytowani – poprawiłem. – Już prawie skończyli, to ich ostatnie spotkanie, widzą przed sobą koniec. Obaj chcą mieć to z głowy.

– Obserwujcie nesesery – mruknęła Kohl.

– Patrzę na nie – oznajmił prokurator.

Quinn odstawił filiżankę na spodeczek, ze zgrzytem odsunął krzesło. Wyciągnął prawą rękę, podniósł neseser Syryjczyka.

– Quinn ma neseser Syryjczyka – oznajmił prokurator.

Quinn wstał, powiedział coś jeszcze, odwrócił się i odszedł szybkim, sprężystym krokiem. Obserwowaliśmy go, póki nie zniknął nam z oczu. Rachunek pozostawił Syryjczykowi, który zapłacił i odszedł na północ. Frasconi wynurzył się z drzwi, ujął go za rękę i poprowadził w naszą stronę. Kohl otworzyła tylne drzwi furgonetki, Frasconi wepchnął go do środka. Nie mieliśmy zbyt wiele miejsca – pięć osób w furgonetce to stanowczo przesada.

– Otwórz neseser – polecił prokurator.

Z bliska Syryjczyk wydawał się dużo bardziej zdenerwowany niż za szybą, pocił się cały, nie pachniał zbyt pięknie.

Położył neseser na podłodze, przykucnął. Powiódł po nas wzrokiem, po czym ze szczękiem zamków otworzył go.

Neseser był pusty.

• • •

Usłyszałem dzwonek telefonu w biurze Xavier eXport Company. Drzwi były grube i ciężkie, stłumiony dźwięk dobiegał jakby z daleka, ale był to telefon i dzwonił dokładnie pięć minut po tym, jak Duffy i Villanueva opuścili parking. Po dwóch dzwonkach ktoś odpowiedział. Nie słyszałem rozmowy. Przypuszczałem, że Duffy uda, iż pomyliła numer, przeciągając rozmowę tak, by wyglądała wiarygodnie na billingu. Dałem jej minutę; takie rozmowy nigdy nie trwają dłużej niż sześćdziesiąt sekund.

Wyjąłem z kieszeni berettę i jednym szarpnięciem otworzyłem drzwi. Wszedłem do środka i znalazłem się w recepcji. Ciemne drewno, wykładziny. Biuro po lewej, zamknięte, biuro po prawej, zamknięte. Przed sobą miałem biurko recepcjonistki. Ktoś za nim siedział, właśnie odkładał słuchawkę. Nie Quinn. To była kobieta. Miała jakieś trzydzieści lat, jasne włosy, niebieskie oczy. Przed nią, na blacie stała przezroczysta plastikowa tabliczka w drewnianym uchwycie. Widniało na niej imię i nazwisko: Emily Smith. Siedziała zwrócona plecami do stojaka, na którym wisiał płaszcz przeciwdeszczowy i czarna koktajlowa sukienka na drucianym wieszaku w foliowym worku z pralni chemicznej. Lewą ręką sięgnąłem za plecy i zamknąłem drzwi wejściowe. Cały czas patrzyłem prosto w oczy Emily Smith. Wpatrywała się we mnie nieruchomo, nie zerkała w prawo ani w lewo, w stronę drzwi. Zatem prawdopodobnie była sama. Nie spoglądała też w dół, ku torebce czy szufladzie. Zatem prawdopodobnie nie była też uzbrojona.

– Powinieneś nie żyć – powiedziała.

– Tak?

Skinęła głową z roztargnieniem, jakby nie potrafiła ogarnąć umysłem tego, co widzi.

– Ty jesteś Reacher. Paulie powiedział, że cię załatwił.

Przytaknąłem.

– No dobra, jestem duchem. Nie dotykaj telefonu.

Przeszedłem parę kroków i sprawdziłem jej biurko. Żadnej broni, skomplikowana konsola telefoniczna pokryta dziesiątkami przycisków. Pochyliłem się i lewą ręką wyrwałem przewód z gniazdka.

– Wstań – poleciłem.

Wstała, odsunęła krzesło do tyłu i podniosła się bez słowa.

– Sprawdzimy pozostałe pomieszczenia.

– Nikogo tu nie ma – powiedziała. W jej głosie dźwięczał strach, więc zapewne mówiła prawdę.

– I tak sprawdzimy.

Wyszła zza biurka. Była trzydzieści centymetrów niższa ode mnie. Miała na sobie ciemną spódnicę i ciemną bluzkę. Eleganckie buty; oceniłem, że równie dobrze pasowałyby do sukienki koktajlowej. Wbiłem jej w kręgosłup lufę beretty, lewą ręką chwyciłem kołnierzyk bluzki i popchnąłem naprzód. Wydawała się maleńka i bardzo krucha. Jej włosy musnęły mi dłoń, pachniały czystością. Najpierw sprawdziliśmy biuro po lewej – otworzyła przede mną drzwi, a ja wepchnąłem ją do środka, przekroczyłem próg i odsunąłem się na bok. Nie chciałem, by ktoś z drugiej strony strzelił mi w plecy.

To było zwykłe biuro, całkiem spore. I puste. Wschodni dywan na podłodze, biurko. Łazienka – niewielka klitka z toaletą i umywalką – także pusta. Obróciłem moją towarzyszkę, przeprowadziłem na drugą stronę do biura po prawej. Identyczny wystrój, bardzo podobny dywan, podobne biurko. Pusto, nikogo. Brak łazienki. Cały czas trzymałem Emily mocno za kołnierzyk. Popchnąłem ją z powrotem. Zatrzymałem się obok jej biurka.

– Nikogo nie ma – powiedziałem.

– Mówiłam – odparła.

– Gdzie są?

Nie odpowiedziała. Poczułem, że sztywnieje, jakby bardzo zależało jej na tym, by nie udzielić odpowiedzi.

– Gdzie jest Teresa Daniel?

Milczenie.

– Gdzie jest Xavier?

Znów milczenie.

– Skąd znasz moje nazwisko?

– Beck podał je Xavierowi. Prosił o pozwolenie zatrudnienia cię.

– Xavier mnie sprawdził?

– Co tylko zdołał.

– I wyraził zgodę?

– Najwidoczniej.

– Dlaczego więc dziś rano napuścił na mnie Pauliego?

Ponownie zesztywniała.

– Sytuacja uległa zmianie.

– Dziś rano? Jakiej zmianie?

– Zdobył nowe informacje.

– Jakie informacje?

– Nie wiem dokładnie. Coś w związku z samochodem.

Saabem? Zaginionymi notatkami pokojówki?

– Dokonał pewnej dedukcji – dodała Emily Smith. – Teraz wie o tobie wszystko.

– Tak się tylko mówi – uprzedziłem. – Nikt nie wie o mnie wszystkiego.

– Wie, że rozmawiałeś z ATF.

– Jak ci mówiłem, nikt tak naprawdę nie wie wszystkiego.

– Wie, co tu robiłeś.

– Czyżby? A ty wiesz?

– Nie powiedział mi.

– Jaka jest twoja rola?

– Jestem dyrektorem do spraw eksploatacji.

Mocniej chwyciłem jej kołnierzyk i podrapałem się lufą beretty po policzku, tam gdzie opuchlizna naciągała skórę.

Pomyślałem o Angelu Dollu i Johnie Chapmanie Duke'u oraz dwóch ochroniarzach, których nazwisk nie znałem. I o Pauliem. W ogólnym rozrachunku dodanie Emily Smith do listy ofiar nie kosztowałoby mnie zbyt wiele. Przyłożyłem jej broń do głowy. W oddali usłyszałem odgłos samolotu startującego z lotniska. Z rykiem przemknął po niebie niecałe półtora kilometra dalej. Pomyślałem, że zaczekam na następny i nacisnę spust. Nikt niczego nie usłyszy. Zapewne na to zasłużyła.

A może i nie.

– Gdzie on jest?

– Nie wiem.

– Wiesz, co zrobił dziesięć lat temu?

Żyj lub umrzyj, Emily. Jeśli wiedziała, powie. Z całą pewnością. Kierując się dumą, poczuciem wspólnoty, własnej ważności. Nie zdoła tego ukryć. A jeśli wiedziała, zasłużyła na śmierć, bo inaczej nie mogłaby u niego dalej pracować.

– Nie, nigdy mi nie powiedział. Nie znałam go dziesięć lat temu.

– Na pewno?

– Tak.

Uwierzyłem jej.

– Wiesz, co spotkało pokojówkę Becka? – spytałem.

Człowiek prawdomówny potrafi oczywiście powiedzieć „nie". Zwykle jednak najpierw się zastanawia, może odpowiada własnym pytaniem. Taka jest ludzka natura.

– Kogo? – spytała. – Nie, nie wiem. Co?

Odetchnąłem.

– Dobra – mruknąłem.

Schowałem berettę do kieszeni, puściłem kołnierzyk Emily Smith, obróciłem ją i lewą ręką złapałem oba jej przeguby. Prawą wziąłem kabel telefonu. A potem poprowadziłem ją do biura po lewej i dalej, do łazienki. Wepchnąłem do środka.

– Prawnicy z biura obok poszli już do domu – oznajmiłem. – Do poniedziałku rano w budynku nie będzie nikogo. Możesz sobie krzyczeć do woli, i tak nikt cię nie usłyszy.

Nie odpowiedziała. Zamknąłem jej drzwi przed nosem. Przywiązałem przewód telefoniczny do gałki, otworzyłem jak najszerzej drzwi biura i przymocowałem do klamki drugi koniec przewodu. Teraz mogła przez cały weekend ciągnąć do siebie drzwi łazienki. Nikt nie zdoła przerwać przewodu elektrycznego, szarpiąc go wzdłuż. Uznałem, że po jakiejś godzinie zrezygnuje, uspokoi się i będzie czekać, pijąc wodę z umywalki i korzystając z toalety. Zabijając czas.

Usiadłem przy jej biurku. Dyrektor do spraw eksploatacji powinien mieć u siebie ciekawe dokumenty, ona jednak nie miała. Najlepszą rzeczą, jaką znalazłem, była kopia zamówienia u Keasta i Madena, firmy cateringowej. 18 @ $55. Na dole ktoś zrobił notatkę ołówkiem, kobiece pismo, pewnie Emily Smith. Notatka brzmiała: „Baranina, nie wieprzowina!". Obróciłem się na krześle, przez chwilę przyglądałem się sukience na wieszaku, potem przekręciłem z powrotem. Zerknąłem na zegarek. Moje dziesięć minut dobiegało końca.

• • •

Windą zjechałem na parking i wyszedłem drzwiami przeciwpożarowymi z tyłu. Strażnik mnie nie widział. Okrążyłem kwartał budynków i od tyłu dotarłem do Duffy i Villanuevy. Ich samochód stał tuż za rogiem. Oboje siedzieli z przodu, wpatrując się z napięciem w szybę. Pewnie mieli nadzieję, że zobaczą na ulicy dwoje ludzi. Otworzyłem drzwi, wsiadłem, a oni obrócili się z zawiedzionymi minami. Pokręciłem głową.

– Żadne z nich – oznajmiłem.

– Ktoś podniósł słuchawkę – zaprotestowała Duffy.

– Kobieta, niejaka Emily Smith, dyrektor do spraw eksploatacji. Niczego mi nie powiedziała.

– Co z nią zrobiłeś?

– Zamknąłem w łazience. Do poniedziałku mamy ją z głowy.

– Trzeba ją było przycisnąć – wtrącił Villanueva. – Powinieneś wyrwać jej parę paznokci.

– To nie w moim stylu, ale jeśli chcesz, bardzo proszę. Masz wolną rękę. Wciąż tam jest, nigdzie nie pójdzie.

Villanueva jedynie pokręcił głową.

– I co teraz? – spytała Duffy.

• • •

– I co teraz? – spytała Kohl.

Wciąż siedzieliśmy w furgonetce, Kohl, prokurator i ja. Frasconi zabrał już Syryjczyka. Kohl i ja zastanawialiśmy się gorączkowo, a prokurator właśnie zaczął umywać od wszystkiego ręce.

– Byłem jedynie obserwatorem – oznajmił. – Nie mogę udzielić porady prawnej, to nie byłoby stosowne. Szczerze mówiąc, i tak nie wiedziałbym, co powiedzieć.

Posłał nam nieprzychylne spojrzenie, sam otworzył sobie drzwi i odszedł, nie oglądając się za siebie. Oto minusy wybrania na obserwatora wrednego dupka. Niezamierzone skutki uboczne.

– To znaczy co się stało? – spytała Kohl. – Co dokładnie widzieliśmy?

– Istnieją tylko dwie możliwości – odparłem. – Po pierwsze: całkiem po prostu naciągał faceta, klasyczna sztuczka oszustów. Przekazuje się partiami nieważne rzeczy, a potem zachowuje ostatnią, najważniejszą. Albo po drugie, działał całkiem oficjalnie, prowadził oficjalną operację wywiadowczą. Dowodził, że Gorowski zdradza informacje, że Syryjczycy są gotowi zapłacić za nie sporo kasy.

– Porwał córkę Gorowskiego – przypomniała. – Nie ma mowy, by zrobił to legalnie.

– Zdarzały się już gorsze rzeczy.

– Zatem ich nabierał.

Przytaknąłem.

– Zgadzam się, naciągał ich.

– Co możemy z tym zrobić?

– Nic, bo jeśli zdecydujemy się go oskarżyć o oszustwo dla

zysku, od razu zaprzeczy. Powie, że wcale tego nie robił, że to tajna operacja, a my mamy dowieść inaczej. A potem niezbyt uprzejmie każe nam nie wtykać nosa w sprawy wywiadu.

Milczała.

– I wiesz co? – dodałem. – Nawet jeśli faktycznie ich naciągał, nie wiedziałbym, o co go oskarżyć. Czy kodeks wojskowy zakazuje brania pieniędzy od idiotów z zagranicy w zamian za puste nesesery?

– Nie wiem.

– Ja też nie.

– Ale tak czy inaczej Syryjczycy wpadną w szał – powiedziała. – Mam rację, prawda? Zapłacili mu pół miliona dolców, będą musieli zareagować. W grę wchodzi ich duma. Nawet jeśli działał legalnie, cholernie ryzykował. Ryzyko warte pół miliona, nie popuszczą mu. A on nie może po prostu zniknąć, będzie musiał zostać na posterunku. Stanowi idealny cel.

Zawahałem się, spojrzałem na nią.

– Jeśli nie zamierza znikać, czemu przerzuca pieniądze?

Nie odpowiedziała. Spojrzałem na zegarek. Pomyślałem: to, nie tamto. Albo może, ten jeden raz, to i tamto.

– Pół miliona to za dużo – oznajmiłem.

– Za co?

– Za to, co kupowali Syryjczycy. Nie jest tego warte. Wkrótce pojawi się prototyp, potem pierwsza wstępna seria. Za kilka miesięcy w kwatermistrzostwie znajdzie się sto gotowych pocisków. Mogliby kupić jeden z nich za dziesięć tysięcy; z pewnością znaleźliby dostęp do przekupnego kaprala. Zdołaliby nawet sami coś ukraść i rozebrać na części pierwsze.

– No dobra. Zatem kiepsko prowadzą interesy – powiedziała Kohl. – Ale przecież słyszeliśmy Quinna na taśmie. Włożył do banku pół miliona.

– Wiem, to fakt.

– Zatem?

– To nadal zbyt wiele. Syryjczycy nie są głupsi od innych. Nikt nie zapłaciłby pół miliona za bajerancką strzałkę.

– Ale wiemy przecież, że tyle właśnie zapłacili. Przed chwilą zgodziłeś się, że to fakt.

– Nie – poprawiłem. – Wiemy, że Quinn ma w banku pół miliona. To jest fakt. Nie dowodzi jednak, że Syryjczycy zapłacili mu pół miliona. Ta część to jedynie domysły.

– Co takiego?

– Quinn jest specjalistą od Bliskiego Wschodu, to cwaniak i przestępca. Myślę, że za szybko przerwałaś sprawdzanie.

– Sprawdzanie czego?

– Jego. Dokąd chodzi, z kim się spotyka. Ile jest podejrzanych reżimów na Bliskim Wschodzie? Co najmniej cztery albo pięć. Przypuśćmy, że dogadał się z dwoma bądź trzema, albo nawet wszystkimi, a każdy z nich sądzi, że jest jedyny. Przypuśćmy, że powtarza ten sam numer trzy, cztery razy. To wyjaśniałoby, skąd wziął pół miliona, sprzedając coś, co nie jest warte pół miliona.

– I naciąga ich wszystkich?

Znów spojrzałem na zegarek.

– Może. Albo może z jednym z nich gra uczciwie. Może tak właśnie się to zaczęło. Z początku zamierzał grać na serio tylko z jednym klientem, ale nie dostał sumy, o jaką mu chodziło, i postanowił zwiększyć zyski.

– Powinnam była sprawdzić inne kawiarnie – mruknęła. – Nie zadowalać się Syryjczykiem.

– Pewnie ma stałą trasę – podsunąłem. – Serię oddzielnych spotkań, jedno po drugim, jak pieprzony kurier.

Kohl spojrzała na zegarek.

– No dobra – rzuciła. – W tej chwili zanosi do domu gotówkę od Syryjczyka.

Przytaknąłem.

– A potem wyruszy na spotkanie z następnym klientem. Musisz ściągnąć Frasconiego i zorganizować obserwację. Znajdźcie Quinna, gdy wyruszy do miasta. Zgarnijcie każdego, z kim wymieni neseser. Być może dostaniecie tylko stos pustych neseserów, ale może jeden z nich nie będzie pusty. W takim wypadku wracamy do gry.

Rozejrzała się po furgonetce, spojrzała na magnetofon.

– Zapomnij – rzuciłem. – Nie ma czasu na popisy. Ty i Frasconi, na ulicy. To musi wystarczyć.

· · ·

– Magazyn – powiedziałem. – Musimy go sprawdzić.

– Trzeba załatwić wsparcie – odparła Duffy. – Wszyscy tam będą.

– Taką mam nadzieję.

– To zbyt niebezpieczne. Jest nas tylko troje.

– Prawdę mówiąc, podejrzewam, że jadą gdzie indziej. Możliwe, że już wyjechali.

– Dokąd się wybierają?

– Później się dowiemy – odparłem. – Załatwmy to jak należy, krok po kroku.

Villanueva włączył się do ruchu.

– Zaczekaj – rzuciłem. – Następny skręt w prawo. Najpierw chcę coś sprawdzić.

Skierowałem go dwie przecznice dalej, skręciliśmy dwa razy i znaleźliśmy się na parkingu, na którym zostawiłem Angela Dolla w bagażniku jego wozu. Villanueva zaczekał przy hydrancie. Wysiadłem, podszedłem do głównego wjazdu, czekając, aż moje oczy przywykną do ciemności. Ruszyłem dalej i znalazłem się w miejscu, z którego skorzystałem. Stał tam samochód, ale nie czarny lincoln Angela Dolla, lecz subaru legacy, zielony metalik, wersja z bagażnikiem na dachu i wielkimi oponami. Na tylnej szybie widniała nalepka z flagą amerykańską. Kierowca patriota, ale nie aż tak wielki, by kupić amerykański samochód.

Sprawdziłem dwie sąsiednie alejki, by się upewnić, choć tak naprawdę już byłem pewien. Nie saab, lecz lincoln, nie brak notatek pokojówki, lecz brak oznak życia u Angela Dolla.

Teraz wie o tobie wszystko. Skinąłem głową w ciemności. Nikt nie wie wszystkiego. O kimkolwiek. Ale zapewne wiedział o mnie więcej, niż mi to odpowiadało. Wróciłem tą samą drogą, którą przyszedłem, po pochylni wyszedłem na zewnątrz. Na dworze było pochmurno, szaro, stałem w cieniu rzucanym przez wysokie budynki, miałem jednak wrażenie, jakbym znalazł się w blasku reflektorów. Wsiadłem z powrotem do taurusa i cicho zamknąłem drzwi.

– W porządku? – spytała Duffy.

Nie odpowiedziałem. Odwróciła się w fotelu i spojrzała na mnie.

– W porządku? – powtórzyła.

– Musimy wyciągnąć stamtąd Eliota.

– Dlaczego?

– Znaleźli Angela Dolla.

– Kto?

– Ludzie Quinna.

– Jak?

– Nie wiem.

– Jesteś pewien? – spytała. – To mogła być policja z Portlandu. Podejrzany samochód stojący zbyt długo na parkingu...

Pokręciłem głową.

– Otworzyliby bagażnik i teraz traktowali cały parking jako miejsce zbrodni. Otoczyliby je taśmami, wszędzie roiłoby się od glin.

Nie odpowiedziała:

– Sytuacja zupełnie wymknęła się spod kontroli – ciągnąłem. – Zadzwoń do Eliota na komórkę, każ mu się stamtąd wynosić. Powiedz, żeby zabrał cadillakiem Becków i kucharkę. W razie konieczności niech ich aresztuje, zagrozi bronią. Powiedz, żeby znalazł inny motel i ukrył się tam.

Sięgnęła do torebki po nokię, nacisnęła szybkie wybieranie, odczekała. Odliczałem w głowie. Jeden dzwonek. Dwa. Trzy dzwonki. Cztery. Duffy zerknęła na mnie niespokojnie.

A potem Eliot odebrał. Odetchnęła z ulgą, przekazała mu instrukcje, głośno, wyraźnie, naglącym tonem. Rozłączyła się.

– Wszystko okay? – spytałem.

Skinęła głową.

– Wyraźnie mu ulżyło.

Przytaknąłem. Niewątpliwie to nic zabawnego czuwać przy karabinie maszynowym plecami do morza, wpatrując się w szary krajobraz, nie wiedząc, kto i kiedy się zjawi.

– Ruszajmy – powiedziałem. – Do magazynu.

Villanueva znów włączył się do ruchu, znał drogę. Obserwował magazyn dwukrotnie z Eliotem przez dwa długie dni. Zmierzał na południowy wschód przez miasto i podjechał do portu od strony północno-zachodniej. Wszyscy siedzieliśmy cicho, nikt się nie odzywał. Próbowałem oszacować szkody. Były niewyobrażalne, całkowita katastrofa. Ale jednocześnie dawała wyzwolenie, wyjaśniała sytuację. Koniec z udawaniem, zero oszustw. Teraz byłem ich wrogiem, po prostu. A oni byli moim. Co za ulga.

Villanueva działał sprawnie, robił wszystko, jak należy. Okrążył magazyn w odległości trzech przecznic, sprawdził wszystkie strony. Jedyne, co mogliśmy zrobić, to patrzeć wzdłuż uliczek i między budynkami. Cztery przejazdy, cztery spojrzenia. Ani śladu samochodów. Drzwi były zamknięte na głucho, okna ciemne.

– Gdzie są wszyscy? – spytała Duffy. – To miał być ważny weekend.

– Jest – odparłem. – Myślę, że bardzo ważny. I myślę, że to, co robią, ma sens.

– Co zatem robią?

– Później – odparłem. – Przyjrzyjmy się mossbergom i zobaczmy, co dostają w zamian.

Villanueva zaparkował po minięciu dwóch budynków na północnym i wschodzie, pod drzwiami z napisem: „Wypchane zwierzęta Briana". Zamknął taurusa, razem ruszyliśmy na południowy zachód i zatoczyliśmy łuk, by podejść do budynku Becka od ślepej, pozbawionej okien strony. Wejście dla personelu było zamknięte na klucz. Zajrzałem przez tylne okno biura, niczego nie zauważyłem. Okrążyłem narożnik i sprawdziłem sekretariat. Nikogo. Dotarliśmy do niemalowanych szarych drzwi i zatrzymaliśmy się. Były zamknięte.

– Jak tam wejdziemy? – spytał Villanueva.

– Dzięki temu – odparłem.

Wyciągnąłem z kieszeni klucze Angela Dolla i otworzyłem drzwi. Nacisnąłem klamkę, alarm zaczął popiskiwać. Wszedłem do środka, pogrzebałem w papierach na tablicy, znalazłem kod i wprowadziłem. Czerwone światełko zamieniło się w zielone, piski umilkły. W budynku zapadła cisza.

– Nie ma ich tu – powiedziała Duffy. – Nie mamy czasu na sprawdzanie, musimy znaleźć Teresę.

Czułem w powietrzu woń smaru, mieszała się z zapachem surowej wełny z dywanów.

– Pięć minut – odparłem. – A potem ATF da ci medal.

• • •

– Powinni dać ci medal – powiedziała Kohl. Dzwoniła do mnie z budki telefonicznej, z kampusu uniwersytetu w Georgetown.

– Naprawdę?

– Mamy go, możemy go przygwoździć. Facet jest skończony.

– I kto to był?

– Irakijczycy – odparła. – Wyobrażasz sobie?

– Zgadzałoby się. Właśnie skopaliśmy im tyłki i chcą być gotowi na następną rundę.

– Ale bezczelność, co?

– Jak poszło?

– Tak samo jak wcześniejsze, tyle że to nesesery Samsonite, a nie Halliburtona. Mamy puste od Libańczyka i Irańczyka. A potem trafiliśmy na żyłę złota. Irakijczyk, autentyczne plany.

382

– Jesteś pewna?

– Absolutnie – odparła. – Dzwoniłam do Gorowskiego. Potwierdził ich autentyczność poprzez numer w dolnym rogu.

– Kto był świadkiem przekazania?

– My oboje, ja i Frasconi. A także studenci i paru pracowników naukowych. Zrobili to w kafejce uniwersyteckiej.

– Pracowników? Którego wydziału?

– Jest wśród nich profesor prawa.

– Co widział?

– Wszystko, ale nie może przysiąc, jeśli chodzi o samo przekazanie. Zrobili to zręcznie, jak zawodowcy, nesesery były identyczne. Czy to wystarczy?

Pytania, na które chciałbym udzielić innej odpowiedzi. Quinn mógł twierdzić, że Irakijczyk dostał już wcześniej plan z nieznanego źródła. Mógłby sugerować, że Irakijczyk nosił je ze sobą, zaprzeczać, że w ogóle doszło do wymiany. Potem jednak pomyślałem o Syryjczyku, Libańczyku i Irańczyku, i pieniądzach w banku Quinna. Ofiary oszustwa szybko zmądrzeją, może zechcą zeznawać za zamkniętymi drzwiami. Departament Stanu zorganizowałby im spotkanie. A na neseserze Irakijczyka znajdą się odciski palców Quinna. Z pewnością podczas spotkania nie nosił rękawiczek, to zbyt podejrzane. W sumie uznałem, że mamy dosyć dowodów i poszlak. Dysponowaliśmy jasnym wzorem postępowania, niewyjaśnionymi sumami na koncie bankowym Quinna, ściśle tajnymi wojskowymi planami w posiadaniu agenta irackiego oraz dwójką żandarmów i profesorem prawa, którzy wyjaśnią, jak się tam znalazły. I odciskami na rączce neseseru.

– Aż nadto – odparłem. – Możesz dokonać aresztowania.

• • •

– Gdzie mam iść? – spytała Duffy.

– Pokażę ci – odparłem.

Przecisnąłem się obok niej i przeszedłem przez sekretariat do biura na tyłach, a potem dalej, do drugiego, w magazynie.

Komputer Angela Dolla wciąż stał na biurku. Gąbka z jego krzesła nadal sypała się na podłogę. Znalazłem właściwy wyłącznik i zapaliłem światła w magazynie. Przez szklane ściany widziałem wszystko dokładnie. Stojaki z dywanami wciąż tam były, podobnie wózek widłowy. Jednak pośrodku pojawiły się skrzynie, pięć piramid. Podzielono je na dwie części. Najdalej od drzwi stały trzy stosy poobijanych drewnianych skrzynek, z napisami w obcych alfabetach, głównie w cyrylicy, na której nakreślono od prawej do lewej bazgroły arabskie. Przypuszczałem, że to towary sprowadzone przez Bizarre Bazaar. Bliżej drzwi czekały dwie sterty nowych skrzyń z angielskimi napisami: Mossberg, Connecticut. Była to zapewne przygotowana do wysyłki dostawa Xavier eXport Company. Import–eksport, wymiana w najczystszej postaci. *Uczciwa wymiana to nie kradzież*, jak mawiał Leon Garber.

– Nie jest zbyt wielka, prawda? – mruknęła Duffy. – Pięć stosów skrzynek? Sto czterdzieści tysięcy dolarów? Sądziłam, że to duża transakcja.

– Myślę, że jest duża – odparłem. – Pod względem ważności, nie wartości.

– Chodźmy zobaczyć – zaproponował Villanueva.

Weszliśmy do magazynu i razem zdjęliśmy górną skrzynkę Mossberga. Była ciężka. Lewą rękę wciąż miałem nieco osłabioną, a środek klatki piersiowej nadal bolał. W porównaniu z tym rozbita warga w ogóle się nie liczyła.

Villanueva znalazł na stole młotek z pazurem, za pomocą którego wyciągnął gwoździe z wieka skrzyni, zdjął je i położył na podłodze. Skrzynia była pełna styropianowych kulek. Zanurzyłem w nich ręce i wyłowiłem długą strzelbę zawiniętą w woskowy papier. Zdarłem go. To był M500 persuader, model cruiser, bez długiej kolby, tylko z uchwytem. Dwunastka, lufa czterdzieści siedem centymetrów, komora siedmioipółcentymetrowa, sześciostrzałowa, błękitno oksydowany metal, uchwyt z czarnego plastiku, bez celownika. Paskudna, brutalna broń uliczna krótkiego zasięgu. Przeładowałem. Klik, klik.

Poruszała się jak jedwab na skórze. Pociągnąłem spust, chodził gładko jak aparat Nikona.

– Widzisz może amunicję? – spytałem.

– Tutaj! – zawołał Villanueva.

Trzymał w rękach pudełko brenek magnum. Za nim stała otwarta skrzynka pełna dziesiątków identycznych pudełek. Otworzyłem dwa, załadowałem broń, jeden pocisk wsunąłem do komory i dodałem siódmy. Potem zabezpieczyłem strzelbę, bo breneki to nie śrut na ptactwo. To ważące dwadzieścia osiem gramów pociski z lanej miedzi, które opuszczają lufę persuadera z prędkością tysiąca siedmiuset kilometrów na godzinę. Są w stanie wybić w ścianie z pustaków dziurę dość wielką, by mógł się przez nią przecisnąć człowiek. Położyłem broń na stole, odwinąłem kolejną. Załadowałem, zabezpieczyłem i odłożyłem obok pierwszej. Dostrzegłem, że Duffy patrzy na mnie dziwnie.

– Po to właśnie są – wyjaśniłem. – Pusta strzelba nikomu się nie przyda.

Schowałem opróżnione opakowania po brenekach do skrzynki i zamknąłem wieko. Villanueva oglądał teraz skrzynie Bizarre Bazaar, w rękach trzymał plik papierów.

– Czy według ciebie wyglądają na dywany? – spytał.

– Niespecjalnie – przyznałem.

– Służby celne Stanów Zjednoczonych tak uważają. Niejaki Taylor skontrolował je i stwierdził, że to ręcznie tkane dywany z Libii.

– To się przyda – odparłem. – Możecie przekazać tego Taylora ATF. Sprawdzą jego konto. Może zyskacie sobie popularność.

– Co w nich jest naprawdę? – spytała Duffy. – Co się robi w Libii?

– Nic – powiedziałem. – Uprawiają tam daktyle.

– To wszystko pochodzi z Rosji – oznajmił Villanueva. – Dwa razy było w Odessie, importowane do Libii, zawrócone i przesłane tutaj. W zamian za dwa tysiące persuaderów. Tylko dlatego, że ktoś na ulicach Trypolisu chce wyglądać na twardziela.

– A w Rosji robią mnóstwo różnych rzeczy – zauważyła Duffy.

Skinąłem głową.

– Zobaczmy, co dokładnie.

W trzech stosach było w sumie dziewięć skrzyń. Zdjąłem najwyższą z pierwszego, Villanueva znów chwycił młotek. Ściągnął wieko i ujrzałem w trocinach rządek AK-74, standardowych karabinków Kałasznikowa, mocno zużytych. Nic ciekawego, broń na ulicy warta około dwustu dolarów, w zależności od tego, gdzie się je sprzedaje. Nic modnego. Nie wyobrażałem sobie, by wystrojeni handlarze narkotyków mieli zamienić na nie swoje piękne, matowoczarne H&K.

Druga skrzynia była mniejsza. Ją także wypełniały trociny i karabinki szturmowe AKSU-74. To pochodna AK-74, skuteczna, ale niezgrabna. One także były używane, lecz dobrze utrzymane. Nic porywającego, nie lepsze niż pół tuzina zachodnich odpowiedników. NATO nie dręczyły koszmary senne z ich powodu.

W trzeciej skrzyni tkwiły pistolety Makarowa kalibru 9 milimetrów, w większości podrapane i stare. To bardzo prymitywna, nieciekawa broń, kiepska kopia przedpotopowych waltherów PP. W radzieckim wojsku nigdy nie zapanował kult pistoletów. Uważali, że strzelanie z pistoletu jest tylko nieco lepsze niż rzucanie kamieniami.

– To śmiecie – powiedziałem. – Najlepiej byłoby je przetopić i odlać z nich kotwice.

Zajęliśmy się drugim stosem i już w pierwszej skrzynce znaleźliśmy coś znacznie ciekawszego. Była pełna karabinów VAL „cichy zabójca". Do 1994 roku, gdy Pentagon zdołał zdobyć jeden z nich, ich istnienie otaczała tajemnica. Są całe czarne, metalowe, ze szkieletową metalową kolbą. Strzelają specjalną, ciężką, dziewięciomilimetrową amunicją poddźwiękową. Testy wykazują, że z odległości pięciuset metrów potrafią przebić dowolny pancerz osobisty bądź kamizelkę kuloodporną. Pamiętam, że w owym czasie wzbudziły wśród naszych wojskowych sporą konsternację. Było ich dwanaście. W następnej skrzynce kolejnych dwanaście. Sprzęt wysokiej klasy, wyglądał dobrze. Zdecydowanie spodobałby się narkotykowym modnisiom, zwłaszcza ten czarny ze srebrnymi elementami.

– Są drogie? – spytał Villanueva.

Wzruszyłem ramionami.

– Trudno powiedzieć. Zależy chyba od tego, ile ktoś skłonny byłby zapłacić. Jednak vaime bądź sig tej samej klasy, nówka kupiona w Stanach, może kosztować ponad pięć kawałków.

– Zatem tu mamy już całą wartość dostawy.

Przytaknąłem.

– To doskonała broń, ale mało przydatna w środkowopołudniowym Los Angeles. Jej wartość uliczna może być znacznie mniejsza.

– Powinniśmy już iść – upomniała Duffy.

Cofnąłem się, żeby wyjrzeć przez szklane ściany i dalej, przez okna biura. Wciąż było popołudnie, mroczne, lecz jeszcze nie ciemne.

– Niedługo – obiecałem.

Villanueva otworzył ostatnią skrzynię z drugiego stosu.

– Co to jest, do diabła? – spytał.

Podszedłem, znów ujrzałem trociny. Pośród nich tkwiła smukła, czarna rura z krótką drewnianą częścią służącą za kolbę. Z końca lufy wystawał pękaty pocisk. Dwukrotnie przetarłem oczy, nim się upewniłem.

– To RPG siedem – oznajmiłem. – Wyrzutnia rakiet przeciwpancernych, broń piechoty, odpalana z ramienia.

– RPG oznacza Rocket Propelled Grenade, granat napędzany rakietowo – sprostował Villanueva.

– Po angielsku – odparłem. – Po rosyjsku to Rieaktywnyj Protiwtankowyj Granatomiot, rakietowy granatnik przeciwpancerny. Tyle że strzela pociskami, nie granatami.

– Coś jak długi penetrator? – wtrąciła Duffy.

– Mniej więcej – mruknąłem. – Tyle że te pociski wybuchają.

– Wysadzają czołgi?

– Do tego służą.

– Kto kupiłby coś takiego od Becka?

– Nie wiem.

– Handlarze narkotyków?

– Możliwe. To bardzo skuteczna broń do ostrzału domu. Albo limuzyny opancerzonej. Gdyby twój rywal kupił sobie kuloodporne bmw, potrzebowałabyś czegoś takiego.

– Albo terroryści – dodała.

Skinąłem głową.

– Czy świry z organizacji paramilitarnych.

– To bardzo poważna sprawa.

– Trudno się z nich celuje – powiedziałem. – Pocisk jest duży i wolny, w dziewięciu przypadkach na dziesięć nawet lekki powiew wiatru sprawia, że chybiasz. Ale to żadna pociecha dla tych, których trafisz przypadkiem.

Villanueva zdjął następną pokrywę.

– Jeszcze jeden – oznajmił.

– Musimy wezwać ATF – oznajmiła Duffy. – I FBI. Natychmiast.

– Niedługo – mruknąłem.

Villanueva otworzył ostatnie dwie skrzynie. Zatrzeszczało drewno, gwoździe wysunęły się z piskiem.

– Znów jakieś dziwactwa – powiedział.

Spojrzałem. Grube metalowe rury pomalowane jaskrawożółtą farbą z zamocowanymi pod spodem modułami elektronicznymi. Odwróciłem wzrok.

– Strieły – powiedziałem. – To SA-siedem Strieła, rosyjskie pociski ziemia–powietrze.

– Samonaprowadzające?

– Zgadza się.

– Do zestrzeliwania samolotów? – spytała Duffy.

Skinąłem głową.

– I bardzo skuteczne w przypadku helikopterów.

– Jaki mają zasięg? – spytał Villanueva.

– Do ponad trzech tysięcy metrów.

– Coś takiego mogłoby zestrzelić samolot pasażerski.

Skinąłem głową.

– Niedaleko lotniska – powiedziałem. – Tuż po starcie.
Można wystrzelić go z łodzi na East River. Wyobraźcie sobie,
jak taki pocisk trafia samolot startujący z La Guardii, jak wrak
rozbija się na Manhattanie. Powtórka jedenastego września.

Duffy wpatrywała się w żółte wyrzutnie.

– Niewiarygodne – mruknęła.

– Tu już nie chodzi o handlarzy narkotyków – powiedziałem. – Podbijają nowy rynek. W grę wchodzi terroryzm, bez
dwóch zdań. Ta jedna dostawa wystarczy do pełnego wyposażenia całej komórki terrorystycznej. Mogliby zrobić tym
wszystko.

– Musimy wiedzieć, kto zamierza to kupić i po co.

I wtedy usłyszałem kroki przy wejściu, a także szczęk pocisku wprowadzanego do komory pistoletu. I głos.

– Nie pytamy, po co im to – oznajmił. – Nigdy nie zadaje-
my pytań. Po prostu bierzemy kasę.

14

To był Harley, jego usta nad bródką wciąż przypominały bezkształtną dziurę. Widziałem pożółkłe pieńki zębów. W prawej dłoni trzymał P14. P14 to solidna kanadyjska kopia colta 1911, dla niego stanowczo za ciężka. Przeguby miał cienkie i słabe. Lepiej pasowałby mu glock 19, taki jak pistolet Duffy.

– Zobaczyłem, że pali się światło – oznajmił. – Pomyślałem, że wejdę i sprawdzę.

A potem skierował wzrok na mnie.

– Wygląda na to, że Paulie spieprzył sprawę. A ty pewnie naśladowałeś jego głos, gdy pan Xavier zadzwonił.

Spojrzałem na palec spoczywający na spuście. Przez pół sekundy robiłem sobie w duchu wyrzuty, że dałem mu się zaskoczyć. A potem zająłem się planowaniem, jak go załatwię. Pomyślałem: Villanueva na mnie nawrzeszczy, jeśli go zabiję, nie pytając o Teresę.

– Zechcesz mnie przedstawić? – zagadnął.

– To jest Harley – oznajmiłem.

Nikt się nie odezwał.

– Co to za ludzie? – zapytał Harley.

– Jesteśmy agentami federalnymi – oświadczyła Duffy.

– A co tu robicie? – spytał Harley.

Zadawał pytania, jakby naprawdę go to interesowało. Miał na sobie inny garnitur, lśniąco czarny, pod nim srebrny krawat. Wziął prysznic, umył włosy i związał je zwykłą brązową gumką.

– Pracujemy – odparła Duffy.

Skinął głową.

– Reacher widział już, co robimy z kobietami od federalnych. Na własne oczy.

– Powinieneś zmienić stronę, Harley – poradziłem. – Wszystko się wali.

– Tak myślisz?

– Ja to wiem.

– Widzisz, a my jesteśmy innego zdania. Sprawdziliśmy w komputerach. Nasza wspólna przyjaciółka, ta z worka, nic im nie powiedziała, wciąż czekają na pierwszy raport. Prawdę mówiąc, odnoszę wrażenie, jakby o niej zapomnieli.

– Nie mamy nic wspólnego z komputerami.

– Jeszcze lepiej – mruknął. – Działacie niezależnie, nikt nie wie, że tu jesteście, a ja mam was na muszce.

– Paulie też miał mnie na muszce – odparłem.

– Celował do ciebie z gnata?

– Z dwóch.

Na moment spuścił wzrok, potem uniósł go szybko.

– Jestem mądrzejszy od niego – rzekł. – Ręce za głowy.

Wszyscy podnieśliśmy ręce.

– Reacher ma berettę – powiedział Harley. – Wiem to na bank. Przypuszczam, że mamy tu też dwa glocki, najpewniej siedemnastkę i dziewiętnastkę. Chcę zobaczyć wszystkie na podłodze. Tylko powoli, po kolei.

Nikt się nie poruszył. Harley przesunął P14 w stronę Duffy.

– Pani pierwsza – rzucił. – Dwoma palcami.

Duffy wsunęła lewą dłoń pod marynarkę i wyciągnęła glocka, ściskając go między kciukiem i palcem wskazującym. Upuściła go na podłogę. Poruszyłem ręką w stronę kieszeni.

– Zaczekaj – polecił Harley. – Nie bardzo ci ufam.

Zbliżył się, uniósł rękę i przycisnął lufę P14 do mojej dolnej wargi, dokładnie w miejscu, w które uderzył mnie Paulie.

Potem sięgnął lewą ręką i zaczął grzebać mi w kieszeni. Wyciągnął berettę, rzucił ją obok glocka Duffy.

– Teraz ty – powiedział do Villanuevy, nie przesuwając broni. Była zimna i twarda, czułem końcówkę lufy na rozchwianym zębie.

Villanueva upuścił glocka na podłogę. Harley zgarnął wszystkie trzy pistolety stopą, potem się cofnął.

– Dobra – oznajmił. – Teraz podejdźcie do ściany. – Zaczął nami komenderować, póki nie znalazł się obok skrzyń, a my pod tylną ścianą.

– Jest ktoś jeszcze – powiedział Villanueva. – Nie ma go tu.

Błąd, pomyślałem. Harley uśmiechnął się tylko.

– To do niego zadzwoń! – polecił. – Każ, żeby tu przyjechał.

Villanueva nie odpowiedział. Ślepy zaułek. Po sekundzie jednak zaułek zamienił się w śmiertelną pułapkę.

– Zadzwoń – powtórzył Harley. – Natychmiast, albo zacznę strzelać.

Nikt się nie ruszył.

– Zadzwoń, albo kobieta dostanie kulkę w udo.

– To ona ma telefon – rzucił Villanueva.

– W torebce – dodała Duffy.

– A gdzie jest torebka?

– W samochodzie.

Dobra odpowiedź, pomyślałem.

– Gdzie jest samochód? – naciskał Harley.

– W pobliżu – odparła Duffy.

– Taurus obok wypchanych zwierzaków?

Duffy skinęła głową. Harley się zawahał.

– Możesz skorzystać z telefonu w biurze – zaproponował. – Zadzwoń do niego.

– Nie znam numeru.

Harley spojrzał na Duffy pytająco.

– Mam go w książce – wyjaśniła. – Nie znam na pamięć.

– Gdzie jest Teresa Daniel? – spytałem.

Harley uśmiechnął się w odpowiedzi. Pytanie i odpowiedź, pomyślałem.

– Nic jej nie jest? – wtrącił Villanueva. – Bo lepiej, żeby tak było.

– Och, absolutnie nic – rzekł Harley. – Jest w świetnej formie.

– Mam iść po telefon? – spytała Duffy.

– Wszyscy pójdziemy – oznajmił Harley. – Kiedy tylko uporządkujecie skrzynie. Strasznie nabałaganiliście. Nie trzeba było tego robić.

Podszedł do Duffy i przyłożył jej broń do skroni.

– Ja zaczekam tutaj, kobieta zostanie ze mną. Coś w rodzaju osobistego ubezpieczenia na życie.

Villanueva zerknął na mnie. Wzruszyłem ramionami – najwyraźniej przypadła nam w udziale rola magazynierów. Ruszyłem naprzód, podniosłem z podłogi młotek. Villanueva dźwignął wieko pierwszej skrzyni ze striełą. Znów na mnie zerknął. Pokręciłem głową niemal niedostrzegalnie, tak by tylko on to zauważył. Z dziką rozkoszą walnąłbym Harleya młotkiem w głowę albo w gębę. To rozwiązałoby radykalnie jego problemy stomatologiczne. Jednak młotek niewiele może zdziałać wobec faceta, który przykłada broń do głowy zakładniczki. A poza tym miałem lepszy pomysł. Opierał się on jednak na pokazie posłuszeństwa, toteż uniosłem tylko młotek, czekając uprzejmie, aż Villanueva umieści wieko na miejscu, przykrywając grubą żółtą wyrzutnię. Przesunąłem wieko tak, by gwoździe pasowały do otworów. Potem wbiłem je i cofnąłem się, znów czekając.

W ten sam sposób załatwiliśmy drugą skrzynię ze striełą. Podnieśliśmy i ustawiliśmy na pierwszej. Potem zajęliśmy się RPG7. Przybiliśmy wieka i ustawiliśmy dokładnie tak jak na początku. Następne były karabiny VAL. Harley obserwował nas czujnie, zaczynał się jednak lekko odprężać. Byliśmy posłuszni. Villanueva najwyraźniej rozumiał, o co mi chodzi;

szybko chwytał. Znalazł wieko skrzyni z makarowami. W połowie skłonu znieruchomiał.

– Ludzie kupują coś takiego? – spytał.

Doskonale, pomyślałem. Mówił lekkim, nieco zaskoczonym tonem, okazując zawodowe zainteresowanie niczym prawdziwy agent ATF.

– Czemu nie? – spytał Harley.

– Bo to złom – wtrąciłem. – Próbowałeś kiedyś użyć czegoś takiego?

Harley pokręcił głową.

– Pokażę ci coś – zaproponowałem. – Dobrze?

Harley przycisnął mocniej lufę do skroni Duffy.

– Co mi pokażesz?

Wsadziłem dłoń do skrzyni i wyciągnąłem jeden z pistoletów. Zdmuchnąłem z niego trociny i uniosłem. Był stary, podrapany. Zużyty.

– Bardzo prymitywny mechanizm – powiedziałem. – Uprościli pierwotny projekt walthera. Tak naprawdę go spieprzyli. Automatyczny jak pierwowzór, ale makabrycznie ciężko chodzi.

Wycelowałem broń w sufit, położyłem palec na spuście, opierając kciuk o kolbę dla zwiększenia efektu. Rozcapierzyłem dłoń i nacisnąłem spust. Mechanizm zazgrzytał jak przekładnia w starym samochodzie, a pistolet przekręcił mi się w dłoni.

– Zwykły złom – mruknąłem.

Powtórzyłem, słuchając zgrzytania i pozwalając, by broń kołysała mi się w ręce.

– Beznadziejny – dodałem. – Nie ma szans, by w cokolwiek trafić, chyba że stoi się tuż obok.

Wrzuciłem pistolet do skrzyni, Villanueva zasunął wieko.

– Powinieneś zacząć się martwić, Harley – rzekł. – Gdy takie śmieci trafią na ulicę, wasza reputacja popsuje się na amen.

– Nie mój problem – odparł Harley. – To nie moja reputacja. Ja tu tylko pracuję.

Zacząłem wbijać gwoździe, powoli, jakbym był zmęczony. Przeszliśmy do skrzyni AKSU-74, następnie AK-74.

– Moglibyście sprzedać je filmowcom – zauważył Villanueva. – Do dramatów historycznych. Tylko do tego się nadają.

Wbiłem gwoździe i ustawiliśmy skrzynie na pozostałych, dostawa sprowadzona przez Bizarre Bazaar wyglądała dokładnie tak, jak ją zastaliśmy. Harley wciąż nas obserwował, nadal trzymał broń przy głowie Duffy, lecz przegub zaczął mu się męczyć i palec nie spoczywał już na spuście. Cofnął go, podtrzymując broń od dołu. Villanueva przesunął po podłodze w moją stronę skrzynię Mossberga. Znalazł wieko, otworzyliśmy tylko jedną.

– Prawie skończone – mruknąłem.

Zasunął wieko.

– Chwileczkę – rzuciłem. – Zostawiliśmy dwa na stole.

Podszedłem i podniosłem pierwszego persuadera. Przyjrzałem mu się.

– Widzisz? – powiedziałem do Harleya, wskazując bezpiecznik. – Wysłali je zabezpieczone. Nie powinni tego robić, w ten sposób można uszkodzić iglicę.

Odbezpieczyłem strzelbę, zawinąłem ją w woskowany papier i wepchnąłem głęboko między styropianowe kulki. Cofnąłem się po drugą.

– Z tą jest tak samo – rzuciłem.

– Założę się, że lada moment wypadniecie z rynku – zauważył Villanueva. – Fatalna kontrola jakości.

Odbezpieczyłem strzelbę, ruszyłem w stronę skrzyni, po czym obróciłem się, wbijając w podłogę prawą stopę niczym baseballista szykujący się do rzutu, nacisnąłem spust i strzeliłem Harleyowi prosto w brzuch. Breneka opuściła lufę z hukiem przypominającym bombę. Wielgachny pocisk dosłownie przeciął Harleya na pół. W jednej chwili tam stał, w drugiej już go nie było. Leżał w dwóch częściach na podłodze, wnętrze magazynu wypełniał ostry dym zmieszany ze smrodem gorącej krwi Harleya i jego wnętrzności, a Duffy krzyczała, bo mężczyzna, obok którego stała, właśnie eksplodował. Dzwoniło mi w uszach. Duffy, wciąż krzycząc, odskoczyła od powiększającej się kałuży krwi u swych stóp. Villanueva złapał ją i objął mocno, a ja przeładowałem persuadera, obserwując drzwi, na wypadek gdyby czekały nas jeszcze jakieś niespodzianki. Ale nie. Szkielet magazynu powoli przestał wibrować, odzyskałem słuch i stwierdziłem, że ciszę zakłóca tylko szybki, płytki oddech Duffy.

– Stałam tuż obok niego – powiedziała.

– W tej chwili już obok niego nie stoisz – odparłem. – To najważniejsze.

Villanueva uwolnił ją z objęć, przeszedł parę kroków i podniósł z ziemi nasze pistolety. Ja tymczasem wyciągnąłem ze skrzyni drugiego persuadera, odpakowałem i zabezpieczyłem.

– Naprawdę mi się podobają.

– Działają, jak trzeba – zauważył Villanueva.

Przytrzymałem obie strzelby w jednej ręce, drugą schowałem do kieszeni berettę.

– Przyprowadź samochód, Terry – poleciłem. – W tej chwili ktoś pewnie dzwoni na policję.

Villanueva wyszedł frontowymi drzwiami, a ja przez okno spojrzałem w niebo. Było pełne chmur, ale jeszcze nie do końca pociemniało.

– Co teraz? – spytała Duffy.

– Teraz musimy gdzieś zaczekać.

• • •

Ponad godzinę tkwiłem w swoim gabinecie, wpatrując się w telefon i czekając, aż odezwie się Kohl. Oceniła, że jazda do MacLean zabierze im trzydzieści pięć minut. Dodatkowy odcinek z kampusu Uniwersytetu Georgetown mógł kosztować następne pięć czy dziesięć, w zależności od korków. Ocena sytuacji w domu Quinna – kolejnych dziesięć. Obezwładnienie go: niecała minuta. Zakucie w kajdanki i wsadzenie do wozu: trzy. W sumie od początku do końca pięćdziesiąt dziewięć minut. Minęła jednak cała godzina, a ona nie zadzwoniła.

Po siedemdziesięciu minutach zacząłem się denerwować. Po osiemdziesięciu byłem już mocno zaniepokojony. Dokładnie po dziewięćdziesięciu wskoczyłem do wozu i sam ruszyłem w drogę.

• • •

Terry Villanueva zaparkował taurusa na wysepce popękanego asfaltu przed drzwiami biura. Nie zgasił silnika.

– Zadzwońmy do Eliota – powiedziałem. – Dowiedz się, dokąd pojechał, zaczekamy razem z nim.

– Na co będziemy czekać? – spytała Duffy.

– Na ciemność – wyjaśniłem.

Poszła do samochodu i przyniosła torebkę. Wyłowiła z niej telefon, nacisnęła wybieranie. Odliczałem w głowie. Jeden dzwonek. Dwa. Trzy. Cztery. Pięć. Sześć.

– Nie odpowiada – powiedziała.

Nagle jej twarz pojaśniała i znów przygasła.

– Zgłosiła się poczta głosowa. Coś jest nie tak.

– Ruszajmy – rzuciłem.

– Dokąd?

Spojrzałem na zegarek. Wyjrzałem przez okno, spoglądając w niebo. Za wcześnie.

– Droga nad morzem.

Zgasiliśmy światło i zamknęliśmy drzwi magazynu. W środku było zbyt wiele dóbr, by zostawiać je na pastwę losu. Villanueva prowadził, Duffy siedziała obok niego z przodu, ja z tyłu; persuadery położyłem obok siebie. Powoli oddaliliśmy się od portu. Minęliśmy parcelę, na której Beck stawiał niebieskie furgonetki, i wyjechaliśmy na autostradę, zostawiając za sobą lotnisko i miasto.

• • •

Po zjeździe z autostrady skręciliśmy na wschód w znajomą drogę. Poza nami nie było tam żadnych innych samochodów. Po szarym niebie przepływały chmury, wiatr znad morza był wystarczająco silny, by zawodzić wokół taurusa. W powietrzu pojawiły się krople wody. Może był to deszcz, może morska piana uniesiona znad brzegu przez wichurę. Wciąż było za jasno, za wcześnie.

– Spróbuj zadzwonić do Eliota – poleciłem.

Duffy wyciągnęła telefon, wybrała numer, przyłożyła telefon do ucha. Usłyszałem sześć słabych dzwonków, a potem szept poczty głosowej. Pokręciła głową, wyłączyła telefon.

– Dobra – mruknąłem.

Obróciła się w fotelu.

– Jesteś pewien, że wszyscy są w domu? – spytała.

– Zauważyłaś garnitur Harleya?

– Był czarny – odparła. – I tani.

– W jego opinii było to coś najbliższego smokingowi, strój wieczorowy. A w sekretariacie Emily Smith miała na wieszaku czarną sukienkę koktajlową. Zamierzała się przebrać, już wcześniej włożyła eleganckie buty. Myślę, że organizują bankiet.

– Keast i Maden – dorzucił Villanueva. – Firma cateringowa.

– Właśnie – przytaknąłem. – Jedzenie na bankiet, osiemnaście osób po pięćdziesiąt pięć dolarów na głowę, dziś wieczór. A Emily Smith dopisała coś na zamówieniu. Baranina, nie wieprzowina. Kto jada baraninę, a nie wieprzowinę?

– Ci, którzy jadają koszernie.

– I Arabowie – dodałem. – Może Libijczycy.

– Ich dostawcy.

– Właśnie – powtórzyłem. – Myślę, że zamierzają zacieśnić związki handlowe. Rosyjski towar w skrzyniach to przykładowa próbna dostawa, jakby gest. To samo persuadery. Zademonstrowali, że obie strony mogą dostarczyć to, co trzeba. Teraz przełamią się chlebem i zabiorą do poważnych interesów.

– W domu?

Przytaknąłem.

– Jest idealnie położony. Samotny, malowniczy i mają tam wielki stół.

Villanueva włączył wycieraczki, na szybie pojawiły się smugi. To była morska piana unoszona poziomo znad Atlantyku, pełna soli.

– Jest coś jeszcze – dodałem.

– Co takiego?

– Myślę, że Teresa Daniel stanowi część umowy.

– Co?

– Sądzę, że sprzedadzą ją razem ze strzelbami. Ładna, jasnowłosa Amerykanka. To właśnie towar wart dziesięć tysięcy.

Nikt się nie odezwał.

– Zauważyliście, co powiedział o niej Harley? W świetnej formie.

Milczeli.

– Myślę, że dobrze ją karmili i nie zrobili jej nic złego.

Paulie nie zawracałby sobie głowy Elizabeth Beck, gdyby mógł mieć Teresę, pomyślałem. Z całym szacunkiem dla Elizabeth.

Milczenie.

– Pewnie w tej chwili ją szykują – dodałem.

Cisza.

– Sądzę, że ma trafić do Trypolisu jako część dostawy, coś w rodzaju premii.

Villanueva mocno przyspieszył. Wiatr zajęczał głośniej wokół maski i lusterek. Dwie minuty później dotarliśmy do miejsca, w którym schwytaliśmy w zasadzkę ochroniarzy. Znów zwolnił. Od domu dzieliło nas siedem kilometrów. Teoretycznie z górnych okien można nas było dostrzec. Zatrzymaliśmy się pośrodku drogi i wyciągając szyje, zapatrzyliśmy się na wschód.

• • •

Wybrałem oliwkowego chevroleta i po dwudziestu dziewięciu minutach dotarłem do MacLean. Zatrzymałem się pośrodku drogi, dwieście metrów przed willą Quinna. Mieszkał w bogatej dzielnicy, wokół panowała cisza. Zielone, soczyste, świeżo podlane trawniki smażyły się w słońcu. Domy stały na półhektarowych działkach, na wpół ukryte pośród gęstych żywopłotów. Podjazdy były czarne jak węgiel. Słyszałem śpiew ptaków i syk odległego zraszacza, który prócz trawnika polewał także chodnik. W powietrzu krążyły tłuste ważki. Zdjąłem stopę z hamulca i zacząłem jechać powoli, sto metrów dalej. Dom Quinna wykończono ciemnymi, cedrowymi deskami. Kamienna ścieżka biegła wśród wysokich do kolan murków otaczających klomby obsadzone niskopiennymi świerkami i rododendronami. Okna były małe, a patrząc, jak dach łączy się ze szczytami ścian, odnosiłem wrażenie, że dom przykucnął zwrócony do mnie tyłem.

Samochód Frasconiego parkował na podjeździe. Był to oliwkowozielony chevrolet, taki sam jak mój. Był też pusty. Przedni zderzak dotykał drzwi garażu, niskiego, na trzy wozy, zamkniętego. Wokół, poza sykiem zraszaczy, śpiewem ptaków i brzęczeniem owadów, panowała cisza.

Zatrzymałem się tuż za samochodem Frasconiego. Moje opony przetoczyły się z wilgotnym mlaskiem po rozgrzanym asfalcie. Wysiadłem, wyciągnąłem z kabury berettę, odbezpieczyłem ją i ruszyłem kamienną ścieżką. Drzwi frontowe były zamknięte na klucz, w domu panowała cisza. Zajrzałem przez okno obok i nie ujrzałem niczego prócz solidnych, neutralnych mebli, w jakie zwykle wyposaża się drogie wille do wynajęcia.

Okrążyłem dom i zobaczyłem brukowane patio z grillem do barbecue. Obok niego stał kwadratowy, poszarzały od wilgoci stół z drewna tekowego i cztery krzesła. Kremowy, płócienny parasol od słońca na słupku. Trawnik i mnóstwo wiecznie zielonych krzewów niewymagających zachodu.

Cedrowy płot, tej samej barwy co deski, przysłaniał widok sąsiadom.

Sprawdziłem drzwi kuchenne; zamknięte na klucz. Zajrzałem przez okno, nic. Ostrożnie podkradłem się do następnego, zajrzałem, też nic. Podszedłem do kolejnego i ujrzałem Frasconiego.

Leżał na wznak pośrodku salonu. Obok stała sofa i dwa fotele obite trwałym, brudnobrązowym materiałem. Podłogę wyłożono wykładziną pasującą odcieniem do oliwkowego munduru Frasconiego. Strzelono mu raz w czoło. Pocisk dziewięć milimetrów. Śmiertelnie. Nawet przez okno dostrzegłem otwór po kuli i ciemną żółtawą kość czaszki widoczną pod skórą. Pod głową zebrała się kałuża krwi, która wsiąkła w wykładzinę i zaczynała już zasychać i ciemnieć.

Nie chciałem wchodzić na parter. Jeśli Quinn wciąż tam był, z pewnością czekał na górze, gdzie miał przewagę taktyczną. Toteż przeciągnąłem stół z patia na tył garażu i wdrapałem się po nim na dach. Stamtąd dostałem się do jednego z okien. Łokciem wybiłem szybę, a potem wskoczyłem do pokoju gościnnego. Unosiła się w nim woń zastałego kurzu. Otworzyłem drzwi i znalazłem się w korytarzu. Znieruchomiałem, wytężając słuch. Nic do mnie nie dotarło, dom był całkowicie pusty, wyczuwałem w nim martwotę. Absolutną nieobecność dźwięków, żadnych ludzkich wibracji.

Czułem jednak woń krwi.

Przeciąłem korytarz i w sypialni znalazłem Dominique Kohl. Leżała na wznak na łóżku, była naga, zdarto z niej ubranie. Została uderzona w twarz wiele razy, a gdy ciosy ją oszołomiły, zaczęła się rzeź. Odcięto jej piersi wielkim nożem. Widziałem go. Tkwił wepchnięty w miękkie ciało pod podbródkiem i przez podniebienie dotarł aż do mózgu.

Do tej pory zdążyłem już zobaczyć w życiu wiele rzeczy. Ocknąłem się kiedyś po ataku terrorystycznym z wbitym w brzuch kawałkiem kości szczękowej innego żołnierza. Musiałem zetrzeć sobie z oczu strzępy jego ciała, nim zdołałem odzyskać wzrok dostatecznie, by móc stamtąd odpełznąć. Przeczołgałem się dwadzieścia metrów pośród poodrywanych rąk i nóg. Kolanami natrafiałem na odcięte głowy, cały czas przyciskając mocno ręce do brzucha, by podtrzymać wypadające wnętrzności. Widziałem zabójstwa, ludzi zastrzelonych z karabinów maszynowych, rozerwanych wybuchami na różową miazgę, poczerniałych i skręconych w pożarach. Ale nigdy nie widziałem czegoś tak okropnego jak skatowane ciało Dominique Kohl. Zwymiotowałem na podłogę i po raz pierwszy od ponad dwudziestu lat się rozpłakałem.

• • •

– I co teraz? – spytał Villanueva dziesięć lat później.
– Idę tam, sam – oznajmiłem.
– Pójdę z tobą.
– Nie sprzeczaj się. Po prostu podrzuć mnie bliżej. Jedź bardzo wolno.

Samochód był szary, dzień także, a wolno poruszające się obiekty jest trudniej dostrzec niż te szybkie. Villanueva zdjął stopę z hamulca, lekko dotknął gazu i ruszyliśmy z prędkością około piętnastu kilometrów na godzinę. Sprawdziłem berettę i zapasowy magazynek. Czterdzieści pięć pocisków minus dwa wystrzelone w sufit Duke'a. Potem persuadery, czternaście pocisków minus jeden, który trafił Harleya w brzuch. W sumie pięćdziesiąt sześć kul przeciw niespełna osiemnastu ludziom. Nie wiedziałem, kto figuruje na liście gości, lecz Emily Smith i Harley z pewnością się nie zjawią.

– To głupota iść samemu – mruknął Villanueva.
– Głupio byłoby robić coś razem – odparowałem. – Samo podejście równałoby się samobójstwu.

Nie odpowiedział.

– Lepiej, żebyście tu zaczekali.

Na to również nie znalazł odpowiedzi. Chciał mnie wesprzeć, chciał też uwolnić Teresę. Miał jednak dość rozsądku, by zrozumieć, że podejście do ufortyfikowanego, samotnego domu w ostatnim blasku dnia to nie przelewki. Jeszcze przez chwilę jechaliśmy powoli, a potem zdjął stopę z gazu, wrzucił luz i pozwolił, by wóz sam się zatrzymał. Nie chciał ryzykować błyśnięcia światłami stopu we mgle. Byliśmy jakieś trzysta pięćdziesiąt metrów od domu.

– Wy zaczekajcie tutaj – poleciłem. – Na razie.

Villanueva odwrócił wzrok.

– Dajcie mi godzinę – dodałem.

Odczekałem, aż oboje kiwną głową.

– Potem wezwijcie ATF. Po godzinie, jeśli nie wrócę.

– Może powinniśmy zrobić to już teraz – wtrąciła Duffy.

– Nie – uciąłem. – Chcę mieć godzinę.

– ATF zgarnie Quinna. Nie pozwolą mu odejść.

Powróciłem pamięcią do tego, co widziałem, i pokręciłem głową.

• • •

Złamałem wszystkie przepisy i zignorowałem wszelkie istniejące procedury. Odszedłem z miejsca zbrodni, nie zgłaszając jej. Na prawo i lewo utrudniałem pracę policji. Zostawiłem Kohl w sypialni, a Frasconiego w salonie. Zostawiłem ich wóz na podjeździe. Po prostu wróciłem do biura, pobrałem ze zbrojowni rugera standard .22 z tłumikiem i poszedłem poszukać akt Kohl. Przeczucie podpowiadało mi, że Quinn przed wyjazdem na Bahamy zrobi sobie przystanek. Gdzieś musiał przechowywać swój zapas na czarną godzinę. Może fałszywe dokumenty, plik banknotów, może spakowaną torbę, a może wszystko razem. Nie ukryłby ich na terenie jednostki ani w wynajętym domu – był na to zbyt doświadczony, zbyt ostrożny. Potrzebował miejsca bezpiecznego i dalekiego. Zaryzykowałem założenie, że wybierze do tego celu domek w północnej Kalifornii, który odziedziczył po rodzicach, robotniku kolejowym i gospodyni domowej. Potrzebowałem zatem adresu.

Pismo Kohl było bardzo staranne i wyraźne, notatki zapełniły dwa pudła. Były wyczerpujące, szczegółowe i łamały mi serce. Znalazłem adres w Kalifornii; był w ośmiostronicowym raporcie, który przygotowała: pięciocyfrowy numer

403

domu przy drodze podlegającej poczcie w Eurece. Pewnie to samotny budynek, daleko poza miastem. Poszedłem do oficera dyżurnego i wypisałem sobie plik rozkazów wyjazdu. Wsadziłem służbową berettę i rugera z tłumikiem do płóciennej torby i pojechałem na lotnisko. Musiałem podpisać sporo papierów, nim pozwolili mi wnieść na pokład załadowaną broń palną. Nie zamierzałem jednak oddawać jej na bagaż. Istniała spora szansa, że Quinn wybierze ten sam lot. Postanowiłem, że jeśli zobaczę go na lotnisku bądź w samolocie, załatwię go na miejscu, bez zwłoki.

Ale go nie widziałem. Wsiadłem do samolotu lecącego do Sacramento. Po starcie przeszedłem się między fotelami, przyglądając się twarzom. Nie było go tam. Usiadłem zatem na miejscu i przez resztę lotu wpatrywałem się w przestrzeń. Stewardesy omijały mnie szerokim łukiem.

Na lotnisku w Sacramento wynająłem samochód i ruszyłem na północ I-5, a potem na północny zachód drogą 299. Droga biegła wśród gór przez niezwykle malownicze okolice, ja jednak nie patrzyłem na nic, widziałem tylko żółtą linię przed sobą. Dzięki zmianie stref czasowych zyskałem dwie godziny, mimo wszystko jednak, nim dotarłem do granic Eureki, zapadł już zmierzch. Znalazłem drogę Quinna, pełną zakrętów szosę biegnącą z północy na południe wśród wzgórz nad autostradą międzystanową, którą widziałem pod sobą – światła reflektorów kierujących się na północ, tylne światła zmierzające na południe. Podejrzewałem, że gdzieś w dole jest też linia kolejowa. Może w pobliżu mieściła się stacja, na której pracował staruszek Quinna.

Znalazłem dom i minąłem go, nie zwalniając. Zwykły, mały domek. Za słupek z numerem służyła stara bańka na mleko. Chaszcze na trawniku przed domem wyglądały na niekoszone od dziesięciu lat. Pięćset metrów dalej zawróciłem, przejechałem dwieście metrów ze zgaszonymi światłami. Zaparkowałem za opuszczonym barem z zapadniętym dachem. Wysiadłem i zagłębiłem się jakieś sto metrów między wzgórza.

Ruszyłem na północ i pokonawszy trzysta metrów, dotarłem na tyły domu. W półmroku widziałem wąską werandę i ubity placyk tuż obok, w miejscu, gdzie niegdyś parkowały samochody. Najwyraźniej mieszkańcy korzystali z tylnych drzwi. Wewnątrz nie paliły się żadne światła. Zakurzone, wyblakłe od słońca zasłony wciąż wisiały w oknach. Całe to miejsce sprawiało wrażenie opuszczonego. Sięgałem wzrokiem parę kilometrów na północ i południe; nie dostrzegłem żadnych samochodów.

Powoli zszedłem ze wzgórza. Okrążyłem dom, nasłuchując przy każdym oknie. Wewnątrz nie było nikogo. Uznałem, że Quinn zaparkuje z tyłu i wejdzie tamtędy, toteż sam włamałem się od frontu. Drzwi były stare i słabe. Po prostu pchnąłem je mocno, a gdy framuga zaczęła ustępować, uderzyłem w nią raz, kantem dłoni, tuż nad zamkiem. Drewno pękło z trzaskiem, a ja wszedłem do środka, zamknąłem drzwi i podparłem krzesłem. Z zewnątrz wyglądały w porządku.

W środku było duszno i kilka stopni chłodniej niż na zewnątrz, ciemno, ponuro. Słyszałem dobiegający z kuchni szum lodówki, wiedziałem zatem, że jest tam prąd. Ściany pokrywała staruteńka tapeta, żółta i wyblakła. W sumie dom miał zaledwie cztery pomieszczenia. Była tam kuchnia połączona z jadalnią, salon oraz dwie sypialnie, jedna mała, druga jeszcze mniejsza. Ta druga zapewne w dzieciństwie należała do Quinna. Między sypialniami mieściła się jedyna łazienka. Białą wannę pokrywały plamy rdzy.

Cztery pomieszczenia plus łazienka oznaczały łatwe przeszukanie. Niemal natychmiast znalazłem to, o co mi chodziło. Podniosłem dywan w salonie i ujrzałem kwadratową klapę wbudowaną w deski. Gdybym natknął się na nią w korytarzu, pomyślałbym, że służy do sprawdzania instalacji. Ale to był salon. Z kuchni zabrałem widelec, podważyłem klapę i ujrzałem płytką drewnianą tacę wbudowaną między legary. Spoczywało na niej pudełko po butach opakowane w mlecznobiały plastik. Wewnątrz kryło się trzy tysiące dolarów i dwa klucze, zapewne do skrytek w banku bądź w przechowalni bagażu. Zabrałem gotówkę, klucze zostawiłem w spokoju. Potem opuściłem klapę i dywan, wybrałem sobie krzesło i usiadłem, czekając z berettą w kieszeni i rugerem na kolanach.

• • •

– Uważaj na siebie – powiedziała Duffy.

Skinąłem głową.

– Jasne.

Villanueva milczał. Wysiadłem z taurusa z berettą w kieszeni i persuaderami w obu dłoniach. Natychmiast skręciłem na pobocze i dalej, między skały, po czym ruszyłem na wschód. Niebo za chmurami wciąż jeszcze nie do końca pociemniało, byłem jednak ubrany na czarno i uzbrojony w czarne strzelby; zszedłem też z drogi, toteż uznałem, że mam szanse. Wiatr wiał mi prosto w twarz, niósł ze sobą wilgoć. W dali widziałem ocean, wzburzony i gniewny. Zaczynał się odpływ, słyszałem huk fal uderzających o kamień i głośny syk prądu unoszącego ze sobą piasek i żwir.

Pokonałem lekki zakręt i przekonałem się, że ktoś zapalił reflektory na murze. Płonęły białobłękitnym blaskiem na tle mrocznego nieba. Kontrast pomiędzy światłem elektrycznym i późnopopołudniowym półmrokiem oznaczał, że im bardziej się zbliżę, tym mniej będzie mnie widać. Wróciłem zatem na drogę i zacząłem biec. Gdy uznałem, że już wystarczy, skręciłem między skały na brzeg. U stóp miałem ocean, w powietrzu czułem zapach soli i wodorostów, kamienie były śliskie, fale huczały, piana bryzgała wokół mnie, woda wirowała gniewnie.

Zatrzymałem się, odetchnąłem głęboko i uświadomiłem sobie, że nie zdołam przepłynąć wokół muru, nie tym razem. To byłoby szaleństwo. Przy tak wzburzonym morzu nie miałbym najmniejszych szans. Fale porwałyby mnie niczym korek i rozbiły o skały. Chyba że najpierw chwyciłby mnie prąd powrotny, uniósł w głąb morza, pociągnął pod wodę i utopił.

Jeśli nie da się czegoś ominąć ani przeskoczyć, trzeba przez to przejść.

Z powrotem wdrapałem się na skały i wszedłem w pasmo światła, trzymając się jak najdalej od bramy. Znajdowałem się w miejscu, w którym fundament muru opadał ku wodzie. A potem, skradając się tuż pod murem, ruszyłem wzdłuż niego. Byłem skąpany w świetle, ale nikt po wschodniej stronie nie mógł mnie zobaczyć, bo oddzielał nas wyższy ode mnie mur. A ludzie po zachodniej stronie byli przyjaciółmi. Obawiałem się tylko wkopanych w ziemię czujników, stąpałem zatem jak najlżej, modląc się, by nie umieszczono ich aż tak blisko.

I faktycznie nie umieszczono, bo bez problemów dotarłem do wartowni. Zaryzykowałem szybkie spojrzenie do środka przez szczelinę w zasłonach. Ujrzałem jasno oświetlony salonik i następcę Pauliego odpoczywającego na zapadniętej kanapie. Nie widziałem go wcześniej. Był mniej więcej w wieku Duke'a, jego wzrostu, pod czterdziestkę, trochę szczuplejszy ode mnie. Przez jakiś czas próbowałem określić jego dokładny wzrost – potrzebowałem tej informacji na później. Uznałem, że jest o pięć centymetrów niższy ode mnie. Ubrany był w dżinsy, biały podkoszulek i dżinsową kurtkę. Wyraźnie nie planowano, by wziął udział w balu. Oto Kopciuszek pilnujący bramy, podczas gdy reszta zabawia się wesoło. Miałem nadzieję, że jest sam, że dysponują tylko podstawowym personelem. Ale nie zamierzałem ryzykować. Jeśli zachowali choć odrobinę ostrożności, umieścili przy drzwiach frontowych domu drugiego strażnika, może też trzeciego w oknie Duke'a, bo wiedzieli, że Paulie mnie nie załatwił. Wiedzieli, że wciąż gdzieś tam jestem.

Nie mogłem sobie pozwolić na hałas towarzyszący strzałowi. Fale były głośne, wiatr zawodził, lecz dźwięki te nie zamaskowałyby odgłosu beretty. A nic na świecie nie zagłuszyłoby huku persuadera strzelającego breneką magnum. Cofnąłem się zatem parę metrów, odłożyłem persuadery na ziemię, zdjąłem płaszcz i marynarkę. Następnie ściągnąłem koszulę i owinąłem ją ciasno wokół lewej pięści. Przycisnąłem gołe plecy do muru i bokiem podkradłem się do okna. Paznokciami prawej dłoni zastukałem lekko w dolny narożnik szyby za zasłoną, cichutko i słabo, jak myszka biegnąca pod sufitem. Powtórzyłem to czterokrotnie i właśnie miałem zastukać po raz piąty, gdy kątem oka dostrzegłem, jak światło w oknie nagle przygasa. Oznaczało to, że ten nowy facet wstał z kanapy i przycisnął twarz do szyby, próbując sprawdzić, jakież to stworzonko nie daje mu spokoju. Skupiłem się zatem raz jeszcze, starając się określić w myślach jego wzrost, po czym obróciłem o sto osiemdziesiąt stopni, zrobiłem zamach i jednym potężnym uderzeniem owiniętej w koszulę lewej pięści stłukłem okno i ułamek sekundy później rozwaliłem nos nowego. Runął na ziemię z łoskotem, a ja sięgnąłem przez dziurę, przekręciłem klamkę, otworzyłem okno i wdrapałem się do środka. Facet siedział na tyłku na podłodze, z nosa i skaleczeń na twarzy lała mu się krew, był oszołomiony. Na kanapie, dwa i pół metra od niego, leżał pistolet, od telefonów dzieliło go trzy i pół metra. Potrząsnął głową, próbując zrozumieć, co się dzieje. Spojrzał na mnie.

– Ty jesteś Reacher – powiedział. W ustach miał krew.

– Zgadza się – odparłem.

– Nie masz żadnych szans.

– Tak sądzisz?

Skinął głową.

– Dostaliśmy rozkaz, by strzelać, i to tak, żeby zabić.

– Mnie?

Znów przytaknął.

– Kto dostał taki rozkaz?

– Wszyscy.

– To rozkaz Xaviera?

Skinął głową. Uniósł rękę i przycisnął wierzch dłoni do nosa.

– Ludzie posłuchają tych rozkazów?

– Na bank.

– A ty?

– No, chyba nie.

– Obiecujesz?

– Chyba tak.

– Dobra – mruknąłem.

Przez moment się wahałem, czy nie zadać mu jeszcze paru pytań. Mógłby stawić opór, uznałem jednak, że gdybym przywalił mu parę razy, uzyskałbym wszystkie odpowiedzi. W końcu doszedłem do wniosku, że odpowiedzi te nie miałyby większego znaczenia. To, czy w domu przebywa dziesięciu, dwunastu czy piętnastu przeciwników, nie robiło mi żadnej różnicy. Podobnie ich uzbrojenie. Strzelać tak, by zabić, ja albo oni. Cofnąłem się więc i próbowałem wymyślić, co począć ze strażnikiem, gdy ten sam zdecydował, łamiąc obietnicę. Zerwał się z podłogi i zanurkował w stronę broni. Powstrzymałem go potężnym lewym sierpowym w gardło. Cios był bardzo mocny i szczęśliwy, lecz nie dla niego. Zmiażdżył mu krtań. Facet runął na ziemię i udusił się. Umarł półtorej minuty później. W żaden sposób nie mogłem mu pomóc. Nie jestem lekarzem.

Przez minutę stałem nieruchomo. Potem włożyłem z powrotem koszulę, wyszedłem przez okno, zebrałem z ziemi strzelby, marynarkę i płaszcz, wróciłem do środka, przeszedłem przez pokój i wyjrzałem z drugiej strony na dom.

– Cholera – mruknąłem, odwracając wzrok.

Cadillac wciąż stał na podjeździe, Eliot nie odjechał. Podobnie Elizabeth, Richard i kucharka. To oznaczało, że w domu jest troje potencjalnych zakładników. A obecność niewinnych ludzi sprawia, że każdy atak staje się sto razy trudniejszy. Ten zaś od początku był wystarczająco trudny.

Spojrzałem ponownie. Obok cadillaca parkował czarny lincoln town car, a dalej dwa granatowe suburbany. Nie dostrzegłem furgonetki firmy cateringowej. Może stała z boku, obok drzwi kuchennych, może zjawi się później, a może w ogóle nie przyjedzie. Może nie zaplanowano żadnego bankietu, a ja całkowicie spieprzyłem sprawę i błędnie zinterpretowałem sytuację.

Przenikałem wzrokiem jaskrawe światło padające z muru, przyglądając się domowi. Nie dostrzegłem strażnika przy drzwiach frontowych. Ale było zimno i mokro, więc każdy, kto miałby choć odrobinę zdrowego rozsądku, ukryłby się wewnątrz, wyglądając przez szyby. Nie widziałem też nikogo w oknie Duke'a, lecz wciąż stało otworem, dokładnie tak, jak je zostawiłem. NSW zapewne nadal wisiał na swoim łańcuchu.

Ponownie przyjrzałem się samochodom. Town car mieścił cztery osoby, suburbany po siedem, w sumie góra osiemnaście osób. Może piętnastu, szesnastu bossów i dwóch, trzech ochroniarzy. Możliwe też, że zjawiło się tylko trzech kierowców. W końcu mogłem się mylić.

Istniał tylko jeden sposób, by to sprawdzić.

I to właśnie była najtrudniejsza część całej operacji. Musiałem przejść przez pas świateł. Zastanawiałem się, czy po prostu ich nie zgasić, ale w ten sposób natychmiast ostrzegłbym ludzi w domu. Pięć sekund później zadzwoniliby do strażnika przy bramie, pytając, co się stało. A strażnik nie zdołałby im odpowiedzieć, bo już nie żył. Co znaczyło, że zaraz potem z ciemności wypadnie piętnaście osób, może nawet więcej. Łatwo uniknąć większości z nich. Problem w tym, by wiedzieć, kogo uniknąć, a kogo złapać. Bo byłem pewien, że jeśli pozwolę, by Quinn wymknął mi się dzisiaj, nigdy więcej już go nie ujrzę.

Musiałem zatem zrobić to przy zapalonych światłach. Pozostawały dwie możliwości. Jedna to pobiec wprost do domu. To ograniczyłoby do minimum czas spędzony w obrębie światła, ale wiązałoby się z koniecznością szybkiego przemieszczania się, a szybkie ruchy zwracają uwagę. Drugą możliwością było przedostanie się wzdłuż muru aż do oceanu. Sześćdziesiąt metrów, powoli – prawdziwy koszmar, ale rozwiązanie lepsze niż poprzednie.

Ponieważ reflektory zamontowano na murze tak, by świeciły ukośnie, oznaczało to, że między murem a tylną granicą świateł pozostanie ciemny, bardzo wąski tunel. Mógłbym przeczołgać się wzdłuż niego aż do podstawy muru. Powoli. Przez pole rażenia NSW.

Wolno otworzyłem tylne drzwi. Na wartownię nie padały żadne światła, zaczynały się sześć i pół metra po prawej, w miejscu, gdzie ściana domku łączyła się z murem. Zatrzymałem się w połowie drogi, przykucnąłem. Obróciłem się o dziewięćdziesiąt stopni w prawo i zacząłem szukać wzrokiem tunelu. Był tam. Na poziomie gruntu miał niecały metr szerokości, na wysokości mojej głowy zwężał się i niknął. I nie był aż tak ciemny, jak się spodziewałem, nie uwzględniłem światła odbijającego się od ziemi, a także kilku źle ustawionych reflektorów. No i blasku padającego z tyłu, z lamp. Mój tunel był czymś pośrednim pomiędzy nieprzeniknioną ciemnością i iluminacją.

Przesunąłem się na kolanach, sięgnąłem do tyłu i delikatnie zamknąłem za sobą drzwi. Chwyciłem w obie ręce po persuaderze, opadłem na brzuch, przycisnąłem prawe ramię do podstawy muru i zacząłem czekać, dość długo, by potencjalny obserwator, który mógł dostrzec poruszające się drzwi, stracił zainteresowanie. Potem zacząłem się czołgać. Powoli.

Pokonałem jakieś trzy metry i znów się zatrzymałem. Usłyszałem zbliżający się drogą pojazd – nie zwykły wóz osobowy, coś większego. Może kolejnego suburbana. Zmieniłem kierunek, wbiłem palce stóp w ziemię i poczołgałem się tyłem do drzwi. Uklękłem, otworzyłem je, wślizgnąłem się do wartowni. Wstałem, położyłem persuadery na krześle, wyjąłem z kieszeni berettę. Z drugiej strony bramy dobiegał głośny szum potężnego silnika V8.

Decyzja. Ktokolwiek tam był, czekał, aż pojawi się strażnik, a ja mogłem postawić dolara przeciw dziesięciu, że natychmiast się zorientuje, iż nie ma do czynienia z właściwą osobą. Uznałem zatem, że będę musiał zrezygnować z czołgania, że nie uniknę hałasu. Zastrzelę ich, wezmę ich wóz, podjadę do domu bardzo szybko, tak by strażnik przy NSW nie zdążył zareagować, i zaryzykuję chaotyczną walkę.

Podszedłem do tylnych drzwi, odbezpieczyłem berettę, odetchnąłem głęboko. Miałem przewagę – wiedziałem już, co muszę zrobić, wszyscy inni najpierw będą musieli zareagować. To oznaczało z ich strony utratę sekundy.

I nagle przypomniałem sobie kamerę na bramie i monitor wideo. Mogłem zobaczyć dokładnie, z czym mam do czynienia, policzyć ludzi. Ostrzeżony – ubezpieczony. Sprawdziłem zatem. Obraz był szaro-biały, niewyraźny. Biała furgonetka, napis na boku KEAST & MADEN, FIRMA CATERINGOWA. Odetchnąłem głęboko. Nie było powodów, by znali strażnika przy bramie. Schowałem berettę do kieszeni, zdjąłem płaszcz i marynarkę, szybko ściągnąłem ze strażnika dżinsową kurtkę i narzuciłem ją na ramiona. Była ciasna, poplamiona krwią, ale wyglądała przekonująco. Wyszedłem na zewnątrz, zwrócony plecami do domu, garbiąc się tak, by wydać się niższy o pięć centymetrów. Podszedłem do bramy, pięścią uderzyłem od dołu zatrzask, tak jak to robił Paulie. Otworzyłem skrzydła. Biała furgonetka podjechała do mnie, pasażer opuścił szybę, miał na sobie smoking, kierowca także. Kolejni cywile.

– Dokąd? – spytał pasażer.

– Objedźcie dom od prawej. Drzwi kuchenne z tyłu.

Szyba się uniosła, furgonetka przejechała obok mnie. Pomachałem, zamknąłem bramę, cofnąłem się do domku, odprowadzając ją wzrokiem. Skierowała się wprost do domu, a potem skręciła w prawo. Reflektory oświetliły cadillaca, lincolna i dwa suburbany, dostrzegłem błysk świateł hamulcowych, a potem furgonetka zniknęła mi z oczu.

Odczekałem dwie minuty, marząc, by zrobiło się ciemniej. Potem przebrałem się z powrotem we własną marynarkę i płaszcz, zebrałem z krzesła persuadery, powoli uchyliłem drzwi, wykradłem się na zewnątrz, zamknąłem je za sobą i opadłem na brzuch. Przycisnąłem ramię do podstawy muru i ponownie zacząłem się czołgać, bardzo powoli, odwracając twarz od domu. Pod brzuchem wyczuwałem żwir, niewielkie ostre kamyki kłuły mnie w łokcie i kolana. Przede wszystkim jednak czułem mrowienie pleców. Miałem do czynienia z bronią, która mogła wystrzelić w ciągu sekundy dwanaście półcalowych pocisków. Zapewne w tej chwili czuwał przy niej twardziel z rękami na uchwytach. Miałem nadzieję, że pierwsza seria spudłuje. I zapewne faktycznie by chybił, strzelił zdecydowanie za wysoko bądź za nisko. W takim razie, nim wycelowałby ponownie, zdążyłbym zerwać się z ziemi i odskoczyć zygzakiem w ciemność.

Pełzłem naprzód. Dziesięć metrów, piętnaście, dwadzieścia. Poruszałem się bardzo wolno, cały czas odwracając twarz w stronę muru. Miałem nadzieję, że wyglądam jak niewyraźny, rozmazany cień na skraju światła. Wszystko, co robiłem, sprzeciwiało się temu, co podpowiadał instynkt. Walczyłem z przemożnym pragnieniem, by zerwać się i rzucić biegiem. Serce waliło mi w piersi, pociłem się mimo chłodu. Wiatr atakował mnie wściekle, wiał znad morza, z całej siły uderzał w mur, a potem spływał ku ziemi niczym przypływ, próbując odrzucić mnie w najjaśniej oświetlone miejsce.

Czołgałem się dalej. Dotarłem do połowy drogi. Trzydzieści metrów za mną, trzydzieści przede mną. Bolały mnie łokcie – unosiłem persuadery przed sobą i ręce zaczynały się buntować. Zatrzymałem się, by odpocząć, przywarłem do ziemi, udając kamień. Odwróciłem głowę i zaryzykowałem krótkie spojrzenie w stronę domu. Było bardzo cicho, zerknąłem przed siebie, za siebie. Punkt bez powrotu. Czołgałem się dalej, nakazując mięśniom poruszać się bardzo powoli. Im dalej docierałem, tym gorsze stawało się mrowienie. Oddychałem ciężko, byłem bliski paniki, adrenalina wrzała mi w żyłach, wołając: biegnij, biegnij. Zdyszany chwytałem powietrze, zmuszając ręce i nogi, by nie traciły koordynacji, by poruszały się wolno, bardzo wolno. A potem dotarłem na odległość dziesięciu metrów od kresu mojej wędrówki i zacząłem wierzyć, że mi się uda. Zatrzymałem się, odetchnąłem. Jeszcze raz. Ruszyłem ponownie. Wkrótce ziemia opadła, podążyłem głową naprzód i dotarłem do wody. Poczułem pod sobą mokry, śliski szlam. Niewielkie fale uderzały o brzeg, zalała mnie piana. Skręciłem o dziewięćdziesiąt stopni w lewo, zawahałem się. Byłem poza polem widzenia, ale musiałem przejść przez dziesięć metrów jasnego światła. Zrezygnowałem z powolności, pochyliłem głowę, uniosłem się i puściłem pędem naprzód.

Przez jakieś cztery sekundy byłem oświetlony jaśniej niż kiedykolwiek w życiu. Miałem wrażenie, że minęły cztery wieki. Byłem kompletnie ślepy. A potem wpadłem w ciemność i przykucnąłem, wytężając słuch. Usłyszałem tylko wzburzone morze. Przez chwilę widziałem jedynie fioletowe kropki przed oczami. Potykając się, pokonałem jeszcze dziesięć kroków i przystanąłem. Obejrzałem się. Byłem w środku. Uśmiechnąłem się w ciemności. *Idę po ciebie, Quinn.*

15

Dziesięć lat temu czekałem na niego osiemnaście godzin. Ani przez moment nie wątpiłem, że się zjawi. Siedziałem w fotelu z rugerem na kolanach i czekałem. Nie spałem, rzadko nawet mrugałem. Po prostu siedziałem tam całą noc. Cały ranek. Całe przedpołudnie. Południe nadeszło i minęło, a ja siedziałem i czekałem.

Zjawił się w końcu o drugiej. Usłyszałem samochód zwalniający na drodze. Wstałem i trzymając się z dala od okna, patrzyłem, jak skręca. Wynajął samochód podobny do mojego, czerwonego pontiaca; widziałem go wyraźnie przez przednią szybę. Był czysty, elegancki, starannie uczesane włosy, niebieska koszula z rozpiętym kołnierzykiem. Uśmiechał się. Samochód okrążył dom i usłyszałem, jak zatrzymuje się na chrzęszczącym żwirze przed kuchnią. Wyszedłem do przedpokoju, przywarłem do ściany obok drzwi kuchennych.

Usłyszałem szczęk klucza w zamku, drzwi się otworzyły, zawiasy zapiszczały opornie. Nie zamknął ich. Na zewnątrz silnik mruczał głośno. Quinn go nie wyłączył, najwyraźniej nie zamierzał zostawać zbyt długo. Rozległy się kroki na kuchennym linoleum – szybkie, lekkie, pewne kroki. Kroki człowieka, który uważa, że zaryzykował i wygrał. Przekroczył próg, a ja rąbnąłem go łokciem w bok głowy.

Runął na plecy, wtedy rozcapierzyłem dłoń i chwyciłem go za gardło. Odłożyłem na bok rugera i szybko obszukałem

415

Quinna. Nie miał broni. Puściłem jego szyję, uniósł głowę. Walnąłem go pod brodę kantem dłoni. Uderzył tyłem czaszki o podłogę. Zemdlał. Przeszedłem przez kuchnię i zamknąłem drzwi. Wróciłem i za przeguby zawlokłem go do salonu. Rzuciłem na podłogę, dwa razy uderzyłem w twarz. Wycelowałem rugera w sam środek jego głowy, czekając, aż otworzy oczy.

Uniósł powieki, skupił wzrok – najpierw na pistolecie, potem na mnie. Byłem w mundurze z pagonami, oznaczeniami jednostki i stopnia, toteż szybko się domyślił, kim jestem i dlaczego się tam znalazłem.

– Zaczekaj – rzucił.

– Na co?

– Popełniasz błąd.

– Czyżby?

– To wszystko nie tak.

– Czyżby?

Skinął głową.

– Przekupili ich.

– Kogo?

– Frasconiego i Kohl.

– Naprawdę?

Ponownie skinął głową.

– A potem on próbował ją oszukać.

– Jak?

– Mogę usiąść?

Pokręciłem głową, nie opuszczając broni.

– Nie – odparłem.

– Prowadziłem tajną akcję, współpracowałem z Departamentem Stanu przeciw wrogim ambasadom. Zarzucałem sieci.

– A co z dzieckiem Gorowskiego?

Niecierpliwie pokręcił głową.

– Smarkuli nic się nie stało, idioto. Gorowski dostał dokładny scenariusz, to wszystko. Ustaliłem to na wypadek, gdyby przeciwnik chciał sprawdzić. Rozgrywamy takie rzeczy bardzo głęboko. Musimy zostawić trop, na wypadek gdyby ktoś zrobił się podejrzliwy. Załatwialiśmy wszystko przez skrytki jak należy, bo przecież ktoś mógł nas śledzić.

– A Frasconi i Kohl?

– Byli dobrzy, bardzo szybko mnie wytropili. Założyli, że działam nielegalnie, co mnie ucieszyło, bo oznaczało, że dobrze odgrywam swoją rolę. A potem przeszli na złą stronę. Zjawili się u mnie i oznajmili, że spowolnią śledztwo, jeśli im zapłacę. Powiedzieli, że dadzą mi czas na ucieczkę z kraju. Uważali, że takie mam plany. Pomyślałem zatem: hej, czemu się nie zgodzić, kto może przewidzieć, kogo jeszcze zdołam przyskrzynić. Im więcej, tym lepiej, prawda? Poszedłem na to.

Milczałem.

– Śledztwo było bardzo wolne, prawda? – spytał. – Musiałeś to zauważyć. Ciągnęło się całymi tygodniami, bardzo wolno.

Wolno jak ślimak.

– I w końcu dzień wczorajszy. Przyskrzyniłem Syryjczyków, Libańczyków i Irańczyków, wreszcie Irakijczyków, na których zależało mi najbardziej. Pomyślałem więc, że czas ujawnić także waszych ludzi. Zjawili się po ostatnią ratę, to była kupa szmalu. Jednak Frasconi nie chciał się dzielić. Uderzył mnie w głowę. Gdy się ocknąłem, odkryłem, że załatwił Kohl. Pokroił ją na kawałki. Wierz mi, to był wariat. Miałem w szufladzie pistolet, zastrzeliłem go.

– Czemu więc uciekłeś?

– Bo wpadłem w panikę. Pracuję w Pentagonie, nigdy wcześniej nie widziałem krwi i nie wiedziałem, kto jeszcze zdradził. Może było ich więcej.

Frasconi i Kohl.

– Jesteś bardzo dobry – dodał. – Przyjechałeś prosto tutaj.

Przytaknąłem. Powróciłem pamięcią do ośmiostronicowej biografii zapisanej starannym pismem Kohl. Zawód ojca, matki, dom z dzieciństwa.

– Czyj to był pomysł? – spytałem.

– Pierwotnie? Frasconiego oczywiście. Był wyższy stopniem.

– Jak się nazywała?

Dostrzegłem błysk w jego oczach.

– Kohl – odparł.

Ponownie przytaknąłem. Miała dokonać aresztowania w mundurze wyjściowym. Czarna naszywka nad prawą piersią: Kohl. Nie określała płci. Mundur oficerski kobiecy, naszywka z nazwiskiem w zależności od figury przypięta centralnie, poziomo, po prawej stronie od dwóch i pół do pięciu centymetrów nad najwyższym guzikiem kurtki. Zobaczył ją, gdy tylko przeszła przez drzwi.

– Imię?

Zawahał się.

– Nie przypominam sobie.

– Imię Frasconiego?

Męski mundur oficerski. Naszywka umieszczona centralnie na klapie prawej górnej kieszeni, w połowie odległości pomiędzy szwem i guzikiem.

– Nie przypominam sobie.

– Spróbuj – rzuciłem.

– Nie pamiętam – powiedział. – To tylko szczegół.

– Trzy punkty na dziesięć – powiedziałem. – Czyli dwója.

– Co takiego?

– Twój występ. Nie zdałeś.

– Słucham?

– Twój ojciec pracował na kolei – wyrecytowałem. – Twoja matka prowadziła dom. Nazywasz się Francis Xavier Quinn.

– I co z tego?

– Tak właśnie wygląda śledztwo. Jeśli zamierzasz kogoś przyskrzynić, najpierw dowiadujesz się o nim wszystkiego. Od tygodni ich podpuszczałeś i nie sprawdziłeś nawet imion? Nie przejrzałeś historii służby? Nie zrobiłeś żadnych notatek? Nie złożyłeś raportów?

Milczał.

– A Frasconi nigdy w życiu nie miał własnego pomysłu –
dodałem. – Nawet do kibla nie poszedł bez rozkazu. Nikt, kto
znałby tę dwójkę, nie powiedziałby o nich Frasconi i Kohl,
tylko Kohl i Frasconi. Od początku grałeś nieczysto i nigdy
nie widziałeś na oczy moich ludzi, do chwili gdy zjawili się
w twoim domu, by cię aresztować. I zabiłeś ich oboje.

Dowiódł, że mam rację, próbując ze mną walczyć. Byłem
na to przygotowany. Zaczął się podnosić; uderzyłem go znacznie mocniej, niż musiałem. Wciąż był nieprzytomny, gdy wpy-
chałem go do bagażnika jego wozu. Nie odzyskał przytom-
ności, kiedy przeniosłem go do mojego wozu za opuszczoną
knajpą. Pojechałem na południe autostradą 101, skręciłem
w prawo w stronę Pacyfiku. Zatrzymałem się na niewielkim
żwirowym parkingu, z którego roztaczał się bajeczny widok.
Była trzecia po południu, słońce świeciło nad błękitnym oceanem. Miejsce widokowe otaczała sięgająca kolan metalowa
barierka i półmetrowa półka wysypana drobnymi kamyczka-
mi, za którą zbocze opadało stromo aż do wody. Na drodze
panował niewielki ruch – co parę minut przejeżdżał jakiś samochód. Większość trzymała się autostrady.

Otworzyłem bagażnik i natychmiast zatrzasnąłem z całych
sił, tak na wszelki wypadek, gdyby Quinn oprzytomniał i zamierzał się na mnie rzucić. Ale nie, był przyduszony i ledwie
przytomny. Wyciągnąłem go, postawiłem na miękkich nogach
i kazałem iść naprzód. Pozwoliłem mu przez minutę patrzeć
w morze, a sam sprawdziłem, czy w pobliżu nie ma potencjalnych świadków. Nie było nikogo. Odwróciłem go, cofnąłem
się o pięć kroków.

– Na imię miała Dominique – oznajmiłem.

A potem strzeliłem do niego, dwa razy w głowę, raz w pierś.
Oczekiwałem, że upadnie na żwir. Wówczas podszedłbym do
niego i posłał czwarty pocisk prosto w oko, a potem zepchnął
zwłoki do morza. On jednak nie upadł, tylko cofnął się chwiejnie, potknął o barierkę, poleciał do tyłu, ramieniem uderzył
w ziemię, obrócił się i runął w dół. Przytrzymałem się ręką

barierki, wychyliłem się i spojrzałem w ślad za nim. Widziałem, jak uderzył o skały, potem zniknął pod wodą. Więcej go nie zobaczyłem. Czekałem całą minutę, myśląc: dwa w głowę, jeden w serce, czterdzieści metrów w dół do wody. Nie ma mowy, by przeżył.

Pozbierałem łuski.

– Dziesięć-osiemnaście, Dominique – rzuciłem pod nosem i wróciłem do samochodu.

• • •

Dziesięć lat później niebo szybko ciemniało, a ja przemykałem się między skałami za garażem. Morze tłukło o brzeg po mojej prawej stronie, wiatr wiał mi prosto w twarz. Nie spodziewałem się spotkać nikogo, zwłaszcza z boku bądź na tyłach domu. Poruszałem się szybko z uniesioną głową, czujnie. W rękach trzymałem po persuaderze. *Idę po ciebie, Quinn.*

Gdy wyminąłem garaże, ujrzałem furgonetkę firmy cateringowej tuż przy narożniku domu, dokładnie w miejscu, gdzie Harley ustawił wcześniej lincolna, w którego bagażniku leżała pokojówka Becka. Tylne drzwi furgonetki były otwarte, kierowca i pasażer krążyli tam i z powrotem, wypakowując jej zawartość. Wykrywacz metalu w drzwiach reagował buczeniem na każdy okryty folią półmisek. Poczułem głód, w powietrzu unosiła się woń gorącego jedzenia. Obaj mężczyźni mieli na sobie fraki, pochylali głowy przed wiatrem. Nic ich nie interesowało poza pracą, ale i tak okrążyłem ich szerokim łukiem. Cały czas trzymałem się krawędzi skał. Przeskoczyłem przez ulubioną szczelinę Harleya i ruszyłem dalej.

Gdy znalazłem się możliwie jak najdalej od tych facetów, skręciłem ku przeciwległemu narożnikowi domu. Czułem się świetnie – milczący, niezwyciężony, pełen pradawnej mocy przeniesionej znad oceanu. Na moment znieruchomiałem, zastanawiając się, które okna prowadzą do jadalni. Odszukałem je, wewnątrz paliło się światło. Podszedłem bliżej i zaryzykowałem szybkie spojrzenie przez szybę.

Pierwszą osobą, którą ujrzałem, był Quinn. Podnosił się właśnie, miał na sobie ciemny garnitur, w dłoni trzymał kieliszek. Siwe włosy odsłaniały czoło, na którym widniały niewielkie, różowe, błyszczące blizny. Garbił się lekko. Był nieco cięższy niż wtedy, gdy widziałem go po raz ostatni. Postarzał się o dziesięć lat.

Obok niego stał Beck. On również włożył ciemny garnitur i ściskał w dłoni kieliszek. Trzymał się blisko szefa. Naprzeciw nich ujrzałem trzech Arabów, niskich, o czarnych napomadowanych włosach. Byli ubrani na amerykańską modłę, w garnitury z błyszczącego materiału, perłowoszare, błękitne. Oni także trzymali kieliszki.

Za nimi ujrzałem Richarda i Elizabeth Beck pogrążonych w rozmowie. Wszystko to przypominało przyjęcie na stojąco wokół olbrzymiego stołu jadalnego. Na obrusie ustawiono osiemnaście nakryć, bardzo eleganckich. Przy każdym trzy kieliszki i dość sztućców, by wystarczyło na cały tydzień. Kucharka krzątała się po pokoju z tacą drinków. Widziałem wysokie kieliszki do szampana i szklaneczki whisky. Ubrana w ciemną spódnicę i białą bluzkę najwyraźniej pełniła obowiązki kelnerki; może po prostu nie znała się na wschodniej kuchni.

Nie widziałem Teresy Daniel, być może później miała wyskoczyć z tortu. Doliczyłem się jeszcze trzech mężczyzn, zapewne najlepszych ludzi Quinna, dobranych dość przypadkowo. Mieli bezwzględne twarze, ale zapewne nie byli bardziej niebezpieczni niż Angel Doll czy Harley.

Zatem osiemnaście nakryć, lecz tylko dziesięcioro biesiadników. Ośmiu nieobecnych. Duke, Angel Doll, Harley i Emily Smith to czworo. Facet, którego wysłali do wartowni w zastępstwie Pauliego, był zapewne piąty. Zostało trzech. Jeden przy drzwiach frontowych, jeden w oknie pokoju Duke'a i jeden z Teresą Daniel.

Nie ruszałem się, wciąż zaglądałem do środka. Wiele razy uczestniczyłem w różnych koktajlach i oficjalnych kolacjach.

W zależności od tego, gdzie się służyło, odgrywały ważną rolę w życiu macierzystej jednostki. Oceniałem, że ci ludzie spędzą tu co najmniej cztery godziny. Nie wyjdą, chyba że do łazienki. Quinn był pogrążony w rozmowie, kolejno patrzył w oczy swym arabskim towarzyszom, skrupulatnie starając się nikogo nie wyróżniać. Pochylał się lekko, uśmiechał, gestykulował, śmiał się. Wyglądał jak ktoś, kto gra i wygrywa. Ale wcale nie wygrywał. Jego plany wzięły w łeb. Bankiet dla osiemnastu osób zamienił się w kolację dla dziesięciu, bo wciąż nie zdołał się mnie pozbyć.

Przykucnąłem pod oknem i ruszyłem w stronę kuchni. Nie podnosząc się z kolan, zdjąłem płaszcz, zawinąłem w niego persuadery i zostawiłem je pod ścianą. Potem wstałem i wszedłem do kuchni. Wykrywacz metalu zahuczał, wyczuwając berettę w mojej kieszeni. W środku kręcili się cateringowcy, robili coś z folią aluminiową. Pozdrowiłem ich skinieniem głowy, jakbym tam mieszkał, i skierowałem się wprost do holu. Stąpałem bezszelestnie po grubych dywanach. Słyszałem cichy pomruk rozmów dobiegający z jadalni. Zauważyłem mężczyznę, który pilnował drzwi frontowych. Stał zwrócony do mnie tyłem, wyglądał przez okno. Ramię oparł o ścianę wnęki okiennej. W blasku reflektorów zainstalowanych na murze jego włosy przypominały błękitną aureolę wokół głowy. Podszedłem wprost do niego. Strzelać tak, by zabić, oni albo ja. Zawahałem się sekundę, wyciągnąłem prawą rękę i złapałem go pod brodą. Kostki lewej przycisnąłem do podstawy karku, szarpnąłem prawą w górę i w tył, napierając lewą. Złamałem mu kark przy czwartym kręgu. Nogi się pod nim ugięły. Chwyciłem go pod pachy i zawlokłem do saloniku Elizabeth Beck. Rzuciłem trupa na kanapę. Na bocznym stoliku nadal leżał otwarty *Doktor Żywago*.

Jeden z głowy.

Zamknąłem drzwi salonu i ruszyłem w stronę schodów. Wspiąłem się szybko i cicho. Przystanąłem przed pokojem Duke'a. Eliot leżał na podłodze tuż za progiem, martwy, rzucony na wznak. Miał rozpiętą marynarkę, koszula była sztywna od krwi i pełna dziur. W dywanach pod zwłokami zasychała krew. Przestąpiłem nad nim i ukryty za drzwiami zajrzałem do środka. Natychmiast zrozumiałem, dlaczego zginął. NSW się zaciął. Eliot musiał odebrać telefon od Duffy i właśnie wychodził, gdy zobaczył zbliżający się drogą konwój. Zapewne skoczył do wielkiego karabinu, nacisnął spust i poczuł, jak się zacina. To był kawał złomu. Mechanik rozebrał go na części na podłodze i teraz, przykucnięty, próbował naprawić mechanizm. Był tak skupiony, że nawet mnie nie zobaczył. Nie usłyszał.

Ja albo oni. Strzelać tak, by zabić.

Dwóch z głowy.

Zostawiłem go leżącego na częściach karabinu; lufa wystawała spod niego niczym trzecia ręka. Wyjrzałem przez okno – reflektory na murze wciąż się paliły. Spojrzałem na zegarek. Z mojej godziny upłynęło dokładnie trzydzieści minut.

Wróciłem na dół, przeszedłem przez hol niczym duch i otworzyłem drzwi do piwnicy. Na dole paliło się światło. Zszedłem po schodach, minąłem siłownię i pralnię. Wyciągnąłem z kieszeni berettę, odbezpieczyłem. Unosząc ją przed sobą, skręciłem wprost ku dwóm pokojom. Jeden był pusty, drzwi stały otworem. Przed drugim, zamkniętym, siedział na krześle młody, chudy mężczyzna. Odchylił się i huśtał, odpychając stopami od drzwi. Spojrzał na mnie, oczy mu się rozszerzyły, usta rozwarły, nie wydał z siebie żadnego dźwięku. Nie wyglądał groźnie. Miał na sobie koszulkę z napisem Dell. Może był to Troy, komputerowiec.

– Jeśli chcesz przeżyć, bądź cicho – rzuciłem.

Był cicho.

– Ty jesteś Troy?

Skinął w milczeniu głową.

– Dobra, Troy – mruknąłem.

Oceniłem, że znajdujemy się dokładnie pod jadalnią. Nie mogłem zaryzykować strzału w kamiennej piwnicy pod stopami gości. Schowałem berettę, chwyciłem go za szyję i dwukrotnie uderzyłem mocno głową o ścianę. Błyskawicznie stracił przytomność. Może rozwaliłem mu czaszkę, może nie, nie przejmowałem się tym specjalnie. Jego stukanie w klawisze zabiło pokojówkę.

Znalazłem klucz w jego kieszeni, przekręciłem w zamku, otworzyłem drzwi i ujrzałem Teresę Daniel siedzącą na materacu. Odwróciła się i spojrzała na mnie. Wyglądała dokładnie tak jak na zdjęciach, które pokazała mi Duffy w pokoju motelowym wczesnym rankiem jedenastego dnia. Robiła wrażenie doskonale zdrowej. Miała umyte, wyszczotkowane włosy i dziewiczo białą sukienkę. Białe rajstopy, białe buty, blada skóra, niebieskie oczy. Jakby czekała, aż złożą ją w ofierze.

Zawahałem się na moment, nie wiedząc, jak zareaguje. Musiała się domyślać, czego od niej chcą. I nie znała mnie. Dla niej byłem jednym z nich, facetem gotowym złożyć ją w krwawej ofierze. I była wyszkolonym agentem federalnym. Gdybym ją poprosił, żeby ze mną poszła, mogłaby zacząć walczyć. Mogła zbierać siły, czekając na okazję. A ja nie chciałem hałasu. Jeszcze nie.

Potem jednak spojrzałem jej w oczy. Jedną źrenicę miała olbrzymią, rozszerzoną, drugą maleńką. Była bardzo spokojna, bardzo cicha, otępiała, oszołomiona. Naćpana. Może podali jej jakiś modny narkotyk. Jak się nazywał? Pigułka gwałtu, rophypnol, rohyphnol? Nie pamiętałem. To nie moja działka. Eliot by wiedział. Duffy i Villanueva pewnie też. Takie środki sprawiają, że ludzie zachowują się obojętnie i robią posłusznie to, co im się każe.

– Tereso – szepnąłem.

Nie odpowiedziała.

– Nic ci nie jest?

Pokręciła głową.

– Wszystko w porządku – odparła.

– Możesz chodzić?

– Tak.

– Chodź ze mną.

Wstała, chwiejąc się na nogach. Przypuszczałem, że to osłabienie mięśni, od dziewięciu tygodni żyła w zamknięciu.

– Tędy – powiedziałem.

Nie poruszyła się, po prostu tam stała. Wyciągnąłem rękę, ujęła ją. Skórę miała ciepłą i suchą.

– Chodźmy – ponagliłem. – Nie patrz na człowieka na podłodze.

Zatrzymałem ją tuż za drzwiami. Wypuściłem jej dłoń, zaciągnąłem Troya do pokoju, przekręciłem klucz w zamku. Ponownie ująłem rękę Teresy. Była podatna na wszelkie sugestie, niezwykle posłuszna. Patrzyła wprost przed siebie, idąc za mną bez słowa. Skręciliśmy, minęliśmy pralnię, przeszliśmy przez siłownię. Miała na sobie sukienkę z koronek i jedwabiu, trzymała mnie za rękę niczym na randce. Czułem się, jakbym szedł na bal maturalny. Razem weszliśmy po schodach, dotarliśmy na górę.

– Zaczekaj tutaj – powiedziałem. – Nie odchodź nigdzie beze mnie, dobrze?

– Dobrze – odszepnęła.

– I nie hałasuj, okay?

– Okay.

Zamknąłem za sobą drzwi, zostawiając ją na najwyższym stopniu z ręką spoczywającą na poręczy, w blasku nagiej żarówki. Dokładnie sprawdziłem hol i wróciłem do kuchni. Cateringowcy wciąż krzątali się przy półmiskach.

– Wy jesteście Keast i Maden? – spytałem.

Ten bliższy mnie skinął głową.

– Paul Keast – przedstawił się.

– Chris Maden – dodał jego wspólnik.

– Muszę przestawić waszą furgonetkę, Paul – oznajmiłem.

– Po co?

– Bo przeszkadza.

Facet na mnie spojrzał.

– Sam kazałeś mi ją tam postawić.

– Ale nie mówiłem, że może tam stać cały czas.

Wzruszył ramionami, sięgnął na ladę i podał mi kluczyki.

– Jak sobie życzysz.

Wyszedłem na zewnątrz, sprawdziłem tył furgonetki. Na obu ścianach zamontowano metalowe stojaki na tace z jedzeniem. Środkiem biegło wąskie przejście, żadnych okien. Uznałem, że wóz się nada. Zostawiłem otwarte drzwi z tyłu, wślizgnąłem się za kierownicę, włączyłem silnik. Wycofałem furgonetkę na podjazd przed domem, zawróciłem i znów cofnąłem do drzwi kuchennych. Teraz była ustawiona we właściwą stronę. Zgasiłem silnik, zostawiając kluczyki w stacyjce. Wróciłem do kuchni, wykrywacz metalu zahuczał.

– Co jedzą? – spytałem.

– Kebaby z baraniny – odparł Maden. – Do tego ryż, kuskus i hummus. Na zakąskę nadziewane liście winogron, na deser baklawa. Plus kawa oczywiście.

– To libijskie?

– Typowe – odparł. – Wszędzie to jedzą.

– Kupowałem coś takiego za dolara – mruknąłem. – Wy bierzecie za to pięćdziesiąt pięć.

– Gdzie? W Portlandzie?

– W Bejrucie.

Wyjrzałem do holu. Cisza. Otworzyłem drzwi do piwnicy. Teresa Daniel czekała tam jak automat. Wyciągnąłem rękę.

– Chodźmy – powiedziałem.

Ruszyła naprzód. Zamknąłem za nią drzwi, poprowadziłem do kuchni. Keast i Maden spojrzeli na nią zdumieni. Zignorowałem ich i wyprowadziłem Teresę na zewnątrz. Zadrżała z zimna. Pomogłem jej wejść przez tylne drzwi do furgonetki.

– Zaczekaj tu na mnie – poleciłem. – Zachowuj się cicho, dobrze?

Przytaknęła bez słowa.

– Zaraz zamknę drzwi – uprzedziłem.

Ponownie przytaknęła.

– Wkrótce cię stąd zabiorę.

– Dziękuję – odparła.

Zamknąłem drzwi furgonetki, wróciłem do kuchni. Przez chwilę stałem, nasłuchując. Słyszałem rozmowy, które dobiegały z jadalni. Brzmiały naturalnie.

– Kiedy będą jedli? – spytałem.

– Za dwadzieścia minut – wyjaśnił Maden. – Kiedy skończą drinki. Te pięćdziesiąt pięć dolców obejmowało też szampana.

– Jasne – odparłem. – Nie chciałem was urazić.

Spojrzałem na zegarek, upłynęło czterdzieści pięć minut, zostało piętnaście.

Czas na zabawę.

Wróciłem na dwór i poczułem chłód. Wsiadłem do furgonetki, odpaliłem silnik. Powoli okrążyłem dom i skręciłem na podjazd, oddalając się od domu. Minąłem bramę. Wjechałem na drogę. Dodałem gazu, szybko pokonując zakręty. Zatrzymałem się gwałtownie obok taurusa Villanuevy. Wyskoczyłem z kabiny. Villanueva i Duffy wybiegli mi na spotkanie.

– Teresa jest z tyłu – oznajmiłem. – Zdrowa, tylko naćpana.

Duffy podskoczyła z radości, rzuciła się na mnie i uścisnęła mocno. Villanueva jednym szarpnięciem otworzył drzwi, Teresa wpadła mu prosto w ramiona. Uniósł ją niczym dziecko, a potem Duffy chwyciła ją, a on z kolei objął mnie.

– Powinniście zawieźć ją do szpitala – dodałem.

– Zabierzemy ją do motelu – oznajmiła Duffy. – Wciąż działamy nielegalnie.

– Jesteś pewna?

– Nic jej nie będzie – zapewnił Villanueva. – Wygląda na to, że dali jej pigułkę gwałtu. Pewnie kupili od swoich kumpli, handlarzy narkotyków. Ale one nie działają długo. Szybko się wypłukują.

Duffy obejmowała Teresę niczym siostrę, Villanueva wciąż mnie ściskał.

– Eliot nie żyje – powiedziałem.

Od razu stracili humor.

– Z motelu wezwijcie ATF, jeśli nie odezwę się pierwszy.

Spojrzeli na mnie bez słowa.

– Wracam tam – oznajmiłem.

Zawróciłem furgonetkę i ruszyłem z powrotem. Przed sobą widziałem dom, w oknach płonęły żółte światła, reflektory z muru jarzyły się we mgle błękitnawym blaskiem. Furgonetka walczyła z wiatrem. Plan B, zdecydowałem. Quinn był mój, resztą mogło się zająć ATF.

Zatrzymałem się po drugiej stronie placyku przed domem i cofnąłem aż pod drzwi kuchni. Wysiadłem, okrążyłem dom, znalazłem płaszcz, odwinąłem persuadery. Włożyłem go. Potrzebowałem okrycia, noc była zimna, a ja za jakieś pięć minut miałem ruszyć w drogę. Podkradłem się do okna jadalni, by sprawdzić, co się dzieje. Zasunęli zasłony. Pomyślałem, że ma to sens. Pogoda nie była najlepsza, przy zaciągniętych storach jadalnia wyglądała lepiej, przytulniej. Wschodnie dywany na podłodze, boazeria, lniany obrus, srebra.

Zabrałem persuadery i wróciłem do kuchni. Wykrywacz metalu zahuczał. Cateringowcy ustawili już na ladzie dziesięć talerzy z faszerowanymi liśćmi winogron. Liście były ciemne, oleiste i twarde. Konałem z głodu, ale nie zdołałbym zjeść jednego z nich. W tej chwili uniemożliwiał to stan moich zębów. Dzięki Pauliemu przez najbliższy tydzień będę się żywił lodami, pomyślałem.

– Nie zanoście jedzenia jeszcze przez pięć minut, dobrze? – poprosiłem.

Keast i Maden spojrzeli na strzelby.

– Wasze kluczyki – dorzuciłem.

Położyłem je obok talerzy; już ich nie potrzebowałem. Miałem klucze Becka. Uznałem, że wyjdę drzwiami frontowymi i zabiorę cadillaca. Był szybszy, wygodniejszy. Sięgnąłem po jeden z noży z drewnianego bloku i rozciąłem nim wnętrze prawej kieszeni tak, by wsunąć za podszewkę lufę persuadera, strzelby, z której zabiłem Harleya. Drugą ująłem oburącz. Odetchnąłem głęboko, wyszedłem do holu. Keast i Maden odprowadzili mnie wzrokiem. Najpierw sprawdziłem łazienkę. Nie było sensu wkraczać dramatycznie do jadalni, jeśli Quinn tam nie siedział. Jednak z łazienki nikt nie korzystał.

Jadalnia była zamknięta. Odetchnąłem, raz, drugi. A potem wywaliłem drzwi kopniakiem, wszedłem do środka i wystrzeliłem w sufit dwie breneki. Podziałały niczym granaty ogłuszające. Podwójna eksplozja zalała pokój falą dźwięku. Z góry posypał się tynk i drewno, w powietrzu wirował kurz i dym. Wszyscy zamarli niczym posągi. Opuściłem broń i wycelowałem w pierś Quinna. Echo strzałów powoli cichło.

– Pamiętasz mnie? – spytałem.

Elizabeth Beck krzyknęła w nagłej ciszy.

Postąpiłem jeden krok, cały czas celując w Quinna.

– Pamiętasz mnie? – powtórzyłem.

Jedna sekunda. Dwie. Jego usta się poruszyły.

– Widziałem cię w Bostonie – odparł. – Na ulicy w sobotni wieczór, jakieś dwa tygodnie temu.

– Pomyśl jeszcze raz – powiedziałem.

Jego twarz była pozbawiona wyrazu. Nie pamiętał mnie. Rozpoznali u niego amnezję pourazową, jak poinformowała mnie Duffy. Z pewnością obejmowała też traumatyczne przeżycie, bo to praktycznie nieuniknione. Uznali, że naprawdę nie pamięta wypadku i poprzedzającego go dnia lub dwóch.

– Jestem Reacher – oznajmiłem. – Chcę, żebyś mnie sobie przypomniał.

Quinn zerknął bezradnie na Becka.

– Miała na imię Dominique.

Obrócił się z powrotem. Spojrzał na mnie szeroko otwartymi oczami. Teraz wiedział już, kim jestem. Jego twarz się zmieniła, odpłynęła z niej krew, rysy wykrzywiła wściekłość. I strach. Blizny po dwudziestcedwójce zbielały. Pomyślałem, że może wyceluję dokładnie między te szramy. To byłby trudny strzał.

– Naprawdę sądziłeś, że cię nie znajdę? – spytałem.

– Możemy porozmawiać? – odpowiedział pytaniem. Mówił z trudem, jakby zaschło mu w ustach.

– Nie. I tak rozmawiałeś już o dziesięć lat za długo.

– Wszyscy jesteśmy tu uzbrojeni – oznajmił Beck. W jego głosie dźwięczał strach. Trzech Arabów wpatrywało się we mnie, cząsteczki tynku przykleiły się do pomady w ich włosach.

– To powiedz wszystkim, żeby z tego nie korzystali – odparłem. – Nie ma powodów, by ginął ktoś więcej.

Ludzie cofnęli się przede mną. Pył osiadł na stole, większy kawałek tynku stłukł kieliszek. Poruszałem się wraz z innymi, obracając się, dopasowując geometrię swych ruchów tak, by wszyscy przeciwnicy znaleźli się w jednym kącie pokoju. Jednocześnie próbowałem zmusić Elizabeth, Richarda i kucharkę, by przesunęli się do drugiego, obok okna, gdzie byliby bezpieczni. Czysta mowa ciała. Obróciłem ramię, posunąłem się do przodu i choć od większości obecnych oddzielał mnie stół, znaleźli się tam, gdzie chciałem. Posłusznie rozdzielili się na dwie grupy, ośmio- i trzyosobową.

– Wszyscy powinni odsunąć się od pana Xaviera – oznajmiłem.

I wszyscy to zrobili, oprócz Becka. Został przy swym wspólniku. Spojrzałem na niego i nagle zrozumiałem, że Quinn trzyma go za rękę – chwycił ją mocno tuż nad łokciem i zaczął ciągnąć z całych sił, wyraźnie chciał się za nim ukryć.

– Te pociski mają dwa i pół centymetra szerokości – oznajmiłem. – Więc póki widzę dwa i pół centymetra ciebie, nic ci to nie da.

Nie odpowiedział. Cały czas ciągnął Becka, który stawiał opór. W jego oczach dostrzegłem strach. Statyczna, powolna próba sił. Wyglądało jednak na to, że Quinn wygrywa. Po dziesięciu sekundach lewe ramię Becka zasłoniło prawe Quinna. Obaj dygotali z wysiłku. Choć persuader nie miał długiej kolby, tylko zwykłą, pistoletową, uniosłem go do ramienia i spojrzałem wzdłuż lufy.

– Wciąż cię widzę – oznajmiłem.

– Nie strzelaj – powiedział za moimi plecami Richard Beck.

Usłyszałem coś niepokojącego w jego głosie. Zerknąłem na niego, szybko obracając głowę. Błysk oka. W dłoni trzymał berettę, identyczną z tą w mojej kieszeni, celował mi w głowę. Światło elektryczne odbijało się od metalu, podkreślając jego kształt. Choć widziałem pistolet zaledwie ułamek sekundy, dostrzegłem elegancki napis z boku: Pietro Beretta. Ujrzałem mgiełkę świeżego smaru i czerwoną kropkę, która pojawia się po odbezpieczeniu broni.

– Odłóż to, Richardzie – poleciłem.

– Nie, póki mój ojciec tam stoi.

– Puść go, Quinn – rzuciłem.

– Nie strzelaj, Reacher – uprzedził Richard. – Ja zastrzelę cię pierwszy.

Do tego czasu Quinn zdołał niemal całkiem ukryć się za Beckiem.

– Nie strzelaj – powtórzył Richard.

– Odłóż to, Richardzie.

– Nie.

– Odłóż to.

– Nie.

Wsłuchałem się uważnie w jego głos. Chłopak się nie poruszał, stał nieruchomo. Wiedziałem dokładnie, gdzie jest i pod jakim kątem musiałbym się obrócić. Przebiegłem sekwencję w myślach. Obrót, strzał, przeładowanie, obrót, strzał. Mogłem ich załatwić w ciągu sekundy i jednej czwartej. Zbyt szybko, by Quinn zareagował. Odetchnąłem.

A potem wyobraziłem sobie Richarda. Głupawe uczesanie, bliznę po uchu, długie palce. I wielką brenekę, która uderza w niego, przebija, miażdży, potężną energię kinetyczną rozdzierającą go na strzępy. Nie mogłem tego zrobić.

– Odłóż to – powtórzyłem.

– Nie.

– Proszę.

– Nie.

– Pomagasz im.

– Pomagam swojemu ojcu.

– Nie zrobię mu krzywdy.

– Nie mogę ryzykować. To mój ojciec.

– Elizabeth, powiedz mu.

– Nie – odparła. – To mój mąż.

Sytuacja patowa.

Gorzej niż patowa, bo nie mogłem nic zrobić, absolutnie nic. Nie mogłem strzelić do Richarda, bo nie pozwoliłbym sobie na to. A zatem nie mogłem strzelić do Quinna. I nie mogłem powiedzieć, że nie strzelę do Quinna – w tym momencie ośmiu facetów natychmiast sięgnęłoby po broń. Mógłbym załatwić kilku z nich, lecz wcześniej czy później jeden z nich trafiłby mnie. Nie mogłem też uwolnić Becka z uścisku Quinna. Nie było mowy, by Quinn wypuścił Becka i wyszedł ze mną z pokoju. Pat.

Plan C.

– Odłóż to, Richardzie.

Usłuchaj, pomyślałem.

– Nie.

Nie poruszył się. Ponownie powtórzyłem sobie wszystko w myślach. Obrót, strzał. Odetchnąłem. Obróciłem się i strzeliłem, ćwierć metra w prawo od Richarda, w okno. Pocisk przebił zasłony, trafił też we framugę i roztrzaskał ją. Pokonałem biegiem trzy kroki i skoczyłem w wywalony otwór, głową naprzód. Przeturlałem się dwukrotnie, owinięty w rozdartą aksamitną zasłonę, zerwałem się z ziemi i pobiegłem wprost na skały. Po dwudziestu metrach obróciłem się i zastygłem. Resztka zasłony powiewała na wietrze, łopocząc w dziurze. Słyszałem, jak gruby materiał uderza o szkło. W głębi wciąż płonęło żółte światło. Widziałem ciemne sylwetki zbierające się za szybą. Wszystko się poruszało – zasłona, ludzie. Światło gasło i rozbłyskało w rytm poruszeń zasłony. A potem rozległy się strzały z pistoletów. Najpierw dwa, potem cztery, pięć i więcej. Pociski świstały w powietrzu wokół mnie, uderzały o kamień, odbijały się rykoszetami w deszczu iskier. Wszędzie fruwały odłamki skał. Strzały wydawały się ciche niczym odległe, niegroźne puknięcia. Ich dźwięk gubił się w skowycie wiatru i huku fal. Opadłem na kolana, uniosłem persuadera. I wtedy strzelanina umilkła, ja także nie pociągnąłem za spust. Zasłona zniknęła, ktoś ją zerwał. Zalała mnie fala światła. Ujrzałem Richarda i Elizabeth wypchniętych przed grupkę ludzi w oknie. Ręce mieli wykręcone za plecy. Zza ramienia Richarda wyłaniała się twarz Quinna. Celował prosto we mnie.

– Strzel do mnie teraz! – krzyknął.

Wiatr niemal zagłuszył jego słowa. Usłyszałem za sobą huk siódmej fali. Piana bryznęła w górę, wiatr porwał ją i uniósł, trafiając mnie prosto w tył głowy. Jeden z ludzi Quinna stał za Elizabeth, jej twarz wykrzywiała się z bólu. Prawy przegub mężczyzny spoczywał na jej ramieniu, głowa kryła się za jej głową. W ręku trzymał pistolet. Potem zobaczyłem, jak wysuwa się jeszcze jedna dłoń z pistoletem i zaczyna wytłukiwać kolbą odłamki szkła z ramy. W polu widzenia pojawił się Richard. Oparł kolano o parapet. Quinn wypchnął go na zewnątrz. Pochylił się wraz z nim, wciąż trzymając się blisko.

– Strzel do mnie teraz! – krzyknął ponownie.

Elizabeth też wypychano za okno, ktoś obejmował ją w talii grubą ręką. Kobieta rozpaczliwie wymachiwała nogami. Mężczyzna postawił ją na ziemi i pociągnął w tył niczym żywą tarczę. W ciemności widziałem jej bladą twarz wykrzywioną z bólu. Przesunąłem się do przodu. Ludzie po kolei wychodzili na zewnątrz, przesuwali się do przodu zbici w ciasną gromadkę, tworząc klin. Na przedzie stali Richard i Elizabeth, ramię w ramię, osłaniając resztę. Klin ruszył w moją stronę. Nie był zbyt dobrze skoordynowany. Widziałem pięć pistoletów. Cofnąłem się powoli. Klin zbliżał się nieubłaganie. Pistolety znów zaczęły strzelać.

Nie celowali we mnie, chcieli zapędzić mnie w wybrane miejsce. Cofnąłem się, licząc pociski. Pięć pistoletów, pięć pełnych magazynków, w sumie co najmniej siedemdziesiąt pięć kul, może więcej. Na razie wystrzelili jakieś dwadzieścia. Wiedziałem, że nie tak prędko opróżnią magazynki. Nie strzelali też na chybił trafił, celowali na lewo i prawo ode mnie, w skały, regularnie co parę sekund. Zbliżali się jak maszyna, niczym czołg o żywym pancerzu. Wstałem, cofnąłem się, klin zbliżał się nadal.

Richard znajdował się po prawej, Elizabeth po lewej. Wybrałem jednego z mężczyzn za Richardem, po jego prawej stronie, wycelowałem. Facet zauważył to i cofnął się. Klin zwarł szyki, teraz był tylko wąską kolumną, nadal się zbliżał. Nie miałem jak strzelać. Zacząłem się cofać, krok za krokiem.

Lewą piętą odnalazłem krawędź szczeliny Harleya.

Wzbierająca woda zalała mi but. Słyszałem fale, żwir grzechotał na dnie. Dostawiłem prawą stopę do lewej, balansując na krawędzi. Quinn uśmiechnął się do mnie, dojrzałem błysk zębów w ciemności.

– Powiedz „dobranoc"! – krzyknął.

Zostań przy życiu i zobacz, co przyniesie następna minuta.

Z kolumny wyrosły ręce, sześć albo siedem, sięgających naprzód, unoszących broń, celujących. Czekali na rozkaz. Usłyszałem siódmą falę, rozbiła mi się u stóp, zalała kostki, jęzor wody sięgnął trzy metry dalej, przez moment zawahał się, a potem zaczął spływać, obojętnie, jak metronom. Spojrzałem na Elizabeth i Richarda; patrzyłem prosto w ich twarze. Odetchnąłem głęboko. Pomyślałem: ja albo oni. Rzuciłem persuadera i skoczyłem w tył, do wody.

• • •

Najpierw nadszedł wstrząs, lodowate zimno. A potem poczułem się tak, jakbym spadał z wysokiego budynku. Tyle że nie był to bezładny lot ku ziemi. Miałem wrażenie, że trafiłem w środek lodowatego, nawilżonego komina, który zaczął wsysać mnie pod ostrym kątem. Przyspieszałem coraz bardziej, lecąc głową w dół. Wylądowałem na plecach i przez ułamek sekundy niczego nie czułem. Tylko lodowatą wodę w uszach, oczach i nosie. Zapiekła mnie warga. Byłem ćwierć metra pod wodą, nie poruszałem się. Ogarnął mnie lęk, że zaraz wypłynę. Wynurzyłbym się na powierzchnię tuż przed nimi. Z pewnością zebrali się na brzegu, celując w dół.

Potem jednak poczułem, jak unoszą mi się włosy. To było łagodne doznanie, jakby ktoś zaczął czesać je do góry i delikatnie ciągnąć. I nagle coś pochwyciło moją głowę. Jakiś siłacz ujął moją twarz w wielkie dłonie i zaczął ciągnąć, z początku lekko, potem mocniej. I jeszcze mocniej. Poczułem to w szyi, jakbym stawał się wyższy. Potem w piersi i ramionach. Moje ręce unosiły się swobodnie i nagle poleciały nad głowę. A potem spadłem z budynku. Przypominało to idealny skok tyłem. Gwałtownie opadałem w dół, przyspieszając z każdą chwilą. Poruszałem się znacznie szybciej, niż gdybym spadał bezwładnie z wysoka. Jak gdyby ktoś zawiesił mnie na olbrzymiej elastycznej wędce.

Nic nie widziałem, nie mogłem się zorientować, czy oczy mam otwarte, czy zamknięte. Zimno było tak przejmujące, a nacisk na ciało tak silny, że właściwie niczego nie czułem. Wszystko było absolutnie płynne, niczym w powieści science fiction, jakby ktoś mnie przesyłał, jakbym zamienił się w ciecz, wydłużył, nagle miał dziesięć metrów wzrostu i pięć centymetrów grubości. Otaczała mnie czerń i chłód. Wstrzymałem oddech, opuściło mnie całe napięcie. Odchyliłem głowę, by poczuć wodę między włosami. Wyprostowałem palce u stóp, wygiąłem kręgosłup. Wyciągnąłem ręce przed siebie, rozsunąłem palce, czując przepływającą między nimi wodę. Ogarnął mnie spokój. Byłem jak pocisk. Podobało mi się to.

A potem moje serce zatrzepotało w panice, która zalała całą klatkę piersiową, i zrozumiałem, że tonę. Zacząłem więc walczyć. Obróciłem się, płaszcz zakrył mi głowę. Zdarłem go z siebie, wirując i koziołkując w lodowatym kominie. Materiał uderzył mnie w twarz i odpłynął. Wyślizgnąłem się z marynarki, zniknęła. Nagle poczułem palący, lodowaty chłód. Wciąż opadałem bardzo szybko, syczało mi w uszach, obracałem się w zwolnionym tempie, pędząc w dół, w dół, szybciej niż kiedykolwiek w życiu, obracając się powoli, niczym zanurzony w syropie.

Jak szeroki był komin? Nie wiedziałem. Kopnąłem rozpaczliwie, młócąc wodę rękami. Miałem wrażenie, że tonę w ruchomych piaskach. Nie płyń w dół. Znów kopnąłem, zacząłem walczyć, próbując znaleźć granicę komina. Targowałem się sam ze sobą. Skup się, znajdź granicę, rób postępy, zachowaj spokój. Pozwól, by prąd zaniósł cię piętnaście metrów w dół, a ty w tym czasie przesuń się o ćwierć w bok. Na sekundę znieruchomiałem, próbując się zorientować, a potem zacząłem płynąć jak należy, z całych sił, jakby komin był płaską powierzchnią basenu, jakbym brał udział w zawodach. Jakby na zwycięzcę czekały na brzegu fotel, drink i dziewczyna.

Jak długo byłem pod wodą? Nie wiedziałem. Może piętnaście sekund. Zdołam wstrzymać oddech najwyżej minutę. Odpręż się, płyń z całych sił, znajdź granicę. Musiała istnieć – cały ocean nie mógł się tak przesuwać, w przeciwnym razie Portugalia znalazłaby się pod wodą. A także pół Hiszpanii. Dzwoniło mi w uszach.

W którą stronę patrzyłem? Nieważne. Musiałem się wydostać. Prąd ze mną walczył, był niewiarygodnie silny. Z początku wydawał się delikatny, teraz rozrywał mnie na pół, jakby nie spodobała mu się moja wola walki. Zacisnąłem zęby, odpychając się nogami, jakbym czołgał się po podłodze z tysiącem cegieł na plecach. Rozdęte płuca paliły, powoli wypuszczałem powietrze spomiędzy warg. Cały czas wymachiwałem nogami, tłukąc wodę przed sobą. Trzydzieści sekund. Tonąłem. Wiedziałem o tym. Słabłem. Płuca miałem puste. Niewiarygodny ciężar miażdżył mi pierś. Przygniatał mnie miliard ton wody, czułem, jak twarz wykrzywia mi się z bólu. Krew w uszach tętniła ogłuszająco, żołądek zaciskał się gwałtownie. Lewe ramię paliło w miejscu, gdzie dosięgnął mnie cios Pauliego. Usłyszałem w głowie głos Harleya: *Nigdy żaden nie wrócił.* Płynąłem dalej.

Czterdzieści sekund. Nie czyniłem żadnych postępów. Prąd wciąż unosił mnie w głębiny. Czułem, że wkrótce zderzę się z dnem. Płynąłem, wbijałem ręce w wodę. Pięćdziesiąt sekund. Syczało mi w uszach, głowa pękała, wargi naciskały na zęby. Byłem wściekły. Quinn zdołał wydostać się z oceanu. Więc dlaczego ja nie mogłem?

Kopnąłem rozpaczliwie. Cała minuta. Zamarznięte palce wykrzywiły się niczym szpony. Wymachiwałem gwałtownie rękami, przebijając się przez wodę, kopałem, walczyłem. I nagle poczułem zmianę prądu. Znalazłem granicę. Tak jakbym wychylił się z rozpędzonego pociągu i złapał za słup telegraficzny. Przebiłem się przez granicę komina. Nowy prąd pochwycił moje ręce, uderzył w głowę i porwał. I nagle zacząłem koziołkować, unosząc się w nieruchomej, czystej, lodowatej wodzie.

Teraz myśl. Gdzie jest góra? Wykorzystując każdą cząstkę woli, jaka mi została, powstrzymałem odruch, by płynąć. Przez moment unosiłem się w wodzie, próbując ustalić kierunek. Nigdzie się nie przesuwałem, płuca miałem puste. Z całej siły zaciskałem wargi. Nie mogłem oddychać, po prostu się unosiłem, nie poruszałem. Wisiałem w wodzie, w czterech kilometrach sześciennych czarnego oceanu. Otworzyłem oczy, rozejrzałem się wokół. Patrzyłem w górę, w dół, na wszystkie strony. Obracałem się, przekręcałem, nie ujrzałem niczego. Tak jakbym znalazł się w kosmosie. Wszystko było absolutnie czarne. *Nigdy żaden nie wrócił.*

Nagle poczułem lekki nacisk na pierś, nieco mniejszy na plecy. Wisiałem twarzą do dołu w wodzie. Bardzo powoli się unosiłem, plecami do góry. Skupiłem się mocno. Zapamiętałem dokładnie to uczucie, oceniłem pozycję, wygiąłem kręgosłup, sięgnąłem rękami, kopnąłem w dół, wyciągnąłem ręce ku powierzchni. A teraz płyń, nie oddychaj.

Kopnąłem wściekle. Rozgarniałem wodę mocnymi rzutami ramion, kurczowo zaciskałem wargi. Nie miałem powietrza. Unosiłem twarz pod kątem, by wypłynąć na powierzchnię ustami. Jak daleko? Nad głową widziałem czerń. Nic. Byłem kilometr pod wodą, może więcej. Brakowało mi powietrza. Wiedziałem, że umrę. Otworzyłem usta i ich wnętrze zalała woda. Wyplułem i połknąłem. Odepchnąłem się nogami. Przed oczami wirowały mi fioletowe plamy, w głowie szumiało. Czułem się, jakbym miał gorączkę, jakbym płonął. A potem zamarzałem. Później wydało mi się, że opatula mnie gruba pierzyna. Bardzo miękka. W ogóle nic nie czułem.

I wtedy przestałem poruszać nogami, bo byłem niemal pewien, że umarłem. Otworzyłem usta, by odetchnąć. Wciągnąłem do płuc wodę morską. Moja pierś uniosła się gwałtownie i zacisnęła, wyrzucając ją. Tam i z powrotem, i jeszcze dwa razy. Oddychałem wodą. Odepchnąłem się jeszcze raz. Nie było mnie stać na więcej. Ostatni ruch. Włożyłem w niego resztki sił. A potem zamknąłem oczy i unosząc się swobodnie, odetchnąłem zimną wodą.

Pół sekundy później wypłynąłem na powierzchnię. Powietrze musnęło moją twarz niczym kochanka. Otworzyłem usta, zakrztusiłem się i wyrzuciłem z płuc strugę wody. Nim opadła, zachłysnąłem się powietrzem. Potem zaś zacząłem walczyć jak szaleniec, by utrzymać twarz w zimnym, słodkim powietrzu. Kopałem, szarpałem się i oddychałem, rozkasłany, wstrząsany mdłościami.

Szeroko rozłożyłem ręce, pozwoliłem, by nogi wypłynęły mi na powierzchnię. Odchyliłem głowę, nie zamykając ust. Patrzyłem, jak moja pierś wznosi się i opada, wznosi się i opada, napełnia, opróżnia. Poruszała się niewiarygodnie szybko. Byłem zmęczony i dziwnie spokojny, obojętny. Mojemu mózgowi brakowało tlenu. Przez minutę unosiłem się na wodzie, po prostu oddychając. W końcu odzyskałem wzrok, w głowie mi pojaśniało. Oddychałem jeszcze chwilę. Wdech, wydech, wdech, wydech, ściągając wargi, gwiżdżąc jak lokomotywa. Zaczęła mnie boleć głowa. Wyprostowałem się, zawisłem w wodzie, szukając wzrokiem horyzontu. Nie mogłem go znaleźć. Unosiłem się i opadałem na falach, w górę, w dół, w górę, w dół. Cztery, pięć metrów. Odepchnąłem się nogami, celując tak, by następna fala uniosła mnie na swój szczyt. Spojrzałem przed siebie, ale niczego nie zobaczyłem, i znów opadłem.

Nie miałem pojęcia, gdzie jestem. Obróciłem się o dziewięćdziesiąt stopni, uniosłem na kolejnej fali i spojrzałem w prawo. Może gdzieś zobaczę łódź. Ale nie, nie było niczego, kołysałem się sam pośrodku Atlantyku, bez celu. *Nigdy żaden nie wrócił.*

Obróciłem się o sto osiemdziesiąt stopni, uniosłem i spojrzałem w lewo. Nic. Opadłem z powrotem, podpłynąłem do następnej fali i popatrzyłem za siebie.

Byłem sto metrów od brzegu.

Widziałem wielki dom, oświetlone okna, mur, błękitny blask reflektorów. Podciągnąłem koszulę na ramionach. Była ciężka, nasiąknięta wodą. Odetchnąłem, przekręciłem się na brzuch i zacząłem płynąć.

• • •

Sto metrów. Niezły pływak olimpijski przepływa taki dystans mniej więcej w czterdzieści pięć sekund. Niezły pływak szkolny w niecałą minutę. Mnie zabrało to niemal piętnaście. Zaczął się odpływ, miałem wrażenie, jakbym poruszał się do tyłu, jakbym wciąż tonął. W końcu jednak dotknąłem brzegu, chwyciłem oburącz gładką skałę pokrytą oślizgłym, zamarzającym śluzem i przywarłem do niej. Morze wciąż było wzburzone, wielkie fale zalewały mnie, przyciskały mój policzek do granitu regularnie jak w zegarku. Nie obchodziło mnie to.

Napawałem się ich uderzeniami, każdym kolejnym. Kochałem tę skałę.

Odpoczywałem na niej jeszcze minutę, a potem zacząłem się czołgać na tyły garaży, wciąż taplając się w wodzie, nisko przycupnięty. Potem oparłem się na dłoniach, przekręciłem na plecy i spojrzałem w niebo. Teraz już ktoś wrócił, Harley.

Napływające fale sięgały mi do pasa. Zacząłem przesuwać się na plecach, po chwili woda zalewała już tylko kolana. Znów przekręciłem się na brzuch. Leżałem, przyciskając twarz do skały. Było mi zimno, przemarzłem do szpiku kości. Nie miałem już płaszcza. Ani marynarki. Ani persuaderów. Ani beretty.

Wstałem; woda spływała ze mnie strumyczkami. Przeszedłem chwiejnie parę kroków. Usłyszałem w głowie głos Leona Garbera: *Co cię nie zabije, to cię wzmocni.* Sądził, że powiedział to J.F.K, ja wiedziałem, że tak naprawdę to słowa Fryderyka Nietzschego, który nie powiedział „zabije" tylko „zniszczy". To, co nas nie zniszczy, to nas wzmocni. Zrobiłem chwiejnie jeszcze dwa kroki, oparłem się o mur garażu i zwymiotowałem ponad litr słonej wody. Poczułem się nieco lepiej. Zacząłem kręcić i kołysać rękami, wierzgać nogami, by przywrócić krążenie krwi i pozbyć się nieco wody z ubrania. A potem przygładziłem ręką mokre włosy i odetchnąłem głęboko, powoli. Niepokoił mnie kaszel. Gardło miałem rozpalone, obolałe od zimna i soli.

Zacząłem iść wzdłuż muru, skręciłem za róg. Znalazłem swoje zagłębienie i po raz ostatni sięgnąłem do zawiniątka. *Idę po ciebie, Quinn.*

• • •

Mój zegarek wciąż chodził. Wskazywał, że godzina dawno upłynęła. Dwadzieścia minut wcześniej Duffy wezwała ATF. Wiedziałem, że nie zareagują szybko. Wątpiłem, czy mają biuro w Portlandzie. Najbliższa ich siedziba mieściła się zapewne w Bostonie. Stamtąd właśnie przysłano pokojówkę. A zatem wciąż miałem dość czasu.

Furgonetka cateringowców zniknęła, najwyraźniej kolację odwołano. Jednak pozostałe wozy wciąż tam stały. Cadillac, lincoln, dwa suburbany. W domu nadal przebywało ośmiu wrogów oraz Elizabeth i kucharka. Nie wiedziałem, do której kategorii zaliczyć Richarda.

Trzymając się tuż przy ścianie, zaglądałem we wszystkie okna. Kucharka była w kuchni, sprzątała. Keast i Maden zostawili tam wszystkie swoje rzeczy. Zanurkowałem pod parapetem i ruszyłem dalej. Jadalnia była zrujnowana, wiatr wpadający do środka przez stłuczone okno porwał lniany obrus, porozrzucał wszędzie talerze i kieliszki. W kątach zebrały się wydmy pyłu i gipsu. W suficie zobaczyłem dwie wielkie dziury, podejrzewałem, że w pokojach wyżej jest tak samo. Możliwe, że breneki przebiły się nawet przez dach, jak rakiety.

W kwadratowym pokoju, gdzie grałem w rosyjską ruletkę, ujrzałem trzech Libijczyków i trzech ludzi Quinna. Wszyscy siedzieli bezczynnie wokół dębowego stołu. Sprawiali wrażenie wstrząśniętych, oszołomionych, ale też spokojnych. Nigdzie się nie wybierali. Pochyliłem się, przemknąłem pod parapetem i ruszyłem dalej, na drugą stronę, do saloniku Elizabeth Beck. Była tam. Razem z Richardem. Ktoś uprzątnął trupa. Elizabeth siedziała na sofie, mówiła coś bardzo szybko. Nie słyszałem ani słowa, ale Richard słuchał w napięciu. Zanurkowałem pod oknem i ruszyłem dalej.

Becka i Quinna znalazłem w małym gabinecie Becka. Quinn siedział w czerwonym fotelu, Beck stał przed szafką z pistoletami maszynowymi. Jego bladą twarz wykrzywiał ponury, wrogi grymas, podczas gdy Quinn był niezwykle z siebie zadowolony. W dłoni trzymał grube, niezapalone cygaro. Obracał je między palcami i kciukiem, sięgając po srebrną obcinaczkę.

Obszedłem cały dom i z powrotem dotarłem do kuchni. Bezszelestnie wszedłem do środka. Wykrywacz metalu milczał, kucharka mnie nie usłyszała. Chwyciłem ją od tyłu, przycisnąłem rękę do ust i powlokłem w stronę bufetu. Po tym, co zrobił Richard, nie zamierzałem ryzykować. W szufladzie znalazłem lnianą ścierkę, użyłem jej jako knebla. Drugą skrępowałem kobiecie przeguby, trzecią kostki u nóg. Zostawiłem ją siedzącą niewygodnie na podłodze obok zlewu. Znalazłem czwartą ścierkę i wsunąłem do kieszeni. Potem wyszedłem do holu.

W domu panowała cisza zakłócana jedynie przez słaby głos Elizabeth Beck. Drzwi jej salonu stały otworem. Nie słyszałem nic innego. Poszedłem wprost do gabinetu Becka, otworzyłem drzwi, wszedłem do środka, zamknąłem. Powitał mnie obłok dymu – Quinn właśnie zapalił cygaro. Miałem wrażenie, że z czegoś się śmiał. Teraz zamarł z przerażenia. Beck wyglądał tak samo, zbladł i znieruchomiał. Patrzyli na mnie bez słowa.

– Wróciłem – powiedziałem.

Beck miał otwarte usta. Walnąłem go ciosem papierosowym. Jego szczęki zatrzasnęły się gwałtownie, głowa poleciała do tyłu, oczy uciekły w głąb czaszki. Runął na przykrytą trzema dywanami podłogę. To był niezły cios, ale nie mój najlepszy. W końcu jednak syn ocalił mu życie. Gdybym nie był tak zmęczony po kąpieli w oceanie, lepsze uderzenie by go zabiło.

Quinn się na mnie rzucił. Prosto z fotela, upuszczając cygaro. Sięgnął do kieszeni. Rąbnąłem go w brzuch. Stracił oddech, zgiął się wpół i osunął na kolana. Uderzyłem go w głowę i jednym pchnięciem powaliłem na ziemię. Ukląkłem mu na plecach, między łopatkami.

– Nie – wykrztusił. Brakowało mu powietrza. – Proszę.

Wyprostowałem dłoń i przygniotłem mu potylicę. Wyjąłem z buta dłuto i wbiłem mu za ucho, aż do mózgu. Powoli, centymetr za centymetrem. Był martwy, nim zagłębiło się do połowy, nie zatrzymałem się jednak, póki nie utkwiło aż po rękojeść. Zostawiłem je tam. Ścierką z kieszeni wytarłem rękojeść, a potem zakryłem leżącemu głowę i wstałem ze znużeniem.

– Dziesięć-osiemnaście, Dominique – powiedziałem do siebie.

Rozdeptałem palące się cygaro Quinna. Wyjąłem Beckowi z kieszeni kluczyki i wymknąłem się do holu. Przeszedłem przez kuchnię, kucharka odprowadziła mnie wzrokiem. Potykając się, ruszyłem wokół domu, wsiadłem do cadillaca. Uruchomiłem silnik i ruszyłem na zachód.

• • •

Dotarłem do motelu Duffy po trzydziestu minutach. Siedziała w pokoju z Villanuevą. Towarzyszyła im Teresa Justice, już nie Teresa Daniel. Nie była też wystrojona jak lalka. Miała na sobie hotelowy szlafrok. Wzięła prysznic; szybko wracała do siebie. Sprawiała wrażenie osłabionej i wyczerpanej, ale znów wyglądała jak człowiek, jak agentka federalna. Spojrzała na mnie ze zgrozą. Z początku uznałem, że nie wie, kim jestem. Widziała mnie w piwnicy, może wzięła mnie za jednego z nich.

Potem jednak ujrzałem się w lustrze na drzwiach szafy i wszystko zrozumiałem. Byłem mokry od stóp do głów, nieustannie dygotałem, skórę miałem śmiertelnie białą, skaleczenie wargi otworzyło się i posiniało na krawędziach. W miejscach, gdzie uderzyłem o skały, wystąpiły świeże siniaki. We włosach miałem wodorosty, na koszuli szlam.

– Wpadłem do morza – wyjaśniłem.

Nikt się nie odezwał.

– Wezmę prysznic – dodałem. – Za minutę. Wezwaliście ATF?

Duffy przytaknęła.

– Już jadą. Policja z Portlandu zabezpieczyła magazyn. Zamierzają także zablokować drogę nadmorską. Wydostałeś się w ostatniej chwili.

– Czy w ogóle tam byłem?

Villanueva pokręcił głową.

– Ty nie istniejesz. A już z pewnością nigdy się nie spotkaliśmy.

– Dziękuję – mruknąłem.

– Stara szkoła – odparł.

Po prysznicu poczułem się lepiej, lepiej też wyglądałem. Ale nie miałem żadnego ubrania. Villanueva pożyczył mi zapasowe ciuchy. Były nieco za krótkie i za luźne. Ukryłem je pod starym płaszczem przeciwdeszczowym. Owinąłem się nim ciasno, bo wciąż było mi zimno. Zamówiliśmy pizzę, wszyscy konaliśmy z głodu. Byłem też okropnie spragniony po dłuższym kontakcie z morską wodą. Zjedliśmy, wypiliśmy – nie byłem w stanie przegryźć ciasta, po prostu zlizywałem tylko wierzch. Po godzinie Teresa Justice poszła do łóżka. Uścisnęła mi dłoń, pożegnała się bardzo uprzejmie. Nie miała pojęcia, kim jestem.

– Pigułki gwałtu kasują pamięć krótkotrwałą – wyjaśnił Villanueva.

A potem zaczęliśmy rozmawiać o interesach. Duffy była przygnębiona, przeżywała koszmar. Straciła trzech agentów w nielegalnej operacji. A uwolnienie Teresy nie było żadną zasługą, bo Teresy w ogóle nie powinno tam być.

– No to odejdź – poradziłem. – Wstąp do ATF. Właśnie podałaś im wielką sprawę na talerzu. Będziesz bohaterką.

– Zamierzam przejść na emeryturę – oznajmił Villanueva. – Mam swoje lata i dość już przeżyłem.

– Ja nie mogę odejść – odparła Duffy.

•   •   •

W restauracji, w wieczór przed aresztowaniem, Dominique Kohl zadała mi pytanie.

– Czemu to robisz?

Nie byłem pewien, o co jej chodzi.

– Chodzi ci o to, że jem z tobą kolację?

– Nie, pracujesz w żandarmerii. Mógłbyś służyć wszędzie,

w siłach specjalnych, wywiadzie, lotnictwie, wojskach pancernych. Wszędzie, gdzie byś zapragnął.

– Ty także.

– Wiem. I wiem, czemu ja to robię. Chcę usłyszeć, jakie są twoje motywy.

Po raz pierwszy ktoś mnie o to spytał.

– Bo zawsze chciałem być policjantem – oznajmiłem. – Ale od urodzenia było mi przeznaczone wojsko. Historia rodziny, zero wyboru. Więc zostałem gliniarzem w wojsku.

– To nie jest odpowiedź. Czemu w ogóle chciałeś zostać policjantem?

Wzruszyłem ramionami.

– Taki już jestem. Policjanci prostują różne sprawy.

– Jakie sprawy?

– Opiekują się ludźmi. Pilnują, by maluczkim nie stała się krzywda.

– O nich ci właśnie chodzi, o maluczkich?

Pokręciłem głową.

– Nie – odparłem. – Nie do końca. Tak naprawdę nie obchodzą mnie maluczcy. Po prostu nienawidzę ważniaków. Nie znoszę ważnych, pewnych siebie bogaczy, którzy sądzą, że wszystko im się upiecze.

– A zatem osiągasz słuszne cele z niesłusznych pobudek?

Przytaknąłem.

– Ale staram się robić, co trzeba. Myślę, że motywy nie mają znaczenia. Chcę po prostu, by wszystko było zrobione jak należy.

– Ja też – wyznała. – Staram się robić to, co najlepsze, choć wszyscy nas nienawidzą, nikt nam nie pomaga i nikt nie dziękuje. Myślę, że robienie tego, co należy, samo w sobie stanowi nagrodę. Chyba tak jest, prawda?

• • •

– Zrobiłaś to, co należy? – spytałem dziesięć lat później.

Duffy skinęła głową.

445

– Tak – odparła.

– Nie masz wątpliwości?

– Nie.

– Na pewno?

– Całkowicie.

– No to się odpręż. To jedyne, na co możesz liczyć. Nikt nie pomaga, po wszystkim nikt nie dziękuje.

Milczała przez dłuższą chwilę.

– Czy ty zrobiłeś to, co należy?

– Bez dwóch zdań – mruknąłem.

Na tym skończyliśmy. Duffy umieściła Teresę Justice w dawnym pokoju Eliota, Villanueva trafił do swojego, a ja do pokoju Duffy. Wydawała się nieco skrępowana z powodu tego, co powiedziała wcześniej. O braku profesjonalizmu. Nie byłem pewien, czy stara się trzymać tych słów, czy raczej z nich wycofać.

– Bez paniki – mruknąłem. – Jestem zbyt zmęczony.

I tym razem tego dowiodłem. Co nie znaczy, że nie próbowałem. Zaczęliśmy, wyraźnie dała mi do zrozumienia, że wycofuje wcześniejsze obiekcje. Oznaczało to, że zgadza się co do jednego: że lepiej powiedzieć „tak" niż „nie". Bardzo mnie to ucieszyło, bo zdecydowanie ją lubiłem. Toteż zaczęliśmy. Rozebraliśmy się do naga, razem weszliśmy do łóżka i pamiętam, że pocałowałem ją tak mocno, iż zabolała mnie warga. Ale to wszystko. Potem zasnąłem. Spałem jak zabity jedenaście godzin bez przerwy. Gdy się ocknąłem, odjechali – wyruszyli na spotkanie tego, co niosła im przyszłość. Zostałem sam w pokoju ze swymi wspomnieniami. Zbliżało się południe, przez rolety do środka przenikały promienie słońca. W powietrzu tańczyły drobinki kurzu. Zapasowe ubranie Villanuevy zniknęło z oparcia krzesła. Zamiast tego leżała tam torba z zakupami pełna tanich ciuchów. Wyglądało, że mają właściwy rozmiar. Susan Duffy umiała to ocenić. Dwa pełne komplety. Jeden na zimny klimat, drugi na gorący. Nie wiedziała, dokąd się wybieram, toteż wzięła pod uwagę obie możliwości. Była bardzo praktyczna. Pomyślałem, że będę za nią tęsknił. Przez jakiś czas.

Ubrałem się w lekkie ciuchy, zimowe zostawiłem w pokoju. Uznałem, że pojadę cadillakiem Becka do I-95, na parking pod Kennebunk. Tam go zostawię i bez problemu złapię okazję na południe. I-95 to trasa prowadząca do różnych miast. Łącznie z Miami.